三生三世步生蓮
肆·永生花
唐七
著

第一章

那之後很快過去了三日。

因計畫是待連宋將鼎煉好後幾人再分頭去取風土火三種元神之力，所以這幾日大家都很閒。祖媞休養了兩日後去了趟太晨宮，找帝君商量了下取那三種元神之力的分工。

火神謝冥以己身化冥司，已然羽化，其元神之力理應由其子女繼承。帝君此前去冥司拿風種和火種時，已同白冥主謝畫樓說定了隨時可去冥司取謝冥的元神靈珠。考慮到瑟珈同謝冥的關係，帝君懷疑過瑟珈是否沉睡在冥司，也相詢過謝畫樓。然世間第一縷風雖縈繞在憶川河上，風之主卻並不在冥司中。

也就是說，待連宋將鼎煉好後，他們需花大工夫去尋的，唯有地母女媧的土靈珠和風之主瑟珈的風靈珠了。

帝君考慮了一小會兒，就給大家分好了工。他的分工是這樣的：祖媞和連宋去尋風靈珠和土靈珠；火靈珠則交給他，設計鎮壓慶姜的法陣這事兒，也交給他。畢竟隨著父神、少綰、墨淵羽化，當今八荒，在設計鎮壓陣法這事兒上能超過他的神魔鬼妖確實也沒有。

祖媞對這個安排沒什麼異議，她還覺得帝君分得很在理。可見她不是個會做生意的神，若是連宋在場，分工的結果一定是尋找土靈珠、風靈珠和設計陣法這些麻煩事兒統統都是帝君分內，他倆只需去拿火靈珠就可以了。

下午，祖媞回到元極宮，同雪意商量了半個時辰有關尋找風之主瑟珈之事，議事結束沒多久，雪意便奉祖媞之命離開九重天，回了姑媱。

雪意前腳剛走，萺蓉後腳便來了。她來邀祖媞散步。

上天這一月，萺蓉但凡有暇，便會來尋祖媞出門蹓躂。今日她領著祖媞去了元極宮的西花園。

說來也巧，連宋閉關的丹房「白玉樓」正坐落在西花園的西角處。

萺蓉領著祖媞一路往西，徑直來到了花園西角那座白玉樓前。

祖媞腦中緩緩打出一個問號，以為萺蓉是有意帶她來尋連宋，唇抿住，正欲止住萺蓉，萺蓉卻繞過她撲到了她身後的小池旁。「小黑魚，」萺蓉一臉憐愛地輕喚，「快出來，姐姐來看你啦！」又向祖媞，「我就是想帶尊上來看看牠！」

便見池水輕晃，一條漂亮的黑色小魚頂破粼粼浮波游了上來。

萺蓉立刻高興地一翻手，變出幾只小仙果，一邊餵給小黑魚一邊親暱地喚牠「小不點兒」。

祖媞也學萺蓉的模樣變出了兩只仙果來餵那小黑魚。

夕暉漸漸淡去，一陣風吹來，池邊的一排夏櫻輕輕搖曳，粉白的花瓣紛紛揚揚飄落枝頭。

祖媞倚立在櫻樹下。寧寂的黃昏，花落如雨，萺蓉在她身旁無憂地笑鬧，這一切靜美得簡直有點不真實，如同舊日時光復返，如同她們又回到了從前靜居在姑媱的時日。而大劫將至，三年易逝，她知這種時候不會太多了。

祖媞伸手接住一片櫻瓣，想起了姑媱的夏日。她已有三個月不曾回過姑媱，完全錯過了姑媱的暮春和孟夏。

她向著掌心吹了一口氣，花瓣飛離掌心，她的目光重移向隨風紛揚的大片花雨，微有所感，「姑嫆的冰綃花也該開了，微風拂過，開得盛極的冰綃花被清風帶離枝頭，那才是落花勝雪，我有很多年沒有見到過了。」

菁蓉聞言，拍了拍池中小黑魚的頭，示意牠自個兒玩去。她看向祖媞，臉上亦露出了感懷的表情，「冰綃花落是真的好看，我也許久沒見過了，尊上是想念姑嫆了嗎？」瞬息間，她有了主意，「要不然……我們回一趟姑嫆吧，算算時日，冰綃花這時候正該開到盛時，我們現在回去，還趕得上最後一場花吹雪的勝景！」

她越說越覺得可行，「總說三皇子已在為那鼎收尾了，可他也收了有幾日了吧，還沒收完，誰知道還得收多少日才能收完呢？我們下去一趟，準也礙不著什麼事！」

祖媞目光微動，猶豫道：「這……」

泛白的日光下，被樹冠錯落半遮的天空中忽有落雪飄下。菁蓉愣了一瞬，伸手去接那飄雪。待雪片飛落至眼前，她才發現它們竟是照理只會生於姑嫆的冰綃花。

漫天花飛，如同落雪紛紛，彷彿她們已回到了姑嫆山漫山花吹雪的仲夏黃昏。只是這些落花會穿過她的手掌，會穿過她的身體。

菁蓉且驚且呆，「這是……幻影！」她驚訝地看向祖媞，「尊上，這是您做出來的幻影嗎？簡直一模一樣……真美啊！」

菁蓉的性子本就有些嬌嬌的，喜歡這些嬌弱精緻的東西，又很是活潑，問完祖媞這話，也不待她回答，便立刻與冰綃花的幻影嬉戲去了。

祖媞卻看向了幾步外的白玉樓，發現原本緊閉著的一樓窗戶微微打開了，那半開的窗戶後似乎站著一個白色的身影。祖媞掩飾地低頭，唇邊抿出一個笑。

萺蓉猜錯了，這一場花雨並非她所造。她轉過身，手指輕勾，轉瞬便捏出了一只透明的空間球。那空間球承接住了好幾瓣冰綃花，將它們完完整整地保存在了其中。她做這些時背對著那白玉樓，因此那隱蔽的動作並沒有被人看到。

是夜，祖媞失眠了。

熙怡殿中，她和衣平躺在玉床上，籠著冰綃花瓣的空間球被她拋起來，到帳頂，落下，被她接住，又被她拋起來，落下，再被她接住。如此反覆了半個時辰。

在這半個時辰中，這三個月來同連宋相處的一幕幕場景盡皆浮現於她的心海，被粼粼波浪帶走；而三個月裡許多她不曾認真留意過的情感也如退潮後裸露於沙灘的白貝，清楚地讓人意識到它們的存在。

是這樣啊。

原來是這樣。

她深吸了一口氣，驀地坐了起來，做好了決定。

與此同時，天空中出現了一抹夜虹。夜虹七色的光照進未閉的門窗，雖微弱，卻足夠令一個失眠之人在意了。祖媞微微睜大了眼，走近窗戶。

夜虹彎彎，被群星簇擁著懸於天邊，似座彩橋。

原來小三郎也還沒睡啊。她站了一會兒，握著那空間球跨出了熙怡殿，來到院中時，略一思量，又轉了腳步，先向御廚房走去。

西花園丹房中，刻印著風火水土光五元素代表祥紋的三足圓鼎褪去靈火，現出莊肅的真形。難得一見的神器問世，象徵祥瑞的夜虹隨之出現。三殿下專門將器成之時挑在了深夜，這時候大家都睡得迷迷糊糊的，沒多少人注意到那夜虹，也為他省了許多麻煩。

子時極陰，三殿下將新成之鼎放入了聚靈池。十二個時辰後，待它聚氣完畢，再將它從聚靈池中取出，便大功告成了。

放好那鼎，三殿下獨自一人登上了白玉樓的屋頂，在屋簷上枯坐了會兒，取出笛子放到唇邊，隨意吹了兩支曲。

西園造得迷宮也似，能順利走到這白玉樓前，祖媞自覺不易。她將燈籠提高了一點，看到玉樓巍巍，被植於樓前的花木半遮，似一個美人在夜色裡露出若隱若現的影，這倒是很值得一觀的風景。

更值得觀賞的風景在屋頂上。

屋頂上，小三郎白衣翩翩，正屈膝而坐，垂眸吹著笛。

這還是她第一次見他吹笛。夜風輕拂而過，帶起他一點衣袂，而他唇邊笛聲悠迴，這一幕著實很風流寫意，令她屏息。

解了籐妖之毒，恢復神智後，祖媞曾嘗試著梳理自己同連宋的關係。

她並不是今夜才開始想這樁事。

天步告訴她，她中的毒乃情毒，那是一種放大內心欲望的毒。而那日清晨醒來之時，她清楚地記得在中毒昏眠之際，她做了一個如何荒謬的夢。那必是因情毒之故。彼時她極是震驚，因她從不知曉自己竟能對情欲有感知。她記得在她轉世的第十六世裡，也曾有人對她用過此類毒，但她那時全無什麼特別之感，為何如今對連宋……當這種顯而易見的區別明晃晃擺在她面前令她不得不面對時，她想了很久，最後得出了一個結論，小三郎對她來說是特別的。

自與他相遇，她便親近他，對他全心信任依賴。她這一生，包括作為凡人的十六世，從未對誰如此過。這已足以說明他於她的不同。

在變成小光神時，是從他的身上，她學會了什麼是占有欲。她會因他可能更喜愛小祖媞，不欲成年的自己回歸而在潛意識裡不高興；會因他戲弄她，對她無分寸地親近而在心中說些彆扭的埋怨話，但她從未真正生過他的氣。她所有微妙的如今看來不可思議的情緒全是因他而起。對別人，她就不會如此。

此前她也曾察覺到此種異樣，彼時她總用他倆訂下了噬骨真言來解釋，可如今想來，噬骨真言不過是個咒語，咒語只能威懾訂立此咒的雙方不違背諾言背叛彼此罷了，又怎能主宰一個人的心和感情？

她從一開始便待他特別，特別是在中毒之後，內心欲望放大之際，她竟會主動去碰觸他，這是因為什麼？

當然是因為，因為……

那時她已觸碰到了正確答案的一角，只是還帶著一點模糊和不確定。可就在她想要克服內心的躊躇，進一步確定那個答案時，連宋的態度卻令她生了惶惑，使她不得不止步。

他像是在躲她。

認定他是在躲著自己後，她一度懷疑那夜那荒謬的一切並非夢境，而是真實發生了，因連宋心中無她，不能面對那夜，才開始躲避她。

這些日她一直在想著這件事，並為此鬱鬱。直到今日傍晚。

今日傍晚，西花園中，白玉樓前，連宋送了她一場冰綃花雨。那他應該不是討厭她，在躲她。

她去人世修行，學習過各種情感，唯獨不曾親歷過男女之愛，她並不覺得自己應該懂這種感情。可那一刻，當冰綃花的幻影隨風飄飛，溫柔地穿過她的指尖時，她卻無師自通地感受到了她對連宋的感覺，是喜歡。

她無比真實地觸碰到了那個完整的答案。

可她也想了起來，她是個沒有未來的神。所以雖知連宋就站在丹房的窗戶後看著她，她卻沒有去找他。

但又很不甘。

才剛剛意識到這份喜歡，她就要放棄掉它嗎？

怎麼能甘心呢？

回熙怡殿後，她想了許久，關於她和連宋的過去和她的未來。

她從未嘗試過反抗命運。在預知夢中看到三年後她並非死於獻祭，而是被慶姜殺死，令她有生以來第一次想要嘗試去改變命運。她不知她是否會成功，她此前並沒有細思過這件事。因即便不能成功，即便死得無價值，但那是命運，她反抗過了，反抗不了，她也接受。可如今，她不想再接受一個不能成功的結局，她希望自己無論如何都能活下去。若能活下去，她就能……

話說回來，她和小三郎不也很相配嗎？雖然她輩分是大了一點點，可年紀和小三郎也差不離，再說兩人都是自然神，也算是門當戶對，是一樁極好的姻緣了。

雖不知小三郎對自己是何種情感，但他肯定是不討厭她的。

還有三年，若他們能渡過那劫，若她能活下來，那他們就能有未來。

所以能不能找個藉口，讓小三郎等一等，這三年都不要去找什麼別的仙子，也不要娶妃？

這是不是一個解決辦法？

她在熙怡殿中細思良久，覺得這好像可行。

下定了決心，她就不想再拖延了，因此漏夜趕來了這裡。

白玉樓前，祖媞站了好一會兒，待一曲將畢，連宋垂眼看向她，她才飛身上了屋頂。

適才乍見到祖媞，三殿下心中波瀾驚動，但此時他已調整好了心態，能穩住心神如尋常般招呼她，「這麼晚，怎麼過來了？」

祖媞在他身邊坐下來，將那嵌著明珠的燈籠放到一旁，在兩人之間化出了一張小几，然後將手中的烏木食盒放到小几上，打開來，取出了一只冒著寒氣的白水精冰碗，「我看到了夜虹，過來恭喜你煉成神器，順便請你吃冰。」她抿了抿唇，唇似丹櫻，抿出一個笑，「也是謝你傍晚送我的那場花雨，這冰碗我做的，給你嘗嘗。」

西皇刃邪力盡數自她體內拔除後，這張芙蓉玉面終於不再如往昔一般蒼白無血色，冰肌玉膚中透出一點胭脂淡掃似的紅意，昭示主人的康健無恙。這是連宋更為熟悉的她的模樣。

三殿下不動聲色地收回目光，不欲再看這張熟悉得令他恍惚的臉，端起小几上的冰碗，輕描淡寫道：「只是不經意聽到了妳和蓇蓉說話，知妳思鄉，便隨手為之罷了，何須專程做一碗這個來報答我？」

她瞥他一眼，從食盒中取出了一只更小的碗和一只大銀杓，「誰說一碗都是給你的？你只有一半。」說著握著杓子傾身過來，是要從冰碗裡分取果肉的意思。

不欲再看她，卻又忍不住。如今的她，眉眼裡仍含著凡世裡十五、六歲的她才有的那種天真，只是因長大了，神態不復從前稚氣，現出了一絲清冷之意。那一世，他踏遍山河在絳月沙漠裡尋到的那個她，其眉眼神色便極類此時。而此時，當她說著「你只有一半」的小氣的話時，那略顯清冷的瑩潔面容微微含笑，清豔，又有些嬌。他向來就很喜歡她含嬌的模樣，令他忍不住……忍不住就想戲弄她。

在她的銀杓搆過來時，他端著冰碗的手往後一退。冰碗自右手被換到左手，左手往後挪開，這下她只能爬到他身上才能搆得著那只冰碗了。

她微微瞪眼，放下杓子，看著他，「小三郎，你覺不覺得你有點幼稚？」

他就笑，「這樣小一只冰碗，還只分一半給我，妳就不幼稚？妳不僅幼稚，還小氣。」

她忘記了從前，也不願接納從前，令他生怒。被心魔折磨得厲害時，他甚至會恨她，不想見她，卻也不是真的不想見到她。當她露出這樣生動的表情，無意識地接近他，連嗔怪他都帶著難言的親暱，他又如何能夠招架得住呢？所有的不甘都只能埋進心底。

她對他隱秘而複雜的心思無所知覺，聽了他反駁她的話，哼了一聲，「誰小氣了？我只是覺得冰碗吃太多不好，就沒有做很多。」不是很認真地瞪了他一眼，「原以為這一碗已夠我們兩人分食了，誰知道小三郎你吃冰這樣厲害？既然你想吃一整碗，那就都給你吧。」不情不願說完這話，又勉勉強強地催他，「那你趕緊嘗嘗味道如何，可合你意？」

他喜歡她這般鮮活模樣，見她如此，頗覺心怡，就著眼前秀色淺嘗了一口冰碗中裹了冰霜浸了糖漿的果肉。一股熟悉的清甜在口中化開，這冰碗的味道竟與她從前在小桫欏境中為他做的一模一樣。他一時失神。

夜風微涼，小桫欏境中她的昔日之語彷彿響在耳旁。「我也不會做別的，但是冰碗這種零嘴就真的很拿手，你嘗了可要誇我啊！」

那時他故意沒有誇她，嘗了一口，只問她：「妳怎麼喜歡吃這麼甜的？」

她驚訝極了，就著他的手也嘗了一口，水潤的眸望向他，「這還算很甜嗎？根本沒多甜，」晶石般的瞳微微一閃，「你難道不喜歡甜？」說著便將他撲倒在玉簟上，捧著他的臉一下下親在他唇上，「那我也剛吃過冰碗，你喜歡不喜歡我這麼甜？」

當然喜歡。可彼時他沒有回答她，在她惡作劇得逞，招惹了他便想要離開之際一把將她扯了下來，重重吻住了她。

那真的是一段很好的時光。

那時候，他一心以為他們還會有很多那種很好的時光。

誰知他們之間最後會是這樣。

他又嘗了一口手中的冰碗。

「好吃嗎？」祖媞撐著腮問他。那期待的目光同多年前一模一樣。

連宋愣愣地看了她一會兒，並沒有回答好吃或不好吃。「嗯，我很喜歡。」他答非所問。明明說著喜歡的話，語聲中卻含著傷感。

但祖媞沒有注意到。看他一杓一杓吃冰，她靜了會兒，忽然揚手將橫在他們中間的小几挪開了，坐近了點兒，偏頭看他，「小三郎，我想和你說一件事。」

今夜她的任務很重，在和他談論讓他遲些選妃的事前，另有一樁重要之事她需先同他說明。

連宋舀起最後一杓冰，看她一眼，「什麼事？」

祖媞沉默了片刻，「我想告訴你，」她神色變得凝重，「煙瀾並不是長依仙子。長依仙子，她其實是我的一口靈息。」

連宋放下了冰碗。嗒的一聲。

那聲音並不很響，祖媞卻頓了一頓。她垂下了眸，刻意不去看他，將白日殷臨同她所言種種飛快說了一遍，又告知了他她在鎖妖塔中的所見，「……告訴你這些事，是我覺得你應當知曉，而長依應該也不願你繼續將煙瀾誤認作她。」她語聲慢了下來，「接下來我要說的，是關於長依的感情……她最後留下了一些執念，其中之一是她想讓你知道，那些年在九重天上，她喜歡的人並非二皇子桑籍，其實是你。只因她知曉你本性無情……你允許神女們因征服欲而接近你，卻極厭惡她們為你生情，一旦有誰向你告白真心，便會為你厭棄，所以她不敢告訴你她的感情。且她又害怕你發現她思慕你，為求萬全，她撒了謊，讓整個九重天都相信了她喜歡的人是桑籍。她臨死之前對你說『若有來生』……那句沒有說完、她也不敢說完的話，是若有來生，她想和你在一起。」

說完這些話，她才看向他。青年微垂著眸，臉上沒什麼表情。她不確定他在想什麼。便如她同殷臨所說那般，他要怪罪他們也好，無論怎樣都好，都是她需面對的。她輕喚了他一聲，「小三郎，」問他：「你在想什麼？」

這白玉樓旁種著一棵極高大的廣玉蘭樹，一樹玉蘭花花繁似錦，夜風吹過，些許花瓣飄落，連宋抬頭，接住一片花瓣，道：「我在想，她的確瞭解我。她是對的，若讓我知道她喜歡我，我們便做不成朋友了。」

他將那玉蘭花瓣放在唇邊，吹了吹，竟吹出了幾聲悠揚調子。祖媞驚訝地看著他。他笑了笑，抓了一片花瓣，遞給她，「妳也想試試？」祖媞搖了搖頭。他便將那花瓣收回來，放在唇邊又吹了幾聲。然後他停住了，拈著那花瓣，忽然沒頭沒尾地說：「我生在承平年代，孩提時被慣壞了，要什麼有什麼，這種日子過多了，容易長成個紈褲。雖然最後僥天之倖，我沒有成為一個紈褲，但卻走入了另一個極端，著了相，覺得世事無趣，萬事皆空。我在四萬歲時認識了長依，後來知道她喜歡我二哥，看她對二哥那樣死心塌地，彷彿會至死不渝，年少的我覺得她對二哥的愛可能會是一種恆久不變之物。為了證明這一點，我救了她。而如今妳讓我知道了，其實一開始我想要證明的就是不存在的東西。」說到這裡，他停住了，沉默了一瞬後看向祖媞，冷不丁道：「不過，既然長依是妳的靈息，是妳的一部分，那是不是妳現在愛上我，並且至死不渝，就能證明這世上真的有『非空之物』存在了？」

祖媞有點蒙，「小三郎……」

他淺淺一笑，「嚇到了？我只是開玩笑。」

祖媞認真地看了他一會兒，發現很難辨別他是不是在開玩笑，想了想，還是解釋道：「長依雖是我的靈息所化，卻並非我，她是獨立於我的完整存在。或許因源於我，情感上……」「情感」二字她說得含糊，「多多少少受了我一些影響。但萬年修煉，她修成的是她自己。鎖妖塔中，我雖然看到了她的部分過往，看到了她的情感，也看到了她的執念，但我卻無法與她共情。你知道無法共情是什麼意思吧……」

像是擔心他不懂，她打了個比喻，「就譬如我曾在凡世有過十六次轉世的經歷，那十六次轉世，如今回憶起來，俱是歷歷在目，那些經歷，那些情緒，全是我的，所以那些轉世每一世都是我。然長依的愛恨和經歷不是，它們是她自己的，是我可以看到卻無法感同身受的東西。彼時在鎖妖塔中，遺留在彼處的靈息回到了我身體裡，或許是在我體內感覺到了你種下的噬骨真言，靈息裏挾著的執念和傷痛很快便被撫平了，長依的意識也在執念和傷痛被撫平的那一刻消散無蹤了。」說完這些話，她近似鄭重地看向連宋，「回到我體內的靈息，便只是靈息而已，小三郎，你不可以把我當作長依，我不是她。」

青年靜了片刻，拈著手中的花瓣，「當然。」他說：「當然，她是獨一無二的長依。」過了會兒，又道：「我雖對她並無男女之情，但當年確然很欣賞她。長依也證明了她值得我的看重和欣賞，我的確不該把煙瀾認作是她。」

祖媞默然了一瞬，「你也是被我們騙了。抱歉，小三郎。」

青年揉碎了手中的花瓣，忽然問她：「妳說在凡世轉世的那十六世每一世都是妳，對吧？」

祖媞愣了一下，「嗯。」她指了指被他放在一旁的冰碗，「喏，如何做冰碗便是我在第十世學到的手藝，那一世我開了個酒坊。」

他點了點頭，彷彿只是隨意問她：「妳每一世學到的新技藝都能帶到下一世嗎？」

她便也隨意地答：「不能，因為下一次轉世時，我不會再有上一世的記憶，但是學會的情感會帶到下一世，因為那是刻在魂魄中的東西，無法忘記。」

他沉默了會兒，神情像是放空了，「真的無法忘記嗎？用術法將它們自妳的魂魄中剝離，不就可以忘記了嗎？」

聽上去連宋像是在同她探討一些術法問題。祖媞順著他的思路想了想，發現這還真的可以。「嗯。」她贊同道：「照理說可以如此，但那應該……」她微微皺起了眉，「應該會很痛。」

青年脫口而出，「既然會很痛，那為什麼……」但話說到一半他停住了，揉了揉額角，「算了。」

青年的反應著實有些奇怪，她不禁疑惑，「你剛說『為什麼』……是指什麼？」

「沒什麼，」青年再次抓了片花瓣，放在指間把玩，「只是想到怎麼沒有誰研製一種不痛苦地剝離情感的術法。」

因青年的表情實在太過雲淡風輕，祖媞信了這話，想了想回他：「因為沒有誰有這樣的需要吧。」

他笑笑，「也是。」便沒再說什麼。

見青年不再說什麼，祖媞輕咳了一聲，看向他，「小三郎，我有個問題想要問你。」

青年把玩著花瓣，看她一眼，「什麼問題？」

她撐腮，裝出一副並不十分在意只是隨口問問的模樣，「我就是有點好奇，你為什麼厭惡別人對你生情？」

連宋愣了一下，反應過來祖媞的問題，他輕輕挑了下眉，「也不能說厭惡，只是我不喜歡她們，所以不想應對而已。」

這個回答是祖媞不曾預料到的，她難解地皺眉，「不喜歡她們？可你明明讓她們進了元極宮……」

聞她之言，連宋也撐住了腮，好整以暇地看著她，「妳以為她們是因喜歡我才入的元極宮？那妳就錯了，於她們而言，我更像是個獵物，而這是個捕獵遊戲。但她們的耐心通常又都很短暫，所以一般三、五個月後，天步就會將她們送走。至於妳問我為什麼要允她們入元極宮……」他唇角微揚，便有了幾分玩世不恭，又像是自嘲，「因為有時候我也會覺得孤獨無聊吧，她們雖是帶著征服心而來，目的是馴服我這個浪子，但這些都無所謂，我並不在意，她們都是絕好的稱職的玩伴，我們應當算……各取所需？」

祖媞眨了眨眼，想了會兒，「所以你只是想要一個可以在你無聊時陪著你的玩伴，你其實也不懂怎麼喜歡人。」

她的總結讓他靜默了一瞬。不懂怎麼喜歡人嗎？不，我可太懂了。他在心底微嘲地想，卻也沒有去否認她的總結，只模稜兩可地道：「如今我可是很忙的，妳難道不知元極宮已許多年不曾迎入新人了嗎？」

祖媞心想，也不見別的神君宮中有美人來來去去，過去是你走了岔道，如今元極宮不再常迎新人這不是應該的嗎？但又想，唉，過去也是他不懂事，算了。想著「算了」，卻又有些擔憂，微抿了抿唇，問道：「如今你忙也是因大戰在即，若是三年後大戰結束，此劫平息，小三郎，你會又覺得孤單無聊，再去同那些姑娘們各取所需嗎？」

一、二、三……她已在心底數完了十個數，但一直未等到連宋回答，不禁抬眸看向他，卻發現他在走神。

「小三郎。」她輕喚了他一聲。

他才注意到她的目光，視線有了焦點，落在了她臉上。「不是一些，是一個。」他糾正道。

在她露出蒙然不解的神色時，他很淡地笑了一下，「這次我想找一個我喜歡的人，然後再也不讓她離開。」

「你……想娶妃了？」

他不置可否，「我的年紀也差不多到了。」

她丹櫻似的唇開合數次，「那、那你這三年可別娶。」

「為什麼？」他問她。

「因為……」她定了定神，在突然空白的腦子裡搜尋到了此前斟酌好的藉口，「因為大劫在即，時間很緊迫了，我們要為此好好準備，不是嗎？」

他看著她，突然笑了一聲，「妳倒是時刻心繫八荒。」

這像是一句調侃的話。

但他調侃得沒錯。她的確時刻心繫著八荒，這是她的宿命，是她即便可以選擇，卻不能，也無法背棄的責任。

即便意識到有了七情的自己喜歡了一個人，她也不敢、不能將那人放在她的宿命和責任之前。

唯一的路，是在無怨地背負這種命運和責任的同時，努力尋求一個活下來的機會。

若她能活下來，她想得到她喜歡的這個人，擁有普通凡人們都可以擁有的、她在那十六世裡也曾好奇過的幸福。

祖媞抬眸望著與她相隔不過尺餘的青年。

她突然傾身過去，手碰了碰他的鬢。

離得這樣近，他身上的白奇楠香絲絲縷縷鑽進她的鼻，令她心跳也心驚。她的手有些顫，但那微顫的指還是在他的髮上停留了片刻。然後她撤開了，於瞬息間在手中變化出了一片綠葉，呈在了他面前。

無法靠近，卻想要靠近，或許這就是喜歡，或者愛。他過去也常如此戲弄她。彼時她從沒想過什麼喜歡或愛，只覺那是小三郎同女子們相處的一貫做派，她並不當真。當然，此時她也不會將過去他的戲弄當真，她只是推己及人地覺得，這是一種不會被對方當真，但又可以接近對方的便利行為。因此她學著他，也對他如此。他是個好老師，她也會是個好學生。

連宋根本沒去看她手中的綠葉，他完全愣住了，「妳……」

「你頭上有片葉子，我幫你拿下來了。」她回他。

她如此坦然，眉眼又如此天真，他想要懷疑，卻根本不能懷疑她此舉是對他別有用意。

她微嘟起紅唇，朝著掌中綠葉輕輕吹了口氣，那綠葉立刻變成了綠色的光點飛舞在他們身邊。「小三郎，是不是很美？」她烏髮如瀑，微微偏頭看著他，眉眼微彎，甜得像是一個夢。

「是。」他點頭，「很美。」說的卻並非那光點。

他真的對她毫無抵抗力。他想。便是不願接納同自己的舊情，便是不能再愛上他，但他始終是唯一與她立下噬骨真言的人。她與他毫無隔閡，她這樣信任他，也喜歡他，雖不是他想要的那種喜歡……可她彷彿……也夠喜歡他的了。就這樣，是不是也不錯？

她的手放在他的掌心，過了會兒才離開，他的掌中也出現了一片葉。

她曲起雙腿，頭枕在膝上，就像她仍是當初那個在凡世的小姑娘，抿唇看著他笑，「小三郎，你也吹一吹。」

他接過那片樹葉，卻沒有學她將那樹葉吹散成為光點，而是用它吹了一支曲子。他希望她的樂理如她在凡世時那樣不好，這樣她就無法聽出他吹奏的是首求愛的小民謠。而祖媞果然沒有聽出來。

她在那悠揚的笛聲中靠著他的肩，慢慢睡著了。

當她完全放鬆，靠著他的肩膀小睡之際，他攬過她，看了她一會兒，然後小心翼翼地在她額間印下了一吻。

因她的笑、她伸過來的手、她枕在他肩側小睡時的平穩呼吸，心魔被壓了下去，被關在了心的最深處，那些偏執在這一刻也不見了蹤影。

起碼這一刻，他是沒有怨恨，享受著同她相處的。他想。

第二章

位於元極宮西花園丹房中的聚靈池雖是個小池，靈氣卻盛。聚靈池以一池靈氣滋養新成之鼎，十二個時辰後，當銀鼎自湖中被取出，已是雜息盡退，唯餘瑞氣相環，一望便知其乃一等一的神器，稀世無雙，不可多得。

知鼎成，帝君深夜來訪元極宮查驗神器，把玩良久，覺得挺滿意，觀其方寸之物卻可納乾坤，還興起幫著三殿下給這鼎起了個挺霸氣的名兒，叫無隅。

不過驗鼎之夜，帝君並沒有主動同三殿下坦白他已和祖媞神商議好了大家關於後續之事的分工。因為帝君很明白，由他和連宋說這事，連宋必不會心甘情願同意，只能由祖媞開口，連宋才能吃下這個暗虧。

帝君雖然沒有什麼情商，但這件事他把握得很精準。

後續連宋果然沒有就他們之間不公平的分工問題來太晨宮找他的碴。聽重霖說，連宋很是平靜地接受了他和祖媞得既尋土靈珠又尋風靈珠，在得知關於風靈珠祖媞已有所安排後，和她商量了會兒有關尋土靈珠的事，之後沒多久，他就去南荒了。

帝君好奇問：「他為何會去南荒？」

重霖有幸在連宋離開九重天時見了他一面，彼時他也問了連宋這個問題。重霖回道：「三殿下的意思是，這些年咱們一直盯著慶姜，慶姜勢必也一直盯著天族。九重天畢竟防範森嚴，魔族的探子沒法插得太深，或許還不知祖媞神已在天上，但一旦她啟程去豐沮玉門山，那咱們在尋土靈珠這事兒怕就瞞不住魔族了。」

帝君表示，「的確很難瞞住，那他想出了什麼法子？」

重霖回憶了一番連宋彼時所言，答道：「三殿下說，慶姜也不是沒腦子，此事應該很難瞞天過海，不過歸根結底，我們只是不希望尋土靈珠這事兒打草驚蛇，讓慶姜推出我們尋此物是為了對付他，所以他打算去南荒布布疑陣放鬆慶姜的警惕。」

帝君覺得難得連宋辦事兒這麼有主動精神，且這事兒一聽就很複雜，其間雜務會很多，而連宋居然沒來太晨宮將雜務一股腦兒全推給自己，孩子真是長大了，這很好。帝君感到欣慰，但同時他也心癢癢的有點好奇，問重霖：「他有沒有和你說，要去南荒布什麼疑陣？」

重霖其實也很好奇，但也只能遺憾地搖頭，「殿下並沒有和我說這個。」

帝君默了一瞬，理解地點了點頭，「嗯，他可能是覺得你不配吧。」

重霖：「……」

鵲山山系橫貫東西，綿延數千里，將青丘大殿下白玄上神的封地西南荒和魔尊慶姜掌領的南荒區隔開來。猿翼山是鵲山山系中段的一座山，山中有個隱蔽的溶洞，乃殷臨、昭曦和褱甲三人碰頭的據點。今日三人相聚，主要是褱甲需向二位神使傳報三皇子的計畫，順便和他們商議一下接下來幾人盯梢魔族的重點。

溶洞草亭中，聽褱甲提起祖媞不日便將前往豐沮玉門山，昭曦的神色不太好，「慶姜座下三位魔使，樊林、商鷺、纖鰈，皆是洪荒時代便跟著他又被他親自從沉睡中喚醒的心腹。尊上甦醒，於慶姜而言是一樁大事，數月來，慶姜一直令三魔使看著姑媱。」

他深深蹙眉，「姑媱長年閉山，探子無法潛入，加之我們幾人潛行影蹤得也還算高明，才糊弄過了三魔使，讓他們以為尊上這些日一直隱在姑媱。但西荒畢竟是鬼族的地盤，鬼族雖臣服於神族，難免也有二心。豐沮玉門山又是地母沉睡之地，各族在那處都有眼線，護山大陣一動，各族便都會知曉。尊上前往西荒之事或許我們還可遮掩，但一旦她到達豐沮玉門山，這事卻就不好瞞住了。」

殷臨亦贊同昭曦之言，輕叩著石桌沉吟，「若容慶姜那三個魔使緊咬在後頭，一來怕他們給尊上使絆子；二來，倘若他們透過尊上尋土靈珠之事查探出點什麼來，也很不妙。」

裏甲仙侍在外人面前總還有點正經樣子，不似在三殿下跟前那樣隨便。「二位神使慮得不錯。」裏甲肅容正色，「可巧我們殿下也覺著，祖媞神去一趟豐沮玉門山，後頭還跟著三個魔使，人就未免太多了。跟一個意思意思差不多得了，故而他聯絡了我們太子殿下。太子殿下今日便會回九重天，去說服天君陛下與青丘聯合大閱。太子殿下若順利……當然，太子殿下自然會順利，那麼大閱即日便會開始籌備——就辦在今夏，地點就定在東南荒與南荒交界之處。」

所謂大閱禮，乃考校將士的閱兵之禮，是神族演武禮的最高形式。九重天每三年辦一次，青丘每十年辦一次，照理說大家是辦不到一起去的，但天族和青丘狐族聯姻之事八荒皆知，最近又有太子殿下同白淺姑姑其實處得還不錯的傳聞，揀這個時候聯合大閱，也的確是一樁挺合理、讓人挑不出錯的事。不過，將大閱的地點放在與南荒交界的青丘屬地，雖也說得過去，讓魔族來看卻多少有些威懾他們的意思了，屆時慶姜不可能沒有應對。

「天族與九尾狐族將在東南荒聯合大閱，消息一旦放出去，慶姜魔尊就不可能坐得住。屆時，魔族定然也會列軍於南荒與東南荒之交以防範神族。而照魔尊的謹慎多疑，此事一開始便會派心腹跟進，且就算派七君出兵，他也絕不可能讓他並不信任的座下七君自行領軍，定會派人隨軍都監。」襄甲娓娓道來，「樊林魔使穩重，是個難得的將才，監軍之職必會由樊林魔使領受。如此，待祖媞神前去豐沮玉門山，跟在她後頭的魔使便能少一位了。至於商鷺魔使和纖鰈魔使……」

襄甲話到此處，殷臨已完全明白了連宋的考量，接口道：「至於這二位，若讓他們都跟在尊上後頭，也是很讓人吃不消的一件事，所以最好還能再引走一位。」

襄甲一笑，微微屈身，恭維道：「我們殿下讚尊者敏銳過人，一點就透，此言果是不虛。殿下的意思是，纖鰈和商鷺二位魔使中，纖鰈還算是個聰明人，但正因她是個聰明人，所以也有聰明人或多或少都會有的毛病——甚為自負。我們有許多事不能讓魔族知曉，慶姜魔尊處自然也有許多事不願讓我們知曉，譬如二十多萬年前他失蹤的原因和四年前他突然歸來的目的……殿下說，與其被動防守，不如主動出擊，若兩位尊者做出欲探查慶姜魔尊這些秘密的模樣……自然，以尊者們的身分，探查這些也很合適。相信到時候，纖鰈魔使自會主動請命來盯防您與昭曦尊者，畢竟這個任務聽上去，比盯梢為了尋女媧娘娘託付給姑嫆的舊物而前去豐沮玉門山的祖媞神，要難得多了。」

昭曦眉心微動，問襄甲：「說尊上為了尋女媧娘娘託付給姑嫆的舊物才前去豐沮玉門山……這是何意？」

襄甲沒想到他說了半日，昭曦就關注到這個。殷臨看了他倆一眼，代他回答了昭曦：「應是三皇子放出的傳言。同是洪荒神魔，慶姜對尊上的瞭解多半還停留在洪荒時代。在慶姜眼中，尊上應是個遺世獨立、不問塵事的性子。如此性子的尊上有一日竟插手塵事了……那就必得有一個極好的理由才不致使慶姜生疑。三皇子找的這個藉口，是個好理由。」

襄甲也忙頷首，「正是正是，說女媧娘娘曾有一物託付給姑嫆，姑嫆卻保管不力，以致那物失竊，多年來一直不曾尋回，如今尊上醒來，得知寶物失竊，親自出山尋找，也是順理成章。如此，三魔使便可去其二。留一個商鷺跟在尊上後頭，完全不足為懼。商鷺此人，才能和性情都不出挑，辦事也是中規中矩，耳根子還有些軟，擺弄他比擺弄其他兩位魔使容易多了。」

昭曦靜默了片刻，不贊同道：「商鷺嘛，只能說不那麼多疑，但要說他輕信也不至於。」他淡淡看了裏甲一眼，「你家殿下再是長袖善舞，我也不信這樣短的時間內他能取得商鷺的信任，進而將商鷺玩弄於股掌之中。」

裏甲點頭，好脾氣地笑著解釋，「那的確很難，不過商鷺魔使好琴，他有位常與他鬥琴的知音好友，叫作瞿鳳。這個叫瞿鳳的魔，因智高、琴藝又好，很得商鷺信重，在商鷺面前也說得上話。殿下的意思是，何必費心再捏造個什麼身分接近商鷺，用瞿鳳的身分就可以。」輕咳了一聲，難得有些赧顏，但赧顏中又含著一絲微妙的自豪，「因我們二十四文武侍中沒有誰有瞿鳳那樣高超的琴技，扮他容易露餡，故而殿下決定親自出馬。我們這些侍從雖力有不濟扮不了瞿鳳，但我們殿下扮一個瞿鳳卻是綽綽有餘的。」

昭曦在凡世輪迴時，曾做過背負一統十六夷部大業的麗川王世子，對探子細作這類角色自是熟悉，十分明白培養一個暗探有多不易，以及一個好探子、好細作有多難得。他並不相信連宋能夠勝任此職。

說到底，他還是對連宋有偏見，認為這位三皇子雖有幾分本事，但生性閒散，又玩世不恭，非是能成大事者；元極宮雖有擅打探消息的美名，那也不過是因三皇子有個溺愛他的做天君的父親，賜了他一幫有能為的屬臣罷了。

昭曦沒有掩飾自己的不以為然，嗓音微冷地提醒裏甲，「三皇子打算對瞿鳳取而代之，利用瞿鳳的身分掌控商鷺進而糊弄慶姜，這的確是一則省事省力之計，但暗探這等活計卻不是誰法力高強誰便能幹得了，你們三殿下並不像是……」

今日來一直好脾氣的襄甲微冷了臉色，打斷昭曦的話，「昭曦尊者這是何意？是不信任我們殿下嗎？」襄甲冷笑一聲，抬手向東天一揖，「尊者可知，元極宮最厲害的探子並非我這個文侍頭兒，也並非衛甲那個武侍頭兒，而是我們殿下。元極宮二十四侍，皆是四萬年前由殿下親自遴選，親自調教，我們會的殿下無一不精，所以殿下想要扮誰便必能扮得妥當，尊者著實不必憂心！」

昭曦面露震驚，一時沒有言語。

殷臨其實也有些驚訝，但表情尚算淡定。他思量了會兒，覺得連宋這番安排的確很是妥當，沒什麼好補充的了，假裝沒有注意到昭曦與襄甲之間的緊張氣氛，在一片靜默中一錘定音道：「如此甚好，我同昭曦去迷惑纖鰈，商鷺便交給三皇子，太子殿下則負責籌備大閱禮，我們沒什麼異議。」又道：「想必三皇子已開始行動了，我們也不好落下，便告辭了。」

襄甲肩負重任而來，總算沒有辜負三殿下的交代。他鬆了一口氣，朝殷臨禮了一禮，「神使請。」

九日前，將無隅鼎送去太晨宮後，祖媞和連宋約好了分頭行事。連宋去南荒搞定魔族，祖媞去地母女媧沉睡之處——西荒的豐沮玉門山尋存著女媧元神之力的土靈珠，待連宋南荒事畢，再來西荒同她會合。

三殿下臨行前領著祖媞往帝君的藏書閣走了一趟，將包括豐沮玉門山在內的百里八鄉的輿圖和異族志全找了出來，壘成幾大摞擱在她面前，讓她翻完了有個準備再去西荒。

守書的粟及目瞪口呆地看著那幾摞書，覺著三殿下是不是有點誇張，去豐沮玉門山尋個寶而已，看那麼多輿圖真的有必要？但祖媞覺得無所謂，送連宋離開九重天後就老老實實待在太晨宮中看起書來。

帝君路過，看到這個陣仗，疑惑地問重霖姑姑是不是打算趁著去豐沮玉門山尋寶順便把鬼族給滅了。重霖老老實實回答，說那是三殿下擔心祖媞神此去西荒危險，親自給她找的書，目的是讓她對豐沮玉門山有個譜，如此他也安心。

帝君沉默了片刻，不太能理解，「祖媞修習療癒類術法，與同時代的洪荒神魔相比，她的確不算很擅戰。但洪荒神魔如今只剩下悉洛、慶姜、本君，再加上一個她罷了。只要她不和慶姜對上，她能遇到什麼危險？」

重霖也無法回答這個問題，只能說：「祖媞神看得很快，想必再過兩日便能看完了，也不會耽誤去西荒的日程。」

祖媞看書的確快，連宋離開不過七、八日，她已將面前幾大摞輿圖和異族志全翻完了。放下最後一本輿圖，她正籌算著是今日下午就帶霜和、菁蓉和連宋留給她的天步去西荒還是明日再去，常跟在天步身旁的一個叫燈燈的小仙娥忽然急惶惶通稟入內，帶來了一個讓她半晌沒回過神來的荒唐消息。

九重天上監察諸神之署叫蘭台司，蘭台司下又分三院：台院，殿院，察院；台院上察天君，殿院監察九天諸神，察院下察下界諸仙。

說今日凌霄殿朝會上，蘭台司殿院裡一個叫虞英的仙君當著九天諸神的面參了三殿下一本，斥三殿下仗著身居高位便行事放縱、荒唐不羈，強占小妖笛姬致其有孕，卻不欲身分低微的小妖誕下天族子嗣，對其一再迫害，可謂敗德辱道，惡劣之至。此奏本一出，朝會一片嘩然。天君立刻派了兩個殿前侍衛前去元極宮傳三殿下與小妖笛姬。無奈三殿下這些日並不在九重天，而笛姬竟也莫名失蹤了，兩個侍衛不敢空手而歸，商量一陣後，領著元極宮的掌事仙娥天步回了凌霄殿。

小仙娥燈燈攥著裙子心急如焚，「天步姐姐說那虞英仙君一派胡言欺人太甚，可殿下不在，也尋不到笛姬，不知究竟是怎麼回事。但也不能任由那虞英在諸神面前信口雌黃，因此她先去凌霄殿走一趟，讓奴婢趕緊來尋尊上，」說著這些話，一直是三殿下忠實擁躉的燈燈眼眶有些發紅，不知是怒的還是委屈的，「還請尊上為我們殿下做主，我們殿下雖有個風流之名，可風流之名同污名卻是兩碼事，萬不能讓惡人趁著我們殿下不在，便把這等污名扣在殿下身上！」

祖媞皺眉消化了一陣燈燈所言，抬頭時，見小仙娥仍是一臉憤懣，安撫地拍了拍她的肩，「不是大事，先回宮再說。」說著先一步向外走去。

燈燈已慌了大半日，聽聞祖媞此言，再看她臉上表情的確很沖淡平和，也莫名安穩了下來。

三十二天天之正中屹立著一座金雲為蓋白玉為牆的雄渾寶殿，正是天君召臣子們開朝會決議要事的凌霄殿。

今日凌霄殿上的朝會雖不是什麼大朝會，但滿天神佛，該在的也基本上都在了。

天步上殿已有一刻。在與虞英仙君的對峙中，她差不多釐清了這位仙君對三殿下的參本，以及他一大早參她家殿下的因由。

照這虞英仙君自述，他是在一個多月前於千花盛典上路見不平，為彼時被幾個神女仙子欺負的笛姬出頭，而因此結識了笛姬。後來他去十二天辦事，又同笛姬照過幾回面，結果三次有兩次都看到她被人欺負。他可憐笛姬柔弱性子軟，被人欺負了也不敢吭聲，便幫她教訓了幾回欺負她的人。之後笛姬便開始信任起他來，再遇到什麼難事也願意來尋他求援。

說昨日傍晚，笛姬忽來叩他府門，央他助她逃離九重天。他欲詢何故，笛姬卻忽然暈倒。他趕緊去藥君府請了一位醫正過府，醫正看診後，查出笛姬竟已有孕，人暈過去乃是因這幾日受了虐待導致胎象不穩。笛姬醒來後，在他連連追問之下方泣涕告知他，說她被三殿下強占了，腹中有了仙妖之子，但三殿下輕鄙她小妖出身，得知她有孕後大怒，吩咐健僕強給她灌藥，欲使她落胎。然她素來體弱，如此落胎恐性命不保。她與那健僕周旋數日，騙過了那仙僕，讓那僕從以為她乖乖服下了落胎藥，趁著仙僕守備鬆動時，才拚命逃脫了出來。

虞英說自己聽聞此事後極是震駭，只能先將笛姬藏起來，哪知今晨大早卻發現笛姬不見了。因想到或許是元極宮查知笛姬出逃，派人潛入他府中將笛姬帶走了，若是如此，笛姬可能凶多吉少，故他才在早朝之時將此事在凌霄殿中揭開。

天步聽完虞英所述，只覺荒謬荒唐。若虞英所言非虛，那便是他被笛姬給蒙騙了；但，又焉知不是虞英與笛姬共謀捏造了此事來抹黑陷害殿下？兩者究竟哪一種更有可能，著實難判。

這些時日二十四仙侍皆散在八荒辦差，宮中不過留了些普通仙侍伺候。但元極宮裡，即便是普通仙侍也比旁人宮中的警醒許多，卻沒有一人注意到笛姬與虞英私下有交，也令天步頗為心驚。可見笛姬心機過人。

而笛姬有如此心機，自己卻在最初的幾天監視之後便相信了她柔弱老實，之後對她更是毫無防範……她怎能失職至此？

天步在袖中握緊了雙拳，盡量保持平靜，回應虞英，「虞英仙君身在殿院，肩負監察諸神之職，參奏諸神乃本分，但仙君怎可聽信一個小小樂姬的一面之詞，不經查實，便將污水盡皆潑到我家殿下身上？」

虞英皺眉，沒有回答天步，只向天君一拜，「陛下以仁心治天下，曾親言『生靈並無貴賤，五族本是一家』，以此教化神族臣民。微臣牢記陛下教誨，笛姬雖只是元極宮一樂姬，但微臣並不視她為卑賤，也不認為她的命應被隨意踐踏。乍聞她身上發生此種聳人聽聞之事，微臣本也想將事查明了再奏聞陛下，可笛姬卻突然失蹤，這著實令微臣擔憂，思量之下，不得不貿然先行上奏。」

話到此處，一瞥天步，再拜天君，做出一副剛強純直之態，不卑不亢地繼續，「且恕臣直言，此事若牽連的是其他神君，的確令人不可置信，但三皇子素有風流之名，笛姬對他的一番控訴又是言之鑿鑿，故微臣不敢不聽進耳中兩分。若微臣有過錯，只請陛下責罰。」

天步唇角繃得平直，心想不愧是蘭台司出來的，當著天君的面參他兒子竟絲毫不懼，話又說得如此滴水不漏，便是天君有心偏袒幼子，此情此景，又還能說什麼？

天步滿心是怒，卻也不敢意氣用事，努力壓下心中怒意向天君及眾位仙神解釋，「笛姬本是南荒一無主小妖，我家殿下路過南荒時，遇到她被幾個魔族欺凌，順手救了她，見她無處可去，甚為可憐，才將她帶回元極宮，安排她做一個樂姬。笛姬入元極宮後，她的一應起居皆由奴婢照應。奴婢可發誓，元極宮從未虧待過她，至於虞英仙君說什麼笛姬曾在十二天飽受欺凌，又說什麼三殿下強占了她，還拘禁了她，更是無中生有之語。尋到笛姬，讓她與奴婢當庭對質便知。至於她腹中之子是否是仙妖之子，又是否是三殿下的子嗣，」天步止不住厭惡地一皺眉，「人找到了，或許現在無法驗出，但待那孩子再長大些，斗姆元君處自是有辦法能驗得出，豈可容有心之人肆意污蔑我們殿下，甚而混淆皇族血脈！」

天步態度強硬，一席話鏗鏘有力擲地有聲，眼看原本已有些相信三殿下的確如此荒唐的仙神們面容上有了欲重判此事的不確定之色，虞英冷冷一笑，「仙子並非三皇子本人，又怎能盡知三殿下的私密之事，倒也不必含沙射影微臣便是那個有心之人，所奏俱是污蔑殿下了。」說到這裡，彷彿也動了氣，冷哼一聲，「還說什麼希望能尋到笛姬，仙子果真希望笛姬被尋到嗎？說不準，元極宮早已將笛姬處置了吧！」

虞英此言一出，座上仙神彼此交換眼色，似是疑心又起。

天步被氣得仰倒。

這虞英仙君也算個老熟人了。這也不是他頭一回參三殿下。平日裡這位仙君倒也算是個持正不阿的仙君，唯獨參起她家殿下來總是以白詆青，天步也知是怎麼回事。

虞英仙君之父乃三十三天天樹之王晝度樹的守樹神君商珀神君。

這位商珀神君，是個有些傳奇的神君。身為凡人，商珀僅修了三世便證道成仙，其根骨之好，悟性之高，連帝君都讚過幾句。

三萬五千年前，商珀神君得道飛昇時，正值前任守樹神君羽化、晝度樹為自己挑選新任守樹人。照理說這兩件事八竿子打不到一塊兒去。須知晝度樹這位天樹之王排面極大，幾十萬年來，無不是從五品以上的神君裡為自己挑守樹人的。

然不知為何，這一回，晝度樹卻挑中了剛被封為九品仙人的商珀仙君做它的新任守樹神君。

一介凡人仙君，初上天，就從一個九品小仙連跳六級，封君賜宮，做了新一任的三品守樹神君，這事著實稀奇，在三萬多年前的九重天還好生熱鬧過一陣。

可以說，正是因有商珀神君居坐天樹神宮，千年後，他留在北荒凡人之國的獨子虞英修士以凡軀證道登天後，才能以九品之身直入蘭台，且在蘭台司多得重用。這也可說是靠著他父君的蔭庇年少得志了。

但不知為何，這位年少得志的虞英仙君卻像是很看不慣她家三殿下，仗著蘭台司監察諸神，上天沒兩年就參了三殿下好幾次。

她家殿下為仙雖肆意，卻一直很有譜，肆意也肆意得有度，所以這位仙君參她家殿下也只能參些皮毛問題，譬如斥她家殿下遊戲八荒，行止紈褲，不修身，不明德……什麼什麼的，總之都不是很要緊。

天君寵愛幼子，不是很理會這些。虞英仙君便更是不滿，認為天君對她家殿下溺愛太過，因此總追著她家殿下跑，殿下一有什麼破格之舉，他便要在後頭參殿下一本。

好在她家殿下也不太在意這些。

但天步卻很煩虞英，覺著老被這麼追著參很討厭，故而有段時間她認真查過虞英。

商珀神君與虞英並非十億凡世的凡人，乃是五族雜居留下的人族混血。人族混血建立的幾十個凡人小國皆立於北荒，為玄冥上神所庇護。天步的手沒法伸那麼長，北荒的事她無法查太多，但她查到了一件事：商珀神君與虞英仙君這對父子的關係，實在很一般。

商珀神君隱在三十三天天樹神宮靈蘊宮，除非天樹有異示，一般不太出靈蘊宮，他們很難見到這位神君也就罷了，聽說虞英這個兒子登天，商珀神君竟也不曾有表示，三萬多年來，兩父子還從來沒有見過彼此。

探得這個消息後，天步得出了一個結論：虞英仙君看不慣她家殿下，老是參她家殿下，或許是因嫉妒她家殿下與天君父子情深……想到可能是這個原因，天步倒也煩不起來他了，還對他有所心軟。再加上後來三殿下也發話了，讓她不用理會虞英，天步就徹底將虞英撂開了，心中認定他只是彆彆扭扭小打小鬧，成不了什麼氣候。

卻不想今日，這個她認定成不了什麼氣候的虞英，卻給他們來了一刀狠的。

天步此時真是追悔莫及。

凌霄殿中，虞英與天步互不相讓。

就在彼此僵持之際，天君派出去尋找笛姬的侍衛回來了。帶回了一個令他們始料不及的消息。

笛姬死了。

十二天之西有誅仙台，誅仙台附近有黑潭。黑潭之水，能溺仙神。據侍衛呈稟，他們便是在黑潭中尋到笛姬的，尋到之時，人沒了氣息，魂也散盡了。藥君親來對那屍身查驗了一番，證實笛姬確已有孕，死因是溺斃，溺斃了約四個時辰。

那侍衛剛呈稟完畢，虞英便失控斥道：「定是三殿下為遮掩醜事殺人滅口！」

座上眾仙面面相覷。

天步心中狠狠一沉。笛姬沒了，便是死無對證，天君絕無可能憑虞英的一面之詞便定三皇子的罪，判虞英誣告方是正理。笛姬之死，看上去彷彿對三殿下有利。可問題是，此事已鬧得這樣大，天君如何判是一回事，眾仙心中如何想，又是一回事。便是天君判了虞英誣告，眾神私下裡難道就不會對這段公案有所看法？與三殿下熟悉的仙神自明白此事不可能是三殿下所為，但其他仙神呢？或者似虞英這般原本就對三殿下存有妒恨之心的仙神呢？難道就要讓他們從此後有機會貶低三殿下，有機會高高在上地、將從前他們根本沒機會搆到的殿下踩進泥地？

天步恨得齒關顫抖，猛地發難虞英，「欲加之罪，何患無辭。從方才開始，虞英仙君便一直自說自話，欲憑一面之詞給我家殿下定罪。」天步冷笑，「難道這便是蘭台司的行事之道？從今往後，蘭台司是不是打算不靠證據，僅憑屬官們一張嘴，便將你們看不順眼的仙神盡皆拽落神壇，便是定不了他們的罪，也要搞得他們名譽掃地，聲名狼藉？」

天步一席話去勢洶洶，便是虞英也有些招架不住，但他也沒有退卻，肅著一張臉向天君和眾仙一拜，仿若剛正地自剖心跡，「微臣只是覺得，笛姬昨日才逃離了元極宮，同微臣說了元極宮迫害她，今日便被溺死在了黑潭之中，這未免太過巧合。忍不住懷疑三殿下是微臣一時情急，但也是合情合理！」

座上諸仙神聽兩人打嘴仗打了這許久，也是各有各的想法。除了蘭台司諸仙因當的是諫仙，喜歡同天君唱反調外，大部分仙神還是想賣天君一個面子，盡早將這事了結了。可此事發展到目下竟是迷霧重重，越來越不明朗，此時幫三殿下說話未免顯得諂媚，故而大家皆選擇了眼觀鼻鼻觀心，不表露意見。

凌霄殿上，一時竟只有天步與虞英唇槍舌劍，你來我往。

自笛姬這事在朝會上鬧起來，慈正帝便冷了臉色，一直也沒幾句話，大家都揣摩不出他在想什麼。其實慈正帝沒想太多，他就是頭很疼。說小兒子與什麼美麗小妖春風一度，使那小妖有了孕，慈正帝是信的。幼子風流，什麼荒唐事沒幹過，現在才搞出個孩子來為難他，慈正帝甚至還覺得有點受寵若驚。但要說他會為此而造殺孽……慈正帝卻實難相信這會是雖然荒唐卻一向有擔當的幼子所為。

小兒子幸了個樂姬，不過就是樁風流韻事，但若是為此殺人，那便真如虞英所參，是敗德辱行了。此事若不徹查，草草了之，必會使幼子聲名受損……慈正帝揉了揉額角，終於開口，沉聲下令：「此案疑點頗多，便令……」正在思索將此事交由誰查探最為合適，殿外仙侍卻高聲宣示，說東華帝君蒞朝。

慈正帝下令的聲音停住了。

聽聞帝君蒞朝，眾仙皆肅容起身，目視帝君入內在自個兒的玉席上坐下方重新入座。有二三心思有異的仙者一邊撇嘴一邊在心裡慶幸：幸虧方才沒有對三殿下落井下石，否則此時就不好收場了。但帝君此次竟非一人前來，還帶了一男一女，也令他們頗感好奇。

帝君並沒有著意介紹隨他入殿的二位是誰。他將自己的玉席讓了半席給身旁戴著面紗的女仙，然後指了指站在殿中向天君行禮的男仙，只簡單同天君道了句：「霜和好像有封信要給你。」

此時，諸位才想起來，這位面容秀麗的男仙，竟是數月前曾在這凌霄殿上與他們有過一面之緣的姑媱山的霜和神使。

天君的目光在帝君身旁停留了片刻，驀地恍然，但見帝君神色平靜，似乎並不想多言，他也就沒說什麼，只看向霜和，捏了捏鼻樑，有些心累道：「此時本君正在審有關本君那孽子的一樁公案，神使有什麼事，稍後再議不遲。」

霜和很是自來熟，「哦，這個無妨，小神手中這信正是與您那孽子……」「孽子」二字剛出口，便接收到了坐在東華帝君身旁的自家尊上的凌厲眼刀，霜和吞了口口水，立刻改口，「呃，正是與三殿下相關。」他揚手一翻，展開那信，「這是在笛姬房中找到的。」說著轉向與他隔了好幾步的虞英，「聽說這位仙君稱笛姬有孕，而她腹中孩子是三殿下的。」

霜和笑笑，做出一個不解之態來，「可怎麼笛姬這封親筆信裡寫的卻是，她所孕的，乃是仙君你的孩子呢？」

此言一出，殿上一片喧嘩，座中仙神無不震驚。

虞英完全愣住了，良久，鐵青著臉看向霜和，「你血口噴人！」

霜和聳了聳肩，「我可沒有。」一抬手，施了個小術法，那信中字跡放大數倍投在了半空中。

霜和煞有介事地指著半空中的娟秀字跡點評，「你看，她可是親筆在這信上寫了你倆早已相識，說你三五年便要過一次若木之門去一趟十億凡世，她便是在你上一次入凡之時與你有了腹中孩子。」霜和叨叨地，「聽說你們蘭台司的神仙，因需監察掌管凡世的諸仙，故而的確時不時便要入凡一趟。」他摸著下巴道：「那笛姬在信中指認你，也可算是有理有據吧。」又道：「且方才我們在門口碰到藥君，藥君說笛姬已有孕兩月餘。沒記錯的話，一個多月前三皇子才將她救下帶回元極宮來，這麼算下來，笛姬有孕乃是三殿下所為的可能性實在是很小，而你兩個多月前是否入凡，司門司的載錄簿子卻定然是有所記錄……」

虞英仙君雙目蘊火，憤怒地打斷霜和的話，「兩月前我雖入凡了，卻是為公事，並未見過笛姬。」他咬牙駁斥霜和，「我的確是在千花盛典上才初識笛姬，彼時神使不也在現場？依神使看，我和笛姬難道像此前便認識？你們欲為三皇子脫罪，卻也不用胡亂杜撰一信，如此污蔑於我！」虞英雖稱霜和為神使，但因此前霜和以姑媱神使的身分造訪天庭時他正好不在天上，並未見過霜和，故並不知霜和乃姑媱的神使，只是聽天君如此喚他，便也如此稱他罷了。

而霜和，他方才能說出那樣條分縷析的一席話來，其實全賴祖媞事先教導，此時被虞英一駁，就有點不知該說什麼了。霜和就是這樣的，打架是很行，但腦子不太靈活，幸而場上還有一個天步腦子轉得快。

天步輕蔑地看向虞英，「焉知彼時你二人不是作戲？真相究竟如何還不夠明朗嗎？不過就是仙君你乃凡人成仙，本需斷情絕欲，卻與笛姬有了孩子，見笛姬找上了門，自然不能讓她壞了你的大好仙途，故設計謀害了她，且賊喊捉賊，將此事嫁禍給了我們殿下罷了。幸而笛姬對你的狼子野心早有所察，預先寫了這封信藏起來。」天步冷笑，「若我家殿下真有占美之心，元極宮來往美人千百，殿下早不知同多少神女鬧出這種糾葛了，還輪得著笛姬！不過虞英仙君，你倒果真是好謀算，又兼俐齒伶牙，我們殿下差一點還真就被你拖下水了！」

天步橫眉怒目，氣勢逼人，且所言自成道理，虞英終於招架不住，連佯裝鎮定也不能夠了，慌亂辯解，「我沒有，這只是笛姬一面之詞……」

天步再次冷笑，逼近兩步，「的確只是笛姬一面之詞，可仙君參奏我家殿下，不也只憑了你一面之詞嗎？」

面對天步的詰責，虞英面色慘白，一時竟是啞然，半晌，嘴唇嚅動了幾下，「我、我可以以命起誓，我是被冤枉的。」只能如此辯解，可見已是走投無路了。

天步哼了一聲，欲再接再厲再說點什麼，玉席上卻有清潤之聲忽然響起，「被人冤枉的滋味不好受吧？」聲音似被雲霧裹著，有些失真，卻令人不可忽視。是在問虞英。

虞英茫然抬頭，望向聲音來處。聲音來處是帝君身旁。

眾仙也皆看向帝君身旁。

帝君身旁的玉席上，女子斜倚憑几，單手輕托住腮，「虧得小三郎不在，不知仙君如此冤枉他，否則明明受了冤枉卻百口莫辯，他該有多難受呢。就像仙君此時。」

女子的聲音明明很溫和，也沒什麼責難之意，然其所言卻像在虞英耳邊敲響了一只洪鐘，震得虞英頭腦一片昏然。他愣住了。

座上諸仙的目光良久地停落在女子身上，見女子烏髮如瀑，長裙旖旖，裝扮甚有古意，而帝君將玉席分她一半，她又喚三殿下小三郎……這世間夠格與帝君同坐一席，又敢毫不在意喚三皇子為小三郎的女神……諸仙眾又還有什麼不明白，心中皆是一突……可那位，同帝君不是同世代之神嗎？即便美，不也該是個花信年華的滄桑美人嗎？卻為何是這般蛾眉曼睩，亭亭之姿，宛若少女？想起修史的史官們當初竟是參考著三殿下母后的模樣為這位尊上做繪像……那可能是畫得有點太成熟了，說這位尊神是三殿下的妹妹他們也信啊！大家簡直要屏住呼吸了。

大殿中，虞英愣了一會兒，因方才心神大震，沒有立刻察知女子的身分，但他想起了曾在何處見過這女子，「妳、我曾見過妳，」他不由開口，「就在千花盛典上，彼時妳說妳是笛姬的主人。」

女子頷首，「也說不上是笛姬的主人，畢竟我與她並未結契。」話到此處，頓了一頓，「當日在南荒，其實是我讓小三郎救了她，將她帶回了元極宮。否則憑小三郎的謹慎，怎會將來歷不明之人收入宮中。不過看我欣賞她的笛曲，予我一個方便罷了，哪知卻給自己帶來如此禍事。如此說來，卻是我害了小三郎。」

眾仙神色微動，靠著彼此的眼神鼓勵壓抑住了心中的波瀾洶湧。這意思是，這位尊上一直住在元極宮，和三殿下住在一起？這又是怎麼回事？

虞英倒是沒有什麼八卦之心，聞言三分不甘，七分慘然，「他有什麼禍事？不是最後，都被你們推到我頭上了嗎？」

女子淡淡，「謠諑誣謗，非我所欲，小三郎是無辜的，我自然為小三郎說話，仙君因私怨而中傷小三郎，如此行事我雖不喜歡，但仙君是冤枉的，我也願為仙君正言。」
挑了挑眉。

虞英猛地抬頭，不可置信般，「什、什麼？妳願為我正言？」

殿上仙神們相視而看，事情發展到這一步，大家都糊塗起來了。連帝君都放下了茶盞，

女子卻沒有說話，只將目光投向了殿門處。

就在這時，重霖仙者領著太晨宮中的兩個仙侍並天君的兩個侍衛將一張冰榻抬入了殿中。那冰榻上躺臥了一個面色青白已無氣息的美人，正是笛姬。

一行五人將笛姬放在大殿中央，向天君和帝君各施了一禮，天君抬手免了他們的禮，重霖便領著幾人站到了一旁。

帝君給自己續了一盞茶，目光從那冰榻上掠過，輕叩了叩桌子，向祖媞，「我見妳方才在丹墀下對著笛姬的屍身看了有一會兒，是果真看出了點兒什麼？」

帝君有此一問，並非同祖媞唱雙簧作戲，他是真不知道這是怎麼回事。半個時辰前，司命星君遣仙僕給太晨宮傳了封信，收到那信，他才帶著重霖匆匆趕來，想看看這到底又是在搞什麼。結果就在凌霄殿的丹墀下碰到了在那兒查驗笛姬屍身的祖媞。

站那兒的祖媞其實也才來沒多久。

巳時左右她聽了燈燈呈稟趕回元極宮時，天君已派下侍衛掘地三尺尋找笛姬，她不好摻和，但又覺笛姬身上疑點頗多，便領著蒨蓉霜和並元極宮幾個機敏的仙侍將笛姬的居所和常盤桓之地皆查了一遍，就尋到了笛姬那封信。接著又聽說笛姬的屍身找著了，已送去了凌霄殿，她便帶著霜和來了凌霄殿，也順便來看看笛姬的屍體。

她原本是不打算在凌霄殿上露面的。想著霜和曾來過一次凌霄殿，在天君面前也算混

了個臉熟，他帶著那封信上殿，殿上又有伶俐的天步在，應該也能為小三郎洗刷污名了，她在不在其實無所謂。結果看了一陣那妖屍，又同一直守在一旁的藥君聊了兩句，她才發現，這事不太簡單。

恰巧這時候帝君帶著重霖匆匆趕到，看到她，愣了下，招呼她一起進去。她想了一瞬，吩咐了重霖兩句，便跟著帝君一起進來了。

此刻，四座皆靜，皆等著座上這位尊神答疑釋惑——她到底從這具妖屍中看出了什麼。

「此妖屍並非笛姬，不過是個精緻人偶，傀儡術罷了。」祖媞單手托腮，緩緩開口。簡單一句話落地，直如巨石落池，池面乍裂，水花迸濺，激起千萬重漣漪。眾仙再也繃不住，雖不好交頭接耳，彼此的眼神交流卻也足夠精采了。

祖媞並未將眾仙的反應當回事，兀自一點一點梳理，「笛姬失蹤了，失蹤前留下了一封信，指認虞英仙君才是她腹中孩子的父親，接著，一個逼真得可以假亂真的人偶便溺死在了黑潭之中。」梳理到這裡，祖媞停住了，眸光掠過殿中那具妖屍，她換了隻手撐腮，「也是我多事，想著她既然有孕在身，照理說臨死時出於本能，必會分離出一絲妖力護持胎兒，故對她施了追魂術，想看看她腹中胎兒可還有救。結果追魂入體後才發現，她體內一絲妖力痕跡都沒有。再則，」她微微皺了皺眉，「正常的妖，身死四、五個時辰，或許魂魄會散盡，但屍身中終歸還會留下一點生前的氣息。可這妖屍的體內也並無這樣的氣息，這不是個人偶又是什麼呢？」

帝君喝夠了茶，終於捨得動腦子，聽到此處，又還有什麼不明白的。

九天之上能夠使得出追魂術的神仙雖不多，也不算少。但既然藥君都沒察出那妖屍有什麼問題，諸位天尊自然也不會多管閒事施用追魂術對一個小小樂姬的妖屍追魂入體。便是他，對這事的耐性也只夠他將連宋摘出來，查驗笛姬的妖屍……他是沒那閒工夫的。如此看來，要不是祖媞插手，大家多半會認定黑潭中溺死的乃是笛姬本尊，然後……蘭台司那個小仙君就要倒大霉了。

想到這裡，帝君看向了虞英。他先公允地讚了笛姬一句：「這個小樂姬不錯，擅謀擅算，自導自演得還挺是那麼回事。」然後才有些好奇地問虞英：「不過她彷彿是衝你來的，你到底怎麼得罪她了，讓她如此恨你？」

虞英也不是沒腦子，聽到這裡，也明白了是笛姬算計他。「小臣、小臣亦不知與她有何恩怨。」他心底極亂，理智上知帝君說得沒錯，這一切皆是笛姬自導自演，但心底卻著實不願相信那個楚楚可愛令人生憐的笛姬竟是恨他的，「她那樣柔弱，性子溫暾溫軟，說她行了如此惡毒之事，我始終……」他自己都不知自己在喃喃什麼。

聽著虞英的喃喃，霜和只覺他是得了便宜還賣乖，重重一哼打斷了他，「你說這話又是何意，意思是尊……呃，是說我們冤枉了笛姬是嗎？哼，凡為上神，皆可施用追魂術去查驗此妖屍是否為笛姬正身，你們九重天總還是有幾個上神吧，若不信我們主……」意識到稱祖媞「主上」也同樣會暴露祖媞的身分，哽了一下，「若不信我、我們，那就請天君當庭下令，再找人對這人偶施一次追魂術驗驗看！」

虞英蒼白辯解，「我不是那個意思。」

這事審了一早上，眼看審到此時已撥開雲霧要見月明了，天君也不願再節外生枝，及時地輕咳了一聲，道：「追魂術原本便是祖媞神開創的法術，九天仙神在上神面前施追魂術，皆是班門弄斧。上神既已屈尊以此術驗了這妖屍，得出的結論自然不會有錯，想必在座諸卿也不會有什麼異議。」

天君此言一出，虞英驀地瞪大眼，難以置信地望向那高台玉座。他也不算寂寞，有幾個末等小仙此時也同他一般一臉震駭。不過大部分仙者因早有預知，還是比較穩得住，保住了凌霄殿的體面，顯得他們九天仙眾都見過大世面，不太咋咋呼呼。

天君既挑明了祖媞神的身分，眾仙自當起身相拜，殿內一時朝拜聲大起。

天族大禮，推是不好推的。祖媞長年隱世，大場合參加得不多，並不經常受禮，不過她也不覺眾神拜她有什麼稀奇。坐那兒受完了禮，在眾仙叩首之時，她微微皺了皺眉，當眾仙相繼入座後，她卻已彷彿無事了，眉眼彎彎，溫和一笑，「小三郎與我同屬自然神，自然神之間自古便親近，他邀我來九重天欣賞千花盛典，順道住些時日與東華帝君研討佛理。此算是因私來訪，故而本也未想驚動天君和諸位天尊，只是沒想到今日遇到了這等事，以至在此等場合下面見諸位，是我失禮。」

天君與幾位九天真皇只道不敢不敢。

東華在一旁將祖媞從頭到尾的表情看了個通透，聞她此言，又瞥了她一眼。他知她如此說，其實並非說給天上諸仙聽，而是說給魔族的探子聽。此前她聽了他的招呼隨他入凌霄殿時，應該就沒想過再瞞身分，那時候，她心中必定已有了計較。

帝君挑了挑眉，喝了一口茶，突然發現祖媞和連宋其實有很多共通處。譬如在細微之事上的周到謹慎，二人真真如出一轍。

事情到最後，天君一錘定音：此乃笛姬作祟，意欲在天庭掀起風浪，但為何她要在天庭揚風掀浪……因由可大也可小。

天君遣了貪狼星君徹查此事，又判了虞英罰俸降職，算是將一場鬧劇了結了。

在這鬧劇了結的次日下午，三殿下從南荒趕回了九重天。

第三章

第三十三天喜善天乃九重天眾仙公認風景最好的一天，輪到休沐日，小仙們大多愛去這一天閒逛。

不過祖媞覺得比之三十三天，第七天的風景更好，她推測多半是因這一天的景點靈氣太盛，等閒仙者很難受得住，夠格去逛的人太少，才會在口碑上輸給三十三天。

第七天有許多值得一逛的勝景，譬如妙華鏡、千重琴苑、靈羽繪、承天台……在這些靈秀勝景中，祖媞最鍾愛千重琴苑。

千重琴苑雖名為「琴苑」，其實不是什麼藏琴之地，而是一百多個呈梯步堆疊、連成一片的靈泉池。靈泉之上四時行雨，雨珠滴落在不同泉池中會發出不同聲音，雨滴聲密織交互，如有樂仙奏樂，絃音不絕，所以被叫作「琴苑」。

在這片「琴苑」的正中央，單立了一個精巧的水晶小亭，置身亭中伴著雨聲看書或者睡覺都很好，祖媞有空就會來這兒待一待。

燈燈修為不高，無法靠近琴苑，只能站在外頭對坐在亭中聽雨的祖媞神翹首以望。

其實此前一直是天步隨侍祖媞。但經了笛姬之事後，天步有點杯弓蛇影，這幾日正重查元極宮，分身乏術，故將素來信任的燈燈派了過來貼身伺候祖媞。

燈燈目力還可以，打望了會兒，隱約見上神屈膝坐在亭中一邊飲酒一邊聽雨，一副悠然之態，考慮到此地也沒別的人進得來，她放下心，從袖子裡掏出了一本薄薄的封面上印著「雪滿金弩」四個大字的小冊子，珍惜地翻開了第一頁。

只見雪白的扉頁上赫然題了兩排中楷：橫禍來皇子遭劫難，情義深女神破迷局。扉頁最下面還印了一排小楷：三皇子和祖媞神絕配，希望他們有一天可以真的在一起！後面用硃砂畫了一顆小心心。

也是真的很用心。

沒錯了，這是個話本子。筆者化名素魄居士，乃三皇子擁躉，且還是「三殿下和祖媞神絕配」那個流派的擁躉。至於這話本子寫的什麼故事……從扉頁的中楷和小楷就能看出，它寫的是三殿下與祖媞神之間的愛恨情仇。當然，素魄居士本居士並不知道三殿下與祖媞神之間有什麼愛恨情仇，她只是單純覺得這二位很配，有戲，所以瞎編故事而已。

燈燈很喜歡《雪滿金弩》，因為這個話本是所有寫祖媞神和三殿下的話本中最現實向的一本，唯一缺點是還沒完結。不過它更新得總是很及時。譬如，祖媞神昨日才在凌霄殿上為三殿下出了頭，今晨這話本子就有新章了，想必素魄居士昨夜熬了通宵……真是一位令人敬佩的姐妹！

燈燈懷著敬佩之情翻開了正文，打算趁著摸魚好好拜讀一番。

薄薄一本冊子，半個時辰就翻完了，看到最後一個字，燈燈悵然若失。便在此時，身後突然傳來腳步聲，燈燈啪地將書合上，趕緊轉過身。一看來人是三殿下，燈燈迅雷不及掩耳地將書藏進了袖子裡。

三殿下看到了她的動作，但因為「雪滿金弩」這個書名比較像是那種俠義故事，他就睜一隻眼閉一隻眼沒說什麼，只問燈燈：「祖媞神一個人在亭中？」

燈燈想起了方才在那話本子裡讀到的內容：當三殿下得知在虞英仙君詆毀自己時，便連天君都有所動搖，唯祖媞神堅信他清白，一力維護他，十分感動，很快趕回了九重天，去到了祖媞神的寢殿見她。卻不想撞見女神醉酒。悠悠子夜，夜闌人寂，美人微醉，風鬟霧鬢。三殿下原本便是攜著情意歸來，見心上人如此情態，怎能把持得住，在美人邁著醉步不留神倒向他時，一把拉過她，緊緊將她擁入了懷中……

素魄居士不是人，寫到這裡戛然而止，燈燈看得面紅耳赤，一度沉浸於那種旖旎氛圍不能自拔，此時見到活生生的殿下站在自己面前，不由心虛，只想讓殿下趕緊走。

燈燈捏住袖子裡的書，小雞啄米般點頭，「嗯，尊上一人在那處，想是料到殿下今日會回來，特意在那裡候著您吧。」悄悄瞄了面前的殿下一眼，「殿下快去，可別讓尊上等太久了。」

這話像是說得很合三殿下的意，他微微一挑眉，抬步便去了。燈燈鬆了一口氣。但三殿下走了沒兩步，又回過頭吩咐了她一句，「妳也不用在這兒守著了，時間還早，回去做功課吧。」

燈燈呆了一呆。她們這些小仙娥，每天除了當差外，還有一些修行課。似燈燈，她就每日有一堂佛理課再加一堂術法課。三殿下讓她此時回宮，是對她們這些小仙娥的仁愛。可燈燈並不想離開，她覺得她今晚再熬夜做功課也是可以的呀。

但是沒有辦法，三殿下要照應她這個小仙婢，她不敢不接受三殿下的照應。燈燈昧著良心謝了三殿下，依依不捨，一步三回頭地離開了。

這靈泉池中的琴苑小亭造得簡單，陳設也簡潔，亭東安了個不知做何用的玉台，亭西鋪了層玉簟，玉簟上放了只錦枕和一張三足憑几，那憑几同亭子一般亦是水精所造，但扶手處裹了只包著雲棉的錦套，看著倒很柔軟。

落雨入池，娓娓動人。祖媞右手枕著那憑几的扶手，斜臥著，半身都趴在了那靠臂上，似是睡著了，但手中分明還拎著一只酒壺，拇指有一搭沒一搭地撫著壺柄。

有人進來。因腳步聲實在熟悉，祖媞沒有睜眼。少頃，因雨滴落入靈泉而起的樂聲變小了，那原本悠遠悲鬱的曲調也換了一種風格，變得清婉柔和起來，祖媞方睜開眼。

她好奇地看向坐在幾步外的玉台後垂首撥弄台中玉珠的連宋。

她雖不擅樂，但賞樂的能力還是可以，明顯感到隨著連宋撥弄那些玉珠，亭外原本只可稱為妙有奇趣的樂聲變得不同了。是引商刻羽之奏，卻毫無技法痕跡，收放自如，行雲流水，令人感到一種大樂必易的舉重若輕、悠然放曠。

看來玄妙盡在那玉台上了。她先前也研究過那玉台——玉台檯面上有一百多個六寸左右的短凹槽，每個凹槽裡皆置了一粒玉珠——她不知那是做什麼用的，試過撥弄它們，卻沒有撥動，便以為那玉台和玉珠只是一種裝飾，沒有再理。如今見連宋調弄，才知這偌大琴苑竟是一台樂器——樂形於外，便是那些靈泉池，器藏於內，便是這玉台。

她不禁半撐起身，喃喃：「這玉台竟可以這樣玩，卻沒人同我說過。」

青年黑髮白袍，盤膝而坐，一手執扇，一手靈活地撥弄那些玉珠，「這千重琴苑乃二十多萬年前墨淵上神所造。此地靈氣過盛，我幼年時無法靠近，只在第七天天門處遙遙聽過墨淵上神調弄此玉台作樂。後來我可以來這兒了，墨淵上神卻不在了，也沒留下如何使用此玉台的冊子。故而這九天之上其實無人知曉此器該如何使用，皆如妳一般，以為這地方只能自行奏樂，所以他們也無法告訴妳這玉台的奧妙之處。」

她偏頭問他：「那你為什麼會調弄它？」

「因為有段時日我愛來此處，有許多時間可以試它，胡亂試出來的罷了。」

兩人安靜了一會兒。少頃，一曲結束，連宋將指下玉珠撥到了一個固定位置，讓泉池自然流淌出樂音，然後看向祖媞，重新開口，「這兩日的事我聽說了，辛苦妳了。」

祖媞伏在那憑几上，微閉著眼搖了搖頭，「是我將笛姬引入了元極宮，出了這事，由我來解決是最好的，又說什麼辛苦。只是沒想到笛姬真正想害的人卻不是你，而是那虞英小仙。」她皺眉，「可她想要對付虞英便對付虞英吧，為何要將你拖下水？你同她此前也有什麼過節嗎？」

連宋靜了片刻，深深看她，「妳也以為我曾與她有舊？」

「沒有見到你之前，我猜測過，」祖媞偏過頭來，枕著手臂，「可現在我知道你沒有了。」抿唇一笑，「小三郎素來光明磊落，若真與她有舊，便不會如此反問我了，對吧？」

「哦，妳猜測過。」青年卻彷彿只聽到了她的第一句話，瞥了她一眼，冷冷道：「虧我還以為妳對我有多信任。」

「這……」祖媞自知理虧，想了想，側過身點了點手中的酒壺，玉壺消失，下一刻便出現在了青年身前的玉台上。「是生我的氣了嗎？」她放軟了聲音小心哄道：「別氣了，我請你喝酒還不行嗎？」

青年卻不領情，看也沒看那酒壺，只問：「說吧，妳都猜測了些什麼？」

祖媞審時度勢，「……還是不說了吧？」

青年看著她不說話。

祖媞無奈地嘆了口氣，「好吧，我想過或許你曾與笛姬有舊，當日初見笛姬時沒認出來是因她換了面目。我還想過或許你也讓笛姬做過你的玩伴，在她對你鍾情之時卻將她送走了，導致她對你懷恨在心。」她覷了青年一眼，不忘為自己辯白，「可我這麼想也是情有可原吧。彼時不正是因她在虞英面前誣陷你，才使得虞英將你告上了凌霄殿嗎？她為何要誣陷你，總得有一個動機吧？」

她突然變得理直氣壯，令青年挑了挑眉。

「我從未挑選過妖族女子入元極宮。」青年道。

祖媞眨了眨眼，可好奇了，「為什麼？據我所知，許多妖族女子都很溫柔美麗啊，是絕佳的陪伴者。」

青年瞥她一眼，冷哼，「妳問我為什麼？是誰昨日在凌霄殿上親口誇我，說憑小三郎的謹慎，怎會將來歷不明之人收入宮中？」

「我……」祖媞訕訕，「我還說過這話？」

但她也不是真的那麼健忘，很快想起了自己的確說過這話，「我只是隨口一說。」抿了抿唇，「那種情況下，當著九天仙神的面，我難道要說小三郎一向就是這樣粗枝大葉，元極宮混進來十個笛姬都不算離奇嗎？不過，」她有點狐疑，「你真的從沒有……」

青年知她想問什麼。他沒有讓她把那句話說完。他其實很不想和她聊自己那些荒唐過往。「妖族，魔族，鬼族，這三族女子，誰知道她們接近我會是為了什麼？便是神族，可入元極宮的，也都是文武侍們可查清底細的女子。元極宮中來去的女子雖多，但的確如妳所說，我並不想給自己惹麻煩，一直很謹慎。」他飛快說完了這段話，解釋得足夠清楚，使她問無可問。

祖媞也確實想不出還有什麼可再問了，一時無言。

她的無言在他意料之中。「阿玉，」他喚她，「先前妳在凌霄殿上的那句話，其實並非形勢所逼隨口一提吧。妳遠比妳想像中瞭解我，所以彼時才會那樣說，對不對？」他放慢了語速，很輕地說這些話，說話時那雙好看的琥珀色眼睛彷彿很認真地凝視著她。

怦咚，祖媞的心漏跳了一拍，不由暗道不妙。這要命的小三郎，他知不知道他這樣看人會讓人很受不了啊？

「怎麼不回答我？」青年很深地看她，很淺地笑了一下，「不是想要哄我，讓我別生妳的氣嗎？說『對』就能哄到我了。」

祖媞望向青年，腦子忽然有些暈乎，覺著自己像是醉了，但不知是因方才飲下的酒而醉，還是因青年的美色而醉。她別開眼，「誰在哄你啊，本來也就是那樣啊。」說完這話，又回眸瞟了他一眼，見他彷彿驚訝，面露怔然，她也有些赧然，新扒拉了一只酒壺到手中搖了搖，又覷了他一眼，輕咳一聲，率先打破了亭中靜寂，「還是說正事吧，說說笛姬為何要詆毀陷害你，你有思路了嗎？」

連宋看向單臂枕著那憑几、趴靠在玉簟上的少女，有些走神。外人面前的祖媞是什麼樣，他是很清楚的——玉骨仙姿，林下風範。便是在她的幾個神使面前，她的姿儀也總是好的。或許因他是唯一一個與她立下了噬骨真言的人，她對他的信任更勝他人，故她在他面前好似總比在別人面前來得恣意一些。譬如此時，她柔弱無骨地伏在那憑几上，妍姿豔質，像一條柔曼的絲帶，只要她想，便可以捆綁住他，又像是一條河，蜿蜒流淌過他的心，從他的心上經過時，還會用那種絨羽一般撓得人發癢的，卻又無辜的聲音留下一句：「誰在哄你啊，本來也就是那樣啊。」

連宋花了好大力氣才能定住心神，重回到正事上，回答她的問題，「妳只是不知虞英是怎樣的仙，所以難以理解笛姬中傷我的緣由。」

他揉了揉額角，甩開雜念，「虞英奉職蘭台司，也算得上耿介忠直，但他與我不對盤，遇到有關我的事，便易冒進。想來笛姬很瞭解他，知道中傷我，最易得到他的共鳴和信任。而如此污蔑我，只要她操作得足夠得當，便能讓虞英不顧後果地在朝會上當庭參我，使此事鬧到九天皆知。」

他抽絲剝繭，將笛姬每一步的邏輯都細緻地講給她聽，「事既鬧得這樣，天君當然會下令徹查，如此，她藏的那封信便一定會被發現，屆時我可洗脫污名，不會有事，但此事既已九天皆知，屆時又有她的遺信言之鑿鑿指向虞英，如此，即便商珀神君是虞英的父親，也不可能保下虞英了。事實上，若此次不是妳發現黑潭中溺斃的並非笛姬，虞英定然已被剝奪仙籍，重打入輪迴了。」

聽完這番話，祖媞揉了揉額角，神情有些遲滯，但卻是明白了此中因由，「若她不以小三郎你做引子，而是直接污蔑虞英思凡，捏造他搶占欺辱她之事……以她的身分，頂多只能將此事告給天步或是刑司……但選擇這條路，她的勝算不會太大。」是很理智的思量，但說這些話時，她的聲音很軟，還帶著一點霧似的渺茫感，不似平時同他說正事時的語聲。

他感到一絲異樣，探究地看向她，她卻將頭半埋進了臂彎中，他看不清她的臉。她自顧自地撥弄著手中的酒壺，又問他：「不過，笛姬為何想置虞英於死地呢，他們之間是有什麼過節啊？」

元極宮雖消息靈通，但也不是萬事皆通，這事他還真不知道。不過天君已將此事指給了貪狼星君，貪狼星君並非庸碌之輩，他便回了她一句：「等貪狼星君的審理結果吧。」

她抬起頭來，像是不滿意，輕聲嘟囔，「那也不知道要等多久。」聲音更軟了。

他有些受不了她用這樣軟的聲音和自己說話，本能地便要倒茶定神，但手邊只有她讓出來的一壺酒。酒，酒也可吧。他有些渴。

他一直以為她喝的乃是解渴的果酒，可酒入喉中，竟才發現，那酒乃烈酒。他皺起眉來，終於抓住了那一絲怪異之感從何而來。怪不得她會用那種水潤的聲音，含嬌帶嗔地同自己說話。她應是喝醉了。

她愛喝酒，但也易醉。他一直知道。

他放下了酒壺，定定看著側臥在玉簟上的黃裙麗人，良久，他低聲道：「阿玉，妳喝醉了。」又過了一會兒，他站起了身，向她走了過去。

祖媞並沒有醉，她明白自己只是有點微醺。其實她今晨就當出發去豐沮玉門山的，只是聽天步說連宋今日會趕回來，才在這九重天多停留了一日。她原本只單純想同小三郎見上一面，畢竟也是多日未見了。

結果早上逮到萺蓉鬼鬼祟祟看一本話本子，叫什麼《雪滿金弩》，她靠過去瞅了兩眼，萺蓉看得極為專注，居然也沒察覺。她站在萺蓉身後跟著她一起看了一會兒，才發現這竟是個編派她和小三郎的話本。

她看書比萺蓉快，萺蓉剛翻到最後一頁，她已一目十行看完了。她也不知為何會有人編派她和小三郎，還寫成話本，但看下來覺得，這個叫素魄居士的應該也沒什麼惡意，可能只是覺得她和小三郎很配。並且這位素魄居士還挺有想像力的，至少比她有想像力。

比方說，她就不敢想小三郎對她竟也頗為有意，還將她視為心上人。

沒錯，小三郎有時候是會逗她，但這是因他天性風流，慣會逢場作戲之故。小三郎於風月無心，人也無情，對元極宮來往美人如是，對長依如是，對青鳥族的那個鄄邇也如是。因噬骨真言之故，自己對他來說或許更為特別，但……要說他居然對她有心，有情，有格外的風月之思，那可能也是太過離譜了。

不過這話本子裡有些話倒還寫得挺有意思，比如它說喜歡一個人，便會不由自主地想要靠近，那不是一種欲望，那是一種本能。

她前路未卜，在尋到那個可以活下來的機會之前，並不敢讓小三郎知道她的心，可她似乎的確是無法控制且無可救藥地想要靠近他。所有有關於此的克制，都像是在與本能鬥爭。

但這種體驗也並非全然痛苦，相反，痛苦並不多，她更像是嘗了一枚早結的春果，酸澀，卻又帶著一點好好品味便能品出的甘，讓她好奇地、不由自主地想嘗更多。譬如，她覺得素魄居士關於醉酒這個情節的構思就挺好的，她想嘗一嘗。

她是這麼想的：她生得自然很好，喝醉了酒，令小三郎一時神迷也不是沒有可能。不過小三郎雖風流，卻是個君子，主動怎麼著她……是沒可能了，但是她主動親近一下小三郎應該可以。

恰巧青丘同意了和天族聯合大閱，少年太子昨日從青丘回來，給她捎來了好些白淺送她的好酒，她就拍開酒罈，灌了四壺。最後，她一共帶了七只酒壺到這亭中，有三只是只用酒水涮了涮空留了些酒味的空壺。

她的酒量她自己清楚，喝三四壺會微醺，喝六七壺就勢必要醉倒了。她當然不能真的醉倒，醉倒了辦壞了事可怎好？所以不用真的喝到那個程度，飲到微醺，讓小三郎以為她是醉倒了就可以了。

她沒有想過做這些事是不是太過大膽，不夠矜持，只覺這計畫新奇，很是有趣。所以當連宋走過來時，她的嘴角含上了一點連她自己也不曾察覺到的狡黠笑意。

高大的青年走了過來，蹲身檢查完小桌上擱置的五只空酒壺，好看的眉擰緊了，垂眸不解地問她：「怎麼喝了這麼多？」

她使了點小手段，使得實打實飲入的那兩壺半酒在此時起了作用。酒意適時地發了出來，她的臉變得有些紅，眼神也變得迷離，不過她很清醒。她故意握住那還盛著半壺酒的東陵玉酒壺，用它抵住額頭，偏頭看著他笑，「因為很好喝啊，不知不覺就喝了這麼多。」

她微紅的臉，迷離的眼，因遲滯而顯得嫵媚的動作，在青年看來，無不昭示著她的確是醉了。羊脂白玉般的一隻手在半空停留了一下，然後撫上了她的額頭，「妳真的醉了，我帶妳回宮。」說著那手離開了，握住了她的手臂，想將她扶起。她沒有抗拒，被他帶了起來，可腳下醉步不穩，竟一下子撲進了他懷中。他猝不及防，退後了兩步，被背後的水精柱擋了一擋方穩住身形。

她靠在他懷裡，彷彿驚訝地抬頭，抱怨他，「小三郎，你怎麼路也走不穩。」說著離開他一點，按住額角，「頭好暈，不想動。」玉柳似的身形忽然一晃，似要栽倒。他趕緊接住她，要再將她扶起來，她卻皺眉，「難受，不想站著。你坐下來。」又說：「不想回去。」

青年猶豫了一瞬，最後還是如了她的意，坐在了玉簟上，而她得以環住他的腰，躺在他的腿上。她聽到青年低低開口，「此處沒有解酒藥，待在這裡妳會難受。」她聽出了他是真心擔憂她，不由感到得意，自覺小三郎到現在也沒看出她是演的，說明她演戲有天賦。

這氤氳著白奇楠香氣的懷抱並不軟，但她很喜歡，並不想起來。不過，看到慣會騙人、向來將別人騙得團團轉的小三郎竟也會被她騙，滿足與新奇之餘，她作怪心起，不由想坐起來，再挑戰一下自己的演技。

她又像是回到了活潑的、古靈精怪的小時候。「那你別動，我先起來。你一動，我就晃，更難受。」她煞有介事，一邊這麼說著，一邊扶住青年的手臂半坐起來。接著，她將一隻手搭在了青年肩上，想以此為支點站起來似的。可這個動作才做了一半，她又跌了回去，好巧不巧，正好跌坐在了青年的大腿上。而在她跌坐下來時，出於避險的本能，她一隻手臂圈住了青年的脖子，忙亂之中，丹唇擦過了他的唇際。她感到身下的身體一僵。

祖媞客觀評價了一下自己的表現，覺得很棒，她很滿意，正在心裡給自己打分，不料青年竟微微側過了頭，然後，他們原本錯過的唇便貼在了一起。

但沒有貼多久，只是兩個眨眼，他的唇便擦過了她的。就像一隻遷徙的並不停留的鳥，輕描淡寫地路過牠的徙經之地。但她仍捕捉到了那溫暖、乾燥，而又柔軟的觸覺。不像是假的。

祖媞愣住了。心突然不受控制地跳，腦中一片空白。他為什麼會偏頭？總不可能是故意的吧？

然後她聽到了他的話，「……抱歉，沒太留神。」

好吧果然不是故意的。

她該怎麼回答他這聲抱歉？一個醉鬼該怎麼回答他？醉鬼應該不會正經回答這個問題吧？

她當機立斷，坐在他腿上攀住他的肩，做出百折不撓還想要繼續嘗試的模樣，「我可以，我能自己站起來，你不要打擾我。」

但青年沒聽她的話。青年摟住了她，攬住她腰部的手用了點力，她能感覺到那力道，有點重，不過不痛。

她很快弄清楚了他想做什麼：他不想她繼續在他身上做無謂的嘗試了，他要抱她起來然後直接送她回去。因為他這樣對她說：「這酒的後勁太大了，妳沒法一個人起來，還是我帶妳回去。」

她當然不願讓他帶她回宮，照他的性子，回去必定會宣藥君，屆時不就穿幫了？她立刻抱住他的脖子，「你不要動，真的很暈。我不想回去，在這裡休息一會兒就好。」

他靜了靜，沒說什麼，但不再試圖起身。他任她圈住他的脖子靠在他胸前，不知過了多久，突然輕聲問：「阿玉，妳是真的醉得很厲害嗎？」

她當然必須得是真的醉得很厲害。

她稍微離開他一點，眼神仍是迷離的。她知道她的眼神是迷離的，然後她用那樣的眼神很輕地瞪了他一眼，「我沒有醉。」醉鬼都不會承認自己醉，她可不能半途演崩了。接著她又抱住他，喃聲抱怨，「暈。」裝得她都覺得自己好像真的有點暈了。這樣抱著他彷彿也不是很舒服，於是她試探著慢慢從他身上下來，又倒進了他懷中，伏在了他腿上，「我一點也不能動，不要再動我，就讓我這麼躺著，睡一會兒就好。」

「好。」良久後，青年如此回她，彷彿拿她沒有辦法。

當她在他懷中徹底安頓好，不再亂動時，他重新看向她的臉。清純無比的一張臉，偏偏眉梢眼角像是抹了胭脂，顯得嫵媚和豔。他隔空碰了碰，沒有真的碰下去，最後收回了手。

亭外雨樂輕緩。祖媞睡著後，連宋望著亭外的雨幕走了會兒神。

離開天宮這十日，他一直很忙。琴魔瞿鳳狡詐多疑，不好對付，想要神不知鬼不覺地囚禁他不是件易事，他花了很多心力。但剛囚了瞿鳳，還來不及休整，他便收到了天步的來信。出了那樣的事，他自然需回天宮一趟，結果半途居然碰到了商鷺，想到時機難得，他便扮作瞿鳳又與商鷺虛與委蛇了一番。同商鷺告別後，為防他生疑，又去琴御山繞了一圈，方回天宮。

如此高強度地連軸轉了近十日，饒是他也感到了疲累。但在這亭中看到懶懶散散躺在憑几上悠閒聽樂的她，所有的倦累便都不復存在了。其實，不要非想著讓她重做回他的妻，一切都會好很多。只要放低期待，她也會給他一些驚喜，他想。

連綿的雨樂中，能聽到雨滴打落在亭蓋上發出的叮咚聲，那是純粹的雨聲，而非樂聲。這雨聲讓他的心在這一刻十分安靜，他已許久沒有如此。不多會兒便有睏意襲來，他嘗試著躺下，將她從他腿上挪開，攬入了懷中，她支支吾吾說了幾句什麼，但沒有反對，也沒有睜開眼睛。

這一方天地中，此時只有他們二人。他很珍惜她躺在他懷中時，令他感到的這片刻安穩。

第四章

元極宮二十四文武侍的名字皆來自天干地支。三殿下從天干地支共二十二字中取「甲乙丙丁戊己庚辛辰巳午未」十二字為文武侍們定名，未字排在最末，這個字便給了文武侍中年紀最小的兩人——襄未和衛未。

襄未和衛未是對姐妹，一文一武，年紀雖小，偽裝術卻是二十四文武侍中一流的，故而三殿下親來南荒收服瞿鳳時，破天荒沒讓天步跟在他身旁，而是讓這兩姐妹左右隨侍。在囚禁了瞿鳳之後，這對姐妹花便扮作了瞿鳳的兩個琴侍。

連宋剛從九重天回到瞿鳳棲身的這座漆吳山沒幾日，商鷺便登了門，說是找瞿鳳飲酒對琴。

石園之中，商鷺已飲得有兩分醉意，但人還清醒著。他是個白面書生的長相，飲酒易上頭，此時滿臉紅意，醺醺然笑了一聲，「青丘與天族將於二十日後在東南荒與我們南荒交界的邊境聯合大閱，此事賢弟可聽說了？」

衛未在一旁侍酒，見自家殿下懶懶倚在石座中，薄唇微勾，「這事差不多八荒皆知了，我又豈能不知？」一言一行，皆極似瞿鳳，眉眼間那種懶緩神色，更是瞿鳳本鳳都沒有那麼像的。衛未及時地給二人續酒，心中充滿了對自家殿下的欽佩。

商鷺又飲了半杯，「尊上厲兵秣馬，亦要派魔將前往那邊境去，樊林腹有將才，需跟著去督軍，他手裡的事便都交給我了。原以為至少還有織鰈可同我分憂，不料姑媱那兩個神使近來竟對尊上復歸之事起了興趣，正在查探，織鰈得去處理那兩人。」說著敲了敲額頭，「到頭來，盯防光神這事竟落在了我一人頭上，令人頭疼。」

衛未心想，這商鷺，果然十分信任瞿鳳，竟什麼話都對瞿鳳說。她按捺住吃驚，偏頭看向身旁的殿下，見殿下依然那麼從容，竟像是一分驚訝也沒有似的，把玩著手中的酒杯，漫不經心地回商鷺：「盯個人罷了，這又有什麼好頭疼的？」

商鷺搖了搖頭，這次沒有用杯，直接拎起玉壺灌了自己半壺酒，可見的確有些苦悶。灌完了酒，又歇了片刻，才怏怏地倒苦水，「尊上說光神甦醒，本便是不祥之事，雖不知她醒來是為了什麼，但看牢她總是沒錯。光神自甦醒後，便一直隱在姑媱山中，其間派神使去給同為自然神的天族三皇子送過一份禮，之後便沒了消息。直到七日前，探子才來報，說水神曾邀光神去千花盛典賞花，那之後她便一直留在九重天，聽說也和東華帝君見了面。然後五日前，探子又來報，說她離開了九重天，去了豐沮玉門山尋寶。」

衛未見機，趕緊遞過去一杯酒，好令說了這麼一大篇話的商鷺解渴。

瞿鳳跟前的琴侍一向如此妥貼，商鷺沒覺著有異，接過酒喝了，解釋那尋寶之事，「據說女媧在沉睡前，曾將一物託給姑媱，光神在時，一直將那寶物保存得很好。可後來光神獻祭，四神使也隨之沉睡，那寶物便不知所終了。如今光神甦醒，得知寶物不在，便趁著千花盛典去九重天打探了一番，得了線索，知那寶物可能就在女媧沉睡的豐沮玉門山，於是她決定親自前去尋回。」

商鷺叨唸這事時，連宋倚在石座中，姿態雖慵散，卻是一副側耳傾聽的模樣。聽到這裡，他挑了挑眉，叩著石座的扶臂懶懶接話，「尊上似乎對光神頗為忌憚，那無論光神做什麼，尊上應當都是不希望她做成的。而於兄而言，若只是盯著她，不需做別的，這自然不算一樁難辦差事。」他端著酒杯，晃了晃杯中酒液，「難的或許是，尊上需要兄做點別的吧？」

商鷺一愣，笑嘆，「賢弟不在尊上跟前，卻也能將尊上的心意摸清一二。早說要舉薦你去魔宮當差，你卻不願，唉。」

連宋將半杯酒一飲而盡，指腹輕撫玉杯杯沿，亦笑，「去魔宮當差哪有我如今這樣自在，兄若有疑煩事，我自與兄分憂便是，去尊上面前當差之事還是饒了我吧。」

商鷺又嘆，「哎，你可真是……」不過還是正事為重，他正了正色，繼續道：「尊上的確想讓我做點別的。他知光神要尋失竊寶物，令我務必查出那物為何，先下手為強將它搶過來。可派人跟了五日，眼看他們到了豐沮玉門山，也在山裡轉悠了有幾日了，派去的密探卻連一丁點兒關於那寶物的線索也未查尋得。又不敢跟得太近，怕打草驚蛇。」商鷺滿面煩惱，「既不知這寶物是個什麼，談何先下手為強，唉，你說這事難為不難為？」

衛未見自家殿下酒杯又空了，趕緊側身給滿上，接著見殿下舉起了酒杯，一邊欣賞掛壁的酒液一邊漫不經心開口，「照我說，尊上要的不過是光神欲尋的寶物罷了，先下手後下手又有何分別，只要兄能拿到此物不就行了？」眼尾一挑，輕輕一笑，便有了一點輕慢之色，「若我是兄，我便遙遙跟著光神罷了，絕不打草驚蛇，等到他們花大力氣尋到那物時，我再奇襲奪寶，如此豈不輕鬆許多？」

商鷺一頓，想了片刻，「可萬一到時候不成功……」

連宋仍懶懶的，無一絲欲說服人的急切，「那就規矩地照尊上所安排的去做？但這不是很難辦嗎？跟得緊了，光神必會發覺，到時別說先下手為強了，便是要趁她尋到寶物時奇襲……面對一個有所防範的光神，奇襲成功的機率應該也不大。」

商鷺悶了一杯酒，又想了片刻，「賢弟說得很是，若光神無防範，用奇襲奪寶之計其實勝算不低，好好做好奇襲的準備便是了，否則這趟差事更是難以成功。」

連宋含笑，「正是。」

二人碰了一回杯。

遠在西荒的祖媞打了個噴嚏。天步趕緊遞了件披風過去。祖媞搖了搖頭，「不冷。」手搭著椅背想了會兒，「興許是有人唸叨我。」天步便將披風收了回去。豐沮玉門山晝夜溫差並不很大，況且他們此時待在一個避風的山洞裡，的確是不冷。

他們是不冷，但被霜和綁得結結實實扔在幾步開外的一個冰池子裡泡著的笛姬卻冷得發抖，不時低吟，但並非求告的呻吟，不像是打算跟他們服軟的樣子。

他們四日前便來到了豐沮玉門山。

豐沮玉門山坐落在西荒的最西處，是地母女媧沉睡之所，亦是日月降落之地。女媧乃此山的唯一主宰，他族皆無權轄治這座山，故而豐沮玉門山雖為神族聖山，但也可以說它是個三不管地帶：女媧沉睡了四十多萬年，此地便三不管了四十多萬年。

不過，似他們這種洪荒神，有沉睡計畫的，都會著神使或僕人看著自己的沉睡之所。所以當祖媞破陣闖山，竟未遭遇神使來攔，且步入山中所見皆是荒頹之景時，不由有點兒吃驚。

跟著她一道來見世面的霜和與蓇蓉也是吃了一驚。霜和率先叨叨開來：「我記得女媧娘娘座前不是有個挺厲害的神使姐姐嗎，叫瑩……瑩什麼來著？哦對了，如今妖族的王姓就是瑩，那說起來這個姐姐應當是當今妖君的祖宗了。」難為他八卦到這裡還能將話題拗回去，

「尊上破了女媧娘娘的護山大陣，搞出這麼大的動靜，這個瑩姐姐她也不出來看看，怎麼她也沉睡了嗎？」

青蓉跟著叨叨：「這山根本不像有神使照顧的樣子，你們看，這花，這草，這樹，都蔫蔫耷耷的，」說著嗅了嗅鼻子，「感覺也沒什麼靈氣，是不是連靈物都沒有啊，怎麼回事……天步妳覺得呢？」

天步年紀輕輕，在此之前從未涉足過古神沉睡之境，還以為一個封山封了幾十萬年的神境可能就該長這樣。她沒有任何真知灼見可以發表。三人齊齊看向祖媞。

祖媞靜了片刻，以全知之力於心海中連接漫山花木，也想問問花木們這座山究竟是怎麼回事，卻發現心海靜極，沒有任何聲音。她嘗試以原初之光承載神識去覆蓋整座山，當神識與花木之靈相接時，竟發現整個豐沮玉門山的花木盡皆無魂。

這就不只是奇怪了。

世間花木，但開靈智，必有花魂。女媧聖山中定然曾發生了什麼事。

可能是女媧在沉睡之前曾對豐沮玉門山立下過友好接納自然神的法則，祖媞入此間如入姑嫆，神識徜徉其中，竟十分自由暢然，能感知的也頗多。譬如她很容易便察知到了山巔之上有一個四十九重的空間陣，陣法古老完好，沒有被人衝撞過，想來便是女媧仙體存放之處。且她也能感知到這山並非一座沒有生靈的空山——山中是有靈物的，一個……或者兩個，藏在別的空間陣中，說不清具體位置，能量不大，應當不是神使，或許是仙僕或者守山人……

聖山茫茫，想在這樣一座大山中尋人，且是刻意躲著他們的人，不是件易事，但也不是沒有辦法將人逼出來。

祖媞的辦法是一重一重破解護持女媧仙體的空間陣。

山巔的這四十九重空間陣固然高明，但這八荒四海，能在空間陣法上贏過祖媞的人，五根手指數得過來。這四十九道陣法奇巧複雜，要破解不是那麼簡單，但對她而言也不是那麼難。她從三日前開始破陣，三日過去，到今日，已順利將此陣破解到了第九重。

然後守陣的人終於坐不住了，出現在了他們面前。

便是笛姬。

豐沮玉門山的守陣之人竟是笛姬，這是誰都沒有想到的一件事。乍見笛姬，就連祖媞都有點愣，不過她表情很淡定，看笛姬好像對他們很戒備，就沒打算立刻審問她，只對天步說她破了三天陣，有點累，笛姬先交給他們三人看著，她去小睡片刻恢復一下精神。說完便慢悠悠逛去山洞的最深處歇著去了。

祖媞不急，天步和蓇蓉也就不急，但霜和是個急性子。女媧聖山緣何是這副模樣，聖山仙陣的守陣人又怎麼會跑到九重天上去搗亂……他簡直好奇死了，祖媞一走，他就從天步那兒接手了笛姬，欲先訊問一番。可沒想到從前柔弱得幾乎不能自理的笛姬居然變成了個硬茬子，根本不搭理他，霜和不懂什麼叫隱忍，自然怒了。又因霜和他自己就長得人比花嬌，對長得嬌花一樣的笛姬也沒什麼憐香惜玉之心，一怒之下就把人給捆了丟進了冰池子。

祖媞歇息夠了從內洞出來時，笛姬已被泡了一下午，小臉凍得發白，嘴唇也凍紫了，卻不曾開口求半聲饒，真真硬氣。

祖媞從蓇蓉那兒聽說霜和同笛姬這一下午都鬧了什麼，挑了挑眉，坐下來之後，命霜和將笛姬撈起來，又讓天步在一旁生了一堆火。

笛姬緩過來後，盯著他們的眼神三分憤然，七分警惕。霜和不高興地叨叨：「我也不是故意折磨她，剛開始我也跟她好言好語來著，可她油鹽不進，竟然扮石頭不搭理我，哼，那我可不得把她泡進池子裡讓她清醒清醒嗎？」

祖媞向來是不會責罵他的，聽他這麼說，只溫和道：「但對姑娘家還是應當憐惜一些。」

笛姬突然開了口，聲音有些啞，含著一絲冷嘲，「不需要妳假好心。」

蓇蓉立刻道：「休得無禮！」

祖媞接過天步遞過來的茶水，「無妨。」她不緊不慢地喝了半盞茶，醒了會兒神，然後放下茶杯，垂眸看向已被解了繩縛靠坐在火堆旁的綠衣小妖，「妳應當也好奇過我是誰，我是光神。」她溫和道。

方才還一臉冷嘲之色的笛姬一頓，驀地抬頭，凍得發紫的唇開合好幾次，彷彿難以置信，「光神……祖媞……」

祖媞點頭，手指輕敲石椅的扶臂，那叩擊很緩慢，也很輕，「地母聖山，即便封山四十餘萬年，也當是靈氣匯盛無可比擬的神境，凋零至此，必是曾遭過劫難，但神族竟完全不知這裡曾發生了什麼……是因女媧娘娘沉睡得太早，與存世的神祇皆無交情，而作為侍者的你們不覺得八荒仙神有誰值得信任，故而聖山發生此等大事，也不見你們向神族求助……是這樣嗎？」

笛姬既沒有點頭也沒有搖頭，只是定定地看著祖媞。

她毫無反應，一身金裙的女神也不以為意，只溫和地繼續道：「地母女媧是世間第一位自然神，她因補天而沉睡之時，我尚未降生。但我降生之後，收到的第一份禮是來自女媧娘娘，她請母神帶給我一只九連環，以迎接我來到這世間。」她撐著腮，語聲不疾不徐，「女媧娘娘沉睡後，舊神紀時代，守護此山的一直是她的座前神使瑩南星。南星亦是愛花之人，曾來姑嫇向我討教過如何養護亹冬。所以說起來，我應是如今世上同豐沮玉門最為親近的神祇了。妳可以信任我。」她的目光落在笛姬身上，是很柔靜和婉的目光，「所以笛姬，能否告訴我，是誰將豐沮玉門變成了這樣？這裡曾發生了什麼？可與妳出現在九重天上有關？」

隨侍在一旁的天步吃驚於祖媞的敏銳，是了，她早該想到，聖山凋零至此，神族卻全然不知，而笛姬對一切閉口不言，最大的可能，應該是這位女媧仙陣的守陣人不信任任何神族。祖媞從這個點入手對笛姬懷柔，著實很高明，天步不禁在心中佩服。

果然，笛姬有了鬆動之色，漆黑的眼睛閃了閃，嘴唇亦輕微地動了動，這是要開口的意思了。祖媞回視著笛姬，目光寧和溫煦，沒有催促她，耐心而又安靜地等著她。

洞中靜極，良久，在經歷了一番內心掙扎後，笛姬開了口，望著祖媞，「您……您很美，水神亦親近您，您自然該是光神。」她咬了咬唇，「可您闖入這裡，又動搖了娘娘的護體仙陣逼我出來，卻並不是為了關心豐沮玉門吧？」

祖媞看了她一會兒，「妳很聰明，我原本是有求於豐沮玉門才特意來此。但看到聖山如此，也不能置之不理。當年南星提過，女媧娘娘在沉睡之前，曾將元神靈珠取出給了她，以助她修行。我今次來，正是想向南星借那元神靈珠一用。不過，」她輕輕一嘆，「豐沮玉門荒頹至斯，南星必定是出事了。容我一猜，那土靈珠是否也不在山中了？此山的浩劫，是否便是與那靈珠相關？」

笛姬愣住了，臉色變了好幾變。面對這突然出現在自己面前，三兩句便將聖山困境道得清楚明白的女神，最終，笛姬選擇了臣服，深深一拜道：「小妖生得晚，尊神與豐沮玉門的夙緣，小妖不知，但尊神曾為八荒獻祭，大道公允，小妖信尊神無私心。尊神料得不錯，土靈珠的確遺失了，而小妖此前欺騙尊神與水神，混入九重天，便是為了遺失的土靈珠。」

天步萬萬沒想到笛姬算計虞英這事兒竟並非出於什麼男女私怨，虞英小小一個凡人仙君居然還能和女媧聖山扯上關係，簡直要驚掉下巴。萼蓉和霜和也是面面相覷。

「此事說來話長。」笛姬閉了閉眼，緩緩開口。

這話的確很長，要從二十四萬年前說起。

說二十四萬年前，新神紀前夕，在少綰和祖媞率人族徙居凡世後，墨淵上神將北荒的一塊大陸劃分出來，命名為北陸，留給未隨少祖二神前往凡世的半人混血們居住。

這些混雜了各族血脈的人族亦為凡人，在謝冥以身化冥司後，同樣受制於冥司法則的束縛，雖比凡世的凡人壽長一些，卻也有生老病死和輪迴。

北陸的凡人們生活在一個與神魔鬼妖共存的世界，對這天地玄黃宇宙洪荒的所知，比凡世的凡人們多得多，因此更渴望擁有比肩神魔的壽命，跳出無終的輪迴。故而北陸之上，修仙者不計其數，修仙宗門亦遍地皆是。

「長右門便是這些修仙宗門中極大的一個大門宗。」話說到這裡，笛姬的情緒明顯不太好，語聲開始不穩，「三萬五千三百年前，長右門中的一名年輕修士因渡劫不成，被天雷重傷，流落到我們隔壁的靈山，為去靈山採藥的神使大人所救。那修士同神使大人結下了緣契，三年相依相隨，親密陪伴，得到了神使大人的信任，獲悉了進入豐沮玉門山之法。」

萼蓉前些日子在天上無聊，話本子翻得多，也看過類似開頭的故事，懂得了很多話本套路，不由皺眉插話，「難不成，這修士背叛了瑩南星？」

沒想到還真給她猜對了。篝火的火光映在笛姬眼中，照出了少女眸中的灼灼恨意，「是。或許在與神使大人的接觸中，他得知了土靈珠乃助人修行的至寶，因此起了異心；而作為神使大人最親密的人，他又悉知神使大人的所有弱點，故三年之後，趁神使大人修行出了岔子，極度虛弱之時，長右門長老率門下數百弟子潛入山中，屠了聖山，搶走了靈珠。」

菁蓉聽得唏噓。天步卻是個不怎麼看話本子的人，不覺得這個發展正常，她感到不能理解，「凡人罷了，怎麼就能有本事屠了女媧聖山？」

不過作為洪荒神，對地母瞭解得比較多的祖媞並沒有感到多吃驚，她把玩著一直握在手裡的一只巴掌大的鸞鳥紋銅鏡，緩聲解釋：「地母慈愛，親近微弱族別，故而洪荒時代，女媧娘娘座前奉職的侍者俱是妖族和人族。女媧娘娘沉睡後，她座前的凡人仙侍領她之命，皆回歸了凡人族群，聖山中唯餘妖族侍奉。妖族弱小，南星這個神使是她座下唯一一個厲害的，若趁著南星虛弱，數百凡人修仙強者聯合前來攻山，屠了整座聖山也不是不可能。」靜默了一瞬後，她輕聲一嘆，「她為座下侍者們留下的護山大陣倒是可以保護他們，只是……可能她也未料到南星會輕信於人……不過南星不會眼睜睜看著聖山被毀，」她微微蹙眉，看向笛姬，「所以彼時究竟是個什麼情狀，南星她怎麼了？」

笛姬薄唇微顫，眼尾滑落一行清淚，她抬袖揩了揩淚，但那淚卻像是揩拭不盡，「彼時山中僅有幾十侍從，皆被斬殺，只有我娘帶著我和我哥哥活了下來。我娘是神使大人的侍婢，長右門人闖入時，我娘正帶著我和哥哥服侍在神使大人身前。神使大人將我們藏在了閉關靈洞中，僥倖使我們逃過一劫。可神使大人以一敵眾，不敵長右門人，被他們搶奪了土靈珠。長右門人奪得土靈珠後，並不甘休，還欲斬殺神使，將山中的靈花妙木收歸己有。彼時山中開智花木足有千餘，將它們收入囊中煉製成丹，對這些凡人的修行大有裨益。神使大人雖然十分虛弱，卻無法眼睜睜看著這幫惡人敲骨吸髓毀了聖山，於是……於是以魂做祭，與長右門人同歸於盡了。」

菁蓉輕「啊」了一聲。

笛姬妙目含悲，咬牙道：「只是可惜，仍被他們逃出去幾個。神使大人深知人性本貪，明白若沒有她的守護，逃出去的長右門人還會再回來劫掠聖山，因此在魂魄散盡前，以最後之力，借用了所有開智花木的靈力，積少成多，修改了護山法陣，以阻止惡人再度入山。花木們失了靈力，魂魄皆陷入了沉睡，為防萬一，神使大人又將所有沉睡之魂送入了女媧娘娘的護體仙陣，以確保山中再有浩劫，不會傷到他們。滿山妖侍，只有我們母子三人殘存下來，於是神使大人在臨終之時將聖山託付給了我們。」

著實是一場血淚浩劫。這浩劫的真相竟是如此，天步與蓇蓉嗟嘆不已，霜和也跟著悲嘆了數聲，但同時他也很好奇，凝著眉不解，「可這些……和虞英又有什麼關係？」

蓇蓉的腦子是不錯的，猜測，「可能虞英便是那長右門出來的？」

笛姬又揩了一遍淚，蹦出一個字來，「是。」柳葉眼尾一片緋紅，不知是因落淚還是因憤怒，「長右門奪了靈珠，屠了聖山，母親柔弱，而彼時我與哥哥又皆年幼，無法將靈珠奪回。但這三萬五千年來，我們一直關注著長右門。」頓了頓，道：「在長右門屠山奪寶後，此門中竟有兩名修士相繼成仙。一位是商珀神君，傳說中北陸的天才，三世便得道飛昇。還有一位，便是商珀神君之子虞英仙君，」說到這裡，她諷刺地笑了笑，「這位更了不得，一世便成仙了。雖然人人皆道，因虞英是商珀神君在得道前夕同道侶孕育出的孩子，生來便帶仙根，故而甫一踏上修仙之途便能得正果。可虞英其人，資質如何，你們應該也看到了，什麼帶著仙根修仙所以易得正果，我卻是不信的。」她恨聲，「照我看，他分明是用了土靈珠修行，才如此一日千里，一世便可成仙，土靈珠定然在他手中！」

祖媞若有所思，「所以妳設計虞英，是因……」

笛姬笑了一聲，笑聲冰冷，自眼底迸出憤恨，「我設計虞英，是想讓他遭貶，重回北陸。九重天天規森嚴，行事處處不便，不是可對付他的地方，但一旦他被貶回北陸，我必能使他交出土靈珠。這是我原本的計畫，只是沒想到……」只是沒想到這計策竟被祖媞神給破壞了。笛姬自知將這話說出來是對尊神不敬，及時剎住了，但言語中難免流露出了一點未能好好掩藏的不甘與抱怨。

原是如此。祖媞想起了此前同連宋說起這事時連宋亦告訴過她，說笛姬的目的應當是使虞英貶謫。她豎起了手中的銅鏡，向鏡子道：「又被你料對了，小三郎。」

天步一直侍在祖媞身旁，早就發現自家殿下的身影出現在了那鸞鳥紋銅鏡中。她對這銅鏡十分熟悉，前一陣殿下拿到星浮金石後，煉這可於千里之外傳聲傳影的法器時，她還在煉器爐旁給他打了幾日下手。天步覺得將這法器用在此等場合妙極，省得她日後還要寫長信向殿下奏知這場訊問，想想笛姬說了多少話，她得寫多少字！

祖媞對著鏡子說話，連宋尚未回答，笛姬卻已警醒，「什麼人？」她警惕地問。

「水神。」祖媞答她，「他亦關心女媧。」

祖媞話落時，笛姬聽到男子微涼的聲音從銅鏡中傳了出來，「靈珠恐怕並不在虞英仙君身上。」的確是她所聽過的水神的聲音。

笛姬不再有疑慮，但她並不贊同水神之言，立刻反駁，「怎麼不在？您可能不知，虞英的外祖正是當年帶人來屠山的長右門長老，靈珠最後落到他手中，是水到渠成！」

然這極具說服力的一則訊息卻並未讓鏡中慵散倚坐於石椅的青年動容。「修仙者成仙登天，入南天門，皆需去淨寶池走一趟。」青年淡淡，「淨寶池將搜檢修仙者所攜的所有寶物法器，由掌池仙者儀寶神君對其登記造冊。淨寶池明辨法寶，從不作偽，儀寶神君也是鐵面無私，為神持正。」

他沒再多說，洞中靜了一靜，最先反應過來的人是祖媞，她眉心微動，問道：「所以……

你是已查過儀寶神君的冊子了，發現冊子上並未記載土靈珠？」

青年微微頷首。祖媞撐住了腮，感到驚訝，「可此前你也不知虞英會和土靈珠有關係吧，怎麼會想到要去翻那法寶冊子？」

青年與她隔鏡相望，溫和地答她：「前些日離開十二天時我順道查了查。為避免燈下黑罷了，與虞英無關。」其實彼時他查那法寶冊子，乃是為了排除不知所終的風靈珠被藏在天上的可能，然笛姬在，這事兒不好明說，他便答得含糊。但祖媞聽懂了，道：「這樣啊，」又莞爾一笑，讚他，「小三郎果然最是周全謹慎。」

兩個聰明人心有靈犀，打啞謎一般說話也能彼此意會。但腦子不太好的霜和聽到這裡，已完全被繞暈了，瞪大眼悄悄問菁蓉：「怎麼又說起什麼法寶冊子來，那個法寶冊子和虞英又有什麼關係啊？」

菁蓉比起霜和來就聰明得太多了，一開始雖沒反應過來，這時候還有什麼不明白的，白了霜和一眼，「笨。九重天既有那樣的規矩，那虞英成仙上天，自然也需入淨寶池了，若土靈珠在他身上，怎麼可能不被登入法寶冊子？照三皇子所言，造冊的神君是個品行端正的，不可能在冊上作偽。但照笛姬的說法，那虞英能一世成仙，絕離不了異寶相助。那麼很可能的是，或許虞英的確是靠土靈珠修行成仙的，但在他升仙之時，靈珠已另有了歸處。」菁蓉一口氣解釋完，攤了攤手，「就是這麼回事了。」

的確就是這麼回事，笛姬也是這樣想的，可若靈珠不在虞英身上，又是在何處？是仍在長右門中嗎？

笛姬失魂落魄，不能接受道：「可我曾暗中去長右門尋過，長右門中並無靈珠行蹤。且若靈珠在長右門中，自商珀和虞英之後，為何這三萬多年來長右門中再無凡人成仙？要知道土靈珠對於凡人而言，最大的功用便是助他們修行了！」

她說得也有道理。

但若靈珠既不在虞英身上，又不在長右門中，那又是在何處？

祖媞突然開口問道：「南星的妖身還在嗎？」

笛姬愣住，「尊上問這個是何意？神使大人已魂飛魄散了……」

祖媞嗯了一聲，「魂飛魄散了，但是妖身還在吧？」又道：「妖族的壽命本也不長，七八萬歲便算高壽，南星能活幾十萬年，」她看向笛姬，「妳可知原因？」

笛姬愣愣搖頭。

卻是連宋回道：「我猜，可是女媧娘娘曾將瑩南星的魂魄分出過一絲半縷轉移到土靈珠之上，使她超脫了妖族必應的死劫？」

祖媞抿唇一笑，「不愧是我們見多識廣的小三郎。」她接著連宋的話繼續，「所以，要說南星的魂魄已完全消散了……這並不準確，女媧娘娘曾取她的一魂一魄，將之轉移到了土靈珠上，起碼那一魂一魄如今還被完好保存著。」

她頓了頓，「只要南星的妖身還在，再有結魄的法器助力，我可以用地母留存在這山中的靈力並南星殘留在這山中的氣息，為她再造一魂一魄放入她的妖身，恢復她的神識。而只要南星的神識得以恢復，即便尚無靈智，她亦能感應到擁有她一魂一魄的土靈珠的下落。」這是目前她能想到的最好的尋找土靈珠之法，而如此考量，也不只是為了利用南星尋到土靈珠，「待取回了土靈珠，將這兩魂兩魄融合，南星應當能開啟靈智，等到女媧娘娘醒來，應該會有辦法使作為她神使的南星完全恢復。」

許久，笛姬才回過神來，不敢置信地睜大了眼，眼尾紅透，顫聲道：「真的嗎？您真的能復活南星大人，還能……還能使她恢復如初？」

祖媞嚴謹地糾正她，「女媧娘娘能使她恢復如初，我不能，我最多只能使她恢復到三分。」

但這已足夠令笛姬驚喜，她沙啞的嗓音帶了哭腔，因著激動，更見嘶啞。她跪地稽首，終於毫無保留地和盤托出，「回尊神，南星大人的妖身，就存放在女媧娘娘的護體仙陣之中。」

大事審完了，大家這些日都在山洞裡湊合，既然從此和笛姬是一條船上的人，自然沒有道理再住在山洞，便跟著笛姬，由她帶路，向山中她的精舍而去。

笛姬的精舍建在山頂，穿過一段長長的巖洞，洞天豁開，竹海延綿，竹海深處，立了座精緻小樓，小樓中透出了光來，門扉也是半掩。

笛姬輕聲，「恐是我哥哥回了。」又解釋，「聖山需要靈氣養護，但尊神也看到了，如今山中靈氣稀弱，所以哥哥每年都會出山一趟，去別處採靈氣回來養山。」

心軟如天步菁蓉，又是一陣唏噓。

笛姬推門，靜夜裡竹門發出吱呀一聲，內中有男子聲音傳出，「春陽？」

笛姬應了一聲，「是我。」低低同身後幾人坦白，「春陽才是我的名字。」

說話間門被推開了，一個一身銀灰道袍的青年提燈繞過一扇竹製屏風，出現在他們面前。油燈昏黃的光線中，青年身姿高大，一張臉很是出挑，看清他們時，他愣了一下，接著黑瞳彷似一震，緊盯著祖媞，「玉……師叔……妳是……阿玉！」

祖媞也愣了一下。她的目光在青年臉上停頓了須臾，然後她在記憶深處找到了一個人，和一個名字。那是她去凡世輪迴時遇到的一個人，曾和她糾纏很深。他的名字叫作……

「寂子敘。」她平靜地看向青年，「好久不見。」

第五章

是夜，歇在竹樓中的祖媞作了一個夢。

她夢到了自己輪迴於凡世、作為凡人修行的第十六世。那是三萬三千年前。

那之前的十五世，她已斷斷續續習得了凡人的絕大部分情感，人格已趨完整。仍舊無法歸位的原因，是還差一種於凡人而言亦很尋常的愛未曾習得——男女情愛，因此那一世，她來凡世學習這種愛，修習的法子是歷情劫。

那處凡世是十億凡世中靈氣最盛的一處，修仙之風暢行。

天道安排她轉生成了一個棄嬰，被爹娘丟棄在一個修仙門宗外。一個小姑娘撿到了她，將她帶回了宗門。

那宗門是個大宗，有四十七峰，小姑娘所在的那峰排在最末，在宗裡並不得器重，小姑娘的師父也不靠譜。但不靠譜的師父卻比其他四十六峰的峰主加起來都要心善好說話，看徒弟央告得厲害，便毫無猶疑地收了她這個棄嬰做小弟子。

從此，她這個棄嬰，便是修仙門宗的小師妹了。

師父愛喝酒，又愛雲遊，完全不會養孩子，她能平安長大，全賴撿她回來的師姐悉心看顧。而隨著她一日日長大，她修仙的天資也逐漸嶄露，九歲那年，在宗門考校內門弟子的比試中一騎絕塵，被門主一眼取中。

門主去見了她師父，兩人關起門來商量了一陣，最後決定讓她從此跟著門主修行，不再待在她師父這一峰。

她向來聽師父的話，師父如此安排，她便馴順遵從，只是十分不捨師姐。師姐亦不捨她，臨分別前，兩人抱著哭了一場。

那處凡世裡修仙的宗門極多，宗門之間競爭激烈，一百年便有一場友宗大比。若一個大宗門年輕一代裡竟無能在友宗大比裡拚入前十的人物，在天下人眼中，這個宗門也就廢了。

這便是門主看重她的緣由。

門主對她寄望頗深，將她視作宗門明日的頂樑柱，教養她不可謂不費心，只是一點——修行上對她極是嚴格，近乎嚴苛。自她九歲改換山頭跟隨門主以來，兩百多年裡，門主親自督促她日夜修行，並且不許她踏出閉關之峰一步。到她終於被門主允許踏出閉關山峰，已是在兩百零七年後——門主令學有所成的她代表宗門，前去參加百年一度的友宗大比。

在她整裝去參加友宗大比前，她收到了師姐的來信。師姐在信中說她奉門中長老之命，要去西方探一個秘境，無法前去大比現場為她助威，但相信她定能節節勝利，所向皆靡，待自己探境歸來，再為她慶賀。

她拿著信反覆看了好幾遍。

那場為期十日的大比，她沒有辜負師姐的期望，的確是節節勝利所向皆靡，在數百人競技的比武中一舉奪魁，一夕之間，名震天下。門主和長老們對這個結果也都很滿意。

然當她回到宗門，自西方飛信傳來的，卻是師姐和她的道侶雙雙遭劫隕落在秘境中的消息。

夫婦橫死，只在這世上留下了一個再無親人的半大孩子。

那可憐的孩子便是寂子敘。

寂子敘。當這個人出現在夢中，祖媞才後知後覺地發現，他種在她心底的那根刺並沒有隨著那一世的結束而拔除。此前見到他時她那樣平靜，可能只是因為他出現得太突然，而她一時沒能反應過來。

這個夢將過去的一切都勾勒得十分清晰。

她初見寂子敘時，他還只是個剛滿十四歲的小小少年，失了爹娘，在宗門裡日子不太好過。而自打她在友宗大比上奪得魁首，門主便不再約束她。一場大比，使她在宗門裡有了超然的地位，也有了渴望了兩百多年的自由。在獲得自由與地位之後，她利用特權所行的第一件事，便是將寂子敘帶回了自己的雨瀟峰。

寂子敘跟了她十年。十年來，寂子敘的衣食起居，她每每親自過問，他的課業修行，她也每每親自督導。她對寂子敘的態度門人看在眼中，弟子們皆知，那個父母雙亡的孤兒寂子敘乃是雨瀟峰玉師叔最為寵愛的師侄，即便他資質平平，也不可嘲笑欺辱。

她竭盡所能為寂子敘鋪設出了一條修仙的坦途。

在寂子敘跟著她的第九年，她發現了他其實是個半妖，因妖力被封，才導致他修仙的天分被壓抑。彼時她一直以為是因師姐所嫁之人乃是個妖，所以寂子敘才是這樣的身分。其實妖亦可修仙，解開寂子敘身體裡的封印，他也未嘗不能證道飛昇，只是她不知該如何解開他的封印。這事又不能求教門主，那一陣她一直在門裡藏經閣中翻看相關的典籍。

那時候，寂子敘因修行無法突破之故，有些鬱鬱，正逢其他峰的弟子將出山歷練，他便去藏經閣中找到了她，說也想跟著師兄師姐們出門遊歷，散散心。她允了，給他備了許多法器讓他防身。照理說那些法寶足夠保護他了，不想來春，弟子們皆回到山門，卻帶回了他不顧師兄們勸阻，執意去探一個秘境，在秘境中失蹤的消息。

她親自去那秘境走了一遭，冒著葬身妖腹之險，逼出了秘境中的所有妖物。妖物們卻眾口一詞，說那少年溺死在了妖靈湖中，屍身已化為了滋養小妖們的養料。

她回到宗門後，在師姐的衣冠塚前坐了整整一宿。後來在師姐的墳塋旁立了一個新塚。之後九十年，她避入雨瀟峰中，一心修行。再出峰時，已是九十年後，百年一度的友宗大比邀她去做大比的評判。

她去了。親眼見證大比上橫空殺出一匹黑馬，以勢不可擋之姿，將所有參加大比的年輕修士都遙遙甩在身後，一舉拔得頭籌，拿到了友宗大比的第一。而這人，竟正是失蹤了九十年、宗門上下皆以為他已葬身秘境的寂子敘。

她知寂子敘定是得了奇遇，解開了身體裡的妖力封印。這很好，師姐在天之靈亦會欣慰，那時候她想。

如果故事就到此結束，其實不失為一個知恩報德、種善因得善果的好故事。

但故事並沒有結束。

大比之後，寂子敘回了宗門，帶回了一個叫溫芙的姑娘，說當年在秘境重傷後，是這姑娘救了他；姑娘無父無母，只有個哥哥，但她哥哥長年在外，難以照看她，所以他將她帶回宗門善養，也算是報答她。

彼時她也是感謝這位溫芙姑娘的，且覺得寂子敘應當如此，這麼做很對。溫芙也的確是個很討人喜歡的姑娘。

若不是作夢，之後的事她並不願想起來。

那些事不太容易面對。

之後，溫芙病逝，寂子敘為了病逝的溫芙，竟覬覦上了她的凡軀和修行，罔顧她對他的教養之恩，欲奪她的軀體，占她的修為，使溫芙復生。

而最後，她的確可說是死在了他的手中。

那一世，因著自幼便被門主關在山中修煉的經歷，她或許有些冷情，但因寂子敘是師姐遺留在世的唯一血脈，即便如今反思，她依然覺得，她對他，做到了她可以做到的最好。她並不能理解為何最後他會那樣對她。

如今她已歸位，往世的劫難於她而言不過雲煙，可她依然記得，那一世她臨死時是含著怨的，說不上恨，但的確曾怨過寂子敘為何會那樣心狠手辣。

夢很真實。那世的最後一幕在她腦中徐徐鋪開。

雨瀟峰頂，寂子敘要渡劫，她為他護法，降下的雷卻非普通天雷，竟被動了手腳，雷中藏了奪魂的大陣。她因對寂子敘全無戒心，被他施術困在了原地，任那十八道奪魂雷劈砍在身，魂魄硬生生被天雷擠出軀體。

在魂魄離體的前夕，溫芙的雙生哥哥溫宓一襲青衫悠悠然自幾步外的巨石後轉出，來到了寂子敘身邊，桃花眼笑看向痛苦掙扎的她，「似乎快成了……將芙兒的魂換入她的軀體，繼承她的修為，便一定能瞞過幽冥和天庭。如此，芙兒不僅能回來，還能同你一起修行，一道成仙，真正與你雙宿雙飛。」他的手搭上寂子敘的肩，笑著催促，「子敘，只差最後一道天雷了。」

寂子敘漠然地閉上眼，單手結印，引下了最後一道天雷。

那之前，她並不能想像，她教養長大的這個孩子，有一天會對她流露出如此冰冷的表情，對她使出如此狠毒的手段，她又做錯什麼了呢，她不過……

夢到這裡，她驚醒了，身體微僵，彷彿仍能感受到奪魂雷劈在身上的痛楚。

夜深之時，人心最是脆弱易感。

祖媞睜開眼睛，慢慢從床上坐了起來，心中微覺荒涼。那一世，她來這世間，原本是來歷情劫的，一世幾百年過去，情劫之類她無甚體會，卻深深感受到了被信任之人背叛的疼痛。這種痛，是她前十五世都不曾深刻感受過的，以致如今想起，心中仍覺鬱窒。

她想給自己倒杯茶，一動，手卻碰到了枕邊的銅鏡，按上了鏡柄的紅寶石。她愣了一下，手剛移開，連宋的聲音便傳了過來，「阿玉？」像是睡夢中被吵醒了，叫她的名字時，尾末含著一點鼻音。

她應了一聲。

青年的聲音變得清醒了許多，「這麼晚了，怎麼還沒睡？」

柔聲詢問響在這靜夜裡，不知為何，竟使她感到了委屈。她含糊地嗯了一聲，將正對著帳頂的鏡面翻了過去。方從夢中驚醒，她樣子不大好，不想讓他看到。做完這個動作後，她才低聲地、悶悶地、帶著一點告狀意味地同他說：「我作了噩夢。」

察覺到她的低落，他輕聲問她：「什麼噩夢？」

她無意識地攥緊了手中的素被，默了片刻，答非所問道：「小三郎，你會背叛我嗎？」

「背叛？」他有些驚訝。

她以為他是不懂她這話的意思，解釋道：「就是為了別的人或者別的事，傷害我。」

「我不會。」

連宋不知祖媞究竟夢到了什麼，但縱使相隔萬里，從她的聲音裡，他也辨出了她此刻不大對勁，彷彿充滿了不安，即便他立刻回答了她他不會背叛她，她也沒有安心，靜了一會兒，反而問他：「你怎麼證明？」

怎麼證明？他考慮了片刻，回答她：「妳忘了嗎，我們立下了噬骨真言，我曾發誓一生都會待妳好，若違此誓，將被天火焚身。」他其實並不願如此說，顯得他彷彿是因畏懼被懲罰才對她好一般，可此時她正鑽牛角尖，就算對她許諾，她也不會相信，不如讓她想起他曾發給她的咒誓。諾言可能會蒼白無力，咒言總是真實不虛的。

她唔了一聲，像是勉強認可了這個回答，但並不喜歡。

他能想像出她此時可能是抿著嘴的不太滿意的模樣，便又開口，「阿玉，讓我看看妳的臉。」

她沒有立刻回答，像是有點猶豫，過了會兒，才道：「那你等等。」

連宋嗯了一聲，等著她。

銅鏡彼端傳來一陣窸窸窣窣的響聲，片刻後，鏡子被立了起來，她的臉出現在了鏡中。身側點起了一盞竹燈，燈光並不很亮，柔柔籠住她。她像是剛洗了臉，鬢髮和眼睫都有點濕漉漉的，頰旁殘留著一點未拭乾的水跡，神色有點惶然，可愛又可憐。

自她歸位為祖媞後，她什麼時候在他面前流露出過這般神情？他幾乎是立刻感到心疼。他沒有追問她究竟是作了什麼噩夢，為什麼瞧著這樣難過，只是專注地看著她，沉著堅定地告訴她，「就算沒有噬骨真言，我也不會傷害妳，對妳不好。阿玉，妳要相信我，也要記住。」

她的眼突然紅了，眼巴巴地隔著鏡子望著他，好一會兒，有些啞地嘆息了一聲，「小三郎，我好想你啊。」

八個字而已。她沒有說很多話去向他展示她的心事和委屈，只是叫了他，然後說想他，就讓他心軟得要命。「嗯。」他低低回答她，「妳睡一覺，睡醒了就好了，我很快就來見妳。」

她的眉眼很輕地彎了一下，是對他很快就來見她的許諾感到開心的意思，可同時，她也對他「再睡一覺」的提議有所遲疑。「睡著了又作噩夢怎麼辦？」聲音仍有些啞，卻也軟，很像在撒嬌，只是她自己沒有察覺到。

「給妳裝鏡子的錦囊裡有個儲物袋，」他溫柔地替她想辦法，「裡面裝了我慣用的香。上次在琴苑小亭，我看妳用那個香就睡得很好，所以給妳準備了一匣，妳待會兒取出來燃一丸。」

上次他們在琴苑小亭歇息的那一晚分明沒有燃香，又談何用香。她緩慢地眨了一下眼睛，又反應了片刻，突然明白過來他這含蓄之語指的是什麼。那夜他們的確沒有燃香，但她躺在他懷中，聞著他身上的白奇楠香入眠，也的確可稱作是用了香。

她還記得第二天早上睡醒之後，發現他竟還沒醒，她就裝睡了半個時辰，等到他醒來，輕手輕腳將她環著他腰的手拿開放到一旁先起了後，又過了一會兒，她才佯裝宿醉醒來，又裝作一點也沒察覺自己在他懷中睡了一晚的樣子，依然自然地同他說話。

彼時她給他倆找的話題就是，「亭中是不是燃了香？和小三郎你慣用的香倒是很像，昨晚我難得睡了一個好覺。」他也很自然地答她，說「是」，還問她果真睡得很好嗎？

因他們曾有過那樣的對話，所以她明白，他說的用香指的便是燃香，並無他意。但她深知那夜她實際上是如何用香的，臉立刻紅了，她別開了眼，聽到他再次開口，「我後日，」停了一下，「不，明日下午我便啟程。」

他又一次向她許諾。這許諾令她安心。她抬頭看向鏡中，青年穿著雪白的明衣靠在床頭，黑髮散下來，眉眼那般英俊，令人心動，也令人想要依戀。她望著他，他也看著她。他們都不再說話，那靜默摻雜了一絲說不清道不明的意味。她的心不知為何跳得飛快，在如同擂鼓的心跳聲中，她聽到他安撫似地對她說：「好了，去睡吧。」

他這句話來得很及時，她想，再對視下去，她今晚就不用再睡了。怎麼還睡得著。她伸手按住胸口，想將那失控的心跳按下去似的，佯裝平靜地回了他一聲，「嗯，那我去燃香了。」

見他點頭，她按了按鏡柄上的紅寶石，他的身影消失在鏡中，她收起了鏡子。

後半夜，祖媞燃了香。

白奇楠香微甜而涼，緻密包裹住她，是屬於連宋的氣息，讓她感到彷彿他就在她身旁。

而後她一夜好眠，的確沒有再作任何夢。

第六章

次日是個晴日。

祖媞昨晚睡得不錯，養足了精氣神，原打算上午便去女媧仙陣中取南星妖身，但用過早飯，霜和卻從山下將千里迢迢來豐沮玉門尋她稟事的殷臨給迎了上來，取南星妖身的事便只得往後挪了。

不可避免的是，一上山，祖媞轉世時每一世都跟在她身旁的殷臨便見到了寂子敘。

殷臨見到寂子敘，震驚之餘，挽起袖子就要揍人，寂子敘看到他也有點吃驚，但面對殷臨的長劍來襲，卻沒有動，不像是要抵抗。大家都有點蒙，幸好祖媞出來，抬手止住了殷臨的攻勢，讓殷臨屋中同她說話。寂子敘望著祖媞的背影，向前走了兩步。殷臨從他身邊經過，沉著臉冷哼了一聲。寂子敘愣了愣，垂眸斂住了目中情緒，停下了腳步。

菁蓉機靈地轉了轉眸子，自從昨晚踏入這精舍見到寂子敘，她便感到他同尊上之間不簡單。

照理說，二人既是舊相識，認出彼此後自然該寒暄個幾句。寂子敘在認出尊上後的震動和驚喜不似作偽，但尊上對寂子敘卻著實冷淡。

菁蓉和天步被分到了一間房。天步也察覺出了祖媞和寂子敘之間有故事。兩人叨叨了半晚上，但也沒叨出個什麼。巧的是次日殷臨便來了。兩人一致覺得祖媞和寂子敘之間的事兒殷臨這個姑婚大總管指定知道，因此待殷臨稟完事後，便將他拉去了後山。

後山幽靜，是個鬼鬼祟祟談事情的好地方。天步化出一張茶席，一邊煮茶一邊給蓇蓉使眼色。

蓇蓉還是有點怕殷臨，吞吞吐吐說完了找他來這兒的意圖，本以為就算不被罵，也不可能那麼容易從殷臨口中得到她們想要的訊息。但也許殷臨是太討厭寂子敘了，而討厭一個人的時候，的確很難控制住自己不去和他人分享他的討厭事蹟。

「尊上在凡世輪迴歷劫的第十六世，遇上的那個劫數便是寂子敘，那一世尊上親手將寂子敘教養長大，最後他卻背叛了她。」殷臨回二人道：「兩人之間的糾葛有些複雜。」

蓇蓉心顫顫問：「他們之間的糾葛，包括情感糾葛嗎？」

殷臨沉默了一下，「若我說不包括，妳們信嗎？」

蓇蓉和天步面面相覷，震驚得不能自已，特別是天步，只恨自己為什麼沒有一個傳聲鏡，也好立刻打開給她家殿下聽一聽。

殷臨卻很是淡然，「她那世原本便是去凡世歷情劫的，同人沒有感情糾葛，又歷什麼情劫呢？」喝了一口茶，繼續，「不過不是尊上對寂子敘有什麼，是寂子敘。他父母死後，尊上將他接到雨瀟峰親自照料，將他從泥沼中拉了出來，又處處周全，待他極好，因此他愛上了尊上。哦，彼時尊上道號紅玉，是以他喚尊上一聲玉師叔。」

蓇蓉其實是個很保守的神，保守的蓇蓉被驚呆了，發出了一個靈魂疑問：「……尊上既是寂子敘的師叔，寂子敘他愛上自己的師叔豈不是罔顧倫常，況且兩人年歲也並不相當啊！」

殷臨並不覺得這是問題，「尊上那時候是比寂子敘大了近兩百歲，可彼處凡世也是個修仙之境，相差個兩百歲在外貌上也看不出來，」他說得像是很理解寂子敘，「彼時尊上是個備受推崇的天才劍仙，在修仙界頗有聲望，加之又長得那個模樣，世間不知有多少人想親近她，可她全然不將他們放在眼中，獨對寂子敘愛護有加……寂子敘想要把持住不動心，可能也很難吧。」

天步聽到這裡，為自家殿下捏了一把汗。受《雪滿金弩》這本書的影響，她近來也覺自家殿下可能是對祖媞神有點心思不純。此時聽殷臨說起寂子敘同祖媞神的情緣過往，立刻為自家殿下感到擔心，「那……祖媞神可知寂子敘對她有情？她對此又是何種態度呢？」難為她已經這麼著急了，問問題竟仍不失條理並立刻問到了點子上。

「尊上嗎？」殷臨喝完了茶，將杯子放在案上，輕飄飄道：「自然是拒絕了寂子敘。」殷臨笑了笑，「之前的十五世輪迴，並未讓她懂得男女之情究竟為何，因此察覺到寂子敘的情意後，她覺得很荒唐。」殷臨主觀感情色彩相當濃厚地補充，「很遺憾，她沒有因此而厭惡或者疏遠寂子敘，只以為他是少年失怙，鮮有人以善意待他，而自己是待他最好的人，故而他將對親人之情移情到了自己身上。」

殷臨回憶當年，怪自己記性太好，三萬三千年前的事，竟仍歷歷可數。

那一世祖媞於昊天門中獨掌一峰，為使她專注修煉，門主選了幾個外門弟子做她的侍從，照顧她的衣食起居。殷臨便是那八個外門弟子中的一個，從祖媞九歲起便跟著她住在雨瀟峰中，是她最信任的侍從。

殷臨記得，寂子敘是在他二十四歲生辰那夜，藉著醉酒之名向祖媞訴說了情意，祖媞被嚇了一大跳，很驚訝，覺得寂子敘不像話，但更多的是想不通。

彼時殷臨已做到了雨瀟峰八侍從之首，說他是雨瀟峰的總管也使得，因他嘴嚴，辦差牢靠，因此遇到修行之外的事，無論大事小事，祖媞都會找他商量。

那時候祖媞還是很偏袒寂子敘的，閉關三天，給寂子敘想出了個理由，說他如此，多半是因單獨同她住在雨瀟峰中，沒怎麼同旁的女子相處過，讓他離開雨瀟峰他應該就會好了。不過他年紀就這麼點兒，讓他去哪兒呢？就算使他重返他父母曾在的沐陽峰，她也不放心。以他目前的修為，旁人欺負了他，他甚至還不了手，因此她打算盡快找到解開他體內妖力封印的法子，助他突破，待他能打過大部分門中弟子，再讓他回沐陽峰多和同齡的師姐妹們相處相處。

祖媞語重心長地同殷臨說完這個打算，又讓他私下裡也幫她尋一尋那些有關妖力封印的古老典冊。

在殷臨看來，彼時祖媞雖對寂子敘無男女之意，但該為他想的都想了，該為他做的也都在做。可寂子敘卻多少有些不知好歹，就因為祖媞拒絕了他，那一陣一直有些鬧彆扭——明明學藝不精、出山危險，卻偏要跟著師兄師姐們出山歷練，豈不就是同祖媞鬧彆扭？

祖媞也察覺到了寂子敘心情不好，允了他出山遊歷，但終歸放心不下，幾乎將雨瀟峰半峰法寶都裝進了他的隨行錦囊。可最終寂子敘還是出事了。

菁蓉聽到這裡，立刻感到很嫉妒，粉拳砸在案几上，「這個寂子敘！尊上對他這麼好，他還有什麼不知足？我那時候出山遊歷，尊上可沒有將姑嫿的半山法寶都裝給我！」

殷臨默了一默。他還是比較知道怎麼安撫菁蓉，頓了一下道：「哦，不是尊上不寵妳，主要是妳沒有寂子敘那麼不懂事。妳當年同霜和出山遊歷的時候，已經很厲害了，用不著姑嫿的法寶。」

菁蓉哼哼了一聲，果然不太生氣了，不過眉毛仍沒有舒展開，氣憤道：「那……照你所說，尊上對寂子敘是極好極好的，而寂子敘又很喜歡尊上，那為什麼他之後會背叛尊上呢？我想不通。」

「為什麼？」殷臨重新端起了茶杯，「可能因為人心是不足的，也是易變的吧。」

菁蓉不明所以。

殷臨諷刺地笑了笑，「當年他失蹤後，尊上為尋他，將害他遇險的秘境搗了個底朝天。在旁人看來，尊上為他如此已很是重情，但寂子敘不滿足，他覺尊上那樣快便接受了他離世，之後的九十年也並未再尋過他，是根本不在意他。所以重回宗門後，他一直是怨恨尊上的。聽說過由愛生恨嗎？」殷臨望向她們，眼中滿含冷意，「以前沒有能力，即便有恨也無可奈何，終於有了能力，當然要報復。況且，想要得到溫芙，自然得向她那個視妹妹為掌珠的哥哥溫宓表忠心，」他嗤笑道：「又有什麼比毀了年少時的所愛更好的向溫宓表忠心的法子呢？」

菁蓉與天步齊齊愣住，「向溫宓表忠心？什麼意思？溫宓……溫芙，這兩人又是誰？」

殷臨淡淡，「寂子敘在秘境中出事後受了很重的傷，溫芙是救了他的人，也是他後來喜歡上的人，那倒是個很純真的姑娘，可她的哥哥溫宓就……」

殷臨頓了一下。

要說清那一世的事，便不可避免要提到溫宓。但殷臨其實很不想提起他。

他踏破洪荒走過舊神紀，又陪著祖媞前去凡世輪迴了十七世，打過交道的人不知凡幾，半妖溫宓絕對是能排得上號的令他感到厭惡的人。

溫宓和他的雙生妹妹溫芙皆非凡人，乃秘境中魚妖與凡人結合產下的半妖。因此寂子敘將他們帶回昊天門時，很仔細地隱藏了二人的身分。溫宓與溫芙皆是雋秀柔美的長相，兄妹倆足有七八分相似，但溫宓要高挑些，一雙桃花眼似笑非笑，氣質有幾分邪佞。溫芙則贏弱許多，因生來便帶了心疾，病體纖薄，站在寂子敘身旁，就像一株柔弱無依、必須攀附扎根於地的巨木才能生存下去的菟絲子，很是惹人憐惜。

在天步忍不住開口，催促般地詢問殷臨「溫宓又怎麼樣」時，殷臨回過了神，「溫宓？他很討厭。」他輕捏了一下鼻樑，「哦，忘了同妳們說，溫芙當初是以寂子敘未婚妻的名義隨他回昊天門的。」

他整理了一下思緒，繼續同二人講述往事，「溫芙隨寂子敘回昊天門後，兩人沒住在雨瀟峰，而是去了沐陽峰，所以溫芙只是在隨寂子敘前來雨瀟峰拜見時見了尊上一面。尊上感念她救了寂子敘，給了她一顆可解百毒的靈丹做見面禮。那是尊上煉了七十年才煉成的丹藥，整個昊天門唯此一粒，可說是極重的禮了。溫芙忐忑地受了這禮。

「沒想到禮太厚反惹了禍。這份厚禮讓她哥哥溫宓很不快。溫宓不知從何處得知了從前寂子敘喜歡過尊上這事，他懷疑尊上備這豐厚的見面禮給他妹妹也是因對寂子敘有情，所以才以如此重禮相贈，感激他妹妹救了寂子敘。

「我說過吧，溫芙是溫宓的掌珠，是他在這世間最親也最愛的人。世上之物，只要溫芙想要，溫宓沒有不給的，他不僅會給她，還會設法給她最好的。即使溫芙沒有開口，即使她什麼都不知道。」

最後這段話的暗示已足夠了，接下來發生了什麼，聰明的天步已差不多能猜出了，「所以之後，溫宓離間了寂子敘同祖媞神的……」她斟酌了一下，用了「情誼」這個中規中矩的詞，「是嗎？」

殷臨卻冷笑，「說什麼情誼，寂子敘是個只知索取的人，或許從沒認過尊上對他有教養之恩。」他突然一轉話題，「妳們想知道寂子敘最後是如何背叛尊上的嗎？」

二人對視一眼。

殷臨飲盡杯中茶，把玩著玉杯，「昊天門的門人們不知溫芙乃棲雲秘境主君之女，我豈能不知。寂子敘與溫芙在一起，是因愛她，還是因他想要棲雲秘境的秘寶，我並不關心。不過不可置疑的是，他是想同溫芙完婚的。但要同溫芙完婚，便需取得她哥哥溫宓的信任。而要讓溫宓信任他對溫芙的愛和忠誠，是需要做一些事的。」

菁蓉和天步大氣也不敢出。

殷臨抬頭看了她倆一眼，「溫宓讓寂子敘完成一件事，以證明他對溫芙的愛。

「他讓寂子敘毀去尊上的臉。他認為寂子敘之所以會愛上尊上，很大程度是因尊上有一張色相殊勝的臉，只要毀了她的臉，奪去她的美麗，寂子敘便不會再被她吸引。寂子敘答應了他的要求，以切磋之名將尊上約出比劍，比鬥中劍氣劃過尊上側頰。他親手毀了尊上容貌。

「可這並不夠。

「不久後溫宓發現，即便沒了容貌，尊上在世間的美名依然使她耀眼，自己病弱的妹妹同她比起來依然如螢火比朝陽，這使他感到不安。於是，他暗中散布了尊上不顧倫常引誘寂子敘的謠言。謠言太烈，竟鬧到了門主處，宗門長老面前對峙此事時，寂子敘倒也說了實話，說並非尊上引誘他，過往諸般皆是他年少不懂事，可這般言論，卻也證明了兩人之間確有糾葛。一時修仙界將尊上傳得極為難聽，尊上聲名盡毀。

「溫宓終於滿意了。那一年的年尾，他讓溫芙與寂子敘完了婚。

「其實如果只是這樣，我對寂子敘和溫宓不會那樣憎厭，畢竟這都是尊上應歷之劫，可就算他們只是尊上歷劫的工具，也不該覬覦尊上的軀體和修為。」

殷臨唇間含冰，語聲凍人。

菁蓉和天步聽得心驚，「都這樣了，還不算什麼嗎？那最後……他們到底對那一世的尊上做了什麼？」

許久後，殷臨才開口回她們，聲音微啞，「溫芙體弱，天不假年，沒有熬過心疾，在嫁給寂子敘的第二年便病逝了。為使溫芙復生，寂子敘趁著尊上為他護法，聯手溫宓以奪魂雷偷襲尊上，搶占了尊上的凡軀和修行。幸而紅玉的凡軀和修行雖為他們所奪，但其魂魄離體後便立刻回歸光中休養了，不曾落入他們手中。」

殷臨說完這番話後，晴日之下，這方野地一時靜極。

菁蓉和天步說不出話來，良久，才想起來如何開口似的，「怎麼會……」

無怪如今祖媞見到寂子敘是如此態度，這樣慘烈的過往，著實超出了她們的智識。

回過神來的菁蓉驀地攥緊拳頭，眸中燃起熊熊怒火，「我這就去……」

殷臨一看她這模樣就知道她想做什麼了，立刻站起來攔住了她，告誡道：「別去招惹寂子敘，尊上說那一世她欠她師姐一條命，最後將那條命還給寂子敘也算了了因果。妳再去招惹他，豈不是使他們之間再生因果，徒給尊上添麻煩，可懂？」

菁蓉雖然很氣不過，聽殷臨如此說，也不敢魯莽，最後委屈地點了點頭。

三人便散了。

殷臨在午後離開了豐沮玉門。

祖媞並不知自己和寂子敘那一世的事已為天步和菁蓉所知，不過就算她知曉了也不會當回事。她並不覺這些有什麼不好對人言的。

午後殷臨走時，她吩咐了殷臨一句，讓他繞道回一趟姑媱去幫她取一下她藏在零露洞深處的塑魂瓶。之後她睡了小半下午養神，在日落之後，隨著寂子敘上了豐沮玉門的山巔，又在月至中天時，跟著他如入無人之境地穿過四十九重空間陣，進入到了存放女媧仙體和南星妖身的滄嵐頂。

女媧仙體被存置在滄嵐頂的巖洞中。

豐沮玉門山瞧著是座靈力枯竭的仙山，但這被空間陣護著的滄嵐頂卻是一派祥雲瑞霧，仙氣騰騰。

祖媞向那巖洞去了一步。寂子敘跟在她身後，說了這一路以來的第一句話：「巖洞有兩重，南星神使的妖身存放在第一重巖洞的冰棺中。」

祖媞哦了一聲，步入巖洞，見一條狹窄廊道彎彎曲曲延向深處，那廊道在半中向左向右分出兩個岔道來，岔道只有幾步，分別通向兩個小石窟。

祖媞想著這應當就是第一重巖洞了，既然寂子敘沒說應該向左拐還是向右拐，她也不想主動同他搭話，那就隨便選一個方向得了。要拐錯了待會兒再拐回來便是。

她選了向右。

寂子敘的腳步略有遲疑，但並未開口說她走錯了。她覺著自己應該是猜對了。

進入洞窟，卻未見著什麼冰棺，倒是看到了一張冰榻。冰榻上籠著一層極厚的靈氣，擋住了榻上之人的面容。去到那冰榻前，祖媞方看清榻上之人是何形貌。

她收住了腳步。

女子黑髮白衣，緊閉雙目，右頰處一道淺淺疤痕，根本不是南星，卻是……她自己的凡軀——當初為寂子敘所奪去的、紅玉仙長的凡軀。

她記得右頰處那道疤痕乃是拜寂子敘所賜。那時寂子敘尋她比劍，傷了她，可後來又找了許多靈藥來為她治傷。有時他會看著那道疤發呆，清冷俊容流露出傷感，就像是很難過傷了她，讓她也以為當初他是真的誤傷她……祖媞打住了思緒，垂眸看著那凡軀，可這凡軀，他不是給溫芙了嗎？又怎會出現在這裡？

寂子敘的聲音在她身後響起，很是隱忍，「我並未將妳的軀體給溫芙，一直好好保存著它，也一直在尋妳，想著有朝一日能尋到妳的魂魄使妳復生，卻不知妳是光神，這不過是妳轉世的一具凡軀。」又道：「當年我……」

祖媞忽地抬手向那冰床，寂子敘似有所感，急撲向那凡軀，失聲道：「別！」金光打在寂子敘身上，他驀地吐出一口血。金光穿體而過，他未能護住那凡軀，蒼白軀體在他懷中化為了一片紅霧，紅霧散去，一顆赤色的珠子落在了那冰床上。

寂子敘愣愣地看著那珠子，甚至忘記擦拭唇邊血跡，「妳……」

祖媞收回手，聲音平淡，「這不是應存於世的東西，倘若流到外頭，會引起禍端。」

寂子敘仍看著那珠子，忽地笑了，笑中盡是苦意，「這些年，我便是靠著這具凡軀，靠著復活妳的心願撐下來的，又豈會容它流落於世外。」

祖媞皺著眉，她感到有些荒唐，眉間滿是不解，「你這樣說，彷彿那一世我不是死在你手中。」想了一瞬，問他：「我記得當初你搶占這具軀體是為了溫芙，拿到了這具凡軀卻又沒有復活溫芙，那當初絲毫不念我的恩情，傷我毀我，最終殺了我，豈不是全無意義了？」

她每說一句話，寂子敘伏在冰榻旁的身軀便難以忍受似地顫一下，最後他閉上了眼，嘶啞道：「是我錯了，可我的本意並非是要殺妳，奪妳凡軀也並非是要復活溫芙，在碧落黃泉皆無法尋到妳的魂魄時我便後悔了，我……真的很後悔。那時我是……」

他像是要解釋什麼，但祖媞只覺煩惱，並不想聽他多言。

雖然昨夜乍見寂子敘時還有點想不通，他的背叛和不念舊恩，像一根潛伏的棘刺，在她回憶起他時自心間鑽出，扎得她心口悶疼。可同連宋說了會兒話，意識到這已是三萬多年後，那一世凡世之事終歸是許久以前的塵緣了，她多少也釋然了，只當那一世已成過眼煙雲。今日一路不和寂子敘說話，也不是因她還在意，不過就是不願再敘舊人，再提舊事罷了。寂子敘卻偏任她走進了這個石窟，還偏要同她說起過去，彷彿過去還有什麼隱情……可就算有什麼隱情，她也並不關心了。

她阻住了寂子敘的未盡之語，「好了，便是你彼時那樣對我是有苦衷，也不必再說了，不重要。」

寂子敘茫然地看著她，彷彿不知她是什麼意思，喃喃道：「什麼叫不重要？」

她垂眸淡然，「紅玉已死，你我因緣便已了斷在那一世。說到底不過劫字害人又誤人。我不關心你當初為何去了凡世，為何做了師姐的兒子，也不關心你為何又能回來，重做回豐沮玉門的守陣之人，終歸這是你們豐沮玉門的秘密。從此後你便好好做這女媧聖山的守陣人吧，當作沒去過凡世罷了，與我那一世過往，也屬實不必再提。」

寂子敘清冷俊美的面容一點一點白了下去，「妳是要徹底丟棄掉那一次轉世嗎？為什麼？」面上露出痛苦之意，低聲揣測，「是因為太疼了嗎？所以無論我有多悔，也不能原諒了……是嗎？」

祖媞沒有答他，果斷地轉身離開了。即便在這洞中發現他曾費盡心力養護她的凡軀，又看到了他的痛，聽到了他的悔意，她也不曾有一絲動容。是了，寂子敘想，那一世，她原本便是這樣冷淡的性子，只對自己有些例外，可他卻沒有珍惜，或者說因為想要更多，因為貪心，連原本擁有的也盡數失去了。

他一時未能起身，只失魂落魄地坐在那裡。

祖媞來到了另一個石窟。這一次她走對了。

石窟正中，冰棺灼人目，其間躺著的身穿十七層素紗單衣的銀髮少女仍保持著少時的美貌，仿若貞靜地安睡。每一代妖君皆自瑩氏出，血統最為純淨的瑩家人才能擁有如此純粹不含一絲雜色的銀髮，而隨著妖族不斷和魔族聯姻，如今這世上，已很難再見到髮色銀得如此美麗的妖了。

祖媞走近幾步，跪坐在了南星的棺前，靜靜看了她一會兒，然後伸手探向了南星疊放在腹部的手。那手從素紗單衣中伸出，襯著白紗上明繡的開得極豔的重瓣扶桑，顯得十分白，觸上去也很冷。

歸位之後，見到的是這個昔日友人盡皆離去的世間，即便那時知曉自己很快也將離去，祖媞還是有些悵然。她有時候想問與自己同樣身為洪荒神的東華帝君，活了三十八萬年，眼見著親人友人們一個個自身邊消失，是否也曾有過歲月漫長令人彷徨之感。但和帝君接觸多了，發現他好像並無這種感觸，還活得挺自在的，她也就沒有什麼話好說。

下午小睡時，祖媞夢到了南星。夢中的南星和冰棺中的這個南星也差不多，但未穿著象徵女媧神使身分的十七層素紗單衣，而是穿著正紅的喜服。喜服上仍繡著重瓣扶桑，只那扶桑是白色的，彷彿預示著不祥。

那是個婚禮的場景。就在這豐沮玉門的山巔，南星與一個同穿著喜服的男子面向著東方，正在拜天。東方有晨霞朝陽，夢中她彷彿站在他們身後，看到南星微微偏頭，因此她攫到了她的一個側面。南星的唇塗得緋紅，含著一個溫婉的笑。她其實比她和少綰都大，但被女媧養得純潔無邪，心如赤子，因此時光於南星而言，便變得什麼都不是。她永遠活在少女時代，一直有著最真的性情。

祖媞不曾看到與南星一同拜天的男子的面容，只看到了男子的背影——頎長高䠷，氣質也不錯。若這夢是在這聖山裡曾真實發生過的事，那男子應該便是春陽口中因歷劫不成為天雷重傷、最後被南星所救的長右門修士了。不過那夢很短暫，僅那麼幾個片段晃過眼底，令人摸不著頭腦，也無法解讀出更多訊息。

不過她知道，南星的確是很想成家的。她很想找個能一直陪伴自己的人。

大概是在二十七、八萬年前吧，祖媞曾最後見過一次南星——她難得出山，來找她借姑媱靈泉，以養她新近培育出的毓金子。

因豐沮玉門中又有妖侍死去，南星看上去有些憂鬱，「妖族壽命比不得神族和魔族，西陵今年已十三萬一千零七歲，活到這個年紀，算是難得高壽了，此時壽終，也不能算是一件悲事，只是他也離世了，娘娘當初留下的八十妖侍便全都不在了。」她聲音微顫，輕輕嘆息，「長生是什麼福氣呢，他們同我一起長大，每走一人，我便……」話沒有說完，褐色的瞳仁敷上了薄薄一層霧氣。

祖媞記得，那時她還不大懂情。不過南星是很懂的，永遠穿著十七重素紗單衣的，有著一頭月下雪一般美麗銀髮的南星，總是端莊貞靜，而又情感豐沃。

彼時於情感無知的祖媞如此建議她，「既如此，往後對那些妖侍們的後代，妳便不要再用太多心了，同他們疏遠一點，那今後他們壽終離開，妳也不至如此傷情了。」

南星像覺得她的提議很可愛又很天真，問她：「那樣的話不是又會很孤獨嗎？」喃喃地，

「孤獨也是種會讓人無法忍受的東西。」她端莊地坐在那裡，彷彿煩惱、又不好意思地笑了一下，那笑中含著一點悲感，問祖媞：「我是不是有點麻煩？好像忍受不了的東西有點太多了。」

沒什麼情商的祖媞覺得南星很有自知之明，她確實有點兒麻煩，不過作為朋友，她可以忍受她的所有麻煩之處。

她是真的很關心南星，所以也替她感到為難，「嗯，那要怎麼辦呢？」

南星靜了片刻，看著遠處的霧靄，道：「女媧娘娘沉睡前對我說，希望我能尋到一個我喜歡的、願意永遠同我在一起的人，如此，我們便可以相互依賴，相互扶持，一起抵禦孤獨，並且分擔世間的種種痛苦，比如這種生離死別之苦。我想，娘娘說的或許是對的，我應該去尋一個那樣的人。」

那時，情感匱乏的祖媞並不太能明白這段話的意思，只覺南星雖自幼失怙，但女媧收養她後是真的很疼她，恰似她的母親，如此一篇肺腑之言，也如同母親叮嚀兒女，自己雖然聽不太懂，但也感到窩心。但她也很理性，因此她提醒南星說：「可就算找一個神為伴，他也不一定能擁有妳那麼長的壽命，可能很難一直陪伴妳。」

南星溫婉地笑了笑，回答她：「娘娘給了我長生的命運，但怕我孤單，也給了我將壽數分享給命定之人的能力。如果真能找到那個人，我可以將我的壽命分給他，亦使他長生。」

南星如此單純，又對尋到一個可以同她相擁取暖的人如此渴望，所以最後才會輸給了狡猾的凡人。祖媞不知那個長右門的修士同南星在一起後，是否得到了長生不死的能力，甚至不知那人是誰，如今又在哪裡。她只是為南星感到悲哀。

她陪南星坐了很久，許久後才站起來，打算離開。南星的妖身保存得不錯，今日她來到這裡，心情並不算好，但起碼得到了一個好消息——她此前的計畫是行得通的，她可以救南星。

第七章

昨夜祖媞與寂子敘帶回了南星妖身，春陽在精舍中單闢出了一屋，以存放南星的冰棺。次日晨起，趁著殷臨尚未將塑魂瓶送來，祖媞先行著手以靈力溫養南星妖身。這是個細緻活兒，有些耗神。

萺蓉注意到寂子敘同祖媞之間的氣氛不大對勁，但到底怎麼個不對勁法，她也說不上來。不過寂子敘對尊上倒是很好，話雖不多，卻總能把握住尊上施法休息的間隙，給尊上端過來個什麼養神茶或者小點心。因他說是春陽做好了讓他拿過來，並不居功，所以尊上也不太能拒絕他。

可萺蓉卻很不耐煩，瞅著個空檔，趁寂子敘提著一壺參茶過來時，拽著他往院中疾行數步，待離尊上和南星都遠遠的，擰緊了眉斥責寂子敘，「你和尊上那一世是怎麼回事我都已經知道了！那一世你將尊上害成那樣，此時卻還有臉圍在她身旁？也真是好意思呢！我告訴你，你最好離尊上遠一點！」

寂子敘面色冷淡，只道：「那是我和她之間的事，由不得外人評判。」

「外人」二字卻激怒了萺蓉。「到底誰是外人？尊上三萬多歲時我便跟著她，與她情誼有多深你根本不明白。」她不耐煩地瞪寂子敘，「總之你們因果已了，你不要再去煩尊上了！」

但寂子敘卻像是根本說不通。「因果已了？」他面色微變，「因果是否已了並不是妳說了算，也不是她說了算。我欠她的還沒有還清。」說著便要離開。

萼蓉簡直不可置信，登登兩步跑到寂子敘身前攔住他，「那世你都那樣對尊上了，尊上最後還願為你護法，對你已是仁至義盡了，但凡你還要點臉面，都該離她遠些吧？」

這話說得極不留情，寂子敘愣了一瞬，靜默片刻後，沉聲道：「是，如妳所說，她對我已仁至義盡。但那一世，最後她還願原諒我，在我渡雷劫時為我護法，說明我在她心中還是不一樣的。彼時我錯了很多，如今我想要挽回，也想要了結那一世的遺憾，她的，還有我的。」他頓了頓，問萼蓉，「妳又有什麼資格來要求我不要如此呢？」

萼蓉才發現這不愛說話的清冷青年長篇大論起來也很噎人，一時竟不知該如何反駁，好半天才想出來該怎麼扳回這一局，「那一世或許你在她心中是不一樣的，但如今，在她心中最不一樣的那個人卻早不是你了，你完全不必再做白工！」

寂子敘沒太將她的話當回事，淡淡看了她一眼，「妳想說，如今得阿玉看重的那個人是妳？」

萼蓉哼哼一聲，「我才沒想說是我。」她睜著眼睛說瞎話，「那一世尊上怕你遇險，眼也不眨給你半山珍寶護身，是不是讓你很得意啊？哼，但是為了那人安危，尊上可付出的卻不只半山珍寶呢！你知道這世間有一種咒言叫作噬骨真言吧？」

寂子敘驀地一僵，聲音突然變得很冷，「那不是強迫他人的一種咒誓嗎？」

萼蓉挑了挑眉，「想不到你還有點見識。」眼睛轉了轉，「若一人要求另一人對自己立噬骨真言，那的確有勉強和強迫他人的意味。但你可知兩人自願對對方立下噬骨真言是什麼意思嗎？」萼蓉細眉微彎，「是相互臣服，永不背叛對方的意思。必得是有極深的羈絆，彼此視對方為生命中最重要之人，才會與對方立下如此咒誓。而那個人與尊上便立下了這咒誓。」

雖然說真的當初祖媞與連宋立噬骨真言，不過是因一個還是孩子不大懂事，另一個又玩世不恭不太當回事，但萻蓉一篇天花亂墜，將事實扭曲至此，聽上去居然也很真實，連她自己都佩服自己。

寂子敘顯然也聽信了她的鬼話，他的臉色突然變得很差。「那人是誰？」他定定看著她。見寂子敘如此，萻蓉立刻變得開心，轉了轉眼珠，「哼，不告訴你！」說著還對他做了個鬼臉，很快轉身跑開了。

深山靜默，夜風微涼，已是三更。

寂子敘沒能睡著。

一閉眼，便有沉重過往來襲。眼前一片刀光劍影。是三萬五千二百九十七年前。

那一夜，長右門人穿過護山大陣攻入山中，妖侍們毫無防備，一個接一個死在那幫凡修的刀劍下，山中燃起了大火，天地間一片血色，伴著幾欲噬人的高熱。

很難理解，作為嬰孩的他是如何將那夜的一切牢牢記在腦中的，但他就是記住了。

他記得大陶是如何艱難地將他從敵人的刀劍下救出，送到了神使大人身旁；記得從屍山血海中走出的神使大人身上仍殘留著毓金子的暖香；還記得神使大人帶著血腥氣的手指輕撫過他的臉，慣來溫軟的嗓音裡含著疼痛與悲涼，顫抖著吩咐身旁的侍婢，「大陶、小陶，你們二人一定、一定要……好好保護子敘和春陽……」

得了神使大人的遺令，大陶將他綁在胸前，一路狂奔出山。幾個修士跟上了他們。大陶受了傷，體力比不上那幾個修士，眼看就要被修士們抓住，平地裡忽颳起了一陣狂風……是天道垂憐還是將死的神使大人送了他們一程，誰也不知。只是在大陶醒來後，發現那陣風將他們送到了若木之門附近。

大陶便帶著他逃去了凡世。

他和大陶皆受了傷，大陶傷得更重一些。

起初的兩千多年，大陶帶著他輾轉於數個凡世，以尋找靈氣充盈之所養病療傷。在大陶的精心照顧下，他一天天長大，魂中的傷也一日好過一日，但大陶的情況卻越來越糟，到他兩千多歲時，大陶自知天不假年、大限已至，在臨終前，為他籌了一個好前程。

昊天門沐陽峰的大師姐與道侶成婚後，生下了一個男孩，隱在昊天門中的大陶算出那孩子病體孱弱，乃早夭命格，在那孩子不滿週歲時改換了他的面容，使那孩子有了一張同他一模一樣的臉。那孩子果然在八歲時病夭，他便順理成章地去替了那孩子。

為防他在昊天門中露出破綻，大陶封了他的妖力和記憶，並在臨死前諄諄叮囑他定要好好修煉，又告訴他事到如今，唯有證道成仙，他才能重返四海八荒，而到那一日，他會恢復所有記憶。

妖力和記憶被封，他看上去和個凡人小童無異。一切都很順利，沒有人發現他並不是原來那孩子，因此他在昊天門中過上了幾年好日子。但好景不長，沒兩年，他的掛名父母竟在探索秘境途中雙雙遇難了。他又重新變成了一個孤兒，人人可辱，人人可欺，而這一次，他的身邊再沒有任何人相陪。從此，日子成了一片難以望到盡頭的泥沼，而他是這片泥沼中唯一的旅人。

他不再擁有從前的記憶，不再記得自己有緊要的使命和貴重的身分，因此無法再從與生俱來的自尊裡去汲得勇氣直面慘痛的人生。

以為自己只是一介凡人、在這世間無依無靠、也看不到任何未來的他，徹底被孤獨和絕望壓垮了。

便是在那個時候，紅玉出現在他的面前，向他伸出了手。

美得不似凡人的天才劍仙，年紀輕輕便獨掌一峰，而又剛中柔外，不矜不伐，她是他想要成為的模樣，是他的所有嚮往。

最初，他只是仰望著她，可要喜歡上她，也著實是很容易的一件事。而當仰慕中摻雜了喜歡的情感，自卑便也接續而生。他比任何時候都更痛恨自己平庸的資質，可偏偏資質這種東西，是他無論怎樣刻苦去修煉都無法改變的。

喜歡的人是無法得到的人，嚮往的未來也為平庸的資質所限，是無法企及的未來。

那一陣他十分苦悶，為了解開心結，決意同師兄師姐們一道出山歷練。

歷練途中，卻因大師兄冒進，連累眾人被困在了一個妖物肆虐的秘境中。

明明作死的是大師兄，最後被放棄、墜入妖靈湖中求生不得求死不能的人卻是他，只因他與眾師兄弟並非同峰，不夠親近。能說什麼呢，或許只能怪他命不好吧。

後來，修仙界中有許多人羨慕他一遭遇險，竟得了奇遇。

又是什麼值得人羨慕的奇遇呢，他簡直要發笑。

棲雲秘境深處，皺巴巴的老頭子叩著煙袋，精銳的目光藏在重重疊疊的深褶子後，「竟是個半妖，」老頭子磔磔怪笑，露出兩粒發黃的尖牙，「本尊是這秘境中的妖王，看上了你這身根骨。這樣，只要你向本尊立下噬骨真言，發誓效忠本尊，本尊便……」

走投無路的他同惡魔做了交易。

生在女媧聖山之中，養在神使大人膝下，他原本當是天之驕子，卻根本沒過過幾天天之驕子的日子，那一世他僥倖所得的東西，全是他同惡魔換來的。

夜鴉的哀聲傳來，寂子敘滿頭冷汗，靜夜裡響起他粗重的呼吸。良久，他撫著胸口慢慢坐了起來，痛苦地嗤笑了一聲。這些暗色的過往啊……幼時顛沛的苦，作為凡人少年失怙的苦，與他後來所經歷的相比，都不必稱苦了。他這半生最大的苦，便是從那片妖靈湖開始。若時光能夠倒流，彼時他還會同那魚妖做交易嗎？他絕不會了。

一陣厭惡的胸悶襲來，他煩躁地深深呼吸，握住素被的手用力得發白。

菁蓉雖生得嬌甜豔麗，骨子裡卻很是惡劣，關於這一點，經常被她欺負捉弄的昭曦和霜和有很多話可以說。

殷臨千叮嚀萬囑咐，讓她別去找寂子敘報復，她倒是答應了，但怎麼可能真的做到。作為一個槓精，菁蓉可太知道怎麼氣人了，心想：不許我同寂子敘動手，那我發揮我的特長，沒事兒就去氣一氣他看他變臉，豈不也很快樂嗎？

所以是日午後，看寂子敘取出盛滿了靈力的梅瓶放在院子裡，準備開始做每日必行的養山功課，菁蓉立刻湊了過去，挑著細眉打斷了他的正事，「你怎麼都不來問我那個人的事？」她質問寂子敘，「昨天你不是還很想知道他是誰嗎？」眨了眨眼睛，又裝作無辜，「我還以為你今早就會來問呢，等你好久啦，本來打算要是你今天問我，我就告訴你的！」

寂子敘看了她一眼，沒有說話，收起了梅瓶。

菁蓉抿著嘴，一邊問：「你怎麼不說話？」一邊想著等寂子敘上鉤，好奇發問了，她可以再編點兒什麼瞎話來刺激他。

沒想到寂子敘轉身便走。

蓇蓉大驚，趕緊上前，擋住他的去路。

寂子敘不耐煩地看了她片刻，終於如她所願開了口，「或許妳並不知，那一世她雖待我好，對我卻並非男女之情。她根本不懂情。而今我才知那時我不該怨她，因光神本就是無情的。」

蓇蓉沒聽明白他這話是什麼意思，沉聲打斷他，「你什麼意思？」

寂子敘揉了揉額角，冷淡回她：「意思就是，就算如妳所說，她如今另有了親近之人，我也不覺著如何。或許她待那人比當初待我更好，但『好』的本質，應當也差不多。而我說我想要挽回和彌補過去，卻不是為了再從她那裡得到這種『好』。」說完不待蓇蓉反應，已再次轉身。

蓇蓉聽著更糊塗了，琢磨著這話的意思，也忘了她同寂子敘搭話原本是為了氣他，見寂子敘這就要走了，竟沒想起來再去攔他。直到身後響起了一個熟悉的聲音同她打招呼，她才回過神來，側身驚訝看向來人，「三皇子！」

背對著他們已走出好幾步的寂子敘也停下腳步，轉身看了回來。

當聽到來人問「阿玉在睡」時，寂子敘的瞳猛地縮了縮，目光一瞬不瞬地落在青年身上。

青年個子很高，有一張英俊的臉，氣質矜貴，穿了一身白。上山那段路不太好走，但他那雙白靴上竟無一絲雜塵。他手中握了把通體漆黑的扇子，卻並不打開那扇子，只將它當作一個裝飾閒握在手中。

蓇蓉在那兒叨叨地解釋：「嗯，尊上為養護瑩南星的妖身，這兩日消耗的法力比較多，因此嗜睡一些。三皇子這麼早就來了哇……」

連宋笑了笑，答得簡潔：「答應了她早些過來。」目光落在幾步開外的寂子敘身上，掠了一眼，「這位是……」

這一刻，萕蓉是很想搞點事的，但要是寂子敘和連宋打起來了，這個架她可能拉不住……想到這裡，萕蓉忍痛放棄了挑事的心，保守地介紹道：「哦，這位嗎？這位是女媧仙陣的守陣人，也是笛姬，呃，不對，是春陽的哥哥，叫寂子敘。」

連宋頷首向寂子敘，「原來是女媧座下尊使，幸會。」

萕蓉又向寂子敘介紹連宋，「這位是水神，亦是天族的三皇子連宋君。」其實到這兒她就介紹完了，該閉嘴了，可萕蓉實在太討厭寂子敘了，覷了他一眼，沒忍住，又飛快地補充了一句，「就是我剛才說的那人。」

雖然已有所料，但聽萕蓉證實，寂子敘的心還是沉了沉，凝滯了一瞬，回了連宋一個僵硬的點頭禮。

萕蓉不滿意，瞪著寂子敘，「你怎麼都不招呼一下三皇子呢，這麼沒禮貌！」

連宋看向萕蓉和寂子敘，某種思緒掠過腦海，他想到了什麼。但他未動聲色，仿若什麼都沒察覺，唇邊噙著一絲笑，打破了這劍拔弩張的氣氛，「萕蓉君，先帶我去見阿玉吧。」前一刻還在同萕蓉對峙的寂子敘突然開口，「阿玉她還在睡。」

聽到「阿玉」二字從寂子敘口中道出，連宋噙在唇角的那抹笑消失了，他重新看向寂子敘，片刻後，淡淡道：「我去她房中等她。」

寂子敘冷道：「午前她施法養護南星神使的妖身，很累了，好不容易睡下，你去她房中等，恐會吵到她。」

連宋仍只淡淡，「不會。」方才禮度有加的青年不復存在。口吻疏冷，天生的矜貴便顯了出來，外化為讓人難以接近的距離感。

寂子敘愣了一下。而蓇蓉已在前方領路，還不忘回頭對他做鬼臉，「要你管，尊上在三皇子身邊只會睡得更好！」

大袖之下，寂子敘握緊了拳頭。適才同蓇蓉說就算如今阿玉另有了親近之人，他亦不覺如何，但當這個人真的站在了他面前，他才發現他其實並不如他以為的那麼理智看得開……寂子敘猛地閉上了眼。

蓇蓉開開心心地將連宋帶到了祖媞門口，天步匆匆而來，喚了一聲，「殿下。」

連宋點了點頭。蓇蓉便將連宋交給了天步，轉頭找霜和去了。

天步隨著連宋一道進入祖媞房中，轉過落地罩，見玉人的確正自酣睡。

連宋來到床前，抬手幫祖媞掖了掖被面，見她容色裡隱有倦意，皺了皺眉，伸手撫向她額間，如此看了她一陣後，突然問隨侍在後的天步：「有話想說？」

憂心忡忡的天步遲疑地點了點頭。

酉時日入，夕霞染紅半天，橘色的光落入祖媞休憩的竹屋，被檀木屏擋住，並未照到榻前，因此那一處像是提前迎來了日暮，現出一種與外室不相稱的暗。

連宋坐在這片暗色中，面色微沉。便是他錦心繡腸巧思能算，也絕沒有料到祖媞會在此地遇上轉世途中的舊人。他更沒有想過，在遇到他之前的十六世，她還曾有過別的情緣。

青年的面容陷在陰影裡，彷彿無波無瀾，但無人知曉，此刻他的靈台前燃著一片怎樣的火，神識又動盪得多厲害。

當初她告訴天步，凡界十六世轉世她並未經歷過情緣，如今，卻又是怎麼樣？他不受控制地想。

第十六世，她同寂子敘歷情劫，第十七世，又同他歷情劫，怎麼寂子敘還比他早來一世？甚至在她歸位後，她視同他在一起的那世為業障，拚了命地將它剝離了……但與寂子敘的一世，她卻保留了下來。她選擇記得寂子敘，卻決定忘記他……

靈台前的火燃得越來越旺，連宋不能再正常思考，心底升起壓抑不住的暴戾，但他面上不顯，表現得好像他此刻很正常，仍是那個慣來翩翩有儀的佳公子，在耐心地等候心儀的女子從酣眠中甦醒。

祖媞一點危機意識都沒有，醒來看到坐在床邊的連宋，杏子般的眼驀地睜圓了。夜深人寂時隔著銅鏡，可以直白地說出思念，當真的面對面了，卻好像有點難再說出那樣的話。可喜悅卻是無法掩飾的。她坐起來，在昏暗的油燈下輕輕碰了一下連宋的手，「小三郎，你什麼時候來的，怎麼不叫醒我？」

連宋倒了一杯水遞給她，沒說真話，「沒來多久。」

祖媞捧著水喝了幾口，喝得有點急，嗆住了。連宋幫她拍背順氣，待她緩過來，突然道：「我見過寂子敘了。」

如果祖媞不是剛睡醒，她是能聽出這句話意思不純的，但她睡蒙了，醒來又被見到連宋的喜悅沖昏了頭，她完全沒覺著這句話有什麼問題，毫無所覺地捧著杯子想了會兒，「哦，他是我在凡世最後一次轉世時曾遇到過的人。」說著把喝空的杯子遞給連宋。

連宋給她添了半杯水，彷若雲淡風輕，「不只是遇到過的人這麼簡單吧，你們不是還一起歷過情劫嗎？」

祖媞把連宋給她添的半杯水喝完了，才後知後覺反應過來他說了什麼話，「情劫？」

她奇怪道：「什麼情劫？誰和誰？」

連宋淡淡看了她一眼。

「哦，你是說我和寂子敘曾一起歷過情劫吧？」祖媞兀自想了會兒，居然承認了，「唔，也可以這麼說。」頓了一下，還有膽量重複一遍，「嗯，這麼說也沒大錯。」

倘若她抬頭，看到此時連宋想殺人的目光，說不定她能被嚇得清醒點，重新審視一下自己的言辭，換個不那麼像是在挑釁的說法，可惜她沒有抬頭。

她垂著眼很隨意地繼續，「你知道我去轉世便是為了學習凡人的七情六欲吧？唔，那一世我可能是要學習何為人情債，另外還要學習一些……像愛啊，欲啊，憂懼啊，痛苦啊之類的情緒吧。」

連宋面色沉冷，像是完全不想搭理她，待她奇怪地抬頭看他，催促地問他：「你怎麼不說話？」才皮笑肉不笑地回了她一句：「那妳定是學會了，才會十六世便歸位了是吧？」

他面無表情地看著她，像是憋著什麼氣，「所以，那寂子敘讓妳知道了愛為何、欲又為何，是嗎？」他的聲音原本是沉而微涼的音色，很教祖媞喜歡的，但響在這靜夜裡的這句話，卻豈止「微涼」，簡直像是裹了層冰碴子，要將人凍傷。

便是不敏感的祖媞，也察覺到了此刻連宋的異常。她有些奇怪，又有些不明所以，輕喚了一聲，「小三郎……」想要問他怎麼了。

忽然有風穿過開了一個小縫的窗，繞過木屏，燈火搖曳晃動。祖媞被吸引了注意，不由朝桌上的燈碗看去。如豆的燈苗在夜風的糾纏下如一隻搧動翅膀垂死掙扎的蛾，很快便只餘一絲藍焰……下一刻，整個房間都暗去了。她的下巴忽然被人握住，還沒反應過來，唇被吻住了。

是連宋吻住了她。

而在他吻住她的這一刻，夜風也彷彿知趣，未動聲息地退出了這小室。燈苗掙扎著又重新恢復了生機，雖仍暗著，卻足夠驚訝得睜大了眼的祖媞看清與她貼著臉的青年那琥珀色的眸，和蝶翼一般的長睫了。

祖媞愣住了，心失控地一顫。

連宋另一隻手按住了她的腰，雖只用了一隻手，力卻很大，禁錮住她，使她難以動彈。他看著她，直到她受不住那目光不自禁地閉眼，他的唇才有了下一步動作。他含住了她的唇，然後以不容拒絕的強悍姿態叩開了她的齒，進到了她口中，肆無忌憚地糾纏她的舌。

她不記得自己曾與人這般親密地吻過。照理說她應當全無經驗，可她對此的反應卻並不似自己想像中那麼青澀。她彷彿天生便知該如何配合他，腦子雖一片糨糊，她的唇、齒、舌卻的確不只在被動承受。

她被自己這堪稱熟練的反應給驚呆了，有一瞬，她想過自己在這種事上會不會是個天才。那一瞬的走神被連宋察覺到，他咬了她一下，在她吃痛地輕哼時，他含住她被咬的唇瓣廝磨了會兒，然後他終於放開了她。

房中一時只能聽見她的喘息。昏暗的燈光下，連宋目光幽深地凝視著她，握住她下巴的手向上移了移，指腹不動聲色地抹過她的下唇，引得她輕嘶一聲，他又探身吻了她一口。

祖媞腦子完全木了，也不知該說什麼，最後她問：「你在做什麼？」

青年琥珀色的眸子彷彿翻騰著許多情緒，像狂風驟雨下的海。他沙啞著嗓音問她：「有什麼感覺？」

什麼感覺？心跳得厲害，臉很熱，身體也軟軟的沒力氣。祖媞回過神來，她遲來地感到了羞赧，並本能地覺得不能將這些感受說給連宋聽。她抿著唇，假裝自己沒聽懂，「什……什麼感覺？」

連宋靜靜地看著她，「妳不是因寂子敘學會了欲是什麼嗎？」他笑了笑，那笑只輕描淡寫掠過眼角，並不達眼底，「所以我考校一下妳是不是真的學會了。看來學得還不錯。」

祖媞疑惑地看了他一眼。她一直覺著自己雖有了七情六欲，但於情之一字還是一知半解，還需多多學習，故而此時，她雖覺著連宋這個為了考校她才親她的說辭不太靠譜，但又忍不住懷疑是不是自己見的世面不夠多，或許像他這樣的花花公子突然對她如此原本就挺正常的？

再則，連宋誇她學得不錯，她也很心虛。沉默了半晌，她還是決定坦白，「我沒有學過。」她說。見連宋愣住，她有些頭疼地揉了揉額角，「我不知道是誰告訴你是寂子敘教會了我愛為何欲為何的，但那都是亂說的。我和寂子敘沒什麼。那一世我歷的情劫可能就是……」她無奈地總結，「可能就是溫芙喜歡寂子敘，但寂子敘曾喜歡過我，這讓溫芙的哥哥溫宓很不高興，所以老找我麻煩……中間我也不大清楚是怎麼回事，反正最後就是寂子敘和溫宓聯合起來坑了一心修道的我……就是這麼回事了。」

說到這裡，她在腦子裡把連宋方才問的所有問題都過了一遍，嚴謹地覺得這個解釋可能還不夠全面，又補充道：「之所以經歷了那一世我便歸位了，也不是因為寂子敘手把手教、呃教我學會了愛與欲，」謝天謝地她堅強地說完了這句令人尷尬的話，「可能是那一世，」她咳了一聲，揣測道：「我旁觀著他和溫芙之間的愛情，也確實領悟到了很多。也許……這種領悟也是一種學習，所以被他和溫宓逼死後我便順利歸位了，誰知道呢？」她不負責任地得出這個結論，聳了聳肩，「我其實也不是太關心。」話到此處，她突然另想起一事，臉色頓變，「倒是你，小三郎，你，你是不是經常……」可能動作有點大，扯動了方才被連宋握得很緊的下巴，她嗷地輕呼了一聲，嘶嘶著用手去輕撫痛處。

連宋不想承認自己有時候會控制不住自己，會發瘋，但自從生了心魔，他確實變得不太正常，情緒很容易失控。從前他於情感上多麼成熟理智，如今便多麼幼稚衝動，譬如陰陽怪氣地說那種「妳學得不錯」的討人打的話，彷彿就想將她刺痛。幸好她被他親蒙了，根本沒反應過來。明明他心底知道，她回應他的所有習慣都是他手把手教導，但在心魔的加持下，妒火燎原，他忍不住。

心魔難除，折顏上神這些日一直在尋找幫他根除心魔的方法。他希望折顏上神的動作能再快一點，因他已察覺到，這兩次心魔發作，鎮靈咒對他來說效用已很弱了。譬如今次，鎮靈咒已很難再安撫他，最後他得以平靜下來，全靠她歪打正著如了他的意，陰差陽錯地馴服了他喧囂的神識。但當她不願如他意時呢？他不敢想那時他會如何發瘋，又會對她做出什麼。

祖媞卻並不知須臾之間連宋竟想了這樣多，她看連宋的臉色有所好轉，只覺方才她那番話解釋得不錯。她沒搞清楚此前連宋的情緒為什麼不好，但此時又覺得那也不重要了，因為小三郎露出了很擔憂的神情，止住了她想再觸碰下巴的手，溫柔地向她道歉，「對不起，沒控制住力道，我去找天步拿藥膏給妳擦。」

這樣說著，他站起了身。

她驀地拉住了他，「你先等一下。」為了怕再次扯到疼痛處，她盡量小弧度地說話，「我……我話還沒問完。」

青年很配合，停住了動作，柔聲，「妳問。」

她微微皺眉，神色略微古怪地，「那我問了，你是不是……經常那樣考校別人？」

連宋愣了一下，半晌才反應過來，突然笑了，手放在了她的頭頂，像是不知該拿她怎麼辦好，「還有誰和妳一樣，連欲是什麼也需要去學的。」又伸手碰了碰她的唇角，「我沒有對誰如此過，從來沒有，妳不用覺得自己虧了。」

她不自在地哦了一聲，「那你去拿藥膏吧。」說著欲變換坐姿，結果剛動了一下，又嗷地輕呼了一聲，臉色乍青乍白地撫上了後腰，咬著唇，「我的腰，你到底是用了多大的力！」

青年俊美的臉上也流露出了幾分焦急，「我看看。」說著手觸上了她的寢衣，她被他的動作搞得蒙了一下，忘了阻止，他自己先回過了神來，頓住了動作，「我去拿藥膏。」很快退出了她的房間，徒留她坐在榻中。

連宋離開了，房中重回了寂靜，祖媞坐在燈下，將連宋方才的舉動和他對她說的話反覆咀嚼了數次。他解釋他沒有對別人如此過，這很好，但他好像也沒說以後不對別人如此……她肯定是不想他對別人如此的。那待會兒他回來，還是要再同他說一下，就算他是個花花公子，以後也不要隨意如此考校別人吧……

沒多久連宋帶來了藥膏，還將天步也領了過來。

天步揭開祖媞的寢衣，看到伊人雪白的皮膚上印了一小片青紫，像是個手印。天步不禁有一種「這居然是不給錢就可以看到的嗎」的恍惚感。

這手印到底是怎麼來的？天步一邊給祖媞上藥一邊在腦海裡腦補出了一百個版本，自覺她要是下海寫書，說不定也能出一本不輸《雪滿金弩》的大作。

很久以後，她將自己寫了一半的大作給彼時已成為她好友的蒨蓉讀了讀，蒨蓉讀完後對她說，妳還是算了吧。

第八章

殷臨很快送來了塑魂瓶，又說起在山腳下遇到了兩個鬼鬼祟祟的魔族。

彼時連宋正代祖媞養護南星妖身，殷臨同祖媞說話時他並不在房中，不過他在魔族處的布局祖媞差不多都知曉，覺著那應當是商鷺的人，對殷臨道不用多在意他們。

自連宋來到豐沮玉門，祖媞便輕鬆了許多。同為自然神，兩人修習的關乎元神之力的術法原本便同出一轍，可互為承輔，譬如養護南星妖身，用她的元神之力來養和用連宋的元神之力來養其實都差不多，是故連宋能給她換個手。不過這事連宋雖能替她分擔，其他人想要幫忙卻很難，譬如寂子敘，他不是不想幫祖媞分憂，奈何有心無力，也是枉然。

春陽因從萏蓉那兒得知了自己哥哥同祖媞神的過往，自打連宋來到聖山，便有些擔心。九重天外雖沒什麼關乎連宋君和祖媞神的傳聞，但春陽做笛姬時便有些懷疑二人的關係。她和哥哥還有靈珠未尋回，大仇未得報，她是不願哥哥在此事上分心的。且她打心底覺得，她哥哥要是想同連宋君搶祖媞神，那是絕對搶不過的。因此在她哥哥問起連宋君的為人和行事時，春陽挖空心思給了許多讚美，就希望自家哥哥能知難而退。

春陽娓娓道來：「三殿下乃天君幼子，極得天君寵愛，天賦也高，少年時便代天族出征，難有敗績，是極難得的將才。且他玉蘭之性，不貪權勢，不戀美名。這些年太子夜華逐漸長成，天族但有需降魔伏妖的出征之事，天君都會讓他帶著夜華君。為了幫太子在軍中立威，他主動坐鎮後方，將許多出風頭的機會都讓給了太子，以致這三萬年來八荒中關於他的傳說少了很多，這也是哥哥你鮮少聽到他名號的原因。」

難為她說了這麼多，寂子敘卻是不以為然，「我也不是沒聽聞過他。只是我怎麼聽說他很風流，宮中美人來往如江流不息呢？」

春陽愣住，一想，自家哥哥並非避世之人，出山時聽說過幾句三殿下的閒話也是很有可能。唉，只怪三殿下過去著實風流，這一點連她也無法狡辯。「呃，說美人來往絡繹不絕什麼的，也有些誇張，」她硬著頭皮解釋，「誰年少沒有過荒唐時候呢，這些年卻沒聽說過三殿下身邊還有什麼美人。」

她哥哥靜了一陣，微微翹起嘴角，給出了一個冷嘲的笑，「很不公平，對吧，他有過那麼多人，如今卻還能得阿玉親近喜愛，但我……」他沒將話說完，轉頭看向春陽，微微皺眉告誡，「連宋的確有一副好皮囊，也不怪妳會對他有意，但他應該不會喜歡妳，不要再在他身上浪費心思了，哥哥是為妳好。」撫了下她的頭，轉身走了。

春陽蒙在原地，反應過來寂子敘最後那句話是什麼意思，她驚呆了，「我沒對他有意思啊！」可寂子敘已走開老遠了。

這都是些什麼破事兒，春陽有點想罵人。

很快，祖媞護養好了南星妖身，打算擇日閉關為南星造魂，請了連宋為她護法。

春陽因身世之故，對陣法一門涉獵得算深，明白這種為護人結魂而起的陣，與那等為護人修煉或渡劫而起的陣大不一樣。因不能妨礙女媧留在山中的靈力和南星留在山中的氣息匯聚至塑魂瓶，此護法陣需起得薄而通透，但又需極強韌。這是很考驗布陣者的事，也很耗時間，便是寂子敘這般極擅陣法的陣靈後代也需提前勘五行、算陰陽，找出一個合適的地方，然後至少在祖媞行結魄術前的兩個時辰便去那處起陣，才不致拖祖媞的後腿。

但被祖媞欽點的為她護法的三殿下，他這幾日卻根本沒出過門，更不必提算陰陽、勘五行、提前找出合適的起陣之地了。

事後回想祖媞神與三殿下相互配合為南星施術的過程，春陽仍覺離譜。她清晰地記得，是在養好南星妖身的那天中午，祖媞破天荒同三皇子一道出了門，到了一樓廳中用飯，用著用著，突然對三皇子說：「上午歇了一覺，我覺著我精神還可以，要不然下午我就開始閉關為南星造魂吧？」三殿下看了看她紅潤的臉色，沒有反對，說「可以」。還給她碗裡夾了一箸鮮魚。兩人就這樣簡單粗暴地確定好了閉關為南星造魂的日子。

接著，好像也沒人覺著應該特意去尋個絕佳之地以施法，倒是在用完飯喝茶時，祖媞神提了一句，說：「南星的妖身也不適合移動，我打算就在精舍中閉關，」問三殿下：「你就在精舍旁給我起個護法陣，可以吧？」三殿下沒有什麼意見，仍說可以。如此，起陣之所也被一句話敲定了下來。

春陽當時都聽傻了，正要開口問這是不是有點太隨意了，便見三殿下站了起來，挪開木椅時問了祖媞神一句這幾日想吃什麼口味的靈食。祖媞神喝完了最後一口茶，說「清淡點的」，又說「最好有鮮魚」。三殿下點了點頭，便出去了。

春陽沒聽懂兩人這是什麼意思，正自猶疑，就聽祖媞神對他們說：「小三郎去院中起陣了，他起的護法陣威勢大，你們待在這裡會不舒服，天步妳領大家出去吧。」天步便把稀里糊塗的她和看起來很平靜的其他幾人領了出去。

春陽走出來時，看到三殿下站在院中，已收了平日那種閒散的無可無不可之色，微微仰著頭，似在觀察著什麼。春陽拿不太準地問身旁的寂子敘：「他這是不是……」不待她問完，寂子敘已點頭，「嗯，他在勘此地五行。」頓了頓，聲音有些壓抑，「最好的護法陣陣師是無需尋什麼適宜之地起陣的，因對他們來說，每一處都是適宜之地，他們皆可依照那一處的五行盈缺起陣。」

雖然有所料，春陽還是感到詫異，然還來不及說什麼，便見三殿下攤開了手中的玄扇。那扇子是第一次在他們面前被展開，扇骨扇面皆是一片漆黑，非玉非帛，非竹非木，泛著鋒銳的冷光，絕不是一柄用來納涼的普通扇子。

平地忽起狂風，幾人衣袍皆被吹得凌亂，不禁紛紛抬袖阻風。三殿下卻並未被狂風打擾，一直很淡然地閉眸結著印。青年手中印伽變化之快令人目不暇接，而說來也怪，院中驟風極野極烈，急風正中的三殿下卻是衣冠皆靜，一根髮絲也未被風揚起。

便在青年纖長手指結出歸一印，使此前所施的所有印伽皆歸於一印之時，風停下來了。這就像是個信號，一直靜在青年身旁的玄扇突然逆勢而上，飛至中天。青年指間的歸一印生出銀光，銀光也直衝上天，與扇體相接。身形已增大數倍的玄扇猛地一震，發出一聲清鳴，扇體隨之爆出一片玄光，玄金色的光幕於彈指間籠住整個精舍。結界生，陣法成。春陽看蒙了。

天步在這時候搬來一張矮榻放在了結界旁邊。

照理說，三殿下此時應當結禪定印趺坐，以自己為陣眼，全心支撐此陣以為祖媞護法才是。是三殿下有潔癖，不願趺坐在地上，所以天步才搬來這麼張臥榻嗎？可這榻上放這麼多閒書又是幾個意思？暗暗打量的春陽一頭霧水。

三殿下已從結界中走出，撩袍坐在了榻上。他看起來很輕鬆，絲毫不像剛施法設了一個要緊大陣。「這三日你們入不了精舍，這裡也用不著你們，找別的地方湊合住一陣吧。」他對他們說，「不過別忘了給阿玉備靈食，每天一次就行，酉時送來，做清淡一點。造魂結魄耗元氣，她體力不怎麼樣，這三日需按時進靈食恢復精神。」

他這麼吩咐了幾句，春陽才搞明白之前他和祖媞在廳中那幾句對話是什麼意思。春陽立刻應下了，自覺為祖媞準備靈食她義不容辭。

祖媞在護法陣中為瑩南星造魂，瑩南星是他們豐沮玉門的神使，春陽和寂子敘自然不可能真的聽連宋的——在不需要他們的時候離開這裡，去找個什麼別的地方待著。他們一直守在一旁。連宋也沒管他們。

春陽見三皇子好像並沒有入定的打算，倒是在榻上趺坐了會兒，但根本沒結印，兩手隨意放在腿上，並不像是在護法，倒像是在想什麼事，想了有半個時辰的樣子，招了天步過去吩咐了一兩句什麼，沒一會兒天步去而復返，取來一只憑几放在了榻上，然後三殿下便靠在那憑几上，從矮榻角落的閒書堆裡摸出一本隨意翻看起來……至此，春陽終於弄明白了榻上那些閒書的功用。

春陽感到很茫然，同時也有點擔心，待天步路過時，猶疑地問了她一句三殿下這樣守陣會不會有什麼問題。天步溫柔地安慰她，說這玄光結界很是堅固，不會有問題，況且殿下還盡職盡責地守在結界邊，那就更不會有事了。要知道從前殿下為太子夜華君護法助其修行

時，從來都是一起好陣人就不知跑什麼地方去了，但那些護法陣也從沒出過什麼問題，夜華君也不曾走火入魔過，讓春陽安心。

春陽並不覺得自己可以安心。

這三日，三殿下一直待在那榻上，未有片刻離開，但他要嘛是在飲茶作畫，要嘛是在看書下棋。春陽長這麼大就沒見過有人是這樣護法的，在一旁目瞪口呆地觀察了三天。寂子敘也跟著她一起看了三天，神色一片複雜。

最後一日，子時至陰之時，南星魂成，上天降下十二道紫天真雷以考驗新魂。天雷響起時，三殿下正在看書，聞聲抬頭，但好像也並不覺得怎麼樣。她和哥哥皆近前打算幫忙，他卻連動作都沒變一下，看了幾眼那天雷，對他們道：「沒事。」

她哥哥自是不信，幾步去到結界旁，祖媞神正好從精舍中出來，看他們焦急，隔著結界也對他們說了句沒事，她哥哥方停了動作。令人難以相信的是，十二道天雷劈完後，那護法陣竟果然強韌如初。三殿下合上書下了榻，轉身向結界內行去，和祖媞在走廊上說了幾句話，兩人便一道往屋中去了。

看著兩人的背影，她哥哥突然對她說：「他方才甚至沒有將書放下。」春陽一時沒反應過來這句話是什麼意思，便聽她哥哥又道：「說明他的確沒將那十二道紫天真雷放在眼中，壓根兒不覺得它們能撼動他的護法陣，逼他出手加強結界。」

在寂子敘說完這句話後，春陽抬頭看向他，然後，她在寂子敘眼中看到了凌厲之色。春陽知曉，那是忌憚，很深的忌憚。她哥哥終於開始忌憚起了這位三皇子。春陽覺得這是件好事。

次日清晨，祖媞出關。

據祖媞言，給南星新造的一魂一魄已順利融入了她的妖身，待魂體磨合幾日，南星便會醒來。不過，因她此時只有一魂一魄，或許只能做到睜開眼、對這世間之物略有反應罷了。但就算如此，春陽也十分激動，趴在尚未醒來的南星身上痛哭了一場。寂子敘看春陽如此，面上亦有動容。

便在諸人決定休息幾日，待南星醒來感應出土靈珠所在再前去尋找時，又有幾個人進了豐沮玉門。

春陽在院子裡洗眼睛時看到了那幾個青年男子。一行人著同色衣飾，跟在霜和後面被引入了連宋房中。待霜和下來後，春陽打聽了一句，方知幾人是連宋下屬。

當時春陽也沒多想。結果黃昏時，她和寂子敘竟都被請到了二樓。二樓有個空著的小室，祖媞住進來後被改成了議事廳。

小室中大家都在，他們剛坐下，便聽祖媞神開門見山道：「請二位來，是有一樁與長右門有關之事欲向二位問詢。」她的語聲很平靜也很溫和，像只是同他們隨意聊聊，「小三郎座下幾個侍者前幾日去探了一趟長右門，不料竟在歷代門主墓地發現了一個上古仙陣。此前春陽說，你們曾對長右門掘地三尺以翻找土靈珠，且這些年也一直在關注著這個門宗，所以我想問一下，你們可曾在歷代門主墓地發現過上古仙陣的痕跡？」

長右門。上古仙陣。春陽驚愣住。這根本就不是什麼隨意聊聊。

眾所周知，自東華帝君任天地共主以來，五族生靈便不再雜居，所以北荒凡人國度裡絕無可能再出現什麼真神的神跡。可長右門中竟出現了一個上古仙陣……這著實非同小可。

春陽同寂子敘對視一眼。寂子敘微微轉身面向上座的祖媞，回憶了片刻，道：「我和春陽最後一次前去長右門尋找靈珠是在一萬年前。因商珀虞英接連飛昇後長右門在接下來的兩萬多年裡並無登仙之人，故那時我們已多少有預感靈珠不會在長右門中了，只是仍不死心。彼時我們亦去過門主墓，但並未在那兒發現有什麼上古仙陣。」

祖媞頷首，「這樣。」

有寂子敘在，春陽無需費心應對祖媞和連宋，因此還有空走神。她想祖媞神或許果真已將過往放下，面對哥哥的態度就像面對任何一個陌生人……但她這樣，是信了哥哥的話還是沒信呢……再則，長右門中怎麼會出現上古仙陣呢？明明……

她想得正入神，忽然有人叫她的名字。她回神抬頭，才發現是一直沒開過口的三殿下。三殿下點名問她：「妳可知當年瑩南星所救的那長右門修士還活著嗎？」

春陽靜了一瞬，垂眼斂住了眸色，「我不知道。」她微微搖頭，「聖山被毀時我還很小，許多事都是我娘告訴我的，但如今我娘已過世了。」

三殿下把玩著一只茶杯，聽她如此答，笑了笑，「有沒有可能那修士還活著，因這萬年裡，有於他而言極重要之物被存入了那門主墓地，故而他在那處布下了上古仙陣以做守護？畢竟他當年同瑩南星關係親近，從瑩南星那兒偷師幾個陣法也不是什麼難事。」

春陽不想談論那人，悶了悶，道：「殿下和祖媞神不是只想尋土靈珠嗎？這同尋土靈珠又有什麼關係呢？難不成殿下懷疑土靈珠重歸了長右門，那人布下上古仙陣是為了護存土靈珠？」

連宋放下杯子，「妳覺得不可能？」

春陽噎了一下，「沒有，我覺得殿下推論得有理。不過神使大人應該很快便能恢復神識感應靈珠了，靈珠是否在長右門中，我想過幾日我們便能知道了。」

連宋點頭，「不過瑩南星要恢復神識至少得需五、六日。」他懶洋洋地，「但我這個人性子比較急，想先去長右門看看那仙陣到底是怎麼回事，你們要去嗎？」

春陽愣了一下，沒有立刻回答，寂子敘忽然開口，「我願同三殿下一道去。若那仙陣果真是由當初那修士布下，滅山之仇不共戴天，此去定要將他挫骨揚灰，報仇雪恨。」頓了頓，「只是我們一直以為那修士已死，畢竟凡人不可能壽長三萬餘年。」

聽寂子敘如此說，春陽突然反應過來，不由一顫，被寂子敘在席下握住了手。指骨被捏得發痛，痛意使她鎮定了下來。她微微抬眼，見連宋面上神色同方才差不多，仍是那麼懶洋洋地，「好，那明日便一道啟程吧。」

她想，他應當是沒有察覺出什麼來。

待小室中人走得差不多，唯剩下祖媞和連宋後，祖媞抬手布下靜音術，輕聲問連宋：「小三郎，如今，你覺得那修士是商珀神君的可能性有多大？」

天步離開，分茶之事便由三殿下代勞了。青年白玉般的指自雪白的袍袖中伸出，捏住白瓷做的公道杯，一舉一動皆富美感，茶席之上一片雪色，瞧著很是賞心悅目。

連宋將杯中瑪瑙似的茶湯分入兩只小盞中，「三萬五千三百年前，瑩南星救了那修士；三萬五千二百九十七年前，豐沮玉門被屠山；三萬五千年前，商珀神君飛昇成仙。此前咱們僅憑時間線猜測被瑩南星救下的修士可能是商珀，不過就是個天馬行空的猜想，」他將茶盞分給祖媞一杯，雲淡風輕地笑了笑，「但觀方才春陽和寂子敘的態度，我們卻像是歪打正著了。」

祖媞嗯了一聲接過茶盞，一隻手輕點茶席邊緣，「關於土靈珠究竟在何處，當初問詢春陽時，她斬釘截鐵土靈珠定在虞英手中，理由是當年率長右門屠山的乃虞英外祖，而之後虞英證道之路又十分順暢，飛昇快得不同尋常。這的確有些道理，但細思一下，其實靈珠在背叛南星的修士那裡的可能性也很大，為何他們竟不懷疑？」她端起茶盞，微微抿了一口，「若春陽他二人已有證據斷定那修士已死倒也罷了，然面對你的突然訊問，無準備的春陽答的卻是她不知那修士是否還活著。雖然寂子敘後來描補了一句，說因凡人壽短，他們其實以為那修士早已死去。可因凡人壽短他們才不懷疑土靈珠還在那修士那裡……」她淡淡一笑，「若是霜和這麼同我說，我便信他了，可同我這麼說的卻是謹慎的寂子敘……這就有些反常了，這世間能幫凡人增壽的法器還少嗎？」

連宋單手握著那蓮瓣似的茶盞，懶懶一轉，「若當年那修士便是商珀，且寂子敘和春陽也知曉這一點，那他們為何會將虞英作為唯一的算計目標以及被我問話時又為何會是那等反應，便不難解釋了。」

祖媞撐腮想了會兒，緩緩點頭，「的確，他們也不知凡人飛昇需入淨寶池，大約還想著靈珠若不在商珀手中便在虞英手中，終歸必定是在九重天上。商珀長年隱於三十三天靈蘊宮，並非他們可觸的存在，但虞英只是蘭台司一個小仙君，比起設計守樹神君，當然是設計一個九品小仙君使他領罰入凡更加容易。再且，就算土靈珠不在虞英身上，屆時利用虞英再將商珀也引下凡來也不遲……故而春陽那時才一心算計虞英吧。」推到此處，她自己便回答出了最開始她提給連宋的那個問題，「如此說來，商珀神君是那人的機率竟是十之八九了，唯一令人想不通的一分……」她微微皺眉，空著的那隻手繼續輕點席緣，低喃道：「卻是晝度樹……」

盞中茶涼了，連宋不願喝涼茶，捏起那蓮花盞，將瑪瑙色的茶湯澆在了一只白玉猞猁茶寵上。「天樹之王晝度樹持論公允，見素抱樸，它為自個兒選出的守樹神君無一不是清正的大德君子。若商珀果真是個小人，當年懷著惡意背叛了瑩南星，乃豐沮玉門被屠山的罪魁，那他是絕無可能被晝度樹選中坐上守樹神君之位的。再則，自帝君任天地共主後，便將異族飛昇的最後三道雷劫秘密改為了功德劫。此劫被用來量測修行者的功德品行，若被考量者背負大孽功德不夠，是決計無法渡劫登天的。這也說明了商珀與豐沮玉門之間不太可能會有惡因惡果。但我也不覺得商珀和豐沮玉門之間一點因果都沒有。」說著他重新給自己分了一杯茶。

祖媞唔了一聲，「所以你還是更傾向商珀便是當年同南星成婚的那個人，所謂他背叛南星，當是別有隱情是嗎？」說到這裡，她靜了一瞬，抬指揉了揉額角，「可聽你這麼說，我卻一點也不希望那人是商珀神君了。」

連宋抬眸，微露詫異，「為何？」

祖媞輕聲一嘆，「若商珀果真是個大德君子，堪為南星良配，兩人又的確曾很要好地在一起過，那之後南星死去，數年後他卻另結了道侶，還同道侶生下了虞英這個兒子……這聽著，難道不是個很遺憾的故事嗎？」

連宋停下了手中的動作，目光落在茶席上，不知在想什麼，半晌後道：「這世間事便是如此，多的是花殘月缺，風流雲散，也多的是遺憾。」聲音有些疏淡，但仔細分辨，那疏淡中又分明含著一絲傷感。

祖媞愣了一下。不等她去抓住那絲傷感，連宋已回了正題，「那人到底是不是商珀，去靈蘊宮問問便知。不過商珀神君這一陣正在閉關為晝度樹行修冠禮，距離出關還有十四日。十四日後妳我去靈蘊宮訪他一次，相信許多謎題便能迎刃而解了。」

兩人說完正事，天已暮了。春陽他們這精舍中向來不用明珠取光，而是像凡世一般以油燈照明。幾步外的竹屏前立著盞半人高的朱雀雙碗燈，連宋起身過去，取出靈火摺子，點燃了左邊燈碗裡的燈芯。

幾念之間，祖媞已做好了後幾日安排，此時也別無他事了，望著連宋的背影，她又想起了先前他那句意味不明的有關遺憾之言。她試探地叫了他一聲，「小三郎。」

連宋應了她，開始點第二只燈碗，問她：「怎麼了？」

她輕聲，「方才聽你點評南星之事，說那只是遺憾，」她裝作一派自然，「就想問問你，若你極喜歡一個人，可她卻先你而逝了，那你會接受這遺憾，放下她再結新緣嗎？」

連宋點燈的動作頓住了，但他未回身，過了會兒，不答反問她：「那妳會嗎？」

「我……」她正要回答，又被他止住了。

他繼續點燈，淡淡，「算了，是我糊塗，問妳這個做什麼，妳連男女之情是什麼都不知道。」

她知道的，她想，或許對此瞭解得不算很深刻，但當她看著他時，便知道極喜歡一個人是什麼意思。她望著他被昏燈籠了一層光暈的背影，「我不會。」

連宋驀地攥緊火摺，過了會兒，轉過身來，面上沒什麼表情，「別說不會。」話出口他便察覺到了自己的冷淡，微愣了愣，很快調整了表情，「阿玉，妳思考這個問題沒有意義。」他笑了笑，聲音溫和，將一句仿若指責的話說得無半分指責之意，「因為妳根本不會去愛上一個人。」

「你又不是我，怎知我不會喜歡上一個人。」她仍是輕聲，撐著腮，微微仰頭看著他，「兒女之情我雖懂得不多，但倘若我犯了紅塵，喜歡上了一個人，那我必定是很認真地在做著喜歡這件事。因為很認真，所以必定不會再結新緣。真心之愛，一生有一次足矣，若多來幾次，倒顯得輕佻不認真了，不是嗎？」

這是她的真心所想。其實她很清楚，會死在心上人之前的，更有可能是她自己。她也想要連宋喜歡她，想要他一生只能有她一人。可漫漫仙途，害怕孤獨的小三郎值得有個人傾心相伴。她是想要做這個人的，可若是無法反抗既定的命運，那她寧願他永遠也別知道她對他的喜歡。就算是不甘心，她也還是希望在她離開之後，能有個人陪在他身旁讓他不再孤單……

想到此處，無法不令人傷感。她很快隱了這種情緒，只帶笑看著他，「小三郎，該你回答了。」

「我？」這一次，青年沒有再迴避，目光徑直落在她身上，「若我極喜歡一個人，可她卻變了心……」

她皺眉糾正他，「不是變心，是她先你而逝。」

「那又有什麼區別。」他淡淡道。

他的確深愛著一個人，但那個人卻變了心，改了想法，不願世間紅塵污了她無垢的道心。她是他再也無法得到的愛人，如今卻來問他會否放下她另結良緣……要是他能放下便好了。熟悉的疼痛倏然躍至靈台，幸好不劇烈，鎮靈咒能鎮得住。

她催促他，像是極想要知道他的答案，「小三郎，你會怎麼樣？」

「接受那遺憾，將一切放下才是最好。」他終於回了她，「但我想我可能沒有辦法做到。」

明明他臉上並沒有什麼格外的表情，看著她的目光也很平靜，但祖媞卻自那看似平靜的目光中辨出了一絲慘然，這讓她整個人都被定住了，一時竟無法動彈。

還是連宋又開口，問她：「妳呢，怎麼突然對這種事感興趣了？」說著收起火摺向茶席而來，走到一半，忽然停下來，擰起了眉，驀地看向她，「是……因為得知寂子敘到如今仍喜歡妳，讓妳對男女之情好奇了？」

祖媞驚訝極了，差點咬到自己的舌頭，「怎麼可能，我是……」但終歸不好同他講真話，想了想，問他：「小三郎，你是不是很不喜歡寂子敘，才把什麼事情都栽在他頭上？」

便見青年神色更冷，「我應該喜歡他？」

祖媞看了他一會兒，心想，小三郎現在不高興，我是為了安撫他，並不是想占他便宜。這麼給自己做了一遍心理建設後，她起身走到連宋跟前，假裝自然地握住了他的手。那手纖長美麗，如玉一般，握上去卻是硬硬的，蘊著力度，但也是很好握的。她彎了彎唇角，抿出一點笑，仰頭看他，「你是因為那一世是寂子敘殺了我，所以很討厭他嗎？那一世已過去了，不重要了，我都已經忘了，你不要老是記著，也不要再對寂子敘感情用事。」

她好聲好氣地同他說話，他垂眸看了她一眼，突然抬手扯了扯她的臉頰，「不准幫他說話。」

她愣住，「我沒有幫他說話，我只是……」

他卻又上手了，這次將另一隻手也從她手中取了出來，兩隻手捧住了她的臉頰，揉了揉，「不許狡辯。」

祖媞說不出話來，杏眸瞪向連宋，瞪了一會兒，流露出委屈來，「疼。」

連宋神色一變，放開她，「哪裡疼？」

她卻趁機踮腳，兩隻手迅速地捧住連宋的臉用力一揉，「哈，我們扯平了！」

在連宋反應過來之前，她還飛快地給他使了個定身術，見他一臉見鬼的表情，她失笑著向門外跑去。

沒想到竟在門口撞到了寂子敘。

靜音術能隔音，可這小室並未關窗戶，想必兩人在房中的嬉鬧被寂子敘看了個正著。這倒是有點尷尬，不過只要她不表現出尷尬，那尷尬的就是旁人了。祖媞輕咳了一聲，做出莊肅神色，同寂子敘點了一下頭。同他擦身而過時，聽到寂子敘突然問：「從沒有見過妳如此，妳喜歡他，是嗎？」

祖媞一凜，一瞬後想到連宋還被困在房中，房間又有靜音術隔音，應當沒法聽到他們的話，提起來的心才放了下來，她淡淡回了句：「不要胡說。」轉身去了。

第九章

玄冥上神掌御北荒，北荒中有北陸，北陸上星羅棋布了幾十個凡人小國。這幾十個凡人小國中有一國名燕，又有一國名蓋，燕國與蓋國交鄰處綿延了一座長長的山脈，山脈中最大的那座山名曰凌門。

修仙大宗長右門便坐落在這凌門山中。

凌門山共有十七峰，皆被納入長右門，其中十六峰都被分給了門中長老，最中間那座孤獨峰則被用來葬歷代門主，乃門中禁地。

這孤獨峰生得不同尋常，峰高千丈，唯上頭兩百丈瞧著是座尋常山峰，下面撐著那山峰的卻是個七、八百丈的細長石柱。八百丈石柱托著個兩百丈的山峰，遙遙望去，像是顆石頭做的巨蘑。而要從那巨蘑底攀到蘑菇頂，要嘛得會飛，要嘛只能靠緊貼著石柱的一副簡陋登天梯。

此時，正有個黛衣女子氣喘吁吁地爬到那登天梯的盡頭，另一個黛衣女子在頂部接應她，看到她問了句：「可見到門主了？」

剛爬上來的女子眉心凝成了個川字，「見是見到了，但……」

見她如此便知她此行並不順利，接應的女子嘆了口氣，「總之，先去回稟居士吧。」

二人一前一後，步履匆匆地向前頭一處被茂林遮掩的山洞行去。

那山洞極為幽深，布了好幾重幻陣，二人循著一條隱蔽路線小心翼翼穿過幻陣，半刻後來到一處極寬敞的洞府。洞府中零星散布了一些石筍，每棵石筍都在頭上頂了個小小燈碗，燈碗裡燃著人魚膏製成的長明燭。

洞府深處燭火最盛，明明燈燭圍出座巨石蓮台來，蓮台上側臥了個閉目小憩的青衫男子。男子很年輕，瞧著是清俊秀美的長相，左眼眼尾卻生了粒紅痣，為那清俊的面容增添了一絲妖。

兩個黛衣婢躬身近前時，男子睜開了眼，目光掠過二婢，懶散地坐了起來，掩口打了個呵欠，問道：「可將那事當面稟給了門主？」

小個子黛衣婢跪稟道：「門主出山了，奴婢在無為堂等了三日方等到門主歸來，同門主稟報了有人私闖禁地觸發陣法之事，但……」

男子停住了打呵欠的動作，「但什麼？」

小個子黛衣婢硬著頭皮，「但門主似乎……似乎並不將此事放在心上，說、說長右門如今已是北陸第一門，又有誰敢真正來犯。想來不過是幾個不知天高地厚的小蟊賊，既然未敢過居士您的仙陣，也未能真正犯入禁地，那便沒必要小事化大再行追究了。另、另外……」

男子陰沉道：「另外什麼？」

黛衣婢以頭觸地，「門主還讓奴婢給居士帶話，說、說讓居士不要如此草木皆兵，總以為有人能害得了長右門。」

一個燭台自蓮台中飛出，燭台砸在地上，發出刺耳的金石相擊聲。男子含怒低斥：「愚蠢！他竟當北陸之上果真無人再能挑戰長右門的權威了？如此狂妄，他日必遭大禍！」

兩個黛衣婢戰戰兢兢不敢出聲。

砸了一個燭台，男子臉色好看了些，也沒再發脾氣，看了兩個黛衣婢一眼，只道：「妳們出去，讓本座靜靜。」

兩個黛衣婢趺趺撞撞退了下去。

待兩個婢子退下，男子忽然摀住胸口輕嘶了一聲，緩了片刻，他垂眸溫柔地低語，「吵到妳了嗎？對不起，是哥哥的錯，哥哥不該亂發脾氣。」燭火幽幽，石影搖曳，洞中明明只有男子一人，可他如此低聲細語，彷彿此處還有另一人，情景著實詭異。

這男子正是溫宓。

半妖溫宓於三千年前得了機緣，穿過若木之門來到這神仙世界，成了北陸長右門孤獨峰門主墓地的守墓人。三千年守墓生涯平和、安寧，卻也乏善可陳。唯一一次遇到有人犯禁，便是三日前的酓夜。那行人在觸發了他布在此中的幻陣後居然能全身而退，實在不像什麼小蟊賊。而自那夜後，他便一直心神不寧。他的直覺向來靈驗。上一次他有這種大難在即的感覺，還是三千年前在凡世流浪時被一隻蛇妖追捕，差點被取了內丹。

然預感到有危險又如何，他在長右門中地位尷尬，門主根本不將他的提醒放在耳中。可若獨自離開避禍……除了長右門，他又能去哪裡？溫宓雙拳攥得死緊，又想起了將他害到這個地步的寂子敘。不過是被他玩弄於股掌的鷹犬，竟膽敢反噬主人，若非寂子敘，他如今何至於此？

而想起寂子敘，便不免又想起從前。從前也不見得有多好，可至少那時他有權勢和地位，他愛的人也都還在世間。

他生在三千大千世界最宜修仙的一處凡世，長在那處凡世裡靈氣最為匯盛充盈的棲雲秘境，他的父親是棲雲秘境的主君。

自知事來，他便常聽父親提起，說他們並非這凡世中妖，他們的祖先乃是從眾神所居之地徙來此處的，他們的血脈不凡。

但他從不曾為自己不凡的妖族血脈感到自傲過，相反，他幼時十分憎恨自己體內的妖族之血，因他的母親——被他父親從凡世搶來的一位凡人公主——非常憎厭妖。她憎厭父親，也憎厭他。當初生下他和妹妹溫芙這對雙生子時，因他出生便身覆魚鱗，一看便是個妖物，不似妹妹那般像個凡人小孩，母親曾一度想將他溺死。

母親不願愛他。在他渴慕母愛而不得的孩提時代，是妹妹溫芙用稚嫩的擁抱和陪伴療癒了他流血的傷口。他生命裡所欠缺的所有本應由母親給予的柔情，皆是從妹妹那裡得來——母親給她一分愛，妹妹便將那一分愛小心培育成十分，然後再大方地全部轉贈給他這個哥哥。他的妹妹溫芙就像是一朵不夠健康的逐日花，舉著孱弱的花盤，用力地向陽而生，就為了將陽光存在花苞裡，好將它們送給無燈的夜行的旅人。這世上沒有誰會比她更溫暖善良了。他雖是飲血而生，骨子裡盡是凶性，卻發誓要做一個好哥哥，給妹妹世上最好的一切，永遠保護她的善良和純真。

他也的確給了她很多東西，漂亮的衣裙，美麗的珍寶。可那些好像都不是她想要的。他不知她想要什麼，因她從未向他提過什麼要求，好似這世上之物，並沒有什麼東西值得她喜歡到想要占有。他一度為此而沮喪。所以在她隔著水鏡對跟著師兄師姐們闖入秘境的寂子敘表露出興趣來時，他比對寂子敘動心的她還要難以平靜。他終於可以送一件她喜歡的禮物給她，讓她開心了，他想。

他做局將寂子敘騙入了妖靈湖中，又引了妹妹前去救人，使她成了寂子敘的救命恩人。

他的初衷很簡單，不過是為了討妹妹歡心，給她送去一個作伴的玩物。但當妹妹將寂子敘帶回來，他們才發現他竟也是個半妖。彼時寂子敘已在彌留之際，要想救他，必須解開他體內的妖力封印。妹妹苦苦哀求父親，父親裝作答應了她，暗地裡卻讓寂子敘同他立下噬骨真言，許下將永遠對他這個棲雲秘境之主和自己這個少主順服忠誠的誓言，才幫寂子敘解開了他身體裡的封印。

妖力封印一朝被解，寂子敘的修為扶搖直上，短短九十年便成為能令秘境眾妖俯首的存在，並助父親進一步鞏固了在秘境中的權柄。父親很是自得，覺自己當初眼光獨到。

但他卻無所謂寂子敘如何為父親的大業添磚加瓦了，他只關心這九十年裡寂子敘待妹妹如何，同妹妹相處得怎麼樣。

好在妹妹一直都笑著說寂子敘很好。

寂子敘來到秘境的第九十年，溫芙二百七十歲。這年歲於半妖而言正值韶華，溫芙卻已生氣漸弱。他雖明白天生心疾能活到這個壽數已算不錯，可又怎能甘心接受？

父親算了一卦，說境外或許有能讓溫芙活下來的契機，讓他帶溫芙去境外尋找機緣。於是他們和寂子敘一道回了寂子敘的老家昊天門。

興許境外凡世的靈氣的確更宜妖血不濃的妹妹休養，去到昊天門後不久，溫芙便有所好轉。但寂子敘卻越來越忙，陪妹妹的時間遠不及在秘境中多。

他時而會在妹妹臉上看到一閃而逝的落寞。

他其實一直懷疑寂子敘是否愛溫芙。

可溫芙總說他很好。

不過他不信。

於是他用了許多方法去試探寂子敘對溫芙的愛。

早在九十年前他便利用噬骨真言對寂子敘種下了順從溫芙的命令，並封了他的口，令他不能對溫芙說出噬骨真言的秘密。所以在心底深處，他是很明白的，他那些手段其實並不能試出寂子敘對溫芙的愛，頂多只能試出噬骨真言對寂子敘的掌控力。可那又怎麼樣呢，只要噬骨真言還能掌控他，那寂子敘就毫無辦法，無論願不願意，他都只能對妹妹好，且不能將任何別的女人置於妹妹之前。他甚至想過，若寂子敘始終無法真心愛上妹妹，那做到這樣其實也可以，也和真心愛妹妹沒什麼兩樣了。所以他讓他們完了婚。

那時候的寂子敘被他牢牢攥在手心，像是一隻被囚的鷹，一條被拴的犬，是強大的，卻也是無害的。

落魄之後他曾想過，若非他執意要奪占紅玉的修為和軀體復活溫芙，若非他將寂子敘逼到那個境地，或許寂子敘還會繼續隱忍，不會噬主。自噬骨真言出現在這世間，不是沒人反抗過它，可那些反抗者要嘛死了要嘛瘋了。寂子敘定然也是知道的。可他還是選擇了違反真言，將手中之劍揮向了父親和自己，可想而知彼時他抱著什麼樣的決心。

猛虎反噬，父親身死，當寂子敘橫劍在他身前欲奪他性命時，在那一刻，他是感到了後悔的，可後悔又能怎樣呢？

僥天之倖，他跌下山崖逃過了一劫。

後來……便是一路逃亡。

回憶到此處，憤恨蔓生，隱痛難忍，手指不禁將石台捏出指印。就在此時，前洞突然傳來一聲虎嘯。

隨著那虎嘯聲落，洞內忽颳起一陣狂風，石筍上的長明燭被狂風摧折，瞬息間滅了一半。虎嘯聲又起，震人心魂。聲聲虎嘯中，作為幻陣陣眼的巨石蓮台竟忽地裂為了四瓣。陣眼被毀，布在峰中的七重幻陣亦隨之破解。

這一切都發生得太快，溫宓跌坐在碎石塊中，一時竟不知發生了什麼，直聽到有腳步聲近，才反應過來應是有高人帶著什麼靈寵猛獸來闖境。他心一沉，正待捏訣給駐在後洞的十來個守墓弟子傳信，一個檀色影子忽地飛掠至眼前。脖頸一涼，一把短刀橫在了他頸前。

溫宓心神微震。制住他的是個女子，離他很近，唇邊帶笑，同後進來的人說話，「還以為布陣之人如何厲害，這陣倒是布得不錯，可哥哥你瞧，他其他方面卻好像並不怎麼樣呢。」

聽腳步聲應是進來了好幾人，但他們所立之處燈火盡滅，溫宓只能籠統分辨出幾個影子。女子的話令溫宓感到惱火，但也無可辯駁，他如今的確算弱。他垂眸飛快地盤算如何才能脫險，「孤獨峰乃長右門門主墓地，唯收納了歷代門主們的枯骨，我雖不知諸位來此是為何，但想必不是為了殺人。我容諸位入墓，諸位饒我一……」可話還未說完，便被打斷了。

「溫宓。」有人叫出了他的名字，「你居然還活著。」那人走近幾步，站在了燭火覆照之處。他身邊兩人也走了過來。

適才才憶起過的舊人竟出現在了眼前，溫宓難以置信，瞳孔猛地一縮，「寂子敘。」又看向他身邊，「紅玉。」

一瞬的震驚後，積壓在心底從不曾平息過的憤恨如一團烈火噴薄而出，燒得溫宓雙眼滴血似的紅。但他還記得定神起術，不動聲色地在心底最深處摀住妹妹的眼，堵住妹妹的耳。多麼諷刺，妹妹死了，魂魄只能被他藏在心間，他到現在也沒能找到可使妹妹復生的方法，而本該成為妹妹魂魄容器的紅玉此時卻活生生站在他面前。

寂子敘，他只能是妹妹的。妹妹至死只愛過他一人，她將自己完整、完全地交付給了他，而他憑什麼在她死後又有別人？他怎能容許他得償所願？

憎厭的目光落在寂子敘身上，他突地低笑出聲，「工夫不負有心人，竟果真讓你尋到紅玉的魂復活了她呢。可寂子敘，你忘了我妹妹芙兒了嗎，她才是你的妻，你復活了他人卻對芙兒置之不理，午夜夢迴時你就不會良心不安嗎？想你同芙兒也曾有過海誓山盟真心相許……或者是你的真心不值錢，給過芙兒的，又能收回去隨便洗一洗便再交給紅玉？」他看向祖媞，眉梢微挑，「這樣不純的真心，紅玉妳要嗎？若這都能要，那妳還真是夠不挑的。」

一席話半是嘲諷半是挑撥。嘲諷是對寂子敘，挑撥是對祖媞。不過祖媞並沒有認真聽。在此遇到溫宓的確大出她意料，她正皺眉想著，照理凡世中妖不當出現在八荒才是，怎麼溫宓……身旁的霜和忽抬手肘靠了靠她的胳膊，悄悄同她嘀咕：「原來這守墓人竟是寂子敘的舅兄嗎？但聽上去他和寂子敘的感情好像不太好啊。」

祖媞被打斷思路，正欲敷衍霜和，便聽寂子敘開口，「說什麼海誓山盟真心相許，我和溫芙之間有沒有那種東西，一直監視著我的你不是最清楚嗎？至於會否對溫芙良心有愧，因她對我有恩，被你和你父親像狗一樣對待的我從未向她揭露過你們的真面目，一直幫她維繫著她完美人生的假象直到她死的那一刻。我做到了所有我可以做的，又為何還要對她有愧呢？」

溫宓陰沉道：「你竟膽敢反駁……」

寂子敘打斷了他的話，「你是不是忘了，我已殺了你父親，結束了那咒誓對我的操控，自然不必再順從你。而你，」他冷笑，「不能再將我控制在手心的滋味是不是很難受，讓你很不習慣？」

一旁的霜和聽得一愣一愣的，問祖媞：「這什麼情況啊？」

祖媞亦是微震。

溫宓眸中滲出怨毒，兇狠地與寂子敘對視，片刻後忽地一笑，「哈，差點被你繞進去了，說這麼多，你不就是想撇清你同芙兒的關係嗎？」桃花眼微彎，「這是……迫不及待向紅玉表忠心了？」目光移向祖媞，「他是不是還告訴妳他其實從未喜歡過我妹妹，當初幾次傷妳，皆是被噬骨真言所逼啊？」饒有興味地看著祖媞，「妳相信這話嗎？」不待祖媞回答，他歪了歪頭，故意道：「我卻不太信呢。畢竟他要是對芙兒並無真心，他那樣恨我和我父親，又豈能待芙兒好呢？依我看他對妳嘛，不過是後來妳死了，他便又後悔了。倘若他果真從來喜歡的是妳，對芙兒無半點情意，當初我提議讓他為芙兒搶奪妳的軀體和修為時他便該尋機將父親殺了，這樣也不用害死妳了不是嗎？畢竟後來我們都看到了他是可以殺掉我父親的。可那時候他只考慮了半日便答應了我的提議，所以說啊，他或許有真心，但妳也不過只得到了他一半真心罷了，另一半……」

寂子敘終於變了臉色，「你住口！」

溫宓卻仍是笑著，像是很痛快，「怎麼，我戳中你的痛處了？」

寂子敘僵硬地看向祖媞，「不要信他，那時候我是……」

祖媞卻沒讓他把話說完，嘆了口氣，「還是說正事吧。你們從前到底是如何，我並沒有什麼興趣。」她找了塊石頭坐下來，看向溫宓，「這是八荒，以你的品性應是無可能靠修行飛昇來此。」手指擱在膝頭，輕輕敲了敲，「所以，你是如何穿過若木之門來到這裡的，又怎麼會在長右門當守墓人，我對這個比較感興趣。」

溫宓的眸子閃了閃，「妳感興趣我就要答妳？憑什麼？」

站在溫宓跟前一直沒挪過地兒的春陽很是想不通，覺著自己這麼大個人，又舉著一把這麼鋒利的刀子比在溫宓脖子前，不應該這麼沒有存在感才是。聽溫宓嘲諷般地問祖媞「憑什麼」，春陽深覺他不是在挑釁祖媞，而是在挑釁自己，短刀往前一送，便在溫宓脖頸上留下了一道血印子，「憑這個，可以嗎？」

溫宓嘶的一聲，惱火地瞪向春陽，終究有些忌憚脖子上的刀鋒，「寂子敘是如何來到這裡的，我便是如何來的。」

春陽厭惡地嗤笑，「哥哥是證得大道，踏祥雲而登九天回到八荒的。但你，除了布陣，仙法道術沒一樣上得了檯面，心性瞧著也不如何，也敢說自己是證道飛昇？」

一番奚落刺痛了溫宓，他的面色瞬間變得難看，「妳！」啟唇剛駁了一個字，便聽後洞中傳來了一陣腳步聲。下一瞬，連通後洞的石門轟然洞開，一位白衣仙君閒庭信步而出，身後跟著幾位侍者。

孤獨峰後洞彎彎曲曲共十八里，十八里洞道存放著歷代門主的方棺，每里洞道皆有弟子看守。這白衣仙君既是領著侍者自後洞過來，那就是說……那十八個道術不俗的攔路弟子皆被……解決了？溫宓屏住了呼吸，滿心震駭，一時竟沒能說出話來。

打開石門從後洞過來的三殿下倒是挺悠閒自在的，看到洞中情境，微微挑了挑眉，沒說什麼，徑直走到了祖媞身邊。

此番來探長右門，一行人在出發之時便做好了分工。

孤獨峰中布的雖是上古幻陣，但三殿下前一陣剛好收了一匹擅造幻陣亦擅解幻陣的靈寵，便是那血統直可追溯至洪荒的四境獸。幾人商量好，在四境獸破開幻陣後，由三殿下領座下文武侍自後山潛入墓洞，去探那墓洞中是否有土靈珠的線索，祖媞則領霜和自前洞入，去訪布下這上古仙陣的守墓人是什麼來頭。因寂子敘和春陽對守墓人更感興趣，也加入了祖媞這一組。

見溫宓、寂子敘、春陽三人正在對峙，祖媞悄聲問連宋：「可有什麼發現？」

連宋在她身邊坐下，空著的手裡拿著個用素絹包裹的物件，瞥了她一眼，「妳猜。」

祖媞狐疑地想了想，「還有心思同我玩笑……」她握住連宋的小臂，分了點眼風瞟了前頭一眼，見春陽興致勃勃地接了她的班，正專心逼問著溫宓，寂子敘的注意力也放在溫宓身上，三人都沒有看他們，她便主動靠近了連宋，幾乎湊到了他耳邊，用不會使其他任何人聽到的低音悄悄問他：「難不成真尋到了靈珠的蹤跡？」

溫熱的氣息拂在耳畔，有些癢，連宋垂眸，覺她這個模樣好玩，也學著她，低頭湊近她耳旁，悄悄回她：「那倒是沒有。」

祖媞立刻坐正瞪向他，但說話還是悄悄的，「那你還讓我猜！」

連宋將手裡的東西放到了她掌中，笑了笑，「沒有發現靈珠的蹤跡，卻歪打正著，發現了些別的有意思的事。」

祖媞垂眸看向掌中之物，素絹掀開，竟是一截指骨，她疑惑地輕「啊」了一聲，抬頭看向連宋，「這是……」

連宋示意她繼續看那指骨，「這是我從一個門主的屍身上取下的一截骨頭。」問她：「從這骨頭的骨齡上看，妳覺得這門主死時應是多大年紀？」

祖媞捏起那骨頭，認真看了看，以骨辨齡於她這等修為的神仙而言自是不難，「這人死時應是四百三十七歲，」她不解輕問：「怎麼了嗎？」

連宋勾了勾唇，「可她的墓誌上卻寫著，她活到了兩千七百四十歲，是不是很有意思？」

祖媞微微一驚，「骨齡和墓誌記載相差如此大，要嘛是墓誌銘文出了錯……可墓誌怎麼會出這樣大的錯……」

連宋接上她的話，「要嘛就是那屍骨並非墓主人的屍骨，這個可能性彷彿更大一些。」

祖媞又看了一眼那指骨，整個人都變得凝重起來，「小三郎，那墓主人，是誰？」

連宋從她手中取回了指骨，「商珀之妻，虞英之母，長右門第四十二代門主，虞詩鴛。」

祖媞輕呼，「竟是她。」

十來步外，溫宓確定春陽和寂子敘並不會真的要他性命後，倒也不再忌憚。而因場合不對，春陽逼問歸逼問，也沒用出什麼過分手段，導致溫宓根本不怕她，三人很快便陷入了僵局。

溫宓一面敷衍應付著春陽，一面用眼角餘光關注著坐在石塊上的連宋和祖媞。他看到那一身矜貴的白衣仙君剛站到紅玉身旁，紅玉便主動往後讓了讓，那白衣仙君施施然在她身邊坐下，將她擋得嚴嚴實實，然後低頭和她說了句什麼。即便看不見紅玉，也聽不到二人究竟在說什麼，他也知二人挨得極近。

在三萬多年前的那一世裡，溫宓也只見過紅玉幾面，印象中，這位獨居在雨瀟峰中的女修士孤高且難親近，別說尋常人，就連她身旁那個叫梨響的女侍也不曾挨那麼近侍奉過她，如今，她卻能容這白衣仙君近身……可見二人關係不凡。

溫宓忽然覺得可笑，難道寂子敘費盡心機使紅玉復生，最後竟沒能得到她？是了，是該如此，他又想。畢竟那一世，寂子敘真的傷紅玉甚深，但凡有點氣性，紅玉也不可能再接受他。這真是太好笑了。

寂子敘也注意到了溫宓的目光，向不遠處的連宋和祖媞看去，見二人親近相處，不禁眸子微黯。

溫宓輕哼，「沒想到，你竟是為別人做了嫁衣。」

寂子敘沒有答他。

彷彿察覺到了他二人的目光，那白衣仙君轉頭看向了他們。

溫宓挑眉。劍眉鳳目，天人之姿，這白衣仙君倒是生得很好。

連宋目光掠過二人，停留在寂子敘身上，淡淡地，「還沒問出他是個什麼來路？」說完這話，他收好那指骨站了起來，仍是淡淡地，「此地不宜久留，帶回去慢慢審吧。」

說著微一抬袖。

溫宓還來不及反應，便感一陣天旋地轉。他昏了過去。

畢竟不宜將溫宓帶回豐沮玉門，一行人北行幾百里，在燕國一個邊境小鎮上尋了個小院。祖媞的精力和體力向來不怎麼樣，先摸了間房自去休息了。

小院屋子不多，一人一間顯是不夠，連宋打著為祖媞護法的名頭亦跟去了正房。因他還吩咐了手下侍者將中了昏睡訣的溫宓也放進他們那間房由他看著，顯得好像很一心為公，故而就連寂子敘也說不出什麼不許他進祖媞寢房的話來了。

已是丑初，夜深人寂，因估摸著祖媞就睡兩、三個時辰，而恰巧溫宓身上的昏睡訣也差不多只起效到那時候，連宋便讓眾人卯中來正房，說既然溫宓不太好審，那就眾人拾柴火焰高吧。大家沒什麼異議，自去歇息。

溫宓醒來時，茫然的眼中映出了一扇木窗和一片藏藍色的天幕，身在禁洞居於陣眼，他已許多年沒有見過天是什麼樣，乍見此景，一時竟不知今夕何夕。他愣了片刻，撐起身來，便瞧見了不遠處的燭火和燭火旁斜倚著憑几看書的白衣仙君。一些畫面飛速掠過腦海，他才想起發生了什麼。

「你醒了？」那仙君並未抬眼。

溫宓慢慢坐了起來，一邊打量那仙君一邊飛速在腦海裡盤算逃命之計。

白衣仙君於燭火微光下斜倚憑几閒翻書，舉手投足皆是風流恣意，但神態卻又矜貴淡漠，這種矛盾的氣質難得一見，即便他看人的眼光算不得如何，也能辨出這位仙君身分不凡。

這人究竟是何身分？

斟酌了片刻，溫宓開口，「我知幾位仙君和仙子對我有疑問，既落到了你們手中，我自然願識時務，有什麼疑問我都可知無不言。不過有一樁事也令我頗感好奇。

「那紅玉曾在凡世裡同寂子敘糾纏頗深，二人雖未曾在一起，但正因有此遺憾，二人對彼此都是刻骨銘心。我妹妹當初便是被捲入了他二人這番剪不斷理還亂的情感糾葛中，最後才落得個不得善終的結局。我觀仙君神姿高徹，想要什麼樣的神女仙子沒有？又何必蹚他二人的渾水呢？」

雖是站不住腳的胡言，但男女之情最是脆弱，此時他埋下一粒猜忌的種子，焉知日後不會開花結果。他此生最恨之人是寂子敘，但他亦恨紅玉，若非為了紅玉，寂子敘又豈會背叛他和父親。而兜兜轉轉這許多年，好似只有他過得落魄淒慘，這怎麼可以呢？便是如今的自己已對他們造不成什麼大妨害，但能給他們添點堵，他也開心。

在聽了他的話之後，那仙君果然像是有些動容。他見他抬起眸來，將手中書冊合起來放到一旁，雙眉不悅地蹙起，「你說，阿玉和寂子敘曾糾纏頗深？」

溫宓正欲繼續添油加醋，砰的一聲，門被推開了。溫宓抬頭，見竟是寂子敘立在門口。

「又在胡說什麼？」寂子敘踏步入內，身形完全暴露在燭光中，目光凍人，「溫宓，你為什麼就不能放過阿玉呢？」

寂子敘既來了，他離間紅玉和這白衣仙君的戲自然是演不下去了。溫宓晦氣地喊了一聲，仰首看向寂子敘，勾唇一笑，「我為何不放過她？不都是因為你嗎？那時你明明已與芙兒定下婚約，可你的眼睛卻追隨著誰？當你看著她時，你可知芙兒在你背後望著你的眼神又是怎樣的？」

寂子敘頓住，雙眉微蹙，「她從來便知我的真心不在她那裡，我並未欺騙過她。」

可這句話卻更觸怒了溫宓，溫宓齒間含冰，「所以你更該死，她是你的救命恩人，你卻那樣對她！你該死，紅玉她也該死！你們根本不配得到……」

嘩啦，小小一室裡忽然響起珠簾被掀開的聲音，打斷了溫宓的歇斯底里。

被吵醒的祖媞斜倚著落地罩看向三人，雲淡風輕地招呼了一句：「這麼早，都在啊。」說著走出落地罩，將手裡的一只小香爐放在了落地罩前的一個小方桌上，抬指引來明火，點燃了爐中之物。

寂子敘率先出聲，「阿玉，妳這是……」

祖媞漫不經心，「看你們火氣大，燃個香給你們寧神。」

輕煙裊裊，自銅爐中漫出，祖媞轉身，輕移蓮步，徑直上了連宋所在的草簟。

溫宓目光閃爍地看著祖媞，眼見這位印象中總是一板一眼、誰也無法近身的美人竟主動挨坐在了那白衣仙君的身旁。坐好後，她瞥了那白衣仙君一眼，說話很輕，但溫宓向來耳力好，還是聽到了。她問那仙君：「怎麼像是不高興？總不會是不喜歡我新燃的香吧，我可沒有用你不喜歡的香。」

白衣仙君也很輕地回她：「妳又知道我不喜歡什麼香了。」

她自然地伸出一雙玉手來，將纖纖十指抵到了那仙君眼下，微微一笑，「那你聞聞看吧，看我是不是挑的都是你喜歡的？」

她不避旁人地親近那白衣仙君，且那種親近極為自然，就像他們一貫如此。

溫宓止不住驚疑。

那格外矜貴的仙君低了頭，鼻尖離那玉色的指極近，停頓了一瞬，「茉莉和沉檀的合香？」

她便笑了，眼中似有秋水橫波，「是不是你喜歡的？」

幾步開外，寂子敘瞧著淺笑盈盈哄著連宋的祖媞，亦覺恍神。在遙遠的前世，他幾乎從未見過紅玉笑，也從未聽她用如此柔軟的聲音說過話。她的人永遠是冷的，身段永遠是英朗的，像冰雕，也像一把永不彎折的劍。此時這個同連宋細語的人，簡直不像她。他不禁又喃喃喚了她一聲，「阿玉……」

溫宓斂了眸中異色，忽而一笑，「倒是有趣。」

祖媞抬頭看向他們二人，目光最終落定在溫宓身上，「你方才所說的那些話我都聽到了。」她突然想起來似的，「我得澄清一件事。那一世我同寂子敘之間，不過是他的母親對我有教養之恩，後來我將這份恩還給了他。」微微一笑，向溫宓道：「同他糾纏甚深剪不斷理還亂的，不是你們兄妹嗎？」

溫宓轉了轉眼珠，「妳敢說你們之間果真如此坦蕩？」

「為什麼不敢？」她起身走向溫宓，來到他面前，半蹲下來，緩緩抬手握住了他的前襟，雖然做了這個動作，但語聲很平和，「你，你妹妹和寂子敘之間到底是怎麼回事，那一世我不清楚，不在意，也不感興趣，如今我依然不清楚，不在意，也不感興趣。你們有何舊怨都不關我的事，那一世便算了，不過以後呢，就不要再在小三郎面前嚼我舌根了。」彷彿很和氣地徵詢他的意見，「可以嗎？溫宓？」

溫宓低頭看了一眼自己的前襟，緩緩勾起唇角，「看來妳是真的對……」

握住他前襟的玉手忽然成掌，往他心口處重重一拍，又一抓，溫宓驀地吐出一口血。

祖媞含笑看著他，「管住自己的嘴。」

溫宓心口生疼，那一瞬突然感到心底很空，慌忙凝神去感應溫芙之魂，察覺到那羸弱的魂魄仍躺在他心間，他才鬆了口氣。又想起紅玉那句威脅，本能地就要維護尊嚴，嘲諷地駁一句「妳以為妳是誰，我為什麼要聽妳的」，下一瞬卻發現自己一句話也說不出了。不僅如此，竟連動也不能動了，只有眼珠還能轉一轉，能看到紅玉微微抬頭，向著他身後平靜吩咐：「你們進來，久等了，將他帶下去問審吧。」

溫宓死死盯著祖媞，像是從不認識她。

碰巧霜和這時候也過來了，進門時瞧見文武侍將溫宓拖下去，愣道：「不是說一起審他嗎，那什麼……眾人拾柴火焰高？」

祖媞聳了聳肩，「你還真信了小三郎的邪，適才那幾位文武侍都是跟著他在刑司歷練過的，審十個溫宓也不在話下，還用你幫忙？」

霜和睜大眼，「三皇子做什麼耍我？害我起這麼一個大早。」

祖媞倒著茶，「他應該就是想騙你起早。」

連宋嗯了一聲，「總不能我一個人早起幹活兒。」

霜和無話可說，悶了半天，突然氣憤道：「春陽呢，是不是還在睡，我去把她也叫起來！」說著摔門而出。

寂子敘也隨他出了門。

過了會兒，祖媞去關了門，又關了窗，她將方才碰過溫宓的那隻手展開，雪白的掌心竟漫出了一團清霧。那霧緩緩飄落於地，於幽幽燭光中現出一個朦朧的女子的影，那影緩緩清晰，眉眼含鬱，弱不勝衣，竟是溫芙。

溫芙抬手至額，深深拜在祖媞面前，「仙長，多謝妳將我釋出。」

用隨手所捏的假魂神不知鬼不覺將溫芙自溫宓心中換出來的祖媞嘆了口氣，「我察覺到了妳魂魄的震顫，解出了妳求救的密語……可妳為何會求救呢？難道妳哥哥待妳不好嗎？」

溫芙抬眸，眸中含霧，「不能說哥哥待我不好。我離世後，他將我的魂存放在他心底，用他的妖力滋養我，才使我得以長存至今。開初，他以為我沒有智識，但其實我什麼都知道。我看到他密謀奪占妳的身體，看到他同子敘反目，看到他們決戰山巔，看到他四處流浪、招搖撞騙做盡惡事……很可笑吧，在我死後，我才知我的父兄是什麼樣的人，這真正的世間有多殘酷。哥哥將我困在心底，仍想找方法復活我，但我卻不願再活在這殘忍的世間了。當他發現我有智識、已甦醒之後，我曾試圖求他釋放我讓我解脫，但他不願。」

祖媞道：「原來是這樣。」

三殿下忽然插話，「妳可知溫宓為何會來八荒？在妳甦醒的年月裡，妳可曾見過他同什麼特別之人交往？可曾聽聞過他提及土靈珠？」

祖媞愣了一下，她從溫宓那兒將溫芙騙過來，還真不是為了利用溫芙尋土靈珠，不過經小三郎這麼一提醒，她也回過了神——溫芙的確是個好線索。

溫芙迷茫地搖了搖頭，「當哥哥發現我已甦醒後，我曾勸過他勿再行不義之事，或許說得多了，他嫌煩，後來便常讓我昏睡，我沒見他交過什麼朋友，也沒聽他提過什麼靈珠，亦不知他是如何來這兒的。」頓了片刻，又輕輕地、有些忐忑地補充，「我沒有騙你們，你們可以查看我的記憶。若你們能的話。」

三殿下沒有客氣。自打他想起在凡世時同祖媞的舊緣，藏無的封印便解除了，即便溫芙只是一個魂，需抽取窺伺的又是她死後的記憶，對三殿下來說也不是什麼難事。

可令人失望的是，溫芙的識海中的確並無他所需的訊息。

不過她既行了他方便，他自然也會付出酬勞，「妳妖的血統很淡，死後本該去冥司，可妳哥哥禁錮了妳的魂，三萬多年了，冥司估計也放棄了尋妳轉世，留在這世間妳只能做一個孤魂，直至許多年後消散於天地間。妳需要我們送妳去冥司嗎？」

溫芙沉默了少頃，卻道：「若是可以的話，可否讓我現在就寂滅消亡，我不想等到許多年以後了。」

這答案令人驚訝，祖媞和連宋對視一眼。片刻寂靜後，祖媞溫聲相問：「只有人族有永生不滅的靈魂，妳母親將永生不滅的靈魂傳給了妳，這很難得。為什麼想要放棄這魂呢？」

沒想到溫芙笑了，厭倦似地輕聲，「轉世又有什麼意思呢，我曾經得到過最好的人生，雖然都是假的，但那假的人生裡也都是開心和快樂。可能最大的遺憾是愛上了一個不愛我的人。但我說我想嫁他，他便娶了我。他也是個好人，一直待我誠實、包容。因病體孱弱，我們無法成為真正的夫妻，但我們是永不會背叛彼此的朋友。我再也無法擁有那麼好的人生了。後來，我知道了真實的人間是什麼樣的，也看夠了真實的人間。但那不是我想要的。所以可以的話，求你們給我永恆的寂滅。」

祖媞靜默良久，良久後看向溫芙，問她：「妳決定好了嗎？不會後悔？」

「不會後悔，永不。」那孱弱的魂認真地回道。

第十章

次日辰初，文侍襄辛將溫宓的供詞呈到了連宋面前。彼時連宋與祖媞正在院中一個草亭裡一邊下棋一邊等日出。

因東華帝君酷愛十九道盤的星陣，故而九重天盛行的乃是圍棋。但二人此時玩的卻並非圍棋，而是魔族們更愛的六博棋。

祖媞不怎麼會玩這種棋，於八荒玩樂無一不精的三殿下正手把手地教她。

襄辛候在一旁，呈上來的供詞就放在棋桌一角拿個鎮紙壓著。

待領著祖媞完整地走完一局棋後，連宋才拾起那頁紙來打開看了。

襄辛適時稟道：「沒有逼太狠，他供出了這些。」

祖媞頗為好奇，問連宋：「他是怎麼說的？」

連宋將看過的供詞遞給她，「自己看。」

祖媞接過來一目十行。見紙頁上溫宓招供道：三千年前，他在凡世遇到了一位自號藏蜂居士的女仙長，彼時那仙長為一頭虎妖所擄，他救了那仙長。藏蜂仙長知他有登仙之志，為報這段救命之恩，便將他帶來了這靈氣盛極更易修仙的八荒。且仙長又擔心他一人在八荒無依無靠，便給了他一塊符令，說那符令乃她的家傳之寶，是長右門一位已故門主贈予她先祖的，他憑此符令上淩門山，長右門定會收留照拂於他。他便揣著符令上了長右門。至於墓洞中布幻陣的本事，卻是機緣巧合下他於長右門的經閣中得了一本破爛圖冊，而後他偷偷苦研數載，自那圖冊中略習得了幾分本事。

通篇看下來，不像是在說瞎話。

連宋卻問她：「可看出了哪些是真話哪些是假話？」

祖媞反問：「你手下的文侍親自審出來的供詞，還能有不實之言？」

襄辛機靈，聞言便笑，「回尊上，我們殿下慈憫，常說屈打也不一定成招，假亦真真亦假的供詞固然藏了被審問之人的心機，但只要心夠明眼睛夠好，未必不能從這種供詞中辨得真言，這種供詞也未必就比一份靠打打殺殺得來的供詞差，所以咱們文武侍也有規矩，第一遍審訊向來是不大用手段的。」

「這倒是很與眾不同。」祖媞一笑，抬起細白的手支住同樣細白的下巴，目光凝在那份供詞上，「那小三郎不妨親自同我演示一下該如何利用這種真假參半的供詞好了。」

白奇楠香攏風倚近，連宋坐到了她身邊，祖媞偏頭，入眼便是青年完美的側顏，冷不丁心頭一跳，便見連宋也偏過頭來，「看我的臉做什麼？」他戲謔地笑了笑，「看這裡。」纖長的指點了點桌面的供詞，「照溫宓言，那位藏蜂仙長因不放心他一個人流落八荒，想著護他周全才給了他符令，讓他去了長右門。可玄冥上神治下的北荒向來清寧平和，談不上凶險。那藏蜂仙長既是個能偷偷穿越若木之門的修士，修為想必不俗，於她而言，若只為護溫宓在北陸康寧，有的是代價更小的法子，不至於祭出先祖遺留的貴重寶物送溫宓上長右門，須知符令這種人情，用一次也就沒有了。」

他抬手化出一支白燭來，親自點燃了那燭，看了祖媞一眼，「我可不信阿玉妳沒想到這一點。」

祖媞聳了聳肩，「是啊，這供詞乍看是那麼回事，卻禁不起細思。」說著將那紙頁疊起來，遞還給了他。

連宋接過供詞，將它放到了正燃著的燭上，火苗舔上來，薄薄一張紙頃刻化為草灰。「滥宓他編瞎話定是為了隱瞞什麼，那些東西我不一定現在就要知道。」連宋一笑，「不過這份供詞裡倒有個很有意思的點，不知阿玉妳注意到了沒有？」

祖媞還真沒注意到什麼有意思的點。

連宋問她：「聽到藏蜂這兩個字，妳會聯想到什麼？」

祖媞一愣，很快悟了過來，「琥珀藏蜂！」她輕喃，「藏蜂之珀乃琥珀中的名種，是最珍貴的琥珀。那女修士以藏蜂為號，正與商珀相合，又同長右門關係匪淺，難不成……她便是虞詩鴛？」

連宋挑眉，「阿玉反應得很快。」抬手化去棋桌上的白燭和草灰，「倘虞詩鴛還活著，她一個凡人修士，又未能證道登仙，能活到三萬多歲必然是靠異寶延壽。那異寶不用說，十有八九便該是土靈珠了。這北陸雖說是個承平世界，但身懷異寶也易遭禍事。若我是虞詩鴛，我也不敢讓人瞧出我壽長得不正常，勢必要尋個時機假死脫身。如此，她墓中屍骨骨齡有異也便說得通了。哦，對了，」他一邊說一邊從棋面上取了支博籌把玩，「前些日文武侍們探查長右門，發現這一代的門主和長老竟全然不知他們門宗從前還幹過屠女媧聖山的大事，對土靈珠更是聞所未聞。可見若虞詩鴛還活著，也是瞞著長右門的後人且防著他們的。」

祖媞輕敲手指，謹慎且思辨地道：「不過……這雖然聽上去很合理，但一切只是我們天馬行空的猜測罷了。」

連宋將把玩的博籌放回原位，「所以真相如何還得再查一查。」

祖媞拿起連宋放下的那支博籌，「虞詩鴛長什麼樣可以去虞英和商珀神君處問問。然後再讓溫宓畫一幅那藏蜂仙長的小像，屆時比對一下，答案也就出來了。」

一直隨侍在一旁的襄辛立刻跪拜祖媞，「屬下領命。」

祖媞訝異地看向襄辛，「你是小三郎的親侍，只當聽他一人號令，小三郎還未發話，為何便跪我領命了？」不贊同道：「如此，當罰。」

襄辛也才發現自己好像是過於機靈了，反犯了忌諱，立刻請罪。

連宋卻沒當回事，從棋盤中重拿了棋子來擺，「不是大事，去讓溫宓把那藏蜂畫出來吧。」

還是襄辛主動老實問：「那殿下，罰、罰呢？」

連宋沒看他，只認真擺著棋子，「罰什麼罰，祖媞神祇是和你開玩笑，回頭去天步那兒領十壺瓊漿，哦，她那兒應該還有蟠桃，讓她也給你拿幾個。去吧。」

襄辛愣了，但他反應超快，立刻跪謝了連宋，又狠狠謝了祖媞，顛顛地跑了。

祖媞一言難盡，「你就這樣馭下？」

連宋擺著棋，目光凝在棋盤上，一副沒有辦法的樣子，「不然呢？他這麼有眼色，我能怎麼辦，只好獎勵他。」

祖媞分辨不出他是否在玩笑，「有眼色？」

「是啊，」連宋道：「知道聽妳的和聽我的沒什麼區別。」

「怎麼會沒有區別？」

連宋抬眸。有一瞬間，祖媞覺得連宋看她的目光很深，但待她細觀，卻只能從那漂亮的琥珀色眸子裡看到自己的倒影。

「我們彼此立過噬骨真言，妳難道會害我嗎？」她聽到他問。

她回過神來，「自然不會，」又道：「我只是覺得……」

他已擺好了棋，「沒什麼好覺得。時候還早，還想不想再下一局？」

她自然是願意的，正點頭，忽聽身後響起腳步聲。

來者一身銀灰道袍，卻是寂子敘。

他來做什麼？心中剛升起這個疑問，寂子敘已步入草亭，就站在離她幾步遠的地方，面色有些蒼白，問她：「阿玉，我們可否談談？」

晨光撕破天幕，熹微初露。祖媞看向坐在自己對面的寂子敘，有些頭疼。

前些日他二人一道去滄嵐頂取南星妖身時，寂子敘就欲與她重談舊事，彼時她便不覺有這個必要。昨夜遇到溫宓後，聽到溫宓同寂子敘的幾番關乎過往之言，她大致也明白了寂子敘從前的苦衷，雖然細節還不是很懂，但也沒有很好奇想要搞清楚，只覺天意使然，既然大家都不容易，那過往之事便更該一忘了之，不值再提。

所以適才寂子敘步入亭中，提出想再同她好好談談時，她是想勸他一句別再執著過往，然後婉拒他想要同她獨處繼續掰扯舊事這個提議的。哪知在出聲的前一刻，連宋竟替她答應了下來。「好好談一次也好。」他越過她對寂子敘這麼說。

祖媞驚呆了，因她記得很清楚連宋並不喜歡她那段前世，也不喜歡寂子敘。她搞不懂他為什麼要替自己應下。連宋起身，附在她耳邊低語了句：「說清楚妳不喜歡他，現在不喜歡，往後也不會喜歡。」這句話簡直沒頭沒腦，她還沒反應過來，他已站了起來，對寂子敘頷首笑了笑，「你們慢聊，我去外面轉轉。」也不知是不是她的錯覺，總覺得連宋那笑有點假。

什麼喜不喜歡……寂子敘從來就很清楚她不喜歡他，且從未喜歡過他，她還要怎麼同寂子敘說清楚？

她正天馬行空地走著神，對面的寂子敘開口了，「我同溫宓當初是怎麼回事，想必阿玉妳已清楚了。」

她點了點頭。

寂子敘笑意苦澀，「妳並不在意。」

「已是久遠過往，我們都不應在意了。」

寂子敘卻並未聽進她這話，嗓音微啞，「雖知妳不會在意，但我還是想同妳解釋，當初溫宓提出想要妳的軀體和修為復活溫芙時，我為何會答應。」他薄唇抿得平直，「當初我向溫宓父親立下的那則噬骨真言，內容是將永生效忠並順從他和溫宓。彼時我體內的妖力封印尚未解開，孤弱無能，明知立下這則咒誓會使餘生失去尊嚴，但那時候比起尊嚴來，我更想要自己變得強大。」

祖媞嗯了一聲，「我已知曉了你的苦衷，也理解你，寂子敘，你可以放下了。」

能對寂子敘說出「理解，放下」這話，已是祖媞作為神的仁慈。須知即便寂子敘有苦衷，那一世他同溫宓對紅玉的傷害也是實打實。紅玉何辜？若紅玉不是歷劫的她，二人便是枉害了一條性命。故而她雖理解寂子敘，此時卻也難對他說出「原諒」二字。理解他並勸他放下，已是她能做到的極限。

本以為她說了這話，寂子敘能稍許釋然，哪知他的神色更不好了，「妳不該理解我，對妳的那些傷害，至少最後一次我不是迫不得已。」他澀然道：「那時候，溫宓提出想要妳的修為和軀體……他其實說得沒錯，若我真的不想妳死，我是可以豁出去殺掉他父親的，只要他父親死，我便可不必再遵循對他發下的咒誓了，但我沒有……」

祖媞也想起了昨夜溫宓那段挑唆之言，迷惑了，「所以，那時候你是真的很想我死？」她本不應好奇的，卻還是問出了口：「為什麼？」

「因為我很卑劣。」見她滿目不解，寂子敘苦笑了聲，「那時妳一心在大道上，是整個昊天門最有可能得道飛昇之人。我不願妳飛昇，想要得到妳。但妳一日為紅玉仙長，是我的小師叔，便不會對我生情。」他一句一句，艱難道：「溫宓想要妳的軀體和修為，那些都是阻礙我得到妳的東西，所以我答應了他。我只想要妳的魂，那時我已為妳準備了新的軀體，想使妳成為另一個人。可最後一道奪魂雷被引下，金光閃過，妳的魂魄倏然消失，那之後……」

那之後發生了什麼，寂子敘雖沒再說下去，但結合溫宓的隻言片語，真相是很易得的。那之後寂子敘近乎瘋魔，殺了溫宓的父親，還差點殺了溫宓。

祖媞無法掩飾自己的震驚，愕然地看向寂子敘。

「我尋遍人間也無法找到妳的魂魄，欲闖冥司，卻不得其路。」青年眸中盛滿了痛苦，「為了能尋到通往冥司之路，我一心修行，後來踏破虛空，證得道果，得以飛昇九天。飛昇之時，竟恢復了記憶，知曉了自己的真正身世，而後我一邊護著豐沮玉門，一邊四處尋妳。」

許久之後，祖媞才回過神來，「我本以為今日你同我訴說舊事，是想讓我原諒，但聽到此處，卻又覺得似乎不是這麼回事。」她靜靜地看著寂子敘，「你說這些年一直在尋我，尋到我，是想做什麼呢，仍然一心執念，想囚我的魂嗎？」她輕嘆了一聲，「寂子敘，那一世我過得很苦，但我也不需彌補，我只希望所有的一切都到此為止。」

青年的唇顫了顫，像是被她的話刺傷。他嘶啞道：「我知。」面色慘白，眼眶卻泛著紅，「找妳的這三萬年來，我已知那時的自己大錯特錯，也曾日日夜夜地後悔。」他閉眼，「與妳重逢後，起初我的確還有過妄念，但很快，我便知自己永無機會了。」他的聲音啞得厲害，「妳是對的，今日我來找妳，的確不是為了求得妳的原諒，因我知道我並無資格。向妳坦白這一切，讓妳知曉我的無能、軟弱、自私和卑劣，我是想讓我自己……死心。」

祖媞無言。

兩人之間靜了片刻，寂子敘又道：「那一世妳曾同我說，妳並不知情為何物，也永遠不想知道，但如今，妳是喜歡那三皇子是嗎？」

祖媞抬頭看向寂子敘。

寂子敘卻沒有看她。「我比誰都希望妳好，說這些話也並無私心，或許妳不會喜歡聽，但我沒有太多可同妳說話的機會，所以也只能選擇在今日開口。」他收回落在亭外的目光，面向她，「我知妳和那三皇子曾彼此立下過噬骨真言。噬骨真言的力量，我也見識過。我不希望妳被那咒誓所欺。阿玉，不，尊上，」他換了對她的稱呼，「妳有沒有想過，也許妳並不是喜歡他，只是困囿於那咒言罷了，而他對妳，或許亦是如此？」

祖媞愣了一下。

寂子敘抬目看來，神情仍顯頹然，但眸中所含的確是純粹的關切，「尊上曾吃過許多苦，我願尊上能遇上良人，但那良人，或許不該是那風流的三皇子殿下。」

祖媞靜了會兒，「一個咒誓，或許會禁錮人的行動，卻又如何能指引人的真心？就像那一世你為噬骨真言所困，處處順服溫宓，溫宓希望你愛上溫芙，可你有因真言之故，真心愛上溫芙嗎？可有見她便開心，離開便想念，只要同她在一起，無論做什麼，說什麼，都覺得快活有意思嗎？」

寂子敘微震，一時竟無法成言，只一張臉更無血色，白得近乎慘然。

她雖從頭到尾都未承認過自己喜歡連宋，但這一番話中的隱意，他又怎會聽不明白。他方才所言，不能說全然出自肺腑，但至少存著八分真意。自知自己再無機會，他也決定強忍住椎心刺骨之痛去接受她另尋別的良人，但他著實難以信任那風流的水神，不禁道：「可三皇子前科累累，我怕他會傷妳的心……」

祖媞打斷了他的話，「你說得對，小三郎待我好，極有可能只是因噬骨真言之故，但這也沒什麼打緊的。」

這個回答是寂子敘無法接受的，「為什麼會不打緊？」

為什麼會不打緊？

因若命運無法改變，她在這世間便只有三年光陰。哦，從現在開始算，只有兩年半了。她不是不知道那些想要征服連宋使他浪子回頭的神女們的下場，也不是沒聽說過連宋的風流。但她所圖甚少，沒想過要在這三年裡去博連宋的真心，因此連宋到底是出於何種原因待她好，她還真覺得不太打緊，也並不覺得若連宋是出於咒言之故才親近她有什麼不可接受。二人間這種似是而非若即若離的關係，也不曾讓她患得患失，因她沒有那個時間，她只是單純地享受著他們如此相處的樂趣。

或許正是因所謀不多，對連宋的喜愛帶給她的才全部都是開心。

囿於壓在頭上的宿命，她更明白什麼叫作人生得意須盡歡，她並不願探究連宋對她的縱容究竟是出於何等情愫，也並不願去揣度他的一舉一動背後暗含了怎樣的心意，更不想去分辨是他天生風流慣於如此還是別的什麼，她真的沒有時間，所以她只懵懂地追求喜歡一個人帶給自己的快樂，並且覺得這沒有什麼不好。

或許寂子敘不能理解，但她很滿足這樣的現狀，不過這也沒有必要對寂子敘細說。因此她只對寂子敘道：「總之我同小三郎……我自有分寸，你不用太操心了。」又道：「既然你也已決意從過往中出來了，那過往便皆可忘了，我們之間沒有仇怨也沒有交情，就當我們今日才認識吧，你覺得可好？」

寂子敘屏住了呼吸。這已是他能求得的他同她之間的最好結局，他又怎會覺得不好。但既然是今日方結識，他自然不宜再在她面前多說她同連宋的事。半晌，他道：「好。」

祖媞便站了起來，向他淺淺一笑，「那便如此。」

這還是他們重逢後祖媞第一次對他笑。寂子敘記住了這個笑容，壓下了心中的苦痛與酸澀，點了點頭。

他瞧著祖媞離開草亭，向院西餵鶴的連宋而去，走到一半時，連宋看到了她，對她招了招手，她便提起裙子飛奔了過去。連宋將手中的小魚分給她，她將魚拋到半空。兩隻鶴拍著翅膀跳起來爭搶啄食，眼看要衝撞到她，連宋及時攬住她將她護在了身側，她輕呼了一聲，裙角在晨風中輕舞飛揚。在連宋再餵那兩隻鶴時，她主動退後兩步，躲在了連宋身後，連宋轉過頭來笑著同她說了句什麼，便見她輕輕瞪了他一眼，神情那般秀逸靈動。

寂子敘不願再看，轉過身，背對著他們走出了草亭。

裏辛審了半日，可惜並未從溫宓處得到那藏蜂仙長的畫像。溫宓稱那藏蜂仙長總戴著一副銀面具，他從未見過她的真容。

連宋懷疑藏蜂送溫宓入長右門其實有別的考量，吩咐裏辛就待在那小院將這事繼續審下去，又吩咐其他文武侍盯緊長右門，該善後的善後，順便查查看當初溫宓所用的符令是否與虞詩鴛有關——即便無法得到那藏蜂的畫像，若當初溫宓所用符令果然同虞詩鴛有關，那藏蜂是虞詩鴛這事也八九不離十了。

待三殿下處理完雜事，一行人在次日傍晚回了豐沮玉門。

沒想到雪意竟來到了山中。

祖媞先去看了南星，方回房同雪意說話。

早在一個多月前，當祖媞剛同東華帝君在對付慶姜這事上分好工，她便召了雪意，同他商議了尋找風之主瑟珈以求風靈珠之事。

東華帝君總覺瑟珈是沉睡了，否則不至於二十多萬年杳無音信，但祖媞卻覺瑟珈說不定仍清醒著隱在某處看著這世間。生而為魔的風之主，揣著那樣的身世，個性還偏執，謝冥當初以身化冥司給他的打擊又那麼大，他心灰意冷從此歸隱不願再關心世事也是完全有可能的。故她吩咐雪意讓姑媱的小花仙小木仙們向外傳出消息，說曾看到祖媞神於甦醒後歸置舊物，在姑媱長生海畔晾曬火神謝冥遺存的手札。

小花們一傳十十傳百傳得很是那麼回事，很快，八荒但有花木之地，便都收到了這個消息。

祖媞是覺著，照瑟珈對謝冥的珍視程度，若他果真清醒著不曾沉睡，那聽聞謝冥尚有手札遺在姑媱，他必然會主動現身。

不料，雪意坐鎮姑媱一月餘，連謝畫樓都跑來問了他她阿娘是不是真有手札遺在姑媱，瑟珈卻一直都沒出現過。

因此雪意有些贊同帝君的看法，「帝君說得或許沒錯，風主有極大可能是在沉睡。」提議道：「尊上這裡既脫不開身，那看需不需要我先領些人去風主有可能沉睡的地方探探？」又道：「只是有兩個問題，一則，八荒之中，風主最有可能沉睡在何地還需尊上幫我圈定一下。另一則，姑媱除了咱們四神使和菁蓉，下面都是些赤誠有餘卻不大頂事的小花仙小木仙，若尊上也覺讓我先去探探風主沉睡之地的想法可行，那咱們就還得跟三皇子殿下借些得用的人。」

此刻離那天地大劫還有兩年餘。只要能拿到土靈珠和風靈珠集全五顆靈珠，東華帝君便可開始造對付慶姜的大陣。時間也算充裕。不過，帝君雖是個難得的陣法奇才，這等大陣卻不是他一朝一夕便可造出，穩妥起見還是得多給他留點時間，如此便需加快尋取風、土兩顆靈珠的進程了……

祖媞思量了片刻，覺得雪意的提議可行，她翻出輿圖來，當場給雪意圈出了十個地方。一是瑟珈老家南荒少和淵，一是謝冥出生之地南荒登備山，另有七處是謝瑟二人舊日久居之所，第十處則是冥司——雖然現任冥主稱瑟珈並不在冥司中，東華帝君也說瑟珈不大可能在冥司，但想到瑟珈躲人的能耐，考慮半晌後，祖媞還是將冥司給圈了進去。

雪意領了被祖媞圈點過的輿圖便去找連宋借人去了。沒多久愁眉不展地回來，說三皇子太小氣，自己同他說姑媱人手不夠，想借他十個人查點事情，他倒是爽快應了，但撐死只肯借他三個人。有十個地方要查，三個人怎麼夠。

祖媞忘了自己是站哪邊的，一心幫連宋說話，「可能小三郎最近事多，手下人確實不夠用。」但看雪意直犯愁，也很同情，「那我去幫你問問，看還能不能再多借兩個人。」

祖媞和雪意來到連宋房前時，三殿下剛看完仍在漆吳山假扮琴侍囚禁瞿鳳的衛未的來信。天步主動幫二人打開門，祖媞開門見山，「小三郎，我想跟你借幾個人查點事情。」連宋正要提筆給衛未兩姐妹回信，聞言停筆，吩咐天步：「任務輕的文武侍抽十人出來，再把宮中當用的侍衛調十人出來。」看向祖媞，「幾個人怎麼夠，給妳湊二十個人，妳先用著，不行再同我說。」

祖媞嗯了一聲，「那你先寫信，待會兒咱們一道用飯。」說著領雪意出去。走出一段距離後，問雪意：「小三郎這不是挺大方嗎？你是不是剛才態度不好，不夠真誠，所以他才只肯借你三個人？」

雪意靜默了片刻。明白了。

好了，破案了，應該是我表現得真誠過頭了，讓他誤以為想借人的是我，所以我才借不到人。雪意面無表情地想。

這個三皇子，真是雙標得無所畏懼明明白白。我也太慘了。雪意面無表情地又想。

第十一章

祖媞當初預判南星五、六日裡便會甦醒。

他們回到豐沮玉門正好是在第五日。

當夜，南星便醒過來了。

是寂子敘來通知的祖媞。

祖媞和連宋幾人趕過去時，見南星面對著窗櫺跪坐在窗前的矮榻上，身後是雙眼紅紅的春陽。春陽正在為她梳髮。此前躺在冰榻上沉睡的南星只著素裳，此刻又穿上了象徵女媧神使的十七層素紗單衣，側顏恬靜，月光映照下縹緲不似真人。

祖媞走過去，喚了一聲，「南星。」

她像是沒有聽到，並未回頭。

春陽輕聲道：「如尊上所料，神使大人只是恢復了神識，卻並未能恢復靈智。」

祖媞看了南星片刻，緩聲，「恢復了神識，可睜眼，能有知覺；但未開靈智，便對外物不敏感，只能似個活死人。」她安慰春陽，「等拿到土靈珠後，使她的兩魂融合，或許那時她便能認出人了，不急。」

春陽點了點頭。

見南星如此，想著他們來豐沮玉門的目的，菁蓉有些憂慮，「南星大人這樣，真能感應到土靈珠的下落嗎？」

祖媞看了一眼窗外，見天上之月雖不甚明亮，但漫天星子卻是輝光極盛，沉吟道：「擇日不如撞日，今夜天象不錯。」又向諸人，「你們都出去吧，留小三郎在門口幫我護個法即可，我試試看能不能將尋土靈珠的靈旨種入南星的潛意識。」

幾人對視一眼，相繼退了出去，三殿下靠在門口，在他們出去後抬手結了個護法陣。

不過春陽幾人也沒走遠，就在幾步外候著。他們之中沒人聽說過種靈旨這種法術，皆不知其需耗多長時間，大家便只都面色凝重地站那兒等著。

剛開始並聽不出房中有什麼動靜，但一炷香後，突有一束藍光刺破屋頂，直衝上天。藍光似箭，飛馳至天邊，與天邊某只星子相接，在觸到那只星子的一剎那消失無蹤。那顆星子卻似飽食了什麼可怕的能量，突然輝光大盛，無數刺眼的銀芒灑落，那些銀芒在接近山巔時化為一道光柱，直直打下來，就像是一種呼應，籠住了祖媞和南星所在的竹舍。

霜和看得瞪眼，問一旁的菁蓉：「這是怎麼回事？」

菁蓉也答不出個所以然。

兩人面面相覷。

星輝光柱尚未消失，祖媞已推門而出了，同倚在門框處剛收了護法陣的連宋說話。「是長微星。」祖媞道。

連宋目視著遠天，嗯了一聲，「長微在巽位，對應的應當是第七十七萬區的一處凡世，看來我們得入凡一趟了。」

明顯，連宋和祖媞是在說什麼正事。霜和經常會在他倆說正事時產生腦子不夠用的痛苦，此刻他再次體驗到了這種痛苦，舉目四望，感覺只能從菁蓉身上尋找安慰，於是問菁蓉：「蓉蓉，妳聽懂他們在說什麼了嗎？」

蓉蓉沒有讓他失望，也沒聽懂，搖了搖頭。

霜和悄悄鬆了口氣，忍住了沒顯得太高興，「哦，那就好！」

寂子敘實在是聽不下去他倆的對話，為他倆解惑，「青天上有數十億繁星，八荒外有數十億凡世，一顆星子對應一處凡世。雖不知尊上是如何做的，但神使大人應是感知到了靈珠的所在，用這種方式告訴我們靈珠在何處。」

霜和還傻傻的，「啊？」

菁蓉只是書讀得少，人還是很聰明，聽了寂子敘的提示已反應了過來，「所以……尊上和三皇子是在說靈珠應該在長微星所對應的那處凡世！對吧？」

寂子敘點了點頭，神色微微凝重。土靈珠竟在凡世。他從未想過這個可能。可它為何會在凡世？又是誰將它帶去了凡世？

既然土靈珠在凡世，那便需盡快去一趟凡世。但商鷺手下的兩個魔族卻還在山腳盤旋。幸而近日天族與青丘之國的聯合大閱已在東南荒拉開帷幕，全魔族皆對此嚴陣以待，慶姜和手下七個魔君的重點都放在了這場聯合大閱上，並無暇他顧，加之纖鰈也被昭曦和殷臨纏得脫不開身，因此根本沒人給盯著他們的商鷺施什麼壓力。

商鷺這個魔，頭上沒頂著壓力時向來是得過且過的，將他糊弄過去並不難。

幾人商量後決定兵分三路，祖媞先帶著南星、菁蓉、天步和寂子敘兄妹去凡世尋靈珠；三殿下則再在豐沮玉門留幾個時辰布局以牽制住商鷺的人；霜和則回姑媱，因雪意不在，也需有人回姑媱守著。

大家沒什麼異議。

遵循南星的指引，祖媞一行很快來到了一處時間流速比八荒快了差不多三倍的凡世。

此凡世的中原王朝被稱作大祈。南星領著他們來到了大祈朝一個名為剎日城的邊塞之城。幾人尋了間客棧下榻。

在他們抵達剎日城的第三日，連宋也來到了這處凡世，在法器的指引下同他們會合了。

這三日裡著實發生了不少事。南星來到剎日城後便再無動靜，彷彿突然失去了對土靈珠的感知，他們推測是因持珠之人善造空間陣，躲入空間陣中逃避掉了南星的感應。不過沒等多久，當天半夜，原本對外界毫無反應的南星忽然又有了異常。她躍窗離開，去到客棧附近的一處湖泊，救起了一個自高塔上墜湖的女子。但或許是南星去得不夠快，那女子被救起時已溺斃了。

因這叫容儀的女子此來剎日城是為尋找在戰亂中離散的丈夫，可找到丈夫後，別娶的丈夫不僅不認她，還將她趕出了城，故而查案的捕快懷疑她是投湖自盡。

聽上去女子只是個普通婦人，這案子也只是個普通的投湖案。可問題在於南星如今並無靈智，去救那女子自然不會是因慈憫，只可能是因她感應到了靈珠。

雖在救起女子時他們並沒有在女子身上發現靈珠，但能引得南星異動，說明她身上至少沾染了靈珠的氣息，且沾染得還不少。

然他們也查過了，女子的確只是個尋常凡人，並不懂術法。祖媞甚至去問過她住處周遭的花木，花木們也不曾見過她同什麼妖邪或道人相交。可若她果真只是個尋常凡人，又怎會沾染上那樣多的靈珠氣息，以致驚動南星呢？

若南星能繼續感應靈珠，他們其實也不必在這女子身上費許多勁。可不妙就不妙在南星對靈珠的感應雖是源於本能，與術法無關，但去湖中救人時卻不慎動用了術法，遭遇了反噬。嚴重倒也沒有多嚴重，不過當夜回來，南星便又陷入了沉睡，導致尋靈珠這事又陷入了僵局。

午正時分，諸人聚在南星房中議事。

剎日城產水晶泥，此客棧每個房間都擺了一匣子。三殿下將摺扇放在一旁，一邊聽祖媞敘說這幾日發生之事，一邊很感興趣似地擺弄著手邊那匣子水晶泥。

祖媞半撐著腮坐在他身旁，「捕快們雖懷疑容儀是投湖自盡，可據她住所周遭的花木們言，那容儀卻是個心性極堅強之人，即便遭遇丈夫拋棄，也不當是會投水自盡的。而她又和土靈珠有關係……所以我在想，或許她是為人所害，說不定害她之人便是持珠之人，便是……虞詩鴛。可持珠人為何要害她，她和土靈珠又有何牽扯，」她看向連宋，「我還未查到更多，小三郎你便來了。」

春陽補充，「神使大人陷入了昏睡，無法再為我們指引靈珠的位置，也只能循著容儀這條線去查探靈珠下落了。尊上的意思是用凡人的法子查不出，那便乾脆去一趟冥司，直接尋容儀之魂問問。」她為難地蹙眉，「可我們想著去冥司需用到術法，會遭到反噬，且聽說冥司裡遍布冥獸也很難闖……」

連宋拿起扇子起身，「也不太難闖，我去冥司看看吧。」

祖媞也站起來，「我一道去。」

連宋按住了她的肩，「我一個人足夠了。去冥司也用不著重法，不會有什麼厲害反噬。」說著將方才他用水晶泥捏出的東西放在她手心，又自然地握了握她的手腕。

祖媞仰頭看他，「那你小心。」

「嗯，瑩南星還需妳看著，我去去就回。」說完這話，三殿下便撩開簾子出門了。白衣在窗前一閃即逝。

春陽驚呆了，瞠目結舌地看看天步，又看看祖媞，「三殿下他這麼果決的嗎？就不準備準備？畢竟是去冥司，冥司也不是真的不難闖吧？三殿下怎麼像是去打個醬油那麼輕鬆地就去了呢？」

天步是見過大世面的，手裡收著茶具，一派雲淡風輕，「太晨宮我們殿下都拆過，冥司，沒事的了。」

祖媞也點了點頭，「嗯，沒事。」她朝連宋離開的方向看了會兒，將手掌攤開，才發現連宋方才放進她手裡的是一對水晶泥捏成的小兔子。小兔子一黑一白，栩栩如生，嬌憨可愛。她抿住唇，但沒能壓住唇邊的笑。

菁蓉從她身旁冒出來，稀奇道：「這捏的是兩隻小兔子呀，三皇子可真是手巧，尊上讓我也看看！」

祖媞捧出手掌給她看，誰知菁蓉竟想動手來取，祖媞立刻將手收了回去。

菁蓉不知自己做錯了什麼，有些訥訥地，但又的確很好奇，探頭探腦道：「尊上，我瞧瞧啊！」

看菁蓉可憐巴巴的，祖媞猶豫了一下，重新將手伸了出來，但離她足有三丈遠，諄諄叮囑：「那只許看，不許摸啊。」

葶苧：「……」

白冥主謝畫樓最近挺煩的。黑冥主孤栦君當年為彰慈憫，立下了一個規矩：誰能闖過斷生門和惘然道，誰便能得冥主一諾。前十萬年其實也沒什麼厲害的神魔闖冥司，所以謝畫樓也沒覺著這個規矩給她添了堵。但前一陣，等閒連九重天都不出的東華帝君突然一趟接一趟地往冥司跑，好傢伙誰能打得過帝君呢，搞得他們冥司欠了帝君一諾又一諾，以至於她醒來剛接過她弟謝孤栦的接力棒就開始給帝君當跑腿。

畫樓君覺得不能再繼續這樣下去了，可親弟弟立的規矩，也不能說廢就廢，這幾天她正琢磨著是不是給這條規矩加個限制，譬如一個人一生只能求冥司一諾什麼的。結果棋慢一著，正式下令旨昭告八荒和凡世前，天族三皇子居然又找上了門。

畢竟令旨還沒下，謝畫樓只能自認倒霉。

連三殿下闖冥司，是欲尋一名為容儀的凡人之魂。所幸這不是難事。此女死了五、六個時辰，照理應已被引來，泡在思不得泉中思前塵思來生了。

冥司屬官們奉命前往思不得泉搜魂。可出人意料的是，幾個人都快將思不得泉翻過來了，也未在新魂中找到三殿下欲尋之人。

凡人身死，很快便會有引魄蝶將其魂引入冥司。若魂魄未歸冥司，要嘛是執念太深，掙脫引魄蝶的引魂術羈留在了世間，要嘛就是被什麼懂術法的人給捉去了。於容儀而言，這兩者皆有可能。

謝畫樓的意思是借連宋兩隻追魄蝶，將兩隻蝶帶去認一認容儀的屍身，若她的魂不曾被煉化，那跟著追魄蝶便能尋到她了。這也不是個大事。

但令謝畫樓沒想到的是，交出兩隻追魄蝶根本送不走這位三殿下。東西他倒是收了，卻又提出了想去冥司深處查閱容儀溯魂冊的要求，還雲淡風輕地點了個她座下的屬官，問她能不能將那屬官借他帶去凡世用一用。

謝畫樓當然知道他是什麼意思。

帝君曾有法咒，八荒中的神、魔、鬼、妖四族入凡，若在凡世施術，會被所施之術反噬。冥司身在混沌，不屬八荒，冥司之仙不用受帝君法咒的束縛，即便在凡世施術也不會被反噬，的確是這位殿下用得上的。

早年孤栦曾在信中同她提過天君這個三兒子，說雖然這位三公子風流之名響徹八荒，但若真信了他只是個恣意的浪蕩子，那勢必要吃大虧；天君三個兒子，就數這位公子最詭變多端，不好相與。

憶川之上，六角亭中，謝畫樓一身白裙，手裡抱著一隻黑色的狸奴，心想孤栦不誤我，這個三皇子，同他打交道簡直需要隨時提神醒腦，否則一不留意就得踩進坑裡。她頭痛地揉了揉額角，「冥司只許三皇子一諾。一諾。」她強調了一遍這個數字，「一諾只能換一事，三皇子不妨數一數這都幾樁事了？與三皇子有交情的是孤栦，卻不是我。這裡也不是九重天，三皇子說什麼就是什麼，恕我只能照規矩辦事。」

這話已說得很不近人情，連宋卻並不在意，隨意拿茶蓋撥了撥杯中浮葉，不回此言，反提了另一樁事，「畫樓女君和帝君也打了幾次交道了，聽說與帝君合作得也不是不愉快。」

謝畫樓眸光微動，「三皇子提起此節，是想說什麼？」

連宋喝了一口茶，「世間第一縷風、第一團火及蘊藏了火神元神之力的火靈珠皆是畫樓女君親手交給帝君的。女君向來智高，即便帝君未同妳明說，想必妳也猜到帝君尋此三物是同何事有關了。」

謝畫樓撫著狸奴背脊的手微頓，「瞞不過三皇子，我的確猜到了一些。慶姜復歸，神族和魔族之間想來必不能再維持平靜。不過冥司向來中立，未請教三皇子同我說這些，卻是什麼意思？」

「沒什麼。」三殿下淡淡，「只是方才過忘川時，見到青之魔君的小兒子燕池悟正與玄狐在忘川上切磋。我想女君將燕皇子召來冥司，應是不想他捲入這場漩渦中吧。但，」他轉了轉茶杯，「倘屆時果真有一戰，神魔勢不兩立，單憑冥司，我想也不一定能護得住燕皇子吧。」

謝畫樓一愣，唇邊扯出了一個笑，那笑卻含著冷意，「三皇子果真最懂得如何拿捏人心。」

連宋笑了笑，沒說話。

謝畫樓垂眸撫著那乖順的狸奴，雪白的指有一搭沒一搭地掠過狸奴漆黑的毛皮，許久，她重新抬起了頭，「三皇子的意思我明白了。」嘆了口氣，緩緩道：「小燕天真，赤子心性，他父親燕儺和幾個哥哥卻生來鑽營，滿懷野心。青之魔族在這場神魔之爭裡將走向何方，會不會凋零覆滅，我並不關心，我只想保住小燕。」狸奴突然喵嗚一聲，打了個呵欠，而後立起了前肢，她拍了拍狸奴的腦袋，容牠跳下了她的膝頭。

她看向連宋，繼續，「但的確，我不敢托大，說自己一定能保住他。」扯了扯嘴角，無奈似地，「既然三皇子想同我做交易，我亦卻之不恭。若三皇子和帝君能答應我屆時多照應小燕，我但由二位差遣。」

這番誠懇坦白之言由心有七竅的謝畫樓說出來實在難得，連三殿下都不由得微微側目，

「妳對燕池悟這個徒弟的確是費心了。」

這事就此說定。

謝畫樓沉睡這些年來，謝孤栦其實也做了不少事，比如搞了個聯動的法陣，使得查閱溯魂冊變得簡易了許多。不過兩日，連宋便找出了兩本溯魂冊，一本虞詩鶯的，一本容儀的。

溯魂冊只載錄凡魂們每一世的身分和生卒年。如三殿下所想，虞詩鶯的那本溯魂冊上並未載錄她的死期，說明她至今仍活著，翻看她的前世，也皆是稀鬆平常，沒什麼值得人在意的。再打開容儀的溯魂冊，倒著翻過去，見她近百世無一世修道，只是尋常凡人罷了，也沒什麼特別。但翻到第一頁，看到第一行字，三殿下卻愣住了。他突然想起了帝君藏書閣中一本載錄失傳邪術的禁書。而許多事也在腦子裡盡皆浮現，終於因這行字串成了一條線。三殿下的神色沉了下去。

連宋借走了容儀的溯魂冊，帶了個名叫利千里的冥司仙官回到了凡世。

他在冥司也待了有幾日，但剎日城的時間之河卻只流淌過了一個晝夜。

奉命留在燕國小鎮上監審溫宓的文侍襄辛出現在了客棧門口。溫宓的新供詞的確該出來了。事實上第三份供詞這時候才審出來已是出乎三殿下意料。文武侍審人的手段他是很清楚的，溫宓能扛到現在才招，可見被他藏起來的秘密非同小可。

襄辛隨三殿下回房密談了半個時辰。誰也不知他們說了什麼，只知泰山崩於前也從容不懼的三殿下從房中出來後，面色很是凝重。而後去尋了祖媞一趟。

追魄蝶在是夜被放出。為免打草驚蛇，跟蹤追魄蝶這事三殿下只通知了祖媞和利千里。

緋蝶在黃昏時吸足了容儀屍身的氣息，月夜下甫得自由，翅上便燃起藍焰，載飛載止，領著他們一路向西，拐進一處小巷，在一戶朱門前繞了一圈，而後飛過了那高聳的院牆。三人對視一眼，亦縱身跳上了院牆，跟著那緋蝶一路掠過前院，穿過影壁，徑直入了第二進院落。

院子不算大，中有一湖，奇異的是不到隆冬，湖面卻結出了一層厚冰。一個紅衣女子趴伏在湖正中，身旁立了個玄袍男子。二人皆背對著他們。

三人行動隱蔽，動靜也小，湖中那對男女並未發現他們。

然他們知隱藏形跡，追魄蝶卻不容人控制，興奮地跳著八字舞，徑直向湖心飛去。二蝶飛近湖岸，身形驀地一滯，似撞到了什麼，翅上藍焰也隨之暗了一瞬，與此同時，伴著一聲淺淺嗡鳴，湖面突然爆出一片紅光。原來緋蝶胡闖，竟觸發了布在湖周的結界。站在湖心的玄衣人受驚似地回過頭來。

祖媞秀眉一挑。玄衣男子玉冠錦帶，面目清俊，不是那蘭台司的虞英仙君又是誰。

就在虞英詫然回頭看向他們時，利千里一掌擊出，結界應聲而碎。不待虞英回神，以動作迅捷而聞名冥司的利千里已一個瞬移移到了他面前，劈手奪過了他腰間的錦囊。

見腰間錦囊被奪，虞英終於反應過來，抬手便欲搶，然不用法力，如何搶得過不受凡世法則束縛的冥官利千里，幾招下來，力便不支。見勢不妙，虞英一咬牙，忽地向空中一抓，竟是將仙劍召了出來，一邊抵禦著法力的反噬，一邊同利千里過招。

利千里只是冥司的一個文官，因在思不得泉搜容儀之魂時表現得機靈麻利，才被三殿下相中借了來。虞英雖也是個文官，卻是劍修得道，其戰力自不是利千里可比。

虞英瞧著像是很重視那錦囊，豁出去不顧反噬也要制住利千里將那錦囊奪回來。自虞

英祭出仙劍後，利千里也確是難以招架，節節敗退。但這利千里也機靈，近幾招一直在將虞英往岸旁引。

待兩人接近池畔，利千里瞅著距離不錯，一揚手便將錦囊扔了出去。錦囊幾乎是垂直墜入祖媞懷中。

虞英見錦囊竟被扔給了祖媞，舉步便向祖媞去，卻被利千里在身後一絆，二人再次纏鬥到了一處。三殿下將祖媞護在身後，他看到這裡，也差不多瞭解了虞英和利千里各自的水平，明白利千里和虞英之間的確還存在著差距。趁著利千里纏住虞英，三殿下自袖中取出一方絹帕來，抬手咬破食指，飛速在絹帕上繪了幾筆，而後輕震了震手中的鎮厄扇，待扇端露出尖刃，以那尖刃釘住絹帕，揚手向利千里擲去。

利千里反應甚快，往後一躍便接住了鎮厄扇。三殿下的法器他是不敢隨便用的，也不知該如何用，所以他立刻明白過來三殿下想給他的是釘在扇端的絹帕。側身躲避虞英時，利千里飛速展開那絹帕一掃，眉心一動，他領悟了三殿下的用意。

沒有利千里在後面纏著，虞英立刻調轉劍鋒向祖媞和連宋襲去。利千里趁此機會將全身靈力都調用起來聚於一指，指尖點動絹帕上三殿下以龍血繪成的血符，以靈力催發血符後用力將其向前一推。

虞英此時已掠到了連宋和祖媞面前，劈手便欲奪那錦囊，五指成爪，已成揚起之勢，卻驀地無法動彈，整個人仿似被定住了。他低頭一看，卻見竟是一道血紅的符篆裹住了自己半身。那符篆非紙非帛，乃由紅光勾成，足有半人高，似絲線緻密纏繞在他身上，使他寸步難移，更無法調用法力。而體內的反噬之力卻依然洶湧。

虞英再也按捺不住，猛地吐出一大口鮮血，連平衡也無法保持住，轟一聲，直直摔倒在地上。

利千里三兩步趕過來，抹了一把嘴角的血，祭出困仙鈴來，將虞英鎖了個結實。

祖媞已去到湖心。她蹲在那趴伏於冰面的紅衣女郎身旁，將女子翻轉了過來。不出所料，女子正是容儀。確切來說，是容儀之魂。然那並非一隻清醒之魂。女子昏迷著，身影有些淡了，眉心破了個大洞，傷口處殘留著一道血痕，但那血的顏色很是奇異，竟是赤中帶紫。追魄蝶繞著女子飛來飛去。祖媞抬頭望了一眼天上月。明月皎皎似冰輪，月精極盛。

見連宋和利千里帶著虞英過來，祖媞站了起來。「確是容儀之魂，不過受了重傷。」她看向虞英，「今夜月色不錯，將她安置在這裡，是想借用月之精華為她療癒魂傷吧？」

虞英如泥塑木雕，一聲不吭。祖媞也不在意，將手中的白色錦囊遞給連宋，輕聲道：「是養靈袋，我適才數了數，裡邊已納了一百四十五隻凡人幽魂。哦，對了……」看了虞英一眼，又湊過去貼近連宋，在他耳邊悄聲說了句什麼。

在聽祖媞說出錦囊是何物，裝的又是何物時，虞英終於有了反應，他閉上眼，認命般地垂下了頭。

聞得祖媞在耳畔之言，連宋打開養靈袋看了看，目光掠過地上的容儀，問虞英：「容儀和這一百四十五個人，是你殺的？」

虞英原本不打算開口，聽到連宋這話，心中卻一動。他狠了狠心，承認道：「是我。」聲音微澀，「既然技不如人，敗在你手裡教你發現了，那我……甘願回九重天領罰。」他亦知神仙殘殺凡人會是什麼下場，何況還是如此多凡人，但……也著實顧不得那麼多了。

虞英垂著頭，他能感覺到連宋的目光停留在他的頭頂，帶著審視。

「真是你殺的？」連宋問。

虞英閉眼，「是！我因長久無法突破，聽聞以凡人之魂修煉更易……」

「虞英仙君，有孝心是好的。」連宋打斷他，扯了扯唇，「但你也知，三萬年前祖媞神曾立過兩道法咒，你若是對人族有不仁之心，是無法通過若木之門的，又談何殺人？」

虞英的確沒想到這一茬，一時竟不知該如何反駁，但回神之後令他感到更恐懼的，卻是連宋方才出口的那兩個字——孝心。

他面色泛白，外強中乾道：「說……什麼孝心，我……」

便聽青年笑了一聲，「難道你不是在替你母親瞞罪嗎？這些人皆為你母親虞詩鴛所殺吧。」

虞英腦中轟然一聲，一片空白。轟然之中，聽到青年淡聲繼續，「三萬五千兩百九十七年前，你外祖與母親率長右門人圍剿地母聖山，屠盡聖山生靈，奪走了地母的元神靈珠土靈珠。你母親生下你後，以土靈珠助你母子二人修行，故你得以一世便摘得道果，登天成仙，但她卻因曾濫殺無辜，背負大孽，過不了功德雷劫的考量，飛昇無望。可她並不甘心應死劫，妄圖超脫五行生死，故而死遁，揣著土靈珠來到了凡世避禍。然土靈珠終歸不是你母親的東西，待地母一醒，靈珠便會自行回到地母女媧手中。你母親害怕失去靈珠，所以想開啟邪陣來鎮壓誅殺女媧。開啟這邪陣需要兩件東西，一件是帶有願力的女媧眉心真血，一件是女媧的元神靈珠。女媧在沉睡前曾將眉心真血賜給了一百四十七位人族首領，使他們能在洪荒征戰時護佑住人族。容儀和這養靈袋中的一百四十五個幽魂，便是當年那些人族首領的轉世。你母親虞詩鴛殺掉他們，就是為了從他們的魂魄中取走女媧的眉心真血。我沒說錯吧。」

土靈珠，女媧眉心真血，誅神陣。這便是連宋在冥司深處看到容儀溯魂冊第一頁那行字時，意識到的那條線。那行簡述容儀第一世的墨字寫的是：「人族挈立部首領，初魂為女媧造，成年後，受賜女媧眉心真血。」

之後回到凡世，裏辛趕來，呈上了溫宓的第三版供詞。當日看了溫宓的第一版供詞，他和祖媞還有個猜測——他們認為溫宓同那藏蜂應是被共同的利益捆綁在一處。離開燕國那小鎮時，他便讓裏辛朝著這個方向細審。而事實證明，當初他們果然推得沒錯。

被折騰得不成人樣求生不得求死不能的溫宓最後招供，他的祖先乃女媧座下一名妖使，名喚溫隨。他不知祖先為何會離開八荒去到凡世，但從祖先留下的札記看，他一直想要回去。溫隨傳給子孫後世兩件寶物，一件是一塊名為蕉嶺的玄石，一件是一本載錄著許多高明陣法的陣法書。他原本並不知那塊蕉嶺石有什麼用，但在被寂子敘殺了父親顛覆了故土走投無路只好四海流浪之時，他遇到了一個跛足老道，老道同他講述了蕉嶺石可感應女媧眉心真血，而女媧眉心真血加上土靈珠可誅滅女媧的故事。

他本以為故事便只是故事，縹緲傳說罷了，不想不久竟遇到了被一頭虎妖追獵的藏蜂。他救了藏蜂，並在無意中發現了她有土靈珠的事。於是他便利用土靈珠可誅女媧的消息同藏蜂做了交易。交易的內容是藏蜂將他送回八荒，為他覓一個安穩庇身處，她自己則拿著蕉嶺石留在凡世，以收集女媧眉心真血。待藏蜂徹底集齊了女媧當初捨出的一百四十七滴眉心真血，再回八荒與他會合，屆時他會教藏蜂誅神陣法。兩人合力誅殺女媧後，一起以土靈珠修行，跳出三界五行，獲取不滅長生。

溯魂冊的墨字，溫宓的供詞，再加上方才祖媞在他耳邊的耳語——「那一百四十五隻幽魂皆昏睡了，眉心破了洞，有除不去的赤紫色血痕。同容儀一樣。赤紫色，是女媧之血的顏色。」——

零散於思緒中的珠子，一顆一顆串了起來，終於回到了它們原本的位置。

雖然在娓娓道出原本遮掩在層層迷霧後的真相時，他問了虞英一句：「我沒說錯吧。」但其實三殿下並不太看重虞英的回應。因為到這一步，基本可以確定事實就是如此了，即便有出入，也只可能是細節上的小出入。況且虞英也並不一定知道所有事。

而在聽完三殿下這一席話後，虞英果然滿目震驚，臉色慘白，驚懼又不可置信地，「你在胡說什麼，什麼誅神陣，這、這不可能……」卻沒有否認土靈珠的確在虞詩鴛手中，而這些人也是為她所殺。

畢竟被他參過上百次，兩人也算熟悉，三殿下對虞英的品性還是有所瞭解，看了他一會兒，道：「我信你不知她殺這些人是為誅地母，若是知曉，想必你再是個孝子，也應該不會助紂為虐，所以，她是怎麼騙你的？」

虞英瞳孔猛縮，張了張口，卻沒能說出話來。

三殿下淡淡，「再要為她遮掩，我便只有將商珀神君請下界了。」

聞聽此言，虞英立刻抬頭急聲，「不要讓父君知道這些事！」

祖媞突然插話進來，「看你的樣子，彷彿你母親的許多事你父親都不知曉。三萬五千餘年前，你母親和你外祖圍剿女媧聖山他不知曉；之後你們母子利用土靈珠修煉，他亦不知曉；如今，你母親在凡世肆意殺人欲誅女媧，他依然不知曉，是嗎？」

虞英看向祖媞。他一直覺她熟悉，彷彿在何處見過，只適才神經一直緊繃，沒有餘力回憶。而此時看清她的身影，聽清她的聲音，他終於想起了，月前在凌霄殿上辯笛姬之死時，正是她坐在了東華帝君身旁。不同的只是那時她戴著面紗。

她是光神祖媞。

而祖媞神多麼敏銳多思，虞英早已領教過，他心中不由一亂。同時和祖媞、連宋兩人玩心眼他是決計勝不過的，想到此，只餘頹然，半晌，實話實說道：「是，父君他什麼都不知道。在父君心中，母親雖驕縱了些，但善良純真，曾不顧生死安危救過他，又對他一片癡心。」

其實他父親商珀神君內心深處是如何看待他母親虞詩鴛的，虞英也不清楚。他是被虞詩鴛一人帶大的，他出生前商珀已在閉死關。他長到弱冠也不曾見過商珀一面。後來終於見到，還是商珀出關飛昇之時他遠遠看了他一眼。所以對商珀，虞英是沒什麼瞭解的，關於他和母親虞詩鴛的過往，也只是虞詩鴛怎麼說他怎麼聽罷了。

「而母親，」提起母親虞詩鴛，虞英真情實感多了，「她只是太喜歡父君，太想和父君在一起，才妄圖擁有更長久的壽命。至於說她殺人……」他咬了咬牙，一意為虞詩鴛辯白，「母親也是沒有辦法。土靈珠傳承至今，靈力卻在逐年潰失，為了使靈珠重煥光彩，她只能殺掉那些人，從他們的魂中剝出地母真血，以養靈珠。她並不是要對地母不利，若她不將地母真血取回，任由靈珠失色，才會真的對地母不利。她也並非是想永生不死，她只想借助靈珠使自己壽長一點罷了。她說過了，待地母醒來，她會將靈珠還回去的。再且，」虞英急急解釋，也不知是想說服他們還是想說服他自己，「你們也看到了，母親雖殺了那些凡人，卻也將他們的魂好好收了起來放在養靈袋中養著，雖剝了他們的眉心真血，卻也為他們療治了魂中之傷。母親也是想要尋時機使他們好好輪迴轉世的，她並非你們口中那等惡人！」

虞英一腔真意，說得跟真的似的。若虞詩鴛是用這樣的說辭騙他幫她，那也能理解虞英為何會瞞天過海為虎傅翼了。祖媞沒有對虞英這番真情辯白表示看法，只是好奇道：「你母親到底想用土靈珠做什麼暫且先不提，不過我在想，你父親是不是連你母親還活著都不知曉啊？畢竟虞詩鴛她一介凡人，照理是不可能活到現在的。」

虞英啞住了。

三殿下看虞英這樣，適時地插了一句：「你已經說了很多了，不在乎這一、兩句了。」

確實也是如此。虞英喪氣道：「是，父君不知母親還活著，在我飛昇後的第九百九十七年，母親便死遁了。」

祖媞哦了一聲，「可聽你說，你母親欲得長生，」看虞英一臉不贊同，改口道：「嗯，聽你說你母親欲得更長久的壽命，是想同商珀神君在一起。先不提神君他一日為神便須戒除七情這事了。」她微頓，「我們假設有一日你母親真能達成所願再次出現在你父親面前，那屆時她當如何解釋自己竟活了這麼久這件事？你應當也知，你父親商珀神君乃九重天的骨鯁之臣，是絕不會贊成她用這種不正之法超脫生死的。」

虞英早知同祖媞對話不易，卻沒想到她角度如此刁鑽，沉默了許久，道：「母親說過，她會以另外的形貌、另外的身分出現，去努力俘獲父君的心。」

祖媞沒有再繼續問下去。「哦，這樣。」她想了想，「我沒什麼可問的了。」看了一眼連宋，「小三郎似乎也沒有。」目光重落回虞英身上，道：「既如此，虞詩鴛在何處，你帶路吧。」

虞英苦笑，「我不知母親在何處，也無同她聯絡之法。每次都是她先找我。每十年，她會在若木之門附近給我留一則消息。」他艱難地和盤道出，「此次她來找我，是因她用來儲魂的養靈袋在凡世很不安全，常被妖邪覬覦，因此她想讓我幫她保存這袋子。將袋子交給我後她便離開了，說還要去尋最後一個人，以取地母真血。」

祖媞和連宋對視了一眼。連宋評價了一句：「她倒是很謹慎。」

當夜，三殿下便將虞英帶回了九重天。因事涉土靈珠，他未將虞英鎖入刑司，而是交給了東華帝君。考慮到虞詩鴛若仍在那處凡世，說不定會回那宅院尋虞英，故祖媞和寂子敘諸人仍留在剎日城。因要讓帝君幫忙看著虞英，免不了也同帝君聊了幾句豐沮玉門之事。

三殿下這些日難得回一趟九重天，帝君見他一面覺得稀奇，令他陪著釣會兒魚。重霖在一旁隨侍。

「所以你和祖媞都認為當年瑩南星所救之人是商珀，兩人還曾有過一段情緣。結果三年後商珀所在的門宗卻屠了豐沮玉門，殺了瑩南星，搶了土靈珠，而商珀則在那之後娶了屠戮豐沮玉門之人的女兒為妻，兩人還生下了子嗣，且他那妻子雖不曾登仙，卻至今仍活在世上，土靈珠亦在她手中，故豐沮玉門倖存的後人認定是商珀對土靈珠見獵心喜，為占土靈珠背叛了瑩南星，給他們招來了滅山之禍，對吧？」帝君撐著腮，慢吞吞總結道。

三殿下熟門熟路做了個串鉤，掛好魚餌，將鉤拋出去，「的確如此，不過有功德雷劫和畫度樹作保，商珀應是不曾背叛過豐沮玉門的，只是他的舉動也的確令人生疑。我懷疑豐沮玉門被屠山時他也出事了，而後又忘記了和瑩南星在一起的那段記憶，所以才會娶虞詩鴛。否則就憑瑩南星是他的救命恩人，他也不該娶害死瑩南星之人的女兒為妻才是。」

三殿下其實並不喜歡釣魚，但自幼被帝君逼著陪釣，用起釣竿來也很得心應手，「商珀上天後彷彿斷了七情，並不見有思凡之行，甚至不見他照拂過同虞詩鴛所生之子。倒是那虞詩鴛，像很鍾情商珀的樣子，還想換個面目誘商珀思凡，回到商珀身邊去。」

帝君仍撐著腮，專注地看著浮在塘中的魚線，「我其實一直有個疑問。」他頓了頓，問道：「那虞英小仙果真是商珀的兒子？」

連宋剛從重霖手中接過一盞茶，聽聞帝君此言，眉目微動，放下了茶盞，「帝君是什麼意思？難道是發現了什麼證據證明他竟不是？」

帝君也從重霖手裡接過了一盞茶，「那倒沒有。」想了想，發表了一個看法，「我是覺得，如果虞英小仙果真是商珀的兒子，那他那凡世的夫人應該生得挺一般的。」

「……」

三殿下沉默了片刻，「我方才說了那麼多，您老人家就得出了這麼個結論？」

帝君不覺得這個結論有什麼問題，仍然執著地發表自己的看法，「主要是那虞英小仙無論在容貌上還是在才智上都同商珀差得太遠了。」說話間目光落在連宋臉上，忽然道：「要是你和祖媞有一個孩子，那倒應當是會非常漂亮聰明的。」

正喝著茶的三殿下被嗆得咳嗽，「帝君慎言。」

帝君聳肩，「哦，差點忘了，你倆現在這樣，應該是不太可能有什麼孩子了。」

剛從咳嗽裡緩過來的三殿下感到一陣窒息，他問帝君：「……你知道為什麼大家都不愛找你聊天嗎？」

帝君很自信，「應該是他們自知自己不配吧？」

三殿下：「……太晨宮藏書閣裡那本《跟折顏上神學習說話之道》不錯，帝君有空可以翻翻。」說著便要起身告辭。

帝君有些意外，「今天連你都覺得自己不配和我聊天了嗎？」

三殿下面無表情，「我今天是不太想和你聊天，不是覺得自己不配。」

帝君輕敲了一下魚竿，「哦，我突然想起有件關乎商珀的重要之事還沒告訴你，既然如此，那等你下次想和我聊天的時候我們再說吧。」

三殿下：「……」

已經站起來的三殿下又面無表情地坐了回去，「……那我們就再聊聊吧。」

帝君欲言的重要之事指的是商珀的情根。

「晝度樹選出守樹神君後，我曾入過商珀靈府，幫他與晝度樹結契繫魂。」帝君道。「晝度樹長這麼大，只承認過兩位神王，一位是墨淵上神，一位便是帝君，如今這九重天上也的確唯帝君有這個資格能幫晝度樹與它的守樹神君結契。

「你可能不知，」帝君不緊不慢，「凡人獨有情根，他們的修仙之途，便是一條化滅情根之路。待情根化滅，修為也積累得差不多時，便會迎來飛昇雷劫。九重天以凡人之身登天的仙者莫不如是。不過商珀，他體內的情根卻不是水到渠成自行化滅的，而是被外力折斷磨平的。他靈府裡情根所在處那殘餘切口的模樣，我記得很清楚。」

可喜可賀帝君終於說了點有用的東西。三殿下眉心一動，「如此說來，是有人故意弄斷了他的情根？」

魚線沉了沉，有魚咬鉤，帝君輕輕一拽，釣起來一條肥美紅鯉。他將魚唇從鐵鉤上取下，邊放魚入池邊道：「一個人若想入另一個人的靈府弄斷他的情根，要嘛得法力比那個人高許多，要嘛得有什麼厲害法器憑託。」

放生了那笨鯉魚，帝君又重新穿了個餌，「若三萬五千年前北陸果真有一個比商珀更厲害的凡人可斷他情根，我想也不至於那七、八百年間玄冥治下只有商珀一個凡人成仙了吧。」說到這裡，帝君又哦了一聲，才想起來似的，「對了，商珀的情根雖被磨平了，可從那斷口也可看出，它未被折斷前應是很粗壯的，說明他曾對某人情深不悔過。」

真相到此其實已呼之欲出了。三殿下迅速將帝君所言和自己所知串了一遍，得出了一個推論，「所以很有可能，是商珀當年和瑩南星兩情相悅，但虞詩鴛也喜歡商珀，故以土靈珠磨斷了商珀對瑩南星的情根，還使商珀失去了對瑩南星的記憶。之後商珀雖娶了虞詩鴛，但情根已斷的他卻無法再對虞詩鴛動情，反滿腹大道，一心修行去了，故而在幾百年後便成功飛昇了。」

情緣之事，帝君原本就不擅長，聽著三人間這彎彎繞繞的關係，也著實不想費那個腦子去理清，評價這事的角度就比較另闢蹊徑，「這虞詩鴛倒也做了件好事，雖然對瑩南星不太厚道，卻為你父君貢獻了個股肱之臣。」

三殿下不覺得帝君這個角度對自己有什麼幫助，因此沒有答他，仍堅持了自己的思路，自語地低喃了句：「如此看來，這虞詩鴛對商珀神君倒是執念頗深。」

帝君注意到他的神情，挑了挑眉，「你又在打什麼鬼主意？」

三殿下沒有否認，微微一笑，輕敲了敲扇子，「這虞詩鴛如一尾鰍魚，滑不溜秋的，在凡世尋她有些難，不過若商珀神君願助我，便也不用我再去費神尋她了，她自會來尋我。」說話間，一旁被定住的魚竿晃了晃。是有魚來咬鉤了。

第十二章

暮色青蒼，雲霧冉冉，東天舉出細眉似的一彎月，月光幽弱，灑在院中，微微寒涼。

寂子敘半靠在榻上，正合著眼聽坐在榻前的祖媞讀書。

念及他乃傷患，祖媞刻意將聲音放低了，字亦唸得輕緩：「此物極異，不知其名為何。欲名其為鳥，然其一身鱗鰭；欲名其為魚，然其身負二翼。此非鳥非魚之物可翔於天，可游於海，亦可鳴，鳴時如鸞鳥清啼……」這書是從他們賃的這小院書房中找出來的一本誌異故事，許是主人遺留之物。

四日前連宋鎖了虞英離開後，他們便賃了此院，從那客棧搬了過來。彼時是想著若回來尋虞英的虞詩鴛有門路覓到他們跟前來，他們還住在客棧的話恐對客棧不便，才賃院別居。結果剛搬過來的次夜，就被一群妖邪找上了門。

小妖們看著祖媞，嘰嘰喳喳地，說著什麼「住在城外火途山上的狼妖大人昨日在街上見了小娘子一面，頗為鍾情，欲迎小娘子回山中做夫人」，就要來強搶祖媞。連宋留下來保護他們的利千里還是有點本事，收拾這一幫小妖不在話下。但此事卻有些蹊蹺，祖媞疑心乃是與虞詩鴛相關。故而在解決完小妖後，他們親自登了一趟火途山。

也是他們對這凡界之妖太過低估，以為凡世靈氣稀薄，生在此間的靈物成妖不易，修行更不易，不大可能成什麼氣候。哪知便吃了虧。利千里根本不是那狼妖的對手。

見利千里不敵狼妖，祖媞反應得甚快，便要不顧反噬施法相救，寂子敘彼時就站在祖媞身後，也反應得甚快，立刻以法寶困住了祖媞，迎上前去幫利千里擋了致命一擊。他也知以祖媞之力，很快便能衝破那法寶的禁錮，因此也沒有對自己客氣，祭出本命劍來，以一劍破山之威力，三招之內便斬殺了那狼妖，並拘住了狼妖之魂。然因施法過重，他自己也被反噬得厲害，當即吐了幾大口血，暈了過去。

對付生魂，冥司在籍的利千里自有辦法，在寂子敘昏迷之時審出了那狼妖性好漁色，的確是被挑唆才來搶祖媞的。而據那狼妖描述的挑唆他之人的外貌，也與溫宓所描述的虞詩鴛的特徵一一合上了。

寂子敘醒來後祖媞便將這消息告訴了他。這還是兩人重逢以來，祖媞第一次主動同他說話。彼時寂子敘內心之震動，無可言喻。也是醒來後方知，祖媞將身上所攜的唯一一粒可療重傷的仙丸取出來磨成粉，和著湯藥給他餵了下去，他才能順利從反噬中熬過來。

祖媞待他的態度也變了許多，像是對旁人一般溫和了，見他傷了胳膊和右腿，臥床養病難受，還主動來給他唸書。上一回祖媞對他如此還是三萬多年前。那時他們一起住在雨瀟峰中，他還是個十來歲的體弱少年，當他生病時，祖媞偶爾會到他床前來為他讀書。

託那仙丸的福，他的傷好得甚快，今日兩隻胳膊其實已可動了，他也可自己看書了，但他沒有告訴祖媞，仍裝作傷勢只好了一半的樣子，因他知道一旦說出實情，這種兩人安謐相處的時刻便會結束。

邊塞秋夜的風，是有些狂烈的。烈風將窗櫺敲得得得作響，女子的聲音卻依然那麼穩，又那麼清潤。

「余有一友，自言曾於夢中見此靈物，合翼臥於一巨礁，狀似大鯉。日晡，友甚饑，以鐵叉擊之，靈物不逃不匿，斃於叉下。友以火烤之，食其肉。及夢醒，多年狂症竟癒。」她仍在輕輕唸著。

寂子敘合著眸，他想像得到祖媞唸書的情形，應是一手撐腮，一手握卷，身子微傾，斜靠著扶臂，不算莊肅，也不算閒散，自有一段靈韻。

他其實很想睜開眼看看她，但他不信自己的自制力——倘睜開眼，他絕不會只看她一眼。而他深知，她願如此照料他，是因他在火途山上不顧性命護了她，她要還他相護之恩；也因她信了他已放下了她，不再對她有執念。他怕自己看她的眼神會洩露他真正的心思，讓她又疏遠自己。

其實之前他也不是誆她，原本他是真的打算放下了。可誰能料到他還能有可護她之時。護了她，使他們之間形如陌路的關係有了轉機，她的一點善意，便讓他內心妄念又起。他也不想，卻無法控制。

戌中是喝藥的時刻。春陽入內，祖媞便停止了唸書。寂子敘終於睜開了眼，春陽將藥放在榻邊的小桌上，正要坐下給他餵藥，忽然一驚，急站了起來，「糟了，爐子忘了關火，哥哥我去去就來，你先等等！」說著慌裡慌張跑走了。

他其實已可自己吃藥，但既在祖媞面前說了謊，自然不好主動端藥來喝，只好坐那兒等著春陽。房中靜默了片刻，祖媞蹙了蹙眉，放下書，上前來端起了那藥碗，「此藥湯需趁熱，我幫你吧。」

她走了過來，坐在春陽移過來的方便餵藥的小凳上，兩人間雖還隔著一段距離，但寂子敘仍是一僵。他已許久不曾離她如此近過，而見她端起那細瓷藥碗，拿起那瓷白杓子舀了一杓藥遞到自己面前，他更是有如墜夢中之感。

然還來不及將那杓藥嚥下，便聽到兩聲敲門聲，接著門被推開了。抬眼望去，寂子敘的瞳縮了一下。白衣青年站在門口冷冷看著他，琥珀色的眸籠著凍人的寒意。祖媞回頭，看到青年，輕啊一聲，露出了含笑的表情，「小三郎，你回來了。」

寂子敘清楚地看到，在祖媞偏頭的一瞬，青年收起了眸中的寒涼，鳳目微微一彎，又變成了一位和煦如春風的如玉公子。他抬步走了進來，天步跟在他身後。

「怎麼要妳來餵藥？」進得房中，連宋笑問祖媞，又吩咐身後，「天步，妳去幫幫神使。」

天步上前來，祖媞便將藥碗遞給她，從床前走開，讓出了位子。因碗中藥湯盛得太滿，方才遞給天步時灑了幾滴出來，連宋給了她一張絹帕，她接過擦了擦手，問連宋：「我算著你也該回來了，事情辦得如何？」

「一切都好。」連宋回她，又道：「帝君有東西讓我帶給妳，見妳不在房中，我便放在了床頭，妳去看看吧。」

祖媞沒有多想，點了點頭便出去了。

天步很快給寂子敘餵完了藥，垂首亦退了出去。

連宋來到祖媞方才坐過的竹椅旁。他拾起座椅上的舊書翻了兩頁，坐下來將書冊放到了一邊，仿似很隨意地問寂子敘：「尊使的手，看著也不像有那麼嚴重。」

寂子敘明白他的意思，扯了扯嘴角，「三皇子特意將阿玉引出去，就是為了同我說這個？」他靜了一瞬，「若我說的確沒那麼嚴重，我只是想借此親近阿玉，三殿下待如何？」

連宋看向寂子敘，寒芒重浮上眼眸，他沒有回答他自己「待如何」，卻是道：「她並不喜歡你。」

祖媞不喜歡他。雖然寂子敘自己也知道這事，但自己知情是一回事，被對手窺知又是一回事。寂子敘只覺一陣刺心，本能地反擊，「是嗎？」他道。手在袖子裡用力，說話的情緒卻控制得好，仿似只是無謂閒談罷了，「我聽說阿玉去凡世修行是為了習七情，識六欲。那一世我曾怨恨她不懂情，如今想來，是我貪求太多。她本是無情之人，誰也無法從她那裡得到情，我不能，任何人都不能。我又何必怨憤。」

他佯作釋然，淺淡一笑，「她也不是沒有對我動過情，雖不是男女之愛，但，她是在我身上學會了什麼是遺憾和痛心。那一世我於她而言終究是最特別的，若不是我行差一步，說不定最後會是我成為那個讓她學會何為愛的人。而如今你能更得她青眼，也不過是因噬骨真言罷了。如你所說她不喜歡我，但其實她也未必喜歡你，你說呢？三殿下。」

因他三日前不顧性命護了祖媞，這幾日蒼蓉終於對他有了好臉色，祖媞睏倦時，蒼蓉會代祖媞到他床前為他讀書，兩人偶爾也能閒聊兩句。蒼蓉雖不算笨，但論心機遠在他之下，很容易便被他套出了話，讓他知曉了祖媞前去凡世修行的目的。適才同連宋說的話，也的確是他在得知祖媞去凡世的目的後心中的真實所想。只是最後一句，他卻知那是妄言，說出來不過是為了反擊這位高高在上的皇子罷了。

連宋沒有說話，眉目間暗聚風雪。寂子敘便知他是刺到了他的痛處，心中不禁快意。

「所以，你想做什麼？」連宋冰冷地看了他許久，問他。

他想做什麼？寂子敘一陣茫然。他知祖媞或許是真心喜歡上了連宋，但這位三殿下對她，亦是真心嗎？若是真心，為何不同她表白？所以果然，他也只當她是他過往所遇到的那些女子一般，也只是在用對待那些女子的態度來對待她吧？其實想想，幾萬年來，這風流的水神又何曾為誰駐足過？浪子便是浪子，又豈是那麼容易能回頭的。與其讓祖媞被他傷害，不如自己……是了，自己。終歸，自己是絕不會再傷害阿玉的。

寂子敘看向連宋，眼眸中忽燃起極亮的光，「我喜歡阿玉，想要得到阿玉，三皇子，你我公平競爭一次，最後她會選誰，或許也未可知。」

說完這話，寂子敘見青年那琥珀色的眸於瞬間聚起陰霾，彷彿下一刻便要暴怒。但他著實難以想像青年暴怒會是什麼樣。青年雖矜貴，性子也難捉摸，但脾氣並不激烈，他幾乎沒見過他生氣。

青年站了起來。

寂子敘略有些緊張，壓低了聲音，「你要做什麼？」他已想好了，便是連宋如何以勢相迫，他亦不會退縮。

卻見青年行了兩步，微微俯身，只是放了粒丹丸在他床前的小桌上，「這是九轉聚靈丹，服下可助你痊癒。你護了阿玉，此丹是我對你的謝禮。但你想要搶走她，」青年笑了笑，眉目間冷意瘮人，「若你以為你可以，就來試試。」

寂子敘愣住，想說點什麼，卻發現此時無論說什麼，無論用什麼態度，彷彿都落了下乘。一時無言。

這院子有三進，不算小了。穿過垂花門是一處庭園，連宋的寢臥被安在院西。

此時那房中竟亮了燈。

連宋停下腳步，站在遊廊上，遠觀那亮了燈的寢臥，目光定在投映於窗紙的人影上。黃的光，白的窗紙，暗的人影，身纖纖，影倩倩，不是祖媞又是誰。

那影子撐著腮，微微仰著頭，手中似把玩著什麼。

她怎麼會在他房中？

來不及細思，一陣熟悉的疼痛自靈府襲來。連宋摁住了心口。適才被寂子敘的那些挑釁之語刺激，一時不慎，心魔又被釋出。被釋出的心魔手揮利刃刺進他心底，挖出了那些暫且被封印的不可釋懷之痛。彼時他仍能強作鎮定，只因實在不想在寂子敘面前失態。

可此時，看到祖媞映於紙窗的倩影，他卻著實是忍不住了。

沉痾復起，識海生瀾。不可釋懷的終究是不可釋懷。

關於他和祖媞的緣分，連宋想過許多次。最絕望時他曾想過，祖媞也好，成玉也好，的確都不是非他不可。祖媞入凡，並非只十六世，而是十七世，正是因第十六世她未曾習得愛為何、怨為何、恨為何，她才會再去凡世輪迴一次。可正如寂子敘所說，若在第十六世裡，他沒有行差那一步，那教祖媞學會愛欲的，會不會就是他？甚至在祖媞去大熙朝輪迴的第十七世，若不是自己半道插足，教會她愛、恨、怨為何，助她修成人格、回歸正位的，會不會是那帝昭曦季明楓？他與他們，有何異？

的確，作為凡人的祖媞最後愛上的是他，可在她復歸正位後，卻是忍痛含屈也要剝除有關他的記憶。那是因作為神的祖媞根本不愛他之故。所以他於她，究竟算是什麼呢？若不是二人陰差陽錯立下了噬骨真言，他於她，是不是根本一點都不重要？再次相見，他們是不是只能做一對陌路人？

劇痛蔓生，心魔在神識中肆虐。別再想了。他命令自己。手重重按壓住胸口，幾乎按裂胸骨。待神思稍微回轉，他立刻以鎮靈咒結印封住靈台，結印三遍，方堪堪制住那熊熊而起欲燃向靈府的孽火。他吐出了一大口血，但好歹算是制住了心魔。

他靜了片刻，將自己收拾乾淨了方離開遊廊，跨過中院，向那燃燈的寢房走去。

房門被推開時，夜風也隨之潛入，油燈被吹得一晃，在燈前插花的祖媞抬起頭來，望了一眼正關門的連宋，視線重移回手中的金花茶，「怎麼現在才回？」

「多同寂子敘聊了幾句。」連宋轉過身，看向她手中之花，「這花是哪裡得的？」

他不問她為何會出現在他房中，只問她從何處得了這花，彷彿她合該出現在這裡。祖媞抿唇一笑，「火途山上一叢開了靈智的金花茶樹送我的，還送了我些許靈泉，蓇蓉將這些花枝保存在靈泉中，今日你回了，我也得一點空閒，便想著插一瓶。」

她跪坐在窗前的矮榻上，一邊挑選著花枝一邊如此道。矮榻上有一小几，小几上的白瓷橄欖瓶中已插了半瓶花，金色的瓣，金色的蕊，倒是與一身金裙的她甚是相宜。

連宋在她身旁坐了下來，才見他放在她床頭的那只盤龍小鏡亦在小几上，只不過適才被那橄欖瓶擋住了。

見他的目光落在鏡子上，祖媞便也看了一眼那小鏡。想到了什麼，眉眼輕彎。「先前我研究了一會兒這鏡子，」她出聲，「發現它同那面可傳聲傳影的鸞鳥紋銅鏡也差不離，只是無需以靈力催動便可啟用，更宜在這凡世裡傳訊。」半瓶金花茶擋住了她半邊臉，她彎彎的眉眼靈動天然，「你說這鏡子是東華帝君送我的，他送我這樣的鏡子做什麼？」又問：「小三郎，真不是你送的嗎？」

見她如此狡黠模樣，連宋笑了，「也算是帝君送的，」他答，「他那兒有與那鸞鳥紋銅鏡類似的法器，我討了它們，花時間改了一下，既是借花獻佛，不好說是我送的。」

祖媞恍悟，「怪不得你今日才回來，原是做這鏡子花了時間。」

說到這個，連宋也感到後悔，微微皺眉，「是我思慮不周，只留了利千里在此，讓妳涉險。」

祖媞並不在意，取了稍短的一段花枝，插在了花束的最外側，調整了一番高低，無所謂地，「算什麼涉險，那狼妖本不足為懼。」

連宋道：「我聽說了，是虞詩鴛之計。」

祖媞頷首，輕嗯了一聲，又挑了一枝花枝，一邊用剪子修那冗餘之葉，一邊徐徐道來：「據那狼妖所言，虞詩鴛是兩個月前來到這剎日城的，人很懂規矩，剛來到城中，便打探到了此地最厲害的妖是他，送了寶物和美妾去拜山頭。說她排場也不俗，身邊跟了好幾個法力還不錯的妖相護，狼妖便宴了她一回，但那之後他便沒再見過她，直到四日前，她去找那狼妖辭別。」

祖媞將修剪好的花枝插入瓶中，端詳了一番，撥了撥頂部的一個花苞，「狼妖說虞詩鴛在辭別時特意提起了我，說城中來了個如何美貌過人的小娘子，又幾番慫恿他親來城中劫我。」她抬眸看連宋，「我懷疑那日我們去那舊宅鎖虞英時，虞詩鴛亦躲在附近，知曉你和利千里不好惹，故不敢現身救虞英。但見你綁了虞英，又嚥不下那口氣，故在你離開後，想借那狼妖之手，在我身上出氣。」說著嘆了嘆，「不過這些都不重要，重要的是，想來那虞詩鴛應是不在此凡世了，或者就算在此世，也會避開我們躲得遠遠的，再要尋她，恐怕難了。」

連宋拿起剪子也挑了枝花枝，修剪後插進了那橄欖瓶中，「無妨，三日後商珀便要出關了，無論虞詩鴛去了何處，有商珀幫忙，相信很快便能尋到她。」看祖媞疑惑，將從帝君那兒得知的商珀可能和南星及虞詩鴛的過往糾葛告訴了她。

祖媞沉默了片刻，略感不可思議，「你是說，虞詩鴛這個凡人，不僅害死了南星，還曾將商珀玩弄於股掌之中？」

連宋端視那花瓶，建議道：「再插兩枝差不多了。」又回祖媞，「只是我和帝君的推測，事實如何，恐怕得三日後去見了商珀才能知曉。不過虞詩鴛既已不太可能在此凡世，那我們明日便啟程回豐沮玉門。女媧聖地，也方便瑩南星養傷。」

祖媞從連宋手裡接過他為她挑選出來的適合插瓶的最後兩枝花枝，點了點頭，卻又想起了寂子敘，「寂子敘恐怕暫不方便挪動。」

連宋沒有立刻說話，過了會兒，才道：「那就讓他們兩兄妹暫住在這裡養傷，養到寂子敘能挪動了，他們再回豐沮玉門便是。」

祖媞放下花枝，偏過頭來，單手撐腮，看著他。

連宋薄唇抿成了一條直線，也回看她，「妳看著我做什麼？」

祖媞就笑，「小三郎，你怎麼好像又不高興？」

連宋忍了忍，沒能忍住，唇線抿得更為平直，「聽說這三日妳衣不解帶伺候在寂子敘床前。春陽和天步都在，用得著妳親自伺候他嗎？」

祖媞愣了一下，「衣不解帶？」接著扶額，又笑，「誰告訴你我衣不解帶照顧寂子敘來著？是天步嗎？等我明天去罵她一頓。」

連宋的臉瞬間變得陰鬱。結印三遍才鎮住靈府的鎮靈咒彷彿也有些鬆動。「為什麼罵她，因為她向我通風報信嗎？」

祖媞眨了眨眼，「罵她亂用成語啊。」

連宋：「……」

祖媞重新撿起花枝來，神情肉眼可辨地愉悅，連宋完全不明白她在愉悅什麼，只聽那一貫清潤的聲音變得很輕，也很軟。「火途山上寂子敘護了我，使我免於受傷，我不過一日裡抽兩個時辰去給他讀讀書，也算不上多仔細的照顧，不過略略盡心罷了，怎麼就是衣不解帶了呢？你說天步她是不是很不會用成語。」

連宋很穩得住，辨他神情，頂多能覺著他可能有點兒不高興，沒人能看出此刻他心緒動盪得有多厲害。忍著反噬之力在心海中為靈府又加了層咒印後，他問出了一個似乎不應當，但他卻無法控制自己不問的問題：「若我受傷了，妳也會為我略略盡心嗎？」

祖媞正要將最後一枝打理好的花枝插入橄欖瓶中，使這一瓶金花茶插瓶功德圓滿，聞聽連宋此言，不自禁地笑了，彷彿覺得他這種言辭很可愛似的，忽然靠近了他，用那花枝點了點他的鼻端，「若真有那時候，小三郎只需我略略盡心就可以了嗎？」輕聲，「不需我衣不解帶嗎？」

他們離得不算很近，但那一枝金花茶就在他鼻端，花香襲人，也惑人。所以即便他們曾有過更近的距離，而在那更近的距離裡，他也曾控制住自己保持了理智，但此時，卻再難做到了。「那妳會嗎？」他問她。

「為什麼不會？」她特意湊到他耳邊，抿著笑答。

他從前常戲弄她，也不負責任地撩撥過她，如今，她全學會了。

她如蘭的吐息自他耳畔離開，那金花茶花枝也自他鼻端移開了。濃郁的香氣隨之退散。她要重新坐回去了。便在這時，他突然握住了她的手，一拽，驀地，她落入了他懷中。她輕呼了一聲，欲要抬頭，他卻抬起右手，按住了她的後頸，使她的臉埋在了他的胸口。她無法再動。

他不是從前的她，被他戲弄了，會呆呆地不知該怎麼辦好。

他總是要讓她付出一點代價的。

他騰出手來，握住她的左手，始見那纖白玉指中還拈著那枝金花茶。冷白的膚，金色的花，茶花香熏染過如雪肌膚，與她原本的香混在一起，芬芳嫵媚，馥郁醉人。

他原本只是想嚇一嚇她，可此時，他清晰地感受到，這親密的動作竟引得靈台前的孽火有再燃之象，而識海不靜，有個聲音在耳邊一遍一遍響，「其實你從來就不滿現在的位置吧，你一直怨恨明明你們是夫妻，你卻必須對此隱瞞；你想要擁有她，卻必須克制壓抑。可方才在遊廊上你不是已想明白了嗎？作為神的她從來就不愛你，你對她也根本就不重要，總有一天你會連這個卑微的位置也失去。既然這樣，你還克制什麼，又壓抑什麼呢？」

頭疼得要死，他很快便被說服了，陰翳暴戾的情緒在神識裡蔓延。他想放縱自己去吻她的手，她的臂彎，她的肩，她的下頷，她的唇。他知她肌膚嬌嫩脆弱，輕輕一吮便會留下印子，他想在那上面刻滿他的印痕。

她的頭被他禁錮著貼在他胸前。這很好，他不必看到她的表情，看到她不願意。她的天真和美麗，溫柔和甜蜜，他現在就想要，想全部占據。她必須是他的，也只能是他的。

他擁著她，眼看就要依著那魔的指引，順著心意肆意掠奪了。靜室中卻忽然響起了遲疑的一聲，「小三郎？你……這是要做什麼？」

他這是在做什麼？他一恍神，頓住了動作。

祖媞稍微掙了掙。他將她錮得有些疼了。因並非出於抗拒才掙扎，故而她的動作非常輕。但即便是如此輕微的動作，於此時的連宋而言，也傳遞了一種反抗的訊息。這「反抗」終於召回了他些許理智。籠罩於靈府的偏執被撕開了一道口子。是了，克制，他想，他需要克制。在此之前，他克制了那樣久，不就是害怕一旦出格，會為她所不喜嗎？或許終有一日他會再次失去她，可不克制就是立刻失去。他要這樣嗎？

不要。

忍著刀絞一般的疼痛，他又一次以鎮靈咒施壓於靈府。這咒言於他的效用已很弱了，足足七次結印，躁亂的心緒方被撫定。

這一場於心海中的無聲對峙卻並未被祖媞察覺。她只是發現青年放開了她的手，左臂搭在了她的腰間，換成了將她虛攏在懷中的姿勢，然後，又過了會兒，他將頭埋在了她的肩處。

連宋緊閉雙眸。平靜之後回顧方才，才發現心魔發作、被心魔操控的自己有多難看。可剛剛撫寧神識，正是脆弱而缺乏安全感的時刻，即便覺得這樣的自己難看，他也不想放走懷中人，靠近她，抱著她，方能使他此心稍安。

但面對她「你要做什麼？」的疑問，也不能不給一個解釋。

搭在祖媞腰際的手微微拿開，彈指一點，矮榻角落處立刻出現了一隻蟑螂。

「有蟑螂，妳不怕嗎？」他輕聲在她耳邊問。

「蟑螂？」祖媞懵懂重複。倒不是被蟑螂給嚇的。別說這凡世的蟑螂，就是八荒裡成精的蟑螂她也能一拳滅牠一百個。問題在於……她陷入了沉思：小三郎竟覺得，我是該如凡俗女子一般怕蟑螂的嗎？是因為他覺得我會怕蟑螂，才將我拉過來，抱了我安慰我的嗎？這真是個美麗的誤會啊。既然如此，那、那我就怕一下？

連宋此時只是鬆鬆攬著她，但她卻演了起來，立刻伸出雙手來圈緊了他的脖子，小聲輕呼：「啊，那牠走了嗎？」

她的懷抱，她的氣息，此時正是救他的良藥；因此當她主動貼得這麼近時，連宋只頓了一小下，便也摟住了她，「還沒有。」

她喜歡和他這樣近，捨不得離開，但終歸有些害羞，於是一邊紅著臉，一邊給自己加戲，「那……我的鞋子放在榻下，是不是被牠爬過了，怎麼辦？」

連宋靜了一息，低頭看她，「那，我抱妳回去？」

計謀得逞，她簡直忍不住要笑，但還是忍住了，矜持地點頭，小聲道：「那只有這樣啦。」

第十三章

寂子敘服下了連宋給的九轉聚靈丹，一夜調息，傷好了七七八八。祖媞看他恢復得不錯，也就沒再提讓他留在凡世養傷。次日，一行七人一道回了豐沮玉門。利千里則功成身退，回了冥司。

商鷺那幾個不太靈醒的手下這幾日一直守在豐沮玉門山下，卻愣沒發現監視對象在他們眼皮子底下出去了又回來了。菁蓉一邊覺得他們太廢物，一邊同天步嘀嘀咕咕如果所有魔族都這麼廢物那也挺好的，天步讓她不要作夢。

兩日後商珀神君如約出關。祖媞雖也對商珀瑩南星虞詩鶯三人的過往感到好奇，但她要助瑩南星養傷，便未同連宋一道訪靈蘊宮。但三殿下見商珀時順道打開了傳聲鏡，故她雖不在現場，也同在現場沒兩樣了。

從人口中套話，三殿下是專業的。祖媞聽連宋以「給新飛昇仙者出文試題需瞭解一些凡人升仙之事，故來靈蘊宮向神君討教一二」為託辭開場，一句話便打消了商珀對他突然到訪的疑慮。

兩位神君一個遍覽群書，博學多聞，一個自登仙以來便專注大道，見識也是不俗，聊起這些來頗為融洽。

連宋引商珀談佛論道，以佛道二法巧辯天機，最後落點到天道關於凡人升仙的考驗與法則上，水到渠成地便將話題引向了商珀曾經的凡緣。

「凡人登天，需滅情根，而情根化滅，亦有助於凡人修行。九重天上以凡身登天的仙者大多是在情根化滅五、六百年後修為大成，迎來飛昇雷劫，」天樹林正中的碧玉亭中，白衣神君輕敲扇柄，「然聽帝君說神君更有悟性些，娶妻生子後不過三百年，便迎來雷劫飛昇成仙了。

「似本君這般自來仙胎的仙者，其實不大理解於凡人而言斬情緣化情根意味著什麼，但想來是很不易的。

「聽聞神君證道前也曾同尊夫人伉儷情深，故而本君有一問望神君賜教：不知神君在化滅情根證取大道的那三百年裡，是否也曾因七情難斷而備受折磨，最後又是如何克服那魔障成就大道的？」

這事雖然算是商珀的私事，但連宋如此問，卻使這問題失了私務意味變得學術了起來，因此商珀並未感到被冒犯，沒怎麼考慮便做了回答。

「臣下自幼修無情道，」商珀如是道：「無情道可止情生，可抑情根。因無情道之故，臣在凡世修行的一千年裡並未動過七情，也不曾為證仙果歷經煎熬去斷過七情。臣亦不知天上為何會傳臣與師妹伉儷情深。臣娶師妹，不過為義，與情無干。

「三萬五千三百年前，臣第一次歷飛昇劫，不幸渡劫失敗，被天雷捲至西荒，重傷流落於靈山，是臣下的師妹找到了臣，救了臣一命。彼時臣所在的門宗長右門被仇家尋仇，一夜間門主身死，多位長老亦殞命。師妹的父親虞長老倖存，欲競門主之位，而臣欲報師妹救命之恩。

「門中自長老及弟子，皆對臣登仙寄予大望。臣雖不理外務一心求道，但在門中也算有分量。若臣娶師妹並留下承嗣子，便能助虞氏這一脈至少三代坐穩門主之位。師妹與虞長老希望臣如此還了這段恩，臣亦覺得可，便娶了師妹。

「我二人因此而成婚，婚後，虞長老自臣身中取了一段骨，自師妹身中取了一碗血，以大陣祭冥主，求了一凡魂，於靈泉中育了七七四十九日，育出了承嗣子，如此，虞長老順利坐上了門主之位。而臣還完恩後便閉了死關，在三百年後迎來了第二次飛昇機緣，三百年間門中如何，概不知曉，也不曾因什麼凡情生過魔障，第二次飛昇亦很是順利，一切便是如此了。」

商珀這篇自述著實出人意表，不僅祖媞感到驚訝，連宋亦有些愕然，主要是沒料到虞英竟是這般降生。且聽到這裡，連宋基本上能確定商珀果然是被虞詩鴛給騙了，且他的記憶也有問題。但修改記憶的術法神仙施起來都難，遑論凡人，即便有土靈珠相助，連宋也不信虞詩鴛能如東華帝君改他記憶那般改掉商珀的記憶。

他猜測虞詩鴛是刪抹掉了商珀的記憶，因道：「本君亦聽說過長右門曾於一夕間損失了多位長老之事。但據本君得來的消息，貴門宗長老殞命卻非是仇家尋仇所為，乃是因長右門當年以凡門犯仙山，門主攜長老領數百弟子潛入女媧聖山奪寶，惹怒了女媧座前神使，為神使所誅。」

見面前玉質金相琨玉秋霜的青衣神君一臉震驚，三殿下微微挑眉，「彼時神君應是在門中養傷吧，竟不知嗎？」

商珀猶在震驚中，「長右門不過凡門，何以有膽量敢犯仙門，何況是地母的聖山，這屬實……」他有些茫然，「屬實荒唐，令人難以置信。」

三殿下點了點頭，「乍聽是有些荒唐，不過，」他轉而道：「地母因補天而沉睡時，五族之戰剛拉開序幕不久，那之前的二十多萬年，各族相處其實很融洽，八荒民風亦很淳樸。地母為神慈憫，大約也沒料到她沉睡後這世間生靈會變得好鬥又貪婪吧，故而當初豐沮玉門閉山時並未太過對外防範，只設了一個護山大陣用以護山，一個空間大陣用以護地母仙體。二十多萬年前，地母留下來守山的大妖侍便相繼羽化，唯剩一個座前神使領著漫山貧弱守在山中。是故便是凡人修士，只要知曉了通過護山大陣之法，人夠多的話，也是有可能從地母聖山中奪得法寶的。」他頓了頓，「因此，當初聽得這消息時，本君倒是信了。」

見商珀雙眉緊蹙，三殿下端起瓷盞潤了潤喉，「神君一時難以接受也可理解，」緩聲相問：「不過，神君當初在門中養傷時，是親眼見證貴門主及長老死在了仇人尋仇之中嗎？」

天樹林裡，雀鳥隔枝而立，正歡快地啾鳴。這小小一方碧玉亭中卻是一片靜謐。

商珀的聲音不再似先前那樣沖淡平和，有些發沙，「臣當日傷重，流落於靈山，師妹將臣救回宗門後，臣昏迷了七年，七年間門內外發生了何事，皆是醒來後為門人告知，臣……並不曾親見。」說到這裡，似有所感，一張俊顏驀然發白。

「是嗎？」三殿下應道，垂眸拂了拂扇柄，「其實，在神君方才自述曾因歷劫失敗而傷重流落於靈山時，本君便覺有一事很巧合。

「同本君聊起此事的仙友，曾道豐沮玉門之所以遭禍，乃因三萬五千三百年前，女媧神使於靈山撿了個身受重傷的凡修帶回山中。

「說神使將那凡修留在豐沮玉門救治了三年，並不吝與他分享地母聖山的秘密，不料卻因此埋下了禍根。

「那凡修離開豐沮玉門後，竟將如何通過守山大陣之法洩露了出去，以致聖山被屠山，而神使也為此付出了代價，雖誅滅了來犯的凡人，自己卻也身死道消，魄散魂飛。」

商珀聽出了連宋這番話的內含之義，不可置信地抬頭，本就白得厲害的一張臉此時更是血色盡失。

「地母座前那位神使的名諱，不知神君聽說過沒有，」三殿下仿若對商珀的臉色無所察覺，仍兀自繼續，「她叫瑩南星。」

商珀低喃：「瑩南星……」說出這個名字時，他忽地摀住了胸口。

三殿下抬眸，「神君可是覺得這名字熟悉？」

熟悉？也不能說熟悉，他的記憶中並無這個名字。可聽到這三個字，胸口的悶疼卻又那麼真實，這並不正常。商珀雖隱居靈蘊宮不察外事，但也不笨，此刻再捋一遍連宋今日來此的所言，他便發現了，連宋其實不是來與自己談佛論道的，他是來告訴他，豐沮玉門被屠山之事應與他有關，他身上很有可能背負著某種被他遺忘的因果，只因疏不間親，貿然同他說此事不智，這位精明的殿下才迂迴地同自己繞了如此大一個圈子。

商珀試著張口，卻不能發聲。

對坐的白衣神君自然也察覺到了他的震駭，卻不再出言，而是懷著絕佳的耐心，等待他答他所問。

許久，商珀才找回自己的聲音，「殿下這番話是想告訴臣，當初地母神使所救的那凡修很可能是臣，而當年長老和門人們皆是在騙臣，那空白的七年，臣並非在昏睡，可能是被誰刪抹了記憶，是嗎？」

可若這才是真相，他便是那凡修，他怎會恩將仇報，洩露豐沮玉門之秘？而長右門又怎敢欺瞞愚玩他至此？商珀一時竟不知該怒該疑。

連宋將茶杯放下，「本君說什麼並不能作準。」他站起身來，很淡地笑了笑，「神君居靈蘊宮三萬餘年，想必也不是能被人糊弄的，有心查應當很快便能查出當年真相吧。」

聽連宋如此說，商珀回過神來。是了，他素來持論公允，並非偏聽偏信之人，即便連宋如他之願說得更多些，他其實也不會全信他，還是會私下再查。念及此，商珀微微正色，終於恢復了常儀，「謝殿下提醒，臣知了。」

連宋離開靈蘊宮後，傳聲鏡那端的祖媞方出聲，「你說，商珀第一次歷飛昇劫失敗，會不會是因命裡有情劫未渡？」

三殿下將盤龍小鏡自袖中取出，祖媞的身影出現在了鏡中。初秋的午後，日光仍盛，女神倚窗而坐，窗邊攀滿了純白的蔦蘿，她正以指尖撥弄著那幼嫩的蔦蘿花瓣。

三殿下欣賞了片刻祖媞拈花的模樣，開口：「怎麼說？」

祖媞看向他，收回了手，輕托住腮，「前段時間在青丘時，曾聽小淺說過凡人修仙之事。聽她提及，凡人成仙要歷許多劫，其中情劫是必歷之劫。而商珀說他自幼便修無情道，不曾動過七情。既不曾動過七情，又談何勘七情，破情劫？情劫未破，又如何能飛昇？我甚至在想，或許正是因此，上天才安排了他同南星相遇，讓南星做他的情劫。」

她彎起指尖，輕點了點窗欞，「南星那等品貌，也確有使一個修無情道的凡修墜入情網的資本，否則我也想不出還有誰值得商珀衝破無情道的禁制，為其生出茁壯情根了。」說到這裡，她頓住，少頃後低喃：「若非虞詩鴛以土靈珠磨斷商珀的情根，單靠商珀自己，想是很難對南星斷情，順利渡過情劫飛昇成仙，做你父君的股肱之臣的，如此看來，東華帝君此前說虞詩鴛乃是助商珀成仙的功臣，竟是有道理。」

「看來一飲一啄，自有天定。」連宋道：「就是不知待商珀查出過往真相，還願不願繼續做我父君的股肱之臣了。」

祖媞秀眉微抬，「豐沮玉門不是他想進就進得來，而時間太久，長右門想也是查不出什麼的。」她微微思量，「商珀若是聰明，便當自虞英小仙入手，而有小三郎你暗中安排引導，他要查到虞詩鴛尚活著應是很簡單的。」

連宋頷首，「是，至多只需兩日。」

祖媞微微一笑，「只要讓他知道了虞詩鴛還活著，其他那些事便由不得他不信了。屆時他自會來找你。」

連宋含笑不語。

巴掌大的鏡子裡，祖媞忽然靠近了些許，很認真地望著他，輕抿住唇，問了一個不相干的問題：「那這兩日，小三郎你是要候在天上，還是先回豐沮玉門？」

連宋心中一動，正要回答，天步卻在此時急步而來，遞給了他一封信。連宋單手展開信箋看了一眼，神色沉肅了幾分。

祖媞也望見了他的神色變化，在鏡子那邊輕聲相問：「怎麼了，發生了什麼事嗎？」

連宋從紙箋上收回目光，「折顏上神來信，讓我即刻啟程去十里桃林一趟。」無奈一嘆，道：「本想今日便回豐沮玉門的，看來是不成了。」

祖媞很講道理，「那還是這件事緊要些，你先去吧。」

「妳還有沒有什麼別的想要的？」連宋突然問她。

祖媞面露茫然，「什麼別的想要的？」

連宋笑了笑，「就是除了想我，想要我早些回豐沮玉門，還有沒有別的想要的？」

祖媞愣住了。她是想要他早些回豐沮玉門，可她就是想想罷了。且她覺著自己好像也沒露出什麼形跡。她完全不明白連宋是怎麼看出來的。

也罷，就當是他聰明吧。可看出來也就罷了，還要說出來，他就這樣愛戲弄她嗎？又一想，他可不就是愛戲弄她。

連宋的目光一直凝在鏡中祖媞的臉上，他見她雪白耳尖攀上了一層粉意，但沒有臉紅，他覺她有些惱，但彷彿，又有點害羞。

接下來她會如何呢？是會瞪他，還是會佯作無事地移開眼？

便見她輕抿了一下水潤的唇，抬起眼來，眼睫都在顫，卻沒有退縮，反而將傳聲鏡移得更近了些，「小三郎不也是想要早些回豐沮玉門，見到我嗎？」

那聲音很輕，彷彿貼著他的耳廓說出，使他的呼吸一下子滯住。

他想，她真的很懂怎麼拿捏他的心，或者說她根本不知道，她只是這麼做了，卻立刻使他投降。「是，我想。」於是他投降般地回她。

她便笑了，眸光裡似落了晨星，很亮。她微微偏頭，又湊近了些許，輕聲道：「小三郎，不用帶別的，為我帶一束桃花回來便可了。」

她清嫵的笑容突然令他的心變得很軟，他抬指在鏡面上摩了摩，鏡面中那一處正是她的頰。她並不知道，還在撐著腮追問他：「好不好？」

他也學著她，靠近了那鏡子些許，很輕地回她：「好。」

秋日本是花事荼蘼之季，東海之東卻仍是桃枝灼豔，花繁似錦。

在會客小廳中見到同折顏上神下棋的連宋時，瑩千夏愣了一愣，看向折顏上神，得上神點頭，瑩千夏捺住了驚訝，上前見禮。

瑩千夏同十里桃林頗有緣法，其淵源可追溯到她幼時。

這位妖族郡主在幼時曾生過一場大病。妖君與折顏上神有交情，將瑩千夏送來了十里桃林就醫。折顏看診後，發現小郡主乃因天資過高，先天靈力過足，卻又未得正確引導，以致靈力淤塞於妖體之內，才遭了病痛。

須知天生五族，五族各有所長，神魔二族力量強大，鬼族多智，妖族擅察人心，人族則擁有不滅之魂。瑩千夏身為擅察人心的妖族，其不俗的天資便在於共情能力和撫慰人心之力極強，若走邪道，易修成蠱惑之術，但若走正道，便是不世出的醫道好苗子，極適合修習安神鎮靈的療癒之術。

退隱三界不問紅塵的折顏上神雖從不收徒，但喜瑩千夏是個可造之材，便做了引她入道之人，偶爾會對她在醫道上的修行指點一二。

瑩千夏也是對折顏尊奉有加，故而十日前折顏上神傳信召她入桃林，她便立刻趕來了。趕來桃林後，瑩千夏方知上神收了個生了心魔的病患。

彼時瑩千夏只知那病患是位修為高深的神君，要破他心魔不易，連折顏上神也無法，近來一心撲在這上面，好不容易鑽研出了一篇藥方和一套新的經咒，那藥和經咒卻也不能徹底破除那心魔，不過能壓制罷了，且那經咒也不是人人可唸，需她這先天之力極強極擅療癒人心的妖醫誦出方能有效用。

而因那位神君不能長久待在桃林養病，故折顏上神需她將藥方和經咒都掌握好，去跟隨那神君一段時日，助他壓制心魔。

瑩千夏著實是沒想到，那位生了心魔的神君，竟會是眼前這位天族三皇子。

這是瑩千夏第一次離連宋如此近。見那《細梁河受降圖》上的俊美青年就在眼前丈餘遠，饒是素來性子淡泊，瑩千夏一顆心也不由急跳了兩下。

十里桃林向來不留外客，青年見她這個生面孔出現，卻並未流露出意外神色，在她同他見禮時還客氣地對她點了點頭，瑩千夏便知折顏上神是提前同青年介紹過自己了。

見禮完畢後，瑩千夏自發跪坐到棋局一旁為二人侍茶，折顏和連宋則繼續一邊說話一邊下棋。

折顏拈著白子看了瑩千夏一眼，向連宋道：「千夏雖是個寡言的，但本座知你謹慎，故已讓她向本座立了噬骨真言。她已起重誓，不會將跟隨你期間的所見所聞洩露給不得你信任的外人，你盡可放心用她。」

瑩千夏知情懂禮，隨之道：「無論是多微不足道的事，若臣女洩露給他人知曉，便立刻遭天火焚骨而死。這是個永恆誓言，於臣女一生都起效，故殿下盡可對臣女放心。」

連宋沒說別的，只頷首，「這段時日便勞煩郡主。」

瑩千夏垂眸輕道：「殿下客氣。」

折顏見二人也算是認識了，便轉了話題，說起連宋的病情來，「照我看，鎮靈咒於你也沒多大用處了，若再犯病，只能讓千夏唸伏靈清心咒給你試試。但伏靈清心咒也不是破魔之咒，要徹底除那心魔，我還得想想別的辦法……」說著將手中白子落下，瞟了連宋一眼，又道：「本座真的建議你試試忘情丹，不該記得的人和不該記得的情，都把它忘掉，讓心魔無所依託，如此一來，你根本不用吃藥也不用承咒，心魔自個兒就能慢慢消亡了，豈不是好？」

瑩千夏分茶的手一頓，面上雖不顯，心中卻一片驚濤。執念過深又不得解才會生心魔。方才她也想過，這位傳聞中瀟灑無拘遊戲八荒的三殿下，他究竟是起了什麼不得解的執念才會生心魔……卻竟是入了情執嗎？怎麼會？

螢千夏愣神之際，連宋已一子定江山，只道：「上神，你又輸了。」

折顏斜覷了眼棋局，也不是很在意，嘟囔：「輸了就輸了吧，今日棋運不好，」又瞟了連宋一眼，繼續不屈地建議，「你真的不試試忘情丹嗎？」

連宋看著他不說話。

折顏尷尬地咳了一聲，「行吧，不試就算了。」嘆氣道：「那本座再想想別的法子。」話說到這裡，想起一事來，看向螢千夏，「不過三皇子生了心魔這事不能讓外人知曉，妳去到他身邊總需有個名目，」沉吟了一番，「要不妳就以元極宮新入美人的名義過去吧。」

螢千夏遞茶的手僵在了半空，「上神，這不大妥當吧？」

折顏也反應了過來，「也是，女兒家的名譽傷不得。」

連宋淡聲道：「元極宮掌案仙者修行出了岔子，得了離魂症，郡主乃是上神薦給本君的醫者。如此可妥？」

折顏當然沒有意見。螢千夏亦贊同，「殿下安排得甚妥。」

這事就這麼定了下來。

二人又下了一局棋，螢千夏安靜地侍奉在側。

連宋在十里桃林待了兩日。折顏問起，他答自己在等一個折顏不認識的人。折顏便沒再多問。

連宋等的人在次日傍晚登了門，正是商珀神君。

不過兩日，原本金相玉振的神君看著竟憔悴了許多。

「臣去了太晨宮，見過了虞英。」商珀與連宋相對而坐，道。

連宋分著茶，沒有說話。

商珀垂眸，「殿下前日所言，或許才是真相，飛昇前的三百年，臣其實一直活在一個謊言中。那為豐沮玉門帶去劫難的凡修，大約真的是臣，只是……臣實在難以想通，臣為何會罔顧南星。」提到這個名字，他不由頓了一下，「罔顧南星神使的相救之恩，背叛豐沮玉門。」

見連宋始終不言，商珀靜了片刻，「虞英說殿下正在追捕虞詩鴛，欲尋回土靈珠。臣想，這才是殿下突然登門尋臣探問舊事的原因吧？殿下想讓臣配合以引出虞詩鴛，是嗎？」

三殿下這才有了開口之意，擱了一盞茶到商珀面前，笑了笑，「神君是通透之人。」

商珀泛白的唇抿得平直，自嘲：「若臣果真通透，又怎會被……」彷似感到難堪，這話他沒說完，轉而道：「虞詩鴛身負一百四十餘條凡人性命，又盜占地母秘寶，可謂罪孽深重，殿下需臣幫忙拿她，臣自無別話，但臣有一事相求，」他看向連宋，「臣欲尋回過往丟失的記憶，請殿下助我。」

當連宋將商珀帶到折顏跟前，讓他幫忙看看商珀的憶河時，折顏才明白連宋為何非要在十里桃林等這人。

幫人恢復記憶於折顏上神而言原本並非什麼難事，但進入商珀魂中，行走於這位神君的憶河之畔，仔細推敲完他憶河中的那段空白，折顏上神卻驚訝地發現，商珀失去的那段記憶竟是被地母之力刪抹掉的。

這就不好辦了。

要恢復被地母之力刪抹掉的記憶，單靠他這個神醫沒用，還需再借地母之力。所以想要尋回商珀的記憶，得先將土靈珠找回來。

對折顏給出的結論，三殿下沒太失望，因商珀和豐沮玉門的糾葛他已猜得大差不差，雖然一些細節還不是很明白，但那些細節並不妨礙他尋土靈珠，因此他一點也不著急。

只是商珀瞧著很失落，沉默稍時後，主動提出即刻便隨連宋回豐沮玉門，盡快布局，以求早日尋到虞詩鴛，拿回靈珠。

但終歸日近黃昏，時間已晚，他又才被折顏施了術，尚有些虛弱。最後折顏上神做主他二人休息一夜，明日再帶上瑩千夏啟程。

幾人各自回房不提。

白日事忙，晚膳開得遲了些。十里桃林仙侍少，瑩千夏便主動擔了送膳之職。

畢方鳥為三殿下準備了兩道素膳一壺清酒，放在一個漆木托盤中，由瑩千夏端著給獨宿在西竹舍的三殿下送過去。

夜幕已臨，唯天邊還浮著一團火燒似的夕雲，漏下一片橘紅色的天光。

但這光也撐不了多久了。

瑩千夏行至西竹舍前，見竹門敞開著，躊躇了一瞬，停下了，微微揚聲：「三殿下，臣女來送餐食。」話罷候在那裡，等了數息，卻未聽到連宋回她。

瑩千夏擰眉想了想，試探著邁步進去。

屋子正中安置了道紗屏以隔開內外室，透過那紗屏，隱約可見青年靠坐在一張矮榻上，聽到她進來也沒什麼反應。

瑩千夏定了定神，走近那道紗屏，正要再次出聲，忽聽內裡傳出一個男子的聲音，

「如果他真的喜歡妳，對妳是真心，他會尊重妳，告訴妳他的感情，而不是像現在這樣，讓妳……」話未說完，被一個冷淡的女聲打斷，「就算你說得有道理，那又如何呢？」

瑩千夏並不知這一問一答是何意，只約略聽出了他們談論的是一樁風月秘事。但也不知這究竟是誰的風月秘事。因無論是男子的聲音還是女子的聲音，都有些陌生。可這樣的談話發生在連宋房中，由不得瑩千夏不好奇。她強壓下已近在喉口的「三殿下」三個字，難以控制地向前一步，移到了屏風之側。那是個不算逾越，又隱約能覷見室內情境的位置。

然剛站到那處，還來不及窺探，便見連宋抬眼望來，眼神冷且凌厲。瑩千夏愣住，本能地便要請罪。可剛彎下膝頭，青年已抬起手來，彈出了指間冰丸。冰丸近她身時化作一片冰霧，密實地籠住她，將她定在了其中。

瑩千夏僵在那裡，足不能行，口不能言，所幸眼珠還能轉動，因此她發現了，這小小一室中並無他人，方才那一男一女的聲音，竟是從青年手中緊握的一面盤龍小鏡中傳出。

說話的二人乃是萬里之外的祖媞和寂子敘。

那夜寂子敘在連宋面前放了狠話，說要再追回祖媞，那並不是說說便罷。他與祖媞先前本已說開了過往，也算釋了前嫌，加之火途山上他護過祖媞，祖媞對他的態度也好了很多，如今兩人已能如尋常朋友一般相處。

連宋離開豐沮玉門這幾日，祖媞一直在為南星療傷。南星傷得不重，給她療傷不是難事，只是南星魂體與常人不同，需更細緻些，因此令祖媞格外耗了些神。祖媞精力不濟之時，寂子敘也會靠近照應，端個茶遞個水，送個藥送個餐什麼的，因他行止極有分寸，也沒人說什麼。

寂子敘存著潤物細無聲的心，其實沒想這樣快就再同祖媞提情。然黃昏時見祖媞在院西側那架薔薇花下小憩，給她蓋毯子時，他沒忍住撫了一下她的額髮。好巧不巧，祖媞竟在那時候醒了，攔住了他的手，問他：「你在做什麼？」

寂子敘望向祖媞的眼睛，看到了那明眸中的洞然，意識到了即便他說瞎話敷衍，她也不會相信，她會像紅玉當年對他那樣，知曉他的心意後便將他推得遠遠的……與其如此，還不如劍走偏鋒試試。

於是他臨時決定了將計畫提前。

他在她對面坐下來，定了定神，道：「我是有話想同阿玉妳說。」

祖媞也緩緩坐了起來，「什麼話？」

他極快地梳理了一遍思緒，「在北陸燕國那小院中，我曾同妳說，或許妳不是真的喜歡連宋，只是為噬骨真言所困。但妳告訴我，妳知道妳不是。彼時我無法反駁妳的話，可那之後我一直在想，在這一世才勉強知七情為何的妳，又怎麼知道妳到底是不是。」

兩人之間隔著一張小案，案上放著茶水果盤和一枚小鏡。「那時我不是告訴你了嗎？」祖媞道：「看見他便開心，離開了便想念，只要同他在一起，無論做什麼說什麼都快活有意思，難道這還不是真的喜歡？」

這話寂子敘已聽她說過一遍，再次聽到，也沒有那麼不可承受，他回望祖媞，「妳對他生出這些情緒，焉知不是因你們曾對彼此立下了噬骨真言？妳依賴他，他或許也依賴妳。對情字一知半解的妳將這種依賴定義為喜歡，可更懂得情是什麼的三皇子顯然並沒有這樣以為。」

見祖媞臉色微變，顯然是被他的話觸動了，寂子敘靠近了她一些，手不經意擦過桌案邊的銅鏡，鏡面有微光一閃而逝，但他沒有太留意，只看著她的眼睛，「妳也感覺到了吧，他並不喜歡妳，待妳和過去那些他感興趣的女子也沒有太大不同。」他是真心這樣以為，因此說這話時，他的眼神很真，語聲亦很真，「如果他真的喜歡妳，對妳是真心，他會尊重妳，告訴妳他的感情，而不是像現在這樣，讓妳……」

雖然並不是很在乎連宋對自己真不真，但寂子敘這些話，祖媞仍不大愛聽，因此她打斷了寂子敘，「就算你說得有道理，那又如何呢？」

寂子敘停下了。

誰也沒有注意到，桌案上那盤龍小鏡方才被寂子敘無意一碰，受了觸動，已啟開了。

「又如何。」短暫的沉默後，寂子敘開口，重複了一遍這三個字，停頓了一瞬，突然道：「妳那時候問我，被溫宓以噬骨真言囚困後，我對溫芙是否有過真心。我是沒有。但我只嘗試過單方面的噬骨真言。單方面的噬骨真言的確只是囚困人的牢籠。不過，我聽妳身邊的蓇蓉君提過，若兩人自願向對方立下噬骨真言，含意卻是完全不同的，真言不會成為強迫人的工具，反會助兩人建立起無可替代的羈絆。」

說到這裡，寂子敘緩緩抬眼，「所以我才會說，焉知妳對他產生依賴心和親近心不是噬骨真言造成的幻覺。而倘若如此，反正他也不喜歡妳，妳也趁機從這迷夢中抽身，不是更好嗎？」

祖媞沒有回答他，許久後，她問：「你為什麼一定要否定掉我和他對彼此的情誼呢？」

寂子敘搖了搖頭，「不是我要否定，是原本就有這個可能。」他道：「其實也有辦法可以搞清楚你們對彼此的親近依賴到底是不是只因一個咒言。我是很想知道答案的。妳也不是不想搞清楚，不是嗎？」

祖媞神情複雜，抿唇道：「你說說看。」

「妳可以同我也立一次噬骨真言。妳當初如何同他立誓，便如何同我立誓。」

祖媞驚訝抬眸，「你……」

寂子敘做出平淡模樣，「不過試一試罷了。試過之後，我們彼此再廢掉那咒言便是。」又道：「我是最宜同妳試此事之人。」他緩聲陳述理由，「我知妳對我仍有抗拒之心。若抗拒著我的妳在立下這咒言後，竟仍能在心中生起對我的親近喜愛，那便說明妳對三皇子的感情的確只是一個虛假無意義的幻覺，不值得珍惜，也不值得繼續。反之亦然。」循循善誘地問她：「這難道不是個絕好的法子嗎？」

祖媞凝眉不語。

寂子敘挑眉，「是不敢嗎？阿玉。妳害怕那真言讓妳我生出親近之情，妳害怕求證出妳和他之間的感情果然並無什麼特別，是嗎？」

祖媞道：「不，我沒有不敢，也沒有害怕。」

寂子敘定定望著她，灼灼目光看進她眼底，「那我們試試。」

瑩千夏覺著很冷。這並非她的錯覺。隨著銅鏡中那清泠女聲和低沉男聲的對話步步深入，瑩千夏眼睜睜瞧見這小小竹舍中風雪暗起，冰凌貼地而生，而竹榻上青年的神色每沉一分，房中寒意便更甚一分。瑩千夏自知這是水神生怒，怒意過甚，以致神力溢出之故。瑩千夏是聰明的，雖然鏡中那番對話她聽得不甚懂，可見連宋如此反應，也明白了他們所談之事同連宋入情執生心魔脫不了關係。

見連宋俊美的臉繃得冰寒一片，暗沉雙眸浮上陰翳，瑩千夏心中急跳，知這是心魔被釋出的前兆，或許鏡中那對男女再說點什麼，便能刺激得那心魔徹底破印而出。可她此時卻被定得死死的，根本唸不了咒。

她正自心慌，忽聽鏡中傳來哐的一聲，那二人對話停留在那句「我們試試」上，此後再無聲息。房中一時靜極。瑩千夏猜測也許是對面的傳聲鏡掉落在了地上，終止了傳音。她覺得這是件好事，至少連宋不會繼續被那對話擾亂心神了。瑩千夏鬆了口氣。

然那口氣還未徹底鬆下去，卻見青年森寒著一張臉，驀地捏碎了那盤龍小鏡，與此同時，一口血自他口中吐出，染紅了破碎的鏡面。瑩千夏心下一沉，駭極。青年俊眉蹙攏，手搗住胸口，接連吐了兩口血。瑩千夏明白，這是心魔被釋出了，青年如此模樣正是在忍受著心魔噬心之痛。

瑩千夏努力想要掙脫身上的禁制，好得自由為青年鎮魔。可她雖於醫道上拔萃，別的上頭卻著實不怎麼樣，努力了半天也未能動搖那禁制，只能眼看著化作風雪的怒意如影子般旋繞在那俊美神君的周圍，而他唇畔帶血，面若修羅，即便為心魔所苦，身心皆受著折磨，亦強撐著走出了竹屋。

瑩千夏不知青年在想什麼，又要去哪裡，見他抬手召雲，感到不祥，心中頓急。這一急倒讓她尋機衝破了禁制。

不遠處剛被召來的祥雲被打散，青年滯了一下，微側了身看來，目中的冷然令瑩千夏頭皮發麻。

若青年攻來，她是無還手之力的，瑩千夏清楚地明白這一點，她有一瞬感到畏怯，試探著後退了一步。

不過青年並未同她糾纏，銀光一閃，竟是化出了神龍本相。

下一瞬，神龍騰天，龍吟響徹桃林。

瑩千夏是知曉天族這位三皇子從不輕易化形的，此時卻因召雲被她阻攔便化出了本相，這說明他的情緒已到了失控的邊緣。瑩千夏仰望天空，不由露出了驚恐的表情。

作為醫者，瑩千夏的直覺很靈敏，此時的連宋的確已無理智可言了。戾氣充斥了他的心海，他恨不得將寂子敘碎屍萬段。

他明白寂子敘想做什麼。

那卑鄙的陣妖並不是真的在意祖媞對自己的情感是否來自噬骨真言，他只是想借此亦同祖媞立下誓言，建立起羈絆罷了。他說過他想要同自己公平相競，看祖媞最後會選誰，這大概就是他所謂的公平相競。

可他原本就不該有同自己公平競爭的機會。祖媞是他明媒正娶的妻，儘管歸位後她改了想法，選擇了遺忘他，可他依舊是她的丈夫。他尊重她的道心，接受了她的選擇，是因他知她不會愛人。可若作為神的她也可以愛人，那她又怎能捨自己而求他人？

他已經痛苦了足夠久，在沒有盡頭的痛苦中，唯一能慰藉他的，便是他是這世間唯一一個與她立下噬骨真言之人，他們彼此親近，彼此依靠，雖然這份依靠和親近與他想要的相去甚遠，但仍是獨一無二的。

他一退再退，卑微至此，到如今，連這份卑微的唯一，寂子敘也要搶走嗎？

同寂子敘立下噬骨真言之後，她是不是也會對寂子敘毫無隔閡，也會信任他，依靠他，最後喜歡上他？

靈台前燃起熊熊烈火，殺意瀰漫至眉睫。

心魔再次被釋放出來，像一匹巨獸，仰著淬火的頭顱，揚著踏火的四蹄，在靈府中奔騰作怪肆意破壞，像要吞噬他，又像要撕碎他。疼痛緊縛住他，令他無處可逃，他能感受到這次的痛苦更甚往昔，這說明心魔發作得更厲害了，但這一次，他沒再給自己唸鎮靈咒去鎮壓心魔。召雲被那妖族郡主阻攔時，他也無意糾纏，本能地便化出了神龍相。

就在神龍相化出的那刻，心魔在他靈台前磔磔怪笑，煽惑著他，慫恿著他，「是了，你早該這樣，為什麼要壓抑自己的欲望呢？此前一退再退，你又得到了什麼？她原本便該是你的，你理應擁有她。便是她不願，那也好辦。拘押她，囚禁她，哪一種不是得到她的好辦法？害怕她被人奪走，那就殺掉欲奪走她的人好了，順應心意，你才不會痛苦。」他聽著這些話，竟然覺得有道理。

而當他果然不再壓抑那些黑暗的掠奪欲和毀滅欲，靈府中的野獸彷彿也馴順了一般。只是疼痛仍無處不在。

痛極易令人生怒。他猛地擺尾，龍尾掀起颶風，桃林傾倒一片。如此發洩了一番，才算好受了一些。儘管神識已滑向渾噩與偏執的深淵，他仍記得不可在此耽擱，應向西去，盡快趕回豐沮玉門。可雖化為了龍形，卻因痛苦加身，行動起來也沒那麼肆意，游至桃林邊緣時，竟被一張金符織成的大網給牽住了。正欲掙開，忽聽到不遠處傳來鳳鳴。

鳳聲長鳴之下，大網上的金符煥出金光，金光鋪灑之處，梵音陣陣。

銀龍的巨瞳猛地一縮。

這一夜著實是兵荒馬亂。即便受著心魔的摧折，化為神龍的三殿下也不好對付。桃林中梵咒響了一夜，臨近清晨，折顏上神才將那破印的心魔壓制住，重新封印了回去。太白星落下之際，神龍化為人形從半空跌落。畢方鳥趕緊飛上去接住，在折顏的吩咐下，將昏迷的三殿下送去了藥廬。

累了一整夜、出了一身大汗的折顏上神連衣裳都來不及換，便召了瑩千夏重新推敲連宋的病情。兩人坐在藥廬前，皆是一臉沉重。折顏上神敲著膝蓋沉吟：「他的心魔又嚴重了，且嚴重了許多。或許是壓抑狠了，又一直不得抒發之故。」嘆氣道：「原以為由妳一人唸伏靈清心咒便盡可助他管好那心魔了，如此看來，倒是需再重新調整一下療治他的法子。」

當日下午，折顏上神以追魂術入了連宋魂中，將才被他封印不久的心魔釋了一半出來，又設法將那一半心魔所蘊的戾氣化入了連宋的靈府，使之與連宋的靈識共生。

這法子著實大膽，折顏上神給出的理論依據是：「堵不如疏，與其一味壓制那心魔，讓連宋的神經越繃越緊，導致一遇到點刺激就犯病，不如合理疏導。將心魔的戾氣化入他的靈府，的確會影響他的性情，譬如會使他變得極端偏執，但往好處想，他的精神不會再那麼脆弱，只要不遇到特別過分的事，不至於再輕易犯病，這不挺好嗎？」

就算不認同，折顏都已經做了，大家也只能說好。

折顏上神見大家並不十分心服口服，哼道：「本座也不想這樣標新立異，可不這樣也沒辦法啊，連宋他還有事情要做，不用這法子，他三天兩頭就得犯病，根本沒法離開桃林去做事，只能如此了，本座這是為他好。」

商珀沉吟了一下，這回倒是真心實意點了頭。

瑩千夏也沒什麼意見了，可想起昨夜面對犯心魔的連宋時自己也沒能幫上什麼忙，不由問折顏：「臣女之力綿薄，若三殿下再犯病也不一定幫得上忙，那臣女還需繼續跟著三殿下嗎？」

折顏考慮了一瞬，「心魔已被釋出了一半，他即便再犯病也不會是這次這種大陣仗了，伏靈清心咒還是有用的，妳跟著吧。」又道：「再說還有一事也需妳看著。」

聽到有新差事交給自己，瑩千夏打起了精神，「上神請講。」

折顏道：「本座剛才是不是說過，行了這法子，連宋的性情會有所更改，醒來後會變得偏執極端，一言不合就殺人？」

瑩千夏茫然，「前面您說過，但您沒有說過三殿下會一言不合就殺人。」

折顏沒有多做解釋，只道：「嗯，現在妳知道了，他會一言不合就殺人。」凝重地吩咐她，「他想殺人的時候妳記住多攔攔。」想想又叮囑，「不過攔不住也算了，注意一點別把自己折進去。」

瑩千夏：「……什麼叫注意一點別把自己折進去？」

折顏解釋：「就是他會很暴躁，但他又很強大，妳攔架不注意一點，就有可能把自己折進去啊。」長嘆一聲，「很危險的。」

瑩千夏：「……」

雖然折顏是這麼說，但醒來後的連宋表現得也沒有太反常，就是為人更冷淡了點，連浮於皮毛的溫煦也沒有了，對他們愛搭不理的。不過倒沒有一言不合就殺人。

商珀有些擔心，詢問折顏連宋這個情況是不是再休養幾日比較好。

折顏回答他心魔本質上其實是一種精神問題，這種精神問題，再休養也就那樣了，又沉重道他們打擾了他這麼多天確實也該走了。把三人趕了出去。

三人倒也沒有留戀，出十里桃林後便立刻啟程向西，一路往豐沮玉門而去。

第十四章

因平日裡沒有要事他們也不會以傳聲鏡傳音，故祖媞並不知連宋已毀了他的那只銅鏡。

她也不知她同寂子敘的那番言談被連宋聽到了。

那日寂子敘勸她立噬骨真言，強硬地對她說「我們試試」時，她走了下神，恍惚想起了自己當初為何會同連宋立此咒誓。或許是因小祖媞天真不解世事，不知那誓言的厲害和重要，所以輕易地將一生之諾許了出去；但無可否認的是，即便那時她對連宋還有著防備，但在心底深處，對他卻是一見便心喜的。她從未對別人像對他那樣見之便喜愛。

她一邊這麼想著，一邊去搆桌案上的水杯，因心不在焉，不慎碰掉了原本便在案沿搖搖欲落的銅鏡。她並沒有注意到銅鏡有什麼異樣。

寂子敘察覺到了她的走神，彎腰幫她拾起銅鏡重新放回桌上。「不願同我試嗎？」他深深看她，「不是說沒有不敢也沒有害怕嗎？為什麼不願同我試。」

走神了那麼一小會兒，倒讓她想通了好些事情，指腹摩挲著瓷杯杯壁，她回寂子敘：「你其實猜錯了，我並不想搞清楚我對他的喜歡是不是因噬骨真言而起，我也不在乎。當初我願同小三郎立此誓言，是因他於我是特別的。他的特別不在於他是唯一一個同我立下了此誓的人，而在於，他是唯一一個我想與之立誓的人，你明白了嗎？」

她這番話說得極是平靜，卻如驚雷炸響在寂子敘耳邊。

他明白她的隱意，她是說她不願同他立此誓，不是因她不敢或害怕，只是因她不想。這話對寂子敘的打擊太大，他的臉色一下子變得難看，勉強道：「不過是一個誓言罷了，阿玉也不用如此認真。」

祖媞卻沒有含糊，「但它會在人和人之間建立起親密的羈絆。」她抬眸靜靜地看著寂子敘，「我只想同小三郎建立這種羈絆。」

寂子敘好一會兒沒說話。

日暮已至，院中一片昏黑。春陽原本要過來送燈，見二人間氣氛不妙，便只是將燈掛在了附近。

第二日，豐沮玉門出了件大事——附近小次山上被封印了小三十萬年的朱厭獸突然破出封印現世了。

朱厭乃洪荒十大凶獸之一，其兇惡程度同被父神馴服的饕餮、窮奇、混沌、檮杌也差不多了。且古語有云「朱厭出，兵燹至」——朱厭還負有「一現世，便必會引來兵禍」的邪能。曾被太子夜華斬殺的紅色天犬也負有類似邪能，不過紅色天犬的邪能只能影響凡人，朱厭之能卻能影響神魔。

而此番，這朱厭獸竟破印而出了，極有可能為禍四方，這事就發生在祖媞眼皮底下，她當然不能坐視不理。

況且，託朱厭破印在她面前刷了存在感的福，祖媞還想起了這凶獸有個異能十分特別，正巧可以收服了將牠交給正在設計鎮壓陣法的東華帝君參考一下。

但同時，她也不太確定朱厭在這個時候破印是巧合還是為誰設計，遂將寂子敘和菁蓉留在了山中守護瑩南星，以防有心人調虎離山，她則帶著春陽天步兩個姑娘以及昨日剛從姑媱趕回來的霜和前往小次山，去降這凶獸。

朱厭的洞府坐落在小次山山巔，洞門足有千尺高，可見此獸甚巨，而方圓數十里竟不見蟲魚之跡，又可見此獸甚惡。祖媞取出三炷玲瓏香，將之拋給站在洞口的霜和，霜和引天火將丈高的線香點燃，又將它們攢入洞口的泥地，然後站去了洞側。

焰滅煙起，可摹洪荒名獸氣息的玲瓏香散發出夔牛的氣味來，那味極烈，熏得霜和倒退了一步，反是和他站在一處的春陽天步兩個姑娘比較穩得住，不為所動地緊盯著洞口，等著朱厭獸尋味而來。

霜和打了個噴嚏，半捂住鼻子，嘀嘀咕咕：「這玲瓏香真能有用？能將那朱厭獸引出來？」

天步跟著三殿下讀了很多書，是三個人中最有文化的，聞言答他：「《洪荒異獸考》中載朱厭獸領地意識極強，兼好勇鬥狠，一旦有旁的異獸踏入牠的領地，牠立刻便會被激怒，無論在做什麼都會選擇放下，先將入侵者趕出去。」

春陽聽得頻頻點頭，一邊佩服天步，一邊懷疑地看著霜和，「神使便是降生於洪荒，與這朱厭獸也算是同一時代了，竟不知牠的習性嗎？」

霜和輕哼，「那妳和九重天的太子夜華還生在同一個時代呢，也不見妳多瞭解太子夜華啊。」

春陽的確不瞭解太子夜華，被堵得沒有話說。

三人說著閒話，忽感腳下傳來鼓動，大家反應得快，立刻閉了嘴，一人往左兩人向右，快速退到了洞兩側的樹叢後以作隱蔽。與此同時，洞中響起了巨獸的腳步聲，砰、砰、砰、砰。巨獸走得不算快，但每一步都踏得很實，搞出了搖山撼樹的動靜。

這是朱厭在震懾來犯者。

來犯者稍見軟弱，此時就該被嚇得逃之夭夭了。但洞口幾人並未退縮。祖媞微一揚手，便有風來，洞口的玲瓏香燃得更快，夔牛的氣息也更加濃烈，就像洞外果然有一頭夔牛罔顧朱厭的威懾，在更加放肆無畏地挑釁。顯然朱厭也如此理解了，勃然大怒，洞中傳來一聲呼嘯，朱厭奔跑了起來，整個山巔都在震顫，就像它是一面鼓，正被重錘敲擊。

很快，形似巨猿白首紅足的巨獸便出現在了洞口，牠立刻發現了夔牛的氣息竟是從三炷高香中傳來，一愣。在牠愣住之際，一枝光箭自半空射來。朱厭揚爪一拍，拍碎了那光箭，但光箭碎裂時迸出的火焰也燎禿了牠的一小撮皮毛。朱厭愛美，頓感侮辱，抬頭向光箭來處望去，巨瞳捕捉到輕飄飄站在雲中手持巨弓的女神，才明白了究竟是誰在挑釁自己。朱厭肩背微聳，肋生骨翅，怒吼一聲，向著半空的女神猛衝而去。

朱厭的速度很快，轉瞬已近到祖媞身前，利爪一揮。此獸自有神力，利爪揚出的爪風帶出藍色的雷電，眼看就要落在祖媞身上，祖媞側身欲躲，但想了想一開始還是要讓朱厭有點成就感，就硬生生止住了閃避的步伐，反身舉弓相迎。那雷電便打在了懷恕弓上。雷電的破壞力被神弓卸去大半，剩下的小半將祖媞逼得向後退去。

祖媞這一退退得老遠，朱厭以為祖媞不敵自己，喜形於色，立刻乘勝追擊。殊不知這是祖媞的調虎離山之計。當一人一獸皆遠離洞口時，隱蔽在洞側的霜和三人立刻現出身形，開始照著祖媞教他們的法子列陣以封洞門。

封住洞門，是要絕了朱厭的回頭路。須知朱厭獸有個習性——極愛打洞，自己給自己挖的洞府猶如一個迷宮。若朱厭發現自己打不過祖媞，逃回洞中，那他們想要再尋到牠就難如登天了，還很危險。祖媞打著活捉朱厭的主意，自不能容這種事發生，故而使計將牠騙出洞，又佯敗引走牠，給了霜和三人列陣封洞的機會。只要朱厭回不了牠那迷宮一樣的老巢，那活捉牠也就是時間問題了。

小次山前山，祖媞以一人之力牽制著朱厭，後山獸洞前，霜和三人也不敢懈怠。但要結一個牢固的封印並不容易，三人大汗涔涔，花了好些時間，眼看終於要收尾了，天邊卻突現濃雲。

雲潮以不可思議的速度滾壓而來，頃刻染暗了一半天空，雲迷霧鎖中，雷鳴響徹天地。這陡生的變故令霜和與春陽措手不及，俱皺眉看向天空，面現憂慮。天步亦緊盯著那雲潮，卻是面無表情。雷聲一陣急似一陣，伴著那震人心神的雷鳴，濃雲中忽然現出了一隻光華流轉的龍爪，緊接著，一頭巨大的銀龍鑽出那濃黑雲層，露出了華美真形。天步鬆了口氣，「沒事，不是敵人，是三殿下。」又看向霜和、春陽，提醒他們，「還差一點此印便可成了，我們得抓緊時間。」二人聞言，趕緊收回了注意力。

電閃雷鳴中，祖媞同朱厭從前山打回後山。與朱厭對招時祖媞也並非一味防守，否則就太假了，她也會尋機主動攻擊，且使出的俱是刁鑽招式，令朱厭不敢掉以輕心，因此即便回到了後山，朱厭也沒注意到霜和三人在牠的獸洞跟前忙碌結印。

半空中，朱厭張口噴出烈火，以噬人的業火攻擊祖媞；而祖媞見獸洞前金印已成，眉一動，也換了手中光箭，打算來真的了。就像此前在鎖妖塔中戰籐妖那般，方才的數次避讓間，她已用步法繪成一張七星符咒，側身躲避那業火時，她不忘邁出最後一步。具象的金線立刻為那符咒封了邊。七星金符騰地升至半空，光華耀目。

只要祖媞以懷恕弓射出一箭，她與朱厭之間的形勢便可立刻逆轉了。

祖媞自然是有成算的，但朱厭口中業火不熄，緊緊追擊她，顯得她此時卻像是在被動挨欺負的模樣。便在祖媞下腰躲避又一簇業火，並反手撈弓欲搭箭時，中天沉悶的雷鳴中忽傳來巨龍沉嘯。

龍吟聲貫破長空，威勢迫人，而那嘯音在雲層間的回聲未落，一頭銀龍已似流光疾游而來，加入了戰局。那泛著鋒銳冷光的銀爪狠狠掃過吐火的朱厭，熾烈暴戾的業火瞬間被凍結，朱厭被龍氣震得後退數步，目中流露出恐懼。

龍這種生物認真起來獵殺他物時，從來都是凌厲可怖的。

祖媞趁銀龍揮爪教訓朱厭時身形一動，往後退了數步。

在揮退朱厭後，銀龍轉過了頭，那冰冷美麗的琥珀色豎瞳乍然與她相對，祖媞的心漏跳了一拍，瞬間認出了這是誰。

小三郎。

銀龍從龍角到龍鬃到龍鱗再到龍足俱為銀白，不含一絲雜色，周身泛著華美的光，潔如月，卻比月光更亮，潤如玉，卻比玉光更涼。這是一頭太過美麗而又威嚴的神龍。祖媞震懾在這種美麗之中有些回不過神。

數丈開外，朱厭雖只與神龍交鋒了一招，卻在這一招之中完全認識到了對方的強大和冷酷。若對手單是這神女或單是這神龍，牠是不會退卻的，但此時審時度勢，牠沒有能同時勝過兩人的自信，打成平手的自信都沒有。朱厭感到懼怕，憋屈地低吼了一聲，轉身便逃。

銀龍立刻調頭追去。

霜和三人辛勞了半天的成果終於派上了用場。洞口金光一閃，瞬間立起一道巨屏，朱厭龐大的獸身撞上那巨屏，衝力將獸洞都帶得震了幾震，但那金色屏障卻紋絲未動。

朱厭不可置信，回頭看巨龍已追上來，只能先行迎戰。朱厭擅火攻，然火攻卻奈何不了水神，即便噴出的烈焰擊中了銀龍，銀龍也無事，仍可肆意地遊走在牠身周。朱厭不禁駭異。見牠駭異，銀龍也不怎麼認真攻擊牠了，彷彿貓捉老鼠一般，一邊傲慢地逗著牠玩，一邊欣賞牠的屈辱與憤怒。

終歸是有血性的洪荒異獸，朱厭難耐屈辱，骨翅一振，竟勇武起來，一個旋飛主動靠近龍身，揚起利爪，全力一揮，欲以爪上風雷斬斷龍脊。銀龍反應也快，倏地一擺龍尾，龍身退後數丈，朱厭爪上那破壞力極強的雷電之力只堪堪擦過龍背的鬃毛。銀龍看了一眼被那雷電之力所傷的背鬃，微微偏了頭，有些意外對手居然還有兩把刷子似的。

而發現雷電之力可傷這巨龍，朱厭也多少恢復了點信心，揚爪欲再戰。不料巨龍突然開口，一聲低沉龍嘯引得天雷大動，電光閃過，三道紫雷直直向朱厭劈去，朱厭趕緊閃避。竟閃避到隱在一旁觀戰的春陽近前，還背對著春陽。春陽深覺這是戰機，忙飛身而上，舉劍從後偷襲劈刺朱厭。可春陽哪裡是朱厭的對手，朱厭甚至沒有躲避她的攻擊。妖劍刺在朱厭背心，卻根本無法穿過那鐵甲般的皮毛，她自己反倒被朱厭一把拽住。眼看那一爪握下去春陽不死也得重傷，巨龍驀地再嘯，中天又是三道紫雷落下。朱厭無暇再顧春陽，霜和趕緊上前將她給撈了回來。

因插了這個變故，大概覺得速戰速決更好，銀龍終於一掃方才的悠遊之姿，行動狠絕俐落起來，趁朱厭躲避最後一道紫雷時，以迅雷不及掩耳之勢近得牠的身纏縛住牠。朱厭揚爪掙扎，再次以雷電之力攻擊，不料銀龍身上竟也爆出了藍色的雷力與朱厭揮來的雷力相抵。這一招裡，一龍一猿並未被傷到，近處的獸洞門卻崩塌了，洞口的封閉之印也搖搖欲墜。

也不知是不是覺得在外打鬥會傷及無辜不方便，神龍頓了一瞬，不耐地一擺尾，纏住朱厭，乾脆衝破那封印游進了朱厭的洞府。

一龍一猿倏忽間消失在洞口。

霜和覺得自己和春陽還是不一樣，能幫得上忙，不會拖後腿，見銀龍捲著巨猿消失，立即跟了上去。不料剛入洞便被洶湧的巨浪給衝了出來，才發現不知何時那深長獸洞裡竟已是一片洪濤。不過那浪濤自在洞中洶湧，並無一分一厘漫出洞府。

霜和呆了一下，不信邪，待要再衝入洞中，卻見金光閃過，自連宋奪走戰場便退下來待在幾百丈外一棵無葉樹上靜默觀戰的祖媞出現在了他身旁。祖媞抬手攔住了他，「小三郎一人便行了，你我進去皆是分他的神給他添麻煩。」她道。

女神收了神弓，端立在洞口，玉手自廣袖中探出，白皙指尖凝出一枚小巧的金色光印，光印甫一觸到洞中水浪便立刻化作光絲。千萬光絲似游蛇隨水流探入洞內，祖媞閉上了眼。她釋出的乃原初之光，原初之光能助她感應連宋的能量，就算是有個萬一，小三郎不留神被那朱厭鑽了空子遇了險，她也必定能知。

不過霜和幾人無這個本事，洞中究竟如何了他們也鬧不明白，只能透過腳下微微震顫的山地約莫得出一個猜測——朱厭大概是沒能尋隙逃走，一龍一猿或許正在獸洞深處激烈打鬥。

春陽受了點輕傷，被天步攙扶著站在幾步外。她疑惑地問天步：「三殿下怎麼化龍形了？我聽聞三殿下並不輕易化龍形，得是天地有大事了他才會以神龍相現身。區區一個朱厭獸，不值得他如此吧？」

天步凝重道：「照理……確是如此。」擰眉推測，「難道……這朱厭獸竟身負什麼洪荒隱秘，並不容易降服？」

一個輕柔的聲音在他們身後響起，「仙子多慮了。」

春陽和天步一齊回頭，見本該守在豐沮玉門的寂子敘竟帶了菁蓉和一個不認識的白衣女子出現在了這裡，說話的正是那相貌秀雅的白衣女子。

女子見二人皆看向她，停下了腳步，「折顏上神道三殿下近來常化龍形，是因他放縱了殺戮心之故。神龍相是三殿下三十二化相中最具破壞力的一相，與這殺戮心相合，故在心底蔓生出嗜殺之意時，他會本能地選擇此化相。」又道：「我和商珀神君隨三殿下回到豐沮玉門時，正遇到幾個魔族之人前來劫南星神使，彼時解決那幾個魔族時見了血，想是受了血色刺激，且又聽說諸位在小次山獵朱厭，殿下的殺戮心被激起，所以便化為龍形前來了。」

天步微震，「殺戮心？」

白衣女子點頭。

白衣女子正是瑩千夏。

瑩千夏打量著天步與春陽。她認出了天步，也認出了春陽是兩個多月前在千花盛典上備受欺凌的笛姬。千花盛典結束後她雖離開了九重天，但也從知鶴公主的來信中知曉了不久後笛姬在九重天上掀起的風浪。據說貪狼星君至今仍在搜捕她。

瑩千夏又看了一眼身邊的菁蓉和寂子敘，只覺得今日遭遇過於離奇了。她先是在豐沮玉門見到了可稱為妖族活祖宗的女媧神使瑩南星，彼時守在瑩南星身旁的便是這二位——一人曾在千花盛典上幫笛姬出頭，身分成謎；一人的聲音她前幾日才從三殿下的傳聲鏡中聽到過，彷彿同三殿下是情敵。好說不說，瑩南星和這二位的組合已經夠古怪了，可此時，她竟又在這裡看到了笛姬。

瑩千夏腦子轉得飛快，但不及她理出頭緒，前面不遠處背對著他們站在巨洞前的黃衣女仙突然開口問：「如何竟會生出殺戮心？小三郎是怎麼了？」那聲音似被空山新雨濯沐過，空靈而清潤。

因才聽過不久，瑩千夏立刻辨識了出來，這便是那傳聲鏡中的女子。是令三殿下入了情執的女子。

瑩千夏驀地抬頭，凝目望向女子。

女仙轉過了身來。

看清女子的面容，瑩千夏的瞳不禁一縮。眼光挑剔如她也不得不承認，這著實是一張美得世所罕見的臉。那一霎的衝擊讓她愣了會兒，而後她才注意到女子的裝扮——金絲花冠輕壓烏髮，右眉眉骨處以金色光珠作妝。這妝太特別了，她瞬間想起了女仙是誰。

她曾見過她。她便是千花盛典上被蓉蓉喚作主上、一彈指便將杪欏湖中的石亭化作齏粉、震懾住了眾神女的黃衣女仙。只是那時她戴著面紗，掩住了面容。彼時知鶴還猜測她既被尊為主上，定然年紀很大了。誰又能想到，那面紗之下竟是如此清婉的少女容顏。

瑩千夏也沒有忽略女子方才稱連宋為小三郎。寰宇之內，有資格如此稱呼三殿下的人，一隻手，不，半隻手能數得出來。

女子手無寸鐵，乍一看美麗又纖弱，可仔細觀之，卻能發現她內蘊著極強的氣勢。瑩千夏一震，她有些猜到這女仙的身分了。

瑩千夏壓下了心中的震驚，盡量使自己不動聲色，斟酌著回道：「三殿下生了一場病，但也非什麼大病，殺戮心……是那病的後遺症。」

女子纖細的黛眉微微凝住，沒有說話。

霜和盯著瑩千夏，突然道：「我好像見過妳，但一時想不起來在何處見過妳，妳是誰？」

瑩千夏卻記得在何處見過霜和，仍是在那千花盛典上，她微微頷首，「神君或許是在兩月前的千花盛典上見過我。」道：「我是妖族郡主瑩千夏，亦是十里桃林的醫者，奉折顏上神之命跟隨三殿下和商珀神君來豐沮玉門，因一到豐沮玉門便遇上了魔族來犯，還沒有同諸位見禮，」說著向祖媞霜和一禮，微微側身也給寂子敘和菁蓉行了一禮，又看向天步，「諸位中我只識得天步仙子，不知可否請天步仙子為我引見一二。」

她態度落落大方，令人心生好感，天步便將春陽交給了寂子敘，一一同瑩千夏介紹了幾人身分。當介紹到祖媞時，瑩千夏眉目微動，心道果然如此，上前一拜，又補了個大禮。到此她終於明白了折顏上神為何會讓她立噬骨真言。她見到的這些人，預示著接下來她將遇到的事當是不能為外人道的絕密。雖不知那會是什麼絕密，但瑩千夏已暗暗驚心。

幾人廝見完畢，霜和突然想起了一件事，臉色頓時大變，「若是如瑩郡主所說，三皇子是抱著獵殺之心前來，那朱厭獸豈不是活不了了？一個死掉的朱厭獸對尊上來說不就沒用了嗎？」

祖媞重新將原初之光探入洞內洪流，「小三郎慧絕無雙，探到那朱厭獸實力在我之下許多，他就當知曉我並非為獵殺牠而來，而是要牠有用了。」回霜和道：「放心好了，小三郎不會殺牠的。」

霜和立刻反駁，「正常的三皇子是不會殺牠，可，不是說他病了，放縱了殺戮心嗎？」又問瑩千夏：「妳是醫者，妳覺得他此時面對那朱厭獸會是理智在前還是殺戮心在前？」

瑩千夏一愣，她還真判斷不出來。

正當此時，洞中忽傳出一聲長嘯，是朱厭獸的聲音。那長嘯透出無盡的悲慼與哀肅，緊接著，他們腳下的山地平息了震顫，洞內的洪流也急速倒退回去不知歸往了何處。眾人面面相覷。

祖媞抬手收回了原初之光。「結束了。」她看了霜和一眼，「你慮得也有道理。」頓了頓，「小三郎應是沒什麼事，我進去看看。這獸洞深長，估計需耽擱些時辰，你們先回豐沮玉門，和小三郎碰頭後我同他一道回。」聲音雖輕緩，卻是不容置疑。

這朱厭洞的確闊且深。曾經少綰嘆過小次山上白玉多，七百七十里朱厭洞皆由白玉妝成，令人驚嘆。然祖媞掠入洞中，卻未見得一片玉石。無它，水晶般的冰凌裹覆住了整個獸洞，自然也遮掩了白玉。

迷宮似的朱厭洞洞道盤根錯節千頭萬緒，加起來共有七百七十里，人在其間就算不迷路，走一天也不一定能將這些洞道走完。不過方才一龍一猿打鬥激烈，將這迷宮毀了一半，前半段三百多里洞道皆被夷為平地。祖媞一路暢通無阻，很快便來到那一龍一猿一決生死之地，見到了倒在地上的朱厭獸。

白首紅足的凶獸奄奄一息，被一根極粗的冰鏈鎖定在地動彈不得，不過身上並無重傷。小三郎果然知她心意，祖媞想，不過他此刻卻在哪裡？

她將目光放在了獸洞深處未被毀壞的幾十條洞道上。

順著那條洞口殘留了一線龍爪印痕的洞道向前而去，疾行了約一刻鐘，祖媞來到洞道盡頭，見盡頭竟是一道巨淵，巨淵之上架了座冰橋，冰橋彼端連著座浮島。

浮島上盤著濃濃霧色，看不清島上諸景，但祖媞已有所感。

飛身掠過冰橋，撥開霧靄，一片微藍的冰湖出現在眼前。

那冰湖正中倚著座小冰山似乎在養傷的白衣青年不是連宋，卻又是誰？

這獸洞邈遠，因納於地底不見日月，故不算很明亮。加之洞中諸物皆被有潔癖的三皇子裹了層冰凌，以致諸小景於朦朧處又增幻美，而青年靜坐於冰湖中的一幕，也像是一幅畫一般。

祖媞沒有出聲去打擾這一幅畫，她凌波而行，飄落在青年身前。薄紗堆疊的裙裾迤邐而下，落入水中，鵝黃色的裙尾在湖面下搖曳浮動，似一朵華美的水中花。她沒有在意被打濕的衣裙，只俯身一瞬不瞬地看著眼前的青年。

青年半身泡在冰湖中，身上的衣袍並無破損，可見沒受什麼嚴重外傷。只是……這湖中處處浮冰，瞧著應是極冷的，可祖媞立在這湖中，卻覺身周之水皆是溫熱，這顯然不同尋常。只一瞬，她便反應了過來，忙伸手去握青年的手。

肌膚相觸，果是一片滾燙。她吃了一驚，低聲輕喚：「小三郎。」青年毫無動靜，像是累極睡著了。她凝眉抬手，兩指併攏欲去他眉心探他神魂，不料指腹剛點到他眉間，手腕便被握住了。

青年睜開了眼，琥珀色的瞳似一汪幽深的泉，映出她的影。

祖媞微愣，「你……醒著？」一想，醒著更好，問他：「你身上很燙，是怎麼回事？」

話剛出口，忽覺腰間一緊。

青年修長的手臂攬住了她的腰，一收，她驀地跌坐了下來。

他們身下是一塊巨大的冰石。兩人原是青年屈膝坐在那冰石上，而她站在他面前俯身看著他的姿勢。這樣的姿勢下，她是要比他高的。可此時她卻跌坐在他腿上，便成了他垂著頭看她了。

「為什麼會來這裡？」他沒有回答她的問題，反而問她。

「之前是有些擔心你將那朱厭獸弄死了，但現在，」她微微蹙眉，眼中盛滿了憂慮，手搭上他的肩，「是有些擔心你。」素手下移，掌心緊貼住他的背，隔著一層衣衫，她竟仍感到了灼燙，可青年的臉卻是羊脂玉似的白，這說明他身上的灼燙並非源於受傷引發的高熱。祖媞的心無端下沉，再次問他：「為什麼會這麼燙，究竟是怎麼回事？」

青年仍沒有答她，只是深邃地看著她，琥珀色的眸裡像是含著許多情緒，又像是什麼都沒有，最後，問她：「想幫我？」

不待她回答，攬著她腰的那隻手忽地鬆開。而後，那隻手來到了她的胸前，緊貼住了她的心口。他們之間曾有過許多親近時刻，可過往兩人之間那些似是而非的曖昧，你來我往的拉扯，皆是自然的，有度的，水到渠成的。然此刻，青年的動作卻極突兀。祖媞預感到有什麼事將要脫軌了，一時心如擂鼓，張了張口，「你……」

青年卻像是並沒有感受到掌心下那不同於常時的劇烈心跳，望著她的眼睛，淡淡，「可這裡不是已刻下了給另一個人的誓言了嗎，怎麼還來擔心我？」

這話說得半明不白，祖媞愣了一瞬，腦海裡掠過一些東西，靈光一閃，她懂了，「傳聲鏡。我和寂子敘那天說的話，你聽到了？」

他對她的疑問充耳不聞，靠近了她些許，只自顧自問：「可是對他也產生了依賴感和親近心？」他審視著她，眸底冰冷，若仔細看，能看到其中暗藏的霾影和怒意。

祖媞察覺到了青年的怒意，她飛速回想了一遍那日自己同寂子敘都說了些什麼，很快想清楚了其中的誤會。「你是不是……」她想要問他是不是沒將她和寂子敘的話聽完，結果剛說出「你是不是」四個字，便被堵住了嘴。青年吻住了她的唇，吞掉了她的未盡之言。

他真的很生氣。祖媞第一反應是這個。因為那吻著實太兇了。他肆意在她口中撻伐，像是有意要讓她感受到他的憤怒似的，彷彿這是一場戰爭，而她是他必須征服的敵人。她的唇被吮得發麻發痛，人也有些喘不過氣來，本能地掙扎了一下，這動作立刻刺激到他，一陣天旋地轉，她還沒反應過來是怎麼回事，人已被抵在了身後的冰山上。這個姿勢更方便他禁錮她。他握住她兩手，將它們舉到她頭頂，膝蓋頂入她腿間，幾乎是將她釘在了冰山上，繼續吻著她，侵占著她。

她實在是喘息不能了，忍不住咬了他的唇，用了不會傷到他卻會讓他感到疼痛的力度。他終於停了下來，放開了她些許，她偏開頭，克制不住地喘息，既驚且惑，又有點茫然，問他：「小三郎你……」

再一次，他沒讓她將想問的問題問出口，唇雖移開了，卻仍貼在她嘴角，「不是擔心我，想要幫我嗎？」

她一顫，清醒了過來，略一思索，睜大了眼，「這血熱……你是中了迷藥……或者情毒？是朱厭？」

不是迷藥也不是情毒。但他會如此的確是因朱厭。殺戮心已起，屠刀已祭出，卻因她需活捉朱厭而不得不收刀回鞘，強抑住殺戮欲，此欲不得滿足，惡果便是靈府動盪，怒血沸騰。原本在冰池中泡幾個時辰也能好，她卻不知死活地踏入此地來到了他身旁。殺戮心與掠奪欲同出一源，伴生於他的靈府。就在她擔憂地握住他手的那一刻，纏繞於心的殺戮欲盡數轉為掠奪欲，沸騰的血熱使他只想在她身上實現強占和侵奪。

若是從前的他，當然會克制，可此時他卻並不覺放縱這些欲望有什麼問題。她本就是他的，理應屬於他。或許他如此會讓她害怕、厭惡……更或許，她心中已納入了另一個人。這固然令他生氣，可那又如何呢？就像這樣，拘押她，囚困她，他想要得到她，便一定能得到她。

不過，她好像並不是很厭惡，也不是很害怕。

這更好。

「是朱厭嗎？」她還在不知危險地追問。

他不想回她，只是繼續吻她。細碎的吻落在她的唇角，她小聲地吸著氣，仰了仰頭，避開他的唇，一副克制著想和他談正經事的模樣，「小、小三郎，是不是朱厭的毒？」她的氣息已不穩了，卻還堅持問著，一邊問著，一邊卻又質疑，微微蹙著眉，在他的碎吻中艱難地開口，「可朱厭有使人中情毒的本事嗎？」

她的躲避令他不快，質疑的話也令他不快。他垂眸看著她，抬指故意去揉她被他吻得嫣紅的唇，「又不想幫我了？」目光沉冷，「因為寂子敘？因為和他立下了噬骨真言，妳又去喜歡他了，所以不再將我放在首位了是嗎？」說著再次吻上了她的唇，狠狠地咬了一口。

祖媞嘶了一聲。反應過來青年在說什麼後簡直要氣笑了。

青年也知咬疼了她，放開了她些許，她終於能將一直想說卻被打斷了好幾次的話說出口：「你一直都在胡說什麼，我根本沒有和寂子敘立噬骨真言！」

見青年愣住，她不自禁地抿了抿唇，卻忘了唇上還疼著，又嘶了一聲，「也沒有不想幫你。」她說。

話說完才後知後覺地感到赧顏，蝶羽似的睫顫了顫，她垂了眼眸，微紅了雙頰，忽然不敢去看青年的臉。

適才，在他第一次問她是不是想幫他時，她其實沒有反應過來他是什麼意思。直到他吻住她，肆意地同她糾纏，伴隨著愕然與震驚，她終於搞清楚了他口中所謂「幫他」的隱意。搞清楚那隱意後，她有過一瞬的慌亂，但很快便鎮定下來。她明白那慌亂並非來自不願或抗拒，她慌亂，只是因她毫無準備。

或許因她是個沒有未來的神，同連宋在一起時從來只追逐當下相處的樂趣，並沒有想過有朝一日兩人會如此，故而面對他突如其來的越軌，她備感驚愕，還有些不知所措。但她沒有想過拒絕。不僅是為了給他解毒。

其實，就算他沒有中情毒，面對他親近的要求，她也不會拒絕，因喜歡一個人便會生出占有欲，所謂的占有欲，亦包括占有對方的身體。她對他是有占有欲的，她一直都知道，只是此前沒有深想過。而此時想到這裡，除了無可避免的緊張和羞赧外，她竟也對這件事生出了一絲隱秘的、不能宣之於口的好奇。

青年一直沒有說話。

她等了片刻，終於忍不住開口問他：「怎麼不說話？」聲音很低，很輕，臉更紅了，不是很認真地掙了掙，「先放開我吧，手有點疼。」

青年如她所願放開了她，突然問：「為什麼沒有和他立下真言？」

她知他是在問她為什麼沒有和寂子敘立下噬骨真言。哪裡有那麼多為什麼，歸根結底不過是她不願。兩人靠得極近，他的手握著她的腰，掌心的熱度很是燙人。

她中過情毒，知他此刻必定難熬。這一次是她答非所問：「很難受嗎？小三郎。」她抿了抿唇，忽然抬手圈住他的脖子，紅唇擦過他光潔的下頷，印下了一個似有若無的輕吻。

便在這一吻落下時，青年的手忽然用力按住了她的腰。再一次，他將她抵在了冰山上，雖不似先前那樣兇狠，但力度仍很大。白奇楠香變得馥郁，籠在這冰山一角。青年又吻了上來，氣息滾燙，唇舌亦滾燙。

這一次，沒了疑慮和擔憂，她沉浸在他的撫觸和熾熱的吻中，身體的感觸全回來了。她閉著眼，在他身下不自禁地輕顫。

當她終於忍不住輕哼出聲時，青年的吻慢了下來，唇移到了她的鎖骨處，在那一處輕ｓ嚙噬咬，「為什麼沒有？」一邊咬吻著，一邊還在問她。

她感到難受。身體裡滋生出奇怪的感覺，就像是有一泓水、一縷風，自他吻落之處潛入她體中，風拂過四體，水流入百骸，牽動神經，麻痺筋骨，帶給她酥麻和癢。靈台像是搗了糨糊，不知今夕何夕，只是真實地感受到了他的觸碰和他的吻。

「告訴我為什麼沒有？」誘哄似的，他的手撫上了她的肩頭，順利剝開了她的紗衣，吻向下移去。

她受驚地喘了一聲，緊攥住他肩背的衣料，但沒有推拒，只是用力揉皺了。「因為，」她閉上了眼，還是說出了那個答案，「因為我……不想。」

青年停住了動作，手按著她的腰，抬起了頭，他看了她一會兒，忽然傾身，又吻住了她的唇。「不想最好。就算想，我也不許。」在碎吻的間隙，他低語著回她。

什麼叫「就算想，我也不許」。這一語入耳，祖媞倏然於恍惚中抓住了一線清明。就算她不擅七情，到此時也不得不懷疑一件事——「你是在……吃醋？你喜歡我？」她糾纏著他的呼吸問出這句話，自覺心驚，因此聲音輕得似絲絃上的餘音。然後，她感到青年的呼吸滯住了。

兩人面貼著面，她睜開眼，想看他的眼睛。卻在此時忽感唇上一刺，他竟咬了她。又咬了她。

這一次他咬在她上唇，其實不疼，只是她肌膚嬌嫩，必然又要留印。這著實可惱。但輕惱之餘，她又覺他這舉動可愛。不可愛嗎？這威嚴的銀龍此刻竟像是一隻有小脾氣的狸奴，被猜中心事便要揚起爪子撓人，也不是想將人撓疼，只是為宣示他的不豫。很可愛了。

「你喜歡我。」她小聲地吸著氣，手抵在青年胸前，微微推開了他。那些因害怕失望而不願探究的他對她的情意，那些因覺似是而非而不敢確認的他對她的情意，此刻如此清晰地呈現在她面前，教她也敢於篤定，「不是遊戲人間逢場作戲，不是對誰都如此，是只喜歡我，只有我是特別的，是只想將我拽入紅塵，是不是？」

青年沒有否認，看著她，眸光閃了閃，「覺得討厭嗎？」

他沒有否認。

那便是真的。

祖媞深吸了一口氣，腦中一片空白。「怎麼會討厭呢？」她輕喃。因那場注定會到來的大劫，她一直覺著兩人能保持現狀便很好了，從未想過要將這份難卜前路的心意宣之於口，因此也並不期待從他那裡得到一句切實的回應。可此刻，他竟毫不掩飾地向她表明心意，這簡直就像是一場夢，最好的幻夢。只是，他為何要問她是否討厭？怎麼會討厭呢。

千般思緒湧上心間。「我這樣，像是討厭的樣子嗎？明明是也喜歡小三郎的樣子吧？」她輕聲答。是含著笑說出這句話的，然話剛出口眼尾便紅了，原本清潤的嗓音也染了一點啞。

青年靜了一下，眸色變得很深，修長的指撫上她的眼尾，「也喜歡我？」那指下滑，又撫上她的唇，停頓了許久，突然問：「是因為噬骨真言嗎？」

當然不是。

「不是。」她捉住他的手，不讓那纖長的指在她唇上繼續作亂，微微閉上眼，將臉頰貼在了他的掌心，她堅定地否認，「當然不是。」頓了一瞬，有些遲疑，「不過……你呢？你是因為噬骨真言才喜歡我嗎？」

青年沉靜地看著她，手指微動，摩挲著她的頰，「我不是。」停了一下，卻又道：「但妳是。」

她不解地仰頭，微微蹙眉，「什麼叫但我是，你是不信我嗎小三郎？」

他沒有回答。

三萬年前，她選擇堅守無欲的道心，視他給予的愛為業障，無情拋棄了他，三萬年後，她卻又說喜歡他，這不是因真言之故又是因什麼呢？

當不再克制心底的暴戾和欲望，他才發現，三萬年前她給他的痛其實比他想像的更加深刻綿長，成了他無法邁過的坎，無力消遏的業。他根本就做不到成全她的道心放棄她，非要他如此，他一定會瘋。所以，他果然瘋了，如今竟想著即便囚禁她，也要得到她。

可她竟說喜歡他。他並不介意她因噬骨真言而喜歡他，因到了這一步，他甚至已做好了她會厭惡他的準備。但她竟喜歡了他，這不是很好嗎？她喜歡了他，那他便無需再用囚占的方式去擁有她了。不過，這還不夠，遠遠不夠，或許他還需……

祖媞握了握他的手腕，重複了一遍方才沒有被他回答的問題：「你是不相信我嗎？我……」可話還沒說完便被他打斷，「再同我立一個誓言吧，阿玉。」

祖媞一愣，看向他，眸中透出迷茫，彷彿不知話題為何就進展到了這一步，「什麼誓言？」

「發誓妳絕不會再同他人立噬骨真言。」他定定看著她，「我也會如此立誓。」

若同她立下噬骨真言便能讓她喜歡上，那他唯一需要做的，便是保證她絕不會再和他人立下此誓。他不挑剔，也不深思這喜歡是否來得不夠純粹，只要他是她的唯一，那便夠了。

祖媞眨了眨眼，有些不解，但此時她心中充滿柔情，只覺可將世間一切都捧給她的小三郎，何況他只是想再問自己要一個噬骨真言。

「可以啊。」她離開他，攏了攏衣衫，素手微揚，即刻便召出了作為見證的三昧聖火。她緩聲向上蒼宣布誓言，言說自己一生將只與一人結誓，在她立誓之時，青年暗沉的眸微微亮了亮，亦隨她向聖火起誓。

盟誓很快結束，金色的火焰化為赤紅的花，在兩人的手背上留下了相同的血色的印。

在印記消失的前一瞬，祖媞忽然握住了連宋的手，輕輕吻了吻那印痕。一吻後抬頭，迎上了青年專注的、深沉的，而又灼烈的目光。她忍不住又去啄吻了一下他的下頷，手攀上他的肩，再次圈住了他的脖子。

他凝眸看她，在她不好意思輕抿唇角時覆了上來，重新將她抵在了冰山上。他垂下頭，這一次兩人極自然地接吻，慢慢地，他的動作又兇了起來，滾燙的唇沿著下頷線一路移到她的脖頸、鎖骨，手也隨之撫上，剝開了她剛攏好不久的衣裙。

她沒有阻止，只是輕顫著抱住了他的肩背。

瑩千夏尋到這浮島上來時，連宋正在為祖媞穿衣。瑩千夏並沒有弄出什麼動靜，但她剛落到湖岸旁三殿下便發現了她。在她匆匆朝湖心瞥去時，三殿下彈指以水幕圍出一片屏障攔住了她的視線。雖然三殿下攔得很快，但那匆匆一瞥的風景卻已烙印在瑩千夏眼底。

冰湖中，端然難以接近的光神背對湖岸靠坐在三殿下懷裡，烏髮攏於身後，微微露出了一點雪色的肩，而三殿下扶著那削肩，正將滑下的薄衣拉上來為她重新覆上。這便是瑩千夏匆匆一瞥間瞧見的風景。

那一幕美極，冰潔中透著旖旎。

其實光看那一幕，倒也不能斷定他們是發生過什麼了。不過瑩千夏是醫者，她知他們必定是發生過什麼了。

真刺激，理論上是很懂但實際上從沒有見過此等場面的瑩千夏忍不住在心底暗暗想。

她是擔心連宋和祖媞才悄悄尋了來，不過此時卻覺自己有點白操心。

抬手冰了冰臉頰，瑩千夏提起裙子，躡手躡腳地扶著橋索離去。

第十五章

九連鎮是個尋常小鎮，位於三千大千世界中的某處尋常凡世。

鎮子盡頭有座不打眼的二進小院，小院深閨裡，一個青衣女子正攬鏡梳妝。女子身段玲瓏，僅看背影便可辨出是位佳人。但自鏡中卻瞧不見女子容顏，因她臉上覆了張精美的錯彩鏤金面具。那面具將女子的眉眼臉容皆擋住了，只露出櫻唇一點，和一小片瑩潔的下頷。

這女子正是虞詩鴛。

在她身後伺候的灰衣侍女是虞詩鴛用自北陸帶出的妖毒收服的凡妖，已跟了她幾千年，極是忠心。侍女一邊為她挽髮一邊低聲進言，「傳言說是因北朝皇帝蕭鑊問道之心切切，感動了上蒼，故上天派了商珀神君下界為眾生傳經渡厄。可仙界正追殺主上，主上帶屬下們才躲來此凡世沒多久，神君便也來這裡講經了，卻彷彿有些巧合，這事……是否有詐？」

虞詩鴛看著鏡中的自己，素手撫上臉上的面具，輕道：「阿英被他們帶走了，養靈袋也落入了他們手中。我為何會殺那些凡人，他們一定可以查到。」頓了頓，「這些事既已為仙界察覺，想來那誅神陣也很難再完成了。完成不了那陣，一旦女媧甦醒，靈珠自會回女媧處，屆時迎接我的，便是死路。」話到此處，突然低聲一笑，笑中隱含偏執，「大師兄自登仙後從未出過九重天，這還是他第一次下界。我呢，說不定此生也只能再見他這麼一次了，便是有詐，我又怎能錯過呢？」

侍女欲言又止，「可這……太冒險了。」

冒險嗎？自然是冒險的。但她能逆天改命，一路走到如今，靠的，不正是她敢於冒險嗎？若她不是這樣的人，早在三萬四千年前，她便壽盡而死一抔黃土葬枯骸了，又怎能手握土靈珠和女媧真血，以凡人之軀跳脫於五行之外？

一個不應存在於世的不倫產物，生來便為父母厭憎，一無所有地長大，生命中的一切，皆是透過冒險得來，因此她習慣冒險，也喜歡冒險。

小時候冒險，是為了在父親的打罵和母親的漠視下生存下去，那時候也不敢冒什麼大險，犯險所得的，都是些不重要的小物。

她此生第一次冒潑天之險，是在十八歲那年。

十八歲那年，有一晚，她意外偷聽到了母親和僕婢的談話，得知了自己的身世。她原來並非父親的親生骨肉，而是母親被門主欺凌後生下的孽種。她終於明白了自己為何從小被這對夫妻虐待，原是這樣。

但她卻忍不住更恨。父親軟弱，不敢對抗門主，心中有恨，便虐打她一個孩子；母親虛偽，口中說著恨門主，卻依然好端端待在長右門中，享受著門主予她的特殊照顧。可她何其無辜。她得為自己的恨尋找一個出口。

於是不久後的一夜，她在府中的井水裡投下了可令人昏睡之毒，而後，待三更時分所有人都陷入熟睡之際，她一把火燒掉了整個虞府。父親和母親皆死在了這場大火中，而她，則解脫了。沒有人懷疑她。

這潑天之險冒得很值，因它結出了一個極不錯的果——父親那關係不太好的大哥聞訊從主峰趕來這偏遠之峰接走了她。大伯是門中長老，地位很高，府中也簡單，只有他和堂姐兩個主子。大伯待她很和藹，堂姐也不刁蠻，性子親切，極好相處，她的日子好過了許多。因此，有很長一段時間，她沒有再冒過險。

她再一次冒大險，已是在四百一十九年後。

而這一次，她殺死了她的堂姐虞風鈴。

那是商珀失蹤的第二年。

她堂姐愛慕商珀，宗門皆知，商珀渡劫失敗，宗門尋了他三個月也未尋到蹤跡。所有人都以為商珀已死於雷劫灰飛煙滅了，唯她堂姐不信，荒廢修煉，日日找尋。便是在第二年，竟真讓她堂姐尋到了商珀。但她堂姐不曾告訴宗門。她也是發現她堂姐那些日情緒不太對，趁她醉酒巧言逼問，才知此事。

她堂姐說，前些日她尋得了有關大師兄可能在西荒的線索，便匆匆趕去了西荒，不料半道為一頭妖獸伏擊，危急之間，一位女子搭救了她。待她醒來，竟發現自己身在一處仙山中，且在彼處，她還見到了大師兄。但大師兄失去了記憶，已不再記得她，且大師兄還和救她的女子成了親。那女子乃上界之仙，腹中已有了大師兄的骨肉。

商珀自幼修無情道，素來無心，誰能想到有一天他也會對女子動情。可商珀有了心，懂了情，卻與他人成了親。她想，也不怪堂姐會傷心。

從堂姐口中撬出此事後，堂姐再要出遠門，她便悄悄跟著。然後她發現，堂姐每次出遠門，竟都是去西荒的一座仙山。她知大師兄和他的仙界妻子便在那仙山中。

山前有陣，當堂姐在山下徘徊時，會有素衣仙子前來接引，領堂姐進去。但她是進不去的，所以她偷偷藏在山下，一邊等堂姐，一邊也是想撞運氣，看能不能偶遇大師兄和他那身為上界之仙的妻。

但大師兄和他的仙界妻子卻不怎麼出山。只偶爾有侍女打扮的仙子下山辦事。

有一天，她聽到兩個素衣侍女議論她堂姐。

兩個侍女一長一幼，山道之上並肩而行。年幼的侍女不高興道：「神使大人難道沒有注意到那凡人小姐偶爾看商劍君的眼神嗎，為何還一次次允她入咱們豐沮玉門呢？」

年長的侍女慈和答：「商劍君在歷雷劫後將過去忘了個乾淨，神使大人也希望他能憶起過去，常有故人來訪，說不定能助商劍君恢復記憶。再且，妳近日不是在研習相面學嗎，怎不知虞小姐耳白唇紅，眉清目潤，乃是有德之人？」輕嘆，「人有七情，喜歡一個人不是錯，便是虞小姐對商劍君有情，只要她無背德之心，無背德之行，便值得妳我以禮相待。妳往後不可再說這樣的話，也不可對虞小姐不敬。」

年幼的侍女受教地垂頭，想了想，道：「這倒也是，每次她離開，神使大人總有寶物相贈，但她一物也未取，的確是個清正守持的凡人小姐。」

侍女們一番話入她耳中，她心神巨震。她堂姐竟是這豐沮玉門的座上賓，還常得仙人寶物相贈。

半血凡人們居住的北陸雖也是北荒的一部分，然玄冥上神掌御之下，神魔妖鬼四族鮮少踏足此地。他們這些凡人極少見到神仙，對仙界之事也知之甚少。不過即便如此，一座仙山能擁有多少財富她也可以想像。她堂姐明明得了機緣，卻不善加利用，簡直浪費氣運。

便是在那時，她堅定了對她堂姐的殺心。

她堂姐待她全不設防，於是在回程的路上，她以邪術奪了她堂姐的魂。魂魄被她扼住時，她堂姐震驚極了，不可置信地問她為什麼，說「我自問一直待妳很好，是個好姐姐」。她毫不猶豫地吞了她，連回答都吝於給她。能問出這樣的問題不是很蠢嗎？她堂姐一個千金養成的無憂無慮的嬌小姐，怎能明白她一個孤女的艱辛？寄居在大伯家中，他們父女倆看似待她不錯，可她依舊是個外人。不打緊的靈材靈寶大伯會施捨她些許，可要緊的修行秘寶她是沾也不要想沾的。

她早知大伯從前因探一個秘境受了妖物暗算，此生無法再育子嗣，堂姐是大伯唯一血脈，若堂姐沒了，那她便是虞家僅存的後繼之人。大伯無視她修行的好天資，不給她向上爬的機會，她便自己尋找機會。

因此她殺了她堂姐，並生吞了堂姐的魂魄。

她極擅偽裝，過去也曾有相面之士為她相過面，道她眉目低垂，地閣窄小，是個柔弱到甚至軟弱的面相。不過，她不確定她的偽裝能否騙過仙人們。故而她吞食了堂姐的魂，再施以術法，利用那魂魄的清正之氣，從根本上改變了自己的面相氣質——這將助她承繼堂姐的機緣，踏入那仙山的山門。

她堂姐就這樣死去了。

沒有人懷疑堂姐之死與她有關。

大伯悲痛了月餘。

最終，為了虞氏血脈不斷，大伯將她過繼到了膝下。她擁有了高貴的身分，成了長右門虞氏唯一金尊玉貴的大小姐，從此華服美飾用之不盡，靈材靈寶取之不竭。不過，她也沒有忘記前往豐沮玉門，去承繼堂姐在仙山的機緣。

豐沮玉門山前，她拿堂姐常佩的玉珮叩開了山門，向侍者陳情，說堂姐不幸，遇妖襲而亡，死前告知了她大師兄還活在這世上，託她每個月代她來一趟豐沮玉門看望大師兄。侍者觀她面相，不疑有他，立刻前去通稟了瑩南星，不久，她便被迎進了山中。

她終於踏入了這座名為豐沮玉門的仙山，在山中見到了大師兄商珀劍君。因修無情道而冷心冷情的大師兄在失去記憶後居然不再拒人千里，見到她竟會主動同她打招呼，令她吃了一驚。可更令她吃驚的卻是她自己——她竟會在商珀看向她、叫出她名字的一剎那心跳不已，就像她多麼渴望他的眼能看到她，他的口能呼出她名字似的。她從前對這位出類拔萃的大師兄是有幾分仰慕，但遠不到會對他臉紅心跳的地步，這太奇怪了。

他們站在一座花園前。玄衣劍君立在幾步外，說著對她堂姐的死感到遺憾的話，又略帶擔憂地勸她節哀，她卻只能聽到自己咚咚咚咚毫無章法的急劇心跳聲。

大約是注意到了她的魂不守舍，商珀猶豫地喚了她一聲，「師妹？」

她愣愣回過神，正要回應，忽聞身後傳來吱呀一聲。

她注意到商珀的目光驀然柔軟，越過她向她身後看去。

她亦往後看去。花園的籬笆門被一隻素手推開，一位白衣女子出現在門旁。女子仙姿玉貌，銀髮雪衣，懷裡抱著一束粉白的慈姑花，從模樣到氣度，都非凡人可比。她心知這便是商珀之妻，內心微震。

女子一手抱花，一手提裙，徐步向他們行來。「妳便是風鈴的妹妹詩鴛嗎？」女子主動招呼她。不愧是仙，連聲音都好聽得似花間婉轉的鶯語，「妳姐姐的死讓人難過，但凡人的靈魂不滅，妳姐姐清正善良，來世定會投一個好胎。」她如此勸慰她，頓了頓，又輕聲道：「風鈴之前在這裡種過一片換錦，如今那片換錦已開花了，妳想去瞧瞧嗎？」商珀在女子同她說話時牽住了女子的手，目光停落在女子身上，很溫柔。

她看了二人一眼，佯作傷感，恰到好處地紅著眼圈同女子點了點頭。

若沒有踏進這座仙山，她或許會對自己現在擁有的一切感到滿足，覺得做修仙大宗的大小姐已很好了。但她踏入了這座仙山，看到了瑩南星的生活。瑩南星，她擁有那樣灼目的美貌，那樣淑雅的性情，她占據著那樣多的靈材靈寶，還被女媧賜福了永恆無終的壽命……與瑩南星相比，她堂姐的人生又算得了什麼？她犯下潑天之險得到的人生又算得了什麼呢？

人，一旦成功走了一次捷徑，便會在心中養出妖魔。她雖大膽，但從前也未大膽到這樣的程度，敢去覬覦一位仙者的人生。可一想到自己那般輕鬆便竊得了堂姐的人生，獲得了現在的一切，她便無法壓抑住心中的惡念與妄想。

沒有掙扎多久，她便決定了，她要瑩南星的所有。當然，她也明白，那絕不容易，比盜取她堂姐的人生難一百倍，一千倍。但她自認自己吃得了苦，也下得了狠心。她相信她可以做到。

定下這個目標後，她便利用做客豐沮玉門的機會，有意識地搜集豐沮玉門的情報。

半年時間，她便摸清了豐沮玉門的情況，探知到山中最大的珍寶乃是一顆靈珠，那靈珠能助人成仙，使人長生；亦探知到原來山中這些侍從並非仙者，乃是妖，侍從們法力也一般，整座仙山，法力深不可測需忌憚者唯瑩南星。她還探知到瑩南星已有了身孕，不過妖懷胎與凡人不同，懷滿十八月方會產子，也就是說，兩個多月後的月夜，瑩南星將臨盆。

得知了這些訊息，一條毒計在她心中生成。回到長右門後，她親去求見了門主。

那之後，時隔一個半月，她再次來到了豐沮玉門。

見到瑩南星後，她故作憂急之態，引來了瑩南星垂問。她含著淚告訴瑩南星，自己半年前不小心說漏了嘴，教他們的師尊知曉了商珀還活著。「上個月，師尊渡劫失敗，受了重傷，延捱至今，已呈油盡燈枯之態。三日前，師尊將我召至榻前，說想在臨終前見大師兄一面。」她邊說邊抹淚，言辭切切向瑩南星，「這是師尊的彌留之願，我們做弟子的，又怎能讓師尊抱憾而去呢，故雖知南星姐姐妳臨盆在即，亦離不得大師兄，我還是腆顏向妳一求，南星姐姐，求妳讓我帶大師兄回去見師尊最後一面！」說著便要伏地叩首。

瑩南星扶起了她，允了她的所求。

她利用瑩南星的單純和仁善輕易騙過了瑩南星，帶走了商珀。

而後，商珀便沒能再回豐沮玉門。

失去過往記憶的商珀，心計和能力都大不如前，甫回到長右門便被長老們制住。門主用了長眠草使他沉睡，並將沉睡的他鎖進了囚禁惡徒的高塔中。

接著，在瑩南星臨盆的月夜，一個長右門弟子假扮作商珀，跟著她一路心焦如焚狀向豐沮玉門趕去。他們的背後悄悄跟了門主、十七位長老和數百名全副武裝的長右門精銳修士。

南星正在生產，眾妖都很緊張，瞧見她同商珀歸來，趕緊打開護山陣的一條縫隙迎他們進入。他們匆匆邁進山門，在妖侍欲關掉護山大陣時突然暴起，一劍斬下了兩妖之頭。護山陣失守，長右門數百修士攻了進去。

那一夜，戰事慘烈。他們在滄嵐頂尋到了瑩南星。瑩南星極為決絕，為了護山，竟選擇拖著產後的虛弱之體與他們同歸於盡。數百門人有去無回，連門主都死在了那場戰事裡。

門主至死不知她是他的女兒，也不知她慫恿他領門人來攻豐沮玉門亦是對他的算計。她想讓他死。

門主雖死，但她和大伯逃了出來。他們還拿到了土靈珠。是門主死前從瑩南星腹中取得。瑩南星還是厲害，死前辨出了她帶回的商珀乃是個冒牌貨，她沒能成功離間瑩南星與商珀的感情。且瑩南星將她剛誕下的那孩子藏得極好，她也沒能找到那個在她看來根本不該存在的孩子。

不過也無所謂，她想，只要她最後能得到土靈珠和商珀就行了。

是了，除了土靈珠外，她還想得到商珀。她曾仔細反思過她是從什麼時候開始對商珀產生覬奪之心的，最後發現是在吞下虞風鈴的魂魄後。或許，隨著虞風鈴的魂魄融入她魂中，虞風鈴對商珀的赤誠深情便也似一劑毒藥瀰散在了她的靈魂深處。虞風鈴懦弱，又有些沒必要的良善，此情在虞風鈴魂中注定被壓抑被約束，可她卻不是那等會委屈壓抑自己的人，故而當此情在她魂中生根，催發出的便一定會是「覬奪」的果。

可她見過太多因困於私情而走向敗局的人生，自覺情之一物一無是處，只會成為阻礙她上行的枷鎖，所以一開始，她對魂體中湧露的對商珀的情思是完全抗拒的，甚至諷刺地想，或許讓她對商珀生情，便是她那無能的堂姐對她的最大報復吧。

但這報復又確實是有效的。

她試過抵抗，然對於她這樣並不懂得克制的人來說，違背靈魂之欲的痛苦是可怕且令人難以承受的。她向來是個識時務的人，所以她很快選擇了放棄，還給自己找到了一個極好的她需得放棄抵抗的理由——她原本就是想要瑩南星的所有，奪取商珀同她的目標從來就不衝突，況且瑩南星那樣珍視商珀，幾乎將他看得和土靈珠同等重要，擁有商珀，不才算是真正擁有了瑩南星的一切嗎？

而經歷了豐沮玉門這血流成河、白骨露野的一夜，土靈珠已到了他們虞家手中，接下來她需要用心去設計奪占的，便只有商珀了。

長右門中原有二十一位長老。當初門主採納她的獻計後，曾與諸位長老商議攻取豐沮玉門之事。此事遭到了四位長老的反對。門主斥那四位長老婦人之仁，將他們鎖入了高塔的頂層，之後，便領了另外十七位贊成此事的長老雄心勃勃前去奪寶。這十七位長老中，包括她的大伯。

所以說，她大伯也不過是個偽君子，平日裡滿口仁義道德，大利當先時，又哪管什麼仁義，什麼道德。

那一夜後，只有三位長老存活了下來。

門中傷亡如此慘重，一大要務便是選出新的門主。在選出新門主前，靈珠先由她大伯虞長老保管。

她想得到商珀，她大伯一直知道。因奪得靈珠她出了大力，故她很容易便從大伯那裡借得了靈珠。而後她打開高塔，以靈珠之力刪抹掉了商珀關於瑩南星的記憶。怕刪得不徹底，她還用靈珠磨斷了商珀的情根，以確保他心中再無半點瑩南星的影子。她用了很長的時間去磨斷商珀的情根，待情根徹底磨斷後，她給商珀餵下了長眠草的解藥。

很快，商珀醒來了。

她多聰明啊，見磨斷情根前塵盡忘的商珀眉目間重聚冷霜，竟像是又回到了從前無情道未破時那般淡漠冷峻，深知趁此時向他傾訴情意反會惹他不喜，她立刻改變了計畫，將原本準備好要說給商珀聽的故事極巧妙地動了一筆。

在這個新故事裡，商珀渡劫失敗後流落西荒，命懸一線時，是她這個師妹將他救回了宗門。他傷勢過重，一直沒能醒來，在他昏睡養傷之際，宗門被仇家尋仇，一夜血戰，門主身死，長老團也不剩幾人，弟子更是死傷無數，萬年大宗竟一夕凋零。

她紅著眼看向商珀，「我知大師兄有恩必報，師妹今有一事，欲求大師兄。」她假作一心為長右門、為她大伯的大業，「門主之位如今空懸，幾位長老皆有一爭之心，韋慈長老呼聲最高。但相信大師兄亦知，韋慈長老寬仁有餘，威焰不足，而『義不養財，慈不掌兵』，宗門遭此大難，能重振宗門者必得是有威焰有魄力之人。恕我對幾位長老不敬，我認為除我父與大師兄您，幾位長老皆無此威勢也無此魄力。但大師兄一心修道，想是不願理這俗務，那便唯有我父適合執掌山門了。可我父不及韋慈長老聲望重，故我希望借大師兄威望一用。」話落跪地，她繼續，「我知這話很沒臉，但此時我也顧不得了。」她望商珀一眼，深深拜在他榻前，「大師兄若要還恩，我希望大師兄娶我，與我生下承嗣子，助父親登上門主之位，以還此恩。」

當然，一切都是謊言。她大伯取門主之位根本不似她所說那般艱難。如今門裡門外已由她大伯一手把控，另外兩位存活下來的長老皆重傷在床，全然不是她大伯的對手。她撒下此謊，只因若她說喜歡商珀，欲嫁與他，這在商珀看來，便是在向他強求姻緣和牽絆，即便因救命之恩壓著，他不好拒絕，她也會為他所惡。但她如此說，便不是在向他求姻緣了，不過在向他求一樁交易，他反而不會多想，也不會厭惡她。

她之所行，乃明晃晃的挾恩以求報，但她將姿態做得極坦蕩，極磊落。她知她如此作態，反而不會被修無情道的清正淡漠的大師兄討厭。

她抬頭看商珀。果然，商珀眼中一派平靜，並無煩憎之色。

修仙之人不欠人因果。商珀答應了她。

她借垂首拜謝商珀之機，掩住了唇角志得意滿的笑容。

她想得很好，覺商珀既答應了娶她，同她誕育承嗣子，那未來兩人便必會有親近之機。而待孩子誕下，兩人之間還會有共同的牽絆，她會成為商珀最特別的人。屆時她再使些潤物細無聲的手段，不怕商珀不對她動心，她最終一定能得到一個身心皆屬於她的完完整整的商珀。

自她殺了堂姐，承了堂姐的機緣，占了堂姐的地位，人生便一帆風順，任她想謀算什麼，皆是手到擒來。如此經歷使她極為自負，根本不覺得對商珀的盤算會出什麼問題。

然成親那夜，她坐在喜床上左等右等，卻並未等來商珀。

也並未等來她想像中的洞房花燭夜。

近黎明時，她在宗門的閉關聖地寒冰洞中尋到了商珀。青年一身玄色道袍，閉目趺坐於冰湖中心的巨石，正自靜修。她涉水來到湖心，壓抑住惱怒，做出惹人憐的姿態，素手輕搭商珀右臂，委屈相問：「今夜是我們的洞房夜，大師兄為何卻在此處？」輕咬紅唇，眸中浮出淚光，顫聲，「師兄答應了要給我一個承嗣子，是……不作數了嗎？」

商珀睜開了眼睛，仍是一貫的平靜，「師妹來得正好。」他微微抬手，自儲物錦囊中取出一物來，那物呈長條狀，被一匹素緞裹住。他將那物放到她面前，「這是我的一段骨。」

在她不解的目光中淡聲解釋，「取我一段骨和師妹一碗血，以大陣祭冥主，便能得到師妹想要的承嗣子。師妹將此骨帶給虞長老吧，他知該如何做。」

平淡的幾句話猶如當頭一棒揮來，她腦中一嗡，萬萬沒想到商珀竟會有這樣的安排。他既不打算親近她，那她的籌謀還有何用？

「可……」她心慌意亂，想說點什麼，但青年已閉上了眼，「師妹之恩，我已還了，紅塵因果已了，巳中吉時到，我便要開始閉死關以期飛昇，師妹可以離開了。」

她千算萬算，卻未曾算到這樣的變數。然正如商珀所言，在他看來，他的紅塵因果已了，如今凡塵中已再無他掛念的人或物了。她攔不住他，嘔得要死，卻無計可施，只得眼睜睜看著商珀在天明之時封了寒冰洞門，閉了死關。

之後不久，虞英出生了。

三百年後，商珀出關，在出關當日成功飛昇，飛昇之時，未看她和虞英一眼。

又一百年，她大伯依靠靈珠修行，也迎來了飛昇大劫。但就算身懷靈珠，她大伯亦未渡過那劫，被天雷劈得半死。她知有靈珠在，她大伯便不會死。說起來，她已經許多年不曾碰過靈珠了。她大伯對她是還可以，門中寶物任她取用，但不包括土靈珠這件至寶。她又怎甘心靈珠為大伯獨占，因此，在她大伯飛昇失敗身受重傷之際，趁著侍疾之機，她神不知鬼不覺地殺掉了她大伯。

大伯死後，她順利占有了靈珠，繼承了門主之位，開始一心一意修行。

如此辛苦修行，一為登仙，二為商珀。

她一直未能將商珀放下。

她個性偏執，想要的東西，無論如何她都是要弄到手的。可費了那麼大力，用了那麼多心思，她卻一直未能真正得到過商珀，這讓她如何能甘心。

或許，她對商珀的情思最初是生發於被她吞入的虞風鈴的魂，是虞風鈴的情意一寸寸撫過她的魂體，在她的心間點燃了一粒火種，但如今四百多年過去，火勢燎原，歡愉也好痛苦也好，放縱也好忍耐也好，都是她自己在這片烈火中的體驗，卻是同虞風鈴無關的。這已是獨屬於她的情，如果它能被稱為情的話。

或許她這樣的人，一旦對人生情，那情最後也只能走向這樣的偏執。不過她也無所謂這是不是一種偏執。她只知她必須要得到商珀，因唯有如此，才能消解她靈魂深處一直未能被滿足的疼痛和空虛。並且，為了得到他，她已經走到這一步了，便更不能放棄這執念，否則豈不是前功盡棄？

憑倚靈珠修行的確可一日千里，五百年後，她便迎來了飛昇劫。但不幸的是，與她大伯一樣，她並未渡過那劫。直至她的兒子虞英成功飛昇，她方知飛昇劫的最後三道雷竟是功德天雷，凡人欲登仙，還需透過功德天雷的考量，而似她這般弒父弒親雙手沾滿血污之人，是根本不可能飛昇成仙的。

得知這個消息，她如遭雷擊，第一次對自己選擇的這條不擇手段之路產生了懷疑，但她很快壓制住了這種懷疑，因否定這條路便是否定她自己。她不可能否定自己。她一遍又一遍地告訴自己，上天讓她一路走到如今，做成功了這樣多的大事，必是有意義的，即便不能成仙，她亦是上天選定的特別之人。試看這天下，能以卑微之身攀至她如今所在高位的能有幾人？除她之外，別無他人了。

她重振了信心。

後來，她在凡世遇到了溫宓。自溫宓處聽聞女媧靈珠可誅滅女媧的傳說時，她的血沸騰了，一個大膽的想法掠過腦海，她想她明白了她為何能自瑩南星手中取得靈珠，也明白了自己存世的意義。她又豈需靠天劫考核成仙？誅滅女媧，取而代之，方是她應做的大事！屆時，高貴的神位，無盡的壽命，還有那已飛昇為九天之仙的商珀神君，都將是她的囊中之物。

她再一次踏上了冒險之途。

這一次，她殺了一百四十七個凡人。

眼看曙光已近在眼前，不想一著不慎，竟走入了絕境。

正如方才她同身旁侍女所說那般，她在凡世所做之事已為仙界察覺，那誅神陣很難再完成了，而完成不了那陣，一旦女媧甦醒，靈珠自會回女媧處，屆時迎接她的，便將是死路。

不過，這也不是她第一次走到類似絕境的境地了。

說不定，這一次依然可以絕處逢生呢？

只要她敢冒險。

她握緊了手中的金簪，簪子刺破手心，流出了一點血。她勾了勾唇角，抬起手來，將那一滴血舔掉了，而後懶懶將簪子插入了鬢髮中。

第十六章

黃昏日暮。

與虞詩鴛同一凡世的一個山居小院中，祖媞正臨窗而坐，打量著指間的一串銀手鏈。

前些日瑩南星助他們感應到虞詩鴛乃是藏在此凡世後，他們便立刻趕來了。南星精力越發不濟，感應了一次土靈珠的方位後又陷入了昏睡，無法隨他們前來，故此只有她、連宋、商珀，外加一個寂子敘來這裡。寂子敘扮作商珀的掌事仙使，同商珀一起歇在山上的皇家道觀白玉宮中，她同連宋則在山下賃了個小院住著，以免打草驚蛇。

商珀將在白玉宮中講經的傳聞好幾日前便散播出去了。甕已置好，只待君入。

而考慮到他們這些八荒之仙在凡世施法易受反噬，連宋下午去了冥司，找謝畫樓借利千里一用。

她別無他事，便坐在窗前等連宋。

風有些冷，她掩上窗，把玩著指間的手鏈。

那是條銀色的細鏈，鏈子上間綴了些紅玉雕鏤的小花，有吊鐘、山茶、蔦蘿，還有紅蓮、彼岸、芙蓉葵等。一朵朵小花玲瓏精巧而又栩栩欲活，隨手一晃，花盞輕撞，鏈的銀與玉的紅交相輝映，璀璨迷人。

即便這是條普通手鏈，也是極別緻不俗惹人喜愛的，更別提它還是由龍之逆鱗打造而成。

是了，看到它的第一眼，祖媞便知它是由龍之逆鱗打成。

收服朱厭獸那天半夜，月光微涼，灑於階前，她幽幽醒轉，發現自己躺在連宋懷中，他們所處之地已不再是小次山的朱厭洞了，而是豐沮玉門她長居的竹舍。

秋夜幽涼，她只著了條素緞裙，本該覺著冷的，但他在她身後攬著她，使她的後背緊貼住了他的胸膛，她彷彿挨著一個極暖的火爐，倒並不覺涼。

他一隻手放在她脖頸下，容她枕著，一隻手握住了她的左腕。兩隻手相疊，就垂放在她眼前，使她睜眼便能瞧見他暖玉似的指，和指下不知何時出現在她腕間的精巧手鏈。那獨屬於龍鱗的光在幽夜中輕閃，她抿住唇，目光停落在那銀鏈上。龍族若贈人逆鱗便是以此求親的傳聞恍然掠過腦際，她的心跳驀地加快。

按捺住突然加快的心跳，她抬起空著的那隻手欲碰觸那銀鏈，伸手時才發現，右手無名指上多了一枚紅蓮戒面的戒環。那戒環亦是由逆鱗製成。身後的人忽然動了，握住了她伸出的手，將她禁錮在懷中。

他亦醒了，聲音有些低啞，在她耳邊問：「還早，不再多睡會兒嗎？」

如何還能睡得著？她轉過身面朝著他，眸中含光，將佩著美麗玉飾的左腕橫在他眼下，唇角微揚，「小三郎，你是要向我求親嗎？」

在她話落之際，他睜開了眼。但他似乎不甚清醒，沒有去看她的腕，反抬手揉了揉她的耳垂。而後他攬了她一下，低頭在她眉心吻了吻，微啞的嗓音中帶著一點睏意，「不許取下來。」

這是默認了。

她埋首在他胸前，忍不住笑，「你是不是怕我不答應你，才趁我睡著時把逆鱗放在我身上？」

「促狹。」他閉著眼，聲音清醒了不少，「如今神族成婚，需製三書，行六禮。但離那大劫只還有兩年半，這兩年半裡，妳我的婚事想是難有時間好好操辦。」下巴貼著她的髮頂，他低聲，「待拿到土靈珠後，我回一趟九重天，請天君去姑媱提親，將妳我的婚事先定下來，待鎮壓了慶姜我們再行婚儀，妳覺得如何？」

她第一反應是這是不是太快了，畢竟昨日他們才互訴心意，但又一想，一對男女兩情相悅後，自是當談婚論嫁。神族裡不這樣的當然也有，但好像都不是什麼正經神……

不過，男女之間，一旦談及婚嫁，那便不是兩人之事了，也不知天君對小三郎的婚事有沒有別的安排。她微微沉吟：「你打算得很好，也很妥，只不過，若天君不願你娶我呢？」

「他為什麼會不願？」青年睜開眼，像是徹底清醒了，蹙眉，「他覺得我不配娶妳？」

「……」

他輕嗤：「我不配娶妳，我還不配入贅姑媱嗎？」

「……」

彷彿覺得這是個極好的主意，他攬著她，在她額際印下一吻，將臉埋進她的秀髮中，「那我就入贅姑媱。」又問她：「我入贅姑媱，妳要不要？」

她完全沒搞懂他是說真的還是在開玩笑，但不知何故，他這樣攬著她，將頭埋進她髮中，彷彿有些悶地同她說話，倒教她品出一絲可愛來。她抿著唇，伸出食指，點了點他寬闊的肩，小聲問：「小三郎，你是在撒嬌嗎？」

他抬起頭來，微微勾唇，是個不明顯的笑。「我是在撒嬌。」他學著她，也小聲答，還小聲追問：「如何？若我入贅姑媱，妳要不要我？」

如此英俊的，強大的，可靠的，聰明的，有時候又很促狹可愛的，喜歡她的小三郎，她怎會不想要呢？

「我要啊。」她伸手碰了碰他的臉。

他深深看了她一眼，捉住她的手，垂眸親在她指尖。溫熱的觸感自指尖傳來，她想要縮手，卻被他攥緊了。抬眼看到他微垂的睫，她有些走神，她想要他，但也無法不去想兩年半後的那場劫，以及無數個預知夢裡她必死的命途。

從前她處之泰然，對這一切接受良好，因得之我幸不得我命，也因她從未考慮過要在這短短三年裡去獲求一個情鍾於自己的心上人，還想著若無法逆轉命運、最後她依然死在那場大劫中，那於連宋而言，也不過失去一個親近密友，或許他會傷心，但不至於傷心太久，這個結局倒是也能讓她心安，讓她接受。

可如今，又該怎麼辦呢？

她有些茫然。

連宋情鍾於她，讓她不可抑制地欣悅。她想要緊緊地抱住他，無法違心推開他。可享受著這種喜悅與溫情的同時，那布滿陰翳的未來也讓她感到了一種隱秘的，不劇烈的，卻綿長的疼痛。

該如何做呢？

她忽然想起霜和前日捎來的殷臨寫給她的信。殷臨在信中說了幾句閒話，提到了青鳥族的彌暇王君，道那彌暇終於還是服下了一念消，消了對連宋之情，如今已同欽慕她的那個小侍衛結為了夫妻。又說她本就是個不錯的守國之君，不再為愛癡狂後，有了一位品性如蘭的王夫與她相得，如今過得還不錯。

她雖同彌暇不熟，但也知彌暇癡情，對連宋執念極深。如今想來，癡情到瘋魔的彌暇，在服下一念消後都可忘卻前塵，好好過活，那麼，小三郎應該也可以吧？

她鎮定了些許。

若她終會離開，她要確定有辦法可使她的離開不給她的心上人帶去太大痛苦，如此，她才敢在此時心安理得地牽住心上人的手。

因著骨子裡的慈悲，她在學會愛、習得了愛的自私之時，也無師自通地習得了愛的無私。只是她不知，無私的愛，在給予之時，其實是伴隨著陣痛的。

「怎麼在發愣，在想什麼？」擁著她的人突然握了握她的手。

她驚了一跳，回過神來，掩飾地撫了撫耳垂，又摸了摸脖頸，「我只是在想，你居然送了我一整套首飾。」

「嗯，是一整套。」他道。

房中雖未點燈，然月光極亮，足可照明。有風入內，紗帳輕舞。

雪白的紗帳被風揉著，似一位情姿婉婉的美人。越過青年的肩，她盯著那舞動的輕紗瞧了好一會兒，忽感這一幕熟悉，好似在遙遠的過往，她也曾經歷過這樣一個夜，那夜裡有昏淡的光，有一張榻，有風，有隨風輕動的紗帳……可再要細想，卻又理不出什麼頭緒，眼前一切似被蒙了一層迷霧，忽地亦真亦幻起來。

便在這亦真亦幻之中，青年忽然開口，「它們還有名字。」接著，他在她耳邊唸了一句詩，「明月初照紅玉影，蓮心暗藏袖底香。」

她一愣，這詩彷彿也很熟悉。她低聲喃喃：「你是說，這句詩，是這套首飾的名字？」

「嗯。」他微垂著眸，長指劃過她的腕，落到了她戴著紅蓮戒環的無名指上。說不清他是在描摹那逆鱗飾，還是在撫著她的指。她輕掙了一下，抱怨了一聲，「癢。」他停了動作。她好奇地問：「怎麼起這麼長的名字？」

他沒有回答這個問題，只道：「就有這麼長。」

可用一句十四字的長詩來給首飾做名字也太奇怪了，她微微仰頭，抿著唇，似疑非疑地低嘆，「你不要糊弄我啊。」

青年驀地愣住了。

看到青年露出愣愣表情，她不明所以，偏著頭輕喚了他一聲，「小三郎？」

青年回過神來，鳳目中的眸色變得極深，過了會兒，突然一笑，回她：「糊弄妳？怎麼會。」說著這話，他的手撫上了她的耳，「明月。」移到她的脖頸，「紅玉影。」順著她的肩，滑至她的右指，「蓮心。」再移到她的左腕，「袖底香。」

他像是將她當作了一把琵琶、一張琴，配合著那些逆鱗飾的名字，以指點過她的耳、她的脖頸、她的手、她的腕，像是在琵琶和古琴上譜曲，風雅，又含著風流之意。

隨著那溫熱的指滑過身體，她止不住戰慄，肌膚泛出桃花一般的粉色。「你……」剛發出一個音，他的手已彈撥到了她的足踝，此時她才發現右足上竟也被綁了一只飾品，是條足鏈。

「這是……步生蓮。」青年道，在她來不及給出更多反應之時，欺身覆了上來。

他們在那一夜定下婚事，次日，當祖媞戴著那套逆鱗飾現身時，除了自見到瑩南星後便有些魂不守舍的商珀外，豐沮玉門諸眾皆露出了不可置信之色。

她早料到了他們會吃驚，並不覺什麼，但瑩千夏的神色卻有點古怪，彷彿擔憂多於驚愕，令她微覺稀奇。

瑩千夏沒讓她等多久，用過朝食便來找她了。

後山的山茱萸樹下，這位妖族郡主秀眉深鎖，向她福禮後緩緩道來：「殿下禁止臣女透露，但臣女覺著此事還是讓尊上知曉為好——臣女其實是被折顏上神派來看顧殿下病情的。

「昨日尊上問臣女，三殿下為何會生出殺戮心，因彼時人多口雜，臣女不好細說。殿下如此，實則是因他生了心魔。殿下他這樣已有一段時日了，原本靠著折顏上神的鎮靈咒，那心魔已被壓了下去，不想近日它卻又破柙而出，而此番竟是難以遏壓。折顏上神花了極大力氣才馴服它，又將它的戾氣化了一半入三殿下靈府，使殿下不再那麼容易犯病了，但心魔戾氣入殿下靈府，也導致了殿下性情大改。

「或許尊上也察覺到了，殿下變得偏執了許多。而據折顏上神說，除去極端與偏執外，殿下性格中的其他負面因素也會在這段時間放大並凸顯出來，譬如……」說到這裡，少女微頓，「掠奪欲與占有欲。」飛快地說完這七個字，少女覷了她一眼，見她神色如常，少女垂眸繼續，「更因他情緒不穩，還可能會一時這個想法，一時那個想法，似朝令夕改，朝……」少女又卡了一下，再次抬眸覷她。

這一次，兩人的視線撞到了一起，她大約也猜到她為何又卡住了。「無事，妳直言便是。」她道。

少女聞言，向她歉意一禮，低聲道：「那臣女便直言了。臣女是想說，似朝情夕逝這樣的事，未來也是有可能發生在殿下身上的，屆時還請尊上務必穩住，看在殿下是個病人的分上，勿要氣惱於殿下，多順著他，以免刺激他，加重他的病勢。」

說完這些話，少女的目光掠過她身上的逆鱗飾，躕躕了一瞬，又道：「臣女實未料到殿下會拔出逆鱗向尊上您求親，須知這門古禮已廢止多年，新神紀以來便沒有龍族會如此做親了。殿下這行為著實太過極端，不知是否是因心病加重之故，臣女也會盡快去信一封問問折顏上神的。」

少女年紀雖不大，說話卻有條理，有重點，也有分寸。

她面上不顯，心底卻掀起了巨浪。她從不知連宋竟生了心魔。他們有那麼多時間都在一起，是她太粗心，還是他在她面前裝得太好了？瑩千夏話中的隱意她也聽明白了。少女是在委婉地告訴她，連宋向她求親，不一定是因喜歡她，也有可能是心魔導致的占有欲作祟。她也認可少女的判斷，但此時卻顧不得這些了。她凝眉問少女：「小三郎他為何會生出心魔？」

「《醫經》道，『心有執，逢其時，心魔生』。」瑩千夏垂首答，「臣女早先以為殿下是因對尊上求而不得，故生心魔，但這兩日看來，尊上與殿下處得甚好……應當是臣女料錯了。目下唯一可確定的是，殿下是因生了情執而有了心魔，如今想來，這情執中的情，也不一定就是指男女之情，此前倒是臣女狹隘了。臣女推測，或許殿下心中是存著什麼自幼便有的心結，機緣巧合下為魔族暗算利用，故得了此症吧。但尊上也不必太過擔憂，折顏上神正在思量徹底破除殿下心魔之法，臣女看折顏上神對此彷彿很有把握，缺的，應當只是時間罷了。」

她點了點頭，沒再說什麼。光神雖主療癒，但畢竟不是醫者，原初之光是能療癒萬物，然能療癒的多是面上之傷，心病之類她並不擅長。雪意倒是很擅安神鎮靈，或許能對小三郎的病有建言，但據霜和帶來的消息，前去尋找風主瑟珈的雪意自入了冥司便與姑媱斷了聯繫，如今已有好些日了。她原就打算拿到土靈珠後便趕往冥司尋雪意，這下尋雪意之事更需提上日程了。

仔細想想，小次山中的連宋和昨夜的連宋，在性情上比之以往確有一些微妙改變。若他是因生了病，又在噬骨真言的驅使下被激發了占有欲才對她如此……那，就當昨夜作了一個夢吧。失落、窒悶是必然的，她甚至還感到了一點痛，但她沒有那麼多時間患得患失，她只能允許失落、窒悶、驚痛這些情感占據她的情緒一刻。

她知道她想要什麼，能要什麼，最多能得到什麼。可能因從前便對兩人的關係沒有過很高期望，所以此時她並沒有感到大受打擊。

他病了，病了的他可以給她一個夢，這夢很好，那她就繼續享受這夢便是，能享受一日是一日吧。

瑩千夏分辨著她的表情，後退了一步，自請罪道：「使尊上生憂是臣女不對，其實臣女對三殿下所思所行的判斷也是一家之言，或許作不得準……」

她微微抬手截斷了瑩千夏的話，「妳沒錯，不必請罪。」又笑了笑，「無論怎麼樣，我總是能包容他的。」這話說得很輕，近似呢喃。

瑩千夏露出了驚訝的表情。

那日同瑩千夏說完話後，祖媞在後山又待了一會兒方折回竹舍。一路思忖著往房中走時被叫住了，回頭卻見是坐在木亭中看信的連宋。她走過去，連宋已收好了信，「不是讓我在這裡等妳，說有事同我說嗎？」

她才想起，在瑩千夏私下將她請出去前，她的確如此囑咐過他一聲，隨之也想起了欲同他商議何事。

她摒除他念，坐去了他身旁。剛坐下，他的手便來到了她額上，手背在她額上停留了一會兒，放下後又握了握她的手指，「臉色怎麼不好？手也涼。」他不豫地問她。

她恍了一下神，心想，這樣溫柔的小三郎可真是太危險了，面上卻一派平靜，「出去轉了轉，偶遇那瑩千夏，同她說了會兒話，吹了點風，不礙事，喝兩口熱茶就好。」說著自顧自倒了一杯茶。

他微微皺眉，取過她手中的茶杯。

「哎，我的茶杯。」

「涼的，幫妳溫一溫。」他道，又問：「是有什麼事想同我說？」

她回過神來，「哦，我是想問，昨日朱厭破陣，我剛離開豐沮玉門趕去小次山，便有魔族來劫南星，此事應當不簡單吧？那幾個魔族可有留下活口？」

他一邊溫茶一邊回她：「是些半妖半魔的魔族，雖是半魔，卻實力不俗，倒是捉到了活口，卻不耐酷刑自戕了。」

她一頓，「可是同慶姜有關？」

「捉到的那兩隻半魔至死咬定他們是聽聞豐沮玉門有慈憫大妖可助他們脫去妖體徹底化魔，他們只是來尋那大妖化魔的。」瓷杯中青碧色的茶湯重新變得滾燙，他將杯子遞還給她，「不過，妳信嗎？」

茶湯入口，有些燙人，正因滾燙，兩口下去，身體便暖了起來，「眾所周知，豐沮玉門乃女媧聖地。女媧親近妖族，聖地中必有大妖鎮守，這不是什麼難探知的消息，而凡可稱為大妖者，基本上都有助修魔的妖化魔的能力，所以他們這樣說也不是不合理。」她放下茶杯，以指叩桌，「只是朱厭一出，我一走，他們便來尋南星，這是否巧合了點兒？再者，若朱厭破陣果然是他人有意為之，也不應當是這些半魔所為，他們沒這個能力。」

他笑了笑，道：「是，所以說不定此事的確同慶姜相關。」

同她議事時，青年依然見微知著中正理智，並不見什麼偏執瘋狂，同過往那個他毫無區別，讓她不禁懷疑他是否真的生了心魔。有一瞬，她幾乎要問出口了，但想到瑩千夏說他不欲別人知曉此事之語，她停下了，沒有直接問出來，想了想，只稍加試探道：「對了，折顏君看重的小輩當是醫道上的奇才才是，找一個醫道宗師讓瑩郡主跟著歷練不好嗎，折顏怎會想著令她跟著你我歷練？」

青年垂眸把玩著茶杯，「瑩千夏和妳說什麼了？」

她搖頭，故作輕鬆，「沒說什麼，問了我一些南星的事，畢竟南星也是妖族王族，她同南星也攀得上血緣關係。」佯作不解，提問道：「為什麼會這麼問我，瑩千夏是有什麼不妥嗎？」

「倒也沒有不妥。折顏上神既看重她，說明她能力不俗。接下來這些日，有個醫者跟著我們，也不是壞事。」他四兩撥千斤地回了她，也不能說回得不對。

她為他創造了時機，他卻沒有選擇主動同她坦白病情，她便知了，他不僅不希望旁的其他人知道他生了病，他也不希望已與他極為親密的她知道。或許，他更不願意她知道。

瑩千夏應當沒有騙她，他確是生了心魔。但瑩千夏的話也不可全信。正如瑩千夏自己所說，她也是一家之言。

無論如何，那心魔究竟對小三郎的性情有幾分影響，還需她自行去驗看摸索。

彼時她那樣想著。

此時在這凡世，再回憶那日兩人的談話，她依然如此作想。

她想得出神，竟有些忘了時間，不知不覺夜已深。有腳步聲傳來。她回過神。門被推開。青年玉冠白袍，一邊走進來，一邊解開身上的鶴羽披風，見她坐在窗前，微微挑眉，「已是亥中了，怎麼還不睡，在等我？」

她站起身，有些恍惚，輕啊了一聲，「已這麼晚了嗎？」說著走過去，便要接他的披風。青年卻退後一步避開了她，溫聲道：「別碰，小心凍著妳，外面下雪了，我一身都涼得很。」

「去冥司借到人了嗎？」她問他。

「嗯，謝畫樓親自來了，人已去了白玉宮。」

她有些吃驚，「怎麼是謝畫樓前來？」

青年在竹燈旁站了會兒，驅散了身上的寒氣，走過來抱住了她，頭埋在她肩上，「聽說我們已經在收尾了，她想過來瞧瞧熱鬧。」

「這樣嗎？」她靜了一下，微微偏頭，問他：「是不是很累？」

他笑了笑，在她頰邊蹭了蹭，撒嬌似的，「不累，就是想抱抱妳。」

第十七章

農曆十一月十一日乃東方三聖之一的太乙救苦天尊聖誕日，此日，同屬東方之神的靈樹神君商珀聖君蒞凡世渡厄，在北朝皇家大觀白玉宮中講授道教真經《清靜經》。

白玉宮中的正原道場裡立起一座十丈高台，聽經的信眾繞台而坐，坐了七七四十九層。這四十九層信眾裡，內七層坐的全是道士，外七層坐的全是於凡世修行的精怪靈物。一大群道士和一大群妖怪狹路相逢，大家居然沒有立刻跳起來互相殘殺，主要也是看商珀的面子。

虞詩鴛到達時，這場為期三日的講經活動已進行到最後一日。她原本打算遠遠看商珀幾眼便離開，人到此處，才發現還是想靠他近一些。又見人群最外層皆是些打扮得奇奇怪怪的山妖精怪，她這蒙面的裝扮放在他們中間也不算突兀，便果斷混了進去。然剛混進去，便生出了一種被束縛之感，她嘗試著後退，可退了三步便退不動了。在凡世的這三萬餘年，她也遇到過好幾次神仙下界傳經。的確有神仙會在講經時於道場內設下只許進不許出的結界，以免傳經現場人來人去不像樣。如今商珀也設下了這樣的結界，是同他們一樣，還是……他與那些追捕她的仙神勾連了起來，在設局請她入甕？

虞詩鴛一凜。

高台上，商珀每講完一節經都會暫歇稍時，此刻正是他歇息時。道場中一片靜謐。虞詩鴛垂眸片刻，片刻後她做出了決定，微屈著身體降低存在感，重新混入到了人群中，假裝自己只是一個普普通通的聽經人，若無其事地盤腿在最外層坐了下來。

少頃，法鈴輕鳴，正坐於台上的商珀開口，清冷平穩的講經聲充滿了整個道場。

隨著清音入耳，虞詩鴛遙望向那高台，眸中忽凝起淚。她素來強硬，一生難得有淚，此時卻流了淚，自己也覺稀罕，她不懂自己為何會哭，是因發現或許此生真的很難再得到商珀了，所以流了淚嗎？可她不該難過，而是該憤恨啊，她想。

淚水順著面具滴落到了她平放於膝的手背上，虞詩鴛愣愣抬手，欲細觀那淚，卻在此時，於那清冷仙音外聽得一重深沉法音。那法音是個女聲，帶了點森冷之意，一句一句複述著商珀的經言，音量雖不高，卻含著一種令人一聽便生畏懼的威懾力。

虞詩鴛面色一肅，本能抬手，欲施術保護自己，但那法音已攜著拔山撼海的威勢先一步裹覆了上來。靈壓罩頂，如有巨力傾加於身，胸腔劇痛，喉中湧起一股腥甜。虞詩鴛咬緊牙關，硬生生忍住了那股欲嘔之意，但她沒忍住喉間的輕哼聲。

一隻小猴精坐在她附近，聽到了她那聲悶哼，偏過頭來好奇地看了她一眼。虞詩鴛嚥下口中的腥甜，恍知這法音只她一人能聽到。

夫法音者，乃神之正言，言中含神力，可救人也可傷人。凡人是聽不見法音的，唯修行者可聆得法音。且仙神們在誦出法音時，也可對法音施咒，以決定什麼級別的修行者能聽到他們誦出的法音。

電光石火之間，虞詩鴛已確定了今日這一切的確是追捕她的仙神針對她設置的一個局。為誘她來，他們特地安排了這三日經課。為將她找出來，他們特地設了這結界，誦了這法音。

而她一旦失態，定會立刻被他們揪出來。

虞詩鴛額上滲出了細密的汗珠。該怎麼辦？

法音入耳，似有成百上千根細針沿著耳道刺入腦中，那種疼痛不可言喻，靠強忍是決計不行的，根本忍不住。或許……應該賭一把。這裡既有一撥人等著捉她，那未必沒有另一撥人伺機劫她。若能引兩撥人對上，她自能尋到脫身之機。想到此，那渴望冒險的血液立刻在身體裡沸騰了起來，讓她在疼痛之餘，竟感到了一絲興奮。賭一把，是死是活，馬上就會有一個答案！

唇際勾出一抹笑，她咬牙蓄力，驀地飛身而起，像顆炮仗似地直衝向身後的結界牆。

台上的講經聲戛然而止。

商珀注意到她了，她想。

怎麼會注意不到呢，她故意把動靜搞得大極了。

而顯然，她賭對了，此地果然還有另一撥人。

在她撞上那結界牆前，一頭猞猁精飛速竄過來擋在了她面前，氣急敗壞，「妳想撞死妳自己嗎？」緊接著，靈物群中嘩啦啦竄過來好幾十頭精怪。打頭的一頭白狼精伸手向空中一抓，抓出來個奇形怪狀的法器，朝結界一扔，那難解的結界竟如琉璃般輕而易舉便被弄碎了。

白狼大喝一聲：「走！」眾精怪齊擁而上，護著虞詩鴛後撤。

虞詩鴛一邊後撤一邊回望，見商珀和他身邊的蒙面仙侍已持劍追了上來，白玉宮的道士們亦殺了過來。

但精怪們甚有章法，並不慌，一邊護著她撤逃，一邊施術襲擊近處聽經的凡人信眾。人群中哀聲四起，道場裡亂成一團。趁失智的凡人們築成肉盾擋住商珀一行，那領頭的白狼精揚手一揮，朝空中扔出數張黑毯，又大喝一聲：「退！」眾妖趕緊跳上黑毯。白狼精同猞猁精也挾住虞詩鴛躍上了近處的一張黑毯，眨眼間，眾妖便消失在了天邊。

論理虞詩鴛的修為遠在眾妖之上，但這幫精怪法器多，虞詩鴛為法器所制，掙扎不得，最後雙眼被蒙，被精怪們挾持到了一片密林中。林中布了迷惑人的法陣。穿過法陣，虞詩鴛伺機蹭鬆了蒙在眼上的黑布，見這無人的荒林深處竟隱匿著一座丈高的黑塔。

被精怪們押進黑塔，虞詩鴛才發現，這黑塔看著小，內裡卻納著極闊的空間，形似一個巨大的天然巖洞。

一片黑霧散開，他們面前現出了一條石道，石道兩旁矗立著二十來尊七丈高的巨石像，巨石像後高聳著一方寬闊的水精台。

眼前之景令虞詩鴛驚愕，驚愕之餘，她察覺到這神秘空間中靈氣極盛。凡世不可能有這樣盛的靈氣，此地太不像凡世了，竟更像她睽違已久的故土——北荒。

難道……這黑塔竟是個什麼了不得的法器，將北荒的某個空間移到了此地？虞詩鴛心中一咯噔。這雖是個大膽的猜想，但未必沒有可能。

若果真是如此，那這幫凡妖就絕無可能是溫宓的人了——溫宓沒有那個本事弄到這樣稀罕又厲害的法器。

可，除了同她有共同利益牽扯的溫宓，還有誰會費這麼大力氣來尋她、保她呢？

精怪們將虞詩鴛押上了巨石像背後的高台。那高台由白晶石砌成，光華璀璨，灼灼耀目。但詭異的是，如此光華耀目的台面上，卻陰刻了好些讓人一看便覺暗黑森冷的古怪圖文。

透過鬆垮的蒙眼布，虞詩鴛盯著腳下的圖文暗自琢磨，身邊的白狼精忽地將她往下一按，虞詩鴛不留神被壓跪在地上。白狼精也跪了下來，向著前方口稱「主上」。

一片黑色的袍角出現在了虞詩鴛的視野裡，一個陌生的女聲隨之響起，「商珀就罷了，他身邊的黃衣仙子和白衣仙君沒有跟過來嗎？」聲音微微發沙，像陳酒，是好聽的，卻透著陰沉。

白狼精恭謹回道：「屬下用主上賜的法器給那些凡人下了咒，去白玉宮聽經的凡人盡皆中咒，命在旦夕。那些神仙選擇了救人，沒有跟上來。」

女子低低一笑，「合該如此，這才是悲天憫人的神族。」

白狼精默了一瞬，略有擔憂，「但那咒言不知能抵多久的事，屬下瞧那幾個神仙倒像是有幾把刷子……」

女子不以為意，「這是鏡面塔，便是他們，想在這茫茫凡世尋到鏡面塔的蹤跡，也非易事。」

趁著二人說話，虞詩鴛不動聲色地抬頭，想要看看將自己劫到此處的女子究竟是何人。可頭才抬到一半，眼前便一暗，接著胳膊一陣劇痛，卻是女子俯下身來捏住了她的手臂。女子的力氣極大，動作也快，來不及掙扎，她已被女子拽了起來。但她沒能看到女子的臉。女子全身上下都籠在一件黑袍中，臉也被黑色的兜帽擋住，只露出一截麥色的下巴。

下一刻，兩人已到了半空。女子貼在她身後，一手錮住她的胳膊，一手扯開了她臉上的蒙眼布，聲音帶笑，但聽之令人心寒，「不該看的，別看；該看的，且仔細看看。」見她無反應，女子突然推了一下她的頭，聲音仍是帶笑的，「向下看啊。」

虞詩鴛無法反抗，順從地低頭，下方的白晶台面盡收眼底。自此處看下去，那些身在其中時瞧著十分難懂的圖文終於顯露出了真形——那竟是一張符篆。虞詩鴛瞳仁猛縮，驚呼出聲：「這是個……陣法！」

女子默認了她的猜測，低笑，「不妨再猜猜，這是個什麼陣？」

腦中掠過一個想法，虞詩鴛一陣戰慄，竟分不清自己是震驚更多還是興奮更多，偏頭向身後，顫聲：「這是……能誅滅女媧的誅神陣，對嗎？」

「倒是不笨。」女子發沙的聲音擦過虞詩鴛耳際，斂了陰沉，竟顯得溫和起來，「本以為妳尚未收集完女媧真血，還想著讓人去助妳一臂之力，沒想到妳竟已完成了。土靈珠在妳這裡，一百四十七滴女媧眉心真血妳也拿到了，可謂萬事俱備，只欠東風。我便是來引東風給妳，助妳完成大業的。」

竟果真是誅神陣。這可真是柳暗花明又一村。虞詩鴛一顆心怦怦直跳。但她並未忘乎所以，很快冷靜下來，腦子也飛快地轉起來。這藏形匿影不肯露出真面目的女子彷彿也是八荒中人，哪一族說不準，但實力無疑是遠勝於她的。關鍵是，這女子竟也會誅神陣。傳說中啟誅神陣誅滅女媧者，可取代女媧成為地母。溫宓能力不濟，無法單獨設陣啟陣，才需依靠自己。可這女子卻不可能啟不了陣。倘果真啟誅神陣誅滅女媧者便可對女媧取而代之且無任何後顧之憂，那為何這女子不殺掉自己奪取靈珠和真血自行啟陣？

腦中轟然，虞詩鴛猛地明白過來，瞳仁一縮，恐懼融於瞳心，「誅神陣的事，是妳告訴溫宓的。以誅神陣誅神便可取代神的傳說也是妳杜撰的。」越是推測，越是心驚，「但實際上，以此陣誅神，不僅不能取代神，反而不會有好下場，可對？所以妳才要借我和溫宓之手……妳，究竟是誰？」她不動聲色地退後一步，和女子拉開距離，佯作鎮定地揚聲，試圖牽引住女子的注意力，目光則緊張地四巡，以期尋到逃生之機。

「很聰明。」女子垂首，緩慢地拍了幾下掌，笑道：「這麼快就反應過來了。」

趁女子垂頭，虞詩鴛拔腿便逃，怎料女子出手如電。她剛跑了兩步，腰間便被一條長鞭纏住，長鞭一勾，她身不由己轉了兩圈，又回到女子身前。

女子抬起戴了蟒皮指套的手，輕拍了拍她的臉，「可反應過來又怎麼樣呢，也晚了。妳以為妳逃得掉嗎？」

她一向是能屈能伸的，見勢不妙，思緒飛轉。「我逃，」轉念間，她已想好了說辭，「固然是因不想枉送性命，但也是因不想耽誤……」她不知女子身分，眼珠微轉，選擇了敬稱對方為尊主，「也是因不想誤了尊主的大事。」說著覷了一眼腳下的陣，「想必要啟動這大陣，是需一些複雜印伽，再配一些複雜咒言的吧。不瞞尊主，我雖有幾分小聰明，但記性卻差，即便尊主此刻教了我那印伽和咒言，我也怕自己記不住。試想啟陣之時，萬一我將那咒言給說岔了，豈不是耽誤了尊主的大事嗎？」說到這裡，她話鋒一轉，「我可將靈珠與女媧眉心真血雙手奉給尊主，尊主手下能人眾多，由他們啟陣，想必也會更把穩，尊主以為呢？」

「有道理。」女子道。

虞詩鴛鬆了一口氣，女子一笑，「妳希望我這麼說，是嗎？」

虞詩鴛一窒。

女子靠近她，掐手掐住了她的下頷，聲音低似嘆息，「要有多天真，才能覺得自己三言兩語，便可改變我的決定呢？」話罷一掌拍在她胸口。

隨著女子這一掌拍來，乍然之間，竟有許多她不懂的咒言如洪流般匯入她腦海，與此同時，身體也變得不受控制。

下一刻，虞詩鴛自半空跌落，摔倒在那大陣的中心，但她感覺不到疼。她就像是一個旁觀者，眼睜睜看著自己彷若無事地爬起來，甫一站定，便屈指結印，開口以一種怪異的語調，唸出她從不曾聽聞過的複雜咒文。而隨著那咒言響起，大陣八個角上陰刻的八頭洪荒異獸竟動了起來。窮奇、混沌、檮杌、饕餮……異獸們次第甦醒，脫離了陣紋的桎梏，紛紛站了起來，身軀雖只是光線織就，卻攜著令人懼怕的威壓。

雖不知這意味著什麼，但虞詩鴛感到了懼怕，可這具身體已不是她能主宰。她只能絕望地目睹自己在喚醒那八頭異獸後，又召出靈珠和女媧眉心真血，親手將那被女媧真血裹覆得嚴嚴實實的靈珠放進了頭頂的石龕。

那石龕正是大陣的陣眼。靈珠嵌入陣眼後，猛地爆出白色的光。那光似有感應，瞬間析成八條光帶。八條光帶外延至八個陣角，纏住八頭靜立的異獸。異獸靜默，那光亦靜默。她又開始唸一些不知所謂的咒言，第一節咒言結束時，石龕中土靈珠上乾涸的女媧真血忽然重新流動起來，一寸一寸染向光帶。

虞詩鴛緊緊盯著那光帶，突然意識到，待那纏著八方異獸的八條光帶被徹底染紅，當女媧的眉心真血真正進入到那些異獸身體中，這陣說不定就會被啟動，屆時八頭異獸逐血而狂，會誅了女媧，也會吞了她這個啟陣者。

虞詩鴛遍體生涼。

眼看光帶已被染紅一半，虞詩鴛徹底慌了，拚命想要奪回身體的主動權，好停止那招禍的咒言。掙扎之下，出自她口的吟誦聲的確變緩了，但她也只能做到這樣罷了。

虞詩鴛急得滿頭大汗，甚至開始企盼著商珀他們能追來——落到仙界手裡，她或許還不至於丟命。

可能喜歡冒險的人運氣都不差。當她如此祈求著時，大門處忽然傳來轟隆一聲。虞詩鴛倏地抬頭。高台之前，突現洪流滾滾。

台下的幾十頭精怪瞬間便消失在洪流中，雖也有擅水的精怪泅了上來，但他們很快便發現了不對勁——他們被囚困在了這乍然而生的汪洋裡，無論如何也無法離開。半空的黑袍女子也發現了異常，驀地傾身，直向陣中的石龕而來。

眼看女子的手距那石龕已不到三寸，忽有一物疾襲而來正中石龕。石龕被擊得粉碎，靈珠亦被那物纏著飛向遠處，黑袍女子緊追而去。她的動作不可謂不快，但有人比她更快。一道白影閃過，一個白袍青年突然出現，穩穩截在了她前面，靈珠和裹挾著靈珠的東西一起落入了青年之手。

虞詩鴛這才看清，那竟是一把玄扇。再看青年的臉，雖已有所預料，虞詩鴛還是不自禁地後退了一步——青年正是此前捉走虞英的仙君。

也是此時，虞詩鴛才發現身體的主動權又回來了。

她活動了一下手腕，看著台下的滔滔洪流，想自己猜對了，這裡果然是八荒的空間而非凡世的空間，否則這白衣仙君如何能使出如此重法而不被反噬？且，那黑袍女子的態度也值得玩味，看清青年的面目後她竟連靈珠也顧不得搶，立刻捏訣劈了個空間藏身，飛快地在他們面前消失了。看來她也認識這仙君，不敢讓仙君知曉她的身分。

彈指間便能劈出個空間陣藏身，可見黑袍女子的厲害。她既躲進了空間陣裡，便是這白衣仙君法力高強，尋她也當是不易的，那正好為自己爭取了逃走的時間。虞詩鴛一邊這麼想著，一邊默不作聲地朝高台邊緣退去。卻在此時，忽見浪濤之上另出現了位仙者。是個女仙。待看清女子那張麗色殊勝的臉，虞詩鴛瞳仁一縮，這亦是位熟人。

女子踏浪而來，很快飄落在了那白衣仙君的身旁，落地的同時，手指捏印，指間生光，抬手凌空一劃，金色的光線似網，瞬間充斥了整座黑塔。然高台東側凌空的一處卻是一片混沌，金光並無法抵達。女子同那仙君相視一眼，雖一句話沒說，彼此卻似已懂了對方的意思。下一刻，二人便似兩道相纏的光，默契地徑向那一處襲去。

虞詩鴛驚愕難當。她亦會空間陣，但她起陣耗時間，故空間陣於她從來不是逃生首選。然她亦知，若能將空間陣習得似黑袍女子那般，那這世上的仙神便沒幾個能奈何得了她了。

可今日，此等在她看來堪稱絕技的術法，竟如此輕易便被這黃衣女仙給破解掉了，這完全顛覆了她的認知。再回想此前在另一處凡世，她曾借那火途山的狼妖之手肆意挑釁過這黃衣女仙，虞詩鴛只覺脊背生涼，一時後怕不已。

不過幸好，此時這黃衣女仙和那白衣仙君一心只在那黑袍女子身上，並不在意她，倒給了她一個逃命的好時機。

她抿住唇仔細分辨周遭環境，正欲向前方的石壁去，不料脖頸處忽然傳來涼意。頭一偏，她看見了頸邊的劍，順著那劍望去，她驀地咬住了唇，「大師兄。」

「虞詩鴛。」一身黛色道袍的商珀長身玉立於她面前，冷冷呼出了她的名字。

甫在密林中見到這黑塔，祖媞便認出了它乃洪荒法器鏡面塔。

鏡面塔是種可復刻空間的法器，分黑白雙塔，黑塔為子塔，白塔為母塔。母塔為咒言驅動後，可將塔周數十里空間盡數復刻於子塔內。施術期間母塔雖不可隨意移動，小小的子塔卻可被帶去任何一個地方。

祖媞記得，少綰當年是這樣向她介紹此塔功用的，「倘使一個人去書院讀書，卻不滿書院寢臥簡陋，她便可將這鏡面塔的母塔放在自個兒閨房內，驅動咒語，使閨房復刻於子塔，然後她再將子塔帶去書院，這樣，即便身在簡樸的書院，她也依然可以過上每天在一百尺的豪華大床上醒來的美好生活。妳說這塔是不是很實用？」

聽話聽音，彼時她明瞭地看向少綰，「所以妳發明這塔，就是為了神不知鬼不覺地把妳自個兒的寢臥帶進水沼澤學宮中？」

少綰理不直氣也壯，「那不然呢？」捏著杯子不在意地笑，「咱們各憑本事過上美好生活嘛，再說了，我也沒違反學宮的宮規啊。」

二十多萬年過去了，祖媞沒想到自己居然還能再次見到這鏡面塔。

此塔塔頂構造有些怪異，人站在塔底向上望，可瞧見塔頂有個開口。那開口極大，卻無一絲光線透入。待人躍入那口子裡，才能發現那塔口連著一片斷崖，而那斷崖分明已是另一個空間，混沌朦朧，瞧不出深淺。

此刻，祖媞和連宋便立在那瞧不出深淺的斷崖旁，一前一後封住了黑袍女子的逃生路。女子很聰明，法力不低，空間陣亦操縱得熟練，極擅潛行躲藏，便是兩位自然神聯手，也用了半盞茶才將她逼出來。

眼看前後路皆被阻住，女子收回鋼鞭護在身前，不再逃了，「那場講經為的不是虞詩鴛，你們真正想要引出的人，是我。」發沙的女聲自黑色的兜帽後傳出，「你們是什麼時候知道虞詩鴛背後還有別人的？」她頓了頓，似是不解，「畢竟，連她自己也是今天才知道我的存在。」

祖媞淡淡，「妳為了尋虞詩鴛，不是去綁過瑩南星嗎？」

女子握著鋼鞭的右手一緊，忽地一笑，「你們果然沒有相信那些半妖。」

祖媞仍是淡淡，「妳早該料到我們不會相信。」

「是。」女子靜了一瞬，「我的確想過你們會懷疑，可就算你們料到了我會來劫虞詩鴛，但，這可是鏡面塔，事先未用過鏡面香，是絕無可能尋到、看到這塔的，且就算看到了這塔，沒有我的咒令，也當是打不開它的。所以，你們是怎麼做到的？」女子再次握緊了鋼鞭，彷彿下了極大的決心，「告訴我，我便束手就擒。」

闖鏡面塔於別人而言可能是件難事，但對連宋和祖媞來說卻不算什麼。生了心魔的元極宮三皇子，依然是縝密周致、謀定而後動的三皇子。黑袍女子究竟是誰他早已有數，她性情如何、擅長什麼，他也早探查過。他料定她來劫虞詩鴛時，會以聽經的凡人信眾為質阻攔他和商珀，故他提前讓謝畫樓將聽經的七百信眾全換成了土偶人。他也料到了她會用空間陣或空間法器藏人，故當虞詩鴛出現，又被精怪擄走時，他讓謝畫樓在那些精怪們身上留下了冥司信物引路香。有引路香在，又有極擅空間陣法的祖媞神在，尋這鏡面塔不過小事一樁。

青年把玩著手中的玄扇。他並未祭出劍或者槍，而是一直用這柄扇做武器，可見他從一開始就沒有太認真。「又有什麼好問的？若光神沒有醒來，這世間或許的確難有人能尋到鏡面塔。」他曼聲，「可你們魔族也查到了吧。」他笑了笑，「妳不是也知道，自去了西荒，光神便一直同我在一起嗎？纖鰈魔使。」

聽他喚出「纖鰈魔使」四字，黑袍女子一震，忽然甩鞭向青年攻去，連宋側身避過，趁連宋躲鞭之時，女子猝然上前，縱身一躍，竟跳下崖去，身影很快消失在了那混沌之中。

祖媞在女子暴起時也假意攻了兩招，此時站在那崖邊悠悠往下瞧，「小三郎，你說她有沒有看出我們是故意逼她在此處現身，給她生機的？」邊說邊施了靜音術。

從這斷崖上跳下去，便可回到母塔中。

此前連宋封住女子的後路並非為了捉住她，而是要防她在他確定她身分之前跳崖離開。女子的聲音、身量，包括兜帽下露出的下頜膚色都同織鰈大相逕庭，但同她過了幾十招，又在這崖上阻住她試探了幾句，他已可確認女子便是偽裝後的織鰈。

「應該沒看出來。」連宋理了理衣袖，「誅神陣這種級別的陣法一旦被啟動，便會在被誅之神身上留下啟陣者的痕跡。我想她也是知曉這一點，才選擇了利用一個凡人和一個半妖來弒神。可見她極怕神族知曉是魔族欲誅地母。她心裡應該也清楚，地母若是被弒殺了，神族定會徹查此事。我想，她還推測過，一旦神族查到是魔族弒殺了地母，便會立刻向魔族發難。可魔族尚未準備好，如何能迎戰，所以她才如此懼怕神族知曉此事背後的隱情。她既認為神族野心勃勃，一直想滅魔族，只是苦於尋不到時機，那今日，自會覺得我們設局便是為了抓住她，好以她為藉口向慶姜發難，挑起神魔之戰。」

聽完連宋的分析，祖媞也很贊同，「所以從織鰈的態度，也可看出目下慶姜和魔族還是很忌憚神族。」說著這話，她搖頭失笑，「不過織鰈實在想左了，兩族此時開戰於魔族不是好時機，於神族又是什麼好時機呢？風靈珠尚未尋到，東華的陣也尚未造好，捉了她又有什麼用，反倒騎虎難下。」想了想，看向連宋，「不過今日被小三郎你叫破身分，以織鰈自負自傲、受挫後又易陷入自卑的性格，此後定會頹廢一段時間，當不得什麼大用了，這對我們也算是樁好事。」

連宋笑了笑，道「是」。向站在崖邊的祖媞伸手，「過來，站在那處危險。」

祖媞回頭看了一下，才發現自己站在險地，也笑了，走過去，輕抵著唇，將手放進了青年掌中。「事既已了，走吧。」說著便要牽青年離開這塔口。

不想忽有劍擊聲靠近，二人不約而同止步，見一青一黛兩道人影糾纏著一路打過來，不消說，正是虞詩鴛和商珀。

青鋒相擊，劍光凌凌，商虞二人一路打鬥至對面懸崖。錚，隨著這道格外響亮的劍擊聲響起，那青碧色的身影忽地向後一躍，徑向崖底而去。方才還一片劍影婆娑的崖岸上轉瞬間只餘商珀一人。

連宋和祖媞對視一眼，攜手齊飛向對岸。

虞詩鴛的身影早已消失在混沌中，商珀收劍道：「她是自己縱下去的。」

祖媞垂目看了眼唯餘茫茫黑霧的崖下，「她可不是自尋死路的性格，應是瞧見了纖鰈主動跳崖，知曉此處是生機。」

連宋問商珀：「你們方才說了什麼？」

商珀面沉似水，「她以虞英的性命起誓，說她沒有騙我，說當初的確是她尋到了渡劫失敗流落西荒的我，將我帶回了長右門。又說我確然因傷重昏迷了七年，而那七年她大多時候在外為我尋藥，也不曾親歷過宗門那場大劫，那場劫難到底是怎麼回事，都是事後她從她父親處得知。土靈珠也是她父親逝後，她從她父親那裡繼承得來。」

連宋挑眉，「這虞詩鴛實乃鬼才，這麼說倒也說得過去。不過，你信她嗎？」

商珀沉默了一瞬，「我信不信她不重要。即便靈珠非她所盜，她殺了一百四十七個凡人卻是事實。她既身負如此重罪，我自不能任她逍遙世外，若難順利活捉她，那令她就地伏誅亦是天道。」說到這裡，商珀頓了頓，神色仍暗沉著，聲音卻帶了一絲遲疑，「可當那擊殺的一劍刺出，她卻主動揭開了臉上的面具，我發現……」商珀抬起頭來，清俊的臉一片雪白，「她的臉竟變得有九分像是南星了，她原本並非長得這樣，這是……怎麼一回事？」

謎題解了，虞詩駕能逃走，原是因她臨危之際自揭面具，使商珀分了神，令他的擊殺之劍失了準頭。

商珀看向連宋和祖媞，再次重複了一遍那個問題，「二位可知，這究竟是怎麼一回事？」

連宋沒說話，祖媞的神色卻變得有些凝重，「這事……或許有些不妙。」

謝畫樓抱著她的黑貓守在子塔入口，知祖媞三人已拿到土靈珠，便與三人道了別，回冥司了。

祖媞三人回到白玉宮，同留在道場打理後續的寂子敘會合後，於是日下午離開了那凡世，一起回了西荒。

一個多月前，祖媞初入豐沮玉門山遇到春陽時便答應了她，待尋回土靈珠後，會將靈珠中南星的一魂一魄提出，使之與她為南星新造的那一魂一魄融合，助南星開啟靈智，恢復至從前的三分。因此春陽早早便收拾出了可供祖媞施法融合南星魂魄的屋舍。

抵達豐沮玉門已是黃昏，祖媞顧不得一身風塵，剛回來便攜著靈珠進了春陽打理出的施術之所，連宋跟了過去為她護法。

兩個時辰後，兩人從房中出來。

眾人皆候在院中。

祖媞迎向眾人目光，凝重地搖了搖頭。

率先有反應的是春陽，少女眼中希望的光泯滅，雙頰褪去血色，「怎麼可能……」她定定望向祖媞，喃喃：「是尊上妳說只要尋回靈珠，神使大人便能醒來……」淚水洶湧，漫至眼眶，春陽忽然激動起來，「妳從一開始就在騙我是不是？妳只想讓我幫妳找到土靈珠！妳怎麼能……」

連宋微微皺眉，打斷了她的話，「這不是阿玉的錯。」說這話時，他並未看春陽，而是看向了愣住的商珀，「土靈珠中並無瑩南星之魂。」見商珀猛地抬眼，他道：「你應該也猜到虞詩鴛那張臉是怎麼回事了吧。」

商珀臉色煞白，良久後，嗓音發啞，「是虞詩鴛發現了靈珠中南星的魂魄，提出了它，將它吞食了，對否？」

連宋微一點頭。

連宋寥寥幾言，春陽聽得不算明白，不過商珀那句話她聽懂了。「又是虞詩鴛，」春陽恨聲，抬手猛擦了一把淚，「那殺了虞詩鴛，將神使大人的魂魄從虞詩鴛的魂魄中解離出來就可以了吧！」她期待地看向兩人，「虞詩鴛你們是抓到了的吧？」

見春陽如此，站在連宋身後的祖媞眼中流露出不忍。若南星那一魂一魄只是被虞詩鴛以尋常之法吞食了，那不消她出手，在座任何一個人都可簡單從虞詩鴛魂中解離出南星之魂。可從虞詩鴛那張已變得和南星九成像的臉來看，她當初應是選擇了以融魂之法來吞食南星的魂魄。

修道之人吞食他人魂魄，多為奪人靈力以助修行。吸食掉目標魂魄的靈力後將其殘魂囫圇棄於體內，同打開己身魂魄融合他人之魂，兩種法子的修煉效果其實大差不差，但因異魂相斥之故，施行後者遠比施行前者痛苦。

虞英曾說，若虞詩鴛能順利誅滅女媧達成所願，她會以另外的形貌和身分去到商珀身邊，去嘗試俘獲商珀的心。如此想來，虞詩鴛選擇遭大罪融合南星的魂也就說得通了——她是為了南星的臉，而非為了南星的靈力。

如今虞詩鴛既已有九分像南星，說不得南星那一魂一魄已完全融進了她魂中，如此，便是擅長造魂術的自己出馬，也很難將南星之魂從虞詩鴛的魂中完美解離出來了。

祖媞心中一陣沉重。

院中靜極，見連宋和商珀皆不回答自己，春陽明白了什麼，木然道：「你們沒有抓到虞詩鴛？」

自猜到南星之魂被虞詩鴛吞食後便有些魂不守舍的商珀終於有些回過了神，「是我的錯。」他艱難地吞嚥了一下，「是我不小心放走了她。」

春陽愣住了。

她忽然飛身而起，一掌拍向了商珀心口。

與商珀相比，春陽的修為堪稱低弱，但因是哀極下的一掌，商珀竟也被擊得倒退三步，噴出一口血來。

「究竟是不小心放走還是故意放走？」春陽厲聲，聲音恨極，「當年你便是為了她背棄了神使大人和豐沮玉門，如今你又如此，我沒有看錯你，你該死！」說著揚手一抓，自空中抓出一把短劍，徑直向商珀刺去。

一切發生得太快，商珀似被春陽臉上的悲怒之色鎮住了，竟沒有閃避。最後還是連宋將鎮厄扇拋出，打偏了春陽的短劍。不過連宋並未用力，扇子的力道不大，只將那劍撞偏了幾寸，短劍的劍鋒還是擦過了商珀的肩臂，黛色的衣瞬時被浸出的血染濕。

春陽並不願停手，提劍還要再刺，商珀也反應了過來，往後躲了一步，祖媞趁機屈指結印，在兩人之間樹起了一道光障。春陽瘋了也似，即便有光障相阻，也未放下短劍，劍刃劈在光障之上，發出刺耳的錚錚之聲。

便在那鋒刃不折不撓第十七次擊刺那光障、妄圖將其擊開之時，祖媞開了口，幽幽問道：「春陽，妳是真的想要弒父嗎？」

春陽僵住了。

光障另一側的商珀震驚地抬起了頭。連宋和寂子敘默然，餘者如天步、萺蓉、霜和、瑩千夏，俱面面相覷，一派瞠目結舌。

祖媞看著春陽的背影，「妳並非什麼侍婢之女，同寂子敘也並非親兄妹，妳是南星和商珀的女兒。」

春陽靜了一瞬，轉過身來，眼眶緋紅，臉上卻沒什麼表情，「尊上開什麼玩笑，我……」

祖媞的目光落在少女鴉羽般的髮上，輕聲打斷了她，「十來日前的一天夜裡，我同小三郎看到了妳染髮。若如妳所說，妳母親是侍奉南星的侍婢，那妳一個侍婢之女，如何會有一頭妖族王族才有的璀璨銀髮呢？春陽。」

春陽表情凝住，緊緊抿住了唇。

祖媞沉吟道：「我想，那侍婢雖不是妳的母親，卻是撫養妳長大的人，關於商珀神君之事，也都是她與妳說的，可對？」見春陽不答，她也不太在意，只輕嘆道：「只是我猜，她也是被蒙蔽了，對商珀神君有所誤會，才會教妳仇恨妳的父親。」頓了頓，「當年之事具體為何我雖不清楚，但我和小三郎都可為商珀神君作保，他不會，也不可能為了虞詩鴛而背棄妳母親和豐沮玉門。」說著望了連宋一眼。

接收到祖媞的眼風，靜在一旁的三殿下配合地開了口，「的確如此。靈樹神君的仙位雖是天君封給商珀神君的，但商珀神君能為靈樹神君，卻非因天君器重，而是因晝度樹於萬千待選仙者中親自指定了他。晝度樹乃天樹之王，絕不會選持身不正之人做它的守樹神君，所以商珀神君也絕無可能是什麼無德小人。」

洞明世情又擅察人心的年輕神君深諳說服之道，話到此地，特意放緩了語氣，不動聲色地循循以誘，「妳也知妳父親失去了那些年的記憶，忘記了妳母親。後來他同虞詩鴛成婚，也不過是受虞詩鴛蒙蔽，那場婚姻有名無實，虞英也不過是術法的產物。如今得知虞詩鴛作惡多端，妳父親比誰都想要使她正法伏誅，又如何會故意放走她呢？」

春陽的面色不再似先前那樣緊繃，彷彿被說動了，但仍迴避著不願看商珀，像是惶惑，又像是不知所措。最後那迷茫的、不知如何是好的目光落在了寂子敘身上，頓了一瞬，緋紅的眼中浮出了一層淚。

寂子敘近前兩步，抬臂攬住了春陽。就在被寂子敘抱住的一剎那，春陽忽然失控，失聲痛哭了起來。傷心的少女，就像是頭委屈的小獸，無助地嗚咽著，一邊哭一邊說出令人心酸的話：「哥哥，我想要我娘回來，我想要她回來……」

寂子敘知道，春陽所說的「想要我娘回來」，指的是她想要南星恢復靈智；只恢復一點點都可以，只要南星能認出她、喚她一聲春陽便好。但旁聽許久，寂子敘也猜到了虞詩鴛都做了什麼。他深深明白，春陽的祈願或許已沒有實現的可能。

可春陽還不知道。她以為抓住了虞詩鴛，她的母親便能回來。她此刻傷心的是他們沒能抓住虞詩鴛，沒能將南星的魂魄帶回，所以雖然傷心，也還存著希冀。

寂子敘不敢想若讓春陽知道了真相她會怎麼樣。他也不知該如何安慰此時這個傷心的春陽，只能壓抑著情緒，輕輕地一遍一遍去拍她的背。就像他們小時候那樣。

一時之間，小院裡只有寂子敘輕緩的拍背聲和春陽壓抑的哭泣聲。

祖媞看得眼濕，微微偏過了頭去。

二人之間的光障已消失不見，商珀臉上的表情很是迷茫，他向前走了兩步，在離春陽一步之遙時，他停住了，抬手似想觸碰春陽，但那手終歸未能伸出去。

此前，在商珀的猜想中，那段被他遺忘的過往裡埋藏的真相，左不過便是他流落西荒時，南星救了他，容他在豐沮玉門養了一段時日傷；傷好後他便主動離開，回了長右門，卻不意遭到了門中師長算計；他們大概囚了他，潛入了他的記憶，發現了入豐沮玉門之法……此番重返豐沮玉門，見到南星後，他心中總有窒悶酸澀之感。他一直將其理解為對南星的愧疚，可，他們竟有一個女兒？

「南星……究竟是誰？」商珀失魂落魄地看向寂子敘，啞聲問：「你可知，三萬五千三百年前，我和南星之間到底發生了什麼？」

寂子敘默然，沒有正面回答他，只道：「那時我也還只是個嬰孩。」

商珀愣了一會兒，忽地轉身，「我去尋折顏上神。」

卻被祖媞攔住了，「既有土靈珠，無需折顏上神，我亦可助你恢復記憶。」她直視著商珀的眼，「不過，那或許是一段很殘酷的過往。你真的想將它們找回來嗎？」

商珀澀然，「我來此，原本便是想搞清楚當年到底是怎麼回事。」

子夜時下起了雨。軒窗外更漏迢遞，和著瀝瀝雨聲，在這靜夜裡有些突兀，也有些擾人。

祖媞離開後不久，商珀睜開了眼。他從竹床上坐起來，安靜地穿好鞋襪，打開竹門，在瀝瀝冷雨中拐過長廊，站到了一間廂房前。靜了片刻，他抬手拈了昏睡訣。待房中人睡熟後，他輕輕推開那竹門，緩緩來到竹床前，拉開了帷帳。

南星平躺在竹床上，床沿旁倚著埋首昏睡的春陽。

商珀在床沿坐下，靜了片刻，自袖中取出了一顆明珠。明珠生光，浮於帳前，清楚地映照出南星的睡顏。女子閉著眼，眉目似畫，銀髮若雪。她仍是那麼美，彷彿他初見她時。

商珀伸出手來，指尖微顫，停落在南星左眼眼尾的淚痣上。「南星。」他輕喚。沒有人回應他。女子靜躺在白綢之上，似已逝去，安靜得沒有一絲聲息。「南星。」他又喚了一聲，嗓子瘖啞得只餘氣音。然房中闃寂，仍無人回應他。

喉頭似被利刃割開，一片腥甜。商珀猛地閉上了眼。

祖媞為他施治時，當靈珠之光驅散憶河上的陰翳，使那被掩藏的七年記憶露出真形，他才終於明白，為何在這豐沮玉門山見到只剩下一絲靈識的南星時，他會感到心空和窒悶，他原以為那是對南星的愧疚，原來那不是愧疚，是他的魂魄在痛。

真的太痛了。

可笑他還問寂子敘南星是誰，他和南星之間到底發生了什麼。

南星是誰？

商珀緊閉著眼，感受著喉中的腥甜。

南星是三萬五千三百年前，當他渡劫失敗流落西荒時，將他從生死線上救回的人；是讓他忘卻了無情道加之於魂魄的束縛，令他長出了情根，使他傾心的人；是他罔顧人妖殊途也要求娶，放棄一切也要與之相守的，他深愛的妻。

南星溫婉、貞靜、靈慧、天真，於他而言，她是這世間所有的美，也是這世間所有的善。那時候，知若是成仙，他便不能同她在一起，他便主動放棄了修行；知只要他記不起自己是誰，尋不回可自保的術力，她就不會讓他離開豐沮玉門，他便一直抗拒著尋回過去。可過往記憶的缺失也令他在心計智謀上退步了不少，以致虞詩鴛出手算計他們時，他那樣輕易便中了虞詩鴛的計。

虞詩鴛藉口師尊彌留將他騙走的那一夜，南星曾靠在他懷裡與他作別。

她穿著十七層素紗單衣，未挽的銀髮幾乎垂至腳踝，冰肌雪膚未施粉黛，握著他的手，輕輕放在隆起的小腹上，不捨地同他低語：「我和孩子會等你。」他的手覆上去，她腹中的孩子輕輕動了一下。

彼時他前塵盡忘，並不知他師尊已仙去多年。虞詩鴛流著淚說師尊彌留，他便信了。為人弟子，確當盡孝，他也覺著自己應當回去。

南星將他送到山下，他攬著南星，吻了她的額角，同她保證會在她臨盆前趕回來。南星點頭，靜了一瞬，躊躇道：「我有些擔心……」他問她擔心什麼，她笑了笑，搖了搖頭，又說沒什麼。

是不是那時南星便有了不祥的預感？

但這自幼生活在豐沮玉門，從未見識過世外險惡的純真大妖，只懂以真心換真心，又豈懂以有心算無心？

所以他們都輸給了虞詩鴛。

那一面，竟是訣別。

他答應了她會在孩子臨盆前回來，可他失約了。再見面，竟已是三萬多年後，她靈智盡消，只餘靈識，早已認不出他是誰。

他們被長右門害得好慘，被虞詩鴛害得好慘。

南星，他的妻子，女媧座前的神使，她身分高貴，容顏美麗，性情慈憫，妖壽可與天齊。

她於世人而言，原本當是不可望也不可即的存在，卻因他之故，屈辱地被一幫比陰溝裡的鼴鼠還不如的骯髒東西害得魂飛魄散。

而春陽，他的女兒，原本當是豐沮玉門最受寵的小公主，被他和南星捧在手心疼愛，卻出生便失父失母，孤苦伶仃地長到如今。這三萬年來，她究竟吃了多少苦？沒有父母庇佑，她是如何長大的？

不怪她那樣恨他，他著實可恨。

他也聽聞過她在九重天上鬧出的風波，彼時他並不將之放在心上，只覺好好一個姑娘，為了害人竟自污聲名，令人不喜。待到了豐沮玉門，因有了這番成見，他也是不喜她的。可如今才知，這是他的女兒，是他期盼了許久，在她還在她母親腹中時，他便為她取好了名字的他的女兒。

憶昔時，為了給她起名，他捧著書冊茶飯不思大半年，不斷推敲才選中了「春陽」這個名字，希望她能一生明媚幸福。可她自幼時長到如今，又何嘗有過什麼明媚幸福的日子？反倒是害死她母親的她的仇人的兒子，在自己的庇護下，於九重天活得恣意飛揚。

看著睡夢中還在流淚的女兒，商珀從未那麼恨過。

恨意滔天，幾乎淹沒他的理智。

喉口又是一陣腥甜。

他想摸摸女兒的頭，手試探地放到了春陽頭頂，一時卻不敢靠近，許久後，才敢顫抖地下移，輕輕地觸碰女兒的髮，「我和妳母親一直期盼著妳的到來，春陽。讓妳這麼苦地長大，是父親的錯。」他強抑著內心的痛苦，輕聲對熟睡的少女說。

但昏睡訣下，春陽睡得很沉，並沒有聽到這話。

商珀不見了。只留下了一封信，信中寥寥幾字，說他會如春陽之願，將虞詩鴛帶回來。

春陽不在，昨夜被瑩千夏普及了下融魂知識的霜和悄悄同蒨蓉咬耳朵，「可瑩姐姐那一魂一魄不是已被虞詩鴛融了嗎？那帶回虞詩鴛還有什麼用啊？」

祖媞放下茶杯，「也不是說兩魂相融了，便完全沒可能再將被融的一魂解離出來了，理論上也是有法子的，只是沒人試過。」她想了想，打了個比方，「虞詩鴛融南星之魂於己身魂體，就好比將一碗金沙倒進了一片大海；而要自虞詩鴛魂中解離南星之魂，就好比要將這碗金沙從這片大海裡再一粒不剩地撈回來。」

瑩千夏不愧是學醫的，一點就通，「所以只要化了虞詩鴛的魂，將南星神使的魂砂自虞詩鴛的魂中一粒不剩挑出，而後再用結魂之法凝結魂砂，或許便可恢復南星神使的一魂一魄了，對嗎？」

祖媞點頭，「只是這會是個很漫長的過程，收集魂砂，談何容易，誰知道要幾萬年才能收集成呢？」

蒨蓉驚嘆，「幾萬年嗎？」

坐在祖媞身旁的連宋垂眸將商珀留下的那信又看了一遍，若有所思，「看來商珀神君已做好了選擇，也有了打算。」話罷抬手將信給了天步，讓她交給春陽。

知商珀離開，春陽並無太大反應。

靈珠中既已無南星神魂，春陽對它也不再留戀，做主將它借給了連宋和祖媞。

幾人離開時，寂子敘神色複雜地望著祖媞，似有許多話想說，但最後忍住了，只隱忍地道了「保重」二字。

祖媞點頭還了禮。

幾人原打算立刻回九重天，然剛出豐沮玉門便碰到了謝畫樓。謝畫樓腳下躺了幾具魔屍，正是跟了他們幾個月的商鷺的手下。謝畫樓簡單道：「見他們在此蹲守，彷彿欲對你們不利，我便出手將他們解決了。這幾隻魔還有個主人，但那主人逃命的本事不錯，被他給逃了。」

祖媞同連宋對視一眼，知謝畫樓所說的魔屍們的主人應當便是聽了連宋忽悠，欲對他們玩「螳螂捕蟬，黃雀在後」的商鷺魔使。不過這也不太重要。

顯然，謝畫樓也不覺這有什麼緊要，只將此事淡淡一提，接著，神色沉重地告知了他們另一樁事。謝畫樓說她尋到了一點關於雪意的線索——雪意可能誤入了冥司的混沌荒漠。

這確是樁要事。祖媞擔心雪意，決定領著霜和蓇蓉先隨謝畫樓去冥司，讓連宋回九重天將土靈珠交給東華帝君後再來同他們會合。連宋同意了，將天步和瑩千夏也留給了她。

就在連宋回到天宮，處理完雜事，帶了來元極宮借書的粟及一道前往冥司時，在遙遠的南荒，商珀也尋到了逃匿多日的虞詩鴛。

面對恢復記憶的商珀，虞詩鴛難再巧言令色，終於感到了懼怕。

她是愛冒險的人，也總有好運氣，雖然過往許多次的冒險都差點將她逼入死境，那時候她也會緊張畏懼，但在內心深處，她並不真的覺得自己會死。她是天命所向的人，她一直這樣認為。可此刻，當商珀的劍毫不留情地刺入她心口，虞詩鴛才終於意識到，這一次，死亡是真的離自己很近了。

求生的本能使她不顧一切地握住了那白刃。商珀眸似寒星，冷冷看著她。因她的抵擋，那劍尖只刺入了一寸。疼，但不是不可忍。到這一刻了，她仍不願放棄，還想著逃生。

芙蓉面失去了血色，額頭也滲出了冷汗，她知道自己此時的模樣可憐，強忍著疼痛，佯做出無助柔弱之態，眸中含淚，向商珀乞求，「我會這樣，都是因為喜歡你啊大師兄！我的確做了錯事，可事已至此，既然南星姐姐回不來了，你可以將我當作是她……難道我不像她嗎？」說著含淚露出了一個南星才有的溫婉貞靜的笑容，「我會好好扮演她，做你在這世上的慰藉，為我的過去贖罪，大師兄，你饒我一命好不好？」

在看到那個笑時，商珀的手顫了顫，虞詩鴛自以為摸到了商珀的軟肋，欲再接再厲，但壓在舌尖的話尚未蹦出一字，刺在心口的冰冷劍刃又向內深入了兩寸。劇痛在身體裡炸開，虞詩鴛不可思議地看向商珀，「你……」這才看清，商珀的眼中並無動容，有的只是恨和厭惡。

利劍刺穿了她的心臟，她能感到生命在迅速流逝。商珀的眼中一片陰翳，像看螻蟻一般看她，「南星是天上月，妳是地上塵，即便有了她的臉，妳也教我噁心。」

虞詩鴛的眼猛地睜大。地上塵，憑什麼說她是地上塵，這世上凡人，庸庸無為者多，有幾人能有她的成就？即便如今她英雄末路了，也不能否認她的輝煌曾經。

一時之間，她竟忘了死的恐懼，憤怒地想要反擊，可一張口，便全是血，但她依然拚命發出了聲音，「別……別忘了，便是……我這等地上塵……殺死了你那天上月……一般的南星。」臉上扯出一個扭曲的笑，意識到已無力回天，她笑著流出了一滴淚，最後回顧這一生，她仍不覺自己做錯，「是……虞風鈴誤……誤我，若非……她喜歡……你，在我心中種……種下了對你的執念，我又怎會……一而再……再而三被你引……引出來，最後死……死在你手中。是她……誤我，若有……來世，我定……」

其實她對商珀的執念到底是源於她自己還是源於虞風鈴，如今她也說不清了。她只是……必須得否認。她一路走到現在，一敗塗地於此，這絕不能是她的錯，必須是虞風鈴的錯，否則她無法原諒她自己。

利劍猛地刺下，扎進虞詩鴛胸膛，劍鋒穿背而過，鮮血似湧泉自她口中噴出，將她未盡的話堵在了喉中。虞詩鴛死不瞑目。

人死一刻後，魂魄會自然離體，商珀卻懶得等那一刻鐘，直接將虞詩鴛的魂從她的屍身裡扼了出來，伸手一摜，將之摜入了散靈壺。

散靈壺可解靈，解靈之痛難描難繪，只聽虞詩鴛的尖叫透壺傳來。商珀冷冷一笑，「好好嘗嘗這散靈壺的滋味吧，痛三千年後妳便會被解靈，不會再有什麼來世了。」

那壺中尖叫停了一瞬，接著，更淒厲的尖叫聲響起。商珀卻未理會，隨意將散靈壺收入了袖中。而後頭也不回地離去。

才經歷了一場殘忍打鬥的山間一片寧靜，彷彿什麼事也沒有發生。

漫山野木仍自青青。

魔尊所居的靈璩宮崔巍峭拔，巍巍然立於南荒另一頭。織鰈這些日在魔宮中養傷。她身上其實沒大傷，但欲誅女媧的陰謀被祖媞和連宋揭穿，令她大受打擊，受了頗重的心傷。幾日來，織鰈分外頹喪，連手下的魔將前來稟呈，說在魔宮外發現了神族痕跡，也難令她再如往日般警醒。

誅滅女媧，並不是慶姜復歸後才指派給織髏的差事，她二十多萬年前便在幹這事兒了。具體說來，是二十四萬年前。

那一年，慶姜偶得了一本古陣法冊。那冊子乃一位極擅陣法的暗魔先祖留下，冊中載錄了一種可誅真神的法陣。慶姜意在八荒，一直視神族中幾位厲害的洪荒神為眼中釘肉中刺，得此寶陣，自然想將之用在幾位洪荒神身上。然想要立成此陣，還需兩件秘寶作陣引——一件乃欲誅之神的元神靈珠，另一件乃欲誅之神的眉間真血。可想要從一位清醒著的真神那兒拿到他的元神靈珠和眉間真血談何容易？算來算去，也只有業已沉睡的女媧比較好讓人鑽空子。慶姜便將矛頭對準了女媧，將此事派給了織髏。

織髏很是盡心。她查到女媧座下有個叫溫隨的妖侍，因不滿女媧偏愛神使瑩南星，同瑩南星一直不對盤。織髏以永生為餌勾連上了溫隨。她許諾溫隨將助他長壽永生，溫隨則答應她幫她盜取女媧靈珠。

這合該是樁好交易，可惜尚未盜得靈珠，溫隨便暴露了，被瑩南星逐出了豐沮玉門。幸而他機靈，離開豐沮玉門時將可感應女媧眉間真血的蕉嶺石順手牽羊給帶了出來。

接著，他奔逃到南荒，來投奔了織髏。

可織髏即將跟隨慶姜前往虛無之境奪取創世缽頭摩花，並無暇看顧他，倉促之間，織髏將他安置進了魔宮別苑，打算凱旋後再與他就誅滅女媧之事從長計議。豈料父神雖老矣，卻不可小覷，虛無之境中與父神那一戰，竟是慶姜敗北，被父神封印。作為慶姜的座前魔使，織髏亦被牽連，陷進了長久的沉眠中，並未能回得去魔宮。

滄海桑田，星移斗轉。直至二十多萬年後，封印大陣上那一縷父神自光神處借來加持陣法的亙古不滅之光消失，慶姜自封印中甦醒，煉化了被他吞食的三瓣缽頭摩花瓣，恢復了力量，纖鰈才得以被喚醒。

可陣外的魔使雖被喚醒了，魔尊慶姜卻沒能出得來。因被他煉化的那三瓣缽頭摩花瓣的力量實在太強大了，即便他的魔體可與缽頭摩花伴生，也不堪承受。

體內的創世之力無時無刻不在折磨著慶姜，使他無力也無法破陣而出。不過慶姜堅信，只要給他時間，他一定能逼出體內多餘的缽頭摩花之力，衝破父神的大陣。因此他指派了纖鰈一行先去魔族中布下暗局，以待他王者歸來。

三位魔使領命而去。

甦醒後的頭一萬年，纖鰈暗藏於蒼之魔族中，一直在為迎接魔尊入世而忙碌，差不多已忘了溫隨和誅殺女媧之事。一次前往凡世，於無意中結識了虞詩鴛，發現土靈珠竟在虞詩鴛手中，她才想起二十多萬年前那樁未竟之事。

在陣外稟報了慶姜之後，纖鰈重領了誅殺女媧之令。

溫隨自然已不可能存於世間，不過當初為了掌控溫隨，纖鰈曾讓族中擅蠱之魔在溫隨體中種下了可一代傳一代的蠱毒，如今蠱師雖早已離世，這一味蠱也成了絕蠱，但所幸，循著此蠱尋出溫隨後人這事，她還是能辦到。

幾乎沒費什麼力氣，纖鰈便尋到了溫隨的子孫溫宓。她扮作一個跛足道人與溫宓結緣，後又引溫宓見到了虞詩鴛。

溫宓和虞詩鴛所走的每一步，背後都有她的影子，但誰也不知她的存在，連溫虞二人自己都不知他們其實只是她手中的棋子。她對自己布下的這一局很是滿意，暗覺這次她一定能夠順利誅滅女媧。可讓人萬萬沒想到的是，復歸的光神祖媞竟會半路摻和入此事，還將那心眼比天上繁星都多的天族三皇子也攪了進來。

纖鰈這幾日反思了近百次——她在哪一步更細心一些，更謹慎一些，這事或許便可成了？

為避免讓人揪出此事還有魔族的影子，她並未派人監視虞詩鴛，但溫宓便是虞詩鴛的歸處，待虞詩鴛在凡世收集完女媧眉心真血後，她總會回到八荒來與躲在長右門的溫宓會合。幸而祖媞神那條「八荒生靈，若有對人族心存惡意者，皆不得通過若木之門」的法咒，只對生靈們從八荒前去凡世有規束，否則殺了那麼多凡人的虞詩鴛便決計回不來了。

照她原本的計畫，待虞詩鴛回來同溫宓碰頭，自己再前去長右門，暗中為二人護法助二人設陣，這事便萬無一失了。

可連宋卻早早綁走了溫宓。

連宋為何會闖長右門綁走溫宓，長右門中有何物是值得這位天族三皇子覬覦的？她立刻便想到了虞詩鴛手中的土靈珠。

她反應得很快，還想到了以連宋的能為，必能撬開溫宓之口，從溫宓口中探尋到溫虞二人對女媧的謀劃，自己若再循原計畫行事，勢必會很危險……

可，要收手嗎？已經走了九十九步，還差一步便可抵達終點，就這樣放棄，是不是太可惜了？

誘惑實在太大，最終纖鰈決定賭一把，改變計畫，放棄掉溫宓，直接去找虞詩鴛，然後借虞詩鴛之手殺掉女媧。

她是洪荒時便降生的魔，又同溫隨打了長久的交道，自然知曉女媧曾將瑩南星的一魂一魄移入土靈珠以助瑩南星長生。

三萬五千多年前豐沮玉門那場屠山之禍被瞞得嚴實，纖鰈並不知瑩南星祭山了，只從虞詩鴛處聽說那一夜長右門滿門覆滅，豐沮玉門亦損失慘重。

纖鰈知瑩南星有感應土靈珠之能。她從沒想過瑩南星會死在凡人手中，推測瑩南星會任土靈珠遺落在外，可能是被那一戰傷了根本，陷入了沉睡。而祖媞和連宋應是並未能讓瑩南星從沉睡中甦醒，否則他們早就前去凡世尋虞詩鴛了，可據商鷺說，他們一直都待在山中。故而，她想在祖媞和連宋復甦瑩南星之前，將瑩南星綁出，託慶姜喚醒瑩南星，然後在連宋他們之前尋到虞詩鴛，完成對女媧的誅殺。

反思了差不多一百回，纖鰈不得不承認，岔子的確是出在了這裡。她在這一步做錯了，她不該去綁瑩南星。不派那些半妖去綁瑩南星，祖媞和連宋就不會推測到溫虞二人背後另有主謀，也就不會將計就計，在復甦了瑩南星、靠著瑩南星的力量尋到虞詩鴛後，最終反讓她入甕。

不過行差踏錯了一步，事情便再難以挽回。

纖鰈悔得咬牙，恨得切齒。

忽有魔侍不稟而入，纖鰈立刻甩杯砸人，杯子卻被定在了半空。

纖鰈抬眼，方見是同樣辦砸了差事的商鷺入內。

商鷺看著比她還頹喪些，黯然道：「尊上從暗林裡出來了，傳召妳我二人。」

纖鰈一凜。

第十八章

天君今兒一大早便來太晨宮尋帝君了。

知帝君好清靜，天君素來是不上門叨擾帝君的，今日如此，實是不得已。

玉合殿裡，天君端著帝君分給他的茶，揉著額角嘆氣，「本君其實考慮過，他於風月事上無定性，風流之名八荒皆知，若讓他與其他三族的皇女聯姻，莫說結兩族之好，兩族不結仇本君便要唸一句無量善德了，故本君從未想過干涉他的婚事。」

天君這是在和帝君聊他的小兒子。

「本君知他眼光高，比他兩個哥哥的眼光加起來都高。雖他母后很是擔憂他眼光太高會娶不了妃，但本君也不覺這有什麼，他不娶妃倒令本君省心了。可本君萬萬沒想到，這逆子竟會跑來同本君說、說……」話到這裡，天君的頭又開始疼，他長嘆一聲頓住，像是不知該如何繼續說下去。

帝君喝著茶，面露好奇，「連三他到底說了什麼大逆不道的話，將你氣成這樣？」

天君不由回想起昨日小兒子來歲生殿請安時同自己說的話：「兒臣也到了適婚之年，此番來見父君，便是希望父君能做主，替兒臣向姑嫿提親。」

他當時正喝著參湯，聞聽幼子竟主動想要成家，備感驚訝，疑惑地問幼子：「你是看上了祖媞神座下的哪位神女？」不確定地又問身旁仙侍，「尊神座下可有什麼出色的神女可與我兒為配嗎？」

仙侍還未答，便聽幼子道：「尊神座下沒有什麼出色的神女可與你兒為配。」

他不解，「那你……」

幼子靜了一下，「兒臣心悅的是尊神。」

他一口參湯噴了出來。

幼子淡定地往後退了兩步……

回憶至此，天君頭更疼了，舒了一遍氣，方回答帝君：「帝君不知，那逆子竟覬覦上了祖媞神，欲娶祖媞神為妃。」天君忍不住揉額顳，「祖媞神復歸，是待那逆子不錯，但你我皆知，她也不過是對還存於世的自然神後輩多照應一二罷了，可那逆子，他竟 想上了前輩。」說到這裡，不禁再次動氣，「想必帝君也覺此事荒謬吧，更荒謬的是，那逆子竟還敢來求本君為他去姑嫋提親，他怎麼求得出口，本君都怕自己前腳進了姑嫋山，後腳就被人給打出來！」

身為神族之君，天君見事素有大局觀，他當然也知天族若能與姑嫋結親是再好不過的一樁事。幼子若想迎娶祖媞神座下的女仙，他會很樂見其成，可那逆子怎麼敢打無情無欲神魂無垢的祖媞神的主意？

天君憂悶地看向帝君，「本君自是不會替他去姑嫋提親的，但那逆子執拗起來也很難辦，只怕本君拒了他，反會令他生出反骨主動去招惹姑嫋，如此豈不是令姑嫋與我天族生隙，故本君只得來求帝君，請帝君支個管教那逆子的法子。」

帝君慢吞吞喝完了手中的茶，慢吞吞給天君提建議，「要不你就試試去姑嫋提親得了，說不定不會被打出來呢？」

天君嘆氣，「帝君別開玩笑了。」

「沒開玩笑。」帝君道：「據我所知，祖媞一直很寵愛連三那小子。」

天君不以為意，在雪意的影響下，對這事天君自有一番偏見，「那只是尊神她對同為自然神的後輩的照顧罷了。」

看他這樣固執，帝君也不欲多說，點了點頭，道：「好吧，但聽說她還收了你兒子的逆鱗。」

天君刷地站起來，「什麼？」

話罷才意識到自己失態，坐了回去，只覺得腦袋嗡嗡的，比昨日逆子告訴他想要求娶祖媞還嗡得大聲。天君半天說不出話來，御口張合了數次，「本君沒有聽錯吧？帝君的意思是，祖媞神她竟也看上了那小子？」天君不能相信，覺得自己整個人都是恍惚的，「可祖媞神不是無七情也無六欲嗎？她如何會……」

帝君將喝空的杯子放下，聳了聳肩，「那總不至於是因為她眼瞎吧？」

天君沉默了一瞬，雖然他自己也臧否小兒子，卻不能容忍旁人說小兒子一句不是，他就是這樣一位矛盾的慈父。天君強與帝君爭辯，「本君這嫡幼子樣貌好，人聰慧，戰場上屢立奇功，即便謙虛些說，年輕一輩中也算翹楚了，祖媞神看上他，那也不能說眼瞎吧？」說著說著回過味來，自言自語，「雖然但是……但如此看來，這是一樁門當戶對且極為合襯的好婚姻啊！」

帝君瞥了天君一眼，「可不是嗎？」

近飯點時天君告辭離開，離開時的神情依然如在夢中。

送走天君後，帝君簡易用了點午膳便去了丹房。

自打同連宋、祖媞定下對付慶姜之計後，帝君泰半時候都泡在丹房中研練陣法。那專為慶姜而製的大陣已成了一半，這幾日帝君正琢磨著如何將朱厭獸的異力匯用到陣法中，著實挺忙的，百忙中能抽半刻鐘給天君，算是很給天君面子了。

半道上帝君碰到了重霖。重霖剛從蘭台司查完虞英回來。

豐沮玉門之禍既已真相大白，涉事之人自當處置了，罪魁禍首虞詩鴛他們太晨宮管不著，但非以正道成仙，而又在虞詩鴛為禍凡人一事上助紂為虐的虞英仙君卻正關在太晨宮中，是需他們處置的。

為免打草驚蛇驚動魔族，自然不能以虞英真正的罪名論處他。不過不用帝君費心，重霖已將這事考慮萬全了，「虞英任職蘭台司時行事不算穩妥，卻能一路順風順水，乃是承了上峰松嵐仙君庇護。臣打算將虞英過往那些不端處翻查出來，以此為名目削他仙籍、罰他下界，順便將徇情枉法的松嵐仙君也治個失察之罪敲打一番，不知帝君以為如此安排可妥？」

如此自然是妥的，帝君點頭允了，走了兩步，想起一事，又回頭向重霖道：「對了，商珀當也不會回九重天了，他雖還未向本座遞摺子辭位，但這是遲早的事，你找個晝度樹心情好的時候，本座去靈蘊宮尋它談談心。」

守樹神君若主動毀契，令天樹生怒，天樹便會對守樹神君降下懲戒。重霖立刻明白了帝君的意思——帝君是想幫商珀在晝度樹跟前說情。但重霖根本不相信帝君懂怎麼幫人說情，擔心帝君弄巧成拙，猶豫著提醒，「晝度樹怎麼說也是天樹之王，帝君您和它好好說，它應當是會理解商珀神君的，您可千萬不要一言不合就拔劍打它啊！」

帝君嗯了一聲，過了會兒，問重霖：「那它要不理解商珀呢？」

重霖：「這……」

「那也只能打它一頓了吧。」帝君默默望天，道。

重霖：「……」

冥司重地。

天有白月，孤山幽幽，角馬所拉的黃金四輪車轔轔而來，車前車後皆排布著魔侍。粟及提劍埋伏在一旁的草叢裡，準備待孟極獸作亂攻擊這一隊車馬時，對端坐在金車中的小姐英雄救美。

他一邊緊張地注視著前方的車隊，一邊在腦海中思考幾個問題：我為什麼要好奇跟著三殿下來冥司？我為什麼不長記性要自己給自己找事？以及，我作為一個道士，去英雄救美勾引人家黃花小姑娘，這是不是不太合適？

說實話這的確很不合適。但就像雪意說的，他不去誰去，難不成讓三殿下去嗎？

事情到底是怎麼發展到這一步的，說來話長。

兩日前，粟及跟著連宋來冥司同祖媞神會合，謝畫樓卻道祖媞神為尋雪意已先一步入了混沌荒漠。所謂混沌，乃天地不分的迷濛之地。冥司生於混沌，東西南三方皆與混沌相連，正北方卻非是如此，其上生出了一片半清朗半迷濛既不屬於冥司也不屬於混沌的「禁境」。這「禁境」便是混沌荒漠。而兩位冥主之所以將此地稱為「禁境」，是因人一旦入此境，便極難尋到歸來的路再回到現世。

謝畫樓是個對人一視同仁的神，此前未阻止祖媞入此禁境尋雪意，此番也未阻止連宋和粟及入此禁境尋祖媞。但她在兩人入境前讓他們各自簽了一份免責書，說要是他們回不來，那等東華帝君來找她麻煩時她就可以把這兩份免責書啪一聲拍到帝君臉上去……

總之他們順利踏入了混沌荒漠，在這個一片荒蕪的鬼地方瞎轉悠了兩天，沒找到祖媞，卻碰到了祖媞座下的雪意，並從雪意處得知，這混沌荒漠竟是火神謝冥以身化冥司時，自她的遺憾裡生出的妄境。

「我尋遍了整個冥司也未能尋到瑟珈的蹤跡，最後不小心誤入了此境。此地神秘，連謝孤栦和謝畫樓也不曾來過，我原以為這裡會有一些關於瑟珈的線索，可不承想此處卻同瑟珈沒什麼關係，竟是謝冥神留給冥司的額外遺跡。」雪意這樣告訴他們。

「二十四萬年前，為令天道有常、五族安居，謝冥神年紀輕輕便以身合道。她雖意志堅定道心不移，赴死也極為灑脫，但彼時我卻覺得，在她那不算長的一生裡，她或許也不是沒有遺憾。」雪意遠目荒漠盡頭，面上流露出幾分悵然，似是對他們說，又似是自語，「果然，她是有遺憾的。」停頓稍時，他正色面向連粟二人，繼續，「那些遺憾趁她身死魂消無知無覺時化出了這個妄境，誘捕冥司中不願奔赴新生的怨魂，而我們要離開這裡，只有一個辦法，那便是消弭謝冥神的遺憾。謝冥神的遺憾是此境存在的基石，若那遺憾不存在了，此境自會消失，不僅迷途的怨魂可得救，我們也不用浪費時間在這扭曲如同迷宮一般的空間裡四處尋找尊上了，自能與她相見。」

粟及並不好奇雪意為什麼知道這麼多，考慮到雪意比他們早來起碼半個月，他覺得雪意對這裡這麼瞭解都是應該的。粟及在意的問題有且只有一個，「消弭掉謝冥神的遺憾便可使此境消失……謝冥神的遺憾是什麼啊？」

「她遺憾自己未能同風之主瑟珈有個善終。」一個聲音輕飄飄在粟及耳邊響起，聲音的主人卻並非雪意，而是本該同他一般一無所知的三殿下。

「不過照這上面所寫……」三殿下玩味地挑眉，修長玉指翻著一本不知什麼時候出現在他手裡的書冊，「她好像也不是希望能和瑟珈尊者有個善終啊。」

雪意的目光凝落在連宋手中的古書上，「入此境後，載錄此境究竟的《境書》會隨緣而至，想不到這本《境書》竟這麼快就出現在你手中了。」

連宋嗯了一聲，繼續翻著書，隨意評價了一句，「載錄得還挺翔實。」

雪意道：「那也無需我再多說什麼了。」

粟及聽懂了他二人的話，悄悄往三殿下處挪了挪，也探頭去看那冊《境書》。所幸在帝君的藏書閣歷練了三萬年，如今他閱書的速度並不輸三殿下多少，三殿下啪啪啪一頓亂翻，他居然都看懂了。

書裡說，作為此妄境養料的遺憾乃是從謝冥的情絲中生出。謝冥一生情路坎坷，情絲細弱，有外邪入侵卻無本心堅守時便易著魔。活著的謝冥不會覺得情路坎坷是什麼天大遺憾，死去的謝冥留在這世上的情絲失了本心庇護，卻易走入歧路，著相入執。

所幸她也不是一心要吊死在瑟珈這棵樹上——謝冥留在這世上的情絲想要彌補的遺憾是，為謝冥尋到一個真心愛她的人。這執念在混沌荒漠中造出了數不清的不枯之泉，每口不枯之泉中皆藏了數個幻境，那些幻境乃謝冥活著時情絲波動得最為厲害的人生旅程的再現。闖入混沌荒漠的人皆可前去不枯之泉的幻境試試自己是否是謝冥命中之人。若有入境者能在幻境中以真心換真心，與謝冥結成良緣，那謝冥的情絲便能被安撫，遺憾便能消解，此境便會消失了。

粟及看得咋舌，「謝冥神同瑟珈尊者竟真的是那種關係……不過，這入境者指的是……

我們？」他很快反應了過來，「所謂入境消弭謝冥神的遺憾，不就是讓我們去撬瑟珈尊者的牆角嗎？」

粟及高超的理解能力和總結能力折服了雪意。雪意敬佩地沉默了片刻，「算是吧。」

粟及嘖嘖，「你既早就得了《境書》，早就知道了這些，那你應該已經去不枯之泉試過了吧？但你失敗了，所以此境仍未消失，我猜得可對？可你看上去很懂姑娘們的心啊，連你都失敗了，謝冥神這麼難搞定的嗎？」

雪意再次沉默了片刻，「和謝冥神沒關係。」像是很不想提起這一茬，頓了稍時，才道：「是瑟珈尊者占有欲比較強。」又似自嘲，「幻境中我不過見了謝冥神兩次，略微表現出了一點親近之意，便死在了他刀下，被不枯之泉送了出來。」

粟及愣了愣，湊過去又看了眼三殿下手中的《境書》，見上面就瑟冥二人的情感糾葛只春秋筆法地描了句「謝冥鍾情瑟珈，以致情路坎坷」，此外再無著墨，不禁納悶，「照你這麼說，瑟珈尊者不也挺喜歡謝冥神的嗎，兩人怎麼就落到了那個境地？」

從頭到尾又慢悠悠翻了一遍《境書》的三殿下也抬起了眸，「我也聽阿玉說過，瑟珈與謝冥是立過噬骨真言的，這世間沒有誰比瑟珈待謝冥更好。」

雪意垂目道：「的確，在謝冥很小的時候他們便立下了噬骨真言，發誓會成為彼此永遠的親人和家人，瑟珈從未違誓，從這個角度論，他其實不算辜負了謝冥。」

說完這話，雪意淡淡笑了笑，但笑意不及眼底，有些不像他，「他倆的故事也不算複雜。「瑟珈雖生而為魔，卻不為魔族接納，自幼孤獨地長大。但他也希望有親人，因此從登備山的玄蛇手中搶走了謝冥，將謝冥當作妹妹養到了七千歲。在她七千歲生日這一天，謝冥走丟了。那時候八荒本就混亂，小孩走丟是常事。瑟珈雖從未停止過尋找謝冥，但一直沒能找到。

「兩人再見面，已是三萬餘年後。重逢之初，誰也不認識誰。陰差陽錯之下，謝冥愛上了瑟珈，瑟珈也對謝冥動了情，但不久後瑟珈卻發現了謝冥正是他一直在尋找的妹妹。興許是用情不深，瑟珈及時收回了對謝冥的感情，可謝冥卻做不到，她也不認為那層所謂的『兄妹關係』能成為阻攔她和瑟珈在一起的理由。

「但瑟珈只願再將她當作妹妹看待。

「兩人糾纏了上萬年。後來瑟珈愛上了謝冥養父的小女兒夕瞳，不惜以少和淵至寶為聘千里求娶夕瞳，謝冥才終於認清現實，在瑟珈和夕瞳大婚前離開了少和淵，此後終生都未再回去過。他倆之間就是這樣了。」

說完這段過往，雪意勾了勾唇，看向面前二人，「是不是挺老套的？」

三殿下事不關己，沒有發表什麼看法。

不過粟及有看法。粟及不覺得這故事老套，他大為震驚，立刻想起了一件事，「史書記載謝畫樓與謝孤栦二位冥主乃天地之精所孕之子，在謝冥神羽化之時借謝冥神仙體為樑降臨世間……這該不會……另有隱情吧……」因知曉如此揣測一位尊神甚為不妥，粟及這話問得很含蓄。他也不是八卦，但這事對他們能否走出混沌荒漠確實挺重要的。

雪意看著霧色濛濛的遠方，「另有隱情……你是想問謝孤栦與謝畫樓是否是謝冥與瑟珈之子？」

粟及尷尬地笑了笑。

雪意輕飄飄回道：「我雖擅打探消息，但這個，誰知道呢？或許將不枯之泉的所有幻境都經歷一遍就能明白了，但我不是死得早嗎？」他收回目光看向粟及，忽然一笑，「咱們三人一道去我去過的那口不枯之泉試試吧。我和三殿下拖住瑟珈，你去誘謝冥神，這次咱們分工協作，事情應當就能辦成了。」

這就是此刻粟及提劍趴在半人高的雜草叢中的原因。

這裡正是雪意曾去過的那口不枯之泉的第一個幻境。

在這個幻境裡，粟及需從孟極獸的利爪中救下因修行出了岔子而帶傷前去丹穴山求醫的謝冥。據雪意說，當年瑟珈便是如此獲得了謝冥的青睞——分別了三萬餘年、相逢卻不相識的兩人於孤山中重遇，青年以風為刃，幾招裡便解決了隱伏在少女身周的危機，從此入了少女的眼，也入了她的心。

粟及總覺得引開瑟珈再復刻他當年的套路可能也不是一個很好的辦法，畢竟英雄救美這檔子事裡恩公能不能變情郎，主要還是看臉而不是看其他。片刻前三殿下引開瑟珈時他見過瑟珈一面，自覺光看臉自己同這位風之主之間差得還是有點遠。不過作為一個道士，他也想不出什麼更好的引誘無知少女的辦法，只能先試試。

車隊越來越近，風中傳來腐物的味道，是孟極獸出來狩獵了。魔侍們也發現了截道的凶獸，車隊慌亂了片刻，但很快擺好了陣勢。

領頭的雌獸一聲怒吼，數十頭雄獸揚著利爪齊撲了上去。粟及正在琢磨出場時機，冷不丁被雪意在背後拍了一掌，沒辦法只好立刻加入戰局。

一群孟極獸同一群魔侍戰成一團，場面極其混亂。靠粟及自己是沒辦法一劍幹掉一頭孟極獸的，但有三殿下靠在不遠處的老松下結冰成刃幫他作弊，粟及沒用幾招便解決了圍在身周的三頭凶獸。回頭時瞧見領頭的雌獸覷機攻向了正中的金車，粟及心道表現的時刻總算是到了，立刻旋身飛起，長劍聚力一揮，森森劍氣直劈向金車前雌獸的脖頸。那獸扭身一躲，劍氣未能取牠性命，只堪堪擦過了牠的尾。雪白的長尾立刻斷成了兩截，雌獸驚怒，調頭便向粟及攻來。

就在這時，一隻雪白的手忽然自內撩開了金色的車帳，緊接著，一道藍色的身影似一片輕飄飄的霧落在了粟及身旁。是金車中的少女。少女明明動作很快，可給人的感覺卻像是一片霧。月紋長劍和九節紫竹洞簫合力逼退了攻上前來的雌獸。攻擊一再被阻，雌獸大怒，仰首狂嗥，怒嗥捲起夜風，將少女冪䍠上的紗羅吹得揚起，露出一張雪膚紅唇、金珠做飾的臉來。

粟及晃眼瞟過少女的臉，一下子愣住。

就在粟及愣神之際，在遠處觀戰的三殿下忽然瞬移到他身邊攬過了手持洞簫的少女，見粟及異樣，又用空著的那隻手化出冰刃來幫他擋住了那頭怒嘯著似要衝過來的雌獸，隨後帶著臂中的少女飛快地退出了這片戰局。粟及趁機又給那雌獸補了一刀，確認牠已不具威脅後，他回頭望了一眼，見白月之下，三殿下攬著那少女站在半空的一片雲絮上，兩人挨得很近，三殿下微微低頭，似在同那少女說什麼話。

「……不是說好的讓我去英雄救美嗎？」粟及腦子裡一團糨糊，然也沒時間多想，因戰局裡還留著好幾頭一看就格外勇猛的孟極獸。又一頭惡獸呼嘯著撲過來，粟及趕緊提劍迎戰。

粟及還好，車隊的魔侍們卻不是這些凶獸的對手，不多時，幾十個魔侍已被巨獸分食殆盡。飽餐的惡獸不再急切，耍弄似地圍住粟及這個最後的獵物。粟及頭皮一陣麻，正欲捏印防護，半空中忽有笛音響起。

笛音指引下，魔侍們遺在山道上的熾血以不可思議的速度凝結，被堅冰裹覆後，化為不可摧折的鎖鏈，猛地向近處的孟極獸襲去。巨獸被鎖，發出受驚的咆哮。咆哮聲震徹山林，卻未能掩住幽幽笛音。

笛音游刃有餘地掌控著血化的鎖鏈，使它們長出棘刺，深深扎入被捆縛的凶獸的血肉骸骨。怒嗥聲逐漸被痛苦的哀鳴取代。

這一曲笛樂並不長，當最後一個音符落下，含怨的鎖鏈俐落地刺入孟極獸的心臟，十來頭孟極獸瞬間斃命。獸血染紅了整條山道，粟及身上也被濺了不少血，戰局一片狼藉。

但造成這一切的三殿下卻如玉樹一般長身立於月下，仍是纖塵不染的。

半空中，連宋平靜地收了笛，身旁的少女仰頭對他說了一句什麼，他便將手中的玉笛遞給了少女。

粟及看得愣愣的。

雪意這時走了過來，皺眉問粟及：「不是說好的由你去英雄救美嗎？連宋怎麼突然現身了？」

粟及也是稀里糊塗的，想了會兒，問雪意：「謝冥神和祖媞神……她倆是不是長得一模一樣啊？」

雪意望過來，眼神裡透著莫名，「怎麼這樣問，她倆長得完全不一樣，謝冥神清雋冷麗，尊上……」突然收聲，眉心微動，目光掃過前方的那道藍影，向粟及道：「你是說……她同尊上長得一模一樣？」見粟及點頭，雪意的眉緩緩擰緊了，「怎麼可能，上一回……那冪籬下的臉明明是謝冥的臉，難不成……」

話未完，雪意忽地頓住，抬頭看向中天。天頂的白月在他抬首的瞬間隱去，天似墨染。沒多久，那墨染般的黑淡去了，天幕似一抔燃盡的灰，被風一揚便消隱無蹤。天光乍亮。乍亮的天光下，森然的血道、淒涼的山景，包括連宋身邊的少女，一切都不復存在。第一個幻境消失了。

雪意收回視線，向漫步走過來的連宋求證，「那女子果真是尊上嗎？」

「是阿玉。」青年回他，皺了皺眉，「但她以為她是謝冥。」

雪意愣然，沉默了少頃，難以置信地再次詢問：「你確定她是尊上本人，而非這幻境所化之人？」

青年抬眼看他，目光裡含著銳利，「你是覺得我連真實和幻影都分不清，是嗎？」

雪意搖頭，「倒也不是。」苦笑道：「若那果真是尊上，那就是說，尊上也入了這幻境，但她與我們不同，未成為『入境者』，反取代了境中原本便有的謝冥……如今我們該怎麼做？我只是覺得，事情越來越複雜了……」

「這不是很有趣嗎？」連宋不以為意，「既然阿玉成了謝冥，那《境書》所述之事便不一定是真的了。這荒漠，連同這些不枯之泉，是謝冥殘留的意識作祟還是別的什麼……也不好說。」

雪意愣了愣，驚醒道：「你的意思是……」

連宋莫測地抬眸看向遠方，打斷了他的話，「先去第二個幻境看看吧。」

浴池中注滿了暖泉，朝暮浸在泉水中，倚著冰花石池壁閉目養神。池巖上擺放著一只琺瑯彩瑞獸香爐，爐中燃著寧神的安息香，香已燃了好一會兒，可朝暮的心卻仍未能夠平靜下來。她依然覺得恍惚。既對自己令之魔族四十九公主的身分感到恍惚，也對這幽暗華美的魔宮感到恍惚，彷彿她不該是這個身分，她也不該生活在此處。

這種魂不守舍的割裂感伴隨她多久了？一年？兩年？還是更久？她記不清了。只記得她第一次真切地意識到這種恍惚，是在半年前她作那個夢的時候。

那是個很奇怪的夢。夢裡的一切都是模糊的，似籠在一層光暈中。她雖身在夢中，卻像是個偶然路過的看客，置身事外地注視著那個夢。

她注視著那個夢，可她根本看不清夢裡的人，也聽不見他們的話，但離奇的是，她就是知道那夢在講什麼。

它在講一個女孩。說女孩降生在一方火池旁，無父無母，但有一個沒有血緣關係的哥哥。哥哥將她養大，兩人感情極好，然女孩七千歲那年，一場戰爭爆發在了他們居處附近，人荒馬亂中，女孩走失了。走失的女孩在流浪中失去了記憶，幾經輾轉，流離到了令之魔族的地盤。令之魔族的族長見女孩是個難得的美人胚子，便收養了她，讓她在令之魔族的魔宮中安了家。

就是這麼個夢。

在夢境結束而她尚未醒來之時，她便明白了，夢裡的女孩其實就是她。這個夢向她展示了她真正的來處。

她用了半天的時間來接受這件事。可就在內心做出「接受」這個決定的一剎那，她莫名地感受到了一種撕裂的恍惚，彷彿有個聲音在心底深處告訴她，妳想錯了，妳不是令之魔族的四十九公主朝暮，妳也不是那個降生在火池旁的女孩。

可若她不是她們，她又是誰呢？這想法太荒唐了，故而彼時她並未將那一瞬間的心悸當回事，只以為是自己太累了。

她第二次作類似的夢，是在不久前去丹穴山求醫的路上。依然是模糊的、啞劇一般的、什麼也看不清的夢。她也依然知道那夢在講什麼。是說她在邙山的山道上被隱伏的山獸襲擊，一個路過的青年救了她，她對那青年一見傾心。

從小憩中醒來，她才發現車隊已入了邙山。

她有一瞬覺著那夢可笑，可冷靜下來後也不敢確定它不會成真，猶豫了片刻，還是決定迴避危險，另走一條路。然剛吩咐魔侍調頭，便有惡獸成群結隊出現在他們前方。就像夢中一樣。而下一刻，有人從天而降，攬住她的腰，將她帶出獸群救了她。救她的過程和夢中不太像，但結果同夢中差不太多。

來人眉目似畫，白衣勝雪，唇邊一支清光流離的白玉笛，似從古畫中走出的翩翩貴公子。她前一刻還覺著對一個人一見鍾情是一件很無稽的事，可在對上來人那雙漂亮的鳳眼時，心卻止不住咚咚地跳。

百步外，孟極獸盡斃於幽遠的笛音中，青年收起玉笛，柔聲問她：「怎麼這樣看我，不認識我了嗎？」

「我……應該認得你嗎？」她問他。

青年持笛的手一頓，抬眸看向她，好似感到驚訝。

在她不確定地追問「我們曾見過嗎」時，青年忽然一笑，「是我記錯了，我們沒有見過。」

他們挨得很近，那不是一個合適的距離，可青年卻像是沒有注意到。她意識到了，欲往後退，卻因腿傷在身，不小心斜傾了一下。青年立刻握住了她的手，好似在幫她，又好似有什麼別的理由，她不知道，只感到肌膚相貼之處一片溫熱，而胸腔裡的心臟瘋了似地急跳。

「我叫……」青年頓了一下，「我叫瑟珈，妳叫什麼名字？」青年這樣問她時，仍握著她的手。

令之魔君將八十七位公主養在深閨，公主們勤學六藝，個個內秀於心，但令之魔君從不讓公主們接觸宮外的消息。宮外那些出色的人物她一個也沒聽說過，自然也不知瑟珈是誰。

「瑟珈。」她在心底重複了一遍這個名字，猶豫了一下，沒有隱瞞對方，「我是令之魔族的四十九公主朝暮。」按捺住心底的鼓噪與悸動，輕聲道：「很感激你救了我，雖然現在沒有辦法，但將來，我會報答你的。」

「嗯。」青年應了一聲。他們原本便靠得很近了，青年微微傾身，又靠近了她些許，有一種很熟悉的香漫進她的鼻，恍神間她聽到了青年壓得有些低的嗓音，那微涼的聲音令她的心再次急跳。「朝暮，妳會有機會的，不會太久。」青年如此說道。

她不記得那一夜她是如何同青年分別的。

不過，如青年所言，他們的確很快再次見面了。

扎根於南荒的魔族在經歷了數萬年弱肉強食的亂戰後，由三百餘支小族演變為了如今的二十七大族。令之魔族是這二十七族中最弱小的一族，能在強族環伺下苟活至今，全靠令之魔君將養女們賣了好價錢——二十六魔族中有十四個大族都是令之魔族的姻親。而在三日後，朝暮的三十七姐也將出嫁，嫁給蚩之魔君最小的兒子。

為籌備三十七公主的婚事，令之魔宮已雞飛狗跳了半月，人人都在為這場婚事奔忙。

青年便是在這時候來到了魔宮，說趁魔宮送嫁魚龍混雜之際，他來此尋一個人。

她將青年藏在了自己的寢殿中。

她已將他藏了七日。

七日來他們可謂形影不離——日間她掩護他在魔宮尋人，夜裡她與他同宿一室。長日相伴，最易生情，何況她原本便對他心意不純。她雖是第一次對一個人動心，卻也知喜歡一個人，若真心相付，便愛意難藏。不過她也並不想藏。青年那樣聰明，她知道他已看出了她對他的心。她私心覺得他對她也是有意的，她也有一些證據。比如昨夜在殿中，當她不小心被地上的絨毯絆倒跌進他懷中時，他接住了她，當她吸著氣想從他臂中離開時，他反手抱住了她，還抱了好一會兒。

可惜那個擁抱後他們便沒能再說上話——三十七公主尋過來了，鬧著要在出嫁前與她同住一夜，他便避了出去。今天整個白日她都沒見到他，也不知他去了哪裡。

泡在暖泉中想著這些時，她略有些心煩，但縈於腦際的恍惚感倒是退卻了好些。好像總是在她想起青年、對他心動之時，那種對身周萬事都感到不真的感覺能消解一些。彷彿她擁有的一切皆是不合她身分的虛假，唯喜歡他這件事是可以確定的真。這著實令人不解，但似乎也沒法尋到一個答案。

腳步聲響起，侍女走近浴池，將一套素紗單衣疊放在了池沿。紗衣薄軟輕透，正適合夏夜入睡穿。目光掃過那疊薄透的紗衣，她想，侍女取來這套紗衣，是不知入夜後這殿中其實不止她一人。似被燙到一般，她飛快移開了目光，低聲吩咐侍女：「取那套素羅中單來。」素羅要嚴實些。

侍女應聲退下，浴池重歸寂靜。發了一會兒呆，她有些昏昏欲睡。意識漸失時，又有夢來。

入此夢境，她依然像一個看客，從不遠處凝視著夢裡的故事。只是這一次，夢中的一切都清晰了起來，不再像籠在一層光暈中。她既能看得到，也能聽得見。

夢裡出現了一個與她差不多年紀的少女。

她聽見周圍的人管少女叫朝暮，或四十九公主。

是她。

可少女清雋冷麗，有一張全然不同於她的臉。

又不是她。

夢中那個朝暮也有一個喜歡的人，那人也叫瑟珈。那個瑟珈也愛穿白衣，不過那個瑟珈不拿扇，不執笛，腰間佩一把漆黑的長刀，面容、氣質與她的瑟珈無一絲相似。

她很確定她和瑟珈同夢中那兩人是完全不同的人。可奇怪的是夢中那兩人經歷的事卻與自己和瑟珈所經歷的別無二致。

夢裡，也是在這個魔宮，也是在這個寢殿，也是在五月十二那日，叫瑟珈的青年無意中闖了進來。夢中的朝暮驚訝地望向他，「瑟珈？你怎麼……會來這裡？」青年也如她的瑟珈那樣回答夢裡的朝暮：「趁魔君送嫁魔宮混亂，我來尋一個人。」

那青年也藏在夢中朝暮的寢殿裡，夢裡的朝暮也是白日裡掩護青年尋人，夜晚與青年同宿一室。他們之間也流轉著彼此心知的曖昧。只是青年不像她的瑟珈那樣愛逗惹人，他對那個朝暮更為克制。

也是白月流光的一個夜晚，夢裡的朝暮不小心跌進了青年懷中，不過青年沒有伸手抱她，只抬臂扶住了她的肩。

那個朝暮雖個性清冷，對感情卻格外率直，她並不在意青年的克制，反而握住青年的手臂，趁勢靠近了他。就在青年垂頭看她時，她微微仰首，同青年的視線相接，「你知道我喜歡你吧？瑟珈。你也不是不喜歡我，對嗎？」

青年因她的話愣住，右手離開她的肩，後退了一步，「公主……」他道，聲音微啞，「我現在還不能……」

朝暮眨了下眼，對他的拒絕感到不解似的，冷麗的臉上浮現出失望與疑惑，「我知道你想說什麼，你想說你不能接受我，」她的唇線抿直了，仰著雪白的精巧的下巴，固執地問他：「為什麼不能接受我？」

青年垂眸看著她，看了一會兒，離開的右手重新放回了她肩上，「朝暮。」這次他沒有再叫她公主，「不要胡思亂想。」他神色複雜，停頓了片刻，「不是不能接受妳，我是想說……」他輕輕嘆了口氣，「我現在還不能回應妳，因為我沒有資格，我把家人弄丟了，妳等我找到她。」

她緊張地屏息，「等你找到她，然後呢？」

「然後……」青年正要回答。

她卻忽然將頭抵在青年肩上打斷了他，「等你找到她，就和我在一起，好嗎？」她主動向他提出邀約，話說得從容鎮定，但那雙被髮絲半掩住的紅透的耳卻暴露了她並不是真的那麼鎮定從容。

青年看出了她的羞赧，輕輕嗯了一聲，抬手像是要撫摸她那紅得可愛的耳尖，但最後，那隻手只是克制地停留在了她的鬢邊。

夢裡的朝暮只知青年要尋的是他的家人，她並不知他要尋的是哪位家人。她也知將家人弄丟的過往或許滿含痛苦，不堪回憶，故而青年不提，她便不問，只專心地等待青年在尋到走失的家人後，實現對她的承諾。

可那注定是個悲劇。

是如今夜這般的一個夜。

也是在這個浴間，無意間闖進來的瑟珈看到了沐浴的朝暮右肩上的火焰印記，才發現她竟然就是他要找的人。

夢裡，瑟珈愣在原地許久不能出聲，在朝暮察覺到異樣轉過頭來時，他才回過神。「小焱。」他失魂地站在撩起的五色珠簾旁，啞聲叫出了這個名字。

朝暮看到是他，神色微訝，有些侷促地抓住一旁的羅衣擋在身前，又將身體往玉白的暖泉中藏了藏，做完這一切後，她才覺出疑惑，「你……是在叫我？」

瑟珈沉默了許久，許久後，他抬步走過來，半跪在了池邊。「是在叫妳。」他回答她。池中水霧繚繞，朝暮藏在霧中，亦藏在水中，雙眼被暖泉蒸得水潤，「為什麼叫我小焱？」她輕聲問，「是你給我起的新名字嗎？」

池中的水霧亦沾濕了瑟珈的眼。「不。」他的眸中浮現出許多情緒，但很快被他斂在了眼底，「小焱是妳原本的名字，是我給妳起的小名。」他回答她，聲音很低，發沙，發啞，「妳是小焱，是我的妹妹。妳肩上的火焰印記便是證明。」

「你是說，我就是你要找的人，是你的……妹妹？」朝暮失神地靠著池壁，愣愣看他，「是你的……親妹妹嗎？那我們……」她的臉一下子變得雪白。

他聽明白了她的未盡之言，很長一段時間，他沒有說話，身體僵直，只一雙垂在身側的手微微顫抖著。那手為什麼會顫抖，或許只有他自己明白。「是我親手將妳養大，」他開口，似在回她，又似在自語，「妳和我親妹妹又有什麼區別呢。若一開始便知道妳是小焱，我絕不會……」他閉上了眼，喉結艱難地滾動，彷彿含著痛苦，但脫口說出的話卻很是決絕，「之前的都是錯位，我們不能在一起，妳永遠是我妹妹。」

第三次的夢猝不及防地在此結束。

朝暮昏沉地醒來，意識回籠時，感到身周一陣異樣。她猛地睜眼，一點朦朧的幽光撞入她瞳中，她懵懂地發現本應在暖泉裡的自己此時竟躺在殿內的玉床上。她吃驚地坐起，蓋在身上的雲被被什麼壓住了，往一邊滑去。她的視線隨著滑落的雲被定在玉床外側，才發現那處竟躺了一個人。她的心臟猛地一縮。幽夜中傳來沉而低的一聲：「醒了？」躺在床外側的青年含糊問她。他並未起身，只抬起右臂搭在了眼前，像是在適應光線，聲音有些悶，還帶著睏意。

聽到這熟悉的微涼聲線，朝暮緊縮的心臟復甦過來，她輕呼了口氣，「你怎麼在這裡？」視線微垂，瞥見裹在身上的霜色素紗裙，她愣了一下，雪白的臉倏地浮上一抹紅，喃喃：「我怎麼也……又怎麼……」她想問自己怎麼也在這裡，又怎麼會穿成這樣，不是已讓侍女取了素羅中單來嗎？可話到嘴邊才發現這兩個問題無論哪一個都很尷尬。她住了嘴，輕抿住唇，不動聲色地提起一角雲被擋在身前，整個人往後退了退。

青年將手臂從眼前拿開了，側過身來，「妳在暖池裡泡太久了，侍女擔心妳暈過去，因此幫妳換了衣服，將妳送到了這裡。」

「那你呢？你為什麼也……」

「噓。」青年豎起一根手指放在唇邊，打斷了她的話。他仍閉著眼，像沒睡夠似的，「可聽到殿外的落雨聲了？」聲音很低。

幽夜靜謐，當他們不再說話，的確能聽到自殿外傳來雨打簷廊之聲，沙沙，沙沙，似林中青果落入泥地，輕微而細碎，更襯得此夜幽靜。

殿外是在落雨，可這與他睡到她床上又有什麼關係呢？她茫然地看著他。他閉眼笑了笑，仍用著那般輕的聲音，「下雨了，地鋪冷，妳這裡比較暖。」

這個理由其實是站不住腳的，他們是未婚男女，再是彼此有意，他也不當在一個冷雨夜裡以取暖之名睡到她身旁，況且夏夜之雨又能冷到哪裡去。可他慵懶睏倦地躺在她身邊，是真的在睡覺，也不是別有用心……她不禁心生恍惚，自己也不知道自己在想什麼，非但不覺他這等有失禮數之舉唐突，反覺他如此很可愛，令她不自覺地心動。

不過……落雨。她突然想了起來。夢中朝暮和瑟珈相認那夜，魔宮也落了雨，雨勢幽急，淒淒如冰。在那夢境結束的一剎那，她感到了夢中朝暮的心也如那落雨一般悲切。

是了，那夢。她怎能到現在才細思那夢呢？

同樣落雨的今夜，是不是就是夢裡那一夜？

那是不是又是一個預知夢？

夢裡，那個瑟珈告訴朝暮，說他是她哥哥。雖然她和夢中的朝暮長得完全不同，可她的右肩不也有一個火焰胎記嗎？如果那真的是一個預知夢，那此刻躺在她身邊的他……是不是也是她哥哥？他是不是也會在知曉了她的身世後拒絕她，告訴她他們不可能？

一瞬間，朝暮如墜冰窟，十指用力抓住了身前的雲被，那輕軟的布料在她的手中被攥緊，被揉皺。

似察知到了她的異常，青年抬手按住了她那端的雲被，隔著雲被攬住了她的膝，「怎麼了？」

偌大寢殿唯有玉床一角垂了一盞貝燈，盞中含珠，珠光不盛，玉床中的一切都被籠在一片朦朧中。朝暮低頭看向青年，忽而低聲，「你在找的那個人，右肩是不是有一枚火焰印記？」

十六扇床屏圍出的小小空間倏然靜寂，青年睜開了眼，睡意從他的眸中淡去，「妳為什麼會知道？」

聽到這回答，朝暮只覺眩暈。那果然是個預知夢嗎？他果真是她哥哥？這一瞬她竟再次感受到了夢中朝暮的悲淒。若讓他發現了她是誰，會發生什麼？她突然很害怕。可不知為何，明明被悲切、懼怕、苦悶糾纏揉磨著不想也不願去面對那興許已注定的悲劇，可最後，她還是選擇了主動開口告訴他：「我的右肩就有一枚火焰印記。」說出這句話，她清楚地聽見心底深處傳來了一聲絲線斷裂的嗡鳴。她想閉眼的，但她沒有，因她知道，接下來無論發生什麼，都是不可逃避的。

可奇怪的是，得知了這消息的青年卻並沒有表現得多驚訝，他坐了起來，在昏微的珠光中與她對視了片刻，忽然伸手將她拉近了。呼吸相聞的距離裡，他空著的那隻手搭上了她的右肩，修長的指微一撥弄，便將那本就合得不嚴的交領撥開了。手指靈巧地在她肩部輕佻，霜紗沿著右肩滑下，她終於反應過來，本能地抬手去擋，紗衣雖不再下滑，但右肩卻完全裸露了出來。

「你……」她被他搞蒙了，一時竟不知該說什麼，雪膚染上薄紅，但連她自己也不知那究竟是因羞惱還是因氣怒。腦子裡再沒有別的，她只想將凌亂的衣整理好。他卻握住了她欲提衣的手，攔住了她。

順著他的視線，她終於明白了他是在做什麼——他是在查看她右肩上的印記。「竟然真的有啊。」他輕聲，「沒想到會是這樣找到妳，我的妹妹。」

我的妹妹。四個字如寒風颳入她心底，冷意瞬間瀰散至全身。她所懼怕的終於還是成了真。淚水不可控地自她眼尾滑落，「果然是預知夢啊。」她輕聲喃喃，沒意識到自己流了淚。隱約間，她想起了夢裡那個瑟珈對夢裡那個朝暮說的那些拒絕話，頓了會兒，問面前的青年：「所以你也要對我說，如果我們曾對彼此抱有好感，那也都是錯位，我們不能在一起，因為我是你妹妹，是嗎？」

青年沒有回答。

不回答也是一種回答，她想。「那果然是個預知夢啊。」她再一次喃喃。巨大的悲慼籠住了她。夢中的朝暮那時也是如此悲慼嗎？

她看著眼前的人，不能擁有他的認知讓她感到一種難言的痛，明明應該是第一次經歷這種疼痛，可不知為何，她竟覺得它十分熟悉，就像這痛已被刻印在了她的魂體裡，被她反芻了千遍萬遍，令她喘息不能，令她生不如死。

她突然不能忍受再和青年一起待在這一隅之地，掀開雲被便要離開，卻被他一把握住了手。

「為什麼哭？」他問她。她提給他的問題他不願回答，卻這樣來問她。這不禁令她感到惱怒。

「隨便哭一哭也不行嗎？」她半坐起身，想要甩開他的手。

他卻握緊了她，一扯，她便跌入了他懷中。慌促間她抬手抵住他的肩，勉強穩住了身形，穩住後才發現自己竟跨坐在了他腿上，待要掙扎，後腰卻被他按住。他沒有收束力道，她沒辦法掙開。雙手雖然自由，但抬手打鬧就顯得太稚氣了，她咬住唇，不再動了。這似乎令他滿意，他勾了勾唇角，錮著她腰的手不曾減輕力道，空著的那隻手卻溫柔地、輕緩地撫上了她的臉，「很久沒有看到妳哭了，阿玉。」氣息溫熱，拂在她耳邊，「我真的很懷念。」

她吃驚地垂眸看他，不明白他為何會說出這樣的話，再則，阿玉又是誰？若今夜是夢中那夜的對照，那他不是應該叫她小焱嗎？

「為什麼叫我阿玉？」她張了張口。

她的眼尾仍有未乾的淚痕，青年的指停留在她臉側，指腹輕擦過泛紅的眼尾，當最後一點淚跡被抹淨，指尖一路下滑，來到了她的下頷。「阿玉是妳的小名。」他低聲回她。

「怎麼又不一樣？」她疑惑地低喃，腦中一片混亂。如此說來，他們同夢中的朝暮、瑟珈長得完全不一樣不說，二人相認的過程也不太一樣。如今，連他對她的稱呼都與夢中的不一樣，那，那個夢還算是個預知夢嗎？如果不是，那……眼睛忽地酸澀，有淚霧蒙上，她眨了眨眼，剛被抹乾濕痕的眼尾又出現了一滴淚。

「阿玉。」青年喚她。她嗯了一聲。淚水離開豐縟的眼睫，順著臉頰滑落，青年放在她下頷的指隨之移了過來，指腹抹過她的唇角，帶走了那滴淚。淚已被拭去了，可他卻沒有停止動作，手指摩挲著她的唇瓣，直將那粉櫻似的唇碾得殷紅，而他看著她的眼神也變得幽深，「是因為作了預知夢，以為我會拒絕和妳在一起，所以才哭的嗎？」

她僵住了。

他驀然靠近了她，那樣子像是要吻她。她閉上了眼。但並沒有親吻落在她的唇上，倒是她的右肩一沉——青年將頭埋在了她肩上。「妳還記得嗎？」青年道。

「記得什麼？」她失神地問。白奇楠香氤氳開來，如月色般幽涼，輕輕包裹住她，為她織出一張迷離的網。她在這網中恍惚，隱約聽到青年低嘆，「我們曾有過很好的一段時光，在那段時光裡，妳全然地信任我，依賴我，專心一意地想著我，愛著我；沒有別的事，也沒有別的物能超越我在妳心中的地位。那時候，妳雖然會因為很多事情笑，卻只會為我而哭。我真的很懷念那段時光。」

他是在說他們小時候嗎？她小時候是那樣對他的嗎？

「在今天之前，我其實不知道我原來喜歡看妳哭。」他說。

「為什麼？」她不由自主地問，又有點委屈，「為什麼喜歡看我哭？」

他仍埋首於她的肩窩，靜了一會兒，道：「因為我病了，當妳哭的時候，我才能感到妳是愛我的。」

這句話是什麼意思，她不是很明白，但她聽懂了一個字，愛。心臟驟縮，近乎停滯。半晌，她抬起手來，顫抖地推了推他。他順從地抬起頭，自她肩窩處離開了。

這樣，他們便能看到彼此了。

「你願意愛我？可我是你的妹妹。」她壓抑住過速的心跳，盡量放平了聲音。

他笑了，「又不是真的妹妹。」

這與那夢境太不同，震驚之下，她不由得再次向他確認，「你知道我說的是哪種愛吧？」

他沉默地看她，看了一會兒，忽然攬住她的後頸，一壓，她整個人散了勁兒，就著跨坐的姿勢猛撲進他懷中，她的手抵住他的肩，兵荒馬亂中，他吻了上來。

她坐在他腿上，他按著她的後頸，用力地吻著她的唇。她睜大了眼。

輕喘聲漸起，瀰散在這靜謐的夜裡。不知吻了多久，她徹底地軟倒在了他的懷中，只手還有些力氣，緊緊攥著他的衣。

「是這種愛。」他抵著她的額頭，語聲瘖啞，如此回答她。

她閉上了眼。這是她想要的。她真的得到了。眼尾又飛上了紅意，可這一次她忍住了淚。

青年平息著呼吸，珍惜地將她抱在懷裡，又啄吻了數次。

果然，那並不是一個預知夢，她的確不是夢裡的朝暮。

可既然他們沒關係，那她為何又會作那些夢？但這一刻，所有這一切都不再重要了。

她仰著頭迎合青年給予的輕吻，昏沉間只覺他的吻和他的氣息都如此令人沉迷。

她鬆開了攥著他衣的手，主動地，緊緊地抱住了他。

今之魔族的王城不算很繁華，也沒什麼可逛，粟及和雪意在王城外尋了個破舊小院暫住，等待三殿下走完第二個幻境。兩人原打算候在魔宮外守株待兔，以幫助三殿下牽制幻境中的瑟珈來著，但守了四、五天，愣是不見瑟珈出現。想著他應該不會出現了，兩人便撤了，找了這麼個小院待著。

兩人坐在樹蔭下納涼，粟及仰頭望天，嘆氣，「祖媞神竟取代了這幻境中的謝冥神，而這幻境竟也認可和接納了這樁事，這背後定然有古怪。我也認為繼續按照《境書》的指引，去誘被這幻境當作謝冥的祖媞神，看獲得她的真心後這混沌荒漠裡會發生什麼是良策。可我想不通的是，三殿下對祖媞神那樣熟悉，要獲取她的心還不容易嗎，何必非要扮作瑟珈走一遍瑟珈的老路？這不是浪費時間嗎？」

雪意拈起茶盞，「可如今尊上認為她自己就是謝冥……這混沌荒漠如此古怪，我們都不知她為何會變成這樣，萬一謝冥的情絲對她亦有影響，讓她容易對瑟珈在意……」他將浮茶撇去，「所以三皇子的策略沒錯，最好的辦法的確是他扮瑟珈，走瑟珈的路，讓此幻境的瑟珈無路可走。不過我也不否認……」他停了一下。

「你不否認什麼？」

雪意表情淡淡，出口卻是一派虎狼之言，「尊上現在稀里糊塗的，正是好騙的時候，或許假借另一個身分追求尊上，同尊上來一場兄妹虐戀，本身就很刺激吧。你們三皇子不是一向這樣惡趣味嗎？」

粟及立刻道：「你不要血口噴人啊！我們三殿下哪裡……」話說到一半，想起自己在三殿下手裡被坑的輝煌履歷，突然發現這位殿下的確幹得出來這種事情。粟及閉了嘴，顧左右而言他地轉移了話題，「不過說起來，為何在這個幻境裡瑟珈完全沒出現呢？你不是說二十多萬年前謝冥神魂有異，為了給她安魂，你和祖媞神曾進過她這段記憶，對她和瑟珈這段時間發生了什麼很是熟悉嗎？你是不是記錯了啊，不然瑟珈這個時間段怎可能不來魔宮呢？」

雪意頓了會兒，「我有個猜測，只是……暫時不確定。如果我猜測的是真的，那不僅是這個幻境，咱們之後所要經歷的所有幻境，瑟珈都不會再出現了。」話剛說完，手中茶盞忽然消失不見。

烈陽消散，黑夜再臨，雪意一笑，「行了，第二個幻境咱們三皇子也順利通關了。」

第十九章

寢殿外大雪紛飛，六稜的冰花自半掩的軒窗偷偷潛入，可尚未穿過分隔內外室的琉璃屏，便為地火龍熏蒸出的暖意所融，只在半空中留下一點可惜的濕痕。

她靜立在寶藍底星河滿繡的床帷旁，微微蹙眉，垂眸看著自己的右手。她的右手攤開了，掌心向上，其間躺著一團昏黃的金光。那光暖且靜，如風燈中安謐的燭焰，全無破壞力似的，可分明在片刻前，這小小光團爆裂出極盛的帶著威能的光芒，將那妄想近她身的叫作霄樽的夢魔震得往後倒退了數步，嘔血不止。

「妳未入夢？也未被這愛欲之境迷亂神智？」男子高瘦，穿一身緋袍，皮相倒是好的，眼神卻透著渾濁，他咳嗽著揩拭唇邊的血跡，不可置信，「這……怎麼可能！」

她不置可否。

自這夢魔將她擄來這四境陣，她便一直在裝睡。方才，當他懷著齷齪的心思靠近她，抬手欲觸碰她腰間結帶時，被她強抑住的厭惡與驚懼驀然突破防線，激烈的情緒有如閃電掠過身體，驚動了她魂體中的原初之光。光隨意動，威能有如雷霆，以不可抵擋之勢震傷那夢魔的同時，也打碎了她初入這混沌荒漠時遇到的那個人對她的本我進行的封印。

在那亦真亦幻的一剎那間，她想起了自己是誰，也想起了她為何會取代謝冥，經歷這些幻境。

她是光神祖媞，她來這混沌荒漠原是來尋雪意的，但入境後卻遇到了那個人。從那人處她得知了這混沌荒漠的由來。明白了那人想做什麼後，她主動接受了他對她的封印，而後在封印生效的前一刻，義無反顧地踏入了這不枯泉幻境。

這世間所有旨在對神魂施加控制和影響的術法，對她都是沒用的，是故迷心之夢也好、愛欲之境也罷，皆奈何不了她。在這荒漠裡，唯一曾欺騙了她、令她感到過迷惘的，是那個人所造的這些不枯泉幻境。不過，當封印被打破，光神與生俱來的能力回歸魂體後，即便面對的是如此縝密周致的幻境，她也立刻清醒了。

這是第三個幻境。是謝冥生前情絲波動得最為厲害的人生旅程之一。

而謝冥的這段人生旅程，她再清楚不過了。

因那時夢魘霄樽暗慕謝冥，將謝冥擄走，是瑟珈來姑媱請了不受愛欲之境影響的她出山，最後是她和瑟珈一起毀了霄樽的四境陣救出了謝冥。

「竟這樣快就來到了你的這一段經歷，阿冥。」她低聲輕喃，語聲含著連她自己也未曾察覺的沉重。

她對瑟珈和謝冥之間的事是很熟悉的，不僅因若木之門打開前夕，謝冥被人暗害，神魂出現異動時，為了給謝冥安魂，她去過她的憶河，看過好些她同瑟珈的回憶，還因她算得上是謝冥和瑟珈共同的友人。

當年瑟珈自令之魔宮尋回謝冥後便帶謝冥來姑媱找了她，是她幫謝冥恢復了幼時記憶。在謝冥幼時，她與謝冥是極為親密的。恢復記憶的謝冥延續了與她的童年友情，有時會寄信同她傾訴心事，故在謝冥隨瑟珈回到少和淵之後的兩萬年裡，他們兩人之間發生的糾纏，她大體都知。

不能說瑟珈待謝冥不好，但他始終抗拒謝冥的情意，而謝冥也從未想過放棄。

從前她不識人欲，即便關於水神的那些預知夢使她不再如孩童一般對男女之愛蒙昧無知，但也不過對七情有一些淡薄感受罷了。她並不能明白瑟珈為何不願接受謝冥成為他的妻子，更不能理解他為何能說出「誰做我的妻子都行，但小焱不可以」那樣的話。如今懂得了七情的她再回首往事，卻覺當年瑟珈的抗拒和拒絕，也不是那麼不可理解。

瑟珈是個心底有傷痕的人。雖是魔族，卻在神族長大，之後隨著神魔對立，才一萬四千歲的他被兩個族群共同驅逐。這樣的幼年經歷給他造成了極嚴重的心傷，那心傷一直難癒。過夠了流浪生活，他害怕也憎惡孤獨，當他稍微獲得了力量，便開始用極端的方式偏執地追求親情。為了得到一個絕不會再背叛拋棄他的親人，他不惜以命相搏自登備山的玄蛇手中搶來謝冥，並在被救醒的第一時間與無知的嬰孩定下噬骨真言，就為了讓這個親人永不背叛永不離開自己。

瑟珈是怎麼看謝冥的，其實當年他親口告訴過謝冥。為了讓謝冥放棄他，他曾對謝冥說過那樣的話，「對我來說，妳是我捨命才奪來的、不可失去的、將永遠陪在我身邊的親人和家人。雖說這世間沒有哪一種關係是牢靠的，家人、親人亦如是，但總比其他關係穩固許多。我不知為何妳總想將我們的關係轉變為男人對女人，丈夫對妻子。那種基於轉瞬即逝的愛欲建立的關係就如沙石築成的堡壘一般脆弱，愛欲的基石一旦消失，沙堡就會崩潰，而屆時妳待如何呢？妳要說妳可以退回妹妹的位置，依然陪伴我嗎？我不相信。」

彼時謝冥來姑媱看她，兩人在長生海旁的小亭裡聊起少和淵與瑟珈，謝冥便將這話轉述給了她聽。

那是個晴好的午後，謝冥一身藍裙，屈膝倚坐在月光石鵝項靠上，如同一株開在暮春的藍芙蓉，透出清冷厭世的靡麗感。少女抬手探出小亭，有一搭沒一搭地將手中的靈芝餵給踏波而來的仙鶴，美麗的銀灰色瞳眸平靜無波，「他那樣說，讓我覺得好像我很珍貴，因為太珍貴，他才不能以男人待女人的方式待我，我幾乎要被他說服了。」說著停住，將最後一點靈芝捻碎拋給近處的仙鶴，用絲帕擦了擦手，淡淡笑了笑，「但我的心卻不允許我被他說服。」

那時她就坐在謝冥對面。她不識七情，亦不懂人心，靜思了少時，有些天真地問謝冥：「妳喜歡他，想嫁他，是為了能長久地和他在一起。他想要妳退回妹妹的位置，也是為了長久地和妳在一起。既然做他的妹妹也能一直陪在他身邊，妳又為何非要執著於他是否愛妳呢？」

謝冥偏過頭來，撐住腮看她，像覺得她這個疑問很有意思，「若我告訴妳因為我對他懷有的是男女之情，所以也希望他以此心待我，想必妳也是不會懂的。讓我想想，該怎麼說才能讓妳明白呢。」她垂眸思考了片刻，片刻後開口，「妳可能覺得做他妹妹和做他妻子也沒什麼不同，但實際上卻有很大的不同，妻子是能獨占丈夫的，這就是做妻子的好處。我是很容易被獨占欲折磨的人，所以無論如何也不可能如他所願作為妹妹陪在他身旁。我不可能看著他娶妻生子，擁有愛人，妳忘了嗎，從很小的時候開始，我的獨占欲就是很強的。」說著這樣情緒激烈的話，謝冥的語聲卻一直很平靜。

她聽明白了謝冥的意思，越發感到此事難解，不得不提醒她，「可他對妳無意，又那樣堅決……」

謝冥打斷了她，「妳覺得他很堅決嗎？」

她點頭。

謝冥抬眸望向遠方，「他其實也沒那麼堅決。如今我雖然很少再在他面前說什麼喜歡，但他明白我看他的眼神是怎樣的。我沒有一刻將他當作兄長，他一直清楚。」頓了一會兒，又道：「若他果真只能以兄妹之情待我，那對我這個一心覬覦他的妹妹，他不該感到厭憎嗎？可他沒有，他只是自欺欺人地裝不知道，然後繼續像過去那般待我好。所以，妳真的覺得他不喜歡我嗎？」

聽完謝冥這些話，她沉默了片刻，而後開口問謝冥：「妳說這些，是想要說服我，還是想要說服妳自己呢？」

藍衣的少女愣住，許久後，她放下撐腮的手，安靜地對她笑了一下，「阿玉，妳為什麼總在這種事情上這樣敏銳。」

謝冥在次日離開了。

不久後她聽雪意說，父神去了少和淵邀請瑟珈和謝冥入水沼澤學宮，他們去了。在兩人入了水沼澤學宮後，她很少再從周圍人那裡聽說他們的消息。謝冥隔個十年八年的會給她寄一次信，但信裡沒再提她同瑟珈的事。

她再次見到謝冥，是在若干年後的一個雨夜。

謝冥冒雨來訪姑媱。

素來淡漠的少女流露出少見的脆弱，在她為她揩拭濕髮時枕在她腿上，屈臂擋住眼，將臉藏在衣袖裡。「阿玉，」少女輕聲，「我有否和妳說過，從前在令之魔宮裡，我有個生得很聰明的小妹妹。她是令之魔君從北號山撿回的雪兔妖，有一雙紅寶石一樣的眼睛。因著那雙璀璨美麗的眼睛，令之魔君為她起名夕瞳。」

她仔細地擦拭謝冥柔軟的髮尾，搖頭，「我不知道妳有這麼個養妹。」好奇道：「為什麼說起她呢？」

「瑟珈喜歡上了夕瞳，欲求娶夕瞳。」謝冥將手臂移開，轉過臉來，眼睛微紅地看著她。

她愣住了。

窗外夜雨滂沱，天水如注。謝冥再次抬手擋住眼，「我本以為我和他最差就是保持這種混沌的關係一直糾纏下去，誰也不低頭，誰也不讓步，他沒法得到他想要的親人，我也沒法得到我想要的愛侶。」她啞聲低喃，「我沒想過他會去喜歡別人。」似問她，又似問自己，「他怎麼會去喜歡別人呢，明明那時候在令之魔宮，不知道我身分時，他喜歡的還是我……」

謝冥是不喜外露情緒的人，過往每一次回憶心傷，都能做到淡然冷靜，彷彿那不是自己的事。可此番謝冥這席話，卻流露出了連她這個不解風月之人亦不會錯辨的傷痛情緒。這代表著謝冥很痛苦。

她緩緩抬手，在謝冥微濕的髮頂輕撫了一下，「不要哭，阿冥。」

其實謝冥並沒有哭出聲，同她說話時語聲甚至很穩，但從她的角度，能看到謝冥鬢邊的淚痕。

那淚跡處總算未再添新痕了。她鬆了口氣，又撫了撫謝冥的髮頂，「那接下來妳打算怎麼辦呢？」

謝冥沉默了許久，許久後開口，「來姑嫿前，我有想過，他是真的喜歡上夕瞳了嗎，是不是為了讓我死心……」可能自己也覺得這猜測包含了太多軟弱，說到一半，謝冥住了口。

「妳猜得也有道理。」她回答謝冥，靜了一會兒，凝眉低嘆，「可他為何寧願做到這一步也要讓妳死心呢？我想，也是因為他不願再繼續和妳那樣下去了吧。」

這一次，謝冥沉默得更久，最後拿開了遮眼的手，看著她澀然道：「這話雖然傷人，但妳說得很對，無論如何，他是不想再繼續和我糾纏下去了。」

「那妳要怎麼辦呢？」她再次問謝冥。

少女眼尾緋紅，那雙美麗的銀灰色眼眸裡噙著痛苦與疲憊，她終於不再偽裝，完全向她袒露懦弱脆弱的自我，「我想……我該如他所願的，可我喜歡他太久了……」含著淚霧的眼中流露出迷惘，「我不知道我該怎麼做。」

她雖不能共情謝冥的糾結、迷惘和傷痛，但也稍許理解一些，因此她溫柔地握住了謝冥的手，輕聲安慰她，「這是很難解的題，不要逼自己，妳可以慢慢想。」

謝冥在次日清晨離去。

這一次，她們的再度會面來得很快，僅在三個月之後。

是在霄樽的四境獸幻化出的四境陣中。

自迷夢中清醒過來的謝冥得知瑟珈為了她竟滅了四境獸一族，並重傷了夢魔霄樽，銀灰色的瞳眸裡綻放出難言的光彩，顧不得穿鞋便向外跑去，欲尋瑟珈。

可當她踏出霄樽囚困她的寢殿來到殿外，漫天大雪中，卻看到瑟珈並非一人，他面前還站著夕瞳。

夕瞳緊挨著瑟珈，瑟珈珍愛地握著她的手，面露擔憂，「這裡危險，妳怎麼來了？」

夕瞳微微搖頭，「我沒什麼，就是有點擔心，想知道姐姐怎麼樣了。」

「小焱她沒事。」瑟珈一邊這樣回著夕瞳，一邊摩挲著她的手指，微微皺眉，「怎麼這麼涼。」說著牽住夕瞳的手放在唇邊呵了一口氣，又替她拉了拉防雪的風帽。

彼時她與謝冥就藏身在殿外的圓柱後，因隔得不算遠，瑟珈和夕瞳的言語行止盡入她們耳中眼中。

她偏頭去看謝冥，見謝冥低垂了眼眸，扶著圓柱的手在輕輕顫抖。

瑟珈攜著夕瞳走遠了，謝冥失魂落魄地重回到了殿中。

她陪著謝冥在殿中坐了許久，或許是兩個時辰，或許是三個。

天漸漸暗了，到了點燈時刻，謝冥終於回過了神，抬頭看到她擔憂的表情，愣了一下。「別擔心，我沒事。」她說。過了會兒，對她道：「其實那次見過妳之後，我便已接受了他不再喜歡我也永遠不可能喜歡我的事，今日……只是乍然聽說他來這四境陣救我，讓我一下子有些……不過幸好這驚喜很短暫，在我還未有實感時它便破滅了，所以我現在也不算很失望。

「我一直以為是他辨不清自己的感情，錯把愛意當作親情，今日才發現其實是我辨不清。他對我，的確只有親情，會對霄樽震怒，也是因我是他的妹妹。他對夕瞳才是愛。」

少女看似平靜地說著這些醒悟的話，那上挑的好看的眼尾卻漸漸紅了。但這一次，謝冥沒有再流淚，「此前我一直不願承認，就算他們說他以少和淵至寶求娶夕瞳，是用足了真心，我也不以為意，所謂至寶，不過身外物，我並不覺那有什麼。可今日，我見到了他和夕瞳平日裡是如何相處的，才知他是真的愛她。

「因為愛是無法隱藏的。」

在謝冥說完這些話後，大殿安靜了許久。

謝冥的這番自述太過沉重，她不知該回什麼，最後也只能再問一句三月前她便問過謝冥的話，「那妳打算怎麼辦呢，阿冥？」

「這一切是該結束了。該徹底結束了。」良久，謝冥回她。

不久後，她聽說謝冥離開了少和淵，也從水沼澤中退了學，之後便無所蹤了。而瑟珈同夕瞳的婚事彷彿也不順利，最後兩人並未成婚。

直到若木之門重開前夕，她才再次見到謝冥。

是少綰將謝冥重帶回了她面前。

美麗的如同藍芙蓉一般的少女，仍是一身清雋孤冷，但神色中已沒了厭世的靡麗，柔軟的手搭在微隆的小腹上，在她驚異的目光中莞爾一笑，「為何會這樣驚訝，阿玉，難道他們沒有在妳的預知夢中出現過嗎？這是輪迴之鑰種入我身體時，天道借我這非仙非魔亦仙亦魔之體滋育出的兩個孩子。他們是天之子，我死之時，他們便會降生。」

其時歷史的車輪已行到了舊神紀之末，一個時代即將結束，另一個時代即將開啟。當最後的日子臨近，被天道選中的諸神魔需承負的天命也逐漸在她的預知夢中清晰。而吞下輪迴之鑰，誕下天命之子，以身化育冥司，便是火神謝冥需承負的天命。

明瞭了這使命，也接受了這命運的謝冥自此長住在了姑嫆，以等待「最後之日」降臨。

她，謝冥，少綰，她們都是會在「最後之日」離開這世間的人。因知曉在這世上時日無多，那幾年連她都時不時懷舊，更不必提少綰和謝冥。但在那段可稱為「命途最後時刻」的日子裡，當回憶過去那些重要的人和事時，萬年前曾是謝冥全部的瑟珈，卻只在謝冥口中出現過一次。「若早知我與這世間的緣分不過須臾幾萬年，那時我便不會對他那麼執著了。命途中的大半時光，我竟都選擇了在執迷與痛苦中度過，如今想來不是覺得不可惜，當年，我該對自己好一點的。」謝冥這樣說。說這話時，她們三人正在長生海旁的小亭中烹茶小休。

少綰懶洋洋靠著鵝項靠，散漫地問謝冥：「所以妳是後悔了嗎？」

謝冥撐著腮，有一搭沒一搭地撥弄手中的瓷盞，默了片刻，「說不好，有時候覺得後悔，有時候又覺得不。」

聽著兩人言談，她突然想起了一樁事，看向謝冥，「對了，妳可知瑟珈其實並未和夕瞳成婚？」

謝冥愣了愣，愣過後神色卻無太大變化，只輕聲道了句：「這樣嗎，我不知道。」

聽謝冥說她並不知此事，她有點吃驚，停下了碾茶的動作，「我聽說託瑟珈之福，夕瞳離開了令之魔宮，擺脫了當令之魔君聯姻工具的命運，得到了自由。但瑟珈沒和她在一起。這些年瑟珈一直在找妳。或許那時候他真的只是借夕瞳讓妳死心罷了，以為如此妳便能認命做他的妹妹，一輩子以親人的身分陪在他身旁。」

謝冥低垂著頭，她看不太清她的表情。過了會兒，謝冥道：「即便他是這樣想的，又如何呢？他有他的痛苦，我也有我的，不過這些痛苦在即將到來的命運面前，又算得上什麼呢？」

有幾隻仙鶴來尋謝冥餵食，謝冥轉過身去照顧仙鶴，將膝旁小竹簍裡的魚全餵給仙鶴後，她忽然道：「瑟珈是很害怕孤獨的，害怕孤獨的他到頭來卻仍是孤身一人，看來他這些年過得也不如何……」她停頓了許久，許久後，她低喃，「他當年，不該來登備山與我結緣的。」

她一直不懂謝冥那些話是什麼意思，當年不識七情的她不懂，如今識得七情的她再回憶，亦不算明白。

說著「他當年不該來登備山與我結緣」這話的謝冥，彼時到底懷著何種心情呢？

關於謝冥的每一段回憶都帶著遲來的沉痛。祖媞回想了許多，但在這愛欲之境的華美寢宮裡，時間只過去了一瞬。數步外扶著殿柱而站的夢魔在揩淨唇邊血漬後察覺到她的走神，自以為尋到了時機，屈指成爪，驀地攻來。

祖媞微驚，朝後急退數步。

方才體內的原初之光被驚動時，為打碎那人對她的封印，她費了不少力，此時魂體皆乏，正是需要休息時，然這夢魔沒有眼色，不抓住機會逃匿不說，反倒要上前挑釁，那就只能先解決了他再說了。祖媞右手翻覆，原初之光所化的光鞭立時出現在她掌中，她握住鞭柄，微微抬手，正要揮動，殿門處忽然傳來一聲巨響。

沉重的鐵木門轟然洞開，玄扇破空而來，與此同時，祖媞也將鞭子揮了出去。光鞭威能極大，霄樽駭然閃避，雖未被鞭子掃到，卻仍被鞭風帶得重重撞在了殿柱上，因此他未能躲過那疾馳而來的玄扇。玄扇扇端生出鐵刺，以難以想像的衝力扎進他的皮肉，將他牢牢釘在了殿柱之上。

鮮血自口中噴出，霄樽費力地抬頭，望向那破門之人。來人長身玉立站在殿門口，是個白衣青年，他並不認識。青年眉目沉冷，攜著風雪踏入這殿中，雲靴剛著地，便有冰凌自他足下蔓生。那些看上去便很冰冷堅硬的東西蔓生得極快，瞬間便將殿內的桌椅畫屏盡皆覆蓋住。霄樽一顫，心中頓時生起不祥的預感，可還未來得及懼怕，沿著殿柱一路攀上來的堅冰已裹住了他的身體，驚懼聲被凍在嗓子口，他被封在了冰凌中。

祖媞看了一眼被封凍住的霄樽，收好光鞭，揉著額頭眄向朝自己走近的青年，又偏頭瞄了一眼身旁覆滿冰凌的床榻，無奈輕嘆，「我知他將我擄來這愛欲之境讓你很生氣，可小三郎，你將這裡搞成這樣，我怎麼休息？」

青年一愣，頓住腳步，「妳……都想起來了？」

祖媞點頭。她本就疲累昏沉，頭這麼一晃，眼底驀然一黑。青年急步上前，一把攬住了她搖搖欲墜的身體。

自荒寂的黑甜中醒來時，祖媞聽到了雪落的聲音，簌簌的，夾雜在冷風時斷時續的嗚咽聲裡，顯得很柔靜。她睜開眼，首先入目的是四根黑檀木亭柱。亭柱之外，落雪紛紛揚揚，似重明鳥的絨羽，飛舞在靜謐的天地間，裝點著這一片銀裝素裹的冰雪世界，呈露出一種失真的美。

靜看著落雪，神思逐步回籠，祖媞很快想起了在她昏睡前他們所面臨之事，也記起了她以為自己是謝冥時，在這不枯泉幻境裡她和連宋發生的所有。她的耳尖慢慢紅了。

也是在此時，她才發現自己竟是半躺在連宋腿上，被背倚亭柱席地而坐的青年自身後擁在懷中。她竟是這樣睡了許久，怪不得一點也不覺著冷。她喜歡他的懷抱，因此覺得安心，可憶起在第二個幻境中稀里糊塗的自己如何在他面前哭泣，又覺著難為情，一時竟不知如何面對他，不由閉上了眼。

青年的手不知何時自她腰間移了上來，輕握住她的下頷，微微抬起。她被迫仰頭，與他垂落的目光相接。

「不是醒了嗎，怎麼又裝睡？」他低聲問。

她屏住呼吸，捉住他的手拿開，看向亭外的落雪，「你暫時不要和我說話。」

他不解，「為什麼？」

耳尖的紅意蔓生至雙頰，她察覺到了，默默捂住了臉，很小聲地說：「我現在覺得很丟臉，你不要看我。」

「什麼丟臉？」他滯了一下，語聲中流露出擔憂，「怎麼了，讓我看看。」說著握住了她的手腕。

他非要看她不可，她拗不過，乾脆破罐子破摔，放下擋臉的手，主動轉身面向他，「我問你，小三郎。」為了掩飾赧然，她假裝很沉著，「你那時候是不是看我糊里糊塗的很好騙，就故意騙我你是瑟珈，還故意惹我哭來著？」

他頓住，「我怎麼會故意惹妳哭。」

她將目光別向一旁，「可你不是說什麼喜歡看我哭……」

「啊，那個。」他輕嘆，將她圈進懷裡，抬手撫她的臉，「是喜歡看妳哭，但怎麼會為了這個就故意惹妳哭，再說了，」他抱住她，將頭埋在她頸窩，悶笑道：「喜歡看妳哭是我的錯嗎，還不是因為妳哭起來太好看了。」話到這裡，忽然醒悟，「所以，是因為想起了曾在我面前哭了，所以感到丟臉嗎？」

她紅著臉沉默了，再次將視線移向了亭外。

「怎麼是丟臉。」看到她的反應，他止不住笑，離開她一點，手指撫上她的眼尾，「妳哭的時候，眼尾會先紅起來，而後淚霧聚起，眼睫一眨，便是一滴淚，」指腹移到她眼下，「接著，這裡會有一點濕痕，將它抹開，整個眼眶便都紅起來，硃砂入雪不外如是，像新做的妝。那時我只覺妳的哭泣迷人，並不覺它丟臉。」

她的臉更紅了，再也繃不住沉著的神態，抿住唇，輕推了他一下，「你都……記住了些什麼啊！」

「記住了妳每一種好看的樣子。」他笑著回答，放在她後腰的手微微用力，將她攬近，垂頭在她眼尾處留下了一個輕吻。

那吻不帶欲望，輕觸在她眼角，含著珍重與愛惜，她很喜歡，不由攀住了他的肩，微微仰頭，獎勵他對她的取悅似的，在他唇邊印下了一吻。他有些驚訝，挑了挑眉，看著她嫣紅的花一般的面容，在她離開之際追了上去。他們吻了少時，在他的唇移向她的下頷時，她驚醒似地睜開眼，推了推他，「我還有正事要說。」

他不為所動，溫熱的唇似有若無地碰著她的頸側，「妳說妳的。」

她偏頭躲他，有些沒辦法地低聲同他抱怨，「可你這樣……我怎麼說。」

他笑了，從她頸側離開，閉著眼，額頭抵住她的額頭，「那妳說。」

她仍覺著他們這個距離對於談正事來說可能是太不正經也太近了，但她也知小三郎不會再讓步，她只好勉強接受了這個姿勢，輕嗯了一聲，「好吧，我是想說，我在進入這混沌荒漠後遇到了一個人，便是他將我送來這不枯泉幻境中替代了謝冥，你要是知道了他是誰，應該也會很吃驚。」

他覺得她這樣神神秘秘地賣關子有些可愛，捏了捏她的耳垂，「哦，是誰？」

「影悉洛。他是悉洛留在此境的影子，是沒有成佛的悉洛。」

「竟是他。」青年終於睜開了眼，「的確讓我吃驚。」

他鬆開她，「所以這混沌荒漠果然不是從謝冥的遺憾裡生出的妄境，也根本不存在什麼所謂獲得了謝冥的心，平息了謝冥的遺憾便可使此境化為烏有……」停頓了一瞬，「此境是悉洛搞出來的，對嗎？」

她驚訝看他，「我只告訴你我遇到了影悉洛，你便猜出了這許多。不錯，你還能猜到什麼？」

她衣襟有些亂。他抬手，一邊為她整理上襟一邊道：「我只知冥司的誕生是妳、少綰神、謝冥神以及悉洛佛當年共謀，並不知他同你們還有什麼私務上的交情，所以也難以推測出他造出這妄境，又給出假的《境書》誤導入境者是為了什麼，」碰了碰她的臉，「不是得由妳來為我解惑嗎？」

她雙眼微彎，「終於也有小三郎你想不通的事情了，那是因為……」然話還未說完，怒風忽起，濃墨似的黑席捲而來，狂風與黑暗將她未盡的話語盡數吞沒入無聲的虛空。當沉晦散去，飄揚的飛雪、華美的宮室、銀裝素裹的園林也盡皆散去，第三個幻境在猝不及防中迎來了終點。電閃雷鳴中，第四個幻境接踵而至。

在這一次的幻境交替中，祖媞沒再被影悉洛施術帶離連宋的身邊。她同連宋一起進入了這雷電交加的一境。

看清眼前之景後，她的眼瞳縮緊了。

這裡竟是當歸山。

北荒之北，以單狐山為首的北荒山系綿延萬里，似尾護食的巨蟒，環繞住半個北荒。這是整個八荒最長的一條山系，在這條山系的最中間，聳立著聖山當歸。當歸之巔無日夜，無四時，通往十億凡世的界門——若木之門——便坐落在此。

他們此刻正站在當歸山的山巔，百丈之外便是巍然而立的若木之門。

父神當日以九陰山之南太陽棲息的那棵若木樹為主材，輔以仁勇、恆守、正念三柄神劍，耗時九九八十一日，始建成這將八荒世界與十億凡世隔離開來的若木之門。

此門高逾千尺，恢宏肅穆，神劍為門柱，門柱上刻著仁勇、恆守、正念六字；神木為橫樑，橫樑上蹲著代表守護的天祿、代表慈悲的騶虞、代表仁愛的麒麟，以及代表公正的獬豸。四頭石獸皆是垂首俯瞰世間之態，明珠鑲嵌的眼瞳裡彷彿含著慈憫。

此刻，祖媞仰望那恢宏界門，目光卻只落在兩個門洞處。那裡本該有兩扇緊閉的赤木門，但此時只有一扇門完好，另一扇門已被燒成了細灰。自洞開的門口，隱約可見彼端凡世裡紅色的業火和帶著火星的焚風，以及穿過界門遠去的人族的背影。

那一日，她也站在若木之門的此端，自洞開的大門，看到過彼端的一隅凡世。

沉痛再度來襲。

「是那時啊。」祖媞輕喃。

她仰首看向雷嗔電怒的天邊，彷彿又回到了二十四萬年前那一日。

那一日，少綰以羽化為代價，用鳳凰的涅槃真火燒燬了若木之門，打開了去往凡世的通路，墨淵追隨著少綰羽化後遺落在界門外的鳳火而去。這八荒再無人有能力阻擋人族離開，她終於能將在連年戰火中所剩無幾的人族全部送進若木之門。

在她的庇護下，人族順利通過了若木之門，由她座下的神使們引領，逆著業火與焚風而行，去往了他們的新家園——十億凡世。

然十億凡世雖使凡人們的軀體有了棲居之所，卻承載不了他們的靈魂。凡人們的靈魂還需有驛站供他們轉世。少綰和悉洛為凡人們規劃的驛站是冥司。但冥司要誕生，需以吞食了輪迴之鑰的謝冥以身為祭。

彼時為了護謝冥獻祭，她特意在界門內多停留了半日，親眼見證了謝冥獻祭的整個過程，所以她很清楚，此時這不枯泉呈出的第四個幻境，正是謝冥以身為祭化育冥司的那段經歷，那也是謝冥人生之旅的終局。

狂風怒吼，紅尾白身的鶺鳥躲在附近的密林中驚怖地哀叫，祖媞望向前方，彷彿又看到了謝冥。

那日，一襲藍裙的謝冥迎著烈風沉著地站在界門前以待獻祭。她就站在謝冥身旁。烈風吹散了謝冥的長髮，但謝冥沒有管它，只垂眸看著手中泛著冷光的短匕。

她問謝冥：「真的不用我幫妳嗎？」謝冥搖頭，「我想親手帶他們來這世間。」說完這話，謝冥仰首望了一眼蒼空，舉起那把寒光凜凜的匕首，平靜地刺入了腹中。

謝冥親手剖開了自己的肚子，短匕落地，染血的掌托出了兩枚泛著金光的鳥卵。謝冥是隻藍色的鸞鳥，她的孩子自然也會是鸞鳥。「他們將成為冥司的主人。我的使命完成一半了。」謝冥煞白著臉低聲宣告。

她扶住謝冥，以原初之光化去了她腹部的傷口，注意到謝冥雖是同她說話，目光卻未有一刻離開那兩枚脆弱的鸞鳥蛋。

她沉默了少時，向謝冥道：「午夜前令冥司落成便可，妳還可以陪他們半日。」

謝冥也沉默了少時，最後她搖了搖頭，「不用了。」

怒風在空中盤旋著低吼，天色變得愈加沉暗，屬於謝冥的最後時刻即將來臨。站在界門之側的悉洛走近了她們，謝冥將兩枚鳥卵遞給了悉洛，「輪迴之鑰已轉入他們的身體，他們會成為冥司新的依託。失了可孵化他們的人，或許在十萬年、二十萬年後，他們才能睜眼看這世間，便請你照顧冥司直到他們破殼睜眼那一日吧。」

悉洛垂首接過兩枚鳥卵，肅穆道：「這是自然。」

謝冥的神情很平靜，好似沒有太多情緒。但剛對哀思這種情感有了些許瞭解的她，卻從謝冥那看似平靜的表情中窺出了一絲哀傷之意。

「他們生來便負著重擔，我不知道我算不算他們的母親。但我想過他們的名字。」沉默中，謝冥忽然道，「姐姐就叫畫樓，弟弟就叫孤桝吧。這是我作為生下他們的人，唯一能留贈給他們的。」說完這些話，謝冥再次看了那兩枚鳥卵一眼，伸手像是想最後再撫摸他們一下，但在距那脆弱的薄殼寸遠之處，她停住了，染血的指收了回來，良久，只輕道了一句：「好好的吧。」便轉過了身。

狂風撩起謝冥的衣裙，謝冥迎著疾風閉上了眼，藍光閃過，化作一隻藍色的鸞鳥，決然地飛向蒼空。鸞鳥華美的鳥羽一振，連怒風亦退避三舍。

美麗的神鳥翱翔於濃雲滾滾的天際，巨翅展開，將閃電與驚雷盡收於羽翼中，而後一聲清鳴，周身遽然騰起藍色的焰火。火焰剛起，天地間的風忽地全消失了，一道白色的流光疾馳而來，包裹住了身起藍焰的鸞鳥。鸞鳥身上的火焰瞬間便熄滅了。

站在她身旁的悉洛率先反應過來，「是瑟珈。」

他們在當歸山搞出的陣仗極大，瑟珈找到此處也是情理之中，可這又能如何呢？她遙望向靜止在蒼空中的光團，隱約辨出了其間瑟珈與謝冥的身影，她問悉洛：「瑟珈在同阿冥說什麼？」

悉洛有洞見萬里之能，當他使用此種神力時，萬里開外之景於他而言也不過是近在丈許。

「我弟弟，」悉洛仰望向天空，嗓音瘖啞，「自小就害怕孤獨。他遠比他以為的更需要謝冥，自謝冥離開少和淵他再找不見她，他便瘋了。我信守了對謝冥的承諾，即便知瑟珈因尋不見她而痛苦得自殘，也不曾向他透露過半分她的行蹤，以致瑟珈行屍走肉般在八荒尋覓了她數萬年，到她將離世這一日才得以與她再相見。」他雙眼通紅，「我一直在虧欠瑟珈。」

這不算是對她提問的回答，但她也理解悉洛，知他會如此，必定是因再次看到瑟珈遭受痛苦，故而痛他所痛。

她試探著問：「瑟珈他……是在求阿冥留下嗎？」

悉洛點頭，「他在流淚。」他喃喃，「我上次見他流淚，還是他小時候被逐出神族時。」頓了幾息，啞聲繼續，「他在向謝冥告悔，說他過去太過偏執，做了許多愚蠢的事，說自謝冥離開後，他沒有一日不生活在痛悔中，他求謝冥留下，說她不能讓他好不容易見到她，卻是在這樣的情形下……」

她不知該說什麼，靜默了片刻，問悉洛：「那阿冥她動搖了嗎？」

悉洛沒有立刻回答她，過了會兒，轉頭看向她，「若謝冥動搖了，妳會如何呢，祖媞？」

她愣住。

悉洛道：「少綰和謝冥讓妳做最後離開的那個人，因她們知妳無七情六欲，不會因情懦弱，因情退縮，是必定能履行天道的人。她們是不是對妳說過，若她們因懦弱而動搖，完成不了獻祭，便請妳殺了她們，務必使她們完成祭供？」他沉靜道：「所以若謝冥動搖，妳當殺了她。」

她茫然地看向悉洛，「少綰和阿冥是說過那話，可我相信她們不會……」

悉洛搖頭，低聲喟嘆，「妳不懂情，所以不知情之一物可使人堅韌，也可使人懦弱。許多事情，未到臨頭時刻，誰也說不準，她們正是因懂這一點，才會同妳說那樣的話。」話罷突然推了她一掌，那一掌凝著風雷之力，幾乎使她踉蹌，當她定住身形時，發現自己竟已在空中，僅與謝冥和瑟珈相隔百步。這樣的距離，她能看清兩人，也能聽清他們的對話。

雷歇風止，天地皆靜，她聽見謝冥對瑟珈說：「總要有人來做這件事的，若我選擇了退縮，那又該由誰來做這獻祭之人呢？瑟珈，由你來做嗎？」

「又有什麼不可以呢？」瑟珈回答。

瑟珈正好背對著她，因此她看不清瑟珈的表情，只能看到他雪竹似的高瘦的背影。那背影有些頹唐。

「讓我來吧，小焱。」瑟珈的語聲不算激烈，甚至可以說平和，但嗓音卻很啞，其間含著連她也可辨出的苦澀，「我可以為妳做任何事。」他道：「我知道我一直都很自私，可我沒有辦法。若我們注定要分開，我希望最後是我離開妳，我不能再讓妳先離開我，那樣我會……」話到此處，語聲開始不穩，於是他停住了，沒有再說他會怎麼樣。

百步外的她有些發蒙。她沒搞懂謝冥為何會問瑟珈願不願代她履行獻祭之職，因這獻祭並非隨意祭奉給天地一份仙魔之血便可以，那是只能由謝冥去承負的宿命。而聽瑟珈的回答，他竟像是已做好準備代謝冥去赴死了。

她眼皮猛跳，倉促地捏印，欲阻止瑟珈，可瑟珈拔刀的速度比她更快。

不過謝冥突然上前一步握住了被瑟珈拔出的風刃。泛著冷光的寒刃劃破了謝冥的手掌，鮮血湧出，瑟珈猛地撤刀，「小焱妳……」

蒼空中忽有天火墜下，落在瑟珈身上，那是噬骨真言降下的懲罰，因他以風刃傷了謝冥。瑟珈猝不及防，突如其來的灼痛使他沒能及時將風刃刺進自己的胸膛，而謝冥則趁機祭出原初之火縛住了他。

「我原諒你了，瑟珈。」用火焰鎖鏈將瑟珈鎖住的那刻，謝冥如是道。

瑟珈被困住，不得動彈，謝冥退後幾步，周身再次泛起藍焰。她靜靜地看著不能掙扎亦不能言語面帶絕望和痛苦的瑟珈，對他說了最後一句話：「我解除對你的噬骨真言，你好好活著吧，瑟珈。沒有我的世間也並不可怕，你會明白的。」那是一句告別的話，也是一句令瑟珈求死不能的咒語。

風雲重聚，天邊再次落下驚雷。謝冥重化為藍色的鸞鳥，承負著燃燒的原初之火，決然地向中天飛去。美麗的神鳥繞著中天飛行，羽翼的軌跡在青空中繪出一道巨大的符印。符印落成之時，神鳥仰首，發出了牠在這世間的最後一聲長鳴。啼鳴清澈嘹亮，貫徹長空，驚碎流雲，隨著那聲啼叫，牠身上原本十分安分的原初之火驀地騰起。

火焰很快分食了神鳥的身體。飽食了謝冥血肉的藍焰循著高空中巨大符印的軌跡墜入混沌，在虛無中扎根。冥司攀附著扎根於混沌的茁壯的藍焰，在一片烈火中誕生。

「不！」在謝冥死亡的那一刻，瑟珈終於掙脫了火焰的束縛，尾隨著那些分食了謝冥的火焰，絕望地向混沌深處追去。

繼少綰羽化隕落，又一齣悲劇在她面前上演。

瑟珈的出現給這齣悲劇增添了一絲淒婉之色，但並不改它的壯美。

她沒有試圖干涉什麼，只默默地注視著不斷墜落的原初之火。

最後她回到了悉洛的身邊。

悉洛正單手結印，將天地之靈導入這自混沌中新生的靈域。

瑟珈消失了，悉洛的視線自瑟珈消失之處移回，雙目通紅，目中含淚，但他未離開自己的位置半步，依然全力地為冥司塑著靈。

她知曉悉洛為何落淚，輕嘆道：「瑟珈大概率要做傻事，你去尋他吧，我可以代你為冥司塑靈。」

悉洛頓了一下，搖頭，「冥司尚未落成，我不能去，妳有妳的使命，我有我的。」的確，若她此時動用靈力幫了悉洛，會影響她為凡世化育四時五穀。

「很痛苦吧？」沉默少時後，她問悉洛。

「是，很痛苦。但這是我必歷的。」悉洛回道。

她不太明白，問道：「什麼？」

悉洛抬眸看向矗立在不遠處的若木之門，道：「看到那三把劍了吧？」

她亦抬首望去，見作為門柱的仁勇、恆守、正念三把神兵在雷驚電繞中不動如山。

「仁勇之劍，恆守之劍，正念之劍。」悉洛唸出三把神劍的名字，道：「父神以此三劍做若木之門，是要教諭神族，慈悲果勇者為神，恆守有節者為神，守持正念者為神。可神若有情……」他停住，良久，才重新開口，「可神若有情，越是有情，要慈悲果勇、恆守有節、守持正念，就越難，也越會感到痛，少綰如是，謝冥如是，我亦如是。這是我們必歷的修行。」

這些話她有一半懂，有一半不懂，而她明白她之所以不懂，是因生來殘缺之故。故而她也沒有再問什麼。

最終，悉洛是在冥司徹底落成後才追去混沌深處尋找瑟珈的，此後又發生了什麼，她並不清楚，因那時她已穿過若木之門，去往凡世，為人族能在凡世安居而獻祭了。

不過如今，她已知曉了悉洛追去混沌深處後所發生之事。在她踏入這片荒漠遇到影悉洛時，那誕生於悉洛對瑟珈的拳拳手足情的、被悉洛親手剝離出魂體的影子便告訴了她一切。

「在發什麼呆？」耳邊冷不丁響起熟悉的聲音，祖媞微驚，從往事中回神，偏過頭去，正同連宋低垂的目光對上。風很大，青年護在她身側為她擋住風，很自然地幫她攏住她被吹散的髮絲。「看來這是若木之門開啟那日的幻境，我們繼續吧。」

她沒反應過來，「繼續什麼？」

青年無奈似地輕嘆，「還沒醒神嗎？妳還未告訴我悉洛為何要造出這混沌荒漠，又為何給出假的《境書》令入境者們去追逐謝冥，獲取她的芳心。」

她才想起來，適才幻境交接之時他們的確是在談這個。

「啊，對。」她輕撫了一下額際，將目光投向前方的界門，界門前不遠處的那塊立巖便是她和悉洛之間最後那場談話發生的地方。

「當年瑟珈目睹了謝冥羽化，為救謝冥，他追隨謝冥墜落的魂火去了新生的冥司。可翻遍了冥司，他也未能尋到哪怕一片謝冥的魂魄。心碎之下，瑟珈陷入了魂墮。強大的魔族魂墮會成為墮魔，墮魔將不再有神智，會只知毀滅與殺戮。瑟珈還保有一絲理智，知曉自己若魂墮了，會給這好不容易安定下來的天地帶去怎樣的劫數。他本欲為謝冥殉死的，但因謝冥的咒言，他無法死去，故而在魂墮伊始，他親手封印了自己。

「悉洛在冥司深處尋到瑟珈時，瑟珈已成了一個活死人。悉洛想要救弟弟，可他也知不能貿然為瑟珈解除封印，需先療癒他的心傷，阻止他魂墮，再解開他的封印將他喚醒。為此，悉洛進入瑟珈心中，為他創造了一個異境，並借混沌一隅將這異境具化了出來，便是混沌荒漠。同時，悉洛在這混沌荒漠中造出了數不清的不枯之泉，但有入境者進入不枯之泉，不枯泉幻境便會開啟。

「這些不枯泉幻境皆是謝冥情思波動最厲害的人生旅程的再現，不過悉洛並沒有在這些幻境中創造瑟珈的幻影。這些幻境裡原本是沒有瑟珈的，想必你也猜到了這一點。」

祖媞收回遠望的目光，看向連宋，「會在這幻境裡出現的瑟珈，便是那個被困在自己的封印裡、定格在魂墮伊始、不願醒來的瑟珈的心魂。當有入境者入境，啟動這些不枯泉幻境時，瑟珈便會被吸引過來。」

「原來如此。」連宋沉吟，「所以在妳我經歷的這些幻境裡，瑟珈只在與妳初見的邙山出現過一次，因他發現了妳不是謝冥，所以不再出現了。」青年微微挑眉，「但恕我難以理解悉洛佛的思路。創造無數幻境，讓入境者去追逐謝冥，爭做謝冥的真心人，這如何就能治癒瑟珈的心傷、阻止他魂墮了？」

祖媞輕嘆，「悉洛在瑟珈心中看到了瑟珈對過去的懊悔——瑟珈認為是他讓謝冥對生途絕望，她才不願與天命相抗，義無反顧地選擇了獻祭羽化的。但悉洛想要瑟珈明白，不是他逼謝冥如此的，謝冥選擇羽化是一種必然。所以他造了這些幻境。不過造完這些幻境悉洛就離開了這裡，因他成佛在即。他知渡眾生需捨小愛，故將對瑟珈的感情盡數剝離出，創造出了一個影子放到了混沌荒漠，由他去守護並喚醒瑟珈，也由他去照顧謝畫樓、謝孤栦兩姐弟和冥司，那便是影悉洛。二十多萬年來，影悉洛盡職盡責。可此前進入這些幻境的入境者沒有一個能走完這些幻境，他們全讓瑟珈給殺掉了，被迫離開了不枯泉。影悉洛對此一籌莫展。見我入境，他知機會終於來了，你會來此境尋我，而你風流之名在外，若能由你出馬去俘獲謝冥的芳心，你是一定會成功的，且你也有能力不被瑟珈殺掉，所以有很大的概率，你能走到最後一個幻境。然最後一個幻境裡謝冥仍會捨你而羽化，如此，瑟珈便能夠知道，即便有人在這份感情中能比他做得更好，甚至盡善盡美，但謝冥最終還是會選擇奉行天道，他無需為謝冥之死而痛悔自責。」

聽完她這番話，連宋沉默了好一會兒，最後客觀地點評，「不錯，這也是一個思路。」同時他也提出了一個問題，「不過，最後怎麼是妳取代謝冥進了這些幻境？」

口若懸河的祖媞忽然磕巴了一下，「因、因為……」耳尖先紅了。

連宋挑了挑眉，一隻手搭上她的肩，緩緩湊近，好整以暇，「因為什麼？」

祖媞竭力維持鎮定，微微別開眼，假裝很淡然，「因為我知道，如果幻境裡的謝冥不是我，你是不會靠近她的。」她偷瞄了他一眼，見他鳳目含笑，但並沒有笑話她的意思，才感到不那麼難為情，「後來影悉洛也明白了這一點，才答應了讓我去取代謝冥，這樣做最後能不能達成他的目的是不大好說，」她聳了聳肩，「不過他已經失敗太多次了，可能也有心理準備，死馬當活馬醫。」

他覺得她聳肩的樣子可愛，不禁失笑，抬頭看了眼這雷迅風烈的幻境世界，道：「悉洛佛未歷過男女之情，會以為助瑟珈消解了對謝冥的愧悔便可將他魂墮的問題解決了也不奇怪。可我卻不認為他能如願。」他將目光放在極遙之處，幽遠道：「我總覺得瑟珈他會魂墮，並不是因他對謝冥愧悔。他的心結不是他曾辜負了謝冥，而是謝冥死去了。」

祖媞動容，垂眸道：「我亦如此想。」頓了幾息，嘆氣道：「不過如今倒是我們比影悉洛更著急喚醒瑟珈了，畢竟喚醒他才能拿到風靈珠。」

「但我看妳也不像很著急。」連宋回頭，「妳應該是想出更靠譜的辦法了吧？」

她微微吃驚，「我表現得有那麼明顯嗎？」點頭道：「是有個備用之法，但得先將瑟珈的心魂引出才行。」

她靠近他，握住他的手，「小三郎，你要配合我。」

閃電劃破聖山之上無日無夜的長空，天邊襲來滾滾濃雲，怒雷聲攝人心魄，二人站立之處忽然爆發出一道極刺目的藍光，少時，一隻巨大的鸞鳥在逐漸褪去的藍光中顯出真形來，青冠藍羽，同謝冥的真身一模一樣。神鳥仰首清啼，華美的雙翅一振，扶搖而上，直向天際飛去。飛至天際的鸞鳥在如蓋的濃雲中時隱時現，又一聲長鳴，羽翼上忽然騰起藍色的焰火。

祖媞化為鸞鳥，完美地復刻了當初謝冥獻祭的場景。這是絕佳的誘瑟珈出現的方法。

果不其然，當鸞鳥的羽翼被她特意幻出的藍焰點燃，空中咆哮怒吼的烈風立刻便停歇了。與此同時，一道沉冷的男聲自蒼空深處傳出：「停下，悉洛，別再讓我看到這一幕！」那聲音震徹天地，壓抑著憤怒，但似乎又飽含痛苦。

隨著那喝止聲降下，幻境正中忽然亮起金光，金光中緩緩走出了位身著霜色法衣的青年，正是悉洛佛為喚醒弟弟、在成佛前自身體裡分出去的影子——影悉洛。

影悉洛仰首望天，「瑟珈，二十四萬年了，你終於願意同我說話了。」右手一抬，彈出法印，天地間烈風再起，這幻境又重回到了那風馳電掣、雷奔雲譎的時刻。

影悉洛凝視天際，「今次是水神進入這幻境走你與謝冥曾走過的路，在這條路上，他每一步都走得可稱完美，但就算他做得如此完美，與謝冥盟誓終身了，可當天命來臨時，謝冥依然選擇了以身獻祭。所以你明白嗎瑟珈？謝冥赴死不是你的錯，就算你從一開始便如她之願，做得同水神一般好，你也無法留住她。無人能留住她。」

瑟珈仍未顯露正身，只有聲音自蒼空深處傳來：「可能我是有些瘋，但還沒傻，與水神一起走過這條幻境之路的是祖媞，不是小焱，祖媞的選擇又關小焱什麼事呢？」

影悉洛嘆息，「我封印了光神的本我，給了她謝冥的意識和記憶，她亦認為自己是謝冥，以謝冥的身分同水神走過了這條情路。如此又怎能說她的選擇無關謝冥，不算謝冥的選擇呢？瑟珈，你因愧悔而魂墮，將自己封印在此渾渾噩噩這麼多年，這真的是謝冥想要看到的嗎，你也該醒來了！」

在影悉洛嘆息著說出這些話時，天幕正中忽然浮現出一朵金光結成的巨蓮，蓮盞可稱浩瀚，幾乎覆蓋住半個天空，正是芬陀利迦之影。

芬陀利迦之影泛出耀目金光。既完成了與影悉洛的約定，也達成了自己目的的祖媞藉著金光的掩護重化作人形，悄然無聲地飄落在地。隱匿了身形跟隨著她的連宋亦隨之在她身旁現身。

芬陀利迦之影並非術法，而是一種能為凡人消除魔障的力量，是悉洛佛獨有之力。悉洛竟將這種力量也分給了影悉洛，令祖媞感到吃驚。但瑟珈畢竟不是凡人，她有些懷疑這種力量能否對瑟珈起作用。可能見瑟珈說不通，實在是沒有別的辦法了，影悉洛才會試圖以芬陀利迦之影去強行消解令瑟珈魂墮的魔障吧。她想。

高空之上，影悉洛垂眸合掌，口中誦出佛音。佛音響起，芬陀利迦之影身形倍增。就在那金色的巨蓮即將覆蓋住整個天空時，天際忽然爆出玄光，玄光攜著漆黑似墨之物暈染一般疾速蔓延，當光體邊緣與芬陀利迦之影相接時，突然釋放出巨大能量，以不可抵擋之勢將芬陀利迦花瓣震得粉碎，光中的濃黑之物則迅速將搶奪過來的天空染成一片可怖的暗色。

祖媞嘗試著分辨，終於看清了，那玄光中黑雲一般的東西竟是究牟地華之花。萬千究牟地華花盞疊簇著形成一片黑色的花海，花海壓頂而來，是瑟珈對芬陀利迦之影的反抗。

影悉洛被震得不住咳血。「謝冥絕不願見你如此，瑟珈。」他費力地咳喘道。

瑟珈的聲音自花海後傳來：「別自以為是，悉洛，你又知道什麼？」那聲音陰沉嘶啞，「是，她的確說過她原諒我了，但我知道她其實沒有。讓我活在這個沒有她的世間求死不能，便是她對我的報復和懲罰。她不願見我如此嗎？不，我如此，正是她的願望。既然這是她的願望，我又怎能不如她之願呢！」隨著這句話散落在風中，被究牟地華花海獨占了的幻境倏然靜止，暗色的天空中終於出現了瑟珈清瘦的身影。那高瘦的青年甫一露面，便攜著腰間的風刃全力向影悉洛攻去。

泛著寒光的風刃穿過了影悉洛的身體。畢竟只是悉洛的影子，影悉洛智識法力皆不及悉洛。他垂頭看向刺入腹中的利刃，苦笑著斷續，「竟在……風刃上……加了驅逐印，看來你是……要將我徹底驅逐出……這混沌荒漠了，可瑟珈，你一個人在此……不會寂寞嗎？你不是……一直都……很害怕寂寞嗎？」

瑟珈神情淡漠，「定格在魂墮伊始這刻，忍受這種痛苦，永恆地封閉在此，這是我如她之願應受的懲罰。我早該將你們都趕出去，這裡無需再有外人進入。」話罷倏地將刀拔出。影悉洛猛地吐出一口血。血霧墜地之際，影悉洛的身影瞬然消失。

瑟珈收回風刃，簡單在雲絮上拭了拭刀背的血跡，而後面無表情地垂下視線，看向地面。「到你們了。」他說。地面上唯有祖媞和連宋兩人。

白色的身影如疾馳的箭，轉瞬已至眼前，利刃破風，徑向他們襲來。

就在瑟珈果決地揮下風刃的一瞬，祖媞及時地揚聲：「你不想救謝冥了嗎，瑟珈？」與此同時，連宋舉劍接住了風刃的攻勢，刀劍相撞，激起尖銳的嘯鳴。刀劍帶出的風和水之力將究牟地華花海撕開了一道口子，風雷再起，兩人皆被對方之力震得退後數步。

瑟珈直退到花海邊緣才借助風刃定住身形，他沒有再攻，抬頭看向祖媞，神色有些茫然，「妳方才……說什麼？」

祖媞朝他走近了幾步，「我是說，阿冥她讓你活著，絕不是為了懲罰你，瑟珈。從前少綰為阿冥占卜她的命運，天道曾給出一句讖語——若修行可得圓滿，則死亡亦是新生。我想，阿冥在她人生的最後時刻終於領悟了那句讖語，所以她才會對你施下那樣的咒言。」

「若修行可得圓滿，則死亡亦是新生？」瑟珈恍惚地站直了身體，「那是……什麼意思？」

「冥司乃謝冥仙體所化，作為凡人轉世的驛站，二十多萬年來，冥司中留下了許多善魂的功德。以身做祭化育冥司是謝冥的修行，這場修行不可謂不圓滿，因而天道使謝冥的魂魄在凡人的功德中重生了。」

祖媞溫聲：「我也是踏入冥司時才發現，那些散落在冥司中的星芒，便是謝冥重生的散碎的魂。所以可知，謝冥那時是知自己可能重生，願和你有未來，她才讓你一定要活著。」她頓住，看向不遠處那個一身白衣的清瘦身影，「所以你真的不打算醒來，去冥司看看謝冥的新魂嗎，瑟珈？」

瑟珈像是被定住了。

砰！風刃在唯餘風聲的寂靜中墜地。

許久後，瑟珈抬起了手，緊緊摀住了自己的眼睛。「看來悉洛說的是對的，我是該醒來了。」有濕潤的淚自那蒼白的指間溢出。

幻境驀然碎裂。

就在幻境碎裂的剎那，占斷蒼空的究牟地華褪去暗色，恢復了它們本真的模樣。

一片雪白的花海在青空中浮現。

花瓣乘風而下，猶如落雪紛飛。

第二十章

瑟珈心魂歸位，自封印中甦醒後，混沌荒漠便消失在了虛無之中。

雪意、粟及，包括此前被影悉洛囚困的霜和、菁蓉、天步、瑩千夏，皆是在混沌荒漠消失後才得以同連宋和祖媞會合。

為將從瑟珈處得到的風靈珠盡快送去太晨宮交給東華帝君，連宋連斷生門也未入，便領著天步、粟及和瑩千夏先回九重天了。

連宋走後，還帶著傷的影悉洛自冥司深處趕來，見了甦醒的瑟珈一面，之後影悉洛便離開冥司，往梵境去了。

祖媞其實也在冥司待煩了，很想離開，但她暫時還不能走，她得留下來助瑟珈收集謝冥的散魂。

時隔二十四萬年，瑟珈再次踏足冥司，當看到從前沒有、如今卻瀰漫於冥司每一個角落的銀色星芒時，他立刻便辨認出了那是謝冥的魂。

冥司中有輪迴台，輪迴台上種著輪迴樹，輪迴樹樹高千尺，碩大的樹冠探入雲霄，那是凡魂們通往來生之門。能登輪迴台的凡魂，身上多多少少攜著功德。他們身上的功德將決定他們來世的去處。而當他們附著在輪迴樹的葉片上去往應去的來生時，作為交換，那些功德會遺留在輪迴樹中。

千年萬年過去，輪迴樹上凡魂們留下的功德聚沙成塔，積攢出了神秘強大的力量，正是靠著這股力量，謝冥才得了新生的機緣。日日有新的星芒自輪迴樹的葉片析出，每一片星芒都承載著謝冥的一點魂。

瑟珈自願留在冥司做輪迴樹的守樹人，以期有朝一日能集全謝冥之魂，使她重獲新生。作為冥主的謝畫樓沒有意見。

事實上，得知伴隨自己長大的漫天冥司星芒竟是母親謝冥的散魂時，素來淡泊從容泰山崩於前後左右都能面不改色的謝畫樓也難得地蒙了，很久都回不了神。

待離開輪迴台後，霜和好奇地問謝畫樓：「冥主既是億萬幽魂之主，那應當對魂魄之事很是瞭解才是啊，我們發現不了也就罷了，可連妳也沒發現冥司這些星芒中含有謝冥的魂息嗎？」

霜和只是好奇，並沒有嘲諷謝畫樓的意思。他要是稍微有點情商，就不會把話說得如此欠揍，但他畢竟一點情商都沒有，所以他不僅沒意識到自己說了欠揍的話，他還敢再接再厲，「那可是妳阿娘啊，妳都沒認出她來嗎？」

謝畫樓：「……」

謝畫樓沒說話，但握緊了拳頭。

眼看霜和要挨打，祖媞趕緊站出來解釋：「星芒們自輪迴樹中來，有魂息之氣再正常不過，我若不是熟悉阿冥的魂息，也會以為那些是星芒們自輪迴樹上沾來的凡魂氣息，不會去在意它們的。」

雪意跟著打圓場，「是啊，東華帝君來了冥司那麼多次，也沒發現那些星芒是謝冥神，又怎能強求從未見過謝冥神的兩位冥主辨認出呢？」

謝畫樓抿了抿唇，拳頭鬆開了。

霜和傻傻的，看了眼祖媞，又看了眼雪意，「是這樣嗎？但是我想說……」

眼看謝畫樓又捏起了拳頭，雪意粗暴地捣住了霜和的嘴，「不，你不想說！」

霜和：「……」

說來雪意當日雖也和粟及進入了第四個幻境，但他們未能攀上當歸山，故而並不知混沌荒漠的真相。後來從祖媞口中得知事情全貌，雪意愣了許久，輕嘆道：「所以歸根結底，那荒漠並不是從謝冥的遺憾中誕生的啊，我就說，她不是會往回看的人，又怎會有那樣大的遺憾呢。」

謝冥的散魂不好收集，少說也得收個把月。然第三日，元極宮便送來了催祖媞回去的信，信寫得簡略，只提了句有大事發生。能被連宋稱一句是大事的，估計就真的是挺大的事了，故而瑟珈也未再留祖媞。

一行人離開冥司時，雪意回望了一眼天空中的星芒，低聲似自語：「也不知妳何時能再臨這世間。」

祖媞就站在他身旁，聽到他的低喃，亦回頭望向那些星芒，「再過幾萬年吧。」她道：「也許幾萬年後，瑟珈便能集全謝冥之魂，使她回歸了。若這天地無事，他會等到那一天的。」話到這裡，她頓住，若有所思，「我其實之前就在想，你是不是對阿冥……」她看著雪意，沒有將話說完。

雪意默然，半晌後，開口道：「最開始，我只是為她愛錯人感到可惜……但如今看來，她也不算愛錯了人吧。」釋然一笑道：「她承負住了殘酷的命運，理應與瑟珈有一個完美的結局，天命還是厚待她的。」

祖媞靜了許久。「殘酷的命運。」她問霏意：「你覺得背負獻祭的宿命是很殘酷的一件事，是嗎？」

霏意微頓，看向她，目光落在她手腕的逆鱗飾上。「是的。」青年的表情變得悵然而凝重，「所以我一直認為，命運對您也是很殘酷的，尊上。」

祖媞沒有說話，不知在想什麼。「或許吧。」良久後，她輕聲答。

九重天上紫霧繚繞，綻彩的祥雲中偶爾傳來幾聲鹿鳴鶴嘯，顯得這神族所居之地既清寧又祥和。但一十三天太晨宮中的氛圍卻不那麼清寧祥和。

粟及自登天以來，就沒在太晨宮中感受過這麼肅重的氣氛，一時之間腦補了很多，戰戰兢兢問身旁的重霖：「帝君臉色不太好啊，該不會明天慶姜就要領著魔將打上九重天來了吧？」

重霖拍了拍他的肩，「別想太多，帝君臉色不好只是因為他老人家今晨挑戰炸韭菜盒子失敗了。不過今日咱們來此議事也的確是和慶姜有點關係。」

粟及將信將疑地嘀咕：「魔族真的不會立刻攻上來嗎……可你瞧，帝君看那本奏摺看得好認真啊，那一定是什麼八千里加急的重要……」

重霖道：「那是菜譜。」

粟及：「……菜譜？」

重霖點頭，補充：「上面是韭菜盒子的做法，太子殿下寫給帝君的，說到加急……也的確是我早上走了八里路加急從洗梧宮討來的。」

粟及：「……」

祖媞和雪意踏進四無量殿時，帝君正好將菜譜讀完，看到祖媞，有點感慨，放下手裡的紙冊，「瑟珈的事我聽說了，他慷慨借出風靈珠，於情於理也該讓妳多在冥司待一陣助他收集謝冥之魂的，但魔族那邊的情況也不太樂觀，我想了想，覺得還是應該先讓妳回來。」因此次需議之事極為機密，四無量殿中並未留仙侍仙婢侍奉，重霖便擔了奉茶之職。

祖媞接過重霖奉上的茶，抿了一小口，「不到兩月，五靈珠便已集齊，我本以為我們的動作已算是快的了……看來魔族這些時日也沒閒著，慶姜又有什麼新動作了嗎？」

「也說不上是新動作。」帝君道，因不耐煩將這些日發生之事再述一遍，帝君看向了重霖。

重霖會意，面向祖媞道：「稟尊神，前些日妖族的主君瑩流風喬裝上天，尋到了太晨宮來。瑩流風帶來了一個消息。」重霖停頓了一下，「不知尊神可聽聞過『妖燈』？」

祖媞點頭，「有所耳聞。」

粟及對妖族之事不太瞭解，悄悄問身旁的雪意：「妖燈是什麼？」

粟及算是問對了人，雪意擅打探消息，八荒四海的偏門消息就沒有他不知道的，更遑論這個。雪意和聲解釋：「魔族拜月修行，月陰之氣邪肆霸道，稍有不慎，修行便易出岔子。而妖族天生精神力強，擅安神鎮靈。若魔族在修行時能得擅安神鎮靈的妖為他們疏導心神，出岔子的機率就能大大降低，可得極大助益。故而魔族將能為他們疏導心神的妖稱為『妖燈』。傳說帝君任天地共主時期，一個魔族若想得到一個『妖燈』，是需向『妖燈』本妖許下大筆珍寶的，但自帝君從天地共主之位上退下，妖族開始重新附庸魔族後，為得魔族庇護，妖族會定期向魔族進獻『妖燈』。」

雪意解說得不可謂不全面，嚴格如重霖也不禁頷首讚許，「雪意神使說得沒錯，正是如此。不過以往被進獻到靈墟宮的『妖燈』安頓下來後還會與族人們聯繫，但近幾月來，『妖燈』們卻是一去便無消息。半月前，靈墟宮更是將妖族太子瑩若徽也傳了去，說是請他為慶姜座下的魔使護法。同樣的，瑩若徽此去後也是音訊杳然。妖君用盡了辦法也未打探到他的下落，只好拿著妖族先祖瑩無塵留給妖族王脈的信物前來尋帝君，求帝君幫他找回太子。次日，帝君假借瑩若徽誤了與他的私約，他派人來看看是怎麼回事之名，派了兩位仙伯前去魔宮要人，但魔宮卻推三阻四。」

重霖的語聲變得凝重，「最後，兩位仙伯雖在妖君和奉三殿下之命一直盯梢著魔族的文武侍的幫助下，將瑩若徽找了出來，但被找到的瑩若徽已陷入瘋癲，幾乎沒個人樣了。據文武侍和兩位仙伯查得的消息，瑩若徽的確是在靈墟宮為慶姜的部下護法，但他護法的對象卻並非慶姜座下的魔使，而是以驍勇善戰聞名、極得慶姜信重的魔族大將霽啟。那霽啟應是修煉了什麼邪門術法才將瑩若徽害成這樣。且，兩位仙伯背著霽啟將瑩若徽帶走時，還遇到了幾個刀劍不入幾乎不死的魔兵攔阻。兩位仙伯費盡心機才將那幾個魔兵殺死，逃出魔宮。」重霖頓了頓，「可須知那兩位仙伯皆是太晨宮的能人，斬殺幾個魔兵於他們原本應是小菜一碟不在話下的。」

嗒。白玉杯盞撞擊青玉檯面，發出一聲脆響，祖媞放下茶杯，秀眉緊蹙，「消失的妖燈、發瘋的妖族太子、修煉邪術的魔族將軍、實力大增接近不死的魔兵……這一切……」她沉吟，「指向的應當是同一樁事。」說著抬眸望向帝君，問出自己的推測，「慶姜的不死魔兵已快要煉成了是嗎？」

「我亦如此想。」帝君把玩著茶盞如是道，「所以在妳和連宋回來前，我已同天君密談了此事，從他那兒拿到了調遣天兵的符令。」

祖媞原本就有些好奇為何連宋未出現在四無量殿，聽帝君主動提及他，正想趁勢問問他去哪兒了，便聽內殿深處傳出青年的聲音，「這事兒雖急，但也不急在幾日內。」

四無量殿中有間內室，供主人小休之用，內室與議事殿之間隔了道五色簾。鎮厄扇挑起五色簾，三殿下自簾後轉出，踏入殿中。那內室有道暗門，通往地底密室，密室裡此時正住著來九重天延醫問藥的妖族太子瑩若徽。三殿下這是剛去密室看了瑩若徽。

青年徑直來到祖媞身旁坐下。祖媞一手支頤，另一手輕撥，將自己的茶撥到他面前，莞爾一笑問：「小三郎有什麼高見？」

青年垂眸睭她一眼，亦一笑，以唯有兩人能聽見的語聲輕斥了她一句：「促狹。」但還是接過她的杯子，喝了她的茶，如她的意解釋道：「兩位仙伯已逃離魔宮三日零七個時辰，但慶姜仍未對神族宣戰，可見那支不死魔軍尚未煉成。否則既知自己已打草驚蛇，以他的性格，必定是會立刻有動作的。

「不過，也不能小覷魔族的探子，他們應該也探到了一些東西。當日去豐沮玉門取土靈珠，尚可用其他理由迷惑瞞騙魔族，但一旦得知我們在冥司拿到了風靈珠，詭詐如慶姜一定能聯想到什麼，比如，我們是不是已經尋找到克制他的方法了。」

他轉著半空的茶杯，「所以此刻，極有可能的是，不僅我們知曉慶姜的底牌，他也知曉我們的底牌了。不過大家都不會選擇開戰的，因都沒有準備好。並且，彼此都很清楚，接下來雙方需要拚的就只是時間了——看誰的動作更快，是他先煉出可顛覆天地的不死魔軍，還是我們先煉製出能鎮壓他的法陣。」

「的確，」祖媞考慮了片刻，亦贊同連宋的思路，「若不能一擊必勝，便沒有先開戰的理由，慶姜也是個聰明人，想必不會做愚蠢的選擇。既然雙方都不會貿然開戰，那事情倒的確不急在這幾日了。」

連宋頷首，「是這樣。」杯底的那點茶湯已涼透，他慢條斯理地將茶湯澆在一旁的茶寵身上，補充道：「雖然不會開戰，但私底下他們大概會做些小動作，且因推測出了我們在做什麼，他們的小動作會搞得更加露骨和激烈。」

粟及暗暗欣慰，終於有一場發生在太晨宮裡的議事會他能從頭到尾聽明白了，「那……魔族會搞什麼小動作啊？」他問。

「好問題。」祖媞為他解答了這個疑惑，「我猜慶姜會想方設法不讓我們融合靈珠們所承負的五元素之力。因他要是熟悉自己的力量，便能聯想到這五種元素之力若是融合，對他來說將是十分可怖的。」

見祖媞如此重視自己的疑問，粟及備受鼓舞，更加積極地參與討論，「既然猜到慶姜會這樣做，那我們提前做好準備就行了吧？破壞五元素之力的融合，總不過就是兩種辦法，要麼偷走靈珠，要麼毀掉能融合這五種力量之人。靈珠放在太晨宮，應該很難偷到吧。至於能融合這五種力量之人……這不就是說的我們帝君嗎？我倒是好奇魔族要怎麼樣才能毀掉我們帝君呢？」

帝君抬起一隻手阻止粟及，不那麼真心地道：「雖然很高興你對本君這麼有信心，但融合五元素之力並不是本君的活兒。」說著看向祖媞，「五元素之力乃你們自然神之力，我雖也可煉製，但效果不出挑。五元素中，水能納萬物，最具包容性，我想著以水之力為基底煉製其他四種元素應該最好，所以讓連宋也試著煉了一點，他果然煉得比我好，我就把這事兒交給了他。」說著分出了一點眼風給連宋，敷衍地囑咐了一句：「聽到方才粟及說什麼了吧，你注意一下別被慶姜鑽了空子。」繼續看向祖媞，「我的鎮壓陣法已搞得差不多了，就等著融合妳的空間陣法了，接下來妳和妳的神使也別回姑媱了，先在太晨宮把空間陣搞出來再說吧。」一席話說完，自覺事情也聊完了，站起身來，「那就這樣，散會吧。」

於是會就散了。

在凡世的傳說裡，曼殊沙華是一種只開在幽冥界的花，但實際上冥司並沒有這種花，靈璩宮魔尊的獵苑裡，倒是有一大片曼殊沙華花田。秋高氣肅，花田中花紅似血，晚風拂來，赤浪翻湧，彷彿一片無邊血海。

站在花海中的纖鰈將石塤自紅唇旁移開，塤樂嗚咽著散在風中，她回頭看向循著她的氣息找來的商鷺，「被尊上罵醒後你不是去了漆吳山嗎，怎麼這麼快就回來了？」纖鰈唇角微勾，往商鷺傷口上撒鹽，「如何，可見到了真正的瞿鳳？得知自己這些時日來竟一直被天族那位三皇子耍得團團轉，心裡是不是怪不好受的？」

商鷺陰沉著一張臉，攥緊了拳，「我恨不得殺了他。」眼中噙著怒火望向纖鰈，「所以我來找妳，咱們都是辦砸了差使的人，妳我聯手，除掉那三皇子，正能夠在尊上面前將功贖罪。」

纖鰈不置可否，「如何除掉他？這位三皇子法力高強，心思玲瓏，同他硬碰硬，我們討不了什麼好，還需……」她微微一笑，「攻心為上。」

商鷺容色一動，「妳已有了打算？」

纖鰈但笑不語。

那日尊上自暗林出來召見他們兩人，確是怒極，重重斥責了他二人。但尊上亦道，與神族一爭勝負的關鍵在於他，而非在於他們這幾個魔使，被神族算計了一次，也不必過於頹喪，他手上正謀的大事一成，他們便必能踏平神族，故他們幾個繼續擾亂神族視線，讓那幾個神仙不能打擾他專注大事即可。

如今確然不是二十四萬年前了。尊上雖為魔尊，但座下七君卻皆是牆頭草，機密的任務，除了他們三個魔使，並無人能為尊上分憂。尊上對他們多有恤愛，然他們豈可一而再再而三辜負尊上？商鷺不能當大用，尊上或許已對商鷺全然失望了，可對她還是抱有期望的，證據便是商鷺退下後，尊上另下達了一項重要任務給她，還賜給了她額外的力量。此次，她絕不會再令尊上失望。她暗自想。

憑靠尊上賜予她的力量，她能與妖族中最厲害的妖燈瑩若徽分享視野。瑩若徽如今已被神族帶了回去。雖然東華帝君有所防範，將他安置在了一間密室中，故而一開始她還真沒能探得什麼有用的訊息，但也不知這位帝君是不是在九重天待久了，人也變得仁慈，雖將瑩若徽與大多數人隔絕了，卻允了他的堂妹瑩千夏前去探望他。

她覷著空子，驅使瘋癲的瑩若徽以攝魂術制住了他堂妹。雖只迷惑了瑩千夏片刻三皇子便來了，使她未能從瑩千夏記憶中獲得足夠多的訊息，但她也看到了不少有趣的東西。比如，這位心有七竅狡猾又難搞的三皇子，他竟生了心魔。

雖不知他為何會生心魔，但這並不妨礙她盡所能去利用他這個弱點。心有執，才會生心魔，有心魔之人，情感上最是受不得刺激。若她……

花海之中，見纖鰈久久不語，商鷺有些急切，不禁上前一步，「只要能除掉那三皇子，無論妳想做什麼，我都可以幫妳！」

纖鰈其實並不缺幫手，但商鷺主動送上門，姿態還放得這麼低，她也沒有拒絕的理由。「那再好不過。」她看向商鷺，瞳眸裡流露出志在必得。

九重天的夜是很靜的。

三殿下的寢殿——息心殿內寢的東牆開著一扇闊大的景窗。景窗旁種著一棵欒樹，乃三殿下少年時代自南荒的塗山移栽而來。

清肅的晚秋，正是欒樹開花的時節，小小的花盞如緋紗做成的燈籠，掛在俊秀的長枝上，在暗夜裡發出朦朧幽昧的光，虛虛籠住室內的雲床。

三殿下自淨室出來，擦著濕髮繞過淨室前的屏風，單手勾過玉桌上的瑪瑙壺，給自己倒了半杯涼茶。自那日太晨宮議事畢，他便開始煉製五元素合力。要想得到最為純粹強大的合力，需順應這五種力的特性，在至陰時前後三個時辰及至陽時前後三個時辰煉製，若在其他時辰煉此力，得出的合力不能純粹，反而是對五靈珠的一種消耗和浪費，故而這七日來，三殿下回到寢殿皆是五更天了。

喝完水，放下杯子，三殿下來到雲床旁打算休息，待撩開垂墜於地的霜色帷幔，卻不禁一愣，手頓住了。雲床深處躺著個抱被而眠、好夢正酣的美人。

三殿下靜了少時，踩上雲晶足踏，使帷帳在他身後閉合，在床邊坐了下來。

連宋坐下時，祖媞便醒了，藉著穿過帷帳的微光，見青年披著雪白明衣，腰間帶子只鬆鬆繫著，彷彿很散漫，但一張臉卻是雪胎梅骨的氣質，透出一種特別的、矛盾的風流之意。青年沒有看她，目光投落在床尾，那裡明明什麼也沒有，但好半天也不見他移轉視線。

他似乎在想什麼，神情有些淡漠。她看不出他到底在想什麼。

有時候小三郎會是這副淡漠疏冷的模樣，鏡中花水中月一般不可攀折，她也喜歡他這樣，但她不喜歡他和她在一起時是這樣，見他如此，便忍不住促狹心起，要去攪亂他的平靜和漠然。

她輕手輕腳地爬了起來，磨蹭著跪坐到他身後，驀地伸手捂住了他的眼睛。

他愣了一下，握住她的腕，但沒有將她的手拿開，含笑低聲，「這是在做什麼？該不會還要讓我猜妳是誰吧？」

冰消了，雪融了，疏冷的小三郎不見了，她很滿意，亦含笑，在他耳邊輕聲，「一睜眼便看到你在發呆，想要嚇一嚇你呀。」將手從他眼前挪開，滑下來圈住他的脖子，偏頭問他：「怎麼在發呆，看到我在這裡不高興嗎，不想我過來住？」

他虛虛握住她的手腕。「明知故問。」是帶著寵縱的責備，責備她不該問這樣的問題。拇指很輕地摩挲她的腕骨，這是他愛做的小動作，「這幾日妳都宿在熙怡殿，我以為妳想一直歇在那裡，怎麼今夜又過來了？」

「這是在埋怨我嗎？」她忍不住笑，因剛睡醒，笑聲裡含著一點啞，又很軟，顯得像是在同他撒嬌，「那只是因為要通宵製陣法圖，怕吵到你。好在那陣的難點在鎮壓陣法，不在空間陣法，緊趕慢趕了七日，也差不多快弄完了。想著白天難以見到你，」緊了緊圈住他的手臂，特意靠近，柔軟的唇幾乎貼住他的耳廓，「所以才特地選擇了夜裡來同小三郎相會呢。」

她用很輕的聲音如此說，如蘭的氣息似有若無拂在他耳側，像是有隻手探進了他的胸膛，溫柔地撫觸他的心，帶起一點癢。三殿下呼吸微窒，但他選擇了不動聲色，只是挑了挑眉，放開了虛握住她腕部的手。

她很靈敏，預料到他欲轉身面對她，在他有所動作之前，先壓住了他的肩，上半身貼上去，親暱地擁住了他，「不許動，小三郎。讓我像這樣安靜地抱一會兒。」說著偏頭，將臉埋在了他頸側，「這幾日可累壞我了，但像這樣抱著你，好像就不太累了。所以你不要動。」雖然做著這樣親近私密的動作，語聲卻透著無邪和天真。

他一時竟難以辨明這無邪和天真是真是假，畢竟片刻前，她還嫵媚地同他耳語，說她是特意來同他夜會的。

他沒有動，任她靠著，也沒有說話，想看看她究竟還會做什麼。

果然，不到半盞茶，那雙圈住他脖子的、蔥白般漂亮的手便開始作亂。纖細的指沿著他的脖頸一路上行，若有若無地碰觸他，劃過他的下頷、唇角、臉頰，蜻蜓點水一般，像是想引誘人，但並不熟練。

他終於開口，問她：「這又是在做什麼？」

「這個嗎？」她輕撫著他的側臉，神秘地貼近他耳廓，語氣純真，「蓉蓉說，她靠摸一個人的臉，就能辨認出那人是誰，我沒有這項本領，但我想用手記住小三郎你的臉。」她說得就像是真的似的，可她的指在他脖頸間遊走的手法卻並不像她的語氣那樣純真。

是了，她的指又移回了他的脖頸。當她用那種似觸非觸的手法撫弄他的喉結時，他終於確定了，她就是在引誘他。從一開始，她就在引誘他。

「出息了。」他忽然低笑，一把握住她作亂的手，驀地轉身，將她壓倒在了凌亂的雲被上。她驚呼一聲，「小三郎，你要做什麼？」

「妳應該知道吧，畢竟今晚妳這麼出息。」他戲謔地回她，左手制住她雙手，放在她頭頂的錦枕上，右手慢條斯理地撫弄她抿住的唇，「怎麼，誇妳還不高興，對我做了什麼，這麼快就忘記了嗎？」

「我只是……」她心虛。

他步步緊逼，身體下壓，挨近了她，誘哄似地低聲問：「只是什麼？」

她招架不住，只能坦白，「我只是試探一下你罷了。」

他驚訝，「試探？」

她別開目光，「本以為深夜來見你，你會很驚喜的，但醒來看到你，發現你好像也沒多驚喜，表情淡淡的，很是平靜。」她輕哼了一聲，「你那麼平靜我很佩服，所以想試試看你能保持平靜到什麼時候。」

他愣了一下，忍不住笑出聲，「原來是報復我。」他鬆開了對她的禁錮，抬起她一隻手，在手背溫柔地吻了一下，「我沒有不驚喜，我那時候……」他頓了一下，「是在想妳。」

她將信將疑，「是嗎？」微微瞇起眼，「我可不好騙。」停頓了一瞬，道：「那你說，你在想我什麼？」

「在想……」他凝目看著她，眼瞳幽深若海，「妳是不是很愛我。」

她愣了一下。雖然青年在她面前一直表現得很正常，但她沒有一刻忘記過他有心魔。在冥司時她便問過雪意對此可有辦法？雪意道需得等三皇子心魔發作時他看看情況再說。不過雪意和折顏的觀點差不多，他也認為有心魔的人會在情感上很偏執。

回想兩人互通心意以來，青年的確常向她祈求愛語，彷彿時常不安。在混沌荒漠的幻境裡，他還曾對她說過那樣的話——「因為我病了，當妳哭的時候，我才能感到妳是愛我的。」彼時她不知他是何意，此刻回憶，心底不禁一疼。她抬手握住青年的衣襟，直視著他，很輕，但很認真地回答他：「是啊，小三郎，我很愛你。」

他瞳眸微動，與她對視片刻，忽然俯身抱住了她，良久，開口道：「再沒有比永恆更虛無的詞，我一貫這樣以為。也以為自己可以一直做一個清醒的人，不去希冀這世上能有什麼非空永恆之物存在。」他停頓住，收緊了懷抱，「可我想要這一刻能永恆，即便它虛幻不真，我也想要它永恆。我沒有哪一刻，比此刻更希冀這世上能有永恆存在。」他嘆息似的，「我不想我們分開。」

永恆……嗎？她愣住了。

他們躺在凌亂的雲被上，他緊擁著她，懷抱炙熱，彷彿她不可失去，令她感到了一點疼。但心底的疼更甚。永恆，這是她不敢想的詞。她抬起手來，亦摟抱住他，嘴唇開合幾次才能出聲。她佯裝無事，輕聲向他保證，「我不會有事的，你也不會有事的，我們不會分開。」可只有她自己知道這保證有多無力。

她沒有把握自己一定能戰勝宿命。大劫已近在眼前，神魔之戰眼看就要開啟，若命運終究無法反抗……她閉上了眼，忍耐住了肆虐於心海的痛苦，手往上移，圈住了青年的脖子，微微仰頭，吻上了他的唇。在吻著他的間隙，她再次以謊言向他保證，「小三郎，我們會一直在一起。」

青年回應著她的吻，很快拿回了主動權，「妳不能離開我，妳要做到。」

白奇楠香與花香交纏，甜香盈滿床帷。

黎明前十二天下了雨。

暗燈涼簟，落雨霏霏。床前的七扇屏風雖阻住了冷風送入的涼意，卻阻不住窗外的瀝瀝雨聲。她累極了，但睡得不算穩，在擾人清夢的落雨聲中無意識地往他懷中縮。他攬住她，將雲被往上提了提，在她頸後壓實了。大約是感到了溫暖，她攥緊了他胸前的衣襟，在眠夢中滿意地抿了抿嫣紅得好似榴花的唇。

床頭貝燈半開，藉著明珠昏蒙的光，連宋垂眸凝視著懷中人。

昨日折顏上神來過一趟九重天。

他陪上神在外花園的大菩提樹下用了兩盞茶。

自桃林一別，兩人已有半月餘未見。據上神說，半月來他一日也未閒著，翻了許多從前沒看過的古書，終於在一本洪荒札記中尋到了可根除他心魔的方法。

「洪荒時有個叫朱蓬的妖也曾生心魔。」上神侃侃而談，「妖族和咱們神族還不一樣。靠替他人鎮靈為生的妖若生心魔，那就是行到末路了。不過朱蓬不想死，為了活下去，他用了最危險的法子。他將自己關進了妖族的禁地，強迫自己一幀一幀去回憶令他生出心魔的不堪過往，每日至少回憶三次。

「剛開始極易失控，所以他也用了安神的咒言和丹藥來輔助。過程當然是很痛苦的，但效果也很顯著，不過三年，他便不再需要丹丸輔助了，再過三年，連咒言也不需要了。你可知這意味著什麼？」

折顏嘆服一笑，「這意味著他同原本不能面對的那些人、那些事和解了，他接受了它們，也因此而徹底根除了心魔。」

說完這話，折顏將一本小冊和一只丹瓶推到了他面前，「我雖不知你不能面對的是什麼，但要論毅力，我知你也不差朱蓬什麼，若你覺得這法子可行，我們今日便可開試。」

他沉默了片刻，將那小冊和丹瓶推了回去。

折顏詫異，「你不願？為何？」

他回折顏：「可能是因為不除這心魔我也不會死，而我無法面對的那些事……」他頓了頓，「我也並不想接受它們，同它們和解。」

復歸為神的他的心上人，視兩人的過往為玷污她神魂的業障，為堅守無欲的道心，毫無猶疑地將他剝離出了她的記憶。就算如今說喜歡他，愛他，也不過是受噬骨真言驅使，一旦真言解除，這份虛幻不真的愛便會立刻消失，更甚至，她會再次將他驅逐出她的記憶，就像三萬年前她做的那樣。

他為何要接受這些事，同這些事和解？

他也這樣問了折顏上神：「我為何要去想那些事，明明只要我不去想它們，我就能過得很開心，心魔也不會發作。」

折顏上神噎了噎，放下茶盞，嘆氣，「不去想……也是個辦法，可這辦法根除不了心魔啊。不將心魔徹底剷除掉，它就會成為你的弱點，這弱點會傷害你，還有可能致命，你就不擔心？」

他把玩著瓷盞，不置可否，「面對不能面對之事，接受它們，最後我會得到什麼？得到痛苦罷了。」他笑了笑，「痛苦就不會傷害我嗎？」

折顏上神難得嚴肅，「痛苦可以讓你活得真實，在真實裡，沒人能再輕易地傷害你。雖然痛苦不是一種愉悅的感受，可它不像你所沉溺的假象那般致命，這是痛苦的好處。」說著折顏上神加重了語氣，「只有懦弱的人才會選擇生活在假象裡。」

他淡淡，「那我就是懦弱的吧，激將法對我行不通。」

折顏上神要被他給氣死了，「小三子，你以前不是這樣的啊！」

他拎起瓷壺給兩人續茶，眼也不抬，「因為我病了。你還是給我吃藥吧。以前你不是常說，只有無能的醫者才會去鼓勵病人靠意志戰勝病痛嗎？」

「你這麼能言善辯，我都快忘了你有病了。」折顏上神揉著額角緩了片刻，「不過你說得也有道理，若歸根結底還是要靠你用意志去破除心魔，那好像也顯得我這個八荒無雙的神醫太無能了，我再想想辦法。」

茶沒喝完，折顏上神便離開了。

適才她問他，當看到她出現在他房中時，他在想什麼。

他在想什麼？

他在想，看來，自己對她真的很重要，雖然這「重要」是噬骨真言營造給她的假象，可這又有什麼關係？他渴望她太久了，就算是虛幻不真的愛，也是救治他的甘霖良方。

雨停了，窗外傳來早鳥的啼鳴，她在他懷中哼了一聲，像是要醒來，他低頭，輕輕吻了吻她的額角。

他希望與她的噬骨真言永不會被解除。他希望一直做她的最重要，再也不會被她隨意放棄。他希望這種虛幻的、不真的幸福能夠長久一些，再長久一些。

可世間事總是事與願違者多。

上天難從人願，越是美好的願望越是難以實現。

現在他還不知道。

但很快他便會知道。

第二十一章

半月後。

天之盡頭，碧海蒼靈。

隨帝君前往石宮冰室的路上，祖媞低垂著眉目，一言也未發。

二人踏入冰室，帝君將視線投向正中的冰榻，輕嘆了一聲，「怎麼就鬧成這樣了。」

祖媞閉了閉泛紅的眸，想，一切的錯亂，都是從那一天開始。那本該是喜慶的一日，可在那日清晨，她便有不安之感，後來還不小心打碎了妝台上的如意琉璃匣，那更是不祥的預示。

那日，是三日前，天君率九天真皇和七曜群星前來姑嫋提親。

空間陣製成之後，祖媞在天上待了七日，在天族來提親的前一日才回到姑嫋。回來之前，她已將手裡的空間陣與東華的鎮壓陣完美融合，只待連宋將五元素合力煉出加持法陣，大陣便算成了。她知天君選擇在此時向姑嫋提親，目的並不純粹，也有借此事擾亂魔族視線的考量，但她無所謂，這種非常時刻，她亦理解天君。

天族欲向姑嫋提親的消息傳出，四海嘩然，但大多數人只以為這是天君為壯天族勢力而走出的又一步聯姻棋，還佩服天君敢想敢幹，連姑嫋的主意也敢打。

雪意玩笑般將此事講給祖媞聽，她微微吃驚，「他們不相信我們彼此有情……在世人看來，我同小三郎如此不般配嗎？」

霜和比較耿直，當即道：「那可不嘛！世人覺得您同三皇子簡直八竿子打不……」被雪意瞪了一眼，默默閉了嘴。

雪意轉向她道：「他們不是覺得您同三皇子不相配，他們只是太過崇敬尊上，不敢以凡情褻瀆您，」又笑，「不過三皇子那些擁躉們倒是意外地認可這門婚事呢，覺得這是樁極難得的好姻緣，您同三皇子般配極了。」

她笑了笑，回雪意：「那很好。」

因並未刻意將天族會來提親之事通傳給在南荒盯著魔族的殷臨和昭曦，故次日晨起在洞府外看到風塵僕僕的昭曦時，祖媞多少有點意外，「昭曦？你怎麼回來了？」

昭曦卻不回答，勁松一般立在五步外的藤楓旁，目光定在她脖頸間，半晌，答非所問道：「妳收了他的逆鱗飾。」

「啊，這個。」她頷首，「是啊。」

昭曦突然抬眼，她這才注意到他眼中布滿了血絲，微微愣住，「你怎麼……」

「無恥之徒！」昭曦咬牙，突然近前一步，難以自控似地恨聲，「知妳背負著獻祭的宿命還敢引誘妳，看妳掙扎在宿命和他之間，他很滿足是嗎，他是一點都不在乎妳的痛苦是吧，他……」

祖媞這才明白昭曦誤會了什麼，輕嘆了聲，打斷他，「昭曦，我並未將有關我宿命的預知夢告訴小三郎，他什麼都不知道。」

昭曦頓住，靜靜望著她，良久，挫敗似地閉眼，苦澀道：「他什麼都不知道……那妳為何不拒絕他呢？如今這樣，一邊是命運，一邊是他，妳難道不痛苦嗎？明明不開始就不會有痛苦，為何要開始呢？」

她垂眸看向自己的手掌，掌中的命運線其實很長，可神仙不以掌紋斷生死，這也沒什麼用。「你說得沒錯，那是痛苦的。近日裡難捨的痛苦常折磨我，令我懼怕最終之日的到來。」她輕聲道，「但因為和小三郎在一起，痛苦的同時，我也感到歡愉。可倘若我違背本心拒絕了他，我擁有的將只會是痛苦，想明白了這一點，我不能、不願，也無法拒絕他。」

她收回手，將白玉指尖掩入袖底，望向天邊微露的晨曦，「二十四萬年前，在最後的時刻裡，少綰和謝冥也曾擔心自己因情退縮，完成不了祭供，在赴死前請求我，若真有那一刻，讓我殺了她們。彼時我不能明白她們為何會有此擔憂，她們有著那樣堅定的道心，怎會因情動搖……如今我懂得了情是何物，才終於理解了綰綰和阿冥當初的安排。」她頓住，停了片刻，自語似的輕嘆，「那是很必要的。」

「我已盡我所能反抗這命運了，可結局會是怎樣，誰知道呢？」她收回目光，看向面前的青年，「昭曦，倘命運仍舊無法更改，屆時還是需我以身祭供才能消除此劫，可我卻不甘心痛快赴死了，我希望你和殷臨能殺了我。」

昭曦一震，猛地抬眼，「妳說什麼？」

「我說，屆時若我猶豫，便殺了我。」她平靜地看著青年的眼睛，重複，「我會留下一線光，使殷臨、雪意、霜和不至於隨我消亡。但我不在了，即便保住了神魂，他們也會立刻陷入沉眠。你雖是我的神使，卻是人族，可不受血契束縛，安頓他們三人之事我便交給你了。蓉蓉，也留給你照顧了。此外還有一件事……」她垂眸，沉默了片刻，有些啞地開口，

「到時候，你找個機會讓小三郎服下一念消，使他忘了我，零露洞裡有那味藥。」

昭曦定定看著她，許久，扯了扯唇，「妳都安排好了。」過了會兒，道：「若真有那一日，我會如妳所願，安頓好殷臨、雪意和霜和，照顧好胥蓉，但是，」青年的目光忽然變得晦暗，聲音驀地發狠，「我不會讓連宋服下一念消的，絕不會。他必須永遠記住妳，無論那會有多痛苦。是他不計後果非要招惹妳，他就必須為此付出代價。服下一念消，忘記妳，再去愛上什麼別的人，他想都不要想！」

她吃驚地看向昭曦，一時竟忘了言語。她不知昭曦為何會對連宋有如此大的敵意。她並不覺連宋有什麼錯。她想其實是她對不起小三郎。是她明知難許他將來，卻仍自私地捅破了兩人間的曖昧，主動開啟了這段情。是她總是騙他，給他的諾言全是虛假，並且直到如今，仍在騙他。

可她……她又有什麼辦法呢？想讓他服下一念消，是因若她離開了，唯有如此才能使一切回到正軌。而正軌就是，若命運不可逆轉，那他們其實不該相愛。修得人格，懂得七情後，她明白了一件事——有些美德是不能共存的，她不能既是一個捨生求道的聖人，又是一個可共白頭的愛人。

她張口，想同昭曦說明這一切，青年卻轉過身背向她，「不要試圖說服我，妳說服不了我。」而後不待她再說什麼，便大步離開。

她在洞外站了許久，直到雪意找來，說天君攜著幾位真皇已至，正在會客的四念亭中等她。

四念亭位於長生海上，名亭卻非亭，乃是個以十二根長柱撐起的建於海上的長殿。來到四念亭，她才發現昭曦亦在這裡。

昭曦的臉色一直不太好，像是很不贊同這門婚事，不過直到親事定下，他也沒說什麼，在她與天族交換信物時悄然離開了。雪意說昭曦臨走時和他打了招呼，道南荒還有事，他先回去了。

天族這趟提親，提得很隆重。為了給幼子提親，天君竟在無戰事的情況下踏出了九重天，一開始九天諸神皆很吃驚，直到想起他是要向姑媱提親，才將吃驚壓下去，覺得這還怪合理的。

因在帝君處得了准話，天君對這趟行程很自信。可隨天君同來的幾位九天真皇心裡卻直打鼓。真皇們覺得一旦說明來意，他們就會被姑媱給打出去，因此整個提親過程都提心吊膽的很焦慮。但最後居然沒被打出去，還被以禮相待了，且姑媱並無刁難便答應了這門親事，直到離開中澤，幾位真皇還覺得很恍惚。

不過他們也注意到了，祖媞神座下有位神使的面色很不佳，看上去的確像是想將他們轟出姑媱似的。

給真皇們留下深刻印象的神使便是昭曦。

昭曦這一趟回來，不過在姑媱待了半日，祖媞其實不太明白他回來是要做什麼。原本若是他在，當由他護送天君與幾位真皇離開，如此她只好讓霜和與菁蓉送客。

當日下午，菁蓉和霜和外出送客，送了三個時辰也沒回來。

祖媞有些擔心，親自出山尋找，從子夜尋到四更，最後在中澤與南荒交界的蒔蘿灘拾得了被撕壞的萺蓉的披帛，且在披帛附近發現了好幾處被刻意粉飾過的打鬥場。

打鬥痕跡雖被掩飾過，祖媞卻仍分辨出了其中所隱的魔族氣息，心不禁一沉。將那些打鬥痕跡又細細甄辨了一番後，她疾步向荒灘深處行去。半個時辰後，果在荒灘盡頭的荼蘼山口又尋到了萺蓉的一隻鞋子。

荼蘼山是座魔考山。魔族盤踞的南荒大地上共有七座魔考山，荼蘼山是最為古老的一座。所謂魔考，乃修行者在修行途中會遇到的亂其心擾其身的考驗，能順利渡過魔考者，可在修行上進一大步。魔考一般是隨機緣降下，但若有修行者修行進入瓶頸難得進展，也會選擇入魔考山主動接受魔考。

自遠古至今，南荒的其他六座魔考山常有修行者光顧，但最自信的修行者也不會選擇入荼蘼山，無他，蓋因此山的魔考太過凶險，他們能豎著進去不一定能豎著出來，而為了一個魔考殞命，實在不值得。

祖媞早聽聞過荼蘼山的威名，卻是第一次來到這座山前。彼時已是拂曉，有微弱的曙光自天邊暈染開，曙光朦朧中，古老的魔考山似一頭趴伏的巨獸，虎視眈眈地俯視這世間，那濃霧瀰漫的山口，也似一張陰森森的獸口。

祖媞其實也懷疑這是魔族針對她的誘敵之計，但霜和與萺蓉生死不明，即便有所懷疑，她也不敢耽擱。倘傳聲鏡能用，同連宋說一聲再入山救人更為穩妥，可小三郎的傳聲鏡不知何故壞掉後他便一直未有時間再新製一只。不過這一路她都做了記號，若她久久不歸，候在姑媱的雪意當也能尋到此處。如此想著，她心下稍定，立在山口處靜息了片刻，仔細觀察了一遍附近情形，而後抬手一揚揮開濃霧，乘風踏入了山中。

祖媞自是穎慧的，否則不能如此快便尋出膏蓉他們的下落。她也非常謹慎，並不因一座魔考山於她而言其實不算什麼，便在入山後大意行事。

也是入山後，她方知此山共有六重魔考，前三重考身，後三重考心。考身的三重魔考境，一重境上演天崩地裂，一重境上演疫病肆虐，一重境上演魔獸亂行，修行者們想要活著從這些災難中脫身的確不易，便是她也被糾纏了些時辰。倒是闖後三重於世人而言更難的考心之境，她沒費什麼力氣。

後三重境皆由問心的幻術幻成，以酒色、貨利、恩愛考人，平心而論幻出的情境很真，考人的角度也全面且不失刁鑽，估計沒幾個修行者能招架住，可惜再真再全面也不過一場幻術，只要是幻術，對她就是不起作用的。

這六重魔考境，祖媞過得很順利，只是耽擱了些時間，但越是順利，她越覺怪異。她一直傾向於魔族綁走膏蓉和霜和是為了將她引來此地，好借荼蘼山的得天獨厚之力囚困她，以削弱神族的戰力。可若對方的目的是這個，便該趁她被前三重魔考境糾纏之際有所行動才是，但他們也沒有。

這讓祖媞有些困惑，一時也想不太明白魔族到底想要幹什麼。直到歷完魔考的她來到荼蘼山的山頂，見到坐在山頂斷崖上、彷佛正等著她來的纖鰈。

斷崖上山風獵獵，纖鰈紅衣似血，慵懶地倚坐在一方巨石上，見她露面，微微一笑，「妳來得比我料想中早一些，祖媞神。」

見到主使之人竟是纖鰈，祖媞並不意外，淡淡道：「原來是妳綁了膏蓉和霜和。」

纖鰈以手托腮，「青蓉仙子是在我這裡，但霜和神使……應該還在發爽山中沒頭蒼蠅一般亂轉吧。」她勾起紅唇，「雖然霜和神使不在此處，不過神尊也不必失望，我為神尊準備了別的禮物，神尊不如去那處一觀。」說著抬手指向峰頂西側的一座吊橋。

這荼蘼山的山頂凌厲峭拔，有三面皆是斷崖，其中一面斷崖與隔壁令丘山的一座雪峰兩兩相望，纖鰈指向的吊橋便掛在那斷崖與雪峰之間。

吊橋極長，此端離祖媞不過數步，彼端隱在雲霧中看不真切，被風吹得微微搖晃。

祖媞靜望纖鰈一眼，踏上了吊橋。行過視野盲區，站在吊橋中段，祖媞方看清纖鰈腳下的崖景：光潔如刀的崖壁上竟憑空懸吊著三人，其中兩人被綁住手腕吊在一處，另一人則被縛住手腳，單獨懸在十丈開外的另一處。三人皆無力地垂著頭，彷彿暈過去了。

儘管隔了一段距離，祖媞還是一眼認出了綁在一起的兩人是昭曦和青蓉，被單獨懸在一處的另一人，則是本應好好待在天宮中的小三郎。

她的瞳驀地縮緊了。

這是怎麼回事？青蓉就罷了，昭曦和小三郎為何會被擒來？單憑纖鰈，當是沒可能俘到他倆的，難道是慶姜出手了？

心思電轉間，吊橋突然一晃，緊接著，腳下傳來一陣獸吼般的轟鳴，祖媞循聲望去，見原本亂石嶙峋的山底竟在須臾間化作一片血海，暗色的浪濤中似有無數骷髏骨翻滾。她一震，猛地看向纖鰈。

纖鰈掌中托了只小巧的蟠螭紋銅缶，缶身傾斜，正有赤紅的血流自缶口傾倒而出。

「化靈缶。」祖媞沉聲。

山風送來纖鰈半真半假的讚嘆，「尊神果然見多聞廣。」她唇畔含笑，意有所指，「尊神既知這是化靈缶，那想必也知曉自化靈缶中傾倒出的骷髏海洋可熔世間萬物之靈，再強大的靈它也吞得下吧。」

聽懂了纖鰈的暗示，寬袖之下，祖媞握緊了手指。她猜，纖鰈會割斷那繩子，使胥蓉他們掉入骷髏海洋。很可能她會同時將兩邊的繩子割斷，以此為難她，在她身上取樂。但不管纖鰈打算如何，三個人她都要救。

她並不與纖鰈廢話，只凝目觀察吊橋與山崖之間的借力點，腦中飛快地盤算要襲向崖壁救人，哪些借力點可為她所用。若能用法力，她自是不需測算這些借力點的，可纖鰈倒出了骷髏海洋，骷髏海洋之上，沒有人可施用法力。

見祖媞不言，纖鰈也不尷尬，兀自挑釁，「尊神為何不言？尊神且放心，這骷髏海洋自不是為尊神準備的。便是我孤陋寡聞，也知骷髏海洋雖可熔世間萬物之靈，卻熔不了本體乃初始之光的尊神之靈。」

她一隻手托著化靈缶，另一隻手執著把短匕。那匕首距綁縛在巨石上的粗繩不過寸許遠。「不過，這繩索兩端的三位卻不似尊神您乃光之化身，骷髏海洋對他們可是致命的。」纖鰈繼續，「只要我用力這麼一劃，」她用短匕貼住石上的繩索比了個假動作，「這邊的胥蓉仙子和昭曦神使，和這邊的三皇子便會一齊掉下去被骷髏海洋吞噬。當然，我相信即便使不出法力，尊神也是能想到法子救他們的。不過，沒有法力加持，尊神最多也只來得及救一邊吧？」她像是覺得有趣，不禁笑出聲來，「尊神會救哪一邊？是與妳定了親的三皇子，還是陪伴妳更久的胥蓉仙子和昭曦神使？我真的很好奇。」

果然如此。

祖媞努力壓制住心底奔騰的情緒，不去在意纖鰈的挑釁之語。十來丈外的那棵山松可以借力。袖中的懷恕弓同化靈缶差不多，是無需施法便可調用的法器，兩端弓梢皆以梟谷鐵製成，其利可媲美快刀利劍，用它輔助，當可攀上那光潔的崖壁。考慮到她同懸在崖壁上的三人的距離，要想將他們都救下，必須在纖鰈割斷繩子之前便行動，以便爭取到更多時間。想到此她遽然旋身。

沒想到祖媞會突然動作，纖鰈大驚，「妳！」

祖媞已落在她看中的那棵山松上。撥下懷恕弓弓身的機關，小弓見風即長，很快化為一人高。眼看祖媞反握弓身便要再動，纖鰈再無游刃有餘之態，慌張地揚聲，「停下，祖媞神，妳想我立刻割斷這繩子嗎？」

祖媞卻並未如她所願停下，反而立刻騰身，「妳難道不是遲早都會做這件事嗎？」梟谷鐵的弓梢劃過石壁，製造出一點阻力。那阻力很微弱，不過對祖媞來說已盡夠了。她斜身以足尖輕點崖壁，藉著那微弱阻力向著崖頂飛快上行。

見祖媞纖柔的身影即將逼近，纖鰈再顧不得其他，匕首用力一揮，倏地割斷了手邊的繩子，繩索兩端懸著的三人驀地向谷底墜去。

雖已提前在心中預演了好幾遍，但當這一幕真正發生時，祖媞的心還是漏跳了一拍。可她不敢也不能耽擱時間。她用力咬住唇，以痛意喚回冷靜，右手一挽一推，自袖中拋出一根長綢。那長綢攜著股巧力，閃電般馳向不遠處的蓇蓉與昭曦，彈指間便捲住了兩人。祖媞以插進崖壁的懷恕弓為支點一拉，再一甩，有些粗暴地將昏迷的二人甩上吊橋，之後一把鬆開懷恕弓，急向差不多已墜至半山的連宋追去。

山風獵獵，祖媞一邊追逐墜落的青年，一邊再次引動長綢，希望能故技重施。若那綢緞再長一點點，或者她離青年再近一點點，她是能做到的，可畢竟方才救昭曦與蓇蓉耽擱了時間。雖然她的反應很敏捷，行動很迅速，且這一整套施救動作已快得超越了人的智識，可她最終並沒有能救到青年。

二十七丈，那是他們最後的距離。她眼睜睜看著青年墜入了沸騰的血海。

就在青年墜入血海的瞬間，海中有赤色的浪頭打來，青年的白衣被染紅，業火隨之騰起，青年被火焰包裹住了，又一個浪頭打來，業火與青年齊消逝在一片血色的海洋中。這一切的發生，不過幾個彈指。

失敗了。

剎那間，祖媞腦中一片空白。

「不，小三郎。」語聲在喉嚨處打轉，她以為她叫出了口，但其實沒有。寒意自心底起，瞬間蔓遍全身，緊追著青年墜落的身軀變得冰涼，意識也彷彿離她遠去。「不！」她再次張口，卻仍沒能發出聲音。

怎麼辦？

冷靜。冷靜。

他不會是小三郎的，方才不是已想過了嗎。小三郎是不可能那麼容易被抓住的，就算退一萬步講，倘果真讓慶姜捉到了小三郎，那他又豈會留著小三郎玩這種把戲，為防萬一，他定是會立刻殺掉他的。所以消失在血海中的這人絕不會是小三郎。

可，萬一，他是呢？萬一，慶姜就是不按常理出牌呢？

冷汗濕透了重衣，祖媞睜大了眼，徑直向連宋消失之處而去。

離海面只有十丈了。

吞噬掉連宋的那一隅血海忽然掀起風浪來，浪花濺上祖媞的衣袖，袖緣立刻燃起火焰，但她卻像沒感覺似的，半點防護也未做便投進了那赤浪中。

就在她的身體與血海相觸的一瞬，翻湧的血浪忽然頓住，而後迅速退向四圍。祖媞無暇顧及這是不是又是纖鰈的傑作，也沒空去想她這樣有什麼目的，只覺如此更好，更方便她找到青年。

原本鯨濤鼉浪的山谷於瞬息間變幻成了一片平靜的空心海，海底布滿了嶙峋的亂石。祖媞墜落在海底，腳底觸地的同時，她的目光定在了前方十步開外處。

那處橫臥著一副還帶著斑駁血漬的獸骨，獸骨甚巨，甚長。

腦中轟然，似有什麼東西炸開，祖媞認出了，那是一副龍骨。

方才這一隅忽起風浪，是因小三郎被疼痛喚醒了神智，掙扎之下化為了龍形，可終究還是敵不過這可熔世間一切的骷髏海洋，故而最終被熔煉成了……一副龍骨，是嗎？

所以，他真的是小三郎？

當這可怕的推測襲進腦海，祖媞瞬間失去了所有力氣，雙腿一軟便跌坐在地。恐懼、悔恨、絕望……諸多情緒齊湧入心間。眼淚失控地湧出，她痛得說不出一個字，喉間含血，踉蹌著爬起來，跌跌撞撞地向著那副龍骨而去。

忽地，身後傳來鋼鞭破空聲。鞭子帶起的勁風先一步擦過她的臉，她遲鈍地回頭，雖意識到了危險，卻並不打算躲避。不過，那來勢洶洶的鋼鞭連她的衣袖也未碰到，便被一柄泛著寒光的玄扇震開了。

祖媞含淚的雙眼驀地睜大。

玄扇攜著巨力，將偷襲她的鋼鞭足震開了三丈遠，而後打著旋兒飛回來路。

那臨風而立站在來路盡頭的青年，不是連宋又是誰？

祖媞轉頭看向一旁的龍骨，又回頭看向青年，喃喃：「小三郎……你沒事。」連宋也看著她，臉上沒有任何表情。

纖鰈執著鋼鞭站在十丈開外，目光閃爍地落在兩人身上，表情暗沉。她是趁著祖媞專注救人時悄悄潛來這谷底的。雖然適才祖媞出其不意的行動擾亂了她的節奏，令她慌亂了片刻，但她很快便回過了神，記起了自己費心布下此局的目的是什麼。

她要將祖媞和連宋一網除盡。

尋常時候這自然是沒可能的，但若能設法使二人心神失守，她覺著她的勝算不會小。有關這位身負心魔的三皇子的桃色傳聞雖多，但他似乎只毫無掩飾地表達過對祖媞神的喜愛，這令纖鰈有了靈感，於是她苦心設下了此局，以胥蓉為餌引來了祖媞，又以祖媞為餌引來了連宋。且為了讓祖媞到時候選擇胥蓉的可能性大些，她還搞出了個假的帝昭曦出來同胥蓉綁在一起。

她自知這魔考山困不住祖媞，不過能耽擱她一些時間罷了。她也只需耽擱她一些時間。在光神被阻攔後，她將連宋引入了此山。在連宋闖第一重魔考境時，她覷機以惡見鼎困住了連宋。惡見鼎乃二十多萬年前慶姜創製的囚困法器，被惡見鼎困住，便是這位三皇子一時半會兒也難出來。

在連宋打開鎮厄扇，欲對這困住他的大鼎展開攻勢時，她適時地出現在了這座水晶製的透明大鼎外，「三皇子若不想胥蓉仙子即刻殞命，便安分在此待兩個時辰吧。」

「原來是妳。」青年收扇，「困住我，是想做什麼？」

她微微一笑，也不廢話，「聽說光神無情無欲，原是不懂情愛的，但這樣的光神卻與殿下定了親，我便有些好奇，殿下在她心中的分量有多重，可比得過陪她多年的神使們？想必殿下也很好奇吧？所以我準備了一個試探尊神心意的小遊戲，特意將殿下請來此處，欲與殿下同觀。」

青年一眼看穿她的目的，淡淡道：「原來是想離間我和阿玉。」

她微頓，也不掩飾，「就算我是這個目的，難道三皇子就怕了嗎？」

青年抬眼，目光有些深地落在她身上，沒有說話。

她緩緩，「我知這鼎其實困不住三皇子，三皇子自有法子可破開它。」她故意挑眉，「說真的，你也可選擇不顧蓇蓉仙子安危，繼續嘗試破開此鼎，不過有這麼一個可以弄明白祖媞神心意的機會，三皇子果真捨得放棄嗎？」

青年靜了數息，忽而一笑，「既然是纖鰈魔使費心籌謀的遊戲，當是很精采的，那看看也無妨。」

纖鰈不知連宋選擇屈服是因被心魔影響，無法抗拒她的提議，還是出於對蓇蓉在她手中的忌憚。但這不重要，重要的是計畫中的所有事情皆按照她的預想發展著，這說明一切盡在她掌握中，她離成功很近了。只是青年即便被她困在鼎中威脅，也不顯慌促，仍十分從容，這令纖鰈感到不快，但一想到接下來她可以怎樣玩弄他們，她強忍住了心中的不快。

之後，纖鰈將惡見鼎移去了第六重魔考境的出口。置身此處，連宋可看到祖媞，祖媞卻看不見連宋。纖鰈令商鷺守在鼎外，吩咐商鷺，若屆時祖媞沒能使連宋的心魔發作，便由他在連宋破開惡見鼎前將那鼎推入第六重魔考境中。

她就不信祖媞的刺激加上考心之境的刺激，還不能使連宋的心魂失守。

而當祖媞崩潰、連宋心魔發作心神失守時，便是她一舉除掉兩人的最佳時機。

纖鰈自以為對連宋的安排已極盡穩妥了，她完全不能明白此時他為何還能出現在這裡破壞自己的好事。看他唇邊隱有血漬，她猜測他心魔已發作了。

連個心魔發作的傷患都攔不住，商鷺究竟是廢物到了何等地步？纖鰈暗自咬牙。

連宋的目光掃過祖媞的臉，而後移向纖鰈。見連宋看向自己，纖鰈身體微僵。薄汗滲出額頭，她將鋼鞭橫在身前，強笑，「三皇子竟這樣快便走出了惡見鼎，纖鰈實在……佩服。」

一對二。狀況不太妙。所幸祖媞還沒緩過來，而這位三皇子看上去也是在強抑心魔。那便由她來為他添一把火吧。纖鰈定了定神，黛眉微挑，「想必適才尊神的選擇令三皇子相當痛心吧。」她技巧地一頓，佯嘆，「人在危急時刻往往是考慮不了太多的，只會憑本能行事，我原以為尊神會選擇三皇子你，畢竟你才是她的愛人嘛，可尊神卻拋棄了你，毫無猶疑地選擇了陪伴她更久的神使……看來三皇子於尊神，也不過如此罷了。」

青年怫然色變，纖鰈一喜，但她的喜悅沒有持續太久。眨眼間青年便攜風而至站在了她面前，她反應算很快了，也只來得及偏躲三尺，可三尺又能頂什麼用。「想要激怒我，妳做到了。」青年的聲音極冷。一道寒光自她眼前閃過，刺入她腹部，疼痛在身體裡炸開，纖鰈低頭，見竟是戟越槍自她右腹貫腹而出。

喉口一片腥甜，纖鰈愣愣看著腹部暈開的血漬，她不是沒想過此局她可能會失敗，但在她的預演中，即便不能殺死連宋和祖媞，她也是可全身而退的。她沒想過自己會落到如此狼狽之境。

她無比確信她已成功引出了連宋心底的魔，心魔折磨之下，他應當已很痛苦了，可為何還如此難纏？纖鰈忽然有些懷疑自己的判斷，她原以為連宋心魔發作於她而言是機會，但或許失去理智的連宋，其實才更難對付？

看著青年眼底濃黑的鬱色，繼鰈一陣發怵，她直覺不好，當機立斷自劈一掌掙脫槍體，摀住傷處急速後退，「三皇子和尊神應有許多話要說，我便不耽擱你們了。」

在她適才攻擊祖媞時，便已將谷底的骷髏海洋收回，此地自然又可施用法力了。她是潛行躲藏的好手，與連宋硬碰硬她不行，逃跑卻是很在行的。她一邊急退一邊凝神於指間，飛快捏訣劈出個空間陣，倏忽間便消失在了陣中。

連宋並未追上去，他皺眉看向槍頭的血漬，鬆開了手。戟越槍似自有意識，槍身迸發出銀光，銀光繚繞槍體一周，散去時槍頭煥然如新，上面的血漬已蕩然無存。

連宋這才收了槍，向站在數十丈外那具巨大獸骨前、雙眼通紅看著他的祖媞走去。

骷髏海洋雖已被繼鰈帶走，但那令人作嘔的血腥氣卻仍浮蕩在這狹長的山谷中。祖媞凝望著走近的連宋，驀然上前幾步，一把抱住了他。「小三郎。」淚水像是一場急雨，不斷自她眼尾滑落。還好，她判斷得沒錯，那人不是小三郎。小三郎沒事。

可一貫疼愛她的青年卻並沒有回擁住她。

「哭什麼呢？」青年單手握住她的肩，使她離開了他的懷抱，「此刻該落淚的，難道不是我嗎？」

她詫異地抬頭。

青年輕頓了一下，「可知道我現在想做什麼？」不及她回答，他低聲道：「我想剖開妳的心，看看它為何會對我這樣無情。」

心魔。

方才織鰈的話祖媞都聽到了。那些挑撥之言就像是荊棘做成的鞭，雖是以連宋為目標揮下，卻也落在了她身上。那一刻她終於弄明白了織鰈的目的。她不是要折磨她，以此取樂，而是要引出連宋的心魔。

「小三郎，你……」她想要看清連宋的表情，可適才的淚模糊了她的視野，她什麼也看不清，只感到一道複雜的目光淡冷地凝落在她身上。

那目光讓她的心變得很空，也很慌。她嘗試著去牽青年的手，「小三郎，你冷靜一點，織鰈剛才說的那些都不是真的……」

青年沒有推開她，他任她牽住了他，但他好像也不是很在意她的解釋。他問了她一個問題：「這些時日來，我沒有一刻曾打動妳，是嗎？」

她愣住，啞聲，「為什麼要這麼說。不是那樣的。」她努力想同他說明，「我知道全是我的錯，你不要生氣，不要折磨自己，我是因為知道那不是你……」

青年打斷她的話，「可妳也不能百分百確定那不是我吧，否則看到那龍骨，為何又會失魂？」

她說的話，他一句也沒聽進去。這讓她又痛又急。眼看淚水又要失控地淌落，她用力地眨了眨眼。濕潤的睫毛開合，逼退了自眼底升上來的潮霧。她終於能看清青年的臉了。

直到此時她才發現，雖然青年的語聲一直很平靜，但那雙琥珀色的眼卻像是風暴前夕的海，滿布著陰翳。穿過被陰翳籠罩的洋面，她能清晰地感知到那其下深藏的，是青年不願為人知的痛。平靜是假象，只有瞳眸裡被陰翳掩飾的痛楚才是真實。他裝得像是雲淡風輕，實則快被那痛楚壓垮了。

祖媞突然便說不出話來。

她原本想解釋，「我知道那人不會是你，可我害怕『萬一』，更害怕『萬一』成真。」而今，她說不出口了。

連宋對她說「可妳也不能百分百確定那不是我吧。」她知道這句話的隱意是什麼。隱意是，若妳真的愛我，那即便只有一絲，或者一毫不確定，妳也不該毫無猶疑拿我冒險。

原本覺得自己的選擇並無問題，此時她卻生出了可怖的懷疑。萬一慶姜不按牌理出牌，那人就是小三郎，她當時的所為，不就是放棄了他嗎？

此刻反應過來此節，連她都痛不可抑，那心魔在身的小三郎呢？

悔痛與後怕淹沒了她。

她當時到底是如何想的？既然並非百分百確定那人不是小三郎，那為何她沒有選擇先救他？當三人齊遭遇危險，而她無暇思考更多之時，為何她會將他排在次位？

「妳不如坦誠一點。」見她久久不語，青年淡聲，「就告訴我，那時候，妳只是本能地選擇了對妳而言最重要的。」說出這句話，又像是覺得討厭，他有些牴觸地皺了皺眉，「如果我可以保持冷靜，我應該也可以理解妳，但想必妳也看出來了，我並不冷靜，所以我無法……」

「你不能冷靜，無法相信我，是因為心魔發作了，是嗎？」她打斷了他的話。

他頓住，掀眸瞥了她一眼，「妳知道了。」

但他看上去並不吃驚，過了會兒，向她道：「可這次它和織鰈說得沒錯，本能是不會撒謊的，也不會騙人。」

他直視著她的眼，「妳的本能讓妳放棄了我，因為我對妳不重要。而我會這樣痛，」說到這裡，他擰緊了眉，彷彿又有痛楚湧上，而他需分神去壓制。他停頓了片刻，當身體從不適中緩過來，他重複了一遍方才的話：「我會這樣痛，」平穩的語聲終於有了起伏，含著一點沉痛，和無盡的對她的失望，「不是因妳放棄了我；是因妳連一點掙扎都沒有，便放棄了我。」

憤怒、心寒、倦怠，這些情緒有層次地在他眼中明滅。她被它們刺痛，突然，她提高了音量，「不是的，你說的都不對！先救蕁蓉和昭曦就是選擇了他們放棄了你嗎？我會努力讓他們活下來，但那人若真的是你，我只會、只會和小三郎你一起死……」是脫口而出的、完全未經思考的話語，是本能的話語。所以這就是答案嗎？

因為已做好了準備，無論生死她都會和他在一起，所以她才會全無猶疑地先去救蕁蓉和昭曦。

原來是這樣。原來是這樣。

她握緊他的手，將臉埋進他的掌中，她的淚弄濕了他的手指，她今天真是流了太多的淚。她哽咽著再次同他表白，「你明白嗎小三郎，那時我並不覺得那人會是你，而如果他真的是你，我會和你一起死的。」這才是她的本能，是她的真心。若他果真在這裡發生不測，固然她無法陪伴他一起葬身在這骷髏海洋，但當那注定的大劫到來時，她不會再反抗自己的命運。可這又該如何告訴他呢？難道她要在此向他袒露她的宿命嗎？或許是時候告訴他了？可又應當從何說起呢？

「和我一起死，是嗎？」在她思緒如潮之時，青年突然抬起空著的那隻手，握住了她的小臂。力道有些大。她吃驚地抬起頭來。

「妳以為我會信嗎？」青年的聲音很淡，很冷。他拿開了她的手，如玉的指在她雪白的肌膚上留下了泛紅的印。

他看到了那指印，她知道。可他只是很輕地皺了下眉，沒有給她一點安撫。放在往常，他絕不會如此，可她也顧不得委屈，只是呆呆地看著他，問他：「為什麼不信？」

「因為妳不愛我，不愛我的妳，又怎會真心這樣想？」他這樣回答她。

在這一刻，祖媞終於理解到當初瑩千夏說「心魔影響下，三殿下會變得偏執」是什麼意思了。但，是她先傷害了他，他會如此也是應當的。她咬住唇，仰著頭認真地看著他，想試著讓他理解，「我沒有不愛……」

「夠了，不要再說謊。」他揚聲打斷她的話，漆黑的眉緊蹙。她愣愣看著他。過往他從未對她這樣大聲過。

「沒有夠！」她突然上前一步，身體緊貼住他。她比他還要大聲地反駁他，趁他愣住之際，又去摟他的腰，拚命將自己揉進他懷中。他沒有回應，這讓她顯得可笑，但她並沒有因此而退縮。

小三郎沒有推開我，這已是一種進步。她一邊這樣安慰自己，一邊踮腳勾住青年的脖子試圖吻他。親密接觸會是最直接的證明。她的吻或許能比她的話更有說服力。她這樣想著。可在她的唇挨上青年的下頷時，他偏開了頭。「算了。」他道。他的手終於放到了她腰上，卻是推開她的姿勢。他說了一句她聽不懂的話，「拽著虛幻過活其實也沒那麼有意思。」

她圈住他的脖子不放，頭埋在他頸間，聲音發悶，「什麼虛幻，我不懂。」

青年沉默了許久。在她忍不住抬眼看他時，他終於開了口，「我從沒想過要讓妳知道我們的過去。因為我很害怕。我害怕記起過往的妳會再次放棄我。但今日我明白了。沒有必要忌諱妳想起過往。完全不記得過去的妳，不也還是選擇了放棄我嗎？同三萬年前一樣。」

夕風路過草木，發出瑟瑟輕響。

青年的每一句話她都聽進了耳中，可她卻不能明白它們是什麼意思。他似乎說了很了不得的事。有陰影掠過腦際，很是詭秘，就像暴雨前的烏雲，彷彿離地面很近，可抬手卻是抓不住的。

良久，她艱難地理出了一點頭緒，「你是說，我們在三萬年前曾有過一段過往？可這……怎麼可能呢？我們不是在安禪那殿才第一次見面嗎？」她澀聲追問他，心跳得很急。

「會以為安禪那殿是我們的初見之所，是因為妳的記憶有缺憾。妳忘記了妳在人間歷練的最後一世——妳的第十七世。」青年回她。看到她漆黑的瞳仁瞬間收縮得如同針尖，青年突兀地笑了一下，「這麼吃驚。」

他沒有再看她，目光放在很悠遠的地方，「那時候我也在凡世，我們相遇了，很快愛上了彼此。妳因我而學會了愛、痛，與恨，修得了完整人格，得以復歸為神。可在妳歸位後，卻嫌憎與我在凡世的那段過往玷污了妳無垢的神魂，於是將關於我的記憶盡數剝離了妳的仙體。

「是我非妳不可。即便知道作為神的妳並不願經歷什麼紅塵凡情，也要用噬骨真言困住妳，讓妳重新愛上我。可建立在咒言基礎上的愛當然作不得數也當不了真，所以在關鍵時刻，它便現出了原形。」平靜地說完這些話，他移回了視線，重看向她，深邃的眼中一片墨色。

墨色遮蓋住了一切，她無法再如適才那般從那雙眼裡感知到他的情緒。她再看不見他的痛，他的失望，他的疲憊。此時此刻，他的真實情緒到底是什麼呢？她無法判斷，可也無暇顧及了。因他的話令她混亂，令她喘息都難。

他平淡地做了最後的總結，「其實妳不愛我，祖媞神。妳所謂的對我的情，不過是因咒言之故。那並非妳對我的真實感受，只是我對妳的強求。而妳當初所說的才是對的。」

青年所講述的，是她完全不知曉的，據他所說，被她親手剝離了的過去。可她卻實難相信她會因為那樣可笑的理由主動捨棄掉關於他的記憶。什麼無垢的光神之魂，在她看來，生來無情無欲，不過是一種殘缺而已。她怎會為了保護這種殘缺而去傷害她愛的人？

「而妳當初所說的才是對的。」青年最後如此道。她當初說了什麼？她直覺那必定也不是什麼令人愉快的話。可她必須知道。青年記憶中的他們倆的過去到底是什麼樣的，她全部都想知道。「那個我，當初還說了什麼？」她啞聲問。

「妳說，祖媞是祖媞，成玉是成玉。哦，成玉便是妳在凡世的第十七次轉世。妳說妳們並非一人。」他突然摀住胸口，輕咳了一聲。她眼尖地發現他的唇角溢出了一點赤色，著急地上前，他卻退後了一步，很快抹去了唇邊的血漬，淡淡道：「我沒事。」

他像是什麼事也沒發生，繼續回答她的問題：「妳還說，妳雖然不能接受同我的那段過去，但考慮到我也很無辜，妳會做一個人偶，將關於我的記憶盡數賜予那人偶，為我再造一個成玉。」他頓了頓，「妳安排得很好，很周致，但未能喚醒那人偶的魂妳便沉睡了，所以那計畫失敗了。」

那些真的是她說出的話，做出的事嗎？她怎會那樣？她的唇褪去了血色，輕顫著，「這太匪夷所思了。」她下意識地否認，「我不可能說出那樣的話，我從未想過在凡世輪迴的那些凡人不是我，我……」

青年卻打斷了她，「可若妳是她，妳為何會如此對我呢？」他看著她，像是由衷地困惑，「若妳們是一人，妳為何要如此對我呢？她是絕對不會這樣對我的。」

她答不出來。面對纖鰈的算計，她將他排在了次位，為什麼這樣做，她告訴了他，他卻不信。而三萬年前的事，她根本一點印象都沒有，彼時為何要那樣對他，她又怎麼能知道呢。「一定是有什麼誤會。」她喃喃。

「不，沒有誤會。」青年冷淡道，落在她身上的目光毫無溫度，「妳不是她，是我一直沒搞明白，才會在妳這裡尋求虛妄的愛。是我找錯了人，而妳那時候的考慮才是對的。」

青年的話就像是利刃，刺進她心裡，刀刀見血。「我那時候，還考慮了什麼？」她麻木地問。

「方才不是說過了嗎？」他回道，「出於對我的憐憫，妳決意為我再造一個愛人。」說完這句話，他突然頓住，「也好。」

也好什麼？她茫然地看著他。

青年忽然笑了，「我在想，既然三萬年前妳能對我抱持憐憫，那如今，應該也可以將妳的憐憫施捨給我吧？我希望妳能將那個人偶喚醒。」他沉靜地與她對視，「那才是我的阿玉。」

那才是我的阿玉。

心口似破了個大洞，她幾乎要撐不住自己，「我就是你的阿玉……」

「妳不是。」他斷然否認。

雖然在此之前，他有說過他不冷靜，但這一刻，他看上去冷靜極了，就像此刻他說出口的所有這些令她傷心欲絕的話，皆是他真心所想，是他審慎考慮後得出的結論。他說三萬年前的那個凡人才是他的愛人，他不承認她便是那凡人，他將他們這一世的一切皆歸因於他找錯了人，愛錯了人，他要那個凡人回來……

那她呢，她該怎麼辦？

夜很快來臨，她只覺全身發冷，身體不由得輕顫，但他好像再也不心疼她。

「妳身上的逆鱗飾，還給我吧。」最後，他對她這麼說。

第二十二章

七日後。

九重天。

殷臨不是第一次來元極宮了，以往他來此地，無論是尋祖媞還是尋連宋，皆是熟門熟路先去議事的見心殿稍候，但今日他卻未入見心殿，只在外花園的大菩提樹下等連宋。

大菩提樹樹冠若雲，如雲的樹冠投下一片蔽日的濃蔭，殷臨肅首站在濃蔭的邊緣處，想起這幾日發生之事，只覺一陣沉重。

三日前，遠在南荒的他接到了雪意的信鳥傳信，說祖媞出了事。但到底出了什麼事雪意卻未言明，只讓他趕緊回姑嫋一趟。他緊趕慢趕，當夜便回到了中澤。雪意在護山大陣前等著他，見到他便嘆氣，「尊上知曉三萬年前她同三皇子的那段過往了。」

他愣住，「怎麼會？」

雪意愁眉苦臉地將他引到僻靜處，同他細述了這幾日發生之事。

雪意揉著額角，「我在發爽山中尋到了被困住的霜和，而後與霜和一道，沿著尊上留下的標記，在蒔蘿灘盡頭的茶蘼山口尋到了她和蓉蓉。我不知茶蘼山中究竟發生了何事，總之，尊上看上去很不好，人像是失了魂，問她什麼，她都跟沒聽見似的。說真的，自被尊上點化跟著她以來，我還從未見她那樣過。

「回到姑媱，她便立刻入了觀南室。尊上入觀南室後不久，蓉蓉便醒了過來。我倒是問過蓉蓉荼蘼山中到底發生了什麼，可蓉蓉也只記得她在蒔蘿灘被魔族擄走之事，那之後如何了，被迷暈的她一概不知。

「尊上獨自在觀南室中待了兩夜一日，昨日清晨，她終於自室中出來了。雖看著很憔悴，但總算不像之前那樣失魂落魄了，還主動同我說了話，問了我兩個問題。」

雪意頓了頓，眉目間聚滿沉重之色，「她問我可知當初她為何要捨棄同三皇子在凡世的過往，又說這兩夜一日，她審視了神魂，察覺自己中了心理咒術，解除心理咒術後，她發現自己的記憶確有疏漏。」

聽得此消息，他腦中一轟，震驚地看向雪意。

見他如此，雪意嘆了口氣，「彼時我也是如你這般吃驚。那魔考山不是能考心嗎，我猜或許是那些考心境惹出了問題。但她已覺知到了這個程度，我也不好再瞞她，只得告訴她所有。包括她同三皇子在凡世的前緣，她剝離記憶的原因，她沉睡前對三皇子的安排，以及東華帝君為何會修改三皇子的記憶，三皇子又是在何時想起了同她的過往，我都告訴了她，但我沒有提及你和昭曦對三皇子的欺騙。

「她聽完後一言未發，愣愣地枯坐了許久，我失手打碎茶杯她才醒過神來，問了我第二個問題——當初她安排給三皇子的那具人偶如今在何處。我告訴她應是在東華帝君處。她點了點頭，沒說什麼便出了門，消失了一夜，今日午時方才回來。」雪意吞嚥了一下，「回來時，帶著那具人偶。」

天風拂來，菩提葉隨風起舞，身後忽有腳步聲響起，打斷了殷臨的思緒。殷臨轉過身，看向姍姍來遲的連宋。青年應是徑從丹房過來，身上的銀領窄袖袍尚未換下，不過那一襲方便他煉製五元素合力的修身長袍，倒是將他襯得更為高大秀頎。

殷臨上前一步，率先開口：「三皇子。」

青年在離他三丈處停下，「不知尊使前來，有何賜教。」

青年面容平靜，一派雲淡風輕，彷彿這些日什麼事也沒發生，這令連日裡目睹了祖媞的失常與彷徨的殷臨心火乍起，但他按壓住了這股心火，只道：「我有一個問題很不解，特來求教三皇子。」

幾隻雀鳥飛來，銜來一匹提花雲錦，雲錦自半空落下，鋪落在近旁的玉桌與玉凳上。青年矮身在玉凳上坐下，一隻小藍雀停落在他指間，他撓了撓小藍雀覆滿絨羽的脖頸，「哦？那便請尊使直言吧，本君洗耳恭聽。」

殷臨凝目看向漫不經心的青年，蹙緊了眉，「連宋君。」這是他第一次稱呼青年的名字，「我原以為你已放下了同尊上的緣法，不再留戀同她的過往了。十日前聽聞天君欲向姑媱提親，老實說，我十分震驚。但那時我想，你對尊上雖有怨，但愛更多，或許掙扎權衡之下，終究是對她的愛戰勝了對她的怨，於是你原諒了她對你的捨棄，選擇了再次追逐她，並設法使她答應了同你在一起。我想著事情十有八九是如此，故而即便不看好你二人的未來，我也沒有阻止天君向姑媱提親。」

殷臨極力控制住表情，將怒意壓於心底，「但如今我卻很是疑惑，連宋君，照理說，與尊上兩情相悅，定下鴛盟，乃是你素來所願才是，素來之願實現了，你不該高興嗎，為何要親手毀掉這好不容易重接上的緣分呢？

「我想了很久，最後只想到了一個可能。在這個當口，向一無所知的尊上揭示你同她的前緣，對她說你認錯了人，愛錯了人，她和成玉並非一人，還讓她將凡人成玉還給你，是你蓄謀已久的，對吧？」

他直視著青年，目光暗沉，「你是在報復尊上，對吧？」

祖媞將那具人偶帶回姑媱後，便再次入了觀南室閉關，三夜兩日後方出關。出關後祖媞主動找了他，同他長談了一次，吩咐了他一些事。但，同雪意一樣，他亦未能從祖媞那裡探知到荼蘼山中究竟發生了何事。不過他知道了是連宋告知了祖媞他們之間曾有過往，也是連宋同祖媞要求了那具人偶。可連宋為何會如此做，祖媞卻絕口不提。

因彼時祖媞的神色實在不好，他也不敢多問，只能私下裡揣測，而他揣測出的答案便是如此，「你是在報復她，是不是？你對尊上有怨，更有恨，是不是？」

「我不知尊使在說什麼。」青年淡淡回他。

殷臨握緊了拳，再也無法壓制心底的怒火，「別裝蒜了，你難道不是一直恨她當日捨棄了你嗎？處心積慮誘惑作為神的她，使她重新愛上你，然後在她終於承認愛你之時將她拋棄，說什麼找錯了人，愛錯了人，你愛的是那個凡人不是她，哈，」他「嗤」地冷嘲，「這難道不是一個絕佳的、精采的報復嗎？」

三丈開外，青年微微抬頭，原本風輕雲淡的臉此時冷若冰霜，「殷臨，我是對她捨棄了我的事難以釋懷，也因此怨過她，甚至恨過她，但我並沒有如此下作。」青年停住，面上流露出疑惑之色，像是真心感到不解，問他，「你當日不也贊成她是她，成玉是成玉，她們並非一人嗎？如今，我好不容易想通，打算接受她的安排，成全我們彼此了，你不該感到欣慰嗎？為何會覺得我要成玉回來，對她會是一則報復？」

殷臨窒住了，他回答不出這問題，一時竟不知該說什麼。沉默使他冷靜了些許。其實他這趟上天，也不是為了斥責連宋，這並非祖媞吩咐他的事，不過他的私心罷了。祖媞遣他來元極宮，為的是另一樁事。

殷臨想起了祖媞從觀南室出來後，同他說的那些話。

是今晨卯末。

卯末，熹微初露時，觀南室外的石亭中，祖媞探出無血色的指尖，將擱置在石桌上的一只茜色錦囊推到了他面前。

因很久沒說話，她原本清潤的嗓音有些發沙，「你去九重天一趟，將這琳琅錦交給小三郎，錦囊裡裝的是……」

他沒有接那錦囊，緊盯著祖媞蒼白得近乎透明的臉，打斷她的話道：「這幾日，尊上妳將自己和那人偶關在觀南室裡，是在做什麼？」

祖媞靜默了片刻，抬眸看向遠天的熹微，回他：「我在那人偶體內找到了那顆未被喚醒的魂珠，將魂珠中的記憶取了出來，使它們重回到了我的憶河中。」

聞得祖媞此語，他驚得半晌無言，「妳是說，妳讓那些記憶復歸到了妳體內……」

「是啊。」祖媞頷首。她側坐在石凳上，劉海被清晨的薄霧洇濕了，貼在額際，這使她看上去像是一株剛經了風雨的瓊花，雖美麗如往昔，卻是病態而羸弱的。

「我想了很久，」她用那發沙的聲音繼續，「唯有如此，才能讓我徹底搞清楚過去到底是怎樣的。而如今，我也的確明白了這一切究竟是怎麼回事。多麼可笑。」她收回遠望的目光，「如果那時候我知道我會提前醒來，能有機會改變我的命運，我又怎會剝離關於他的記憶，為他安排什麼人偶。但或許這就是命運。」

她抬手扶住額頭，像一具被供奉在懸崖邊的聖潔玉像，美麗卻脆弱，隨時都可能離崖墜毀似的，「畢竟出其不意，才是命運。」如此喃喃著，她垂斂了眉目，那素來靈動美麗的眼微合，眼中一絲光也無，「當初，決意為他做那人偶時，我並沒有想過會有這麼一天，我要和那人偶一起放在他面前供他選擇；我也沒想過他會想要那人偶勝過想要我；我更沒有想過，他會覺得那人偶才是成玉，而我不是。」她扶著額頭的手緩緩下移，遮住了眼。

說這些話時，那張病弱的美麗臉龐上並無太多表情，其實讓人看不出她是否痛苦，但殷臨卻能感受到祖媞的痛苦。她那些未曾言說的痛苦似隱藏在密林深處的沼澤，在吞噬她自己的同時，也震懾著靠近的人。

殷臨感到窒息，幾乎喘不過氣，而祖媞話中透露出的那些訊息，更是令殷臨在窒悶之餘驚駭不已，「說三皇子選擇了那人偶，妳和三皇子……怎麼了？」

祖媞沒有回答他的問題。許久後，她移開了遮眼的手，順勢托住了右腮，偏頭看向亭外。他看不見她的臉，只能看見她皙白的手指和一點小巧高挺的鼻樑。

「我其實知道，應該是你們騙了小三郎，才會讓他誤以為三萬年前，我是為了所謂的道心而捨棄了他。或許，他的心魔便是因此而生。」她答非所問，仍沒有回頭，只留給他一個被手指遮掩住的側面。

殷臨屏住了呼吸。雪意說他並未告知祖媞此事。殷臨沒料到祖媞竟連這一節也推了出來。「那是因為……」他想要解釋。

祖媞卻未讓他說下去。她微微抬手，止住了他。「並非怪你們，我也明白為何你們要那樣說，是想讓他對我徹底死心，對吧？的確，從你們的立場看，我同他再糾纏下去並非好事。可我總忍不住想，那時候，聽到那些話的小三郎該有多痛苦，多絕望，而我……」話說到這裡，她停住了。

殷臨敏銳地察覺出她那一直沒什麼起伏的好似很平靜的聲線裡出現了一絲顫抖。他的眉蹙緊了，盯著她的側影看了片刻，忽然抬手握住她的右腕，強勢地移開了她掩住半張臉的手掌。祖媞愣了一下，沒有躲閃，平和地望向他。他這才發現祖媞那雙杏子般的眼已然紅透，無光的眼中泅滿了淚。

殷臨突然失語，好一會兒，才能開口。「如果三皇子是因這個誤會才同妳鬧彆扭，我可以立刻去同他解釋。」他鄭重地看向她，「那時候，我是覺得相忘於江湖對你們而言才是最好，但如今你們既已定親，那將事情說清楚，解除誤會，一起去面對即將到來的劫數也不失為……」

祖媞卻搖了頭。「不必。」她輕聲打斷他的話，「你不明白。」她頓了一下，「他覺得我捨棄了他。」

她望向亭外，「我從未想過他會將當初我的決定看作是捨棄，但仔細想想，那好像的確是一種捨棄。對於如今心魔在身的他而言，當初我為何會捨棄他其實已不重要，重要的是我為了別的事、別的物捨棄了他這個結果。」

她的聲音清明，表情平靜，眼眶卻越來越紅，但她好像並沒有意識到，「閉關在觀南室中的這兩日，我不止一遍地想過，我是不是該去告訴他我的苦衷，讓他知道，當日我會做出那樣的決定是不得已而為之，我也很痛苦，那樣，他是不是就會理解我，原諒我？可每當這時，心底就會有個聲音冒出來質問我——他原諒了妳，然後呢？在即將到來的這場大劫裡，若妳無力改變命運，最終還是得在他與『道』之間做選擇，屆時妳會如何選擇呢？妳能保證不再捨棄他嗎？」

說完這話，她靜了很長時間。「這個問題，我只想了一遍，但想了很久。最後我發現，我無法保證我不會再次捨棄他。」

她移回視線，看向坐在面前的殷臨，「而那時候，小三郎又該怎麼辦呢？你覺得身負心魔的他，能接受被我又一次捨棄嗎？」

殷臨沉默了。

「他不能的。」她代替他做了回答。而隨著這四個字出口，洇在眼中的淚終於順著她通紅的眼尾滑落，「怎麼做才是對的，我想了兩日，也沒想出答案。這是一道無解的題。」她輕輕嘆了口氣，「不過好在小三郎已為自己尋到了出口，用我不是成玉這個理由，安撫住了躁動的心魔。雖然他這樣想令我很痛苦，但既然他能從中得到平靜，那便讓他如此想吧。他想要一個全心全意愛他、永不會傷害他、捨棄他的成玉，那便……給他吧。」她閉上眼，再次抬手擋住了臉，喃喃地，彷彿自語，「我們之間，看似主動權在我手上，我可以有很多選擇，但其實，我根本沒得選。」

面前的祖媞同兩萬九千九百九十八年前，站在蘭因洞外，強忍著痛楚同他說她與連宋的緣只能止在成玉這一世的祖媞重合在了一起。她們一樣的悲鬱，一樣的脆弱，一樣的無望、無助、無可奈何，也一樣的讓殷臨感到難過。

殷臨心中悶得厲害。他覺得自己像置身在一叢不透風的密林裡，面前延展著一片荒蕪而危險的沼澤，而祖媞就站在沼澤的正中央，正在無聲地沉沒。

「就是不想讓妳再重歷這樣的痛苦，那時候我才選擇了欺騙三皇子。」他啞聲道。說著這話時，目光不經意地掠過面前的石桌，在擱置於桌面的茜色錦囊上微微停駐，仿若醍醐灌頂，殷臨突然便明白了那錦囊裡裝的是什麼。

「妳方才說，妳會將成玉給三皇子……」他緩緩地，一字一句地，「所以這錦囊裡裝的，便是那個『成玉』？妳已喚醒了她的魂？」喉結不自禁地滾動吞嚥，他不可置信地看向祖媞，「妳真的要將她送去元極宮，讓她代替妳，同你愛的人結為連理？妳真的能眼睜睜看著他們雙宿雙棲，不會後悔？」

亭中靜極，唯有路過的山風輕喃著留下嘆息。許久後，祖媞才有動靜。她放下了擋在眼前的手，那雙眼已不再流淚，但眉骨和眼尾仍是紅的。「我沒有喚醒那人偶。」她回答他。「三萬年前，我做下那個決定，為他造出那人偶，並不是因為我無私。相反，我有很多私心，也有很多占有欲。

「我可以接受那人偶在我羽化後代替我陪伴在他身旁，因那是沒有辦法的事。然目下，我不是還活在這世上，尚未羽化嗎？叫我如何接受被一個人偶取代呢？

「可這是他想要的，我拒絕不了。

「我可以給他一個成玉，滿足他的願望，但我沒辦法為他喚醒她，我做不到。」她斷續地剖白自己，聲音很輕，也很冷靜。不過殷臨能分辨出，那冷靜是一種萬念俱灰式的冷靜。

無論是這命運也好，還是祖媞的感情也好，這一切都太沉重了。如何做才是對的，如她所說，此題無解。

殷臨想要安慰她，卻不知該說什麼。「做不到才是正常的。」最後他道。

「嗯。」祖媞無意義地應了一聲，垂眸看向那錦囊，但很快移開了視線，就像她其實並不想看到它，「這裡面不僅裝著那人偶，還裝著我的血和靈力。凡世的那些記憶我也復刻了一份，放進了那人偶的魂珠裡。以我的血為祭，靈力為媒，再輔以咒言，便可喚醒她。咒言我亦寫在了錦囊中。你將這錦囊交給小三郎，讓他……親自喚醒她吧。」

該吩咐他的事都吩咐得差不離了，她站起身來，準備離開，卻在移步之時又頓了一下，「對了。」她用發沙的聲音最後囑咐了他一句，「若小三郎問起為何不是由我喚醒那人偶，你就對他說，說……他自己選定的愛人，由他親手喚醒，會更有意義。」

關於今晨的回憶，至此戛然而止。

「尊使為何不答？」神思回歸時，連宋的疑問聲清晰入耳。

殷臨定了定神。

三丈開外，倚坐在玉凳上的年輕水神安靜地看著他。青年從容自若，彷彿果真已尋得了內心的平靜。

殷臨心中五味雜陳，少頃，自袖中取出了祖媞交託給他的那只琳琅錦。錦囊被打開，一副華美冰棺赫然出現在大菩提樹下的陰影裡，透過棺身，可看到睡在其間的人偶栩栩若生。

「我沒什麼好說了，三皇子。」殷臨揉了揉額角，「既然你確信自己是愛錯了人，真正想要的其實是這個人偶，那恭喜你，你得償所願了。」

將冰棺傾倒出來後，琳琅錦中還剩了些東西，殷臨將餘下的東西也倒出，盡數陳列在冰棺上，「不過尊上說，你親自選定的愛人，由你親手喚醒才更有意義。」他淡淡，「這紫晶瓶裡裝著尊上的血和靈力，這貝葉紙上載著喚醒這人偶的方法。三皇子貴人事忙，我便不多叨擾了。」客氣地道完告辭之語，殷臨轉身便走。

青年卻忽然發問：「那些話，果真是她說的？」

殷臨停住腳步，「不然呢？」

「嗤。」身後倏地傳出一聲雀鳥受驚的呼叫，殷臨微微側目，見是停留在連宋指間的那隻小藍雀不知何故驚慌地飛開了。

青年靜默了一瞬，自袖中取出了一塊雪白的絲帕。「她倒是很有心。」他一邊用絲帕擦拭方才雀鳥停留過的手指，一邊淡淡，「我該感謝她這麼為我著想嗎？」

殷臨回頭看向青年，青年垂著頭，彷彿很認真地擦拭著手指，他看不見青年的表情。但他隱約覺得，青年似乎不太高興。

他不知那是不是他的錯覺，但他沒說什麼，大步離開了。

荼蘼山之事後，魔族沉寂了一陣，沒再搞什麼小動作。一來因神族加強了防範，二來是織鰈覺得她雖未能在荼蘼山中除掉連宋和祖媞，但那場局也算達到了目的，起碼引出了連宋的心魔，也離間了連宋和祖媞的關係。神族中兩個重要的自然神一道出事，勢必會影響他們目下正在謀劃的正事，她雖不知那正事究竟是什麼，但也可推出十有八九是對付魔族，阻止魔尊稱雄之類的。如此，她也算透過荼蘼山那一局，為魔尊謀大事爭取了更多的時間。想到這裡，織鰈不禁還有點自得。

能將這些事考慮得這麼樂觀，是因織鰈不瞭解祖媞，也不瞭解連宋之故。祖媞不必提，三殿下這個人，因恣意之名在外，有時候是會給人不著調之感。織鰈會以為他在心魔復發後便會被情緒操控，從而頹廢低迷，放棄正事，也是在情在理。不過，以兵器喻三殿下，三殿下其實是一柄劍，兵中君子，尋常時瞧著溫煦閒散，出鞘之時，卻自能讓人領略到他的鋒利。而今心魔自他心底復生，復生的心魔化去了束縛住他的劍鞘，反使他鋒芒畢露，越是重壓在身，越是銳意逼人。所以他不僅沒頹廢到無心正事，反而比預計的提前了好幾日將五元素合力給煉製完成了。

連宋將煉製完成的五元素合力送去太晨宮的下午，妖君瑩流風再次上天。

次日，天族兩百五十萬大軍與青丘之國兩百萬大軍齊集於東南荒，同向魔族宣戰。

新神紀後，神族便不再行不義之戰，四百五十萬神族大軍壓在九尾狐族所轄的東南荒與魔族所掌的南荒的交界之境上，向魔族宣戰的同時，也向八荒昭示了討伐魔族的因由——妖族雖為魔族屬族，但妖族子民卻非魔尊私奴，然魔尊卻以私奴視妖族，大肆虐殺妖燈，殘害妖民，妖君不堪魔尊暴行，長跪於南天門外，祈求神族相助。魔尊對妖族的欺凌與迫害擾亂了天地平寧。神族居於這八荒之間，掌九天而轄四海，有義務維繫天地承平。制止魔尊的倒行逆施，使天地重回安寧，乃神族職責所在。行此義戰，神族責無旁貸。

神族已有十多萬年不曾主動向他族宣戰，更別提竟是天族與青丘狐族聯合出兵，消息一經傳出，天地一片嘩然。九尾狐族居然也出兵了，這是最令大家感到震驚的一件事。須知居於青丘之國的九尾狐族素來並不愛戰，待天地秩序基本確立後，八荒戰事裡便極少再見到他們的身影。只有在神族的地位受到嚴峻挑戰時，九尾狐族方會出現，不過他們一般也只在戰事的後半段裡作為援兵現身。可今次，九尾狐族卻是一開始便派出了兩百萬大軍支援天族，幾乎遣出了青丘之國的全部兵力，這已經不能用不同尋常來形容。

有嗅覺靈敏的高人已推出神族如此興師動眾，必不會只是因魔尊欺凌了妖族，很可能是神族察覺了魔族在謀什麼大事，威脅到了天地。推出此節的其中一位高人便是鬼君離鏡。離鏡自知這場戰事鬼族絕不能摻和，當日便關了宮門，宣告自己將閉死關。

神族的行動極為迅速。

東南荒與南荒之間有一片大湖，名湘陵泊，湘陵泊在莽莽黃沙中孕育出了一片廣袤綠洲，妖族世代居於此間，八荒稱這片綠洲為湘陵之國。天族同九尾狐族兩族聯軍在東南荒邊界宣戰後，火速借道湘陵之國，直入南荒。

無論是神族的宣戰還是神族的急行軍，都發生得太快太突然。魔族雖也想過神族可能先起事，但完全沒料到他們會這樣快，且是傾盡兵力全線壓上，七位魔君都感到很蒙圈，慶姜算是反應很快了，立刻傳令駐守邊境的樊林調集邊界之軍抵擋，然陳在整個東部邊界上的魔族兵力不過五十萬，如何能抵得過神族四百五十萬大軍。神族依靠碾壓式的兵力優勢，一路所向披靡，當天晚上便殺到了赤水。

自湘陵之國馳入南荒，直線向西南推進，行一萬里，便能直搗魔尊所在的靈墟魔宮。這一萬里路多是坦途，無甚奇峻險要處，唯有兩條大河阻道，一條乃距湘陵之國一千五百里的赤水，一條乃距赤水三千七百里的郁水。

於神族而言，此路線是最適宜快攻作戰的一條路線。魔族也知這條路線在防守上的劣勢，故而於沿途修建了許多堡壘，並增派了更多守兵。然無天塹可依，堡壘和守兵再多，面對神族四百五十萬兵力秋風掃落葉似的狂襲，也是難以支絀。

傾闔族之武力，擇最近之路線，以壓倒性的兵力優勢疾速突進，便是神族於此戰的戰略。擇此戰略，是因神族此番行軍的目標只有一個——盡快將魔尊慶姜和他正在鍛造的那支不死魔軍逼出來。

有了缽頭摩花之力的護持，慶姜和他鍛造出的那支不死魔軍是不可能被殺死的，唯一能對付他們的，是集東華、祖媞、連宋三人之力造出的兩儀還真大陣。但想以兩儀還真大陣鎮壓慶姜和他的魔軍，是需有契機的——至少得將慶姜和那支不知數目的魔軍引出來會至一處。

神族四百五十萬大軍於南荒一路勇進，便是為此。

這戰略是連宋提出的，而後由連宋、祖媞、東華一道定下，但運籌這場戰事的三人卻並未隨軍，而是留在了作為後方的湘陵之國。因專為鎮壓慶姜而造的兩儀還真大陣還不算徹底落成，還需將先前連宋煉出的五元素合力導入陣中，而這事得靠他們三人通力合作，一起尋個安靜的地方閉關才成。

這是樁絕密之事，知情者寥寥，不過太晨宮中的粟及仙者恰是一個知情人。

粟及為仙保守，越琢磨越擔憂，私下裡悄悄問重霖：「克敵的大陣尚未落成，咱們便對魔族宣戰了，這般是否太過冒進啊？」

重霖自幼跟在帝君身邊，見事遠比粟及透徹，「三位尊神如此決斷，是為搶占先機。畢竟誰先宣戰，誰便更有主動權。若讓魔族得了此先機，誰知他們會將戰火燒到哪裡呢，屆時我們不就被動了？再則，憑三位尊神之能，以五元素合力加持那陣法，最多不過兩三日之事。就算在這兩三日裡，魔尊率先煉好了不死魔軍同我們短兵相接，那我們四百五十萬大軍，拖他兩三天時間總是沒問題的吧。待兩三日後大陣落成，自能與他們一決高下，又有什麼風險可言呢？」

粟及聽得一愣一愣的，想了一陣，點頭，「說得也是。」

重霖誠懇相邀，「太子殿下寄來了戰報，我要給帝君送去，你要一道嗎？順便聽聽帝君還有沒有什麼別的示下？」

才幫帝君從西天梵境跑完腿回來的，其實也不是那麼上進的粟及謹慎地退後了一步，

「……這我就不去了吧。」

時已暮秋，妖族王苑中的奇花異木皆順應時令有了凋敝之意，唯林苑中心的妖族聖木帝休木是個例外，風刀霜劍之下，仍自花繁葉茂。

這帝休木高逾千尺，樹幹粗壯，需數十人合圍方能將其環抱。巨木根頸處有一樹窟，窟洞呈拱形，大似一亭，其間靈氣匯盛，極宜靜修，便是妖君為帝君三人準備的閉關之所。

夜幕漸臨，這是三人閉關的第二日，便是帝君，到了這個時刻也很盡力，因此五元素合力在未時末刻便盡數被導入了陣法中。不過祖媞覺著再用亙古不滅之光加持一遍陣法更為穩妥，故此時唯她一人留在帝休木中，帝君和三殿下皆待在聖木外。

兩人坐在樹下也沒什麼事，恰好方才重霖送來了前線的戰報，帝君便化了個茶席出來，一邊喝茶一邊同三殿下看戰報。

戰報寫得很簡略，道多虧青丘之國的白真上神渡河戰經驗豐富，神族四百五十萬大軍昨夜已順利渡過赤水。但慶姜的動作也很快，短短一日，便在郁水和赤水之間集結了百萬魔軍殊死抵抗。不過神族大軍仍在兵力上具有壓倒性優勢，故今日進軍雖不及昨日迅猛，依然日行了有九百餘里。

帝君握了把側提壺，一邊分茶一邊慢悠悠點評，「魔族闔族兵力大致兩百萬，就算慶姜是把除了他正在造的那支不死魔軍外的所有魔兵都調來拒敵了，那阻攔我方的兵力也不會超過兩百萬。數量上他們是人家的兩三倍，被拖得行軍速度慢了近一半，還覺得自己走得挺快是吧？」

三殿下坐在帝君對面，為掌軍的白真上神和夜華君說了句公道話：「日行九百里也不算慢吧，畢竟對面領軍的是樊林，且這又是我們打入人家的地盤。」三殿下將那薄薄一頁紙合上，「照這戰報看，最遲大後日，我們的軍隊便能行到郁水，若屆時慶姜仍未完成不死魔軍的鍛造，他再想爭取更多的時間，便只能在郁水結界上做文章了。」

神族所選定的這條路線上唯一棘手的阻礙便是郁水。郁水乃是條環繞魔族祖地的大河，雖不比赤水寬多少，但比赤水難渡許多，因郁水之上矗立著一道建成了二十多萬年的守衛結界。此結界乃擅陣法的魔族先祖們集幾代之功、以郁水之靈結成，可在關鍵時刻保護魔族祖地不被侵擾。郁水結界一旦升起，便是神族四百五十萬軍隊全力一攻，也得攻個一兩月的才能突破。

帝君前些日一心撲在郁水結界上，嘗試了數百種思路，最後倒是想出了個破解之法。不過靠那破解之法，再輔以軍隊猛攻，還是得花至少七天的時間才能徹底破開那結界。

三殿下接過帝君分好的茶，只沾了沾唇便將杯子放下了，「還能更快點嗎？七日，太長了。慶姜很有可能借這七日煉成不死魔軍，若讓他達成目的，事情會難辦很多。」說著這話，三殿下拾起放在一旁的摺扇，以扇端蘸取茶水輕輕一揮，半空立時攤開了一幅水霧凝成的輿圖。

「一路快攻，便是想趁不死魔軍尚未煉成之際，將慶姜和那支軍隊逼出來。在魔軍未煉成前攻過郁水，對我們才會最有利。郁水對面乃范林平原，范林背後便是章尾山。章尾山乃少綰神的故居，是魔族的聖山，魔族是絕不會允許神族踏平他們的聖山的，一旦我們攻過郁水，威脅到章尾，即便不死魔軍尚未準備好，慶姜也一定會在范林與我們決戰。」通體漆黑的摺扇在水圖上的范林平原處點了點，「這於我們而言，才是最理想的狀態。」

帝君感到匪夷所思，「怎麼說那也是個凝結了魔族歷代先祖心血與智慧的結界，我能提前三四十天將它破開已很不錯了，難不成你還指望我兩三天內就搞定它？」帝君不贊同地看向三殿下，「你這個想法可能對我和對魔族都不是太尊重。」

三殿下聳了聳肩，「我就隨便問問，做不到就算了。」

他尋常時候說話其實沒這麼氣人，帝君看了他一陣，嘆了口氣，「雖然你平日脾氣也不見得好，但這兩日簡直更壞了。你和祖媞還沒解開誤會是嗎？」

三殿下愣了一下，隨即一笑，淡淡，「我何時同祖媞神有誤會了？」

帝君挑眉。那日祖媞來找他要那人偶時，說得很含糊，他只知她恢復了記憶，以及連宋心魔復發，心魔影響之下，越加不能釋懷三萬年前她捨棄他之事。帝君因情商不高，故見事更理智，當初他便覺著祖媞安排一個人偶給連宋不是很妥當的做法。在碧海蒼靈的冰室中，聽祖媞說連宋無法原諒她當初的決定，他也不覺驚訝，安慰了祖媞兩句，道這也不是什麼不可消除的誤會，讓她好好同連宋解釋。

說實在的，他當日雖意外兩人會鬧得那般凶，但沒覺著那會是個什麼事。可連著三日與這兩人朝夕相對，卻讓帝君有些不確定那是不是一件大事了，也有點懷疑這事裡是不是還有什麼他不解的隱情。

帝君揉了揉額角，「前日祖媞被我邀上天來開議事會時，你便不理她。昨日和今日我們三人一道閉關，你更是離她遠遠的，一句話也不同她說，她也在處處迴避你，你們這像是解開了誤會的樣子？」

三殿下低頭把玩著手中的黑釉杯，半晌，道：「不是誤會。」

帝君待要再問，三丈外的樹窟中忽漫出金光，二人俱向金光處看去。

樹窟中響起腳步聲，垂在洞口的錦屏藤被一隻素手輕緩地撩開，祖媞出現在垂藤下，和聲道：「亙古不滅之光也加持完畢了，從前慶姜算是挺怕這個的，不知現今他是如何，不過萬一呢。」她神情自然，就像是並未聽到二人方才言語，岔開他們的話題也不過是巧合。

帝君見她倚著洞門，似有些疲憊，招呼她過來喝杯茶歇一歇。

祖媞走過來，卻並未落坐在他們的茶席上，而是坐到了附近的一只石凳上，帝君遞給她一杯茶，她接過去喝了一口。

連宋沒再說話。

祖媞也沒再說話，只垂著頭一徑喝茶。

就算帝君心大，也感到了這僵硬的氣氛如此令人窒息。好在天步突然跑了過來，打破了樹下的尷尬。天步倉促地同他和祖媞見了一禮，猶豫了一下，上前一步附在連宋耳邊說了幾句什麼，便見連宋神色微變，而後站起了身。

這地方就這麼大，天步雖盡量壓低了聲音，帝君還是聽到了一些內容。

天步大致說的是：「清晨……吃了一盤靈果，便又睡了，未時方醒，未見到殿下，不太高興……醒後一直不願進食……我們哄勸了，可也徒勞。方才……突然吐了，又說全身疼……千夏唸了靜靈真言，好像也沒什麼用……」

帝君沒太聽懂這些話是什麼意思，他身後一直低頭喝茶的祖媞卻在連宋皺眉起身時失手摔了茶杯。

啪一聲，聲音不算大，但因此時樹下極靜，故顯得這聲音刺耳。

連宋頓住腳步，微微側身，冷淡地笑了笑，三日來第一次向祖媞開口：「祖媞神這是怎麼了？」

祖媞頓了一瞬，「一時手滑。」她抬起頭來，回應連宋似的亦笑了笑，「可能是有點累。」那笑容平和，介於溫潤與疏淡之間，「待會兒我同帝君再將那陣法查驗一遍即可，三皇子有事便先去忙罷，勿要讓人久等了。」

連宋看了她一陣，慢慢挑起了眉，「妳以為……」不過他沒將這話說完，頓住了，忽然嗤笑一聲，「妳說得是，是不該讓人久等。」話罷沒再看祖媞，視線落在東華身上，「帝君若有事，讓重霖來喚我即可。」留下這句話便領著天步一道離開了。

祖媞垂下了視線，待連宋的腳步聲遠去，她攤開了借寬袖掩住的手指，輕輕握了握。裝得無動於衷，手指卻顫得厲害，連輕握成拳都費力，她覺得自己可笑，不禁抿緊了唇。

帝君抬手化去地上的碎瓷，重新給她倒了杯茶遞過去。她僵了一瞬，沒有伸手接，帝君探究地看她，見她抿唇不語，抬指輕輕一推，那杯茶便自飛去了她身旁的石桌。

「妳多半是沒向那小子解釋是吧？」以為連宋的心結在於「祖媞為天下捨棄他也就罷了，竟還做了個人偶糊弄他」的帝君，對他們鬧到這個地步實在不能理解，「照理說，妳多同他解釋幾回，說說妳也是迫不得已，也很痛苦，不是故意要將他送給別人的，再哭一下，他應當也就被哄好了啊。那小子很好哄的。」

祖媞靜了許久。「有什麼好解釋的呢？」她閉上眼，疲憊道：「很可能，最後我還是要死，在我死後，還是得靠那人偶陪伴他。此時……不過是把我死後之事提前罷了。既然他已和那人偶磨合得很好了，我又何必去改變這現狀，讓事情變得複雜呢？」

她三言兩語說得簡略，但帝君願意動腦子的時候，反應也是很快，見事也是很明徹的。當日祖媞來尋他取那人偶時，他並不知她意欲為何，也沒過問，但此時聽完她的話，帝君立刻明白了許多事，也意識到自己可能想岔了。「原來方才天步來稟的是那人偶的事。」帝君想了想，問她：「是妳將她喚醒的？」

她垂眸，「不是我親手做的，但也……差不多吧。」

帝君很佩服地看著她，「妳對自己挺狠的。」

她沒回答。

帝君又問了她一句：「不過，這樣做妳就不難受嗎，三萬年前妳不是痛苦得要死？」

她面無表情地回帝君，「我現在也痛苦得要死。」

帝君上下打量她一番，「看不太出來。」

聽帝君這麼說，她很輕地笑了一聲，「自然不能讓你們看出來。」頓住，又喃喃了句，「痛苦是痛苦，但這又是什麼大事呢。」她微微閉眼，食指輕觸額角，嘆道：「況且，也痛不了多久了。」

這最後一句話祖媞說得很輕，近似無聲，但帝君仍聽到了。這句話是什麼意思，帝君大概猜得到。他沉默地看了她一會兒，眉頭漸漸擰緊了。

妖宮中有一名物，叫作蟬影露，那是一種酒，因做酒之水來自妖族靈泉蟬影泉，故得此名。

蟬影露在八荒都很有名。傳說喝下此酒，人即刻便能忘憂。

但天步此刻卻覺傳說也不可盡信，否則閒坐在松蔭下已喝了四壺蟬影露的三殿下，為什麼看上去還是那麼煩悶？

晚風拂過，涼意侵骨。天步不禁打了個噴嚏。妖君安排給三殿下的這座楓苑確是風物秀美，但一入夜便有些森寒。她打算回房給三殿下拿件氅衣，順便再看看那只任性的小鯤鵬王可安睡了，迎面卻碰到帝君閒步而來，「妳家殿下呢？」

天步蹲身一禮，「回帝君，殿下他在園中的雲松下酗酒。」

帝君停下了腳步，「酗酒？」
天步嘆了口氣，「殿下這些日一直很煩悶。」
帝君挑了挑眉，「他可有說他為何煩悶？」
「殿下倒是沒提。」天步猶豫了一瞬，「不過奴婢覺著……十有八九是為了祖媞神。」
她微微抬頭，斟酌著問了一句：「帝君，殿下他可是同祖媞神……生了嫌隙、鬧了矛盾？」
「妳也看出來了。」帝君邊回她邊向那雲松走去。

內園中遍植紅楓，唯西北角處立著一棵蒼秀的古松。松下置了一方玉簟，一張矮桌，三殿下倚靠著松幹，單腿屈膝坐在玉簟上，直到帝君站在他面前，方懶懶抬眸看了帝君一眼。
「聽祖媞說你選擇了那人偶，和那人偶雙宿雙棲了。」帝君落坐下來，將擺在木桌上的四只空酒壺拿起來挨個兒晃了晃，「可看你這模樣，我怎麼不太信呢？」
三殿下仰頭飲盡杯中酒，神色淡漠，「終於擺脫了我，她是不是覺得鬆了一口氣？」
帝君覺得他這樣很沒道理，「不是你自己找她要的那人偶？」說著在桌上找了找，沒找到別的酒杯，便抬手化了一只出來，從連三手邊撈過開封的酒壺，給自己斟了一杯，「怎麼，又嫌她答應得太痛快，給得太利落了？她給也不是，不給也不是，那你想要她如何？」
寒月懸於中天，清冷若冰。三殿下單手搭在膝上，望著那寒月，半晌，回道：「我沒想要她如何。只是她那樣雲淡風輕，還能囑咐我別讓他人久等，讓我很佩服罷了。」唇角勾了勾，像是個笑，但那笑半點溫煦之意也無，反襯得那張俊美絕倫的臉更為冷酷，「不愧是無情無欲神魂無垢的光神。」
便是帝君這樣沒有情商，也聽出了連三話裡所含的諷刺，帝君看了他一陣，「從折顏那裡聽說你生了心魔時，我還覺得沒什麼大不了，如今看來，你的確偏執得很嚴重啊。」說完這話，帝君停了一瞬，微微沉吟，「對了，有個問題我一直很好奇，正好問你一下。你們生了心魔的人，自己能不能意識到自己很偏執呢？能意識到的話，偶爾會不會產生自厭情緒啊？」可見帝君的確不是個會說話的人，洪荒時代那麼多神魔想要打他，也不是沒有原因。

三殿下不耐煩地斜覷帝君一眼，「你今晚到底是來做什麼的？」

「哦。」被這麼一提醒，帝君終於想起了他今夜來此的正事，「我仔細考慮了下，還是覺得應該告訴你那件事——祖媞將凡世的記憶找回來了，她想起了你們的過往。」

啪嗒，被三殿下挽在指間把玩的銀酒壺落在了玉簟上，酒液漫出，染濕了竹色。松下一片靜謐，少頃，附近蔓草裡傳出了兩聲秋蟲的輕鳴。三殿下俯身撿起了簟上的酒壺，「呵，找回了那個因嫌憎我玷污了她的無垢神魂，而將我半分不留地剝離出她記憶的祖媞神了是嗎？」扯了扯唇角，「找到了也好，找到了，她就可以釋然了。」語氣輕飄飄的，好似並不在意，手卻握緊了酒壺，在壺身上留下了深深的指印。

帝君抬手，揉了揉額角，百思不得其解，「我看你考慮正事時挺理智清醒的，怎麼一說起同祖媞相關的事，就這麼極端呢？」

三殿下面無表情，「可能因為我有病吧。」

帝君被噎得沒有話說，一時很佩服連三，他活了三十八萬年，向來只有他噎別人的，沒有別人噎他的。連三也算是讓他有了神生新體驗。他本心裡其實並不願摻和他們這段剪不斷理還亂的風月情債，但憶及適才祖媞那些不祥的話，又覺不忍，「你也別總是誤會她吧。」他道：「正巧她那個神使雪意還在妖宮，明日才會走，所以來之前我宣雪意說了會兒話，所幸他還算比較清楚你們之間的事，我大致也弄明白了你們之間的問題。」帝君嘆氣，「你被她的神使們騙了。當初祖媞她將關於你的記憶剝離出魂體，並非出於你堅信的那些無聊原因。這事我最清楚不過。」

正為自己斟酒的青年愣住，慢慢抬起頭來，「什麼？」

帝君把玩著手中的銀杯，「三萬年前她歸位時，是因知道了自己復歸後將立刻沉睡，且預見到了當她醒來時天地將有大劫，需她再次以身獻祭，她才做出了那樣的選擇。那時她知道她同你不可能有未來，但又怕你承受不了失去她，才想到要為你造一個人偶。」帝君也是很感慨，「哎，你恢復凡世記憶那時，告訴我你知道祖媞做了人偶欲誆騙你的事，我還以為你也知道了她可能會再度獻祭之事，你說你放下了過往，我還欣慰你看得開。」帝君攤了攤手，「萬萬沒想到你原來根本不知道這事啊。」

會不顧祖媞的顧慮，向連宋和盤道出她決意向連宋隱瞞之事，是因帝君覺著，若如祖媞所言，最後還是需用她的血才能平息這場神魔之戰，她可能只有這一世，且時間不多了，那就更該將所有的因果都在這一世了結，而不是臨到終時，還去製造一個新的無法了結的因果。帝君的想法便是如此樸素。祖媞所擔憂的連宋的心魔和他能不能接受她再度獻祭什麼的，壓根兒不在帝君的考慮範圍內。

「說什麼她會再次獻祭……」青年坐正了，唇抿得平直，再無適才閒倚松幹的落拓風姿，他盯著帝君，聲音有些飄忽，「那是什麼意思？我沒聽明白。」

「她當年歸位時作了個預知夢，夢到慶姜將挑起一場顛覆八荒的大劫，這事你我都知道。」帝君解釋，「不過她沒告訴你的是，預知夢降下的另一個諭示是，要阻止這場劫數，需靠她再次以命作祭……」見經過他仔細解釋後，坐在對面的青年臉上的血色一點一點褪去，帝君才想起他心魔在身，受不得大刺激。帝君頓了一下，嘗試著找補，「不過，如今很多事都發生了改變，不再是她夢中那樣了。譬如說，她提前了三年醒來，戰爭也提前了兩年開啟，且挑起戰事的一方也不再是魔族而是神族，」帝君琢磨著，「所以我覺得她也不一定就會以身殉道……」

青年以袖掩唇，壓抑地咳嗽了一聲。唇擦過袖緣，在水波紋暗繡上留下一抹紅痕。手放下時他將染血的袖緣往內側壓了壓，因此帝君並未發現他的異樣。青年啞聲問帝君：「這些事，她為何不同我說？」

「因為你選擇了那人偶啊。」帝君回憶適才在帝休木下祖媞同他說的那些話，「她覺得既然你選擇了那人偶，迎來了想要的平寧生活，那就沒必要打擾你了。」

今夜帝君的情商忽高忽低，終於在此刻迎來了三十八萬年來的巔峰。帝君傾身拍了拍連宋的肩，「她不願將這事告訴你，大概是因為她覺得這樣對你更好。命運待她很殘酷，她不想你跟著她一起痛苦。但我覺得你既然喜歡她，理當同擔她的宿命，承受那些痛苦，那是喜歡她的代價。」

青年面色蒼白，琥珀色的眸慢慢爬上了紅絲，像是下一刻便要滴血似的，「是啊，連你都知道這個道理，為何她不懂。」嗓音發啞，「三萬年前，她覺得為我造一個人偶會更好，如今，竟仍覺得將我交給那人偶會更好。這樣做，對我真的是最好嗎？」他突然笑了一聲，笑容含著森寒之意，又仿似痛苦，「你說，她是不是自以為是，是不是該罰？」

帝君答不出來，方才那一席規勸之詞已用盡了帝君關於他們這段感情的全部智慧，最後，帝君只能乾巴巴地、聊勝於無地總結了一句：「所以你不要再同她鬧了吧。」

第二十三章

兩儀還真大陣既已落成，次日三人便需趕往軍中。

這夜祖媞一直沒睡著。四更時分，天步忽叩響了她所歇寢殿的殿門。天步告罪後道明來意，說他們宮裡的成玉姑娘忽然魂體失安，闔宮皆無法，三殿下很急，覺著尊神應該能有法子為成玉姑娘安魂，故差她來請尊神。

那人偶之魂出自她之手，出了問題的確該找她。祖媞隨意披了件羽氅站在天步面前，有一會兒沒說話，天步忐忑地抬頭。祖媞的目光落在天步因忐忑而輕顫的眼睫上，頓了一瞬，舉步踏出了殿門，「走吧。」

至楓苑的這一路，祖媞什麼都沒有想，她將自己放得很空，直到站在連宋的寢殿前，她才稍微定神，心回到實處的同時，感到了一陣延遲的窒悶和疼痛。

無妨的，可以承受。她想。

天步為她打開殿門，殿內雖燃了燈，但燈光很暗淡。天步期期艾艾地，「殿下吩咐了，請尊上獨自入殿，奴婢在此候著，便不陪尊上入內了。」

她點了點頭。

繞過橫放在殿門前的座屏，殿內陳設盡入眼底，最顯眼是寢殿盡頭那張黑漆描金的千工床。床有三進，差不多占了半個內殿，寶藍色的雲綢自床頂垂下，掩住了床內之景。不過殿中裝飾雖華麗，也什麼都有，但能供病人休憩的卻只有這張床。如此說來，那人偶應是躺在這床內的。

有潔癖的小三郎竟願將自己休憩的床榻分享給這人偶，可見他們已很好了。祖媞麻木地想。

她緩步走近那床，停在第三進的兩幅雲綢前，探手分開了它們。然出人意料的是，雲綢分開，帳中卻唯有錦枕羅衾，除此外一片空空。

夜風吹開半啟的軒窗，發出啪的一聲，風擠進來，穿過內殿，本就不大亮的幾盞竹燈被風一拂，倏然熄滅，殿內霎時一片漆黑。身後忽有人靠近，她一驚，立時轉身，卻正方便來人握住她雙手。推力襲來，香架被撞倒在地，她維持不住平衡，驀地朝後倒去，來人分出手來，將右手墊在了她的後腦處，同她一起跌進了柔軟的被褥中。

帷帳垂下，帳內伸手不見五指，她全不能視物，但她知道來人是誰。「小三郎。」她喃聲，但在出聲之時，忽地想起如今已不是可如此稱呼他的關係，遽然咬住了唇。

青年單手握住她雙手，維持著禁錮她的姿勢，將她牢牢壓在錦褥中。

唇角生疼，疼痛提醒著她清醒。可他們已許久不曾靠得如此近。呼吸相聞，她無法再維持平靜，手顫得厲害，心也是。指微微一動，寶藍色滿繡寶相花的帳頂立時出現數點星芒，光雖微弱，卻足以使她看清青年的面容。

青年俯在她身上，居高臨下凝視著她，神情莫測。

帳內有很濃的酒味。

無聲的對視中，她率先開了口，「是喝醉了嗎？」

他沒有答她，卻突然問：「為什麼不叫我連三哥哥？」

連三哥哥，那是她在凡世時對他的稱呼，四個字原本含著許多溫情回憶，可他偏偏在此時提起。會叫他連三哥哥的是成玉，然他認定的成玉卻並非是她。心像是被一只浸了水的棉團堵住，她閉上眼，啞聲，「你認錯人了。」

「認錯人？」青年頓了一瞬，輕輕一哂，「妳以為我在問誰？問那人偶？哦，差點忘了，妳是來治她的。」握住她的手猛地收緊，他靠近她耳廓，語聲很低，很輕，低而輕的聲線裡卻含著無形的壓迫，「不是說很愛我，三萬年前捨棄我是迫不得已？不是說將我交託給那人偶，妳也很痛苦？怎麼我讓妳來治她，妳還真的來了？這麼大方嗎？」

她用了五個剎那來反應他的話。「三萬年前……」她驀地抬眼，「你怎麼會……」無意識地蹦出這幾個字後，她忽然明白了，「是東華。」

他的手太用力，握得她疼了，可她無暇顧及，「所以，那人偶沒有生病，你騙我？」她牢牢望定他，「為什麼要騙我？」心裡湧現出一個猜測，叫她升起希望，心口發緊。可細思之下，又覺不可能。櫻色的唇顫了顫，她沒再問下去。

他放開她，只以右手撐在她耳側，左手一翻，掌中便出現了一只錦囊，正是她讓殷臨交託給他的琳琅錦。手掌微傾，琳琅錦啪嗒掉在床外的足踏上，他看也沒看一眼，嗤笑了一聲，「殷臨離開後我便沒打開過這錦囊，那人偶是不是魂體失安，我怎麼知道？」

她屏住呼吸，愣愣望著他，忽然抬手擋住了眼，但很快地，又將手移開了。她的眼紅得厲害，神色有些疑惑，彷彿對他的行為感到混亂，半晌，聲音縹緲地問他：「不是你說……想要她嗎？說我不是成玉，她才是，選定了她，卻不珍惜……你這樣，我不懂……」

青年坐起身來，垂首自袖中取出一張素帕，一邊面無表情地擦手，一邊居高臨下看著她，「我說想要，妳就給？」薄唇抿得平直，像是極生氣，「就這麼不在乎我？還是說，一輩子不會忘記我、願意為我吃苦、喜歡我……這些話，妳當初只是隨便對我說說，根本不是認真的？」

祖媞恍惚了一下。那些的確是她曾對他說過的話。三萬年前，當她還是凡人成玉時，在絳月沙漠新生的大海旁，她泣不成聲地向他立誓：「是打算一輩子，一輩子也絕不忘記連三哥哥。」在南冉古墓小桫欏境的木屋中，他們親密地相擁，她堅定地同他許諾：「我願意為連三哥哥吃苦。」在北極天櫃山的石洞裡，那訣別的一夜，她埋首在他懷中，懷著難以言說的痛，悲惋地與他訴衷腸：「從很久以前開始，我就喜歡你，我喜歡你，比喜歡這世間一切還要多。」

原來這一切，他與她，他們都不曾忘啊。

祖媞閉上眼，不禁淚雨滂沱。「所以你沒有認錯人，是嗎？你知道我是成玉啊。」她喃喃。意識到自己在流淚，她愣了一下，將頭偏向一邊，用手背遮住了眼。

遮擋淚眼的手很快被青年握住了。她輕輕掙了一下，沒掙開。他拿開了她的手。她回過頭來，隔著濛濛淚霧與他對視，片刻後，微微哽咽地回他：「還有，那些話，並不是隨便說說，你知道我是認真的。」

青年的神情沒有一絲波動，握在她腕處的手卻加大了力度。

她感到了痛，但她沒有出聲。

祖媞並不知道，她簡單的一句話，會令連宋腦中倏然空白。二更時帝君離開後，連宋拎著酒壺，在園中的雲松下獨坐了許久。祖媞的宿命和她的選擇、當年之事的真相……從帝君處得知那一切後，欣悅、憂懼、疼痛、怫鬱，諸般情緒齊湧上來，將他充滿，令他混亂。

他自己都不知自己究竟混亂了多久，回神後，想要立刻見到祖媞的渴望遏抑住了神魂中的諸般紛雜，於是他讓天步將她騙了過來。

說那些帶刺的話，不是為了惹哭她，雖然她的克制讓他氣悶，但他只是想逼她親口對他說出真相。她承認了一切，坦白了對他的愛，可她哭了。

她哭了。杏子般的眼盈滿了淚，蝶翼般的睫打濕了，眉梢眼尾紅成一片，像胭脂化入了雪中。他太熟悉她這個模樣，當她悲傷時，她便是那樣。時空好似又回到了三萬年前，回到了那個凡世，在那一世裡，他看過太多次她悲傷的模樣。

今夜，他沒想讓她哭的，可有一瞬，他又想，他或許是想看到她哭的——那些淚恰是她在意他的證明。然她躺在這裡，這樣安靜無聲地哭泣，卻又讓他心疼。終於，他忍不住去碰觸她的眼，認命似的開口：「別哭，說妳不是阿玉，是我在說氣話。可是，」他也未忘記責備她，「妳是不是也做錯了？」怕她哭得更凶，他不敢大聲說這話，只一邊為她擦淚，一邊低聲提醒她。

祖媞的眸中似落了一場雨，雨水蒸起來，變成渺渺雲霧。因眼中籠著雲霧，她的神色看上去有些縹緲不真。半晌，她微微點頭，「是的，我不該給你那錦囊，我做錯了。」她果斷地認錯，閉上眼，主動用臉頰去貼住他的掌心。

連宋微微恍神。在凡世時，當她惹了他生氣，她也愛這樣撒嬌來哄他，討他歡心。

「我該怎麼做才對呢？」她傷感地看著他，像是一朵錯時而開的花，孑然立在枝頭，脆弱、孤獨、迷茫，等待著他將她摘下來好好呵護。

他知道她並非故意做出這樣可憐可愛的情態來使他心軟，十有八九她自己也不知自己此時是如何一種情態，她不過是發乎自然。但，偏她越是純真無辜，越是讓他招架不住。

他忽然俯身緊擁住她，「妳應該在我提出想要那人偶時立刻動手教訓我一頓，而不是逼自己順我的意，真的將她找出來送給我。」

她愣住，靠在他肩頭低喃：「我怎麼捨得教訓你。」

近似氣音的喃語像是雛鳥的絨羽輕輕撫過他的心，他無法克制地收緊手臂，更用力地攬抱住她。「怎麼會有妳這樣的人。」他無奈地在她耳邊輕嘆。

她回擁住他，歪了歪頭，不解地問：「我怎麼了？」

他低聲：「又會氣人，又會哄人。」

她本以為他的寵縱和溫柔都不會再屬於她，可柳暗花明，今夜，這一切竟又失而復得。眼尾再次一紅，她張了張口，第一遍沒能發出聲，第二遍，那些話才被她說出口：「沒有在哄你，今晚說的，都是我的真心話。」尾音隱隱發啞，但她已等不及向他確認，「小三郎，我們現在……是和好了嗎？」

「嗯，和好了。」他換了姿勢，側躺著將她攬入懷中，這樣他們便可看清彼此了。見她眼下還殘留著一點濕痕，他抬指幫她拭了拭。「和好了，以後再也不分開。」一邊這樣說著，一邊扶著她的側臉，在她額心處印下了一吻。

在連宋吻著她的額心時，許多畫面自祖媞腦海中掠過。第一幀是少女時代，在成年的前一年，她於預知夢中第一次見到連宋。孤燈之下，青年輕抬鳳目，朝她微微一笑，那一剎那，夢裡的一切都彷彿失了色。而後，他便成了她夢中的常客。在日復一日的預知的長夢裡，她旁觀了同他的未來，在還不明白七情為何時，便為他動了心，流了淚。時光流轉，二十多萬年過去，他們終得以在凡世相遇。那個春日，在那簡樸的凡世小亭中，她睡眼惺忪地抬頭，纏綿的風雨聲裡，兩人的視線交會在半空……那時，遺忘了一切的她並不知，她曾用了二十多萬年的時間，來準備與他的這次相逢。

過往種種，歷歷在目。她自光中而生，生來不知七情，不明六欲，也不懂執著是什麼。但自與他在夢裡相逢，那一點一滴於夢中積累起來的對他的好奇與渴望，卻令她生出了執著心。若能拋卻一切，她唯一想要的，是和他在一起。他是她的執念，是她藏在心底深處最隱秘的欲和願。

可她不能拋卻一切。

所以她的欲、她的願、她的執念，注定很難實現。

為八荒而死雖是她的宿命，可以身合道卻是無關宿命的一件事。光神背負著使命降生，生的最大意義，是在於最後的死。不懂七情時，她未曾考慮過那意味著什麼。修得了人格，懂得了七情後，她終於理解了肩負之責的含意，可明白了愛與生與死究竟是怎麼一回事的她，卻更是無法、也不能背棄那使命。

內心的撕扯令她沒有一刻不感到痛。

她是因何而痛，因宿命嗎？三萬年前，在倉促復歸後，一片混亂的她對此還尚有疑惑。而如今，當她重想起一切，於觀南室中一遍一遍錘煉自我叩問內心後，她終於明白了，令她感到痛的，並非天命定給她的以死證道的宿命，而是她對他的牽念和放不下。

人人都說她是至真至善之神，但其實，在她習得了愛為何物後，她才真正懂得了什麼是共情。她可以對天下慈悲，但只能對一個人做最深的共情。她會未雨綢繆，想他所想，痛他所痛。

若她終須離開，那她愛著的那個人，他該怎麼辦呢？若他仍像從前那般理智、成熟，或許他還能消化痛苦，最終接受一切，可如今他心魔在身，偏執又極端，她走後，他又會如何呢？

這些事，不過稍微探及皮毛，便令她痛苦不堪。有一瞬，她甚至生出可怕的想法，覺得還不如就讓他真的移情了那人偶，還不如，就讓他真的變了心。

夜風撩動床帷，鼻間漫入熟悉的白奇楠香，祖媞閉上眼，素手攥住連宋的衣襟，怕冷似的埋首在他懷中，緊緊貼靠在他胸前。

他們在此刻相擁，共赴一場遲了三萬年的約，這本該是很甜蜜的一件事，她也該摒除一切雜念，只專注地享受這難得的美滿，但心被填滿、體味著欣悅與幸福的同時，窒悶感也悄然滋生，且越演越烈。她就像是個貪杯後不小心跌入冰河的醉鬼，心魂如在夢中，身體卻麻木僵冷。

她不禁失神。

她的失神和失語很快被擁住她的青年察覺。「怎麼了？」他垂首在她髮頂輕啄了下，問她。在她不自禁絞住他衣襟時，又告誡她：「不許瞞我。」

她靜默了片刻，輕咬住唇，嘗試著開口：「你也知道我的宿命了，我……」她仍無法親口向他道出若天命不可逆轉，那她可能很快就會離開他，他們根本無法如他所願「再也不分開」。填滿這顆心、令她感到幸福的東西一點一點消散，心臟又變回了可怖地流著血的模樣。

「我知道若一切無法改變，在最後的時刻到來時，妳會如何選擇。」青年微微偏頭，接過了她未說完的話。

她吃驚地看向他。他忽然抬手擋住她的眼，「我其實也有點好奇，」他在她耳邊低語，

「這次妳會為我安排什麼樣的路。」

她僵住了。不曾想起同他的凡緣時，她的確和昭曦議過此事，那時她希望昭曦能在她離開後設法使他服下一念消。可如今，當過往記憶復歸，目睹了三萬年前她那些「為他好」的安排在他身上釀出的惡果，她再不敢自以為是地替他做決定了。這段時日，她忍悲含痛所做的，不過就是十個字——他想要什麼，她便給什麼。

她的唇輕輕顫了顫，「小三郎，你是還在怪我嗎？」

他的手仍擋在她眼前，遮住了她的視線。她抬手握住他的手腕，將他的手移開，眸中含著悔痛，珍惜地看著他，啞聲：「我錯了一次，不會再錯第二次，我不會再不顧你的意願擅自做決定，這一次……由你來告訴我，你希望我怎麼做？」

「我希望妳……」他道，可只說了四個字，他便頓住了，眸中有異色閃過，他忽然別開臉，生硬地轉移了話題，「不用把事情想得太糟，也不一定會有什麼最後時刻。」靜了一瞬，補充道：「況且很多事情都發生了改變，同妳的預知完全不一樣了……」他抬指捏了捏她的耳垂，「所以不用胡思亂想。再則，以一人之命平天地之劫……原本就不算公道。」他停住了，沒再細說，安撫似的輕吻了下她的額角，「這是不該發生的事，我們不用再談這個。」

他的表情控制得很好，是恰到好處的漫不在意，彷彿這並不是什麼大事。但她知道那並不是他的真實情緒。當他說出「我知道妳會如何選擇」和「我希望妳……」時，眼中一閃而逝的是什麼，她看得很清楚，那是黯然、委屈和痛。

她突然意識到，他已認定了他不是她的最重要，他還是覺得她沒那麼愛他，但他沒有辦法，所以他揉碎了自己的驕傲，忍耐地退回到了一個卑微的位置。他在努力地接受他在她心中是次位。

洞明了這一點的剎那，祖媞只覺心臟陣陣抽疼，像是被人拿著刀子反覆切割。

「小三郎，你看著我。」她伸手捧住青年的臉，聲音啞得厲害，「我知道你一直很不安。是那時我未顧及你的意願，一意孤行選擇了將你剝離出我的記憶，才讓你如此不信任我，甚至令你生出心魔。」她忍淚看著他，「你是不是到現在依然覺得，你在我心中並不是最重要的？」

他沉默了。

苦澀湧上心頭，混著心臟處刀割般的痛，令她開口都難，但她知道她必須得將這些話說出口。即便她無法許諾他將來，但至少，他們之間不該再有這種誤會。「若衡量這世間事，只需隨心、從心，那這世上沒有什麼比你對我更重要，」她捧著他的臉，不容他避開視線，「小三郎，這是真話，我沒有撒謊。」

許久，他移開了她的手，平躺在錦枕上，閉上了眼，又過了一會兒，方出聲：「可我對妳來說，不過是一個偶然，不是嗎？」

「偶然？」她不懂他的話，追隨著他半撐起身體，「什麼偶然？」

他睜開眼，抬眸看向她，「寂子敘曾告訴我，三萬三千年前，妳第十六次入凡，也是為了歷情劫，若那一世他未曾行差那一步，最後便該是他教會妳何為愛恨。彼時我雖極力想要否認，卻不知該如何否認。甚至，在妳入凡的第十七世，若非我一意插足，與妳共歷情劫的也不會是我。有時候我會想，我對妳來說，可能也沒什麼特別，我不過是比寂子敘還有季明楓運氣好一點。而妳愛上我，也不過是一個偶然罷了。」

他其實一直在迴避讓自己想起這件事，因這是他心底隱痛，只是稍微觸碰，便會令他失控。此時，他能勉強維持住平靜的容色，得多虧伏靈清心咒結出的心印對現在的他而言還算管用，但他仍感受到了被咒言鎮壓的戾氣衝擊靈府帶給他的陣痛。他皺了皺眉。

聽完他的話，祖媞完全愣住了，「你怎麼會這樣想？你……覺得，沒有你，我便會愛上寂子敘，或是愛上季明楓，與他們渡情劫？」

他的唇抿得平直，沒有回她。

她靜了片刻，忽然笑了，「你應該還記得我曾告訴過你，我小時候一直想成為一個男神吧？」她半趴在他身上，神秘地貼近他耳畔，「小三郎，你知最後我為何會選擇成為一個女神嗎？」

他恍惚憶起來，他的確曾疑惑過這個問題，但後來卻忘了問。他不知她為何會在此時提起這個，但還是配合地回了她一句：「為什麼？」

她察覺到了他的敷衍，但也不以為意。

「是因為你啊。」她輕嘆，左手擦過他的肩，一路向下，握住他的腕，使他的掌攤開，纖指纏繞住他的指，交叉入指縫，與他十指相扣，「我會選擇成為一個女神，是因在成年前，我作了將與你結緣的預知夢。」她將與他相扣的指掌貼到臉側，無血色的頰重泛起紅來，「二十多萬年前，我便在夢中與你相遇了，孤夜裡的那些有關你的長夢，使不懂七情不識六欲的我在一切情感之前，先學會了對你的惦念。你是我所有情感的啟蒙。若木之門打開之際，在我為人族獻祭的前一刻，我仍惦念著早日與你相逢。這樣的你，對我來說，又怎會只是一個偶然呢？」

連宋完全震住了。「……在一切情感之前，先學會了對你的惦念。你是我所有情感的啟蒙。」縈繞在他耳際的這些話，一字一句刻進他的心，使他魂動神搖。

他忽然想起三萬年前祖媞來天欞山為他治傷的那夜。因被她施了術，他腦中關於那一夜的記憶至今仍朦朧不全，但她那時說的話，他隱約還記得一些。「在你還不認識我的時候，我就夢到過你。」她說過這樣的話。他一直不知道這話是什麼意思，這一刻，他終於明白。

過往的、此刻的、她對他說過的所有直白情語一齊湧出憶河，化作一泓暖霧，潛入他的心魂。清霧化雨，澆滅了靈府中的戾氣，雨霧籠住心海，化滅魔障，他似乎能聽到心魔在痛苦地低吟，這是第一次，不是他在痛，而是心魔在痛。

「我從沒有想過……」他想去碰她的臉，碰她說出這些好聽話的唇，可又怕這是個夢，他稍微一動，便會將這夢驚碎。

她看著他，再次笑了，將兩人交握的手抬起來，放到唇邊，輕吻了一下，「第十六世，我的確是去凡世歷情劫，可正因你不在，所以我沒能歷劫成功。你明白嗎，小三郎，你並非偶然，必得是你，才能讓我愛上，才能伴我成功歷劫。若第十七世你不曾出現，那一世我仍會失敗。」她微微偏頭，與他對視，垂眸又吻了吻他的手背，問他：「你怎麼不說話？」

再抬眼時，她愣住了。她看到他的眼眶紅了。

「我只是從不知道……」他低喃，卻又好像不知該說什麼，喃語到一半，停住了，臉上流露出空白的、茫然的神色。

強大的、聰明的、驕傲的、自矜的，總是胸有成竹，彷彿什麼情況都能游刃有餘，什麼時候都能舉重若輕的她的小三郎，卻在此時呈露出了脆弱的、彷彿不能相信這一切的不知所措的模樣。這讓她的心在一瞬間變得很軟，「那你現在知道了。」她溫聲道。頓了頓，又補充了一句：「這都是真的。」

她想要好好地安慰他，甚至想改變兩人的姿勢，將他攬入懷中，可剛撐起上身，便被他握住了腰。握在腰部的手掌帶著不容她移動的力度。他強勢地將她扣在胸前，「想去哪裡？哪裡也不許去。」

用強硬掩藏脆弱的小三郎也很可愛，她失笑，輕聲：「哪裡也不去，只是想親親你。」他猶豫地放開了她一點，她撐住他的肩，很輕地吻了吻他的眼角。

下一刻，她便被他壓倒在了錦褥中。他喜歡掌握主動權，她知道。

她能感受到他的心緒不穩，因他的吻有些失了輕重，其實弄得她有些疼。但她沒有掙扎，只是順從地摟緊了他。疼痛能讓她感到真實，也能讓她更清楚地記住這一刻。她心裡很清楚，他們能如此相擁的時間不多了。不過這一次，至少她清楚地向他傳遞了她的愛，她想，她不該再有遺憾了。

可，她真的沒有遺憾了嗎？

夜風不息，帷帳隨風而動，昏暗的帳中盈滿了白奇楠的冷香和百花的馨香。她閉上了眼，打算什麼都不想，只在這一刻，放縱地沉溺進他給予的溫暖中。

發生在南荒大地上的神魔之戰比預想中激烈。

不死魔軍尚未煉成，為給慶姜爭取時間，樊林領著百萬魔兵搏命頑抗，雖一路潰敗，士氣卻不曾減弱，對神族的每一場抵抗戰皆是血戰，的確拖慢了神族的行軍步伐。不過神族一方前有東南荒之君白真上神和天族太子夜華君領戰，後有東華帝君與三皇子坐鎮，這個陣容也確實不是一個樊林能夠應對，故而他拚死也不過多拖了神族大概半天時間，聯軍仍在三皇子預計的時日內，推進到了郁水的守衛結界前。

從半空俯瞰，夕陽之下，流金的郁水河似一圈神聖的日暈，環繞住包括范林平原、章尾山和靈墟魔宮在內的魔族祖地。當魔軍撤回郁水西岸，赤紅色的古老結界立時自郁水河上升起，似一輪血月，覆蓋住南荒的心臟。鬥志昂揚的神族大軍被阻在這道古老的守衛結界前難能寸進。

不過神族早有準備。

郁水東岸新建的雲台上，帝君以赤金血祭蒼何劍，啟開了專門做來對付這結界的曼陀羅劍陣。

半空中，蒼何劍飲夠赤金血後，身形暴漲至千尺，同時化出一千把分身，圍成一個絕對對稱的曼陀羅圓。巨劍圍成的曼陀羅圓圍在郁水外側，環攬住整個郁水結界。帝君趺坐於雲台上，引天火淬燒仙力，將靈力導入陣中巨劍。蓄滿靈力的千把巨劍齊向結界劈砍，釋盡靈力的暴烈一擊下，天地都為之震顫。

然郁水結界不愧是魔族先祖們布下的結界，遇此摧山坼地的一擊，卻只出現了一點點裂痕。不過這曼陀羅劍陣也並非攻擊一次便了事了。雖然要為這種規模的劍陣重蓄靈力十分不易，且這劍陣只認帝君的靈力，旁人也幫不上忙，但帝君不是一般人，他一個人完全撐得住這劍陣，且只需七個時辰便能為枯竭的劍陣重新蓄滿靈力。因此每隔七個時辰，劍陣中的千把巨劍便能對郁水結界來這麼一擊。

而劍陣歇著時，自有神族軍隊日夜不歇劈刺結界。軍隊的攻擊造成的損壞雖不大，但也給結界施加了壓力，使有恢復能力的守護結界不至於得到喘息時間修復自己。

如此，不過五日，固若金湯的郁水結界便出現了蛛網一般的裂痕。

也是在這夜，被帝君派去妖宮查探祖媞情況的粟及誠惶誠恐地趕回來了。

自粟及處得知了有關祖媞的消息，帝君考慮了下，覺得也是時候找連宋談談了，於是在將需要導給劍陣的靈力淬煉得差不多後，把在雲台下為他護法的連宋找了上來。

「祖媞未跟著我們一道來郁水，你此前說是因她身體有恙，需歇幾日，我就讓粟及回妖宮看了看，怎麼粟及回來告訴我，說是你拿縛仙索把祖媞給鎖起來了，不許她出宮門呢？」重霖遞了張濕棉巾給帝君，帝君一邊用棉巾擦著手一邊問站在他面前的連宋。

天步被連宋留在了妖宮服侍祖媞，故而這些日皆是瑩千夏隨在他身側。瑩千夏心裡咯噔一聲，心道，完了，暴露了。不禁著慌地看向連宋。

三殿下卻一副漫不在意的模樣，只隨意壓了壓手裡的玄扇，那是讓她下去的意思。瑩千夏一邊在心裡嘀咕：「殿下他怎麼還能如此雲淡風輕呢？他是不是病情又加重了？」一邊退下了雲台。

台上只留帝君、他和重霖三人時，三殿下才不緊不慢地回帝君的話：「明知她的宿命是怎樣的，還讓她來，」很輕地嗤笑了一聲，「來做什麼，送死嗎？」

帝君將帕子遞還給重霖，不贊同地道：「可你將她鎖起來，是不是也太極端了？」

夜空中光箭如雨，箭雨落在赤紅的結界上，綻出密集的光點，很危險，卻也很美麗。

三殿下的目光凝落在那箭雨中，忽然另起了一個話題。「我幼時曾在寶月光苑聽老君講道。」他淡淡，「論及何為天道，老君曾言『天地不仁，以萬物為芻狗』，『夫天道無親』。我對天道的最初理解，便是自這兩句話而來——天道非是一種意志，而是一種規律，它對天地萬物一視同仁，全無親疏。孩提時我不曾對天道的意義多做思考，長大後經書翻得多了，倒也理解了老君所參，明白了這世間是需天道維繫的。而天道最完美的呈現，也該是『不仁的、無親的』，否則這世間就很容易亂套，也無法長久地存續。」

帝君頷首，「老君是有智慧的，他關於天道的所參，我也贊同。」

三殿下靜了一瞬，收回遠望的目光，「但在洪荒史的課堂上，當晉文上神講到神、魔、鬼三族爭雄，弱小的人族面臨被滅族的命運，為護人族不滅，少綰、祖媞、謝冥三位女神在天道的指引下，以身合道、以命為祭，終為人族尋得了一條得以存活下去的路時，我雖佩服三位女神的大義，卻也對此產生了不解。」

他轉過身來，看向帝君，「若天道對世間之物皆一視同仁，全無親疏，那天道之下，這世間萬物、包括這世間本身，它們的生存、發展，乃至毀滅，就都當基於它們自己，而非基於天道額外賜福的外力，這才符合天道的法准。所以我一直覺得，若人族無法憑靠自己的力量在這世間立足，那走向沒落與滅亡也是必然，而尊重這種必然，才是遵循無親且公正的天道。讓我難解的是，為何無親的、對世間事物皆無偏愛的天道，會指引三位女神用她們的死，去為人族鋪設一條康莊之道？這難道不是在用特殊的外力干涉這世間的自行發展？這樣的天道，又談什麼不仁、無親呢？」

話到這裡，他感到好笑似的扯了扯唇角，「而被這樣不客觀的天道所規束的世間也有些荒謬。就像是一艘破船，晃晃蕩蕩地行駛在大海中，每當要翻船時，便向海中投祭一個船工，以如此粗暴、野蠻、殘酷的方式來平息風浪，保它繼續航行。我很好奇，若這船始終不能靠自己的力量穿越風浪，需得一次又一次獻祭船工，那這樣的一艘船，它還有存在的必要嗎？」

帝君默了片刻。畢竟趺坐了七個時辰，還是有點累，帝君就給自己化了把椅子。「其實墨淵當年也問過我，需要神魔獻祭才能存續下來的這世間是不是很荒誕。」帝君想了會兒，開口，「那時我回答他說，盤古與父神想要創造的世間，自然不是需靠強人以命為祭才能存續下去的世間。只是若以年齡來論這世間，它不過還是個少年，尚無法自立，稍有不慎便易被毀。或許我、他，包括少綰、祖媞她們，正是為使這世間能自立而生，故而少綰她們的獻祭是必要的。」

然這番話並不能說服三殿下，他頭也沒回，冰冷語聲裡隱含嘲諷，「帝君，我沒猜錯的話，距離墨淵上神問你這問題已過去二十多萬年了吧？二十多萬年過去，當這世間再遇大劫，天道降下的諭示竟仍不是讓它自立、令此世的生靈同心協力去克服劫難，居然還是把所有責任都壓到了一位女神肩上，這難道不荒唐？」

帝君被噎了一下，嘆了口氣，「我也覺得這屬實有點過分了。」見連宋訝異回頭，帝君聳了聳肩，「這麼看我做什麼，我也不覺得天道這諭示合理。」

帝君單手撐著椅子扶臂，「我難道就能忍受二十多萬年後神族仍無寸進，還得靠一位女神以命為祭去平息這世間之劫？若真如此，我與你父君同凡世裡那些拿皇女去和親的軟弱帝王又有何異了？祖媞她已做了她能做的一切，沒必要做更多了，只是她自己無法放棄使命。」話到這裡，帝君想了想，也有些理解三殿下，道：「算了，你將她鎖了也好，也不是什麼大事。」

有一簇格外明亮的金色羽箭襲向結界，與那赤紅結界相觸之時綻出一片耀眼火光。帝君的目光被吸引，凝落在那處，良久，淡緩而沉定地道：「此戰，贏也好輸也罷，皆是神族憑靠己身之力謀得的結果，那結果才是神族應當走向的命運。」

三殿下亦隨著帝君的視線看向那處結界，「是吧。我也認為應當如此。神魔拚死一戰，即便最後是魔族得勝，那也當認可，天道若是無親且公允的，那便不該以超出常識的外力去干涉這結果。或許魔族統御下的世間不及神族掌權時清明，會有大亂，但將來終能以時間孕育出撥亂反正的可能性，那可能性會慢慢壯大，去修正那不義，而到那時，這世間終能再回平寧。不過這一切，都不應當以外力達成，而該源於內因，不是嗎？」

說這番話時，青年一直沒有回頭，帝君抬眼望向他的背影，看了會兒，有點恍惚，好似又回到了水沼澤的道學課上與諸學子辯這世間之道。他那時雖然大半時間都在打瞌睡，但說得有道理的話他睡夢中還是能記住幾句。帝君忽然笑道：「你的道，同墨淵的道很相似，區別只在於開初之時，他對這世間毫無欲念，因此也沒興趣成為它的內因，那時候，有人還曾稱他為游離於那亂世的賢者。」帝君以手支頤，「但我看你……應該是已賭上性命，要去做這世間的內因了。」帝君頓了頓，「你做好了赴死的準備，卻讓祖媞活，」說著挑了挑眉，「這與三萬年前她不顧你的意願擅自幫你安排未來，彷彿也沒什麼不同吧？」

三殿下靜默了稍時。星光與篝火齊落在他眼中，他閉了閉眸，「那就算是我對她的報復吧。」他道，「我們一人一次，也算扯平了。」說著這樣不近人情的話，神色卻是難得的柔和，「修得人格、識得七情後，她一直在為這場劫難奔走，也不曾好好看過這世間。若最後果真……」他停住，許久後，方再次開口，「我希望她能留下來，做點她想做卻沒來得及做的事，比如看看八荒的山海，或者在來年，再賞賞姑嫿的冰綃花。」

夜風拂過雲台，帶來篝火的熾熱。

三殿下說這些話時，語聲裡其實並未流露出什麼情緒。但這樣的話，本身就帶著一種悵然。帝君一時也不知該說什麼，最後輕輕嘆息了一聲，「可能這樣也不錯吧。」

帝君以曼陀羅劍陣圍困郁水結界的第七日，在巨劍的十一次猛擊之下，血月似的郁水結界爬滿了裂紋，只待帝君淬燒天火蓄積靈力，驅使蒼何劍予其最後一擊，神族便能突破郁水，直擊范林平原。

然在曼陀羅劍陣降下最後一擊前，忽有巨力傳導至結界中心，在那巨力加持之下，脆弱不堪的結界居然以肉眼可見的速度彌合了不少，故而曼陀羅劍陣的最後一擊並未能徹底破掉結界，魔族生生又為自己爭取了七個時辰。

隔著一層城垣般的結界，無法確定那巨力來源，但想來也當是出自慶姜。能以一己之力彌合如此強大的結界，雖只彌合了少許，法力也已足夠驚人。神族聯軍自出征之日始，一路行來，所向皆靡，難免也產生了一點驕心，慶姜的這一記反擊恰給了他們當頭一棒。不管別的將領怎麼想，白真上神覺得這是件好事。

第八日凌晨，錚然的劍鳴聲中，第十三道劍擊如怒雷般降下，郁水之上掀起滔天巨浪，護佑了魔族二十多萬年的守衛結界徹底碎裂。

碎裂的結界化作一片紅霧，湮沒入郁水河底。隨著霧氣消散，河對岸之景也逐漸清晰。星月之下，郁水之西黑壓壓一片，幾十萬魔兵貝聯珠貫，列一字陣沿河以待，彷彿就等著這一刻。列在最前排的魔兵們與神族此前遭遇的魔兵很不同，從頭到腳盡覆黑甲，身姿比那些普通魔兵們高大了近一倍。

不及神族再行細觀，對岸忽有鼓聲響起。

伐鼓淵淵，氣吞虹霓，進攻的號令中，幾十萬魔兵呼聲震天，似扇著巨翼的鷹隼，兇猛地朝著神族撲來。

這一夜，兩軍在郁水之上激戰。

三殿下此前所擔憂之事變成了現實。魔族雖僅以五十萬軍隊出戰，但其中有三分之一皆為不死魔兵。可見慶姜抓住最後機會煉成了此軍。而不死魔兵的出現，也意味著這一場神魔大戰終於到了要緊階段。

這局以天下為棋盤的珍瓏棋局至此初現雛形，誰將勝誰將敗，很快便能見分曉了。

神族一方，由擅謀的三殿下執棋。

三殿下坐鎮中軍帳，在大致確認了此戰中不死魔軍的數目後，下令神族擺出芥子須彌陣迎戰。不過此芥子須彌陣比之從前略有不同——陣眼上守陣神將們的兵器皆被五元素合力加持過。這樣的兵器雖也殺不死慶姜的不死魔兵，但能在一定程度上降低他們的戰力。芥子須彌陣原本便是獨步天下難以攻克之陣，如今又做了這番調整，加之神族聯軍兵力充足，對上近二十萬不死魔軍，也未曾落下風。

雙方在郁水上鏖戰一夜，後半夜時，神族攻過郁水，馳入范林平原。進入范林平原後，神族的優勢越發明顯，眼看再打個半日，說不定就能將魔族趕到范林平原以西的湯山，可神族卻在晨星初現之時忽然止戰，退到了百里之外。

魔族不明就裡，一邊抓緊時間休整，一邊派出了斥候打探。當日下午，斥候帶回消息，說神族戛然休戰，乃是因主將突發疾病，無法繼續施令之故。連宋的病慶姜也知道，倒也不疑有他。

這一場戰事就這樣草草結束，兩方各有傷損，最後神族在范林東部紮寨，魔族拒守在范林中部，兩族軍隊隔著半個范林平原遙遙對峙。

魔尊慶姜雖是這場郁水之戰的發起者，但他卻並不在意這一戰的勝負，於他而言，這一戰的主要目的只在於試探神族的實力。慶姜攏共鍛造了六十萬不死魔軍，此戰僅派出了十五萬。不過如他所想，十五萬不死魔軍也已足夠令神族如臨大敵，嚴陣以待了。因神族很快便擺出了芥子須彌陣。

看到那改良後被土、風、光、火、水五元素合力加持過的芥子須彌陣，再聯想到此前祖媞和連宋四處尋覓土靈珠與風靈珠，慶姜完全相信了這改良後的大陣便是神族造來對付他的撒手鐧。而經過一夜揣摩，他自認已摸清了這新陣的虛實。

芥子須彌陣乃疊加的空間陣，內含三千陣眼，三千陣眼蔓生出三千小空間陣，每個小空間陣均有數百名神兵守持。大陣啟動時，守陣神兵圈敵入陣眼領域，以空間陣困敵殺敵，以少勝多，這便是芥子須彌陣的原理。這是慶姜在過往四年中已領悟出的，甚至，他費盡心力鍛造不死魔軍便是為破此陣。

魔族被芥子須彌陣壓制了二十餘萬年，一直無法攻破它，乃因此陣有自我修復之能，若不能一次性搗毀它一半以上的陣眼，是根本傷不了它的。而要搗毀那些陣眼，只有一個辦法，便是殺掉守持在陣眼領域內的所有神兵。陣眼無主，自會傾頹。可問題是，如何在突入重圍、本身就占劣勢的情況下，同時殺掉一千五百個陣眼的數萬名守陣神兵？這對於普通魔兵來說基本上是不可能的事。

不過，他專為破芥子須彌陣而鍛造的這支不死魔軍是死不了的，最耐得住纏鬥，若將六十萬不死魔軍一齊壓上，迅疾衝陣，要搗毀一千五百個陣眼也並非不可能。屆時，自能將神族大軍一網打盡。

如此考慮著的慶姜在七日休整後，果決地將六十萬不死魔軍全線壓上，對神族發起了總攻。

最後一戰，終於開啟了。

范林平原上伐鼓喧天，神族再次以芥子須彌陣迎敵。兩百萬神族軍隊結成的大陣如一隻巨大的蠵龜蟄伏在平原東部，身軀龐大，兼有利齒硬殼，見之令人悚然。一百二十萬魔族軍以魔獸開道，列飛蛇陣進擊，六十萬不死魔軍結成進攻的蛇身，另外六十萬魔族騎兵則結為防守的兩翼。慶姜也第一次出現在了戰場之上，身披赤甲，腳馭鳴蛇，氣勢懾人。

晨星升起之時，兩軍正面交鋒。范林平原上殺聲震天，高昂戰意直衝九霄，將行將西沉的圓月染得赤紅。赤色的月光鋪滿天地，昭示著一場浩大的流血與死亡即將發生。

戰場附近有座小山名浮玉，山雖不高，中有一峰卻可攀雲，名茫頂。帝君與三殿下立於茫頂之上，俯瞰整個戰局。見那長蛇順利地撕咬入蠵龜內部，帝君笑道：「這麼快便將所有不死魔軍收歸一處了，這局棋你下得不錯。」

三殿下亦著目在戰局上，聞言緩聲：「慶姜狡猾、善戰，還謹慎，不過也剛愎自用。這些年一直專注攻克芥子須彌陣，令他陷在了這陣法裡，將芥子須彌陣對神族的作用拔得太高，自然易一葉障目，看不出這改良後的陣法的實力不過是作偽，郁水戰中再多戰半日便會露出馬腳。」唇角略勾了勾，「以芥子須彌陣誘他，再好不過。」

大陣中烽煙四起。殷臨身披銀甲，混在守陣神兵中，專注地觀察著戰況。他、昭曦和霜和自行軍第一日起，便奉祖媞之命效力於白真上神帳下。戰事日趨緊張，祖媞卻未出現，原因是何，他前些日也從粟及那裡搞明白了。被鎖定然不是祖媞之願，作為她的神使，他需立刻趕去妖宮將她帶出來。但他卻未如此。他平生第一次違逆祖媞的意願。

慶姜已領著不死魔軍突破前翼神將們的守衛長驅直入這大陣了。不死魔軍蜂擁而來，是為對抗陣中的十萬守陣神兵。可陣中十萬神兵，只九千乃活人，餘者不過是梵境的悉洛佛幫忙做的人偶罷了，專為引魔兵入甕之用。殷臨的職責，便是在慶姜和不死魔軍盡數入甕後，趁帝君尚未布下兩儀還真陣，尋機以神族聖器救生塔將提前被救生塔刻印的守陣神兵們齊帶離出陣——因兩儀還真陣一旦布下，除非陣破，否則被鎮壓在陣中之人絕無可能逃出。

殷臨緊抿住唇，屏息靜待時機。

陣中忽起颶風，颶風捲起沙石，黃沙模糊住視野，兩族軍士們激烈的拚殺詭異地暫停了一瞬。便在那一剎那，四方天地乍起驚雷，滾滾怒雷中，大陣四圍忽有巨浪拔地而起。不知從何而來的沖天巨浪城垣也似，轉瞬間已將整個芥子須彌陣圍得嚴嚴實實。定睛看，那包圍住大陣的水牆中竟有千隻鯤鵬遨遊。離殷臨最近的那隻鯤鵬他認得，是三殿下養在元極宮花園中的任性的小鯤鵬王。小鯤鵬王用力一擺尾，發出刺耳銳鳴，彷彿是一道號令，千隻鯤鵬齊昂首長鳴。這銳鳴聲於魔族有穿腦之效，不死魔兵們抱頭捂耳，大受折磨，一時戰力全無。這一切皆發生在瞬息之間，慶姜雖不曾被鯤鵬的銳鳴擾亂智識，但一時也沒反應過來。

這強大的操作很是熟悉，潛藏在角落裡的殷臨不禁仰頭，果見血月之下，三皇子白衣翩然立於中天，正抬手收回那以北海寒鐵鍛鑄的戟越槍。

殷臨明白，這便是三皇子為他創造的時機。他立刻打開了救生塔。

便在殷臨攜著救生塔與護符衝出水牆的瞬間，兩儀還真大陣倏然扣下，似一只巨鼎，牢牢罩住了慶姜和他的不死魔軍。

慶姜此時方知自己中計，怒不可遏，立時調用體內的缽頭摩花之力衝陣，然施加在陣體上的巨力卻立刻被消融。慶姜目眥欲裂，不可置信，忽地一躍而起，赤甲的高大身影消失，半空赫然出現一頭赤色的巨蛟。那正是慶姜的本相。

巨蛟仰首，怒嘯不止，邊吼嘯邊噴出亦藍亦紫的雷火。雷火洶洶，直向六十萬不死魔軍而去。原本不畏水淹不懼火燒的不死魔軍竟在這洶洶雷火中速即化灰，只留下道道玄光。玄光聚成光球，被巨蛟猛吞入腹。光球進入蛟腹，巨蛟的鱗片外霎時長出了黑色的鐵甲。那鐵甲鋒芒逼人，覆蓋住整個蛟身，乍看甚為可怖。

六十萬不死魔軍身繫之力，乃慶姜的配刀西皇刃所承負之力。慶姜曾因不堪承受三瓣缽頭摩花瓣的力量，而將體內多餘之力逼出，轉移到西皇刃上。如今，吞噬掉六十萬不死魔軍，那些多餘的創世之力又回到了他體內。不過，他以人身雖無法承受三瓣缽頭摩花瓣之力，在煉製不死魔軍的過程中，卻誤打誤撞探索出了一種以本相承負它們的方法。

此刻，承載了三個凡世力量的巨蛟長嘯一聲，猛地向大陣撞去。這一次，陣體竟出現了幾許裂痕。

巨蛟的豎瞳驀地瞪大，驚喜之餘欲調用創世之力再向陣體撞擊，耳後卻突然傳來風聲。他陡然感到危險，霍地偏頭擺尾，可那迅似流光自他右後側襲來的一擊，卻彷彿連他偏頭的幅度都計算過。長槍徑直釘入眼中，右眼一陣劇痛，他失控地斥吼，張口噴出數道可蝕一切的雷火。然給了他如此一擊的來犯者速度極快，後躍數丈避過雷火，懸立於半空，竟是毫髮未傷。

右眼一片血紅，未被血污所染的左眼清晰倒映出青年的模樣，居然是天君膝下的毛頭小子。慶姜氣得要死，幾乎將牙咬碎，「齷猾小兒，偷襲可算不得磊落！」

青年淡淡，「兩軍交鋒，善謀者勝。」

慶姜忽然大笑，「本座知你擅謀，可這陣法進來了便出不去，在這無處可逃的陣法中，你面對的是不可能被殺死的、法力遠高於你的本座。本座倒想看看，你要如何靠智謀得勝，從本座手裡留下一命！」

青年沒回答他，右手一翻，收回長槍，縱身一躍，亦化出本相。

連宋比慶姜更清楚入此陣後，他將面臨怎樣的境況。他沒想過要活著出去，但進來也並非為了找死。此前他也想過，或許兩儀還真陣困不住慶姜。如今的境況其實比他擔憂的好上許多，至少，若能將慶姜體內的不死魔軍之力耗盡，這陣是能鎮壓住他的。他進來便是為此。白真、夜華及姑嫿的幾個神使正領軍追擊未入陣的魔軍，帝君正專注地補綴著被慶姜撞出的陣法裂紋，他是最適宜入陣之人。

身負三瓣缽頭摩花之力的慶姜，連帝君亦奈何不了他，若讓他裂陣而出，後果不堪設想。慶姜會對這世間造成何種破壞，他內心其實是淡然以視的，因他信奉的本就是順其自然之道。但祖媞一定不願見到那樣的事發生，既然祖媞不願看到，他便絕不能容慶姜破陣而出。

慶姜問他要如何謀，如何勝。殺死慶姜才算勝嗎？他擁有的最合他意的一項能力，是無論在何種情況下皆能冷靜考量所有，做出最利於當下的判斷。即便如今體內還殘留著心魔，只要事不涉祖媞，他亦能保持絕對冷靜。此刻，最利於當下的決斷，並非拚死殺掉慶姜，這既不可能，他也做不到。但拚死耗盡慶姜體內的不死魔軍之力，他是能做到的。只是，他邁向死地的這條路，需要極慎重的規劃。如何引慶姜在攻擊他的過程中按照他的意願釋出足夠多的缽頭摩花之力，卻又不會使慶姜察覺，也需做一些細緻的設計。慶姜問他在如此極限的情況下當如何謀略。真正擅謀之人在任何時候，都是能謀的。

陣內狂風驟起，銀龍長吟一聲，銳利的龍爪撕破狂風，徑向赤蛟襲去。

祖媞趕到時，平原上血月正當空，銀龍與赤蛟已纏鬥了七個時辰，雙方皆是傷痕累累。巨蛟一口咬在銀龍脖頸處，銀龍亦不甘示弱，利爪深深刺入蛟身，一邊鉗制赤蛟，一邊用力甩動龍頭，試圖擺脫巨蛟的撕咬。

但好不容易襲到了銀龍的致命處，赤蛟豈願輕易放棄，不顧龍爪對蛟身的撕扯，更加用力撕咬龍頸，獠牙利齒很快穿透了龍頸處的皮肉。銀龍豎瞳微閃，忽然放棄了掙動，周身迅速泛起一層銀光。那銀光珵亮，同時覆住近處的巨蛟。赤蛟突地仰天嘶吼。明明是他正對銀龍施以致命一擊，這一幕卻像是他在承受著比銀龍更巨大的痛苦。銀光忽明忽滅，赤蛟在明滅的銀光中不住震顫。經歷了十七次閃滅，銀光終於消失，蛟身上那些鋒利的黑甲也在銀光消失那一刻整齊地剝落。赤蛟再次痛吼，不得已放開銀龍。

祖媞不顧東華的攔阻衝入陣中時，所見正是銀龍墜天的一幕。

她不顧一切地飛撲過去，護體的金光似一張溫暖的毯，承接住從半空中落下的神龍。神龍琥珀色的豎瞳勉力睜了睜，映出她搖搖欲墜的身影和慘無血色的臉。接著，那美麗的、幽泉一般的眼緩緩閉上了。

就在神龍閉眼的那一刻，承托著他的金光亦不穩。

祖媞抱著他一起摔到了地上。

陣頂之上，巨蛟勉力忍住痛苦，抓住擺脫銀龍的時機，聚力再次向陣體撞去。但這一次，大陣卻是紋絲不動，反是巨蛟不耐衝力摔落在地，化為人形。

不受控制地化為人形，只能是因汲入的不死魔軍之力被耗盡了。慶姜不可置信地看著自己的手，騰身再化蛟形撞擊陣體，可無論再撞擊幾次，陣體兀自巋然不動。

慶姜突然明白了一切，目光如電，刺向墜落在地的銀龍，磨牙切齒，「原來這才是你的打算！」意識到自己將被永鎮於這陣中，慶姜豈能甘願，眸中燃起烈焰，忽地騰至陣頂，目光睥睨地掃過陣內的祖媞和陣外的東華，「想將本座永囚於這陣法中？你們作夢！與其如此，不如大家一起死，令這八荒為我陪葬！」說著探手徑入胸腔，取出元神靈珠，猙笑著直視陣外難得面現憂色的東華帝君，「不妨猜猜看，若本座以十成法力爆毀這顆承載著一整個凡世之力的靈珠，這世間將如何？」

這世間將至少被毀掉一半。

血月的紅光鋪照在大陣之上。祖媞跪在已無氣息的銀龍身旁，仰頭看向發狂的慶姜。到了這一刻，她的心反而變得十分平靜。她知慶姜並非真的那麼悍然不顧，不過以此威脅東華，以逼他親手毀掉這陣，放他出去。可若真將他放出來，東華是否能制住他？而若無人能制住慶姜，這世間又將如何？該做怎樣的選擇才是對？

她很清楚，無論做哪一種選擇，都不會有好結果。既是如此，又何必做選擇？

祖媞收回視線，抬手撫上銀龍閉合的眼，啞聲輕語：「小三郎，你我都想更改這結局，可，這結局原來是不可改變的。」一滴淚沿著她的眼尾落下，但僅是一滴。她低頭在銀龍美麗的銀色眼睫上留下了一吻，而後站起了身。

星芒般的金色光點自她裙邊浮現，一把巨弓出現在了她手中。那是比懷恕弓還要巨大的一張弓，通體雪白，隱泛玉澤，弓身並無華飾，僅弓臂上刻滿了代表時間的宙字紋。

慶姜的注意力全然聚集在陣外的東華身上，並未注意到陣內這一隅發生了什麼。

祖媞抬手，舉弓。

拉動弓弦之前，她垂眸再望了一眼身側的銀龍。

弦動，弓鳴，鳴聲獵獵。

聞得獵獵弓鳴聲，慶姜方有知覺，他倏地垂頭，望向聲音來處，待看清祖媞手中的無箭之弓，神色一滯，臉上出現了異常驚恐的表情。他立刻衝向祖媞，似想阻止她。他的動作很快，轉瞬便來到祖媞面前，五指成爪，像是想要奪弓，又像是想傷害持弓之人。祖媞靜立在原地，未動，亦未躲。她知道他什麼都做不了。因為來不及。

在慶姜的指快要觸到祖媞的衣袖時，雪弓忽爆出金光，那光似涵蓋了千萬種色彩，極為奪目。慶姜眼睜睜看著自己的五指、手臂和身軀次第消失，恐慌的表情還來不及收束，整個人便泯滅在了金光之中。

這威力無匹的無箭巨弓正是從不曾現世的上善無極弓。世間傳聞上善無極弓乃光神以孕育自己的原初神光打造。此弓的確是自原初神光中來，但卻並非祖媞的造物。它同她一齊降臨這世間，可說是她的兄弟，亦可說是她的姐妹。它與她的元神共存。此弓不能隨意現世，是因它只有一個作用，便是回溯時光。拉響一次弓弦，這宇宙時空便可倒退四萬年。上善無極弓唯光神可召，可用。不過光神用盡靈力，以元神做祭，一生也只可催動一次此弓。

祖媞面無表情地站在上善無極弓迸出的金光正中，在慶姜消失之時，忽然抬起頭來，望向天上的血月。金光漫出大陣，迅速覆蓋住整個世間。血月消失。

一千四百六十萬個日昇月落於瞬息之間完成。

時光遽然倒退。

金光消弭之際，血流成河的范林平原上再無硝煙與戰火。郁水悠悠流淌，河西沃野千里，魔族少年們腳馭可在原野和山林馳騁的龍魚，正互相追逐著無憂地笑鬧。

這是四萬年前。

四萬年前，慶姜還被困在父神的陣法中未曾甦醒。

虛無之境裡鎮壓慶姜的陣法前忽有微光出現，那微光閃爍了一小會兒，從中走出了一個蒼白的仙魂，正是祖媞。

靠著執念留下了一點魂魄的祖媞以靈體之姿，很容易便進入了父神的法陣，用盡最後的靈力將三片缽頭摩花瓣逼出因被大陣鎮壓了二十萬年而格外虛弱的慶姜的身體後，她很輕易地結束掉了沉睡的慶姜的性命。

慶姜殞命，父神的法陣自行消失，祖媞感到很累，她以為她會很快消散，但她沒有。昏星升起時，她暈倒在了虛無之境裡。

似醒非醒中，她感到時光的長河溫柔地流淌過她的魂體。她像是做了一個夢。在夢裡，她看到被上善無極弓回溯的時光靜止在四萬年前的某一日。當慶姜殞命時，時間的車輪方吱呀著啟動，再次前行。而在重新開啟的這一段時光旅程中，不再有慶姜，也不再有她——他們都在時光靜止那一日死去了。

她看到了其他人的人生。

這一次，長依仍死在了鎖妖塔下，但不知為何，連宋卻並未去斂她的氣息為她鑄魂。他也未再去過凡世。

那凡世裡，沒了凡人紅玉，也沒了凡人成玉。

她已死去，在她的事先安排下，隨著她的逝去，神使們除了昭曦，餘者皆陷入了沉睡。

但凡世裡的姚黃、梨響等花妖，卻還在傻傻地等著她入凡，好護她進行第十六次轉世。

在八荒裡，她也不曾復歸為小祖媞，因此當那惡蛟圩苜作亂時，去空桑山伏蛟的人不再是夜華，而變成了連宋，故而夜華和白淺也未曾那麼早相遇。

商珀仍無知無覺地做著他的守樹神君。瑟珈也仍被悔痛困在混沌荒漠裡。

她想去改變這一切，可她虛弱得連一根手指也抬不起來。

她努力地掙扎，最後卻失去了意識。

她不知自己是何時清醒的。她也不知她所看到的那一切是不是夢。魂魄是無法作夢的。可若那不是夢，又是什麼？

當意識徹底回籠後，她才發現周遭景物大變，身處之地竟已不是虛無之境的大吉祥樹下，而是息心殿。

息心殿。連宋的寢殿。

這似乎是很尋常的一個秋夜，天步站在殿外，正輕聲吩咐一個小宮婢，「殿下已睡著了，這解酒湯用不著了，妳端下去吧。」

兩人就在她的眼前，卻看不見她。這不應當，便她只是一縷魂，以天步的修為，也當是能看見她的。或許如今的她連魂魄都算不上，只是一縷意識。

但不管她是什麼，她很確切地知曉，她已快要消失了。這次的感覺很確定。

她不知她為何能來到這裡，或許是因執念太深，故而意識被牽引到了此地。

無論是因何故，能在消散之前再看一眼所愛之人，上天對她還不算太殘酷。

殿內並無什麼改變。

東牆景窗外的欒樹依舊那麼有生機，繁花堆滿樹冠，似一捧璀璨的晚霞燃燒在這靜夜裡。

她緩步走近離景窗不遠的雲床。

果如天步所說，連宋已睡熟了。

青年側枕著錦枕，雲被只蓋到腰間，長髮凌亂地鋪散在被褥中，一副懶散模樣，明衣偏又穿得嚴整，顯出一種矛盾的風流。是她熟悉的模樣。熟悉得令她幾乎要落淚。

她坐在床邊，手撫上青年胸口。其實她並不能感受到他的心跳。因她根本無法觸到他的胸膛。可她能看出他呼吸綿長，胸腔在勻稱地起伏。他再不是無聲無息的。這真好。

「小三郎。」她低聲喚他。他沒有回應。但她並不在乎。「最後的時刻，和你說點什麼才好呢。」靜了一瞬，她道：「在這段新的時光中，你不曾與我相遇，也不曾愛過我。我其實有點難過。」

她輕輕嘆了口氣，「但再來一次，我還是會這麼做。」

她知道他聽不見她的話，一個人說話其實挺傻的，但這是最後一次同他親密言談了，她捨不得讓他們的最後充滿沉默。

她靠近他，隔空輕撫他眉眼，「其實你不記得我也好，否則又要怪我丟下你。

「但這次，我不是故意的。」

她輕聲地，絮絮地，「拉響弓弦那一刻，我沒有想什麼使命、職責，也沒有想什麼道義。我只是遵從了本能。

「可能人就是有那種可貴的本能吧。保護所愛。

「其實我很早就見過這種本能，地動來時護著幼子的母親，大疫之下捨身救母的兒女。只是那時理解不深。

「我想保護你，也想保護這世間，這是我的本能。人，真是神奇，竟有這樣一種本能。而我居然能像一個人一樣，擁有這樣的本能。」

還想繼續說來著，耳邊卻驀地響起了三道鐘聲。這是為她送行的鐘聲。她曾聽過一次。在二十多萬年前她為人族獻祭的時刻。

她愣了愣，止住了語聲，想最後握一下他的手。小心地探出指，隔空覆上他的手背，慢慢觸上去，可仍沒能握住。

「小三郎。」她的聲音忽然啞了，「我要走了。」

沒有時間讓她說更多的話了，她的唇顫了顫，「我愛你。

「希望能再會。」

秋風拂進來。連宋突然驚醒了。他覺得自己好似作了一個夢，夢中有誰伏在他床前喁喁低語。可待要回憶，腦中卻又一片空茫，什麼也回憶不出。

他皺了皺眉，看向床前。

床前什麼也沒有。

只足踏前留著一朵半枯的欒樹花。

——肆・完

國家圖書館出版品預行編目資料

三生三世步生蓮（肆）永生花 / 唐七 著.
--初版.--臺北市：平裝本. 2024.10
面；公分（平裝本叢書；第0561種）
（☆小說；19）
ISBN 978-626-98783-6-9（平裝）

857.7　　113014285

平裝本叢書第 0561 種
☆小說 19

三生三世步生蓮
（肆）永生花

作　　者—唐　七
發 行 人—平　雲
出版發行—平裝本出版有限公司
台北市敦化北路120巷50號
電話◎02-27168888
郵撥帳號◎18999606號
皇冠出版社(香港)有限公司
香港銅鑼灣道180號百樂商業中心
19字樓1903室
電話◎2529-1778　傳真◎2527-0904
總 編 輯—許婷婷
執行主編—平　靜
責任編輯—張懿祥
美術設計—單　宇
行銷企劃—鄭雅方
著作完成日期—2024年5月
初版一刷日期—2024年10月

法律顧問—王惠光律師

讀者服務傳真專線◎02-27150507
電腦編號◎541019
ISBN◎978-626-98783-6-9
Printed in Taiwan
本書定價◎新台幣380元/港幣127元

今朝昨日
三生三世步生蓮・番外
唐七
著

01.

八荒曆九月二十七日。

暮秋。

子夜。

亥時正。

倒退了四萬年的時光車輪在靜止稍時後，於這一刻重啟。金輪轔轔向前，駛向了一條未知的、有別於從前的路。不過天地間並無人發現這個秘密，因回到從前的人們不會再保有被刪抹的時空的記憶，除了光神祖媞。可光神已死去。

所以，於這四海八荒的神、魔、鬼、妖而言，這別具意義的時光重啟的一日，不過就是個普通得不能再普通的暮秋日罷了。大家也沒有意識到，他們手中正做著的事，其實在此前那個時空的四萬年前已被他們做過一遍了。

連宋亦沒有意識到。

時光之輪改移方向的那一刻，三萬餘歲，還是個少年的三殿下正屈膝坐在息心殿的景窗前翻一本佛法書。

景窗外新種了一棵俊秀的小欒樹，是他前些日從南荒的塗山移栽而來。

天邊傳來雷聲，今夜恐有雨。三殿下合上書，手輕抬，為小欒樹加了個雨棚，而後關上窗，放好書，向寢殿深處的雲床走去。他有些睏了。

秋雨綿綿。三殿下在纏綿的雨聲中睡去。

對於忘記了一切的他而言，今夜並無什麼特別，很尋常。尋常得甚至有些無趣。

02.

光陰若水，匆匆流逝，斗轉星移寒來暑往間，近萬年過去。這個萬年裡，天地格局並無更改，彷彿一切只是舊日重來。變得面目全非、截然不同於從前的，只是些與這宇宙洪荒相比甚為渺小的東西，比如，一些人的命運。

照時間排序，這些人，當從追隨祖媞的神使和花妖們說起。

祖媞逝去的剎那，沉睡在凡世的霜和、雪意與清醒待在南荒的殷臨一起，被原初之光送回了姑嫞。在進入觀南室的瞬間，殷臨同雪意、霜和一般，陷進了不知甦醒之期的沉眠，故而在接下來的萬年裡，並無人前往凡世指引以護持花主修行為使命的姚黃、梨響等花妖。花妖們未等來他們的花主臨世，雖百般不解，卻也無計可施，只能一邊修行，一邊繼續寂寥地等待。

再是寂子敘。

祖媞既逝，自不可能再入凡轉世，是故雙親離世後於昊天門中艱難求存的寂子敘並未遇到救他出苦海的紅玉師叔。在同門欺辱中長大的寂子敘於百歲時偶得奇緣，解開了體內的妖力封印，而後苦修千年，終踏破虛空得道飛昇。在飛昇的那一刻，他恢復了關乎自身身世的記憶，是以未前往九重天聽封，而是回到了豐沮玉門，接任了聖山守山人之職。重來一世的寂子敘不曾愛過什麼人，凡世經歷於他不過一段不重要的旅途風景，並未在他的人生裡留下什麼刻印。而從前與他糾纏頗深的溫宓、溫芙兄妹，也不再同他的人生有交集。他們一生都不曾遇到過他。溫芙早亡，溫宓則終老在了棲雲秘境。

此外，長依的人生也發生了一些改變。

長依將殷臨視作幼弟。殷臨突然消失，令長依痛苦了很久。她找了他兩千年，但一絲線索也未尋得，最後不得不含悲放棄。沒了殷臨照應，長依經常遇險，在南荒生活得很艱難。最危險的一次，是她為採靈藥誤闖了雙翼虎的七幽洞，被發怒的猛虎重創。無殷臨前來搭救，她雖憑著機智與運氣逃出了七幽洞，但也受了重傷。這一次，需以神族的白澤為質，輔以三十六天無妄海邊生長的西茸草，以老君的八卦爐煉丹，連服靈丹三百年的人，變成了她自己。

仍是在清羅君張羅的酒宴上，長依與連宋初見。與被刪抹的時空裡一模一樣的場景重現在西風山斷崖上的小院裡。重重燭光裡，長依微微抬頭，看向緩步而來的青年，輕聲喚出青年的尊號：「三殿下。」連宋的目光淡淡掃過她，漫不經心地道出了她的身分：「長依。」事情的發展同從前別無二致，唯一不同的是，這一次，因身負內傷之故，長依那張美麗的臉在深深淺淺的燭光映照下，顯得很是病弱蒼白。

而後，便是在天族平亂的北荒戰場上，長依再次遇到連宋。擅製草藥的她無意間救下了連宋麾下數名將士，連宋因此欠了她一份人情。這些事也同那個時空裡一毫不差。但這一次，卻非是長依主動向連宋求取成仙之道。為救殷臨，她能厚著臉皮挾恩圖報，要求連宋助她成仙，為救自己，她卻做不到這樣不知恥。當連宋問她想要他如何回報她時，她只向他求了七十年的白澤和西茸草。

還是把玩著軍令牌的三殿下主動為她考慮到了，「若妳仍作為妖生活在南荒，便是給妳這兩樣寶物，妳也未必守得住。」三殿下將軍令牌放進令筒中，微微一笑，「不如本君助妳成仙。證得仙果，登上九天，不提白澤和西茸草俯拾即是，便是妳同樣也很需要的老君的八卦爐，也是唾手可得，如此豈不更好？」

她驚訝地看向青年，「三殿下怎知我亦需八卦爐……」話到此處微微一頓，苦笑道：「是了，三殿下神機妙算，又豈會猜不到。」

連宋會助長依登仙，一則是為還恩於她，另一則，是他覺著令一株被整個南荒魔族們低視、根本不能開花的紅蓮成仙，還怪有趣的。三殿下仍是那個恣意妄為的三殿下。不過倒也多虧了他的恣意妄為，使得已然偏向、朝著默然隕滅而去的長依的命途回到了正軌。

不久後，長依成功登仙，做了這新神紀的花主。長依在位的七百多年裡，所造功德澤被八荒四海，惠及六界蒼生。她是萬人稱頌的花主。然就算時光重來一次，她仍只做了七百二十年的花主——七百二十年後，她重蹈覆轍，為助桑籍救少辛而殞身在了鎖妖塔。彷彿這結局是她逃不開也躲不過的宿命。

在她臨終時，連宋去到了她身邊，送了她最後一程。在青年蹲身至她身前，皺眉道出「我不過離開幾日，妳就把自己搞得這樣狼狽」時，她的眼角流下了似血的淚。她鼓起勇氣握住了青年的手，說出了那句話：「若有來生……三殿下……若有來生……」可即便時光復來，她仍未能將這句話完成。開遍二十七天的紅蓮瞬然凋零，她也永遠閉上了眼睛。

連宋垂眸看了她好一會兒，低聲嘆了句：「若有來生，妳當如何呢，長依。」

三殿下是真的很好奇，若有來生，她是否還會繼續對桑籍至死不渝。她剛剛死去，若散半身修為斂她一口氣息，而後以結魄燈為她結魄造魂，是有可能救活她的。這雖有違九天仙律，一旦他這樣做了，必將受到懲罰，但那懲罰他也不是承受不起。

他很快做出了決定。然當他抬手結印，打算收集長依的氣息時，卻忽有不祥之感襲來。結印的指驀地麻痺，彷彿在告誡他，救活長依並非明智之舉。過去萬年裡，他曾有過好幾次類似經歷。他也試過無視那些預感一意孤行，結果便是不僅想做之事難能做成，還迎來了加倍糟糕的結局。如今，他已無法忽視這不祥的預示，因此他頓住了結印的手。最終，他只是收殮了長依的仙身。

重來一次，在長依殞身鎖妖塔時，三殿下做出了不一樣的選擇，於是從這一刻起，許多人的人生都被改變了。

連宋未救長依，自然，二十八年後，他也未再入凡。

那一年，熙朝的連貴妃生下了一位公主，小公主仍被起名為煙瀾，可此煙瀾已非彼煙瀾。這位煙瀾公主不再天生腿疾，也不再有繪出天上宮闕的能力，她只是一個健康的普通凡人公主。而靜安王夫婦則終生無子。他們並未在同年誕下一個名叫成玉的小郡主，故而平安城裡也未再建起一座蓄滿花妖的十層高樓。

這一世，轉世成為季明楓的昭曦不曾遇到成玉和連宋，因此他也不曾提前甦醒。在平穩走完季明楓的一生後，他再次入了輪迴。而因連宋不曾下界，當大熙和北衛爆發戰爭時，出征的也不再是大將軍了——天子成筠選擇了御駕親征。十八歲的煙瀾公主為和親遠嫁烏儺素，大熙同烏儺素結盟，最終將北衛擊退。

時光悠悠走過萬年，無論是在四海八荒神仙世界，還是在八荒之外的十億凡世，世事的發展皆無不合理之處，因此仍無人發現這是重來了一遍的時空。

那是在長依死後的第三十二年。

這一年，元極宮景窗外的那棵欒樹已長得很是高大，並在入秋時開了它有生以來的第一樹花。

三殿下坐在樹下翻一本史書。

天君近日又有修史之意，晉文上神忙不過來，便將提修撰意見一事託給了學識不俗但總是很閒的三殿下。

擬寫修撰意見前，得將現有史冊拉通過一遍。三殿下這幾日便是在幹這事。

今日他正好翻到新舊神紀相交這段史，讀到祖媞神獻祭混沌、助人族在凡世定居一節時，見左側配圖中祖媞的背影小像很是雍容，心底忽生出一種違和感，竟莫名覺得那背影不該如此。

長指無意識撫壓過畫中小像，三殿下愣了一會兒，不能明白自己為何會生出這樣的想法，好笑地搖了搖頭，很快將那一頁翻了過去。

03.

烏飛兔走，暮去朝來，時光的金輪自在向前，緩緩又馳了三萬年。

近日，九重天上有兩樁奇聞令熱衷八卦的小仙們議論不休。

其中一樁，是以見素抱樸、少私寡欲聞名九天的商珀神君竟家門不幸，養出了個強占良家女的孽子。說被商珀神君那孽子虞英仙君強占的女妖笛姬，乃是太晨宮的知鶴公主自南荒帶上天的。知鶴公主甚喜笛姬吹笛，向來疼愛笛姬。得知虞英仙君強迫笛姬致其有孕後怕事情敗露，竟對笛姬痛下殺手，暴脾氣的知鶴公主氣炸了，盛怒之下將虞英仙君連同教子無方的商珀神君一同告上了凌霄殿。笛姬的屍體橫陳在凌霄殿前，旁邊還擺著她遺下的指控虞英的血書，證據確鑿，天君想給商珀神君面子也給不了。虞英仙君最終落得個被剝奪仙籍、罰入下界的下場；商珀神君也被責令閉門思過。

讓小仙們津津樂道的另一樁奇聞遠沒虞英之案跌宕血腥，但它在九重天攪起的風浪卻絲毫不遜於前者。可能主要是因這事涉及三皇子，而眾所周知，如今九重天三十六層天有十二層的仙都是三皇子的擁躉，另外二十四層的是東華帝君和太子夜華的。總之，這樁令大家無法平靜的事簡單來說是這樣的——妖君為親近天族，請求與天族聯姻，天君接受了妖君的示好，將妖君敬獻的小女兒若茄公主指給了三皇子做側妃。而風流不羈彷彿不會為任何人停留的三殿下竟然也沒反對，兩月後的九月初八，這二人便將完婚。

元極宮將迎入正兒八經的側妃的消息一經傳出，九重天上的路況突然便艱難了起來，隨便走個三五步就能踩到一顆破碎的芳心。

知鶴公主一心愛慕她義兄東華帝君，對連宋納妃這事並不感興趣，但她偶然聽說了一個傳聞，很是詫異，於是趁著妖族郡主瑩千夏上天時將人拉到了一旁，「我怎麼聽我義兄說，妖君最初是想讓妳來同咱們天族聯姻的？為何最後又換成了妳那堂妹呢？」

瑩千夏搖了搖頭，「唉，太可怕了。」

知鶴莫名其妙，「什麼太可怕了？」

瑩千夏找了個凳子坐下來，「君上捨不得若茄，的確打算送我來，但不知若茄從哪兒打聽到天君有意令我入元極宮，哭哭啼啼地找君上鬧，要代我來。我們才知道她竟然一直愛慕著三皇子。唉，可怕。」

知鶴還是不能理解這事可怕在何處，兩人面面相覷。

瑩千夏困惑地看向知鶴，「瑩若茄她對三皇子居然是真心的，因為真心，才想求嫁，這還不可怕？據我所知，入元極宮的那些神女，最後全身而退的都是不走心的，真心的都沒好下場吧。」

知鶴沉默了少時，「妳這聽著不像在說連三的好話。我記得妳不是也有一幅他的《細梁河受降圖》摹本嗎，我還以為妳也很欣賞他呢。」

瑩千夏從袖子裡掏出本冊子，啪嗒一聲打開。知鶴湊過去，一頁頁翻閱冊子，只見這厚厚一本冊子裡不僅收錄了三皇子《細梁河受降圖》，還收錄了太子夜華《練劍圖》、帝君《品茶圖》、黑冥主謝孤栦《出冥司圖》……總之八荒有名的美男子基本都能在這本圖冊裡找到。知鶴一時不知該說什麼好。

瑩千夏珍惜地收好圖冊，「我平等地欣賞他們每一個人。自然，三殿下我也是欣賞的，但這不妨礙我覺得真心喜歡他不會有好下場。」

她揉了揉眉心，「雖然大多數時候我都覺得瑩若茄很煩，傻白甜一個，一天到晚淨闖禍，但懷抱著真心和期許嫁給三殿下……」她嘆了口氣，「這也太慘了，我是真的覺得她罪不至此。」

知鶴看著瑩千夏，深覺她竟是一個難得的清醒之人，眼神裡充滿了佩服。

二人說話之地不算很荒僻，就在一十三天西北角的一個小竹林中。帝君和三殿下正好路過。帝君的目光在瑩千夏的背影上停留了一會兒，待走過那片竹林，回頭戲謔向連宋，「妳那側妃的堂姐對你的評價可不算太高。」

三殿下不以為意，「她也不算說錯了。」

帝君將三殿下領到近來他偏愛的一個小亭中，設下靜音咒，又化了張茶席出來，「說起來，粟及還和重霖打了賭。」帝君向東而坐，一面擺弄茶具煮茶，一面閒閒道：「粟及賭你絕不會接受這樁婚事，道你為仙恣意，最不耐被束縛。」帝君笑了笑，「看來他雖跟了你兩萬年，卻還是不夠瞭解你。你心內一片荒漠，娶不娶親，你難道在乎？」

三殿下倚坐在對面選茶杯，他看中了兩只黑釉盞，正在對比兩只茶盞的釉色，「自帝君從天地共主的位置上退下來還政於各族至今，已有十來萬年。這十來萬年裡，魔族七君並立，各自為政，互相牽制。七君的實力都差不多，若無強人橫空出世，魔族要想從一分為七的狀態走向統一，基本不可能。瑩流風應該也是看清了這一點，知魔族很難再現舊日輝煌，為整個妖族的前程計，才會在這個時候向天族求親近。瑩流風主動示好，父君沒理由拒絕，令瑩流風之女入元極宮，也算是給妖族一顆定心丸。父君許多事上縱容我，我自也當回報他。」

懶緩地說完這番話，三殿下將右手邊的茶盞挑出來，放在烏金石茶盤上，沒什麼含意地笑了笑，「如帝君所言，我心內一片荒漠，的確不在乎婚姻，將婚事送給父君他老人家做弄權的籌碼，我無所謂。」

「弄權。你用詞很精妙啊。」帝君提著沙銚淋壺，「你用詞這麼精妙你父君知道嗎？」

三殿下聳了聳肩，「他還是不要知道得好吧。」他背靠著亭柱，懶懶把玩著未被他選中的那只黑釉盞，「不過帝君特地召我來此處，總不至於單純是為了關心我納妃之事吧？」

帝君看了他一眼，「我像是有那麼閒？」說完這話帝君自己先愣了愣，回想了下自己這十多萬年來的養老生活，他沉默了片刻，「哦，我好像是挺閒的。不過今日找你，也的確是有件要事。」

三殿下長這麼大，就沒見過帝君覺得這天地間有什麼事是要緊的，聞言不禁來了點興趣，收了漫不經心的坐姿，稍稍坐正了。

帝君將分好的茶遞給他，「關於『八荒中的神、魔、鬼、妖四族生靈入凡，若於凡世施術，將被所施之術反噬』及『八荒生靈，對人族心存惡意者，不得通過若木之門』這兩條法咒，你瞭解多少？」

帝君沏的這壺茶是老白茶，茶湯澄透，荷香芳馥。三殿下接過茶盞，置於鼻端聞了聞香，「我記得是三萬年前，在凌霄殿的朝會上，有入凡的蘭台司仙君呈報，說自某一日開始，入凡的神魔鬼妖在凡間施術便會遭到反噬，也不知是何緣故。天君聞聽此奏，亦是一頭霧水，後來是帝君你派重霖通知天君，說那是你為保護凡人立了條法咒。之後沒過兩天，又有司門司仙君呈報，說不知若木之門出了什麼問題，忽然就有好些妖魔無法再通過若木之門去往凡世。天君令刑司協助司門司查探此事，發現那些妖魔竟有一共通之處，便是都曾傷過凡人。正當滿朝上下對此議論紛紛時，又是帝君你匆匆從悉洛佛的法會上趕了回來，說那是你為護人族而對這世間立下的又一條法咒。」

話到此處，三殿下微微挑眉，「我那時還在想，凡世也沒發生什麼大事，怎麼帝君突然就對凡人如此上心。」他轉著茶杯，忽而一笑，「如今看來，那兩條法咒，其實並非帝君你立下的吧？」

所以說帝君看重三殿下也不是沒有理由。論聞音知意九重天沒人比得過三殿下，和他說話最是省心。

不過三殿下此番猜的也不全對。帝君言簡意賅地幫他做了下糾正和補充：「後一條不是我立下的，前一條是。當日騙八荒說這兩條法咒都是我立的，是為了不節外生枝。」

帝君吹了吹有些燙的茶湯，「不過，雖然透過對咒言痕跡的查探，能確定前面那條法咒出自我之口，但我卻並無印象自己曾為世間施過此咒。」他抿了一口茶，「而我探過自己的記憶，我的憶河也不曾被人動過。」

帝君這話說得忒簡，同打啞謎也差不了多少，尋常人根本就聽不懂，不過三殿下畢竟不是尋常人，他幾乎立刻領悟到了帝君的意思。「這……有些離奇。」他難以相信地低語。

帝君默了默，放下茶杯，「是離奇，可若不從時光回溯的角度考慮，便無法解釋那兩條法咒的存在。」

鎮厄扇叩在茶案邊緣，發出嗒的一聲響，三殿下捏了捏眉心，「果然是時光回溯啊。」

帝君嗯了一聲，難得地展開說了兩句：「你也當知曉，法咒這種咒言一旦被立下，除非施咒者主動將其撤銷，否則無論發生何事，它為這世間刻下的規則都仍適用於這世間。所以三萬年前，當我和悉洛商討此事時，我們都傾向於這兩條法咒會憑空出現，是因時光被回溯了。」

三殿下仍捏著眉心，「有回溯時光之力，又能為此世立下法咒，還憐憫人族的神，這世間只有一位，祖媞神。」

帝君很欣慰三殿下竟主動提到了祖媞神。「你說得對，」帝君道，「我也正要說到她。我和悉洛一致認為，在現存的時空之前，這世間還曾存有過一個時空。我們猜測在那個時空裡，祖媞復歸了，而後在某種情況下，我和祖媞先後為這世間訂立了兩條法咒，接著，也許是八荒迎來了什麼滅世的大災劫，為平息劫難，祖媞以命為祭，回溯了時光，才造就了現在的一切。」

三殿下啞然，這猜測乍聽起來離譜，可細思又覺真實。「這……的確很有可能。」他回道。隨著這幾個字出口，一種與過去那些總能成真的奇異預感相似的直覺漫上心間，讓他在那一瞬有了一種很真切的感覺，彷彿事情的真相便是如帝君所述。

心莫名變得有些空，那一刻，他忽然感到自己是不完整的，就好像他曾失去了很多。這感覺著實無端。他不明白自己為何會在這一刻生出這樣的感觸。

帝君還在繼續，「當然這都是我們的推測。我和悉洛一直在解密這件事。三千年前，悉洛在姑媱尋到了祖媞的上善無極弓。」帝君解釋，「便是那把可回溯時光之弓。」又道，「尋到那把弓時，弓身光華璀璨，氣韻仍存，說明神弓並未受損。但它的弓靈卻像是沉睡了，任我倆用盡辦法，也沒能使它有反應。自然，我們未能從這把弓上找出有關時光回溯的線索，但想著或許有一天弓靈能甦醒，我便將它帶回了太晨宮。」

帝君說到這裡，三殿下隱有所感，「所以帝君召我來此，是因這把沉睡之弓近日竟有了動靜？」

「和你說話真的省事。」帝君重端起茶杯，茶溫正合宜，他飲了兩口茶湯潤了潤嗓，繼續說那弓，「前天夜裡，子時初，這把安靜了三千年的弓忽然動了，眨眼飛出了太晨宮。我循著它留下的痕跡一路找來，才發現它竟停在了元極宮外，弓身上還多了一抹陌生氣息。那氣息古老、虛弱，聯繫神弓對那氣息的態度，我直覺那是祖媞的氣息，可正要結印感知，那弓卻消失了。次日我在姑嫆長生海中的四念亭裡找到了那弓，弓身深深陷在了四念亭的亭柱中，連我亦無法取出，且遺憾的是，神弓再次失去了反應，弓身上的氣息也消失了。」帝君以指輕叩桌沿，「神弓出現在元極宮外，疑似祖媞氣息的氣澤也是自你宮中來，所以我找你打探打探線索，」帝君抬眸看向三殿下，「前夜，你宮裡可出現過什麼異事嗎？」

三殿下愣了許久，可見這番話帶給他的衝擊。

前夜發生了什麼？

前夜，司命星君得了好酒，在府中設宴，他在宴上多喝了幾杯，因不勝酒力，早早便回宮睡下了。可睡得並不好。他好似作了個夢，夢裡有個人伏在他床前低語，但他看不清對方的面容，也聽不清對方在說什麼。接著，子時左右，他忽然驚醒了，醒來只覺蒙然，他想不起來他是被什麼驚醒的。

他不常如此，因此有些愣神。愣愣中，他看到床前的足踏上躺了一朵半枯的欒樹花。枯萎的花朵像一捧即將消失的火焰，火勢雖弱，卻灼疼了他的眼。他的心底忽然生出一種陌生的惶懼感。他想要抓住點什麼，手已經伸了出來，卻又感到茫然，因他並不知自己想要抓住什麼。他的腦子一片混亂，混亂到令他感到頭疼，頭疼折磨了他一整晚，天濛濛亮時，他才筋疲力盡地重新睡下。

對他而言，前夜的確不算普通，可發生在他身上的這些事，也不能算異事。總結起來不過就是他因醉酒作了個記不起來的夢，醒來後心情不愉，難再入眠罷了。這又有什麼好說的。

帝君見他良久不語，一下子來了興趣，微微向前探身，「還真有異事？」

三殿下回過神來，搖頭道：「沒有，我回憶了下，只回憶出了前晚我睡得不太好。」

帝君失望地坐了回去，想了想，暗自沉吟：「祖媞的氣息會出現在你宮裡，或許是因在未被回溯的時光中，同屬自然神的你們有什麼不一般的前緣。要不然……」帝君抬了抬眼皮，提出了一個建議，「要不然你去見一面上善無極弓吧，我是沒辦法了，沒準看在你同祖媞有前緣的分上，上善無極弓能給個面子醒來，親口告訴你這世間的秘密呢。」

司命星君倒是經常在給凡人的命格簿子裡編類似的橋段，像有緣之人才能拔出插在禁地中的寶劍啊什麼的，一般都是他編命格編不下去了，他就開始這麼胡寫，因此三殿下並不覺得帝君的提議可行，「這聽著不太靠譜。」

帝君不負責任地聳了聳肩，「死馬當活馬醫。見一面你也不吃虧，這世間到底是怎麼回事你可以不好奇，但總不能不好奇你和祖媞究竟有什麼前緣吧？」

三殿下僵了一瞬。說實話，他對此滿懷疑問，好奇得不得了。方才他也曾猜測，或許在被覆蓋的那個時空裡，他同祖媞神交情匪淺。可除了同屬自然神外，他們之間還能有什麼聯繫，以致羈絆深厚到在她死後，她的遺痕還會出現在他宮中？即便他智慧過人，也想不出這是為什麼。他從不是急切的人，但在此事上，撥開濃霧的心卻迫切非常。

「也好。」他端起茶杯來飲盡杯中茶，站起身，「那把司命也帶上吧，到時候萬一這法子行不通，還可以讓他現場編點別的離譜法子，都試試。」

帝君：「……」

04.

中澤，姑媱，長生海，四念亭。

四念亭名亭而非亭，乃是一座海上長殿。

瑩若茄顫巍巍倚在四念亭的一角，秀美的小臉上血色盡失，她後悔尾隨三殿下來這個地方了。

自打與三殿下定下婚事，瑩若茄便來到九重天，住到了天族待客的十七天別宮中。妖族其實是個含蓄的族類，妖族的女子也大多矜持婉約。但瑩若茄不這樣。瑩若茄被妖君妖后養得很驕縱，個性也外放熱烈，自住進別宮，她幾乎每天都要去一趟元極宮找連宋。

因她是三殿下即將納入門的側妃，也沒人攔她入宮。但十次裡，她能有兩次見到連宋便算不錯了，且兩人在一起時，連宋待她也很普通。但凡有兩分清醒，據此也該摸清三殿下對這場婚事的態度，擺正彼此的位置了，但瑩若茄不信邪，反而越挫越勇。為了能有更多機會見到三殿下、和三殿下培養感情，她還叫她哥哥瑩若徽給她搞來了響蜜鴛王的尾羽。此法物乃是潛行跟蹤人的利器。

她是在今晨拿到這法物的，聽說堂姐瑩千夏在第一天，便找來了，想先拿這個倒霉堂姐試試。沒想到在南天門附近看到了三殿下。三殿下身旁跟了位藍袍仙君，元極宮的掌事仙娥天步仙子緊隨其後，三人行色匆匆，似是要出南天門。她眼睛一亮，偷偷跟了上去。

眼見三人消失在南天門外，她立刻掏出了那根響蜜鴛王尾羽。可剛捏好訣，斜刺裡突然伸出一隻手來握住了她的胳膊。「妳在做什麼？」瑩千夏不知打哪兒冒了出來，蹙著一雙秀眉盯著她。她暗道不好，抬手便掙，卻沒掙開，最後兩人一起被饗蜜鴛王的尾羽帶離了南天門。

也不知過了多久，兩人頭昏腦脹地跌落在了一片沙石嶙峋的海灘上。

秋陽夕照，大海碧波生輝，一座玉白色的恢宏長殿漂浮在不遠處的海面上，長殿四圍雲蒸霞蔚，雲與海相接，勝景堪比詩畫。瑩若茄揉了揉摔疼的小臂，她還記得自己是在悄悄跟蹤三殿下，正想找個地方隱蔽起來，一抬頭，卻見天步仙子就站在五步外。天步仙子身後立著三殿下和那藍袍仙君。三殿下正垂眸看著她。

天步先開了口，有些驚訝地問她：「公主怎跟著我們來了姑媱？」

她這才知道此處竟是傳說中的古神消逝沉睡之境，是八荒神靈皆不可涉足的地方。

她雖然不想被發現，但被發現了她也不慌。這種情況她不要太有經驗。她仰起臉來微微一笑，熟練地開始胡說八道：「王兄今晨上天，送了些珍寶給我，讓我在婚儀上佩戴，但九重天自有禮度，我不知那些珍寶合不合天上的禮制，想著來找殿下商量看看，」她佯作不好意思，抿了抿唇，「所以就跟著來了。」看天步將信將疑，她轉了轉眼珠，一把扯過瑩千夏，將瑩千夏也拉下了水，「我說的句句是真，」無辜地看向天步，「不信問我堂姐囉。」

被饗蜜鴛王尾羽帶走的剎那，瑩千夏就弄明白了她這堂妹是在搞什麼，實在是不想管她，可畢竟姐妹一場，也不能真的不管。瑩千夏嘆了口氣，沒拆她的台，對天步點了點頭，「的確如此。」

天步默了一下，微微皺眉，「即便是如此，殿下還有正事要忙，顧不得公主之事，公主還是請回吧。」

瑩若茄著實很煩天步，心道三殿下都沒說什麼，妳區區一個侍女怎麼這麼多事呢。可見她確實是被嬌養長大的，見人見事才能如此單純。讓瑩千夏來看，天步如此，展示的自然不是她自己的態度。但瑩若茄顯然並無這個覺悟。她悄悄瞪了天步一眼，提著裙子，一瘸一拐去到了三殿下身旁，「雖不知殿下的正事是什麼，但我不會礙殿下的事的。我是殿下即將過門的妻子，與殿下同氣連枝，無論殿下來這裡做什麼，」她抬手比了個縫住嘴唇的姿勢，「我都會守口如瓶的。殿下不要趕我走吧。」

連宋也猜到了這對姐妹能跟著他來此，多半是託了什麼追蹤法器的福。讓她們自個兒回九重天，她們不一定能找著方向，到時候人走丟了也是樁麻煩事。「算了，讓她們跟著吧。」他朝天步吩咐了一句，沒再耽擱時間，轉身向漂浮在海上的長殿而去。

天步垂首道是。

目的達成，瑩若茄很高興，按捺住得意，眼風輕掃過天步的背影，也隨之舉步。

精神一放鬆，身體的不適便跟著凸顯了出來，她忽然感到腳踝處傳來刺痛，不禁輕呼。這回是走在她左側的藍袍仙君先注意到她的異樣。「公主怎麼了？」藍袍仙君好意相詢。

瑩若茄疼得嘴角直抽。應該是方才落地時扭傷了腳，她想。但這也不一定是件壞事。「要是說腳扭了，難行路，是不是……能騙殿下背我一程呢？」她的臉倏然一紅。

本來只有五分疼，她硬裝出十分來，一邊回藍袍仙君的話，一邊可憐巴巴地盯著前方三殿下的背影，「腳好像扭傷了。」

長著一副溫潤眉眼一看就脾氣很好的藍袍仙君伸出一隻手，「那公主扶著……」中途一頓，又將手收了回去。「啊……」藍袍仙君撓了一下額頭，「是我唐突了，公主是殿下的側妃，自當由殿下照看公主。」話罷特地避讓開，朝停下腳步轉過身來的三殿下擠眉弄眼，

「公主腳扭了，還是由殿下來扶著公主吧。」

瑩若茹面色緋紅地低下了頭。

眾人皆不曾留意到，雲霧環繞的海上長殿前，一縷微弱的、斷續閃爍著的金光忽然停止了閃爍。

天步上前道：「還是讓奴婢來攙扶公主吧。」

瑩若茹暗暗瞪了天步一眼，但看三殿下好像也沒有要聽從那藍袍仙君的建議的意思，她撇了撇嘴，極不情願地扶住了天步的胳膊。

雖然對天步不太滿意，但到這一刻為止，瑩若茹其實都是開心的，她覺得哥哥找來的響蜜鴷王尾羽真是好用，尾隨三殿下來中澤的決定也真是明智。

後來她想，若她的旅途是在此結束，那便會很完美。

她不該跟著三殿下去四念亭的。

有個詞叫因禍得福。瑩千夏覺得她今日便是因禍得福。誰能想到被這倒霉堂妹拖累到此，竟能讓她有幸見識到只在傳說中聽聞過的祖媞神的上善無極弓呢。

站在這海上長殿的正中央，瑩千夏內心波瀾起伏。她的面前矗立著一根雲石做的渾圓殿柱，上善無極弓就嵌在殿柱中。神弓通體雪白，比尋常之弓大許多，斜斜插入遍覆龍紋的雲石，就像盤踞在石上的石龍長出了一隻美麗的角。

可也不能單用美麗來形容這把弓，美麗之外，它更是氣勢迫人，明明悄無聲息地靜默著，卻仍帶給人威壓。瑩千夏凝目在弓身上，不禁滿心激盪。

便在她震撼不已時，三殿下忽然飛身而起，停立在半空，伸出手來，握住了神弓雪白的弓身。

來四念亭的途中，瑩千夏聽司命星君說起過，他們來姑嫣，是為了見傳說中的上善無極弓。「妳不知道吧，三殿下同祖媞神有淵源，或許能喚醒那把沉睡的神弓。」星君這麼同她說。瑩千夏是有見識的人，幼時便聽聞過上善無極弓，很清楚它是多麼強大神聖的法器。自己竟有機會目睹如此古老神聖的法器被喚醒，這真的由不得瑩千夏不期許。

然當這一刻真正到來，想像中神弓一接觸到三殿下的氣澤，便立即以弦響或是什麼響應和的場景卻並未發生。神弓毫無反應。且三殿下試了好幾次，都沒能將它從殿柱中拔出來。

「不是說殿下同祖媞神有淵源嗎？」瑩千夏失望地問身旁的司命星君。

「是啊，」司命也不無遺憾，「不過，不愧是上善無極弓啊，連祖媞神的帳它都不買，真是有個性。」

幾人中，反倒是三殿下表現得最為平靜，好似對這個結果並不感到意外。眼見實在無法將神弓拔出，三殿下也不強求，很快退了下來。他理著袖子向司命星君，「直接上這法子行不通，你還有什麼別的靈感嗎？」

司命星君的確有一些別的靈感想要分享給連宋，「有沒有可能是神弓覺得殿下您對它不夠尊重，所以它才沒理您呢？要不殿下您在拔弓之前先對神弓拜三拜吧，讓它感受一把您對它的誠意！」

因著帝君那句「死馬當活馬醫」，三殿下本來已經打定主意要是司命星君給出的建議不算太離譜他就豁出去都試試了，但這麼傻的建議顯然超出了他的承受範圍。

三殿下假裝沒有聽到司命星君的話。「那還是出去看看，找找有沒有什麼別的線索。」一邊說一邊舉步向殿門行去。

「唉？」司命星君唉唉著追上去，「我說的法子，殿下您真的不試試嗎？反正試試又不會吃虧呀！」

三殿下沒理他。

天步和瑩若茄也跟了上去。見大家都在往殿門處走，瑩千夏留戀地再看了一眼那美麗的巨弓，回頭亦跟了上去。

三殿下不理人，司命星君覺得沒趣，訕訕閉了嘴。長殿空空，古荒清寂，一眼就能望到頭，著實不像藏了什麼秘密，瑩千夏也覺得出去找線索方是正途。

可就在三殿下即將踏出殿門時，空闊的長殿內忽然漫生出奪目金光來。刺眼的金光阻住了他們。

瑩千夏還沒反應過來，已被一股巨力裹纏著甩到一旁。頭昏腦脹地爬起來，才發現司命星君幾人也與自己遭遇相同，而那原本充溢了整座大殿、似涵了千萬種色彩的奇異金光，除了一部分仍籠著嵌了上善無極弓的殿柱外，餘者盡皆收束，凝成了一只一人高的光球。那光球只籠著一人，便是三殿下。

光球靜立在大殿正中，囚籠般將三殿下束縛其中。他們都被排斥在了那囚籠之外。一條光帶自發光的殿柱中伸出，與那耀目光球相連。光帶中飄浮著碎沙似的湛藍星芒。星芒順著光帶流向三殿下，融入他的身體，三殿下緊閉著雙眸，神色有些痛苦，但不知是身體被那詭異的金光定住了還是如何，他並未反抗。

這一切都發生在瞬息之間。天步最先回過神來。

回過神來的天步立刻飛身上前，想要切斷那光帶，指尖剛觸到光帶最外圍的金暈，光球中的三殿下忽然睜開了眼。「別動。」他沉聲，聲音很啞，「那是我的記憶。別碰它們。」

天步愣住了。

環繞住光帶的金暈倏然爆裂出刺目白光，光線攜著巨力，將天步掀翻在地。天步止不住咳嗽，瑩千夏兩步上前，將天步扶起來退到了安全之地。

到此時，眾人終於適應了強光的刺激，眼睛可分辨出光線的層次了。大家這才發現那奇異金光的中心竟是上善無極弓。是上善無極弓爆發出金光，困住了三殿下。

司命星君反應過來是怎麼回事後，忍不住罵罵咧咧，「殿下拔它的時候它不理殿下，人要走了又來這一齣，這把弓的脾氣未免也太差了吧！」

天步低咳著規勸司命星君，「仙君，不得對神弓不敬。」

四人中只有瑩若茄的關注點獨樹一幟。瑩若茄迷茫地看向瑩千夏，「殿下的意思是……那光帶是他的記憶？可殿下的記憶和上善無極弓有什麼關係？殿下他不要緊吧？」

老實說，瑩若茄問的這些問題瑩千夏也很不解，所以她沒有吭聲。

光帶中的星芒越來越少，漸趨於無，隨著最後一縷星芒被傳遞給連宋，環繞殿柱的金光消失了，囚困住連宋的光球也隨之消散。光球消散那一刻，空寂的長殿中響起了一個聲音：「當她祭出我，拉開弓弦的時候，她沒想過自己能活下來。」聲音悠遠，如林籟泉韻，單論音色，很動聽，但既非男聲，也非女聲。

「因此當時光回流、世間一切即將消逝於虛無之際，她沒讓我將你的記憶保存下來。保存下你的記憶，是我自作主張。」那聲音微頓，「哦，對了，彼時你在她面前死去，沒有看到最後的結果。我可以告訴你最後的結果。

「祭出我是能回溯時光，但最多只能將時光回溯至四萬年前。以命為祭，將時光回溯至四萬年前，究竟能不能平息那場劫難，她其實不知，只是在賭。所幸她賭贏了，四萬年前的慶姜比她想像中虛弱。她設法誅殺了他。時光回流，她改變了這世間的命數，也改變了你們的命數，你們都活了下來。這便是最後的結果。」

渺遠的語聲輕飄飄地道出這番重逾千斤的話。認真聽完這番話的瑩千夏感到一陣茫然。她知道，這是上善無極弓在說話；這些話是神弓對三殿下說的；而神弓口中的「她」，所指十有八九便是祖媞神。可什麼時光回溯，什麼四萬年前，什麼改變命數……會是她理解的那個意思嗎？那會不會太過離譜了？

瑩千夏魂驚魄惕，不由看向數步外的三殿下。

青年抬首望向殿柱中的神弓，神情平淡，瑩千夏看不出他有什麼異樣。那是因瑩千夏畢竟還是離得遠，若靠近細看，其實能看出青年咬破了嘴唇，琥珀色的瞳眸也不似平日那般淡然。「那她呢，」青年啞聲，「她如今在哪裡？」

「她如今在哪裡？」那聲音重複了一遍這六個字，口吻仍是渺遠的，因此顯得輕飄飄的，「回溯時光，逆天改命，自然要付出代價，我剛才不是說過了嗎？代價便是她的命。不過她死時留下了一抹意識。對了，前夜那抹意識還去元極宮見了你一面。自然，你是不知道的。她太虛弱了，再難以存續，所幸在她瀕臨消散之際，我趕到了。我以我的身體做滋養她的溫床，好歹保住了她。她在我身體裡沉睡了兩夜一日，今晨才醒來。醒來後還想著再見你一面。我告訴她你一定會來這裡，她的願望能實現。我還告訴她，我會將我的身體分給她，供她休養，或許過個萬把年，她便能養出魂息，而後重生，再臨這世間。她那時很高興，也對我描繪的未來充滿了渴望和期許。」

見青年俊臉失去血色，變得紙一般白，那聲音輕笑，「你這麼聰明，應該已猜到我帶給你的不是什麼好消息了吧。」

青年沒有開口，也沒有動。只是連站得那麼遠的瑩千夏，此時也能看到他唇上的血跡了。

「身為一張弓，我又能懂什麼是情，什麼是愛呢？」那聲音淡然繼續，「彼時看到你對她情深義重，便想當然以為無論時光重來與否，你的心意都不會改變。想著倘還有契機能使她重臨這世間，若你們再次相愛，你卻記不得往事，那多可惜，於是擅作主張存下了你的記憶……可沒想到你竟另有了良緣。她很會壓抑自己，明明傷心，卻還為你辯白，說這是重來的時光，這個時空裡，你們不曾相遇，你也不知她是誰，撇下她另娶良人，這不怪你。可她難道沒有一點怨意嗎？我與她同源而生，她心底深處的傷痛，我最明白。所以雖然她並不希望我將這些記憶給你，」它頓住，冷聲，「但我偏不。她不捨得折磨你，但我不會。」

天暗了，夜幕降臨，坐落在大殿四角的巨貝微微翕開，盈出珠光，為空寂的長殿鋪落一層霜色。十二根殿柱藉著那昏幽霜色投下暗影。三殿下便站在那些暗影中。「你盡可以折磨我。」青年仰望巨弓，氣息混亂，眸底隱現血色，「只要你告訴我，她去往何處了。」

那聲音靜默了片刻，「痛苦嗎，痛就對了。」它喃喃，「你問我她去往何處了？她原本便是在虛弱中掙扎，憑靠著對你的愛、對未來的期許才堅持下來。可你卻背叛她，有了別人。」一直平靜的，甚至有些飄忽的語聲忽而變得森然，「這世間已定，你也已另結良緣，你們都不再需要她了，那她還有何理由與天命相爭、歷盡苦楚去求生呢？所以她選擇了放棄。就在一刻鐘前，她消散了。所以記住今天吧，今天是她徹底死去的日子！」

長殿靜極了。司命幾人大氣也不敢出。

「這不可能……」良久，站在陰影裡的青年開口。說完這四個字，他抬袖掩住了唇，唇邊的衣袖很快被鮮血染紅。誰也沒有察覺他吐了血。他不動聲色地壓住被染紅的袖緣，擋住那一小片血漬，而後定定看向三丈開外的上善無極弓，神色幽沉，「我是說過你可以折磨我，但沒說你可以騙我。」

「哦？你覺得我在騙你？」神弓冷笑，「如果這樣認為能讓你好受點，你也可以這樣認為。或許我真的是在騙你。誰知道呢？」

騙人的人是不會承認自己騙人的，上善無極弓會如此回答，說明了什麼，擅察人心的連宋再清楚不過。崩潰只在一瞬之間。喉頭一陣腥甜，又有鮮血湧上，鮮血自他唇邊溢出，但這一次，他忘了擦拭也忘了掩飾。

大殿內忽起風雪。

冰凌蔓延、風雪乍起的那一刻，瑩若茄還在傻傻問：「這是怎麼回事？」瑩千夏卻已本能地覺察出了危險。她一把拉過瑩若茄，半攬住她，飛快躲到了附近一只石鼎後。那石鼎倚立於牆角，在牆角處圍出了一處能阻住風雪的安全區域。

風雪很快充斥了整座大殿，狂暴的雪片好似冰刀，在大殿中盡情肆虐；貼地的冰凌以極快的速度蔓生，很快便將水磨玉地面完全覆蓋住了。

眼前這饕風虐雪絕非尋常。尋常風雪不會帶著這麼強烈的怒痛之意。畢竟是妖醫，瑩千夏感知情緒的能力極強。她試著攔截住飛到鼎側的一片雪花，短暫觸碰後，大致有了結論——這場暴風雪應當是三殿下情緒失控所致。瑩千夏雖沒見過三殿下幾次，但聽過許多有關他的傳聞。傳聞中，這位殿下極擅管理情緒，是八荒最難巴結的貴公子，因為巴結者們很難從他的表情裡感知他的喜惡、猜測他的心意。可就是這樣的三殿下，此番卻因被上善無極弓刺激了幾句，便失控到了這個地步，瑩千夏只覺不可思議。

再一想，今天她得知的不可思議之事好像還有點多。時光曾倒流四萬年，他們如今所處的乃是重來的時空，這是一件。三殿下曾同祖媞神是對愛侶，彼此用情很深，這是另一件……一樁樁一件件，讓瑩千夏深感震撼。但目前的情況好像也不允許她花更多時間去震撼。

瑩若茄不太聰明，沒從上善無極弓那些話裡琢磨出三殿下所愛慕之人是祖媞神，但三殿下的感情經歷，瑩若茄倒也都聽懂了。她背靠石鼎望著瑩千夏，簡直要哭出來，「妳聽到了嗎，殿下他竟另有愛慕之人……那、那我怎麼辦呢？」

瑩千夏心想妳可真行啊都這時候了妳居然還有空想這個。她實在很想掐瑩若茄一巴掌，讓她清醒一下。不過她忍住了，因為天步仙子和司命星君冒著風雪出現在了她們面前。

天步手中橫臥了塊異形石，石塊發出淡褐色的光，光芒結成了個可容納四五人的守護結界。結界看上去很強韌，完全抵禦住了風刀雪劍的侵襲。天步臉色很不好，充滿了憂慮，她向瑩氏姐妹伸出手，「三殿下失控了，不知最後會變成什麼樣，我先送妳們出去。」

天步以最快的速度將瑩千夏幾人送出殿外，正欲折回時，忽聞砰的一聲，她猛地抬頭，見竟是七丈外的殿門倏然關閉了。天步一震，撲上去猛砸殿門，可那裁月鏤雲的華美玉門卻紋絲不動。天步急得嘶聲：「殿下還在裡面，怎麼辦？」

司命星君和瑩氏姐妹也反應過來，趕緊上前相助，可集四人之力，也無法將那緊閉的大門撬開哪怕一條縫隙。

長殿之中，風雪不休。

連宋如雕塑一般立在風雪中心。

心在地獄原來是這種感覺，他想。

當四萬年的記憶重回到身體裡，回首遙望，與慶姜的決戰彷彿就發生在昨日。

那血流成河的一夜，自兩儀還真陣陣頂墜落時，他看到祖媞匆匆而至。他並不希望她來，最擔心便是她掙脫那些法器的束縛趕來這戰場，可最終這擔心還是成了真。與慶姜的纏鬥耗盡了他最後一分力，他只剩下一口氣息，能做的，不過是睜開眼睛再看她一眼。

那是他此生唯一一次向上天祈願——他想用他的一切所有為她換取一個活下去的機會。他希望她能活下來。即便他不在了，他也渴望有一日，她能平淡地享受生活，悠然地遊訪八荒山海，在夏末的冰綃花林中自在漫步，體驗她此前未體驗過的一切。

那是他的遺願。但上天似乎並未聽取。

她未能活下來，反倒是他得以重生。

此時，回看這段重來的時光，竟是如此不真，不真得彷彿一場夢。在這場夢裡，他的人生就像是元極宮外花園中的那片菩提池，雖然池中皆是仙露，本質卻不過是潭無生氣的死水。而自己也像是個偶人，不過在夢裡飾演著天族三皇子這個角色罷了，空有皮囊，心魂卻未有一刻完整。

他渾噩了這樣長的時光，是今日，此刻，他才重新尋回完整的自己。可多麼諷刺，剛剛尋回完整的自己，他所面臨的第一件事，卻又是失去——無可挽回的、不能承受的、摧心剖肝的失去。痛苦放大百倍千倍，充滿了他的心和身體。

但這一切都是他自己造成的。是重來的時光裡，這個淺薄的、無知的、不懂愛恨的自己漠視感情、輕易許出婚姻所釀出的結局。在消散的那一刻，她是如何想他的呢？以為他愛上了別人，有了新的幸福，過得很好，不想擾亂他的平靜，所以才讓上善無極弓別將記憶還給他，是嗎？

他無私的、被天道苛待的、人生中充滿了苦難的、令他的心痛得發抖的愛人，他怎可以讓她如此失望？而這世間又憑什麼、怎能夠對她如此殘忍？

他止不住恨，恨意瀰散，令他忍不住想要毀滅觸手可及的一切。風雪裹覆住整座大殿。大殿在冰凌的纏裹中哀鳴。可破壞並不能拯救他墮入無盡絕望的心。只有死亡可以。

只有死亡可以。他原本便是已死去的人。

殿中的風刀霜劍忽然調轉了方向，盡向站在風雪正中的俊美青年而去。

05.

九重天上最近流傳著一個小道消息，說妖族那位小公主同三皇子的婚事告吹了。

消息最初來源於何處，大家都不知道，但看這事傳得沸沸揚揚，元極宮也好，妖族也好，卻沒一個人站出來否認，大家就心知肚明事情多半是真的了。最高興的莫過三殿下的擁躉們。姑娘們破碎的芳心瞬間癒合，覺得自己又可以了。不過也有一些小神仙理智尚存，提出了疑問：「這可是兩族之婚，二人婚期也定了下來，怎麼能說告吹就告吹呢，豈不是兒戲嗎？」

有個兄長在禮祝司中當差的小神仙神神秘秘地為大家解惑，「這就要從瑩若茄公主的姥姥說起了。」

小神仙娓娓道來：「說當年若茄公主出生時，正值妖族內亂，小公主乃是她姥姥在兵荒馬亂中守著接生的。老太太年紀大了，人也有些糊塗，辨錯了公主的出生時辰。前幾日妖族的大司祭閉關出來，妖君請大司祭再為若茄公主與三殿下合婚。這位大司祭可是厲害得很，立刻察覺出公主的時辰不對，倒推出公主的真實時辰後，與三殿下的一合，才發現二人不合適，若勉強成婚，於雙方皆不利。」

小神仙攤手，「那還能怎麼辦呢，只能取消這樁婚事了。但也不可讓此事影響妖族和神族的情誼，故而據說天君會在族支裡另擇一位世家公子，妖君也會在妖族另擇一位公主，使二人成婚，以結兩族之好。」

禋祝司負責整個神族的宗法禮儀，三殿下和若茄公主的婚事便是由禋祝司籌備，這小神仙的消息既是來自禋祝司，大家覺得那還有什麼好懷疑的呢？紛紛信了。

瑩千夏是受瑩若徽所託來勸慰瑩若茄的。

說自打瑩若茄回到妖宮後，便將自己關在寢殿中閉門不出，眼看不吃不喝好幾日了，著實令人擔心。

雖然瑩千夏並不知這有什麼好擔心的——不吃飯又有什麼，他們是妖，又餓不死——但看瑩若徽好像的確很為這不省心的妹妹牽腸掛肚，她就來了。

推門入殿，迎面飛來一只錦枕，瑩千夏眼明手快接住。瑩若茄裹著被子坐在水精床上，只露出一顆腦袋，惡狠狠地瞪著她，「妳是來看我笑話的嗎？」眼淚糊了一臉，「你們都不想讓我好過！父君也是！我都說了，我不在意三殿下另有所愛，他完全可以娶那個人做正妃，我做我的側妃就好，可父君他、他為什麼要去向天君陛下提退婚？他一點都不疼我！就是、就是不想讓我好過，嗚嗚嗚嗚嗚……」

要不是看她哭得實在慘，瑩千夏就上手揍她了。「那日三殿下傷成什麼樣，妳也看到了。」瑩千夏克制住自己，說了踏入這寢殿後的第一句話。

瑩若茄眨了眨眼，止住了抽噎。瑩千夏說的那日是哪日，她明白。

她說的是她們在姑嬿那一日。

那日，她們剛跟隨天步逃出那海上長殿，殿門便在她們身後關閉了，半個時辰後才重新打開。她與天步率先衝了進去，驚見三殿下渾身是血地躺在大殿正中，似已沒了氣息。她當場便暈了過去。再醒來時，人已在十七天的別宮中。

螢千夏見螢若茄一張小臉煞白，知她回憶起了當時情境，嘆道：「君上只告訴妳三殿下醒了，無性命之憂，而他考慮良久，還是覺得妳同三殿下不合適，所以去了一趟九重天，同天君商議將你們的婚事取消了。」螢千夏頓了頓，「很多事君上和太子殿下都選擇不同妳說，是因為他們怕妳知道後傷心。但妳也這麼大了，我不認為他們這樣過度保護妳是好的，所以接下來我要告訴妳的事，可能是妳不想聽也不願接受的，但那才是真相。」

螢若茄一顫，抿住唇，半晌，半推半就地，「妳、妳說。」

螢千夏道：「實則三殿下傷得很重，昏迷了三日三夜才醒，但他醒來後的第一件事，便是跪去天君的歲生殿，請求天君同意，解除你倆的婚約。」

螢若茄倏然睜大眼，連眼淚都忘了流。

「天君不僅沒同意，還將他趕出了歲生殿。」螢千夏繼續，「但三殿下也沒回去，拖著病體跪去了歲生殿外，道這一切都是他的過錯，但他心意已決，願長跪於此，向天君謝罪，也向妖君謝罪。三殿下在歲生殿外跪了七日，中途昏過去四次，全靠著天后娘娘差人送來的金丹續命。但天君並未鬆口，始終未答應他取消婚約。」

螢若茄發了一會兒愣，而後哽咽著問：「那聽妳這麼說，天君是站在我們這邊的啊，可父君為何……」

螢千夏無奈地揉了揉額角，打斷她的話，「若茄，動動腦子，若不是天君授意，發生在天君宮殿裡的事，又怎可能傳到君上面前來？妳也不是真的蠢，天君的真正用意，不說七分，三分妳總該能悟到吧？而三殿下，可說是九重天年輕一輩中最狡猾，」她停住，換了個詞，「最聰明的神君了。對於他這種聰明人來說，要想毫髮無損地解決一樁不合意的婚事，又豈是難事？為何他要拖著病體以金丹續命、在歲生殿外跪足七日？哦，聽說現在還跪著，妳當他是跪給天君看的嗎？那是跪給咱們君上看的，妳可明白？」

瑩若茄一臉迷茫。瑩千夏捏著眉心嘆了口氣，抽絲剝繭與她分析，「比起天族，我們是很弱小的，這妳總該知道。此番，是我們為了在將來得到天族庇護，主動向天族求親近，才有了妳與三皇子的婚事。說得好聽點，這樁婚事是兩族聯姻，說得難聽點，其實可算作是妖族向天族進貢。

「不想收一件貢品，是不用付出代價的，但三殿下卻主動付出了代價，這說明他並未將妳當作一件貢品。往深一層說，是展示了天族對妖族的尊重。而這，也正是天君希望咱們君上能洞明的。」

見瑩若茄臉色乍紅乍白，瑩千夏知道她在想什麼，淡聲：「妳被保護得太好，又驕傲慣了，乍聽到這樣的話，必然覺得刺耳，但我們作為八荒最弱小的族類，在與別族的交往中，所處的地位素來便是如此弱勢而低微的，這是客觀事實，妳得接受。」

瑩若茄咬住唇。

瑩千夏回到先前的話題，繼續給她講道理：「於天君而言，他這七日對跪在歲生殿外的三殿下不聞不問，便是給足了咱們君上台階。而君上，他是必須得接住這個台階的，相信道理妳現在也懂了。

「天君希望君上能主動拿出一個合適的態度。什麼才是合適的態度？主動表示出對天君的理解，展現出對三皇子的寬容，這便是合適的態度。

「再則，君上也知三殿下對妳無心，如今的情況，妳若執意入元極宮，最後必定受苦，所以君上做出了這樣的選擇。主動向天君提出退婚，不是因君上不疼愛妳，正是因他太疼愛妳，他才會這麼做。」

瑩若茄望著眼前沉肅的堂姐，一個字也說不出。

瑩千夏靜靜回望她，道出了最後一句話：「若茄，妳也該懂事了。」

瑩若茄垂頭靜默了許久，忽然大哭，「可、可我是真的喜歡殿下……」她捂著胸口，漸漸哭得上氣不接下氣，「嗚嗚，我覺得我的心好痛，好痛好痛……」

看她這傻兮兮又怪可憐的模樣，瑩千夏也不禁生出一絲憐憫，她上前兩步，彎腰摟住了瑩若茄亂糟糟的頭。但她實在不懂該怎麼勸慰人，沉默了半天，最後，伸手不算溫柔地揉了揉瑩若茄頭頂，「想哭便痛快哭兩天吧，哭夠了就放棄。妳做得到的，若茄。」

06.

天君的寢殿歲生殿位於第三十二天之東。

歲生殿外園景極好，楓紅松翠，水石清華，堪稱詩境。

三殿下已在這詩境中跪了九日。

天君負手立在一扇軒窗後，遙望向筆直跪在殿前月台上的小兒子，沉沉嘆了口氣。

仙侍前來通傳，說帝君來了。

帝君站在不遠處的玉帶橋上，正以魚食逗惹橋下的錦鯉。聽到身後響起腳步聲，帝君沒回頭，只道：「你這裡的魚養得不錯。」

天君謙虛，「不及帝君宮中所養。」靜默了幾息，問帝君：「這幾日，幾位天尊和真皇都來我這兒替那小子說過情了，帝君此來莫非也是……」

帝君愣了愣，拎著魚食轉過身來，表示不能理解：「跪了幾天而已，又不會死人，他們跑來說哪門子情？」

……那逆子是在帝君那兒失寵了嗎？天君頓了一下，「那帝君此來是……」

帝君轉回身繼續餵魚，「聽說他在這兒扎扎實實跪了九日，他是怎麼堅持下來的，說實話本君有點好奇。」

聽聞帝君此言，天君眉心聚起，神色有些無奈，「哎，那逆子的確有些虛弱，這幾日全靠他母后送來的金丹才堅持下來。」天君苦笑，「但又有什麼法子呢，本君雖是他的父君，但更是天君，事是他惹出來的，為了讓妖族不覺得我們只是做做樣子，也只能再多罰他幾日。」

帝君默了一瞬，「啊，我不是說這個。」帝君道，「我是納悶，他一個在戰場上都恨不得每天換衣的潔癖，跪在這裡連著九日不沐身也不換衣，是怎麼堅持下來的？」他好奇地看向天君，「你就不納悶嗎？」

天君：「……」天君還真沒想過這個。

帝君接著道：「所以我過來看看，順便給他帶了套新衣。」

天君接過帝君不知打哪兒變出的新衣，整個人都有點蒙，目光發直地看著手中的衣物，心想這就是帝君的愛嗎，這份愛還真是有點與眾不同又別具匠心啊。

帝君很爽快，送完了衣物就要走，天君突然想起來有件事他一直想問帝君，卻總沒找著機會，今日倒正可以問問，忙收起那新衣，道：「帝君，先留一步，還有一事需請教帝君。」

帝君停下腳步，回過頭來，示意他說。

天君斟酌一息，問出了連日來一直困擾於心的問題：「在被覆蓋的那個時空裡，那小子是真的同祖媞神有前緣嗎？自然，有祖媞神做兒媳，這是想也想不到的尊榮之事，但我思來想去，總想不明白，祖媞神為何會看上那小子？是被那小子給誆騙了嗎？」

帝君無語，「連三他也不是你出門蹓躂時在路上隨便撿的，你倒也沒有必要把他說得那麼糟糕吧。」

天君捏住眉心，「那逆子聰慧，有能為，戰場上屢立奇功，乃年輕一輩中的翹楚，這一點無可否認。但他有個致命缺陷，他風流啊！」天君忍不住發出靈魂疑問，「不靠騙的，他這樣的風流公子，又憑什麼能娶到祖媞神呢？」

帝君順著天君的思路想了片刻，「我覺得你還漏了一點吧。」

天君表示願聞其詳。

帝君道：「你兒子長得好看，可能祖媞是看中了他的臉。」

這是天君未曾思考過的角度。天君吃驚極了，「……祖媞神也不至於這樣膚淺吧？」

帝君聳了聳肩，「那誰知道呢，要不等祖媞醒了，你親自問問她是撞了什麼邪？」

天君為帝君話中的隱意所震，「帝君的意思是……祖媞神會復歸、歸位是嗎？」

祖媞會不會復歸？這是個好問題。

帝君想起了十二日前，他在姑媱同上善無極弓的那一番對談。

那日，司命天步一行人將重傷的連宋帶回，因不敢驚動天君，他們直接將人送來了太晨宮。同藥君合力使連宋的傷勢穩定下來後，帝君找天步說了會兒話，之後便去了姑媱。

一不小心差點將連宋給逼死，上善無極弓自覺理虧，不能再心安理得地拿喬，帝君剛走到它面前站定，還什麼都沒說，它便先開口了。

「我也不是真的想讓他死，就是氣不過，想讓他吃點兒苦頭。」神弓委委屈屈地，「最後看到他居然來真的，我也嚇了一大跳啊，不是趕在他把自己搞死之前及時阻止他了嗎？」

帝君無語，「你可真及時，只給他留了一口氣，你知道本君費了多大勁才救回他嗎？你就不能攔早一點？忘掉過去難道是他自己想的？」

上善無極弓不敢作聲。

帝君沒好氣，「祖媞是真的徹底羽化了？那小子為情所困，一葉障目，本君可還沒瞎，你是騙他的吧？」

上善無極弓支吾了兩聲：「啊，嗯，那、那也不是都在騙他吧。」別彆扭扭地，「我最後也同他坦白了，阿玉還有重生之機。看他情況不好，我甚至還鼓勵了他，同他說，阿玉對這世間還有一些遺憾，只要他活下來幫阿玉完成那些遺憾，我便告訴他可令阿玉重生的辦法。這也算將功補過了吧。」

帝君低嘆：「祖媞果然還能回來。」可帝君也是真的不太明白，「拉動你，回溯時光，需以命為祭，照理她確然已無活下來的可能了，為何……」

帝君居然也有不瞭解的事，上善無極弓頓時覺得自己找回了場子，「看來帝君雖然活得長久，但這天地間的秘密，也不見得都曉得哇。」

帝君掠了它一眼，「不要陰陽怪氣，我聽得出來。說正事。」

上善無極弓嘟嘟囔囔：「好吧，正事。」它輕咳一聲，「實際上，慶姜滅世，既是這世間之劫，也是天道給光神的考驗，是光神的最終之劫。」

生而為神的神仙們，一生會歷兩次劫——少年時的上仙劫和青年時的上神劫。成功歷上仙劫後，神仙們能得上仙階品，得上仙階品後，方有能力領悟更精深的奧義，學習更高階的術法。不過，上仙劫過不了也沒什麼，不會要命。但上神劫不一樣，此劫若是歷過了，便是壽與天齊，歷不過，便是就地絕命。祖媞早在洪荒時已是上神之階，照理說身為上神，餘生她已無劫可歷了，怎麼憑空又冒出個什麼最終之劫？

帝君微微沉吟，將這個新名詞重複了一遍：「最終之劫是嗎？」他看向上善無極弓，「你展開說說。」

上善無極弓學乖了，沒再抖機靈，老老實實回道：「新神紀封神之時，作為神王的墨淵神少為這世間封了一位神，便是人神。墨淵的確為神族訂立了需庇護人族的律責，但他，乃至整個神族其實都並未認識到人族的價值。在他們眼裡，人族除了弱小，還是弱小，若失了神族庇護，便很難活下去，所以即便新神紀之後，帝君您與歷代天君們都庇護著人族，人族也祭供著你們，但你們，卻不是人族的神。」說到這裡，神弓微頓了頓，「天生五族，每一族都有它存在的意義。天道認為，只有真正理解人族、尊重人族、發自內心願幫助人族、能帶領他們尋找到其存在意義、最終能陪伴他們走向新生與榮光的神，方是人族之神，可被稱為人神。這世間最適合成為人神的，便是少綰和阿玉。少綰還會回來嗎，她是否已歷過了那最終之劫，這些我並不知。我只知阿玉的最終之劫在她第一次踏上輪迴之路、作為凡人去往凡世時便開始了。若她能真正懂得人族，並在最後的時刻做出正確的選擇，她便能歷過此劫，成為人神，若歷不過，她便會徹底消失。」

帝君點了點頭，「所以你的意思是，祖媞通過了天道的考驗，算是成功歷過此劫了，因此得到了重生之機。」

雪白神弓的上弓片微微顫了顫，看上去像是在點頭，「凡人，是最有勇氣反抗命運的，最擅長打破限制的，最會抓住機遇的，所以往往是弱小的凡人，反而能創造奇跡。加之，他們還擁有一些可貴的稟賦，譬如在歷經劫難、受盡搓磨後，許多凡人都還能繼續保有趨善的本能，這是這個族類的偉大之處。天道給阿玉設置的所有坎坷，不是在考驗她的神格，而是在考驗她的人格。她努力反抗命運了，嘗試打破限制了，在危急的最後之時，本能趨善，所以奇跡發生了。光神雖獻祭了，但這世間的人神誕生了。她會以凡人之身重生，成神，成為人族之神。這便是為何她能重臨這世間的原因。」

上善無極弓之言猶在耳畔，帝君有些恍惚。

天君的聲音像是從極遙遠之處傳來，「帝君、帝君？」

帝君一頓，回過神來，看向一臉疑惑的天君，「哦，你方才……是在問祖媞是否會歸位？」帝君輕輕一嘆，「回來應該是會回來的，但那是不是歸位，不大好說。」

帝君留下這麼一句語焉不詳之語便離開了，徒留天君一頭霧水。既然人最終還是會回來，那不是歸位，又是什麼呢？

07.

時光之輪滾滾向前，兩萬年光陰在七百三十萬次日昇月落中化為蒼白煙灰，揚散在金輪長長的車轍裡。

天步站在息心殿外的廊簷下，微微仰頭，打量著掛滿廊簷的七色如意結。

七色如意結乃是天族的祈福之物。若有喜事臨門，便在家中掛上七色如意結，這是天族的傳統。傳說掛上七色如意結，便能謀得上蒼賜福。

因這如意結外觀有些俗氣，加之三殿下從不迷信什麼上蒼賜福，所以元極宮建宮九萬一千三百零四年三百三十六天來，前九萬一千三百零四年三百三十三天裡，宮裡從沒出現過這玩意兒。

算數好的應該能看出來，這意思是，近三日，元極宮裡終於出現了這玩意兒。

的確如此。

看著掛滿整個宮殿的七色如意結，滿宮仙侍皆摸不著頭腦，不知他們品位卓然的殿下這是在搞什麼。

天步倒是知道。

三殿下的心上人降生了。

降生在凡世。

殿下這是在為他的心上人祈福。

元極宮從前殿到後院一共掛了七千七百七十七只七色如意結。每一只如意結皆是三殿下親手編就。

天步覺得，這還滿感人的。

這種感動的心情持續了十六天。

十六天後，有個從凡世飛昇上來的少女出現在了元極宮。看到這些七色如意結，少女好奇地問天步：「你們三殿下是剛娶了個男妃嗎？」

天步不明所以。

少女解釋：「在凡間，男子與男子結契，喜房就這麼布置。唔，結契，妳知道吧，就跟男女成親差不多。」少女伸出根指頭，戳了戳門柱上的七色如意結，「他們就掛這個，彩虹結，滿屋都掛。」

天步：「……」

天步驚慌失措地解釋：「我們九重天不管它叫彩虹結，我們管它叫七色如意結，我們掛它只是為了祈福，我們殿下不喜歡男的！」

少女有點驚訝地啊了一聲，沉默片刻後，點評道：「呵，有趣的文化差異。」她聳了聳肩，「不過喜歡男的也沒什麼，我還以為你們殿下和那個接引我上天的粟及仙者是一對呢，他們看上去還滿相配的。」

天步：「……」

天步不知道該怎麼接話。天步突然有點同情三殿下。

08.

成玉坐在元極宮西內花園的一棵歪脖子樹下，一邊打瞌睡一邊聽粟及仙者給她補課。

粟及仙者飛昇後，先是在元極宮的藏書室整理了兩萬年藏書，接著又被東華帝君借去太晨宮整理了兩萬年藏書。論學識，粟及仙者在以凡人之軀證道飛昇的九天之仙中算是數一數二的，來給成玉補幾堂仙界通識課，以助成玉在所有新飛昇小仙們都得參加的仙界通識考試中過關，那是不在話下的。但粟及有一個問題，他講課講著講著就愛跑題。

粟及捏著份去年的文試考卷，負手侃侃而談：「所以雖然大家都知道，如今三十三天的天樹神宮靈蘊宮其實是沒住人的，但符節司還是按月往靈蘊宮送月例和薪俸，因為晝度樹堅稱它的守樹神君商珀神君仍在籍，它就是給商珀放幾萬年假，讓他先回西荒復生他的夫人，畢竟家成才能業就，家和才能萬事興嘛。

「那誰能拿天樹之王有辦法呢，只好它說什麼就是什麼。商珀神君甩手不幹了，可守樹神君的活兒，卻是要有人擔著的，東華帝君就讓三殿下先擔著了，誰讓商珀神君下界全是拜三殿下所賜呢。啊，說遠了，」粟及抖了抖卷子，「來，再看這一題。嚄，這題又是和樹相關的，冥司輪迴樹的守樹人是哪位……」

粟及彎腰，在課桌上翻找半天，從堆積如山的卷子裡撈出來一張，展開，推到成玉面前，「唔，之前給妳做的練習卷裡，有一道題，問五大自然神是哪五位，妳就只寫對了一位——咱們三殿下。其實五大自然神裡還有一位男性——風之主瑟珈，他就是輪迴樹的守樹人。」

講到這裡，粟及不禁又開始跑題，「說起來瑟珈尊者會做輪迴樹的守樹人，也跟咱們三殿下脫不了關係。其實當初墨淵上神於九天之巔封神、創立新神紀後，瑟珈尊者便失蹤了，誰也不知他去了哪裡。二十多萬年過去，就連帝君也認為他要麼是羽化了，要麼是沉睡了，可就在兩萬年前，他卻被三殿下從冥司不知道哪個旮旯裡給找了出來。然後也不清楚是怎麼弄的，之後他就留在冥司，做起了輪迴樹的守樹人，也是奇了妳說是不是？」

成玉一邊打呵欠一邊點頭，「嗯嗯。」

粟及沉默了一下，指節輕叩桌面，發出響聲。

成玉抬起頭來。

粟及問她：「我剛才講的，妳都聽清楚了，也都記住了是吧？」

「嗯嗯。」

粟及抱起手臂，「那妳說說看我都講了什麼？」

成玉眨了眨眼睛，「你說三殿下愛管閒事，什麼事都和他有關係。」

愛管閒事可不是什麼好評價，粟及趕緊擺手，「我可沒有這樣說啊。」

成玉想了想，改口：「你說三殿下樂於助人，什麼事都和他有關係。」

粟及要崩潰了，「重點不是三殿下，重點是晝度樹和輪迴樹。而且，妳的總結也並不準確，三殿下並不愛管閒事！據我所知，兩萬年來他統共也就只管了這麼兩樁閒事好不好！」

「不止吧。」成玉聳肩，「不是還有我嗎？」說到這裡，不再打瞌睡、徹底醒過神來的少女困擾地皺了皺眉，「三殿下這麼用心，還找你來給我補課，感覺他好像特別希望我能留在你們天庭當神仙。」她頓了一下，有些悶悶地問粟及，「他是不是有點太過惜才了？說實話，我有那麼適合當神仙嗎？」

粟及和自己的良知做了會兒鬥爭，最後他昧著良知回答了這個問題：「是的吧，哈哈，妳不錯的，哈哈哈。」

「嗯。」成玉沒聽出粟及的言不由衷，單純地信了這話，「但我其實並不想當神仙。」她趴在桌子上，沉重地嘆了口氣，「我也不想學習，我就是、我就是好想我爹娘啊。」

粟及看著成玉，也不由在心裡嘆氣。畢竟才十六歲，還是個孩子。三殿下還是太急了些。

粟及想。

是夜，粟及尋天步聊了會兒成玉思家之事。兩人在元極宮東內花園的一個角落裡站了片刻。

粟及捏著眉心，語重心長地同天步訴說自己的擔憂：「能修成正果、飛昇九天的凡人，都是有覺悟的。在踏上修行這條路之初，我們便主動斬斷凡緣，成為世外之人了。也正是因此，在飛昇之後，我們才能不為凡情所縛，中正而不偏私，仁愛而有理性，當好一個神仙。可成玉，她雖是祖媞神重生，卻並未覺醒，可說同凡人無異了。且作為凡人的她，十日前還是個從未離開過父母的閨閣小女兒，沒想過修仙，也沒想過飛昇。三殿下倉促地餵她金丹，將她帶上天來，這……是不是太欠考慮了？」

粟及搖頭輕嘆：「她放不下凡塵，每天都在思念凡世的父母，在天上這些日過得也並不開心。所以我在想，殿下這樣做，真的是對的嗎？」

天步靜了片刻。「一個月前，」片刻後，她開口，「當尊神於那處凡世降生時，上善無極弓曾特來元極宮叮囑殿下，說想要讓作為凡人的尊上順利覺醒、歸位成神，殿下便不可出現在尊上身周、干擾她的命數。天上一日，那處凡世一年。因著上善無極弓那番警告之語，殿下入凡十六載，與尊上毗鄰而居，卻從不敢出現在她面前，唯恐妨礙她的成神之路。」

天步無奈，「可誰能想到天道不做人，居然還給尊上安排了個嫁人的劇本呢？殿下再不出手，尊上便要嫁給她那小竹馬變作他人婦了。」天步嘆氣，「殿下那晚喝了點酒，沒忍住，就闖了尊上閨房，餵了她金丹……不過我要是殿下，我也忍不住，」天步動情地表示，又看向粟及，問他：「你忍得住嗎？」

粟及並不知這事背後還有這麼個因由，吃驚之餘代入自己，確實感到很氣憤，忍不住。「但這事，也不是把成玉提上天，讓她當了神仙就行了啊。」雖然感到不能忍，粟及還是保有理智，「三殿下是希望她歸位的不是嗎？可她要是修行不到位，便不能得悟；不能得悟，便不能覺醒；不能覺醒，便不能歸位。」

粟及擰緊雙眉，「若讓她在凡世待著，經歷正常的聚散離合，或許十年、二十年……很快她便能勘破紅塵、放下凡緣。可三殿下這一插手，那必然加深她對凡世的執著和眷戀啊。」

粟及不禁長嘆：「斬不斷凡緣，又如何能生出修行之心，無修行之心，又如何能得悟。祖媞神的歸位之路，怕是更長了啊！」

天步攤手，「所以上善無極弓跑來元極宮罵了殿下三個時辰。」

「不過，問題倒也不是很嚴重。」天步補充，「照上善無極弓的說法，尊上終會覺醒歸位的，只要給她足夠的時間和空間，讓她自然地去覺知自我，別用她腦海裡沒有的過往去干擾她的意識，那她的覺醒便不會是一個太長的過程。」

粟及豎耳傾聽。「別用她腦海裡沒有的過往去干擾她的意識。」他咂摸了一遍這話，恍然，「啊，難怪殿下讓我在成玉面前管好自己的嘴，還強迫我立了個狠毒的咒誓。」

天步聽出了粟及話中暗含的委屈，拍了拍他的肩，「凡是知道尊上身分的，都立了這個咒誓，連東華帝君都立了，所以你也沒什麼好叫屈的。」

粟及目瞪口呆，「帝、帝君都立了？殿下是怎麼做到的？」

天步：「殿下說帝君要不立，他下半輩子就在太晨宮安家了，帝君覺得他做得出來，煩死他了，就立了。」

粟及：「……」

09.

這是成玉在九重天上待的第十夜。她閉著眼，卻並未睡著。她找粟及仙者打聽過，知曉天上一日，便是她父母所在的那處凡世一年。依照天規，新飛昇的小仙需在文試合格後才有機會前往凡世。文試是在二十五日後。也就是說，待爹娘垂垂老矣，她才能有機會入凡再見他們，而那說不定會是她此生最後一次見他們。成玉揉了揉發酸的鼻，悶悶地翻了個身。

便在這時，她聽到有誰推開了她的門。接著是一陣未做掩飾的，但並不急躁的腳步聲。成玉睜開眼，藉著星光看向帳外。來人抬手撩開床帳，在與成玉睜開的眼對上時，停下了動作。

成玉望向青年，微微抿住唇，只覺此刻情景，竟像是十日前那夜的再現。

十日前，凡世。

那是她出嫁的前一晚。

大魏朝百分之九十八的新嫁娘都會在出嫁前夜失眠，但成玉沒有。因為她要嫁的人是同她從小一塊兒玩到大的韋照。韋照家和他們家是鄰居。韋照當忠武將軍的爹和她當戶部侍郎的爹是過命的兄弟，韋照的娘和她娘是嫡親表姐妹。韋照他們家和韋照這個人，都沒法帶給成玉什麼壓力，所以雖然翌日便要出嫁，她的睡眠還是和以前一樣好，入夜一挨著枕頭，人就睡著了。

睡到半夜，她有點口渴，想喚貼身丫鬟青果給她倒杯水。迷迷糊糊睜開眼，卻見房中不知何時亮起了燈。睡在床前的青果不知哪去了，一位美如冠玉的白衣公子面無表情坐在竹燈旁，正垂眸看著她。

魏朝的男女之防雖沒前朝那麼嚴，但女兒家的閨房也不是男子們可入的。少女們若是遇到這種情況，一般都是要尖叫的。

但成玉沒有尖叫。她坐起來眨了眨眼，以為自己在作夢。

她見過青年，兩次。

一次是她七歲時，一次是她十五歲時。

七歲那年春，成玉跟隨幾位表姐去城外的白頭山看梨花。不知怎的，進山沒多久，便和表姐們走散了，一個人迷迷糊糊轉到了渺無人煙的梨林深處。畢竟人小，意識到自己迷了路，她也有些怕，正著慌之際，忽發現前面有座被梨枝擋住的小亭，小亭中似有人影。

成玉試著往前走了幾步，轉過視野盲區，見那亭中確有個青年。青年玉帶白袍，倚亭柱而坐，垂眸懶淡地翻著書，側顏如月生輝，不是人間能有的顏色。那一瞬間，成玉只覺天地都靜了。好一會兒，她才回過神，想著也許可以去跟青年問個路。於是她又往前走了幾步，轉過了兩株梨樹。這時，她才發現她和青年所在的那座小亭之間竟還橫亙著一條小河。

那河不算寬，可她是個小人兒，是過不去那河的。她站在河邊，想了想，提起嗓子，「哥哥，哥哥」地朝數十丈外的小亭高喊了幾聲，企圖引起青年的注意。可青年像是沒有聽見，只兀自翻著書，並沒有向她看來。成玉有些洩氣。不過好歹，她知道自己不是一個人待在這鬼地方，倒是沒方才那麼害怕了。

悶悶地在河邊坐了一會兒，身後隱約傳來表姐們呼喚自己的聲音，成玉趕緊回聲相和。沒多久，表姐們便循著她的回聲一路找了過來。

表姐們被嚇壞了，膽子最小的七表姐撲上來抱著她就開始哭。

表姐們帶她離開時，成玉回頭又看了一眼那小亭，但亭中已無青年身影。

再次見到青年，是在八年後。

八年後，她十五歲。十五歲的她陪同娘親去京郊的千佛寺禮佛，夜裡留宿在寺中。睡到半夜，她被簌簌落雪聲吵醒，再睡不著，便取了斗篷和風燈，去簷廊下觀雪。行到中院的月洞門處，忽聞住持禪師所居的隔壁院傳來推門聲，她好奇抬頭，目光穿過一簾夜雪，正撞上推門而出的青年。

月色清澄，雪光皎潔，辨清青年面容的一瞬，成玉驀地握緊了手中的風燈。

青年抬目，也看到了她，但他的目光只是很平淡地自她身上滑過。待成玉回過神來，青年已離開禪院，向外院去了。

時光未在青年身上留下一絲痕跡，那如玉之顏仍與當初別無二致。

明明當初只遙遙見過一面，她卻一直記得他，以至於八年後再遇，她一下子便將他認了出來。成玉自己也覺不可思議。她雖然記性好，但小時候的很多事她都忘了，青年不過是她幼時偶然碰到過的一個陌生人罷了，為何自己會將他記得那樣牢，她也無解。她只是，就那樣記住了。

成玉呆呆地站在月洞門內，許久後，抬手按住了胸口，彷彿這樣做就能使胸腔內那顆跳得亂七八糟的心平靜下來。彼時，她並未深思自己為何會有這樣的反應。畢竟只是個還未開竅的十五歲少女，還以為自己會如此，是因太過驚訝之故。又想，青年半夜還在住持房中，定是與住持論法來著，那如此說來，青年也是個修行之人了，怪不得駐顏如此有術。

成玉一直覺得，她與青年之間，只是她單方面記得他，他是不曾留意過她的。所以出嫁的前一晚，她半夜被渴醒，見他靠著竹燈坐在自己床前，她第一反應是她在作夢。

那時的成玉已是個新嫁娘。作為新嫁娘的她被迫接受了喜嬤嬤一個月教導，已不再那麼無知，大概也有點開竅了，對於自己居然會在成親前夢到陌生男子感到非常震驚。「難道我是不想同阿照成親嗎？不會吧？雖然阿照他有時候是很煩吧……哎，他有時候真的很煩，巨煩。」她在心裡嘀咕，又瞄一眼她以為是幻覺的青年，「都怪阿照他長得不算頂好看，要是他能長成這個哥哥這樣子，就衝他這張臉，我還會煩他嗎，當然一輩子也不會煩啦。不過他哪裡有長成這樣的福氣，哎，我也沒有福氣，算了，還是繼續睡吧。」這麼在心裡嘀咕一通後，她半瞇著眼又要躺下。

青年卻忽然靠過來攬住了她的腰，阻住了她滑進被窩的動作。她聞到了濃郁的酒香。她原本便不算清醒，被酒香一籠，更是頭暈。青年的手移到了她的背部，她輕顫了一下。這究竟是個什麼夢？她試著推了下青年，沒推動，反倒換來了青年更為用力的攬抱。

他在她耳邊開口了，聲音微沉，溫熱的氣息拂在她耳廓處，弄得她有些癢。「阿玉，我來帶妳走。」他道。說著這話時，他空著的那隻手撫上了她的唇，她還沒反應過來，口中便被餵進了一粒甜甜的像是糖塊的東西。糖塊滑落入喉，排山倒海般的睏意襲來，睡過去的那一剎那，她只覺整個身體都輕飄飄的。

再醒來，她便登了仙。

來南天門接引她的是粟及仙者。

粟及仙者將暈乎乎的她從祥雲上扶下來，告訴她，這裡是九重天，她這是飛昇了，一般凡人飛昇，都需靠修行歷劫，像她這樣被神仙餵了仙丹飛昇的，之前九重天上還從未有過。她這才知道，青年竟是神仙，餵她的糖塊竟是仙丹。可青年為何要餵她仙丹、令她成仙？粟及仙者含糊回她：「咳咳，可能因為人各有命，妳命中注定就要當神仙。」

連宋將她安排在元極宮中，派了天步仙子照顧她，還指了粟及仙者給她補習功課。關於她的一切，他都安排得很妥貼，但上天這十日來，她卻一次也沒見過他。天步仙子善解人意，自發與她解釋：「殿下會助姑娘飛昇，是因姑娘身負仙緣。但於紅塵中引導姑娘開悟、修行，才是助姑娘登仙的最好方式，似殿下這般直接餵姑娘仙丹……未免有些簡單粗暴，天君對此不甚滿意，責令他閉門思過，所以這些日子殿下才未來看姑娘。」天步的解釋不可謂不合理，她也沒什麼好懷疑的。

今夜，此刻，在這夜半時分的熙怡殿，她終於在上天後首次見到了這位將她提上天來的三殿下。

星光暗昧，為整座寢殿鋪上了一層幽影。青年單手撩起床帳，將流水一般的綢帳掛到一旁的玉鉤上。

成玉坐起身來，望向青年，率先開口：「這麼晚了，三殿下你來……」她微微偏頭，有些困惑，「是又要來餵我什麼東西嗎？」

青年的手停在玉鉤處，頓了頓，「聽說妳這幾天不開心，我想或許帶妳去見見妳父母，妳心情會好點。」他瞥了她一眼，「當然，見了之後還要回來。」

「啊？」成玉愣了片刻，反應過來青年的意思後，她睜大了眼，「可……這有違九天律例不是嗎？」

青年坐下來，翻手化出顆巴掌大的明珠，「妳才上來幾日，就知道這麼多九天律例了，看來二十五日後的通識考試我不必再擔心了。」這麼說著，他順手將珠子放進了一側的白玉風荷燈燈碗，房中立刻明亮了起來。

成玉抿了抿嘴唇。

青年看她這模樣，笑了笑，「還是想下去的吧？」

成玉捏著被角，「當然是想的。可，」她微微皺眉，煩惱道：「可要是被發現了怎麼辦呢？」提出這個問題後，她自己先愣了一下，像是被什麼點醒，想了一瞬，忽然問青年：「若是被發現了，會罰我再回去做凡人嗎？」

青年的神情原本很溫和，就像是白頭山上梨香浮湧的春水。成玉眼睜睜看著那春水快速流過夏秋二季，進入凍期。她忽然明白了自己不該說這樣的話。她張了張口，但不知該如何辯白。

青年迎著她的目光，看了她許久，而後問她：「阿玉，是不是罰妳回凡世，妳會更開心？」

青年的臉上沒有表情，但成玉卻感到了一種隱蔽的憂傷，那憂傷使她無法表露本心。「我，」她咬了咬唇，將目光別向一旁，「我只是……只是很想念我爹娘。」

她感到青年靠近了些許。她聞到了奇楠的香味。初香中的花木香似一片森林包裹住她，而後林中落了雨，洗去了花木溫潤的香氣，只留下一種月光般的甜涼。令人沉醉的甜涼氣息裡傳來青年低而輕的聲音：「那我每天都帶妳回去看一次妳的父母，直到他們步入輪迴。妳留在這裡，可以嗎？」

她是清醒的，她很確定。她沒有辦法拒絕，她也很確定。

連宋當夜便帶她去了凡世。

凡世已是十年後。

回到故土，她才知曉，她於成婚前夜飛昇之事在整個魏朝都很有名。百姓們想像力豐富，為她編撰了不少傳說。傳說裡，她原本便是九天之仙，因她父母在她下界歷劫的某一世曾對她有恩，她為報恩，才下凡來做了他們的女兒。但身為神仙，豈可與凡人結親，故在成婚的前一夜，她踏祥雲重回九天了。

她已是出世之仙，不宜再與至親相交。故她並未出現在父母面前，只是在他們不知曉之處遙望著他們。或許當日失去她時，父母是哀痛的，但時光是個好東西，十年過去，失去愛女的悲傷已逐漸被流逝的光陰撫平。他們又有了一個女兒，那小女孩看著有三四歲了，眉眼有些像她。她難以放下爹娘，很重要的原因是害怕父母陷入失去她的苦痛中難以走出。那夜，看著他們抱著她的小妹妹沿著紋波橋賞花燈，臉上的笑容安謐而幸福，她忽地便釋然了。

她還去看了韋照。韋照並未娶妻，但納了幾房妾室。坊間傳聞，說韋四少曾跪在韋家祠堂裡向列祖列宗陳情，道成氏小姐乃他畢生摯愛，摯愛雖已離去，然他此心依舊，今生他絕不會再愛上旁人，也絕不會再娶妻。坊間覺得這故事很感人，還有才子將其寫成詞曲供歌女傳唱，但成玉實在難以流下感動的淚水，她很明白，那小子不過拿她當藉口，不願娶個正妻管束他罷了。

連宋領著她在凡世待了十五日。十五日，正好是九重天上的半個時辰。

臨離開凡世那夜，天上星光璀璨，他們都沒什麼睡意，於是待在屋頂上看星星。

在一起同進同出了半月，成玉覺得自己和這位殿下已很熟了，兩壺暖酒入喉，便有些口沒遮攔起來。

「粟及仙者將我從雲毯上接引下來時，我想過你為什麼要將我提上九重天。」她抿住唇，「我覺得你是見色起意，因為在凡世，大家都說我長得很好看。」天上星光清寒，人間霧色瀰漫，她微微偏頭，酒壺緊貼住臉，將臉頰壓出了一個可笑的弧度，她渾然不覺，「不過進入南天門後，我就知道我錯了，凡人裡我雖然算長得不錯，但和天上的仙子沒法比。對不住，誤會了你。」她笑起來，像是覺得自己很離譜，眼睛微彎，輕輕搖了搖頭。

四品侍郎家的小姐，若生得太過美貌，其實並非好事，天道給予她這副比本相黯淡了數十倍的面容，其實是對她的一種保護。雖然喪失了那般堪稱殊勝的美貌，但她仍是她，笑起來時，眼角眉梢仍漾著他熟悉的天真和靈動。他靜靜看著她，沒有說話。

她未在意，藉著酒意緩緩繼續：「粟及仙者說我挺適合當神仙的。我原本還在想，怎麼會呢，我凡心這樣重。可如今看來，倒是他比我更懂我。我可能也不是凡心重，只是很牽念凡世的這些人，怕他們在失去我後過得不好。而如今，我已明白，他們已不再需要我了，我也不再屬於這裡，所以我想，我可以安心回九重天上了。」

「他們不再需要妳了，妳也不再屬於這裡，這會讓妳難過嗎？」青年終於開口。

夜是冷的，酒壺卻是暖的，將她瓷白的臉溫出一點櫻粉色。「正是因為不難過，」她嘆息似的道，「我才覺得，可能我的確如粟及仙者所言，很適合當神仙吧。」她頓了一下，若有所思，「等等，這是不是就是粟及仙者常說的『開悟』？」

青年沒有回答她。半空忽然響起鴿哨般的嘯鳴，下一刻，七彩的煙花在他們眼前炸開。成玉的注意力被煙花攫去。百枝蓮、夜會草、萬壽燈、吊鐘、香雪蘭……在她面前盛開的每一朵煙花，她都能叫出它的名字。但青年的視線卻不在煙花上，而是落在了放煙花的人家的庭院中。

他們坐得足夠高，因此能瞧見那是戶正辦著迎親喜宴的人家。青年忽然問她：「如果那晚我沒有餵妳仙丹，妳是不是就會嫁給那個韋照？」

這時候問這個問題，倒是很應景，她沒有想太多，只以為他是隨便找了個話題和她閒聊，於是也閒聊似的回他：「是吧，我們一塊兒出生，一塊兒長大，再熟悉沒有了，嫁給他，也算一樁好婚事。」她的回答夾雜在煙花的爆裂聲中，她不確定他是否聽清了。

他應該聽清了，因為他很快問了她第二個問題：「妳喜歡他嗎？」

喜歡？成玉愣了一下。同韋照，自然談不上什麼男女之愛。不過連宋當然不會問她對韋照是否有男女之愛。那單論人與人之間的關係……她還算是挺喜歡韋照的，於是她聳了聳肩：「還算可以吧。」

「妳喜歡他什麼？」這個問題依然問得很快。

「其實我娘覺得阿照他有點吊兒郎當不著四六，不夠穩重。」她想了會兒，慢吞吞地回，「但我覺得還行吧，太穩重了，也和我玩不到一塊兒去。他整天樂呵呵的，萬事不過心，和他一起玩，一點兒壓力都沒有。」她邊說邊想，最後總結，「總之，阿照他是個易於接近，又溫和的人，很容易令人心生好感。」

煙花散盡，只在空中遺下縷縷灰煙。熱鬧之後的寧靜會讓人覺得格外孤寂。

這一次，青年沒再很快開口，直到半空的灰煙落下，硝石的味道被風帶走，才低聲道：「妳現在喜歡那樣的，是嗎？」

這話有點怪怪的，她不知該如何回答，最後乾巴巴地笑了笑，「好相處的人大家都喜歡吧。」

「這樣嗎？」青年收回遠眺的視線，微微垂眸，像是思考，片刻後，他道：「我明白了。」說著站了起來，又遞手給她，「太晚了，下去吧。」

他到底想通了什麼，她完全沒有概念，只覺得這場對話稀里糊塗。見他伸手想要拉她，她後仰了一下，避開他的手，「我自己可以。」說著單手撐住屋脊，手腳一併用力，徑自站了起來。

青年垂眸，目光掠過自己的手，「阿玉，妳覺得我是那種不易接近，不好相處的人，是嗎？」

成玉嗆了一下。她有些心虛。避開青年的手，不是因她不想同他變親近，而是因她對他有不軌之心。她怕離他太近了，她難以隱瞞住。那些不能宣之於口的小心思，在她心中由來已久，只是她最近才察覺到。九天律例她背得很熟，自知任其發展挺危險的，既然決定了要待在九重天，她就不能給自己和青年找麻煩，所以她才會躲。

可她也不想讓連宋誤會，因此她很快解釋道：「不是你的問題，呃，怪我，我比較慢熱。」然這解釋好像並沒有使青年的心情好一點。但她也實在不知道還能再說什麼了。

彷彿看出了她的為難，青年主動道：「算了，那也沒什麼。」

她悶悶嗯了一聲，只覺今晚這個結尾糟透了，她完全不想再在這屋頂上繼續待下去。

她急切地踩著瓦片往下走。

「她們沒有妳美。」她突然聽到青年在她身後這樣說。

「什麼？」她疑心自己聽錯了，不禁回頭。

青年看著她，神色很平淡，彷彿說出的話並沒有什麼大不了，「方才，妳說九重天那些仙子比妳美，忘了告訴妳，我不覺得。」

成玉愣在了那裡。那一瞬間，她的腦海裡忽然湧上了許多畫面，一幀幀一幅幅，全是這十多日來青年對她的額外照顧。那些雁過無痕的溫柔，和此時這樣仿若不經意的讚許，於她而言，皆是她需花費很多力氣去抵抗的撩撥。

她也聽過他不少傳言，知他是個花花公子，所以在心臟狂跳之際，她也在思忖：也許他只是輕浮地隨口一說，而我卻為此如此失態，是不是太沒有見識了？這麼想著時，她感到有些遺憾和難過。

原來這就是花花公子嗎？韋照其實也是個花花公子，但韋照就沒有這樣的功力。她想。韋照偶爾也撩撥她，那時候她總想打他。但青年不一樣。雖然她也說不清他們到底哪裡不一樣。

她撫住滾燙的臉，轉過身匆匆回了句：「啊是嗎。」來不及聽青年的回答，便逃也似的下了樓。

10.

一眨眼，成玉來九重天已有二十六年。

那年，順利通過仙界通識考試後，成玉跟著大夥兒一起去三十六天大羅天拜了東華帝君。同去的七十多位仙友在拜完東君後皆得了階品，輪到為她定階冠品時，帝君卻說要和天君再商量商量，讓她先回去等著。

成玉自知自己不是走正道飛昇的仙，對此也沒什麼怨言，回去的路上還想著：是不是帝君覺得我沒什麼真本事，不好給我定階位啊？要是這樣，那也沒什麼。倘帝君和天君實在為難，我也可以轉換賽道，先從仙侍幹起。

她還挺想得開的，但她著實冤枉了帝君和天君。兩位上君並沒有看不起她的意思，他們只是在思考要怎麼鑽空子才能把她的身分弄得既清閒高貴又合乎情理，而這確實需要花點時間。

四天後，天君的封賜下來了。天君給她封了個元君號，令她掌瑤池，並將一十二天的映蔚宮賜了她做府邸。

成玉對仙術道法雖然一竅不通，但她記性好，讀書快，這些天閒來無聊，已將九重天的官制和規矩琢磨了個明白。

成玉握著天君降下來的旨意同天步面面相覷，「若我沒記錯，連帝君都頗為敬重的、為九重天培養了許多棟樑之材的斗姆元君她老人家，也是被封的元君吧？」她張了張口，蒙圈地指著自己，問天步：「試問我何德何能……再說了，」她更蒙圈地問：「這一十二天，目前也就只住了大皇子殿下、三皇子殿下和太子殿下……都是些龍子龍孫，將我放在這一天，是不是也不太合適啊？」

天步還沒來得及編，不知何時出現在她們身旁的三殿下已淡淡插話進來：「不住在十二天，難不成妳還想住到十三天去？新神紀封神時，十三天的地盤就劃好了，東邊屬於東華帝君，西邊屬於墨淵上神，別說妳想住那兒，就是我想住那兒也找不到位置。」

成玉連連否認：「我不是，我沒有，我不想！我只是覺得……」

三殿下點了點扇子，沒讓她表達完自己的意見，「不是、沒有、不想就好，除此外妳還有什麼介意的？」又自問自答，「哦，元君。」三殿下輕飄飄回她，「自然，別的元君有的妳也都有，不過人家擔的活兒都挺多，手下也多，妳就擔個瑤池，也沒兩個手下，妳這等於是個虛號了，沒什麼受不起的。再則，瑤池也不難管，現在是我管著，妳要是想管，我可以教妳，妳不想管，我可以一直代妳管，妳還有什麼問題？」

成玉沉默了，沉默良久後，她總結道：「所以殿下你的意思是，我這個元君，它雖然是個虛號，但什麼都有，還不需要幹活，是嗎？」她不太能理解，「這究竟是什麼仙鄉福地？還能有這種好事？」難以理解之餘她又有點受寵若驚，「這潑天的富貴我怎麼接得住……」

粟及雖然自己也不上進，但這完全不妨礙他看不得別人不上進。跟在三殿下後面的粟及立刻上前兩步勸慰成玉，「確實，白領俸祿不幹活，這潑天的富貴沒人能受得住，所以管瑤池這事還得妳自己上。暫時不會那又有什麼關係，跟著三殿下邊學邊上嘛。」

成玉在天上的生活基調便在這個慵懶的午後被如此草率地定下了。

在九重天的這二十六年裡，成玉其實是想和三殿下保持距離的。

但這著實難辦。一來，他們是鄰居，時不時串個門什麼的簡直不要太正常。二來，她得跟著三殿下學習如何統管瑤池。管瑤池不算難，她很聰明，不過幾年便學得有模有樣了。可她的問題在於，她並非清修飛昇，因此完全不會仙術，而學習仙術是很花時間的一件事，在天上的這二十多年，也不過夠她打個好基礎罷了。仙術不精，許多職責便無法勝任，故而統領瑤池這事，理論上她已熟得很了，實操上卻還欠缺良多，得讓三殿下時時幫襯。這就導致這二十六年來，兩人幾乎天天見面，不說朝夕相對，也差之不遠矣。

如果三殿下還是從前那樣時而冷淡時而溫和，面上春風化雨、內裡一塊堅冰的性子，成玉有把握她能從各個角度找出一堆碴兒來，疏遠兩人的關係。但不知從何時起，三殿下變了。

就像是一棵樹，嚴格規定了自己每日應吸收的水分和陽光，而後一日一日，靜默地朝著它想要的形狀和方向生長。周圍的人是察覺不出這種刻意的。但也許某一日驀然回首，就會發現，它已長成了與最初完全不同的模樣。若那些人還記得它最初模樣的話。

成玉便是一個記得連宋最初模樣的人。她記得他溫煦之下的桀驁，挑剔背後的周致。她記得他的笑似秋葉紛飛，華美蕭瑟，背後藏著很深的寂寞。她記得他以疏冷做掩飾的每一個幽閉的哀傷。她記得他那些雁過無痕的溫柔裡的每一次停頓，和他在那些停頓中的欲言又止。別人口中的他傲慢、自我、脾氣壞、難以捉摸，她沒有領教過。但她在心裡拼了無數次。將別人口中的他和她熟知的他拼在一起，得出一個更加立體的、真實的、迷人的連宋，是她在二十六年前那些萬籟俱寂的靜夜裡常幹的事。

什麼時候，心上的青年收起了桀驁、挑剔、寂寞、哀傷與欲言又止，變成了一個不再鋒利的、願意對所有人展開笑顏的、用最尋常的方式遊戲人間的、吊兒郎當的、隨和不認真的、好相處的、讓人難以生出警戒之心的連宋？她不知道，好像回過神來時，他就已經是這樣了。而隨著他的變化，他們之間的距離被拉得很近。因為當這樣的他靠近她時，就好似一片跌入深秋的落葉落在她身上，那是順應時節遵從天意的，是自然的，自然到她根本想不起要去拒絕。

這種毫無攻擊性的接近人的方式，很像是韋照。正是因韋照是這樣的個性，她當年才會和他玩得那麼好。

她突然一個激靈。

她終於明白青年變得像是誰了。韋照。

可，怎麼會？

忽地，她想起了第一次隨青年下界，在回九重天的前一夜，他們於客棧屋頂上的那場對談。那夜，青年曾問她喜歡韋照什麼，又說，妳現在喜歡那樣的嗎？當她回答他，說好相處的人大家都喜歡時，他沉默了片刻，說他明白了。彼時，她覺得他的話和他的神情都很難懂。如今想來，可能只是因她從沒想過他亦會對她有意。而此時，有些答案已呼之欲出。他會變得像韋照，或許是因為……

「是因為我。」她篤信地在心底對自己說。可下一瞬，她又立刻懷疑，「真的是因為我嗎？」篤信與懷疑，原本是矛盾的兩極，卻在她這裡成了同伴。它們長出利齒，啃咬她、撕扯她、折磨她、摧殘她的心神、吞噬她的理智，使她變得六神無主、魂不守舍。

天步心細，很快發現了她的異常。在兩人一起為瑤池的花卉換盆時問她：「元君這幾天怎麼失魂落魄的，是遇到什麼難事了嗎？」

她已被逼到了極限。急需一個出口，因此並沒有沉默太久，她就告訴了天步她的秘密，「我、我很離譜。」她仰頭看天，「我可能思凡了。」

天步感到莫名其妙，「可那處凡世已過去將近萬年，早沒有您的親人了啊。」

成玉愣了愣，「哦，也是。」她沉默了片刻，糾正了下自己的言辭，「我可能思春了。」

天步：「……？？？？？」

11.

北荒之北的極北之地，有一片盛滿了積雪與海冰、被稱為八荒盡頭冷酷仙境的白色大海。大海的前身是曾誕育了悉洛與瑟珈的混沌海洋。混沌海洋消失後，此地經歷了數萬年養息，重又誕生了一片海。父神將這片新誕生的海命名為暉耀海，取朝暉耀耀之意。

暉耀海底有座以硨磲和白珊瑚建成的宮殿，此宮殿乃自然造化而生，有許多神工奇巧之處。因整個暉耀海最好的靈氣都匯在此宮，故海底的水族稱其為含靈宮，後來，水神在這座宮殿裡降生，更坐實了此宮「含靈」之說。

成玉來暉耀海已有半個月了。

九重天上的盛事——六十年一度的千花盛典將於兩月後在第六天的普明秀巖苑舉行。這次盛典的最大看點，便是連宋養在暉耀海中的七十七種妙花。此番成玉隨連宋前來暉耀海，便是為了助這七十七種妙花盛開，而後將它們移栽到普明秀巖苑去。

這十五日，成玉日日忙於園藝，也沒空想有的沒的，直到這夜天步不請自來，推開了她寢殿的大門。

「殿下又喝得大醉了。」天步站在她床前嘆氣。

成玉一邊穿衣一邊茫然地看向天步，「啊？殿下他居然酗酒的嗎？」

天步搖頭，「那倒不是，殿下平日不怎麼飲酒，只是每年這一日……」她含糊道：「有些過不去。」

成玉沒太聽懂，待要再問，可天步已轉了話題，她也就把疑問嚥了下去。

「往年也是沒辦法，只能由著殿下胡飲傷身，但今年，不是有元君您在嗎。」天步微微傾身，真誠地看向成玉，「元君既喜歡殿下，應該也願意去規勸一下殿下的是吧？殿下不會聽我們的，但一定會聽您的，再且，」天步微微含笑，「趁此機會，元君還可同殿下聊聊您的心事。」

成玉穿衣的手頓住了，那日在瑤池旁同天步坦白一切的畫面忽然便回到了她的腦海中。「我沒救了。」落日西斜，她和天步並肩坐在瑤池旁，「妳都想不到我有多離譜。」她生無可戀地對天步說：「我居然把主意打到了你們殿下身上，還腦補他可能也對我有意，是為了我才改變了性情。」她抹了把臉，問天步，「我是不是很瘋？」

當時聽完她這話，天步好像有些蒙，半晌，神神道道喃了句：「蒼天在上，我可沒干擾她，這可是她自個兒走上這條路的啊！」

她沒太聽清天步的自語，偏過頭來問天步妳在說什麼。

「我是說，」天步定定看著她，「您總算是瞧出來了啊，我們殿下可不就是為了博得您的親近與歡心才改變性情的嗎！」

她大為吃驚。

見她不信，天步也不惱，還積極地給她出主意，「不如這樣，元君您找個時間同殿下面對面聊聊，我說的您不信，殿下說的，您總該信了吧？」

她很迷茫，問天步：「不是，知道我對你們殿下動了心，妳不該攔著我嗎？妳怎麼還鼓勵我呢？凡人成仙，不是需斷七情絕六欲嗎？六根不淨、動心生情，會被打下凡間的吧？」

「啊。」天步彷彿才想起來她是個凡人成的仙，卡了一下，「呃。」她似想說什麼，半途又頓住，最後她咳了一聲，神秘地對成玉笑了笑，「這不是問題，只要您喜歡殿下，殿下就一定會有辦法。」

成玉記得，那日天步說話的語氣很篤定，好似自她口中所出的樁樁件件俱是真實。可她著實難以相信。因此她打算採納天步的建議，找個機會向連宋當面求證。但勇氣和時機難以同時出現，就像日月難以並行，所以這事一直拖到了如今。

或許天步說得對，今夜的確是個千載難逢的良機。成玉想。連宋喝醉了，是讓她擔心，但另一方面，也讓她感到安心。她不想承認自己很膽怯，可事實如此，一個喝醉的、不清醒的連宋，才能讓她有勇氣問出那些話。

思索間，她穿好了衣。

「好，我去。」她聽見自己對天步說。

冷泉殿是連宋在含靈宮的寢殿。推開冷泉殿的殿門，繞過門前的白珊瑚座屏，成玉一眼便看到了醉倒在水精羅漢床上的連宋。

海中無日夜，貝母的柔光似一層紗，朦朧地遮蓋住殿中物什。白衣青年斜躺在羅漢床上，一隻手勾著酒壺，一隻手擋在眼前，不好說睡著了沒有。

月光石腳踏旁散落著七八只酒壺，藍碧璽案幾上橫放著一把攤開的摺扇——並非鎮厄扇，只是把普通扇子。

成玉記得初識連宋時，他手中常握的是那把她從未看他打開過的鎮厄扇。但不知何時，他用這些毫無特點的紙扇替換了鎮厄扇。她曾問過他，為何不見他拿鎮厄扇了，他卻答非所問說如今他用的扇子們亦是珍品。可被他稱為珍品的這些紙扇卻被他使得極其隨意——那年她在花園裡烤紅薯，他還用手裡的烏木泥金扇為她添過火。

成玉向前走了幾步。她故意弄出了一些聲響，然青年一絲反應也無。她懷疑他是睡著了。呃，睡著了啊，那我該怎麼辦呢？回去嗎？要不把地上的酒壺收拾了，給他蓋床被子再走？她茫然地想。

青年並沒有睡著，她剛走到床邊，他便移開了手。「妳來了。」他望著她，吐字很清楚。但她立刻辨出他已經醉了，因為他望著她的目光有一種失焦的朦朧。「我是在作夢嗎？」他又說。

成玉的心急跳起來。她想要開口答他，努力動了動唇，卻沒能發出聲音。

沒等來她的回答，青年沉默了一瞬，然後很空洞地笑了一下，那笑容令成玉的胸口發緊。「果然是夢啊。」他低嘆。過了一會兒，他再次開口：「我知道我搞砸了很多事，但我也受到了懲罰。」他重新抬手，擋住了眼，「為什麼還不願回來呢？是因為妳覺得我還不夠有耐心，等得還不夠久嗎，阿玉？」

成玉僵硬地站在床前，腦子裡一片空白。他的意思是……他在等她？等她什麼？她不是一直在他身邊嗎？難道……他是在等她發現他默藏的愛？這神來一筆的想法雖離奇，卻熾烈，似一團肆意燃燒的火，燒得成玉滿臉通紅。必須得問問了。她心一橫，上前一步，踩在了腳凳上。「殿下，你喜歡我，是嗎？」她居高臨下看著青年，立於高位使她不再那麼緊張。

青年頓住，挪開了手臂，目光落在她臉上，似在看她，又彷彿沒有看她。「這個夢有點真。」他道。

成玉咬了咬唇。已經到這個地步了，我可不能打退堂鼓，她暗暗鼓勵自己。「殿下，」她乾脆抬膝跪上羅漢床，一隻手撐在連宋腦袋旁，一隻手平放在他胸口，「回答我，是不是喜歡我？」她緊張極了，但表情卻很穩得住。她專注地看著青年。

青年握住了她放在他胸口的手，纖長手指插入她指縫，帶領她的手來到他頰旁，微微偏頭，用側臉貼住了她的掌心。「怎麼還要問？」他淺淡地笑了一下，目光仍是不聚焦的，這使得他的神情看上去有幾分縹緲，「無論時光重來多少次，我喜歡的都只會是妳。」說著側過臉去，安撫般地吻了吻她的掌心。

成玉心神巨震，一時不知該作何反應。她感到掌心很癢又很熱，像是有羽毛輕撓過那處，又像是有明火在那處燃起。她本能地縮手，卻遭遇了阻礙。青年牢牢握住了她的手腕。不過很快，他便卸了力，鬆開了她。成玉得以抽回自己的手。

那溫柔淺笑從青年臉上消失了，他沉默地看著她，片刻後，艱難地低語：「不信，是嗎？覺得我在說謊？」他的神色變得苦澀而哀傷，「不信也是應該的，誰讓我那時候忘記了妳，所以失去妳是我應得的。」他喃喃，抬手擋住臉，「妳對我失望，怨我、恨我、不能再原諒我，都是我應得的。拒絕我，也是我應得的。」語聲充滿了自厭與自棄，很慢，很輕，字字含痛。

連宋的話成玉並不是都能聽懂，她唯一能確定的是，他說了他喜歡她。在聽到他說出那話的瞬間，她的心跳彷彿暫停。連宋之後又說了什麼，她沒太聽清。待神魂重回現實，耳朵裡終於湧進新的聲音，她只聽到青年最後那句「拒絕我，也是我應得的」。

成玉呆了一下，回想自己方才做了什麼，突然反應過來，應是她倏然抽手的動作使青年誤解了她。

「我那樣，並不是拒絕你。」她舔了舔嘴唇，「只是你突然親……」她不好意思說出那個字，「你突然那樣，我有點被嚇了一跳。」見青年不語，她忍住羞赧，抿了抿唇，「你……是不是以為我不願親近你，你想左了，我沒那個意思……」

這些好聽話起了作用，青年重新看向了她，「是嗎？」

「嗯。」成玉點頭，點頭時才發現，自己一直保持著單手撐在青年耳旁，俯身看著他的姿勢，這導致他們之間不過隔了一臂距離。如此近距離地對視，望著青年那雙還殘留著傷痛的眼睛，成玉似乎也能共感他的苦悶，心中充滿了憐惜。

她自己也沒意識到自己抬起了左手。當手指撫觸上青年的眼尾時，青年的手也隨之覆上了她的手背。她的心又開始急跳，咚咚咚咚，擂鼓一般，震痛了她的耳膜。

他是不是也聽到了她的心跳得那麼快。她想。她感到丟臉，微微抬起了上半身。可青年卻誤會她要離開，手驀地用力，她沒能保持住平衡，栽倒在他身上。他趁勢攬住了她的腰。「不要走，阿玉。」他在她耳邊低求。

她止住了輕掙的動作，任他將她禁錮在懷中。

青年有幾分清醒，她不知。或許他一直醉著，半分清醒也無，才會對她如此，她想。她從未見過如此苦悶、脆弱的連宋。這樣的連宋讓她感到心疼。「我不會走。」最後她說，緩緩伸出手，反抱住了青年。

這一夜，他們相擁而眠。

成玉醒來時，感到身上的束縛消失了，她懵懂地睜開眼，發現連宋屈膝坐在她身旁，正垂眸看著她。

貝母的光變得亮了些。景窗外是一片海藻園。海藻們也醒了，正與路過的水流共舞，炫耀它們多姿的影。

成玉小聲打了個呵欠。

連宋出聲打破靜謐，「昨夜我們……」

昨夜的記憶湧進成玉腦海，似陽光照進秋日森林，帶來芬芳、甜蜜與喜悅。經歷了昨夜，今晨他們水到渠成應當在一起，成玉滿懷信心地想。她側躺在瓷枕上，將雲被往上提了提，沒有起身，就那麼看著連宋，微微翹起嘴角，「昨夜，殿下說喜歡我，我也……」

可話還未說完，就被青年打斷了。「忘了吧。」連宋道。

成玉愣了好一會兒才有所反應。「什麼？」她將被子推到一旁，慢慢坐了起來。

「我說，昨晚的事，忘了吧。無論我說了什麼，做了什麼，都不作數，我只是醉了。」青年一字一句道。

陽光消失了。成玉的臉色肉眼可見地變白，「因為我是凡人成仙，按照天律，我們沒辦法在一起，所以你才……」

「不是。」青年快速地否定她，抬手撐住額頭，彷彿很疲憊，「不是。」他語聲不穩地低喃，「是因為……我不能趁虛而入，妳不懂，此刻妳的意願並非妳真正的意願，那時候妳是懷著恨與怨……」說到這裡，他突然收了聲，似是才發現自己竟將這些話說出了口，他的臉色變得很難看。「看來我還未醒酒，仍在說胡話。」他僵硬道，頓了一瞬，又道：「就當妳說的是真的，因為妳是凡人成仙，我才這樣。阿玉，」一邊說著冷酷的話，一邊卻又痛苦地喚她的名字，「我們之間不可能。」

成玉不死心地拽住連宋的袖子，眼眶緋紅地看著他，「可天步說你會有辦法的。」

連宋抬手，握住了她的手腕，這次，卻不是為了抓住她，而是為了使她的手離開他的衣袖。「天步騙妳的，我沒有辦法。」

「不試試怎麼知道……」她急切道，伸手想再去握他的袖子，卻被他側身躲過了，「阿玉，別說不智的話。」

青年白色的衣袖滑過她的指尖，留下一縷涼意。成玉看著自己落空的手，低下了頭。許久後，她輕聲道：「這樣啊。」又過了一會兒，她抬起頭來問青年，「殿下，其實你也沒那麼喜歡我吧？」

青年沒有回答。

而這便是他的回答。

她想，她不能再說什麼了，那是不體面的。「昨晚，我會忘記的，那我走了。」

離開冷泉殿後，成玉哭了。

但她沒有哭出聲音，也沒有哭太久。

12.

有很長一段時間，成玉都想不通連宋對自己的態度——若說他沒那麼喜歡自己，那他為何要在自己身上花那麼多心思？這些年他待她有多好，旁人只見個影兒，她卻是最清楚的。她也很確信，他待別人並不會如此用心。可若說他對她一片真心，因身分之別才不得不掩藏愛意，將她拒之千里……這也說不通，凡世那些才子佳人的話本子可不是這麼寫的。在那些話本子裡，真愛連生死都能戰勝，又何況身分。

困擾成玉多時的疑問在她和上九重天來學習花卉養護技術的妖族公主瑩若茄成為朋友後得到了解答。她也不知瑩若茄是怎麼發現她對連宋心思不純的。有一天，她倆拿著小鐵鍬在普明秀巖苑裡種孤挺花，正好碰見連宋在前面的小亭裡與人談事，她沒忍住多瞟了那小亭幾眼，就聽瑩若茄嘆了口氣，「我說阿玉，妳就別喜歡三殿下了吧。」

她當場就蒙了，不過她反應快，立刻回應瑩若茄：「啊？我沒有啊。」

瑩若茄一邊扶著孤挺花的球根往花盆裡填土，一邊嘟囔：「妳最好是沒有了。」過了會兒，對她說：「妳應該聽說過吧，差不多兩萬年前，我和三殿下曾有過一段婚約來著，差一點就成婚了。」

成玉點頭。

瑩若茄又問她：「妳是不是還聽說，因我倆生辰不合，最後那婚事才沒成的？」

成玉再次點頭。

瑩若茄停下手中活計，嘆了口氣，「什麼生辰不合啊，不過託詞罷了。是三殿下他有個一心鍾情的人。因為那人，他才同我退婚的。」說著瞄了成玉一眼，「這些年他對妳很好這事，我也聽說了。不過妳可別被他給騙了。」她微微皺眉，「他對那個人癡情得不行，多半是覺著妳同那個人哪裡像，才對妳格外好的。我堂姐也這麼說。妳知道我堂姐瑩千夏吧，我雖然不太喜歡她，但也不得不承認，她吧，是有點聰明的。」

「這樣啊。」成玉輕聲回道。她的神情正常得不得了，但腦子已經一片空白了。

瑩若茄見她聽了這些話後仍目明神清，確實不像喜歡連宋的樣子，放下了心。她垂頭繼續為手裡的花根填土，邊忙活邊感嘆，「那個人死了，不會再回來了，所以他應該是把對那人的哀思寄託在了妳身上。哎，他真的挺癡情的。不過這對妳可不是什麼好事。」她切切囑咐成玉，「妳可要把持住本心。凡人修仙本就不易，他又不是真心喜歡妳，若因與他糾纏不清而被削除仙籍罰出天庭，那妳多冤枉啊。」

「是啊，那多冤枉。」成玉勉強笑了笑。之後又和瑩若茄說了什麼，她完全記不清，只記得腦中一片嗡鳴，如有千隻黃蜂盤旋，黃蜂尾上的毒針偶爾還扎得她腦仁疼。

直到回到映蔚宮，腦中的嗡鳴才散去。

重得清靜後，成玉想，原來如此。原來他對我好，是因他將我當作了他心上人的投影。他並不需要我回應他。反而回應了他，才會提醒他我其實不是他的心上人。所以當我靠近他，他才要拒絕。

那夜連宋對她說的那些話，事後她都刻意去遺忘了。但她的記性就是該死的好，此刻稍一回憶，本已忘記的話語竟又在她腦子裡重生。她終於明白了，那些她聽不懂的醉言，並非連宋喝醉了胡說。那些讓她動容、歡悅，甚至心跳暫停的好聽話，原來也不是對她說的。

這就是為什麼之後他可以將那夜的一切都當作沒發生過的原因，即使她疏遠他、冷待他，他也毫不在意，待她一如從前。因為對他來說，她的態度是什麼樣的，其實並不重要。他只需要她站在那裡，做好一個可供他寄託哀思的影子就足夠了。

恨嗎？想透這道理的一瞬間，成玉是恨的。但很快，她發現這恨其實沒什麼道理。連宋待她不薄。她能如此快地適應天上的生活，全得益於連宋的悉心看顧。不管他的動機如何，客觀上，她的確受了他許多恩。只是她想左了，兀自誤會了他的意思。站在這個角度想，連宋又有什麼錯呢？細算起來，反而是她欠他更多一些。

那一夜，成玉喝了很多酒，在深沉的醉意中死了心，也做好了決定，她會好好地待在合適的距離，當好他心上人的影子，也算是報答上天以來他對她的恩情。

此後幾百年，九重天上關於連成二人的傳聞大體是這樣的：三殿下對成玉元君一心執著，一往情深。奈何元君道心彌堅，不為所動。三殿下對此苦惱萬分。

照舊例，凡仙若是被牽扯進風月事，在天上是討不了什麼好的。幸而成玉持正之名遠揚，大家都默認是連宋單方面愛慕她，所以當兩人之間的傳聞鬧開，被天君叫去斥責的只有連宋一人。

看熱鬧的大仙小仙們皆以為成玉是道心恆定，才能在連宋這等情聖面前把持住自己。只有成玉知道，連宋進一步，她便退十步，並非因她持正，而是因那是連宋想要的。

他想要她如此。

她不得不如此。

他們之間的關係像是拉鋸，又像是走鋼絲。

很快，七百三十年過去。

七百三十年後，成玉順利接管了瑤池。她當神仙當得越來越不錯。貴為元君，卻自謙自己徒有虛名，總是自稱小仙，待人和氣又親厚，九重天上就沒有人不喜歡她。

她也結識了好些朋友，隨朋友們親歷了許多大事，譬如擎蒼破鍾、墨淵甦醒、東華帝君鎮伏妖尊緲落之類的。

她目睹了太子夜華和白淺上神有情人終成眷屬，也見證了青丘的小帝姬和東華帝君修成正果。

然而，連太晨宮都有了女主人，她和連宋之間卻還是老樣子。只是在經歷了七百多年的你進我退之後，她終於感到了倦怠，開始退得有一搭沒一搭的，不再像從前那樣認真了，故而在外人看來，他倆好像變得親近了些。

她不知連宋為何能一直追逐她，好似不會疲憊，說到底她不過是個影子。

他總是對她做一些暖心的事。譬如在戰事裡傷了手，恢復後難以再行鑿鑄之事，得知她愛上收集短刀，便親自設計、繪出短刀圖紙，又千方百計尋來珍貴的雩琈玉，費盡心思請託帝君為她打造。

對他這些行為，她嘴上雖說著嫌棄，卻不是不感動的。也因此，她越來越難以把握住同連宋的距離。你追我退這事逐漸讓她感到負擔。偶爾，她會覺得這一切是如此的空洞無意義。並且，在這段關係裡，她越來越感到一種不可名狀的缺失。這種缺失感並非來自於連宋只將她當作愛人影子的沮喪——她早已不會如此。那是一種她無法描述、亦無法理解的缺失。缺失感積累到一定程度後，幻化成一頭獸，開始一點一點吞噬她。

她開始作一些莫名其妙的夢。

起初，那些夢很朦朧，也很凌亂。她總是在醒來後感到渾噩和疲倦，並且記不得自己到底夢見了什麼。

大概是三個月後，夢裡的情景變得真切起來，但仍是凌亂的，且無聲。不過好在醒來後，她記得住它們了。

那些陌生的、她不能理解的情景就像是散落在鴻篇巨製裡的沒有前因後果的小回目。她知道這些回目之間必然存在聯繫，卻不知是何種聯繫。她缺了一條將它們串聯起來的線。

直到七個月後，她作了最後一個夢。

那夜，總是無聲的夢境終於有了聲音。是個女子的聲音，輕而低，縹緲不真，卻又那麼熟悉，像是穿越了時光，響在她的夢境裡，「阿玉，來找我，妳我該回歸的日子，快到了。」

「少……」那個名字呼之欲出。她猛地驚醒。

許久後，成玉睜開眼來，慢慢坐起了身。

13.

崑崙墟出事的消息傳上九重天時，連宋正同墨淵上神於千重琴苑切磋琴藝。天步陪著墨淵上神的徒弟令羽上神隨侍在一旁。

七年前，東華帝君建來盛裝三毒濁息的妙義慧明境崩塌，濁息所化的大妖緲落欲破境而出顛覆天地，最終為帝君所誅。然緲落雖被誅殺，她遺下的濁息卻未能被淨化。一般的器物根本困不住這些由凡人的貪愛、嗔怪、愚癡凝成的毒息。而若容這些濁息自由，天地將萬劫不復。最後是墨淵上神讓出了半個崑崙墟，將天生殊異的崑崙聖境改成了個大罐子，困住了那些三毒濁息。崑崙墟如今既承著三毒濁息，那它出事，便絕不可能是小事。

傳信青鳥的話天步聽了一耳朵。說是個貌美女仙在破曉時分悄無聲息地溜進了崑崙墟。守山的應陶上神和子闌上神都沒察覺。啟明星升起時，盛放三毒濁息的崑崙後墟驀地燃起了大火，他們調取存影鏡才發現這事。那女仙以若木封了石門，應陶上神和子闌上神沒法進去，只能在起火的晨影殿外關注事態。好在三毒濁息並未逸出。不過應陶上神說那火很奇怪，竟是血一般的赤色，像是傳說中的鳳凰重生之火。

墨淵上神在聽到「若木」二字時，便騰地站起了身，青鳥說出「鳳凰」二字時，墨淵上神已駕雲而去，不見了蹤影。

天步望著連宋，「這……」

連宋慢吞吞地將玉台凹槽裡的玉珠撥回原位，「不是說三毒濁息未逸出？那就不是大事。」笑了笑，「不過若木，鳳凰……」他頓了一下，「怪有趣的。這事帝君應該也挺關心，先去太晨宮一趟，之後……」他微微一笑，「咱們也去瞧瞧熱鬧。」

剛走出琴亭，兩人便碰到飛奔而來的司命星君。司命星君上氣不接下氣，急向連宋，「太子殿下讓小仙帶個話給殿下，說崑崙墟出事了，半夜有女仙闖了安置三毒濁息的禁地！今晨白淺上神正好回崑崙墟同子闌上神交班，看到了存影鏡，辨出了闖禁地的人竟是成玉！」

天步愣住，回神後立刻看向她家殿下。

可身旁哪還有她家殿下的影子。

14.

連宋跟隨墨淵趕來崑崙墟時，只見半個崑崙墟都陷落進了火海裡。

但詭異的是，那血紅的火焰卻並未燒燬任何東西，後墟的殿宇樓閣皆安然無恙地挺立在火海中。

裝濁息的晨影殿乃崑崙後墟第一大殿。殿宇前有一列百級石階。幾位守山弟子並十來個小童子正站在石階下遙望著燃燒的大殿。

天邊晨曦微露。當太陽扯破雲層，將是日的第一縷陽光投進崑崙墟時，晨影殿中忽然傳出了一聲清亮鳳鳴。緊接著，一隻美麗的白鳳倏然衝出火海，在如血的烈火中展開了巨大的、潔白的雙翼。白鳳引頸，驀然振翅，巨翼搧動之下，血火越烈。鳳鳴聲再起，白鳳頭也不回地向南飛去。

烈火映紅了整個崑崙後墟。沖天火光中，墨淵遽然化龍，緊追著白鳳而去。

連宋已猜出了白鳳是誰，但他無心驚駭，也無心關注她和墨淵，他只關心，成玉此刻在何處？

連宋是跌下雲頭的。

那百級石階上其實被設下了不可入的禁制和結界，所以應陶、白淺等人才站在台階外。但那禁制和結界卻並未阻攔連宋。他幾乎沒有感覺到它們的存在，急步衝上了石階。

應陶上神見他進去得容易，亦想跟隨，可腳才剛踏上第一級台階，便被一股巨力推了出去。躺在地上的應陶上神不可置信地望向已爬到石階頂部的連宋，半晌，收回目光，同面色凝重的白淺上神面面相覷。「怎麼回事？」他問。

白淺上神沒有回答，轉身看向一旁的子闌上神，提議道：「十六師兄，要不你也去試試？」

子闌沒好氣，「妳怎麼不去試試？」

連宋絲毫不知身後發生了什麼。從在千重琴苑聽到司命說闖崑崙墟的人是成玉開始，他的腦子便不太轉了。

此時，靠近這片熯天熾地的火海，他聽到火光中傳來許多微弱可憐的哭泣聲。若他還保有理智，不需要很多，只三分，他便能從這些哭訴中分辨出它們來自於凡人，再聯繫鳳凰涅槃及重生的真火可燒燬一切這個他熟知的知識點，他本當很快就推出此刻被焚燒的是儲在此地的三毒濁息的。可他失了理智，聽到那些哭泣聲，他唯一想到的，是那些低泣裡會否有一聲是屬於成玉？

周身的血液都被凍住，他一刻也不能等，當即便要衝入火海。

便在這時，燃燒的殿門後忽然傳出了一聲低嘆：「小三郎。」

連宋驀然頓住腳步。

隨著那聲低嘆落下，籠罩住晨影殿的血火竟慢慢矮了下去，小了下去，最後，只淺淺貼住地面兩寸。

殿門被推開了。吱呀一聲。

女子站在大殿門口。烏髮，金裙。臉似高山之雪，右眉眉骨處以金珠做飾。

仍是那般清婉無雙的容姿。

是他的祖媞。

天地都靜了。

漫長的對望裡，女子率先開口，「你不是一直在等我嗎，為什麼不過來？」很輕地問他：「是同我生疏了嗎？小三郎。」

連宋搖了搖頭，凝望著她，眼眶突然便紅了，「妳還恨我嗎，阿玉？」

她愣住，「說什麼恨……」話到一半，她突然就明白了，他以為那時她是懷著對他的恨與怨消失的，所以當她作為成玉同他訴情時，他才會說什麼「妳不懂，此刻妳的意願並非你真正的意願……」。

原來這兩萬年來，他一直都活在悔痛裡。

但這其實不是她想留給他的。

這一路，他們都走得太不易了。

他是可憐的。她也是。

他們兩人，都曾被孤獨地遺留在沒有對方的時光裡。她在昨日，而他在今朝。足足六萬年，才讓他們等來昨日變成今朝。他們終於能再次相聚。

本該是喜悅的時刻，她卻也含了淚。

她急走兩步，來到青年面前，驀地攬抱住他，踮起腳來抵住了他的額頭，「小三郎。」她微微哽咽，「你傻不傻啊。」

——完